येरुशलम से कश्मीर तक

ईसा मसीह की जीवन–यात्रा

योज़ेफ़ बानाश

राजपाल

अंग्रेज़ी से अनुवाद

अमृत मेहता

स्थापित 1912
100 वर्षों की
श्रेष्ठ प्रकाशन परम्परा
राजपाल

ISBN : 9789386534484

JERUSALEM SE KASHMIR TAK (Novel) by Jozef Banas

(Hindi edition of *Code 1*)

राजपाल एण्ड सन्ज़

1590, मदरसा रोड, कश्मीरी गेट, दिल्ली–110006

फोन : 011–23869812, 23865483, 23867791

e-mail : sales@rajpalpublishing.com

www.rajpalpublishing.com

www.facebook.com/rajpalandsons

मूल मन्त्र

मुझे चाहिए हाड़-माँस का एक मनुष्य,
तुम्हारी तरह फ़रिश्ता नहीं, मशीन नहीं, हे भगवान!

भरपूर हो आह्लाद से, या हो टुकड़े-टुकड़े।
तेरी तरह हारे जंग में या चले उल्टी राह

खुशी में या ग़म में,

कर रहा हो प्रायश्चित या हो सातवें आसमान पर।

-मीरोसलाव बालेक

सर्वत्र धोखेबाज़ी के युग में सच बताना एक क्रान्तिकारी कृत्य है।

-जॉर्ज ऑर्वेल

आभार

इस पुस्तक के लिए प्रेरणा देने वाली श्रीमती अन्ता लुक्कोविशोवा के प्रति, जिन्होंने विशेषज्ञ की हैसियत से मेरा मार्गदर्शन करके अपने सुझाव दिये हैं और लूर्बा फ़ेल्लनर के प्रति, जिन्होंने मेरी तीन भारत–यात्राओं के दौरान वहाँ मेरे लिए अनुकूल परिस्थितियाँ बनाई हैं, मैं हार्दिक आभार प्रकट करता हूँ।

रूढ़िवाद के हठ का कवच

आज ईसाइयत का दम सबसे अधिक घुट रहा है अपने ही चर्च के संगठनों के रूढ़िवाद के हठ से। यह भक्तों की भावनाओं, सोच का दमन करता है। उन्हें बेड़ियों में जकड़ कर रख देता है और सामूहिक स्तर पर चर्च की जमी हुई ज़मीन पर बर्फ़ की चादर डालने का काम करता है। रूढ़िवाद के राज का अर्थ हुआ चर्च की रूढ़िवादी सोच एवं निर्देशों पर चलना। इसके तहत विश्वास को यीशु के जीवन का अनुकरण करने के रूप में नहीं लिया जाता, बल्कि विश्वास का अर्थ बन जाता है, उस सोच से सहमत होने को बाध्य करता, जो चर्च की 'दैवी सत्ता' की इस तरह से व्याख्या करती है कि सत्य का प्रश्न चर्च की सत्ता के अधीन उसके अधिकार का एक प्रश्न बन कर रह जाता है। रूढ़िवाद भक्तों को सत्य की राह पर चलते हुए अपने आप ईश्वर तक पहुँचने की राह नहीं दिखाता, भले ही वह राह त्रुटिपूर्ण हो, सन्देहजनक हो। इसके विपरीत भक्तों को स्वीकार करना होता है कि चर्च की विचारधारा में ही सम्पूर्ण सत्य है, इस कारण किसी भी सन्देह को ईश्वर के प्रताप के विरुद्ध एक अपराध घोषित किया जाता है। प्रश्न पूछने की अनुमति देने के बजाय भक्तों की नीयत को ही सन्देहास्पद बताया जाता है। यह प्रवृत्ति मनुष्य की सोच को निजी स्तर पर परिपक्व नहीं होने देती। स्वयं पर लादे गये सिद्धान्तों के भय से मनुष्य अपने व्यक्तित्व पर ही सन्देह करने लगता है, यह स्थिति उसे अव्यक्त विक्षिप्तता की राह पर ले जाती है। यीशु द्वारा दिखाई गई मोक्ष की राह पर चलने के बजाय, जिसमें उसे उपचार तथा आनन्दोल्लास मिलता है, वह एक भयपूर्ण, निराशाजनक, रोगी जीवन जी रहा होता है, जो स्पष्टत: हर उस उपदेश के विपरीत है, जो यीशु ने मानवजाति को दिया था।

—डॉ. कारोल नन्दरास्की,
प्रोफ़ेसर एवं बाइबल विशेषज्ञ की
पुस्तक : *यीशु एवं वर्तमान युग*
से उद्धृत एक अंश

शेबा की महारानी सिबिल ने, जिसका असली लाम मिखाल्दा कुमाना था, उस दिन अपने वफ़ादारों को एकत्र करके भविष्यवाणी की, 'जिस दूत को मैंने देश के उत्तर में भेजा था, वह समाचार लाया है कि यहाँ से बहुत दूर एक अत्यन्त बुद्धिमान तथा न्यायप्रिय सम्राट रहता है, जिसका नाम सुलेमान है। इस देश से एक मनुष्य का उदय होगा, जो, जिस दिन सूर्य देवता संक्रांति का उत्सव मना रहा होगा, सारे संसार के लिए प्रकाश लेकर आयेगा। हालाँकि वह येरुशलम में बहुत अपमान, अत्याचार सहेगा, फिर भी वह उसका वैभव बढ़ाएगा; कानूनों को ग़लत तौर पर पेश करने वाले पुजारी उसके विरुद्ध विद्रोह का झंडा उठाएँगे। वे उस पर ईश-निन्दा का आरोप लगाएँगे, झूठ बोलने की तोहमत लगाएँगे और उनका व्यवहार सांसारिक सत्ताधारियों से कम नहीं होगा; ताक़त के साथ-साथ उनका घमंड बढ़ेगा। राजा तथा पुजारी केवल उनकी सहमति मिलने पर किसी से विवाह कर सकेंगे। पुजारियों के वर्चस्व के कारण दुनिया में बहुत पाप बढ़ेंगे। मसीहा इन पापों के बीच कवच बन कर खड़ा होगा। इसी कारण दक्षिण की महारानी उसका साथ देगी, क्योंकि उसने संसार के दूसरे छोर से भाई सुलेमान की महिमा सुन रखी है और लो, वह आ भी गया, सुलेमान से भी ज़्यादा महान।'

गैलिली के काना में चमत्कार

यदि तोमाश को मालूम होता कि काना में उसके साथ क्या घटने वाला है तो वह ज़्यादा ज़िम्मेदारी से काम करता। बाइबल से जुड़े इस नगर में एक नया चमत्कार न होता। उस दिन सुबह सात बजे ही कड़कती गर्मी पड़ रही थी। दोपहर होने से पहले ही वह अपनी पुरानी फ़ियेट में बैठ कर टिबेरिया के लिए निकल पड़ा था।

इज़राइल में जहाँ अप्रैल के हिसाब से तापमान असाधारण रूप से बहुत अधिक था, वहीं स्लोवाकिया में आश्चर्यजनक रूप से सर्दी थी। बारिश होते आज तीन दिन हो चुके थे, और मारिका बहुत गुस्से में थी, क्योंकि उसने उन दो युवकों को काम से निकाल दिया था, जिन्हें उसने पुरानी, आधी मुरझाई, गल रही झाड़ियों को खोद निकालने के लिए रखा था, जो उसके घर के रास्ते की ख़ूबसूरती को खराब कर रही थीं, जबकि मीषाल कोशिचे गया हुआ था। वह उन झाड़ियों को नहीं उखाड़ना चाहता था। पुराने, फालतू सामान से विदा लेना उसके पति के लिए एक भारी समस्या थी। उन्हें जगह-जगह से लेकर आने में वह बहुत समय तथा ऊर्जा ख़र्च करता था। आधा बगीचा कबाड़ से भरा पड़ा था, जिसमें उसकी यात्राओं से लाई यादगार चीज़ें ज़्यादा थीं, और पुरानी, बेकार की चीज़ों को फेंकना उसके पति के लिए एक भारी समस्या थी। इन दिनों जब भी वह ज़्यादा थका महसूस करती थी, उतनी ही ऊर्जा से वह उस सामान से छुटकारा पा लेती थी, फेंगशुई के अनुसार जो सकारात्मक ऊर्जा आने में बाधा बना होता था। वह तब भी मीषाल के गुस्से से आगबबूला हो जाने का ख़तरा उठा रही थी, जब उसे यह पता चल जायेगा। लेकिन उसने चुपके-चुपके मीषाल को बिना पता चले, कुछ जग, हार, लालटेनें और कई दूसरी पुरानी चीज़ें उठाकर फेंक दी थीं। एक बार जब येरुशलम से आई एक शिला उसने उठा कर फेंक दी तब मीषाल का क्रोध देखकर हैरान रह गई, जब उसे इसका पता चल गया था। उसे तो जैसे दौरा ही पड़ गया। प्रकोप ऐसा फूटा कि भागा हुआ वह कूड़े के ढेर के पास जाकर लगभग एक घंटा, पड़ोसियों की शर्म किये बिना, उसे छानता रहा, और जैसे कोई चमत्कार हुआ हो, उसे अपनी यादगार चीज़ मिल ही गई। 'तू जानती है कि यह क्या है?' वह पागलों की तरह, लेकिन स्पष्टतः चैन की साँस लेकर, मारिका पर चिल्लाया था।

'एक पुराना फालतू का पत्थर है, जो रैक पर पड़ा धूल इकट्ठी कर रहा था। कभी-कभी इसे झाड़ तो दिया करते...'

'यह सकारात्मक प्रतीक है,' उसने टोका। 'हम सब का प्राचीन घर!' मारिका उसे ताज्जुब से देखने लगी। 'ऊनम (UNUM)! तू इसे नहीं समझेगी। मेरे पास जितने भी प्रतीक हैं यह उनमें सबसे महत्त्वपूर्ण है। ऐसा फिर कभी मत करियो! समझी? मेरी चीज़ों को हाथ मत लगाइयो! मैं बात पर ज़ोर देकर कह रहा हूँ। अपने कमरे में सफ़ाई कर लिया कर, पर मेरे पढ़ाई के कमरे को हाथ मत लगाइयो।' असाधारण सबसे तीखे स्वर में वह बोला।

'अपने प्रतीक पर पागलों की तरह चिल्लाने की ज़रूरत नहीं थी। हर सफ़र से कुछ न कुछ ले आता है। पूरा घर इनसे भरा पड़ा है। चलने तक की जगह नहीं रही। और यह मत भूल कि तेरा पढ़ने का कमरा हमारा रहने का कमरा भी है। जहाँ मेहमान आते हैं।'

'ठीक है, ठीक है,' ठंडा होता हुआ वह बोला, 'लेकिन प्रतीक हमारे जीवन के लिए आवश्यक हैं। ये पवित्र ख़यालों से हमारे घर ऊर्जा लेकर आते हैं। यह पत्थर दूसरे पत्थरों की तरह कोई पत्थर नहीं है। येरुशलम में कॉपटिक (पश्चिम एशिया में ईसाइयों का एक वंश) आर्क बिशप आतानासिउस ने यह मुझे दिया था। तोमाश को भी ऐसा एक पत्थर दिया था।' शिला को अपनी जगह पर रखते हुए उसके चेहरे पर एक विलक्षण भाव था।

'तूने मुझे कभी बताया कि कभी तू तोमाश के साथ कॉपटिक पादरी के पास गया था,' मारिका ने आश्चर्य व्यक्त किया।

'तोमाश मुझे उससे मिलवाने ले गया था। वे दोस्त हैं। आर्क बिशप आतानासिउस काहिरा के नज़दीक मादी में पितृसत्तात्मक पाठशाला में पढ़े थे और उन्हें विश्व के सबसे बड़े सन्तों में एक माना जाता है। तुमने क्या इस पर गौर किया?' कहकर उसने पत्थर को उठाकर श्रद्धापूर्वक देखा। उसे पत्थर में चीरा लगा कर लिखी कुछ पंक्तियों को दिखाया, जिन पर पहले उनका ध्यान नहीं गया था। 'देख यह 1 का अंक है, एकात्मकता का प्रतीक। और यह, अगर तू गौर से देखे तो वर्ण और हैं। मुझे ठीक से पता नहीं कि इनका अर्थ क्या है, परन्तु इनका सम्बन्ध पूर्व और पश्चिम से है।'

मारिका ने शिला को गौर से देखा, 'इस छोटे चित्र में कमल की मुद्रा में बैठा आदमी यीशु की तरह लगता है।' मीषाल ने सहमति में सिर हिलाया। 'लेकिन यीशु कमल की मुद्रा में क्यों बैठेंगे?' उसने बैठे हुए आदमी की अस्पष्ट सी आकृति को देख कर सिर हिलाया।

'शायद यह पूर्व और पश्चिम में एकात्मकता का प्रतीक है। आर्क बिशप ने बताया था कि एक जनश्रुति के अनुसार पूर्व में कहीं कमल की मुद्रा में बैठे यीशु की एक मूर्ति है,' उसने अपने हाथ से इशारा किया, 'उन्होंने कहा था कि यह शिला यीशु के पास जाने का पथ दिखाती है।'

मारिका हल्के से मुस्कराई। उसकी खोपड़ी में नहीं पड़ रहा था कि मीषाल जैसा पढ़ा-लिखा आदमी हर तरह के अन्धविश्वासों और जनश्रुतियों में विश्वास कर लेता है। वास्तव में उससे ज़्यादा वह स्वयं ऐसी बातों पर अधिक यकीन करती थी। इसके बावजूद

उसने चेहरे पर गम्भीरता लाते हुए उससे क्षमा माँगी, 'माफ़ करना, मुझे पता नहीं था कि तुम्हारे लिये यह इतनी महत्त्वपूर्ण थी। सॉरी।'

'यह शिला मेरे लिए बहुत महत्त्व रखती है। जैसे मैंने पहले भी बताया था कि ऐसी दो हैं। आर्क बिशप को यह उनके पूर्ववर्ती ने दी थी। एकदम एक जैसी। उनको भी ये उनके पूर्ववर्ती से मिली थीं। कहा जाता है कि यह भारत से थीं। यह एकात्मकता-शिलाएँ हैं और तभी सक्रिय होती हैं जब दो व्यक्ति एक ही समय पर, एक ही मुद्दे के बारे में सोच रहे होते हैं। कहा जाता है कि यह चमत्कार कर सकती हैं। वैसे चाहो तो तुम ख़ुद भी देख सकती हो।'

'मीषाल, मीश्को...तू जानता है कि मैं तुझसे कितना प्यार करती हूँ। पर अफ़सोस है कि कई बार तेरा अन्धविश्वास ज़रूरत से ज़्यादा हो जाता है। हाँ, मैं जानती हूँ कि मेरे स्वस्थ होने में...विश्वास का बहुत हाथ था, लेकिन इसका यह मतलब नहीं कि मुझे किसी पत्थर ने ठीक किया था, जिसके सामने बैठे तू यहाँ प्रार्थना कर रहा था और यह तेरा इज़राइल वाला तोमाश, हालाँकि वह पादरी है। '

'क्या मैंने ठीक सुना है? क्या तू मुझ पर अन्धविश्वास की तोहमत लगा रही है? तू, जो हर सुबह-शाम सूली पर चढ़े यीशु के क्रूस के सामने बैठी प्रार्थना कर रही होती है' लेकिन फिर उसने स्वयं को रोक लिया। 'माफ़ करना। शायद...' उसने बात पूरी नहीं की। अब वह कम्प्यूटर के सामने बैठा आने वाली मेलों को देख रहा था। अचानक वह उछल पड़ा, 'यह नहीं हो सकता!' स्क्रीन को घूरते और भारी साँसें लेते हुए वह बोला।

'क्या हुआ?' मारिका ने रसोई से आवाज़ लगायी, 'क्या आडेल्का की मेल आई है?'

'नहीं।'

'उसने काफ़ी दिनों से मेल नहीं भेजी। हमें उससे सम्पर्क करना चाहिए। स्काइप खोलेगा ज़रा?'

'हाँ, खोलूँगा, पर पहले इधर आकर देख,' उसने तभी खोली एक ई-मेल की ओर संकेत किया। यह तोमाश ने भेजी थी।

'सॉरी, इसे मैं बाद में देखूँगी। पहले शोरबा बना लूँ।'

मीषाल मन्त्रमुग्ध कम्प्यूटर को देखे जा रहा था। तोमाश के सन्देश से इसकी पुष्टि हो गई लगती थी कि शिला 'यकीन नहीं आता, एकदम एक जैसी हैं,' मीषाल ने अविश्वास में सिर हिलाया।

'बिल्कुल कुदरती पत्थर की तरह लगती हैं, लेकिन सारनाथ के पास निकली सूर्यकान्त मणि की हैं, यह वह जगह है जहाँ बुद्ध ने अपना पहला व्याख्यान दिया था। अगर यह पत्थर सही हाथों में हो तो इसके मालिकों को सम्पूर्ण ज्ञान की प्राप्ति होती है। इन्हें किसी ग़लत हाथ

में नहीं पड़ना चाहिए। अगर एक भी पत्थर ग़लत हाथों में पड़ गया तो इनकी शक्ति चली जाएगी।' अब वह पूरी तरह ठीक से समझ रहा था कि मारिका ने उसे एक पल पहले जो कह कर चकित किया था, उस विषय पर वह पहले ही आतानासिउस से बात कर चुका था।

'सम्पूर्ण ज्ञान क्या होता है?' उसने आर्क बिशप से पूछा था।

'यही सबसे मुश्किल दौर होता है। यह स्वयं को समझना होता है। ऐसी समझ एक दवा होती है, यह हमें मुक्त करती है, हमें याद दिलाती है कि हम एक बार जब अभी प्रकाश में होते थे, जब हम एकात्मकता में आरम्भ के सोपान पर खड़े होते थे, जब हम मनुष्य होते थे, त्रुटिहीन, शिशुओं की तरह मासूम, तब हम क्या होते थे।'

'प्रतीक? कैसा प्रतीक? और मुझे कहाँ से मिलेगा?'

'एक जनश्रुति है कि भारत में क्राइस्ट की एक मूर्ति है, जिसे ईश्वरदूत थोमस ने बनाकर यीशु की क़ब्र में रखा था। कहा यह जाता है कि कमल की मुद्रा में यह यीशु हैं। इस रूपरेखा के समान,' उसने पत्थर के पीछे लम्बे बालों वाले एक आदमी की अस्पष्ट सी आकृति की ओर संकेत किया।

'ईश्वरदूत थोमस भारत में?' मीषाल ने ताज्जुब से उसे देखा।

'थोमस भारत में ईश्वर का भेजा हुआ दूत है और वह मालाबार में सीरियाई क्रिश्चियन चर्च का मुख्य आध्यात्मिक प्रतिनिधि होता था, यह धर्म दक्षिण भारत में अब भी व्यापक रूप से प्रचलित है। यह कैथोलिक चर्च से अलग हो गया था। यहाँ तक कि इसे मारथोमा कहते हैं।' तोमाश, जो इस समरूप शिला का नया मालिक बना था, बीच में बोला, 'मारथोमा।' मीषाल ने अपने दोस्त की ओर देखा। 'थोमास का चर्च। तुम्हारे नाम पर।' काँपती हुई आवाज़ में कम्प्यूटर के सामने बैठा मीषाल चिल्लाया, 'गैलिली के काना में एक चमत्कार हुआ है!'

एक आँख से मारिका ने उसे देखा और पाया कि वह अन्यमनस्क है, 'वाह! वाह! क्या खबर दी है। सब जानते हैं कि यीशु ने अपना पहला चमत्कार वहीं दिखाया था-पानी को शराब में बदल दिया था।'

'मैं उसकी बात नहीं कर रहा।' मारिका एकटक उसे देखने लगी। 'तोमाश ने लिखा है कि वह आज सुबह अपनी पुरानी फिएट में टिबेरिया से नाज़ारेथ जा रहा था। तापमान 104 डिग्री था और सड़क पर तारकोल पिघल रहा था। तोमाश अपने टायर में दबाव की कभी जाँच नहीं करता, अत: आश्चर्य की बात नहीं कि टायर ज़्यादा फूल गये थे। उसे नाज़ारेथ में किसी से मिलना था, लेकिन वह हमेशा की तरह लेट था और 90 मील प्रति घंटे की रफ़्तार से हाइवे पर गाड़ी चला रहा था, उसके टायर जलती सड़क पर हद से ज़्यादा गरम हो गये थे और...।' 'हे भगवान, उम्मीद है कि वह ठीक है,' मारिका ने भयभीत होकर कहा।

'उसका सामने वाला दायाँ टायर फट गया था।'

'क्या हुआ उसे?'

'कुछ नहीं, किस्मत अच्छी नहीं थी। टायर तब फटा, जब वह गैलिली के काना में एक चौराहे पर लालबत्ती पर रुका।' वह एक पल के लिए व्यग्र हो गया था, 'मारिका, तुम्हें याद है कि जब मैं कचरे के ढेर से पत्थर लेकर आया था तो क्या वक्त था?'

'12 बजकर 1 मिनट।'

'पक्का?'

'पक्का। तभी पड़ोसी ने दोपहर की ख़बरें सुनने के लिए अपना रेडियो कान फाड़ने वाली आवाज़ में चलाया था।'

'यह नहीं हो सकता,' मीषाल गहरी सोच में डूब गया।

'तोमाश का टायर बिल्कुल उसी समय फटा था।'

मारिका चलकर अपने पति के पास आई, अपने एप्रन पर उसने अपने गीले हाथ पोंछे। मीषाल के बाल बिखरा कर वह कोमल स्वर में बोली, 'आज सुबह जब मैं पूजा कर रही थी तो पता नहीं क्यों, मैंने तोमाश को याद किया था। उसके स्वास्थ्य और सम्पन्नता के लिये मैंने प्रार्थना की थी।'

'क्यों? तू उसे जानती भी नहीं।'

'मैं जानती हूँ कि वह शख़्स तुम्हारे लिए कितना अहम है। आखिर तो तुम मेरे पति ही हो न।'

टेम्पलम हीरोसोलिम

मेरी के माता-पिता जोआख़िम और अन्ने काफ़ी समय तक सन्तान उत्पन्न नहीं कर सके, और तब जोआख़िम ने ईश्वर की शरण ली थी कि यदि ईश्वर ने उन्हें सन्तान दी तो वह उसे पुण्यात्मा बनाएगा। जब उनके घर पर पुत्री हुई तो उन्होंने उसका नाम मेरी रखा—हिब्रु की मरियम के नाम पर, जिसका अर्थ था, 'जिसकी लम्बे समय से इच्छा थी।' जब वह तीन वर्ष की थी तो वह उसे अपने एक रिश्तेदार के पास लेकर गये, जो येरुशलम के मन्दिर का एक उच्च पुजारी था, जिसने उसे ईश्वर के प्रति निष्ठा रखने का पाठ पढ़ाया था। उसका पालन-पोषण मन्दिर के निकट एक कन्या-छात्रावास में हुआ। स्कूल मन्दिर के आज्ञाकारी कर्मचारियों को ऐसे सहायकों के रूप में तैयार करता था, जो ऐसे काम सँभाल लेते थे, जो येरुशलम का पुरोहित वर्ग नहीं करता था। साथ ही इन भावी सेवकों को शिक्षित भी किया जाता था। मेरी अक्सर शाही स्कूल में जाया करती थी, जहाँ वह अन्य धर्मनिष्ठ महिलाओं के साथ धार्मिक कर्मकांड सीखती थी। माता-पिता की मृत्यु हो जाने के कारण उसे उनका पथप्रदर्शन नहीं मिलता था, और ऐसी एक धार्मिक शिक्षा लेती हुई वह बड़ी हुई थी, जिसका

असली दुनिया में जीवन काटने के लिए कोई महत्व नहीं था। सेक्स तथा प्रेम के बारे में उसे कोई ज्ञान नहीं था। इसीलिए वह तब परेशान थी कि उसे गर्भ कैसे ठहर गया था, जब उसकी मौसी एलिज़ाबेथ ने उसे बताया कि वह किस स्थिति में थी। सिर्फ़ तब, जब वह इन चीज़ों के बारे में समझने लगी थी तो उसने तीन महीने, जब वह अपनी मौसी के साथ रह रही थी, जो स्वयं गर्भवती थी, सोच रही थी कि बदनामी से कैसे बचे। मौसा ज़कारिया आइन करेम नाम के एक गाँव में रहता था, जो येरुशलम से ज़्यादा दूर नहीं था। वास्तव में पतिलंघन के इल्ज़ाम में उसे पत्थरों से मारे जाने का ख़तरा था। अन्तत: वह अपनी मौसी के बहुत कहने पर नाज़ारेथ के एक जाने-माने बढ़ई जोज़ेफ़ से शादी करने को राज़ी हो गई। विधुर जोज़ेफ़ के चार पुत्र, जोज़ेफ़, जेम्स, यूडा और सिमोन तथा दो पुत्रियाँ लिडिया और लिसिया थीं, वह जल्दी में शादी नहीं करना चाहता था, परन्तु अन्त में मान ही गया। जिस साल सम्राट गाइउस ओक्टाविउस आउगुस्तुस के शासन के 18 वर्ष हुए, उस साल उन दोनों का विवाह हुआ। मेरी 16 वर्ष की थी, जोज़ेफ़ 30 साल बड़ा था। जब मेरी गर्भधारण के चौथे महीने में थी तब जोज़ेफ़ को अपनी मंगेतर की अवस्था का ज्ञान हुआ। पाँच महीने बाद उन्हें सम्राट की आज्ञानुसार नाज़ारेथ छोड़ कर जोज़ेफ़ के जन्मस्थल बेथलेहेम जाना पड़ा, ताकि कर-रजिस्टरों का नवीकरण करने के तहत वह अपना कर्तव्य पूरा कर सके।

पोम्पई की फ़ौजों द्वारा येरुशलम जीत लेने के 50 वर्ष बाद के समय में फ़िलस्तीन में लगभग 50 लाख यहूदी रहते थे; रोम द्वारा वहाँ शान्ति बहाल कर देने के समय क्रूर और धूर्त सम्राट हेरोड महान युडेया पर राज कर रहा था। वह यहूदी भी नहीं था और जनता उससे घृणा करती थी। लेकिन रोम फ़िलस्तीन में व्याप्त हुई शान्ति से सन्तुष्ट था, इस शान्ति को हेरोड ने भय तथा आतंक के बल पर स्थापित किया था। सत्ता में आने के बाद उसकी शुरुआती कार्रवाइयों में एक थी 71 सदस्यीय यहूदी न्यायिक समिति सान्हेद्रिन के 45 सदस्यों को मृत्युदंड देना। अपनी गद्दी खोने का उसे इतना भय था कि उसने अपने दो बड़े पुत्रों की गला घोंट कर हत्या कर दी थी, कुछ समय बाद पत्नी मरियम की भी और अपनी माँ की भी। अपनी मृत्यु होने से पहले उसने अपने एक और पुत्र आंतिवातर की हत्या करने का आदेश भी जारी किया। अपने जीवन का अन्त होते-होते शराबी राजा ने दो लोकप्रिय रब्बियों[1] को भी ज़िन्दा जलवा दिया, ये थे यूड़ा और मैन्यू। उनके 40 अनुयायियों को भी ऐसे ही मौत के घाट उतारा गया। अपने शासन के उत्कर्ष पर, जनता को तनिक खुश करने के लिए उसने येरुशलम के मन्दिर का ज़ोर-शोर से पुनर्निर्माण शुरू किया। प्रतिबन्धित क्षेत्रों में आम जनता के आने पर रोक लगाने के लिए उसने हज़ारों पुजारियों को राज-मिस्त्री और बढ़ई बनने का प्रशिक्षण दिलवाया।

मन्दिर जल्दी से जल्दी, 18 महीने में बन कर तैयार हो गया। परन्तु पुनर्निर्माण हेरोड के महानता के वहम को दूर करने के लिए पर्याप्त नहीं था, अत: उसने पूरे फ़िलस्तीन से 80 हज़ार मज़दूर इस काम पर लगाये, जो मन्दिर को और भी भव्य बनाने के लिए इस परियोजना पर हेरोड की मौत के बाद तक भी काम करते रहे थे। मास्टर बढ़ई और

1. यहूदी पुजारी

राज-मिस्त्री, नाज़ारेथ का जोज़ेफ़, इस मन्दिर के निर्माण पर बरसों काम करता रहा था। हालाँकि वह अब बूढ़ा हो चुका था, फिर भी उसे बहुत बार निर्माण-स्थल पर बुलाया जाता था, क्योंकि वह मन्दिर और महल-निर्माण के क्षेत्र का एक प्रसिद्ध विशेषज्ञ तथा सलाहकार था, न केवल गैलिली में, बल्कि फ़िनीशिया, देकापोलिस, समारिया तथा तुडेआ में भी। शीत ऋतु की संक्रांति पर, किसलेव माह की 24 तारीख़ को, यहूदी-वर्ष 3761 में वह पुनः निर्माण-स्थल पर था। वह वहाँ मुख्य राजकीय भवन-निर्माता के अनुरोध पर गया था, जिसे पता चला था कि बेथलेहेम जाते हुए जोज़ेफ़ येरुशलम से गुज़र रहा था, अपनी पत्नी मेरी और सेवक रूथ के साथ। वह वहाँ जनगणना के समय उपस्थित होने जा रहा था। इस निमंत्रण को पाकर जोज़ेफ़ कोई बहुत खुश नहीं हुआ था, क्योंकि मेरी गर्भ से थी और किसी भी वक्त शिशु को जन्म दे सकती थी। फिर भी उसे मना लिया गया और इस तरह जब वहाँ ऊँचे स्तम्भों का निर्माण पूरा हुआ, जो कि उस समय वहाँ सबसे ऊँचे होते थे, तो वह वहाँ था। स्तम्भ बन जाने के उपलक्ष में हेरोड ने जोज़ेफ़ और सभी बड़े कारीगरों ने एक-एक हार राजा की ओर से भेंट में प्राप्त किया। जोज़ेफ़ घबराया हुआ था, क्योंकि उसने मेरी और रूथ से वायदा किया था कि वह रूथ की मौसी के घर लौट आयेगा, जहाँ वे येरुशलम में अपने प्रवास के दौरान तीन रातें बिता रहे थे दोपहर के तुरंत बाद। समारोह से विदा लेने के पश्चात् जोज़ेफ़ जल्दी से अपनी पत्नी के पास लौटा। ग्रैंड मास्टर ने उसे सब्ज़ियाँ ले जाने के लिए खपचियों से बनी घोड़ों द्वारा खींची जाने वाली एक बग्घी दी, जिसे उसे नाज़ारेथ लौटते हुए वापस देना था। जिस गधे पर बैठ कर वे नाज़ारेथ से आये थे, उसकी तुलना में ये घोड़े और बग्घी सचमुच आरामदेह थे। जोज़ेफ़ ने मेरी को लिनन के कम्बल में लपेटा और फिर रूथ भी उनके ताँगे में उनके साथ हो लिया। उन्होंने साथ में पानी की मशक, शराब रखने की मशक, कुछ अतिरिक्त कपड़े, चमड़े का एक थैला, डबलरोटी, भेड़ का सुखाया मांस, पनीर, सुखाई अंजीरें और अनार भी रखे।

और आगे के सफ़र पर वे निकल लिये। मन्दिर से बेथलेहम का सफ़र 4 रोमन मील लम्बा एक आसान चढ़ाई वाला था, लेकिन बूढ़ी घोड़ी को इसमें दो घंटे लगे।

ज़िओन गेट से निकल कर वह ज्यों ही हेब्रोन रोड पहुँचे तो बारिश और ओले पड़ने शुरू हो गये। जब उन्होंने बेथलेहेम में प्रवेश किया तो मेरी ने जोज़ेफ़ और रूथ को संकेत दिया कि शिशु दिन का प्रकाश देखना चाहता है। जोज़ेफ़ ने धीमी चाल से चल रही घोड़ी को तेज़ भगाने के लिए चाबुक लगायी। वे इस सराय से उस सराय, इस घर से उस घर घूमते रहे, लेकिन हर जगह उन लोगों से भरी हुई थी, जो नगर में जनगण्ना के लिए आए थे। आख़िर किसी ने उन पर दया की, यह था एक सराय का मालिक अप्साफ़र। उसने उन्हें अपने अस्तबल में जगह दी, जो उसने सराय के पीछे एक चट्टान काट कर बनाया था, इसके लिए उन्हें चाँदी के कुछ सिक्के देने पड़े। ज्यों ही उन्होंने भूसे पर लिनन के कम्बल बिछाए, उसी समय मेरी को दर्द उठने लगे।

जोज़ेफ़ और रूथ का इस ओर ध्यान नहीं गया कि बर्फ़ पड़नी बन्द हो गई थी। शिशु का आनन्ददायक रोना अस्तबल में सुनाई दे रहा था और उसी समय साफ़ आसमान में एक बहुत

ही चमकता सितारा प्रकट हुआ। मेरी ने अपने पहले पुत्र को जन्म दिया था। उन्होंने उसका नाम जोशुआ बेन जोज़ेफ़ रखा। मुक्तिदाता जोशुआ, जोज़ेफ़ का पुत्र। अपने पहले पुत्र की यादगार के तौर पर जोज़ेफ़ ने मेरी को वह बहुमूल्य हार दिया, जो उसे उस दिन सम्राट से मिला था। यह एक विशेष धातु से बना था जिसके अग्र भाग पर छह सिरों वाला एक सितारा था और दो दंड एक मेहराब से जुड़े थे, जिस पर अस्पष्ट शब्दों में लिखा था: टेम्पलम हीरोसोलिम, अर्थात् येरुशलम का मन्दिर। ठंडे अस्तबल में मेरी के हाथ को इससे सुखद गर्मी मिल रही थी।

एक कर-समाहर्ता, पुलोआस, तीन रहस्यमय अजनबी आदमियों को गुफ़ा में लेकर आया जिन्होंने शानदार सजीली पोशाकें पहनी हुई थीं। वह नवजात शिशु से मिलने आए थे। कोई नहीं जानता था कि क्या वे बेथलेहम से गुज़रने वाले कई कारवानों में से एक से आये थे या वे सिर्फ़ बच्चे को देखने के इरादे से आए थे। वे घोड़ों से उतरकर खटोले के पास गये और उन्होंने अपना परिचय ईरान, मिस्र और भारत से आए मनीषियों के रूप में दिया। उनमें से एक ने, जिसे वे गास्टाफ़र कह कर बुला रहे थे और जिसका असली नाम गोंडोफ़ारेस था, उपहार ठंडे फ़र्श पर रखे और कुछ शब्द कहे, जिन्हें उसके साथियों के अलावा और किसी ने नहीं समझा। 'हम दूर-दूर के देशों से आए हैं, और तुम्हारे बच्चे के लिए उपहार लाए हैं, जो संसार में मानव-जीवन के तीन मूल्यों के प्रतीक हैं। द्रव्य का प्रतीक-सोना, मस्तिष्क का प्रतीक-धूप, और जीव का प्रतीक-लोबान। जिस राह पर इसने जाना है इन्हें इसके साथ जाने दो।' मेरी ने अजनबियों को बच्चे को अपनी बाँहों में झुलाने दिया। पहले तो उसने स्वयं को मनीषी गोंडोफ़ारेस, जो हिमालय की वादियों में बसे दूर-दराज़ के नगर तक्षशिला से आया था, की बाँहों में झुलाने दिया, लेकिन जब भले आदमी ने उसकी नन्हीं हथेली में लोबान की राल की एक बूँद टपकाई तो बच्चे ने रोना बन्द कर दिया और चैन से सो गया। यह दृश्य देखने पर बाल्थाज़ार और मेलकिओर एक-दूसरे की ओर देख कर मुस्कराए, क्योंकि वे रहस्य से परिचित थे। फिर वे दोनों आदरपूर्वक गोंडोफ़ारेस और बच्चे के सामने झुके। मेरी ने उपहारों को साभार स्वीकार किया, नहीं जानती थी कि इसका बदला कैसे चुकाए, लेकिन उसने जोज़ेफ़ का हार उसके हाथों में थमा दिया।

रहस्यपूर्ण स्वप्न

शनिवार की रात एक ऐसी रात होने वाली थी, जिसमें मारिका के जीवन में सबसे रहस्यपूर्ण घटना घटी। यह शुरुआत हुई मीषाल के देर से आए एक फ़ोन से। वह कोशीचे से बोल रहा था, उसे बताने के लिये कि स्कूल के सहपाठियों से पुनर्मिलन का 45वाँ समारोह अच्छा बीता था। वह बड़े अच्छे मूड में था और लगता था कि येरुशलम की शिला वाली घटना को वह भूल चुका था। 'हम रात की गाड़ी से कायो और जोज़ो के साथ वापस आ रहे हैं, सुबह हम ब्राटीस्लावा पहुँच जायेंगे।'

'गाड़ी में खाना मत, मिसेज़ ल्योरिंकोवा ताज़े अंडे लाई है, नाश्ते में तुझे सुस्वादु तले हुए अंडे खिलाऊँगी।' वह ख़ुश लगने की कोशिश कर रही थी, पर लग नहीं रही थी।

उसके सीने में गाँठ उसकी हँसी और ऊर्जा उससे छीन रही थी। जब से उसे पता लगा था कि कैंसर लौट आया है, तब से वह हर नकारात्मक भाव से स्वयं को परे रखने की कोशिश कर रही थी; वह मीषाल को दुखी नहीं देखना चाहती थी। कभी-कभी, जब वह गुस्सा कर बैठता था, तो वह उसे अपनी पीड़ा के बारे में बताना चाहती थी, लेकिन वह वो आदमी था, जिसके साथ वह गत 30 वर्ष से क़दम से क़दम मिला कर चल रही थी। 'मज़ा आ गया; तो मैं ऑमलेट खाने, और ख़ासतौर से तुझसे मिलने का इन्तज़ार कर रहा हूँ।' यह कहना भी वह हमेशा की तरह नहीं भूला। 'अब सो जा, आधी रात होने वाली है। बाय!'

जब वह अकेली होती थी उसे गुज़रे दिनों, महीनों और सालों के बारे में सोचने का मौक़ा मिलता था। लेकिन उस रात उसके दिमाग़ में कई चीज़ें आई थीं। उसे नींद नहीं आ रही थी, अतः वह शोपिन का प्यानो-वादन सुनने लगी, जिसका आम तौर पर अच्छा असर होता था, लेकिन इस बार नहीं हो रहा था। गाँठ, यह गाँठ, यह गाँठ। उसने बरसात की टप-टप वाली एक सीडी लगाई। झील की सतह पर पट-पट करके गिरती बूँदें उसे एक-दूसरे मूड में ले जा रही थीं। वह बैठक में अपने बार में गई, थोड़ी सी फ़ेर्नेट गिलास में उड़ेल कर वह बाबा आदम के ज़माने जैसी लगती एक गहरी कुर्सी में धँस गई, जिसे मीषाल कभी नोवा बाना की पुरातन वस्तुओं की एक दुकान से ख़रीद कर लाया था। उन्होंने इसकी मरम्मत करवाई थी और कुर्सी बढ़िया बन गई थी। वह अराम से टेक लगाकर बैठ गई, खिड़की ज़रा सी खोल कर उसने आवाज़ धीमी कर दी, क्योंकि उसे लगा कि बरसात कुछ ज़्यादा ही ज़ोर से फुसफुसा रही थी। बाद में उसने संगीत एकदम बन्द कर दिया, पर बारिश की बूँदों की ध्वनि कम नहीं हुई। थोड़ी देर बाद, जब वह आधी नींद में थी, उसने जाना कि आवाज़ बाहर से आ रही थी, जहाँ बारिश ने ज़ोर पकड़ लिया था। अजीब बात थी, पहले तो आकाश में एक भी बादल नहीं था। उसकी उनींदी आँखें बैठक में इधर-उधर घूम रही थीं; जिसका एक हिस्सा मेहमानों के बैठने के लिए था और दूसरा मीषाल की पढ़ाई-लिखाई के लिए। उसे ख़याल आया कि इससे पहले वह कभी मीषाल के अध्ययन-कक्ष में ऐसे नहीं बैठी थी। उसके रैकों पर तिब्बती प्रार्थना की झंडियों की कतार थीं, सुकरात की एक मूर्ति थी, गेथसेमाने के बाग से जैतून की एक सूखी टहनी, कहीं तुर्की से ख़रीद कर लाया गया तेल रखने का कांसे का एक डिब्बा, एक चीनी कुली की टोपी, और ऐसी कई यादगारें, जो उसे अपनी यात्राओं की याद दिलाती थीं। उसे यात्राएँ करना, नये-नये लोगों की संस्कृतियों को जानना, भिन्न-भिन्न जगहों में रहना, विशेषकर झोंपड़ियों में रहना बहुत पसन्द था, जहाँ, उसके अनुसार, असली दुनिया से भेंट होती थी। उसे अफ़सोस था कि वह उसके साथ यात्राओं पर नहीं गई थी, लेकिन विदेश देखने के शौक से ज़्यादा बड़ा उसका विमान-यात्रा का भय था। उसे मीषाल के मज़ेदार किस्से सुनने में और अपने साथ लाये चित्रों को देखने में तब आनन्द आता था, जब वह अपनी यात्राओं से लौटता था। जिस सपाट पत्थर को उसने हाल ही में बाहर फेंक दिया था, उसे वह उसके रैक पर विश्व-इतिहास के पाँच ग्रंथों के साथ पड़ा मिला था। उसने उसे ऐसे ध्यान से देखा मानो उसमें कुछ ऐसा हो, जो उसे आकर्षित कर रहा हो। 'यह सकारात्मकता का प्रतीक है, हम सबका आदिकालीन घर, मीषाल के उत्तेजित शब्द उसके कानों में गूँज रहे थे। उसने पत्थर को अपने हाथ में लिया, यह छोटा

था, परन्तु आश्चर्यजनक रूप से भारी था। उसे एक ख़ास तिरछे कोण पर क्षैतिज रेखा में एक समबाहु क्रूस नज़र आया; उसके आगे कुछ लिखा था, शायद हिब्रु में। लिपि बहुत हद तक वैसी थी, जैसी उसके पास पड़े सात बाँहों वाले मोमबत्तीदान पर थी। सिर्फ़ एक ही शब्द, जो लातिन में लिखा था और जिसे वह पहचान सकती थी, वह नीचे वाले दायें कोने पर था—यिन एवं यांग, जिस का अर्थ मीषाल ने उसे कई बार समझाया था। यह विविधता के भ्रम को प्रकट करता था, जो मनुष्यों के हर कष्ट को जन्म देती है। बौद्ध धर्म का मुख्य लक्ष्य है ऐसे द्विविधिता को समाप्त करना और विश्व में एकात्मकता स्थापित करना। काले भाग के मध्य में सफ़ेद बिन्दु और उसी तरह सफ़ेद भाग के मध्य में काला बिन्दु द्विविधता के दोनों पहलुओं में विपरीत पहलू का एक बीज है। हर अच्छी चीज़ में बुराई का एक बीज है, और हर बुरी चीज़ में अच्छाई का एक बीज है। अच्छाई और बुराई मिलकर एक इकाई बनाते हैं। प्रतीक के आगे कुछ लिखा था, जिसे देख कर उसे वक्र भारतीय लिपि की याद आ रही थी। उस लिखाई के बीचोबीच कमल की मुद्रा में बैठे, लम्बे बालों वाले एक मनुष्य की अस्पष्ट रूपरेखा थी, जिस पर उसका ध्यान पहले भी गया था। उसका दायाँ हाथ उठा हुआ प्रतीत हो रहा था। शिला बहुत पुरानी होगी; बैठे हुए मनुष्य की रेखाकृति पहचान में नहीं आ रही थी। दिलचस्प बात यह थी कि जब शिला को उसने पहली बार हाथ में लिया था तो मीषाल के बताये बिना उसका ध्यान इस ओर गया था। वह शिला को अपने हाथ में झुलाते हुए अपने पति के बारे में सोच रही थी। जब से वह भारत, नेपाल और चीन घूम कर आया था तब से गूढ़ता में उसकी हमेशा दिलचस्पी रही थी, पीछे 'आमीन' शब्द लिखा था, वहीं एक और प्रतीक था, जिसे वह तुरन्त पहचान गई, क्योंकि मीषाल उसके बारे में पहले उससे बात कर चुका था। यह था ओम, या औम, बुद्ध धर्म का सबसे पवित्र प्रतीक, जो ब्रह्मांड की अपरिमित एकात्मकता को दर्शाता था। वह बार-बार उसे दोहराने लगी, तब तक, जब तक उसे नहीं लगा कि वह ओम का नहीं, बल्कि ओमन का उच्चारण कर रही है, बल्कि आमीन या ओमेंन का। उस पर उजागर हुआ कि ये दो रहस्यमय शब्द कितने एक समान थे। जैसे कि उनका एक ही मूल हो। उसने शिला को रैक पर उसी जगह रख दिया, जहाँ वह पहले पड़ी थी, और फिर उसने देखा कि उसके एकदम नीचे भी कुछ लिखा था। यह अंग्रेज़ी में था। बत्ती जला कर वह पढ़ने लगी: मुझे याद है, मेरे भाई, कि जब तुम्हारा सूर्य उगता है तब मेरा सूर्य ढल जाता है, तुम उत्पन्न होते हो, मैं मर जाता हूँ। और उसके एकदम बाद एक और वाक्य : मुझे याद है, मेरे भाई, कि जब तुम्हारा सूर्य ढलता है, मेरा उगता है, जब तुम मरते हो, मैं उत्पन्न होता हूँ, इस वाक्य के बाद एक ही शब्द और था : ऊनम (UNUM)।

बारिश तेज़ होती जा रही थी, लेकिन बारिश से अधिक यह रहस्यमय शिला उसे व्यग्र बना रही थी। उसके सीने की गाँठ में उसे हल्की सी चुभन महसूस हुई, अतः उसने थोड़ी सी और शराब अपने गिलास में उड़ेली। उसे कुछ बेहतर महसूस हुआ, जैसा एक लम्बे समय से नहीं हुआ था। मीषाल के साथ बिताये पल उसके मस्तिष्क में घूम रहे थे। निश्चित रूप से सबसे सुन्दर पल छह महीने पूर्व के थे, जब मीषाल के तिब्बत से लौटने पर उसने उसे बताया था कि उसकी अनुपस्थिति में उसने व्रत रखे थे, और उसका वह

कैंसर, जिसके बारे में वह तब तक अनभिज्ञ रहा था, जा चुका था। जब कुछ दिनों बाद उसने उसे डॉक्टरों की पुष्टि और खून की जाँच की रिपोर्टें दिखाई थीं तो उनके चेहरे पर जो भाव उभरे थे उन्हें वह कभी नहीं भुला पायेगी। कैंसर का नामो-निशान तक मिट चुका था। उसी तरह वह भी उस रात को कभी नहीं भूला था, और उससे उसका हाथ माँगा था। लेकिन जब छोटी सी एक गाँठ पुन: उसकी छाती में प्रकट हुई थी तो उसे बेआरामी महसूस हुई थी, यह व्यग्रता अब उसकी आत्मा में प्रवेश कर चुकी थी। प्रार्थना करने, बेहतरी में विश्वास रखने तथा 40 दिन का व्रत रखने के कारण वह शल्यचिकित्सा से बचती रही थी और उसे कैंसर नहीं रहा था, जो देख कर डॉक्टर भी हैरान हुए थे। उसकी मित्र लूबका के साथ भी यही हुआ था और उसकी सलाह से भी उसे मदद मिली थी। लेकिन कुछ समय बाद उसने मांस खाना फिर शुरू कर दिया था और कभी-कभी वह सिगरेट भी पी लेती थी। उसकी प्रार्थना और ध्यान भी धीरे-धीरे कम होते गये। उसकी बायीं छाती में गाँठ उसे चेतावनी दे रही थी।

अब उस पर शराब और बारिश का असर हो रहा था और वह नींद में डूबी जा रही थी। अर्धस्वप्निल अवस्था में अचानक उसे चमड़े का एक अजीब सा सूटकेस दिखाई दिया। वह उसे तुरन्त पहचान गयी: यह चमड़े से बनी एक डिबिया थी, जिसमें उसकी माँ के गहने थे। 8 साल पहले, अपनी माँ की मृत्यु के पश्चात् उसने डिबिया को अपने डेस्क की एक गहरी दराज़ में बिल्कुल नीचे रख दिया था, और फिर उसके बारे में भूल गयी थी। एक साल पहले साफ़-सफ़ाई करते हुए उसे वह फिर मिल गई थी। तभी उसे पहली बार पता चला था कि उसे कैंसर है। मीषाल तब तिब्बत और नेपाल की एक लम्बी यात्रा पर जा रहा था, इस यात्रा का वह कब से सपना ले रहा था, और वह उसे जाने से रोकना चाहती थी। वह जानती थी कि अगर उसने उसे बीमारी के बारे में बता दिया तो वह यात्रा को रद्द कर देगा। उसकी सहेली लूबका ने उसे सलाह दी कि वह 40 दिन का व्रत रखे और उन पुरानी फालतू की चीज़ों को फेंक दे, जो उसके घर में सकारात्मक ऊर्जा को आने से रोक रही थीं। इसी में उसको गहनों वाली अपनी माँ की डिबिया और बहुमूल्य हार मिल गये थे। चूँकि उसे गहने पहनना कभी पसन्द नहीं था, अत: वह डिबिया को एक सुरक्षित स्थान पर रख कर फिर भूल गयी थी।

'हे भगवान, सुबह भी हो गयी?'

'कोशीचे वाली एक्सप्रेस ट्रेन समय पर पहुँच गयी थी और यानो मुझे कार में यहाँ लेकर आया है। तू यहाँ क्या कर रही थी?' 'मुझे नींद आ रही थी, इसलिए मैं संगीत सुन रही थी। भोर होने तक मुझे नींद नहीं आयी थी।'

'तुम्हें कोई बुरा सपना आया होगा।' वह एक झाड़ू ले आया और धूल तथा काँच के टुकड़े साफ़ करने लगा। अचानक वह सीधा हुआ और कुछ सूँघ कर, अपना सिर हिलाकर बोला, 'यह क्या खुश्बू है? क्या तुझे खुश्बू आ रही है? यह किसी असली तेल जैसी है। नहीं, कुछ-कुछ गुलाब जैसी लग रही है।'

'मुझे तो यह लैवेंडर जैसी ज़्यादा लग रही है,' मारिका ने तेज़ खुश्बू अपने फेफड़ों में भरी।

'क्या तूने कोई इत्र लगाया है?'

'नहीं, शायद बाहर से कोई खुश्बू आ रही है।'

मीषाल खिड़की के पास गया; बाहर से ताज़ी हवा कमरे में दाखिल हुई। उसने एक गहरी साँस ली। 'बाहर की हवा ताज़ा और साफ़ है,' उसने उस पर सन्देहपूर्ण दृष्टि डाली।

'मैं इत्र कैसे लगा सकती हूँ, अभी तो तूने मुझे जगाया है? और फिर ऐसा इत्र कभी मेरे पास नहीं होता।'

'अरे! अजीब बात है। बहुत तेज़ है यह खुश्बू। मुझे याद आ रही है एक...कहाँ मैंने पहले यह खुश्बू सूँघी है?'

मारिका ने एक गहरी साँस ली। 'मैंने माँ के बारे में सपना देखा था। जीवन में पहली बार। वह हमेशा सिगरेट पीती रहती थी, धुएँ को मेरे मुँह पर छोड़ती थी, लेकिन यह धुआँ सिगरेट की गन्ध नहीं देता था। बिल्कुल ऐसा था।'

अचानक मीषाल को कुछ समझ आया, जब उसने जाना कि कहाँ उसे यह खुश्बू आई थी। उसकी त्वचा में जैसे कीड़े रेंगने लगे।

पैगम्बर का फ़ैसला

लड़के की उसके जन्म के 8 दिन बाद यहूदी रीति-रिवाज के अनुसार सुन्नत की गयी। सुन्नत के बाद वे रूथ की आंटी के साथ फिर येरुशलम चले गये। मेरी और जोज़ेफ़ बच्चे के जन्म के 30 दिन बाद मन्दिर लौटे, जहाँ उन्होंने दो कबूतरों की क़ुर्बानी दी। सफ़ेद चोगा और रंगीन पेटी पहने एक पुजारी ने ज़रूरी प्रार्थना की और शुद्धता की रीति को पूरा किया, जिसके बाद 5 शेकेल के एवज़ में उन्होंने यीशु के मोक्ष पाने के कर्मकांड को पूरा किया। भुगतान हो जाने के बाद पुजारी ने शिशु को अपने सिर के ऊपर उठाया और उसे जोज़ेफ़ को लौटाने से पहले कुछ देर उसकी माँ को पकड़ा दिया। इस कर्मकांड के पश्चात् वे यहूदी क़ानून के तहत येरुशलम छोड़ कर दूर बसे नाज़ारेथ में मार्मियोन रोड पर अपने घर रहने चले गये। लड़का बड़ा हुआ और अपनी तमाम कोशिशों के बावजूद उसका पिता अपने सौतेले बेटे का दिल बहुत समय तक नहीं जीत सका। उसकी एक मुस्कान, पुत्रवत प्रेम के लिए वह कुछ भी क़ुरबान कर सकता था। लगता था कि किसी ने उसे बता दिया था कि जोज़ेफ़ उसका सगा बाप नहीं था। जोज़ेफ़ को कोई बड़ा या मनपसंद काम मिल नहीं रहा था, अत: उसे और लड़के को खेती के औज़ारों की मरम्मत का कड़ा काम करना पड़ता था। कभी-कभार उन्हें बढ़ई की दुकान पर फर्नीचर बनाने का काम मिल जाता था। परिवार के गुज़र बसर के लिए कमाई काफ़ी नहीं पड़ती थी। उस समय रोमन साम्राज्य में

कारीगरों की स्थिति गुलामों सी होती थी। सौभाग्यवश हेरोड महान के पुत्र हेरोड आन्तिपास के पुत्र सेफ़ोरिस के नाम से जानी जाने वाली गैलिली की राजधानी को भव्य रूप देने के लिए उसके नवीकरण का काम आरम्भ कर दिया, जिसे उसके पिता की मृत्यु के तुरंत बाद रोमनों ने तबाह कर दिया था। नगर के नवीकरण से गैलिली के निचले भाग की अर्थव्यवस्था को बढ़ावा मिला, जो उस समय रोमन साम्राज्य के सबसे अधिक आबादी वाले क्षेत्रों में से एक था। हेरोड ने नगर तथा अन्य निर्माणों के लिए धन न केवल करों से, बल्कि मृत सागर के तट पर जमे सख्त हो चुकी राल से और सायप्रस की टीन की खानों को पट्टे पर चढ़ा कर भी एकत्र किया। जोज़ेफ़ को जब सेफ़ोरिस के नवीकरण के लिए बुलावा आया तो नाज़ारेथ में उसकी सादी कुटिया में हर्ष की लहर दौड़ गई। वह कभी-कभी अपने पुत्र को साथ लेकर जाया करता था। दसियों हज़ारों की आबादी वाला गाँव सीरिया से मिस्र जाने वाली सड़क वीया मारिस के व्यापारिक मार्ग पर था। हालाँकि नाज़ारेथ वहाँ से पैदल का 90 मिनट का रास्ता था, फिर भी यीशु इस घमंडी और धनी लोगों के नगर में जाना पसंद नहीं करता था, जो घृणित रोमन सैनिकों से भरा पड़ा था, जिनसे घमंडी सेदूसी पुजारी और दोगले फ़ारीसी मेहरबानियों की उम्मीद में रहते थे। संगमरमर और चूने-पत्थर की सड़कों पर चकाचक सफ़ेद चोगे पहने घूमते शहरियों को युवा देहाती ताज्जुब से देखता था, जो अपने भव्य बंगलों को जा रहे होते थे; उन्होंने अपनी रेशम की सजी हुई पोशाक पर इत्र और चीन तथा भारत से आयात किये महँगे मसाले छिड़के होते थे।

इसके बजाय वह एक छोटे-से साइनागॉग में, जो नाज़ारेथ के केन्द्र के ऊपर एक विशाल गुफ़ा में था, *तोरा*[2] का अध्ययन करना अधिक पसन्द करता था। उसकी माँ, जो स्वयं मन्दिर के एक स्कूल में पढ़ी थी, शिक्षा में अपने बेटे की रुचि से बहुत प्रसन्न थी; वह उसे उत्साहित करती थी और स्वयं भी उसे पढ़ाती थी। जिज्ञासु बालक डेविड के धर्म-गीतों और सुलेमान के शिक्षाप्रद वक्तव्यों को पढ़ कर बहुत खुश होता था। नाज़ारेथ का रब्बी बेरेशिया मेरी तथा उसके पुत्र की धार्मिक शिक्षा का समर्थक था तथा साइनागॉग का वार्डन शज्ज़ान ऐलिया भी यीशु को बहुत पसन्द करता था। सुबह और शाम की प्रार्थना के दौरान यीशु अपने माथे या बाँहों पर 'शेबा यिज़राइल' लिखा एक कागज लगा कर जाता था, जिसकी शिक्षा उसके माता-पिता ने उसे दी थी। जब वह 7 वर्ष का था तो इज़राइली पैगम्बर की किताब को दिल से जानता था और साइनागॉग में तर्क-वितर्क करते बालिगों को सुनने में उसे ख़ास दिलचस्पी थी। वह बहस करते थे कि औरत को मर्द से कितनी निम्न श्रेणी का होना चाहिए, किन मामलों में तलाक़ मुमक़िन था, इसके अलावा आध्यात्मिक विषयों पर बहस सुनने में, जिसमें यहूदी विद्वान माहिर थे, वह ख़ास दिलचस्पी रखता था। हालाँकि 13 बच्चों को तर्क-वितर्क की शिक्षा दी गई थी और वे बचपन से ही खुल कर अपना मत प्रकट करते थे, फिर भी बड़े विद्वान यीशु की असाधारण बुद्धिमता से चकित थे।

---

2. यहूदियों की मुख्य सन्दर्भ पुस्तक

ऐसी ही एक बहस में वह एक फालतू के विवाद को सुन रहा था कि क्या सबथ[3] से पहले मशाल जलाने के लिये निर्धारित नियम का हर हाल में पालन करना आवश्यक है। जब आसमान साफ़ हो तो यह सम्भव था, क्योंकि सूरज के डूबने के समय को सही से आँका जा सकता था, लेकिन दूसरों ने जमकर विरोध किया कि समय को तब एकदम सही कैसे आँका जा सकता था, जब आसमान पर बादल छाये हों। विवाद ने तब ज़ोर पकड़ा, जब यीशु को बोलने को कहा गया। सबका ध्यान लड़के पर था, सब यही उम्मीद कर रहे थे कि लड़का ज़रूर कोई न कोई ऐसा मत प्रकट करेगा, जो परम्परावादी नहीं होगा। वह *तोरा* की मेज़ पर आया, झुका और ऐसे स्वर में बोला, जो आश्चर्यजनक रूप से एक 9 साल के लड़के के लिये कड़ा लगता था। 'मालिक बिल्कुल इस चीज़ की परवाह नहीं करता कि पवित्र दिन एक क्षण पहले या बाद में शुरू होता है! मेरा मतलब यह है कि सबथ मनुष्यों के लिए बनाया गया है, मनुष्य सबथ के लिये नहीं बनाये गये!'

'तुम ईश-निन्दा नहीं कर सकते। ईश्वर ने इज़राइल के लिये सबथ विश्राम का समय देने के लिए बनाया था,' उसकी बगल में बैठे अमोन ने तीखे स्वर में उसे टोका, उसका काफ़ी समय से यीशु के पिता के साथ गुफ़ाओं के पास वाले ज़मीन के एक टुकड़े को लेकर झगड़ा चल रहा था।

'हाँ, हाँ, इज़राइल को विश्राम का समय दिया था, ग़ुलामी का नहीं। रब्बियों ने यहूदियों को सबथ का ग़ुलाम बना दिया है! उन्होंने कई नियमों का आविष्कार करके इसका फ़ायदा उठाया है, यह दावा करके कि ये ईश्वर की आज्ञा है,' एकत्र लोगों में फुसफुसाहट होने लगी।

'तुम क़िसी रब्बी को उद्धृत क्यों नहीं करते?' कोई बोला।

'क्योंकि मुझ में खुद की अक़्ल है, जो ईश्वर ने मुझे बख़्शी है, वैसे ही जैसे किसी रब्बी को,' यीशु का व्याख्यान मूल रूप से पार्षदों और फारसियों से भिन्न था, जो मिश्नाह के क़ानून को तोड़-मरोड़ कर पेश करते थे। यह वह मौखिक परम्परा थी, जिसे सदियों से आज्ञा माना गया था।

'यह तो ऐसे बात कर रहा है जैसे इसे क़ानून की व्याख्या करने का अधिकार हो। परन्तु अधिकार केवल रब्बियों को है,' अमोन ने विरोध व्यक्त किया।

आदमी यीशु के सीधी बात करने के ढंग से परिचित थे, लेकिन एक युवक द्वारा बड़ों को पढ़ाना उन्हें धृष्टता की हद लग रही थी। शज्ज़न ऐलीआ ने उसे संकेत देकर शान्त करने का प्रयास किया, लेकिन यीशु ऊँचे स्वर में बोलता रहा। 'आप लोग क़ानून को किताबों में ढूँढ़ते हो, पर जो लिखा है, वह मर चुका है। आप फ़िज़ूल में ढूँढ़ रहे होते हो। जीवन क़ानून है। मूसा को ईश्वर से क़ानून लिखा हुआ नहीं मिला था, जीवन्त शब्दों में मिला था। ईश्वर का क़ानून उस हर चीज़ में अंकित है, जो जीवन की प्रतिनिधि है। वह घास में, पेड़ों में, चट्टानों में, नदियों, मछलियों और पक्षियों में है, पृथ्वी और अग्नि में है। सबसे बढ़कर वह

3. यहूदी धर्मग्रंथों द्वारा निर्धारित विश्राम का दिन

आप में है, क्योंकि ईश्वर को हर उस चीज़ से ज़्यादा लगाव है, जिसमें जीवन है, आपकी लिखित पुस्तकों से नहीं, जिनमें जीवन नहीं है, और जिसे आपने ही बनाया है।

'ईश-निन्दा मत करो, बस करो!' कोई चिल्लाया। लड़का निडर बोलता रहा, 'ईश्वर ने अपना क़ानून किताबों के पन्नों पर नहीं लिखा, आपके दिल के, आत्मा के पन्नों पर लिखा है। उसने आपको आँखें दी हैं, कान दिये हैं, ताकि आप उसके किये को देख सकें, उसके शब्दों को सुन सकें, लेकिन आप अपनी आँखों और कानों को बन्द कर लेते हैं और ईश्वर के नहीं, बल्कि पुजारियों के शब्द सुनते हैं, जिन्होंने ईश्वर के सामने खड़े होकर उसे काट कर अलग कर दिया है। इन्सान लिखता है, परन्तु ईश्वर ने जीवन और सुन्दरता बनाई है।' हलचल सी मच गई। 'ठीक कहा,' कोई बोला। 'सच है, लड़का सही कह रहा है,' एक और ने उसका समर्थन किया, 'ईश्वर के घर में ईश-निन्दा करने से इसे रोको!' कोई और चिल्लाकर बोला। लेकिन एक असाधारण ठहराव से, जो न किसी प्रशंसा और न ही किसी घुड़की से विचलित हुआ, यीशु एक ऐसे स्वर में बोल रहा था, जिसे सुनना ही पड़ रहा था, जैसे किसी तिलस्मी शक्ति ने श्रोताओं को उसकी ओर आकर्षित किया हो। 'आप स्वयं तो ईश्वर के घर में प्रवेश नहीं करते, पर जो करना चाहते हैं, उनको रोकते हो!' नाज़ारेथ के युवक को इतना क्रोध आया कि वह इब्रुनी भाषा बोलते-बोलते, जो कि आम आदमी की भाषा थी, अनजाने में हिब्रु पर उतर आया, 'रुक जा, ईश-निन्दा से रुक जा, मालिक तुझे सुन रहा है, और इन शब्दों के लिए वह तुझे माफ़ नहीं करेगा,' अमोन ने उसे रोकने की कोशिश की, उसी की तरह हिब्रु में, 'तेरी हिम्मत कैसे हुई। मैं यह सब नहीं सुनूँगा,' वह आगबबूला होकर बोला। 'मैं ईश्वर और अपने पैगम्बरों की बदनामी में हिस्सा नहीं ले सकता! एक टुच्चा सा इंसान है तू, और आप सब जानते होंगे, एक हरामी हमें भाषण नहीं दे सकता।' और आदमी सहमति में सिर हिलाकर बाहर चले गये। अचानक असाधारण साहस का प्रदर्शन करते हुए यीशु उनके सामने खड़ा हो गया। 'कहते हो कि *तोरा* के शब्द दिल से जानते हो। पर या तो आप झूठ बोल रहे हो या ख़ुद को धोखा दे रहे हैं। जो मैंने बोले हैं वे मेरे शब्द नहीं थे, इज़राइल के पाप और दंड पर ईसाइयाह[4] के शब्द थे। अगर आप मेरी आलोचना कर रहे हो तो वास्तव में आप उसकी अलोचना कर रहे हैं। आप में से किसको किसी पैगम्बर की आलोचना करने का अधिकार है?'

तुम्हें क़ब्र पर जाना होगा

ऐसा लग रहा था कि मीषाल यात्रा पर निकलेगा ही नहीं। हर चीज़ ग़लत हो रही थी। सुबह से उसकी आत्मा अशान्त थी, जैसे कोई पूर्व चेतावनी दे रही हो। कुछ ऐसा था, जो उसे बता रहा था कि अब उसे घर छोड़कर नहीं जाना चाहिए, कि उसे अपनी पत्नी के पास रहना चाहिए। साथ ही वह इंतज़ार नहीं कर पा रहा था अपने दोस्त तोमाश से मिलने का, और येरुशलम की गलियों में ईसाई, यहूदी, मुस्लिम तथा आर्मेनियाई इलाक़ों में घूमते हुए

4. एक यहूदी पैगम्बर

उसके रात के प्रलाप को सुनने का, सुलेमान के मन्दिर के दर्शन, विलाप करती दीवार, वीया[5] डोलोरोसा, पवित्र समाधि, क़िले, जैतून पर्वत, गेथसेयाने गार्डन, माउंट ज़िओन, इत्यादि जाने का। पर उसे महसूस हो रहा था कि मारिका की तबीयत नासाज़ थी। उसका मूड इस कारण भी खराब हो रहा था कि ट्रैवल एजेंट ने उसे बताया था कि उसे येरुशलम के बजाय बेथलेहम में रहना पड़ेगा। यह कुछ हद तक येरुशलम के नज़दीक था, लेकिन वह इज़राइल के हालात से अच्छी तरह वाकिफ़ था और जानता था कि बेथलेहम अरब कब्ज़े वाला एक क्षेत्र था, यहूदी इलाकों से एक ऐसी दीवार बना कर काट दिया गया गया है, जो बर्लिन की दीवार से भी ऊँची थी। शहर का आन्तरिक प्रशासन फ़िलस्तीनी पुलिस के पास है, परन्तु पाँच मीटर ऊँची दीवार में बने अवरोधों से आना-जाना लगभग असम्भव था। अगर वह येरुशलम की सड़कों पर रात में घूमना चाहता है तो उसे टैक्सी लेनी होगी, जो इज़राइल में बहुत महँगी पड़ती है। और सबसे मुश्किल बात यह थी कि उसका बार-बार सीमापार आना-जाना दोनों तरफ़ शक की नज़र से देखा जाता और हो सकता है कि उसके आने-जाने पर रोक लगा दी जाये। भारी मन से उसने यात्रा को रद्द करने का निर्णय लिया। एजेंट उससे नाराज़ तो था, पर चूँकि एजेंसी ने मनमानी से उसके रहने की जगह बदलकर अनुबन्ध को तोड़ा था तो उसने रद्द करवाने की कोई फीस लिये बिना उसका नाम यात्रियों की सूची से हटा दिया।

एजेंट से मिलकर घर लौटते हुए वह विषाद से भरा था। उसने नहीं सोचा था कि घर पहुँचने पर जो ख़बर उसे मिलेगी वह उसे विषाद से भर देगी। तिब्बत से लौटने पर जब उसकी पत्नी ने उसे बताया था कि वह कैंसर से मुक्त हो चुकी है तो वह स्वयं को धरती पर सबसे ज़्यादा सौभाग्यशाली मनुष्य समझ रहा था। उसकी प्रिय पत्नी के चेहरे पर फिर से मुस्कराहट थी और उसकी आँखों में उसकी विशिष्ट चमक पुनः लौट आई थी। गत क्रिसमस उनकी एक साथ बिताई गई सबसे ख़ूबसूरत क्रिसमस थी। उस पर आडेल्का और हंस भी सूडान से आये थे। उसकी खुशी फिर भी बनी रहती अगर वह महसूस न करता कि उसकी पत्नी में ताक़त नहीं रही थी। गत दो माह से वह बहुत थकी-थकी रहती थी, तैराकी उसे पसन्द थी, लेकिन उसके लिए उसका जाना बहुत कम हो गया था और जब भी वह स्विमिंग पूल से लौटती थी तो तुरन्त बिस्तर पर आकर लेट जाती थी। वह कब्ज़ की शिकायत भी करने लगी थी, एकाग्रचित्त नहीं हो पाती थी, उसने बाहर जाना छोड़ दिया था और अपने मनपसन्द टी-स्टॉल भी वह नहीं जाती थी। उसके चेहरे पर एक अनिष्टसूचक, प्राणहर सा भाव होता था। वह भीतर से घुल रही थी, लेकिन कुछ कहने से डरती थी; वह उससे पूछने का साहस नहीं कर पा रहा था। आज उसने उसे यह भयानक समाचार दिया था। जब वह घर लौटा था तो वह रसोई की मेज़ पर बैठी आँखें मल रही थी, जो लाल हो रही थीं।

'क्या तू रो रही थी?' उसने अनिश्चयपूर्वक पूछा।

कुछ देर वह चुप रही, फिर धीरे-धीरे बोलने लगी, 'मुझे कैंसर है।'

मीषाल के शरीर में जैसे बिजली का करंट दौड़ गया। वह सोचता था कि ये शब्द उसे कभी सुनने को नहीं मिलेंगे, लेकिन इस बात को मानता भी नहीं था, वह इस विचार

---

5. इतालवी में मार्ग को 'वीया' कहते हैं।

को मन में ही नहीं ला सकता था कि उसकी प्रियतमा को यह ख़तरनाक, नृशंस, घृणित रोग पुन: आकर जकड़ लेगा।

'तुझे तो इससे छुटकारा मिल गया था।'

'वापस आ गया है।'

'तुझे कैसे पता?'

'सीने पर मुझे इत्तफ़ाक से एक गाँठ नज़र आई है।' उदास स्वर में बोलकर वह चुपचाप अपने आँसू पोंछने लगी।

'कब?' उसका हाथ अपने हाथ में लेकर वह उसे धीरे-धीरे सहलाने लगा।

'एक महीना पहले।'

'जब हम कच्चा खाना लेने लगे थे? तेरा वज़न कुछ किलो कम हो गया था और मैंने सोचा था कि उसकी वजह...,' उसने ठंडी साँस भरी।

मारिका ने हाँ में सिर हिलाया। उसे बताने में शर्म आती थी कि वह कभी-कभी अपने मनपसन्द लंगोचे खा लेती थी और जब वह यात्रा पर होता था तो सिगरेट भी पी लिया करती थी। 'मैंने सोचा था कि गाँठ अपने आप ठीक हो जायेगी, जैसे पहले हुई थी। वज़न कम नहीं हो रहा था और मलमूत्र भी खुल कर आ रहा था, गाँठ बढ़नी रुक गई थी, कम-से-कम मैंने तो यही सोचा था। थकान एक महीना पहले फिर लौट आई है।'

'लेकिन तू हिम्मत दिखाती रही। मुझे तुझ में कोई बदलाव नज़र नहीं आया।' उसने झूठ बोला।

'बुरा यह हुआ कि यह तकलीफ़ देने लगी। दर्द बढ़ गया, ज़्यादा देर तक रहने लगा।'

'और तूने फिर से सिर्फ़ कच्चा खाना शुरू कर दिया।'

'हाँ, पर लगता है। मैं प्रोफ़ेसर से मिली थी। उसने पुष्टि की कि यह लौट आया है। कैंसर लौट आता है। उसने ऑपरेशन की सलाह दी थी।' उसके नेत्र अश्रुपूरित थे। मीषाल ने उसे बाँहों में लेकर उसके बाल सहलाये। वह रो भी सकता था। नहीं जानता था कि क्या कहे, कैसे स्वयं को अभिव्यक्त करे, वह उसके हाथ को सहलाता रहा। मारिका द्वारा रोग पर विजय प्राप्त करने के बाद उनके घर में जो खुशी व्याप्त हो गई थी, वह असमय निकल गई। 'कोई बात नहीं, हम इससे लड़ेंगे। कच्चे खाने के मामले में सख़्ती बरतेंगे-और मैं तुझसे वादा करता हूँ कि हम इस स्थिति से उबरेंगे। मैंने हाल में ही कहीं पढ़ा है कि न सिर्फ़ ईसा मसीह ने, बल्कि सुलेमान और बुद्ध ने भी चालीस दिन का पवित्रीकरण व्रत रखा था। हम लड़ेंगे और कभी न कभी इस रोग पर विजय पा लेंगे। जैसे कि मुझे पता था। मैं आज सुबह ही यात्रा रद्द करके आया हूँ।'

'इज़राइल-यात्रा?' मीषाल ने हाँ में सिर हिलाया। 'मगर तू ऐसा नहीं कर सकता, तुझे जाना होगा!' उसने निर्णायक स्वर में कहा।

'फिर कभी चला जाऊँगा। तेरी हालत बेहतर हो जाये। अब मेरा तेरे साथ रहना ज़रूरी है,' उसे थपथपाकर उसने मारिका की आँखें चूमी।

'लेकिन यह सफ़र तो तेरा सपना था। तेरे लिए यह बहुत अहम है।'

'तुझसे ज़्यादा अहम कुछ नहीं है।'

'मीषाल, 40 दिन व्रत रखना आसान नहीं है, पर मैं दुबारा कोशिश करूँगी, लेकिन मेरे लिए ज़्यादा ज़रूरी यह है कि तू इज़राइल जाये। तुझे जाना होगा।' वह इतने ऊँचे स्वर में बोली कि वह हक्का-बक्का होकर उसे देखने लगा।

'क्यों जाना होगा मुझे?'

'क्योंकि...देख...मेरे कारण।'

'तेरे कारण?' मारिका ने हाँ में सिर हिलाया।

'क्यों?'

'तुझे क़ब्रों पर जाना होगा!'

तुम मारोगे नहीं

तीन हज़ार की आबादी वाले नाज़ारेथ में जीवन अपने ढर्रे पर चल रहा था, कभी-कभी रोमन सैनिकों के घोड़ों की टाप और घृणित कर-समाहर्ता, जिसे सीमाकर अधिकारी कहा जाता था, उस नगर की शान्ति भंग करते थे। कई जगहों पर जनता ने बग़ावत कर दी, और तीस हज़ार रोमन सैनिक, जिनमें से ज़्यादातर यहूदी थे, समारिया-वासी, गैलिली तथा सीरिया-वासी थे, जिनके कन्धों पर फ़िलस्तीन में शान्ति बनाये रखने का भार था, बग़ावत को कुचलने में व्यस्त हो गये। सेना का सबसे बड़ा हिस्सा सीरिया में लगाया गया था; यूडेह में उसका 10 प्रतिशत हिस्सा था।

यीशु और उसके सहोदर अपने घर की सपाट छत पर सोना पसन्द करते थे, जिसे पिता और भाइयों ने हाल ही में ठीक-ठाक किया था। वहाँ उसका अपना एक कोना था, जिसकी कमी उसे सर्दियों में खलती थी, जब सबको एक ही कमरे में सोना पड़ता था। पूरे परिवार के लिए एक ही कमरा था, जिसके दो हिस्से किये गये थे। नीचे वाला हिस्सा उनके पालतू पशुओं का ठिकाना था, जिसमें से छोटे बकरे बेन और शलोमो जोशुआ के मनपसन्द थे। वे एक साथ ऊपर बनाये गये कमरे में सोते थे, ठंडे फ़र्श पर बिछाई गई चटाइयों पर। कमरे की बगल में एक छोटी रसोई थी, जिसमें चूल्हा और केतली, मिट्टी के कई मटके और रकाबियाँ, चम्मच इत्यादि थे। घर के भीतर पड़े मिट्टी के बर्तनों को कीचड़ बनने से बचाने के लिए वे

नहाने तथा धुलाई का काम घर के बाहर करते थे। बसन्त ऋतु आ रही थी और छत को मिट्टी की एक और तह को दबाकर लगाना था, बारिश का मौसम आने से पहले। उन्होंने लकड़ी के बल्लमों पर कीचड़ की मोटी तहों के साथ बेंत बिछाये, जो जल्दी ही फ़िलस्तीन की ज़ालिम धूप के नीचे पत्थर बन गये। लड़का बेक़रारी से बसन्त का इन्तज़ार कर रहा था, जब गाँव में जीवन छतों पर पहुँच जाता था, जहाँ लोग खाते थे, सोते थे, पड़ोसियों से गप्प लगाते थे, प्रार्थना करते थे, नाचते भी थे। यीशु ने एक कोने में कड़कती धूप से बचने के लिए चार डंडों और ताड़ के पत्तों से एक आड़ बना ली थी। वह, वहाँ ऊपर बैठा, नीचे अहाते में और गाँव की गलियों में जीवन का अवलोकन करता रहता था। वह औरतों को कुँओं से पानी भर कर बागों को सींचते देखता था। अहाते में दौड़ते-भागते पशु देखना उसे पसन्द था। कारीगर घर से बाहर सड़क पर बैठ कर अपना काम करते थे, जिन्हें देख कर वहाँ ग्राहक भी आ जाते थे। उसके पिता की कार्यशाला का एक हिस्सा भी घर के सामने था। नाज़ारेथ अपने कुशल कारीगरों के लिए जाना जाता था, और जोज़ेफ़ वहाँ के सर्वोत्तम कारीगरों में एक था। वह नक्शासाज़ था, बड़ी परियोजनाओं का वास्तुकार होता था कभी। दुर्भाग्यवश उसके अच्छे दिन सेफ़ोरिस के नगर के निर्माण के पश्चात् गुज़र चुके थे और अब उसमें ताक़त भी धीरे-धीरे कम हो रही थी। अतः वह पहियों, छकड़ों, ठेलों और सन्दूकों की छोटी-मोटी मरम्मत करके घर चला रहा था। कभी-कभी जब उसे रोमन प्रशासन से क्रूसों के लिए इस्तेमाल किये जाने वाले लकड़ी के बल्लम तैयार करने का भी ऑर्डर आ जाता था तो वह खुश हो जाता था। यह उसका मनपसन्द काम तो नहीं था, पर उसके घर पर खाने वाले सात बच्चे थे। शिकंजों और निहाइयों के अलावा उसकी लकड़ी की बैंच पर काम के अन्य औज़ार, जैसे कई साइज़ों में रेतियाँ, आरियाँ और कुल्हाड़ियाँ दीवार पर ब्रैकेट में लटक रही होती थीं। हालाँकि जोज़ेफ़ सफ़ाई का बहुत ध्यान रखता था, फिर भी उसके पत्थर के फ़र्श पर हमेशा बूरा बिखरा होता था। परम्परा के अनुसार पिता ने बेटे को अपना धन्धा अपनाने के लिए उत्साहित करने की कोशिश की, लेकिन प्रशान्त यीशु को ऐसा नीरस काम पसन्द नहीं था; जब वह साइनागॉग के स्कूल में नहीं होता था तो यीशु अपनी माँ की मदद बकरियों और भेड़ों का दूध दुहने में करता था। वह चक्की में अनाज पीसना पसन्द करता था; उसकी माँ आटे में ज़रा सा नमक और एक दिन पहले का गुँधा आटा खमीर के तौर पर इस्तेमाल करते हुए नये गुँधे आटे में बदल देती थी। कई बार वह खुद ही ऐसा मिश्रण बनाकर कुछ घंटे उसे उठने के लिए रख देता था, उसकी सपाट रोटियाँ बनाकर उन्हें अहाते में बने तन्दूर में डाल देता था। उसके पिता ने और उसने उसे पत्थर से बनाया था, जो उनकी कार्यशाला के बाहर अहाते नें प्रचुर मात्रा में मिलता था।

सबसे ज़्यादा उसे अच्छा लगता था स्कूल तथा साइनागॉग जाना। बेत हा-सेफ़र के जिस प्राथमिक स्कूल में वह पढ़ता था, उसमें वह सबसे मेधावी छात्र था। उसे परम्परा के अनुसार उसकी माँ ने पाँच साल की उम्र में स्कूल में डाला था। बच्चों में लोकप्रिय अध्यापक शज्ज़न ऐलिया पढ़ाना शुरू करने से पहले मोम से चिकने बनाये लकड़ी के बोर्ड पर हिब्रु की वर्णमाला के बाइस अक्षर लिखता था; छात्र सब दोहराते थे। यीशु बहुत पहले ही उन्हें जान चुका था, अतः वह अपना *तोरा* पढ़ा करता था, जिसका ऐलिया उनके

लिए बड़ी रुचिकर उपमाओं से चित्रण करता था। दस वर्ष की आयु में वह ऊपरी कक्षा में गया, जिसे बेत ताल्मुद अर्थात् प्रज्ञा-घर कहते थे-जहाँ *तोरा* की शिक्षा के साथ मिसनाह की शिक्षा भी दी जाती थी, जिसके अन्तर्गत *तोरा* के क़ानूनों की व्याख्या होती थी। शिष्य गुरुओं से गर्मागरम बहस करते थे, और जोज़ेफ़, बढ़ई का पसन्दीदा बेटा, सवाल पूछने में सबसे ज़्यादा होशियार था। येरुशलम के बच्चे तक हँसा करते थे, जब बूढ़ा शज्ज़न उसके सवालों से उलझन में पड़ जाता था।

सुप्रसिद्ध रब्बी तथा शिक्षक हिलेल का, जो रब्बी बेरेनिया का मित्र था, नगर में आगमन हुआ। बूढ़ा विद्वान कुछ दिन के लिए स्कूल में ठहरा, शिष्यों के साथ तर्क-वितर्क करता रहा।

'मुझे अपने कानों और आँखों पर यक़ीन नहीं आ रहा। यह लड़का कौन है?' हिलेल ने अपने सहयोगी बेरेचिया से पूछा।

'यह जोज़ेफ़ और मेरी का पुत्र है; वह कुछ समय के लिए येरुशलम के मन्दिर के स्कूल में अपने बेटे के साथ रही थी। इसे नबी "हमारे साथ ईश्वर"-एम्मानुएल कहते हैं। पर हम इसे यीशु कहते हैं। वह अपनी उम्र के लिहाज़ से इतना सयाना है कि ऐसी अफ़वाहें उड़ रही हैं कि यह इस दुनिया का नहीं है। प्रज्ञा-घर में यह हमारा अब तक का सर्वोत्तम शिष्य रहा है।' बेरेचिया ने लड़के की प्रशंसा की।

'तो तुम हो बढ़ई जोज़ेफ़ के पुत्र, डेविड के वंशज,' हिलेल ने यीशु के घुँघराले बालों को सहलाया, जब वह उसके बुलाने पर उससे मिलने गया था। यीशु चुप रहा। 'क्या तुम्हें उसका वंशज होने पर गर्व नहीं है?'

'लोग कहते हैं कि मैं उसका पुत्र नहीं हूँ।'

'तुम अपने पिता की तरह नरेश डेविड के वंशज हो।'

'हर कोई डेविड की इसलिए तारीफ़ करता है कि उसने आम आदमी गोलियाथ को मारा था, लेकिन वे इस बात की परवाह नहीं करते कि डेविड द्वारा ऊरिआ की बीवी के साथ किये गये व्यभिचार के कारण मेरे पिता और उनके पूर्वज उत्पन्न हुए थे। ऊरिआ को भी डेविड ने अपनी सुरक्षा के लिए मारा था,' यीशु क्रोधित होकर बोला।

'ऐसी चीज़ों के बारे में तुम जानते हो?'

यीशु ने हिलेल के प्रश्न का उत्तर नहीं दिया, बल्कि एक ऐसा प्रश्न पूछा, जो उसे एक पल भी चैन नहीं लेने दे रहा था। 'गुरुजी, हमें दस धर्मादेश पढ़ाये गये हैं। यदि मूसा का धर्मादेश कहता है कि "तुम मारोगे नहीं!" तो कल मेरे पिता को एक मेमने को क्यों काटना पड़ा?' लड़का फट पड़ा।

हिलेल ने सोचने के लिए अन्तराल लिया; उसे अपने छात्रों से ऐसे सवाल सुनने की

आदत नहीं थी, जिसका जवाब उसका दोस्त बेरेचिया भी नहीं दे सकता था। शज्ज़न ऐलिया नहीं चाहता था कि रब्बी यीशु के प्रश्न में उलझ जाये, अतः वह पढ़ने लगा, 'मूसा ने साफ़-साफ़ बोला है : जब भी तुम चाहो, तुम मार सकते हो और अपने किसी भी फाटक के भीतर मांस का सेवन कर सकते हो, मालिक के, तुम्हारे ईश्वर के, आशीर्वाद से।'

'मतलब, फिर तो मूसा के कथन में विरोधाभास हुआ न, फिर कौन सा ग्रंथ सही हुआ?'

'जब ईश्वर ने कहा, 'तुम मारोगे नहीं' तो वह मनुष्यों की बात कर रहे थे। पशुओं का मारना जायज़ है।'

'शज्ज़न ऐलिया, मुझे हैरानी हो रही है कि कहीं आप ईश्वर द्वारा दिये गये धर्मोपदेश को तोड़-मरोड़ तो नहीं रहे। ग्रंथ में स्पष्ट लिखा है, ''तुम मारोगे नहीं,'' ''तुम मनुष्यों को नहीं मारोगे'' नहीं लिखा।'

'बच्चे, ईश्वर की निन्दा मत करो। क्या ग्रंथ में यह नहीं लिखा कि ईश्वर ने अपने दस-धर्मादेश माउंट सिनाई पर मिट्टी की दो पट्टियों पर दिये थे? क्या तुम स्वयं ईश्वर को प्रश्नों के दायरे में ला रहे हो?' ऐलिया ने स्वर ऊँचा कर लिया।

'मैं ईश्वर को प्रश्नों के घेरे में नहीं ला रहा। ईश्वर निष्कलंक होता है। इसीलिए उसने लोगों को न मारने का आदेश दिया है,' यीशु ने शान्त स्वर में उत्तर दिया।

'ख़ुदा को क़ुर्बानी देना यहूदियों के लिए एक अनिवार्य कर्म है,' हिलेल ने उसे ठंडा करने की कोशिश की।

'क्या मूसा यह नहीं कहते, ''तुम ख़ुदा के पास जो भी वह चाहता है लेकर जाओगे, दहनशील और मरणशील पदार्थ, तुम्हारी कमाई का दसवाँ हिस्सा, तुम्हारी उगाही और वे सभी शानदार तोहफ़े, जिसके लिए तुमने ख़ुदा से वायदा किया है!'' इसमें ऐसा क्या है जो तुम्हें समझ में नहीं आ रहा?' बेरेचिया ने उससे पूछा।

'हम कमाई का दसवाँ हिस्सा मालिक को नहीं देते, बल्कि येरुशलम के मन्दिर के पुजारी को देते हैं। उस मन्दिर को, जिसे प्रधान पुरोहित ने अपना एक निजी बाज़ार और आदान-प्रदान का दफ़्तर बना लिया है।'

'ईश-निन्दा बन्द करो, वर्ना मुझे तुम्हारे पिता को साइनागॉग में परिषद के सामने पेशी के लिए बुलवाना पड़ेगा।' बेरेचिया ने उसे डाँटा।

'कहने दो उसे, जो वह कह रहा है, वह युक्तियुक्त है। क़ानून सच में यही कहता है, तुम मारोगे नहीं।' हिलेल ने असहमति में सिर हिलाया। लेकिन यीशु ने उदासी से गहरी साँस ली। बेरेचिया को उस पर दया आ गयी, उसके पास जाकर उसने प्यार से उसका कंधा थपथपाया, 'ठीक है, मैं तुम्हारे पिता को कुछ नहीं बताऊँगा। पर आगे से अपनी ज़ुबान पर

क़ाबू रखना। तुम्हारा नाम पहले ही बहुत ख़राब है क्योंकि तुम हमेशा ग्रंथों की आलोचना करते रहते हो।' उसने लड़के को शान्त करने का प्रयास किया। यीशु के आँसू बहने लगे। 'अरे जोशुआ, तुम मर्द हो। एक जानवर के लिए तुम्हें नहीं रोना चाहिए।'

'मैं जानवर के लिए नहीं रो रहा। मैं आपके पाखंड पर रो रहा हूँ।' 'बच्चे, तुम अपनी उम्र के लिहाज़ से बहुत पढ़े-लिखे हो। क्या तुमने मेरी अकादमी के बारे में सुना है?' हिलेन ने अचानक पूछा। यीशु अपनी आस्तीन से आँसू पोंछकर बैठ गया, 'हाँ, हाँ, सुना है।' 'और क्या तुम वहाँ पढ़ाई करना चाहोगे?' 'हिलेल की मशहूर क़ानून और सोच की अकादमी?' रब्बी ने हाँ में सिर हिलाया। 'पर मैं तो उसके लिए बहुत छोटा हूँ,' उसने आपत्ति की। 'प्रबन्धक सभा यह निर्णय लेती है कि हमें किसे दाखिला देना है, और मैं उसका अध्यक्ष हूँ। क्या कहते हो? अगर मैं तुम्हारे माता-पिता से बात कर लूँ तो क्या तुम येरुशलम स्कूल में आओगे?' जवाब देने की बजाय लड़का रब्बी की बाँहों में इतनी ज़ोर से जाकर गिरा कि बुज़ुर्ग गिरते-गिरते बचा।

गुप्त फ़रिश्ते

रोम की एक मामूली सी सड़क पर, जिसका नाम, सही से, एक गायन-मंडली के नाम पर 'बींचा देई केरूबानी' रखा गया है, विश्व की सबसे अधिक प्रभावशाली गुप्तचर सेवाओं में से एक है। इस पर कोई संसदीय नियन्त्रण नहीं है, न यह किसी लोकतान्त्रिक ढंग से चुनी गई सरकार को रिपोर्ट करती है और इसे सबसे बड़ा फ़ायदा इस तरह का मिलता है कि किसी को इसके अस्तित्व का ज्ञान ही नहीं है। इस रहस्यमय इमारत के सामने से गुज़रते हुए लोग आपस में फुसफुसाते हैं कि यहाँ गुप्त फ़रिश्तों का निवास है। कौन सोचेगा कि ईसा मसीह के धर्मसिद्धान्त का प्रचार करने वाली ईसाई संस्था को, जिसका आधार अच्छाई और प्रेम है, एक गुप्तचर सेवा की भी आवश्यकता होगी? यदि ऐसा है तो इसका अर्थ हुआ कि ईश्वर के शब्द के प्रचार-प्रसार में कहीं कुछ सही नहीं है : या शायद वास्तव में इसका यह उद्देश्य है ही नहीं। गुप्तचर संस्थाएँ हमेशा ऐसे राज्यों, बहूराष्ट्रीय कार्पोरेशनों, या बड़ी-बड़ी कम्पनियों जैसी प्रभावशाली संस्थाओं का एक महत्त्वपूर्ण तन्त्र रही हैं और हमेशा रहेंगी। जिन्हें अपनी सत्ता को बचाने और दूसरों के प्रभाव को कम करने के लिए इस्तेमाल किया जाता है। सर्वीत्सिओ देई वाटिकानो के सौ से ज़्यादा सदस्य हैं, पर सभी बखूबी प्रशिक्षित हैं, जिन्हें ईसा मसीह के रॉयल कैथोलिक समाज से और सन्त बनेजिक्ट के भक्तों में से चुना जाता है। बाहरी दुनिया के लिए उनका कोई नाम नहीं होता और वे एक-दूसरे को 'बिरादर' कह कर बुलाते हैं।

उनमें से तीन-बिरादर माक्सीमिलियन हाउसर, कार्लो तोती और फ़ेलिक्स क्रूगर, विभाग 4 के कर्मचारी जिनका काम है-विधर्म को रोकना, आराम से माउरो कॉफ़ी पी रहे थे यह कॉफ़ी पीने का अंदाज़ कर्मचारियों में घरेलू जैसा था। वे पेड़ों की छाँह तले एक आँगन में बैठे थे। मौसम बड़ा प्यारा था और किसी को कहीं कोई जल्दी नहीं थी। वे अच्छे

मूड में थे, जो और भी बेहतर हो गया था, जब उनमें सबसे बड़े, पचास से अधिक वर्ष के माक्सीमिलियन की पदोन्नति कर के उसे लेफ़्टिनेंट कर्नल बना दिया गया था, विधर्म पर रोक लगाने के लिए। उसने मुस्कराकर कहा :

'तो यह मीषाल क्राल अब यात्रा से कट गया है। प्रस्थान से कुछ ही दिन पहले। अजीब है न?' उसने अपने दो सहयोगियों पर नज़र दौड़ाई।

'अजीब क्यों? उन्हें येरुशलम में रहना था और योजना बदल गई तो वह नहीं गया।' कार्लो बोला।

'मुझे अच्छा नहीं लगा। अगर उसे अन्तिम क्षण में कुछ पता लग गया हो तो?' माक्सीमिलियन, जो सोच रहा था, बोला।

'तुम्हारा मतलब कि इस द्वोरान से?' फ़ेलिक्स बीच में बोला। उस पर एक आश्चर्ययुक्त दृष्टि डाल कर कार्लो तोती हाउसर की ओर मुड़ा, 'जब से तुम लेफ़्टिनेंट कर्नल बने हो, तब से कुछ ज़्यादा ही शक्की बन गये हो। कम से कम मैं तो छुट्टी पर जा सकता हूँ।'

'याद रखो कि कभी वैश्विक शक्तियों में हमारा भी नम्बर होता था।' हाउसर ने चिढ़ कर कहा। 'यह बन्दा आम सैलानी नहीं है। तुम भूल गये हो कि जब हम वैश्विक शक्ति से साथ होते थे तो उसने हमारे साथ क्या किया था?'

'वो और बात है। तब पूरा संगठन उसके पीछे था, अब वह अकेला है और मुझे पूरा यक़ीन है कि वह यात्रा-मंडली में किसी को नहीं जानता।'

'बढ़िया है, मतलब हमारी पारी छोटी हो जायेगी।' कार्लो खुश हो गया।

'ऐसा नहीं है। हमारी दोस्त मोसाद[6] ने तसदीक़ की है कि उन्होंने क्राल तथा विद्रोही पुजारी के बीच हुए वार्तालाप में दख़ल दिया था।'

'यह तोमाश द्वोरान?' कार्लो ने पूछा। लेफ़्टिनेंट ने सिर ऊपर से नीचे हिलाया। 'वही, मिलकर काम करने के लिए जिसके हमने पेंच कसे थे।'

'लेकिन मोसाद की सूचनानुसार वह झूठ नहीं बोल रहा।'

'तुम्हारा मतलब है कि हमने मोसाद से सहयोग किया था।' फ़ेलिक्स हैरान होकर बोला।

माक्सीमिलियन और कार्लो दिल खोलकर हँसे। 'भाई फ़ेलिक्स, तुम निरे नौसिखिये हो। वर्ना तुम्हें मालूम होता कि जहाँ तक जासूसी का सवाल है वैटिकन और इज़राइल में गहरा सामंजस्य है। क्यों नहीं आखिर? हमारे शीर्षस्थ अफ़सर सब यहूदी हैं।'

---

6. इज़राइल की गुप्तचर सेवा

'लेकिन पोप तो यहूदी नहीं है।' फ़ेलिक्स ने बात काटी।

'हिटलर में भी यहूदी लहू था। कुछ पता नहीं। और कौन कहता है कि पोप, मैं यीशु की बात कर रहा हूँ। मेरी, जोज़ेफ़, पीटर, पाल, यीशु के शिष्यों की। तुम्हारा यूडास तक तो यहूदी था।' फ़ेलिक्स हल्का सा मुस्कराया। 'जब पोप निकट पूर्व जाते हैं तो इज़राइल हमारी काफ़ी मदद करता है। हमने भी उससे साझेदारी की है। तुमने मायर वाला किस्सा नहीं सुना है?'

फ़ेलिक्स ने न में सिर हिलाया। 'इस मामले के बाद से मोसाद हमारा बहुत ऋणी है।'

'ख़ैर, मैंने वह किस्सा नहीं सुना, मुझे यहाँ नौकरी करते ज़्यादा वक्त नहीं हुआ।'

कार्लो ने सिर हिलाया कि वह समझ सकता है। उसने उत्तर देने का काम माक्सीमिलियन पर छोड़ दिया या लेफ़्टिनेंट कर्नल हाउसर पर, जो कभी वैटिकन गार्ड्स के मुख्य कमांडर का डिप्टी होता था और आलोइस एस्टरमन का उत्तराधिकारी, जो बाद में पूर्व जर्मनी की गुप्तचर संस्था 'श्तासी' का भूतपूर्व जासूस निकला, और 4 मई, 1998 को अपनी पत्नी के साथ मृत पाया गया था। हाउसर बताने लगा, '1973 में एक दिन पेरिस में बिना पंजीकृत हुए एक विमान ने सुबह-सुबह उड़ान भरी। इसे अफ्रीका में कहीं जाना था, लेकिन यह अप्रत्याशित रूप से रोम में जाकर उतर गया। एक छुपे हुए विमान में दूर की एक उड़ान-पट्टी पर पोप पाल का निजी सचिव विमान की प्रतीक्षा कर रहा था। पोप ने इस विमान में यात्रा कर रही इज़राइली प्रधानमन्त्री गोल्डा मायर[7] से मिलने की इच्छा प्रकट की थी। हालाँकि मीटिंग एकदम गुप्त थी, फिर भी फ़िलस्तीनियों को इसकी भनक लग गयी थी। दो स्टेशन वैगन उस विमान के पास पहुँचे, जिसमें ज़मीन से ज़मीन पर मार करने वाले रूसी प्रक्षेपास्त्रों से सुसज्जित "ब्लैक सेप्टेम्बर" संगठन के पाँच आदमी थे। वे प्रधानमंत्री गोल्डा मायर समेत विमान को उड़ा देने का पक्का इरादा बना कर आये थे।'

'ब्लैक सेप्टेम्बर क्या वही संगठन नहीं है, जिसने 1972 में म्यूनिख़ में 11 इज़राइली खिलाड़ियों की हत्या की थी?' फ़ेलिक्स ने पूछा।

हाँ में सिर हिलाकर माक्सीमिलियन जारी रहा। 'पर वे नहीं जानते थे कि मोसाद वाले उनका पीछा कर रहे थे, जिनको सूचना हमारे ब्रदर आंजेलो कासोनी ने पहुँचाई थी। जब उन्हें हथकड़ियाँ लगाई जा रही थीं तब श्रीमती मायर आराम से पोप के साथ बात कर रही थी, और फिर आगे अफ्रीका निकल गयी। देखा, हमारे काम में तरह-तरह की चीज़ें होती हैं।' वह मुस्कराया।

'अरे, अगर यह सच है...' फ़ेलिक्स ने आश्चर्य से सर हिलाया।

'मुझे इसमें हैरानी की कोई बात नहीं दिखती। वैसे पोप पायस ने नाज़ी जर्मनी के साथ एक समझौते पर हस्ताक्षर भी किये थे, जिसमें नाज़ी प्रशासन के प्रति वफ़ादारी की

7. गोल्डा मायर : इज़राइल की दिवंगत भूतपूर्व प्रधानमंत्री (60-70 के दशकों में)

कसम खाई गयी थी। जब नाज़ी जर्मनी हार गया था तो वैटिकन के हस्तक्षेप पर फॉन पापेन के युद्ध-अपराधी, कैथोलिक केन्द्र के मुखिया पर, न्यूर्नबेर्ग अदालत में मुकदमा चलने पर रोक लगवाई थी। नाज़ी ग्रुप[8] के 76 प्रतिशत हत्यारे कट्टर कैथोलिक थे...' फ़ेलिक्स ने एक लम्बी साँस भर कर गले को तर करने के लिए व्हिस्की का एक घूँट पिया। 'चलो यह मान लेते हैं कि मैंने कुछ नहीं सुना।'

'डियर ब्रदर फ़ेलिक्स, क्या तुम जानते हो कि वास्तव में है क्या? हमारी संस्था के प्रतीक को देखो। इसके बीचोबीच लिखा है, मतलब "ईशु होमिनुम साल्वातोर"...यीशु, मानवजाति का रक्षक, लेकिन इसको "ईसुम हाबेमुस सोसियुम" में बदला जा सकता है...यीशु हमारा सखा है। यह पोप के सबसे वफ़ादार सेवकों, रॉयल कैथोलिक समाज के सदस्यों का प्रतीक है। ये चर्च की सैनिक गुप्तचर सेवा में थे, अगर सही से कहें तो पोप के सैनिक, जो मुख्यत: विधर्मियों की तलाश में रहते थे, उनके मिशन को हम आज तक आगे ले जा रहे हैं और इस लक्ष्य को हम अपने सन्त डोमीनिक के सदस्यों के साथ मिलकर पूरा कर रहे हैं। फ़ेलिक्स, तुम्हें हम से अभी काफ़ी कुछ सीखना होगा।' मुस्कराकर लेफ़्टिनेंट कर्नल ने नौसिखिये का कंधा थपथपाया। 'ख़ैर, अब मतलब की बात पर आते हैं। हालाँकि नेपाल और भारत से लौटने पर क्राल का दिमाग़ ठीक हो गया लगता है, फिर भी मैं उसे कम नहीं आँकूंगा। हम उसके हर क़दम पर नज़र रखते हैं और उसका विश्लेषण करते हैं, उसके वक्तव्यों का, लेखों का, साक्षात्कारों का; उनमें हमेशा वैटिकन के बारे में कुछ न कुछ नकारात्मक होता है, पोप और धर्मगुरुओं के बारे में भी।'

'वह चर्च में समलैंगिक पुरुषों और बालकामुकों का मज़ाक उड़ाता है। यह मुझे अच्छा लगता है।' फ़ेलिक्स हँसा।

'डियर ब्रदर फ़ेलिक्स, जब हम हिमालय की घाटियों और भारत की मस्जिदों में उसका पीछा कर रहे थे, वैश्विक शक्तियों की सहमति से, तब तुम इस नौकरी में नहीं थे। यह शख़्स बहुत ख़तरनाक है, तथाकथित शान्तिदूतों के सम्पर्क में रहता है, जो उन चूतियों का एक गिरोह है, जो दुनिया की वर्तमान स्थापित व्यवस्था को उखाड़ने की कोशिश कर रहे हैं। क्या तुम जानते हो कि इस टुकड़ों में बँटी दुनिया में स्थिरता का आधार क्या है? हमारा कैथोलिक चर्च! इसीलिए मैं किसी को भी...किसी को भी, समझ रहे हो न? पोप के साम्राज्य को ख़तरा नहीं पहुँचाने दूँगा। वैसे भी हमारी अनेकों समस्यायें हैं, हमें बाहर से और शत्रु नहीं चाहिएँ।'

'कौन सी भयानक योजनाएँ इस भूतपूर्व रॉक-गायक ने बनाई हैं,' फ़ेलिक्स ने पूछा।

'अरे, बता इसे,' माक्सीमिलियन ने कार्लो तोती से कहा।

कुछ देर तोती मुँह से कोई सही शब्द नहीं निकाल सका। 'मैं कैसे...हमारे ख़याल से ये संसार के सब धर्मों को एक करना चाहते हैं। उनका लक्ष्य है ऊनम (UNUM), जिसका

8. 1925 में हिटलर द्वारा गठित विशेष पुलिस दस्ता

अर्थ है एकजुट, एकजुट होना उनका मूल उद्देश्य है। इसका प्रतीक है नम्बर एक। यह एक दीर्घकालीन परियोजना है; हमने पता लगाया है कि वे इसे कोड 1 कहते हैं।'

'स्थापित होने के समय से चर्च सचमुच ख़तरे में रहा है। धर्मों को एक करने की कोशिश करने वाले बहुत लोग रहे हैं और होंगे, धत्त...बात का बतंगड़ मत बनाओ, दोस्तो।' फ़ेलिक्स दबी हँसी हँसा, 'हमें क्यों तंग करेंगे ये, मतान्तर के योद्धा?'

'शायद दो बातें कही जा सकती हैं। अगर हमारी गुप्तचर सेवा को यह काम सौंपा गया है तो मामला गम्भीर होगा,' माक्सीमिलियन गम्भीरता पूर्वक बोला, 'ब्रदर्स, तुम कल्पना कर सकते हो कि अगर एक दिन ये सब बदमाश मिल कर एक हो जायेंगे तो क्या होगा? हमारे वैटिकन और हमारे लिए इसके क्या नतीजे होंगे? ईसाई धर्म तो गया!' मेज़ पर मुट्ठी मारते हुए उसने कहा।

'सच्ची? नहीं, तुम गम्भीर नहीं हो...' फ़ेलिक्स ने विरोध किया।

'हम पूरी तरह से गम्भीर हैं। मुद्दा है श्रीनगर में यीशु की क़ब्र। मतलब...तथाकथित क़ब्र।' उसने जल्दी से सुधार किया। 'हमें द्वोरान से सूचना मिली है कि वे सब गम्भीरता से इस क़ब्र के संभावित अस्तित्व की बात कर रहे हैं। आख़िर तो क्राल ने खुलेआम कहा है कि वह मक़बरे को देखने जायेगा। तुम समझते हो कि "रोज़ा बाल" से प्रमाण का हमारे लिए क्या मतलब होगा?' हाउसर ने डरावने ढंग से अपनी भौंहें ऊपर चढ़ायीं।

'कहाँ से?' फ़ेलिक्स ने पूछा।

'कई विशेषज्ञों के मतानुसार "रोज़ा बाल" उस मक़बरे का नाम है, जहाँ ईसा मसीह दफ़्न हैं। अब तक हमने डीएनए विश्लेषण के नमूने एकत्र करने के सभी प्रयास विफल कर दिये हैं।'

'1978 में हम तक़रीबन नीचे तक पहुँच गये थे।' तोती ने कहा।

नौसिखिये क्रूगर ने उसे ऐसे देखा मानो उसे कुछ समझ न आ रहा हो। 'लंदन के मुसलमानों ने एक अन्तर्राष्ट्रीय गोष्ठी "यीशु क्रूस पर नहीं मरे" विषय पर की थी। पूरी दुनिया से वहाँ 15,000 लोग आये थे।'

'पक्का है कि सब पागल थे।' फ़ेलिक्स बोला।

'ग़लत बोल रहे हो। इस कांग्रेस की अध्यक्षता संयुक्त राष्ट्रसंघ की सुरक्षा समिति के अध्यक्ष, पाकिस्तानी विदेश मन्त्री ज़फ़रूल्लाह खान ने की थी। सौभाग्यवश हम मुख्य साक्षी, प्रो. फ़िदा हसनेन, कश्मीर सरकार के पुरातत्व केन्द्र के अध्यक्ष को, जो अकेले एक ऐसे व्यक्ति हैं, जिन्होंने मक़बरे की जाँच की थी, गोष्ठी में आने से रोक सके थे। अन्तिम क्षण में सरकार ने उनका पासपोर्ट उनसे ले लिया था। कुछ समय बाद कश्मीरी सरकार ने बुज़ुर्ग को सरकारी सम्मान देकर उसका मुआवज़ा भर दिया था।'

हाउसर परेशानी में मेज़ पर उँगलियों से तबला बजा रहा था। 'हमें क्राल को गम्भीरता से लेना होगा। जो उसने कुछ हरामियों के साथ मिलकर हमारे साथ तिब्बत में किया था, वह हमारे लिये एक चेतावनी होनी चाहिए। हमारे सबसे मुस्तैद आदमियों में से एक रहस्यमय ढंग से गायब हो गया था। और दूसरा...उँह...पर जो भी उसके साथ मिलकर काम करेगा, उसकी हम जड़ें खोद देंगे! किसी को अपनी टाँगों पर खड़े नहीं रहने देंगे, मैं कसम खाता हूँ! वरना मेरा नाम भी हाउसर नहीं।' आगबबूला हुए वह चिल्ला रहा था। उसकी तनिक सफ़ेद बरौनियाँ उसके इशारों के साथ-साथ ऊपर-नीचे हो रही थीं।

कार्लो और फ़ेलिक्स चुपचाप उसका गुस्सा ठंडा होने का इन्तज़ार करते रहे। ठंडा होते ही उसने व्हिस्की का एक घूँट गले के नीचे उतारा और भारी साँसें लेने लगा।

'जे.बी. का क्या मतलब होता है?' फ़ेलिक्स ने दबे स्वर में पूछा।

'मैं बताऊँ?' कार्लो ने लेफ़्टिनेंट कर्नल पर प्रश्नवाचक दृष्टि डाली और उसे स्वीकृति मिल गयी। शान्त स्वर में तोती अपने सहयोगी को बताने लगा, 'शाहजहाँ सुलेमान ने येरुशलम में मन्दिर बनवाया था, जिसके पूर्वी फाटक पर 2 स्तम्भ थे। यहूदियों के लिए स्तम्भों का मतलब था एक अक्षय शहंशाही ताकत, दोनों स्तम्भों को एक मेहराब जोड़ रही थी, जो स्वर्ग का प्रतीक थी। इस मेहराब को ''श्लोम'' अर्थात् शान्ति कहा जाता था। मन्दिर के बनाने वाले हीरम ने फाटक के दायीं तरफ़ के ताँबे के स्तम्भ पर और बायें स्तम्भ पर क्रमशः लिखवाया था...जोआख़िम और बोआस। कहते हैं कि अधाक्षर जीसस तथा बुद्ध के नाम से लिये गये थे। यह स्तम्भ इतिहास और शिक्षा के क्षेत्र में संसार की दो महानतम हस्तियों के प्रतीक थे। जब दोनों स्तम्भों को प्रतीकात्मक रूप से पुनः जोड़ा जायेगा तो विश्व में शान्ति का साम्राज्य स्थापित हो जायेगा। हर चीज़ एक में मिल जायेगी, इनसानी नस्लें और मज़हब।'

'समझे? गया कुछ दिमाग़ में?' लेफ़्टिनेंट कर्नल जैसे फ़ेलिक्स पर टूट सा पड़ा, 'इन तिलचट्टों के प्रतीक में एकीकरण का अधिकार है। अधाक्षर और भी शापित है!'

फ़ेलिक्स मुस्कराया, 'जो तुम कह रहे हो वह दिलचस्प है, लेकिन एक गड़बड़ है कि उस समय वह बुद्ध या जीसस के बारे में कैसे जानते होंगे? सुलेमान के ज़माने में तो उनका वजूद ही नहीं था।'

'और फिर पुराने धर्मादेशों में पैगम्बर? उनके ज़माने में भी तो जीसस नहीं थे और फिर भी उनके आने की भविष्यवाणी की जाती थी! नहीं, नहीं, प्यारे फ़ेलिक्स, इसे हँसी में मत उड़ाओ, वर्ना मुझे शायद सोचना पड़े कि तुम हमारे बीच एक जासूस हो।'

'सॉरी बॉस, मैं तुम्हें समझ नहीं रहा।'

'मैं कह रहा हूँ कि तुम भी उनमें से एक हो।' लेफ़्टिनेंट कर्नल ने उसे तीखी नज़र से देखा।

'मैं चाहता हूँ कि यह तुम न कहो, कमांडर!'

'ठीक है फिर, आज के लिए काफ़ी है। चूँकि क्राल ने अब के लिए अपनी इज़राइल जाने की योजना रद्द कर दी है तो मैं भी अपनी योजना को यहीं छोड़ देता हूँ। कार्लो, तुम छुट्टी पर जा सकते हो। ज़रूरत पड़ी तो तुम्हारी ग़ैरहाज़िरी में फ़ेलिक्स यहाँ का इंचार्ज है।'

कार्लो मुस्कराया। अगले दिन वह हवाई जहाज़ से छुट्टियाँ बिताने बहामा चला गया, जिसका वह मुद्दत से इन्तज़ार कर रहा था।

पूर्व की प्रज्ञा

पूरे सप्ताह के परिश्रम के बाद शुक्रवार शाम सबथ शुरू होने का समय आया, जब यहूदियों को अनिवार्य रूप से विश्राम करता होता है, शज्जन उस शाम किसी भी काम की समाप्ति की घोषणा करता था और जिस शोफ़ार[9] को बजाकर यह घोषणा की जाती थी, वह यीशु की मनपसन्द ध्वनि थी। वह छत पर खड़ा होकर हसरत से अपने सिर को टेढ़ा करके ऊपर उठा लेता था, इन्तज़ार करता था पहले तीन तारों के प्रकट होने का और लोगों को प्रार्थना के लिए एकत्र करने के लिए बकरे के सींग से निकलने वाले तीखे स्वर का। गत तीन वर्षों में उसने थोड़े से ही ऐसे पलों का आनन्द लिया था; वह अपना अधिकतर समय येरुशलम के हिलेल की अकादमी में बिताता था और नाज़ारेथ छुट्टी पर ही आता था। उसके नगरवासी अपने ज़हीन हमवतन से अपनी जलन छुपाते नहीं थे, जो येरुशलम की एक सम्भ्रान्त अकादमी में पढ़ रहा था, जहाँ सिर्फ़ यहूदी नहीं, यूनानी, फ़ीनिक्स वाले, आर्मेनी, मिस्री, बेबीलोनी और ईरानी भी पढ़ते थे; छात्रों में युवा भारतीय भी थे। तेरह वर्ष की आयु में पहुँचते ही उसे धार्मिक समाज की पूरी सदस्यता दे दी गई और अब वह साइनागॉग में ग्रंथों से पढ़ सकता था : बार मित्सवाह के रीतिमूलक कर्मकांड में उसने क़ानून के प्रति शपथ ली, जिसका अर्थ था कि यदि साइनागॉग में 9 आदमी आते थे तो वह स्वयं को दसवें के रूप में जोड़ सकता था और आराधना आरम्भ हो सकती थी। तेरह साल की उम्र में माता-पिता से ज़िम्मेदारी उसके कन्धों पर आ गयी थी। हालाँकि यीशु 'अकादमिक' था, वह शनिवार की आराधना में शामिल होता था, पूजा करने वाले साइनागॉग में एकत्र होते थे और पत्थर की दीवारों के साथ लगे आसनों पर बैठते थे, वह उनके साथ फ़र्श पर बैठता था, जो सुखद रूप से ठंडा होता था, विशेषकर ग्रीष्म में। येरुशलम के सामने बनी दीवार के सामने एक भाषण-मंच था, जिसमें मोमबत्ती और जैतून की मशालों की रौशनी माहौल को जादुई बना देती थी। यीशु *तोरा* का वाचन सुनता था, हिब्रु से आम लोगों की भाषा इब्रुनी में उसका अनुवाद करता था, हर तीन वाक्यों के बोले जाने के बाद। चार साल पहले उसके पड़ोसी आमोन से हुए विवाद के बाद यीशु को लगता था कि कुछ लोग, उसके दोस्त भी, अब उससे कतराते थे। ज़रूर अपने माता-पिता के कहने पर ऐसा करते थे। कुछ यहूदी बच्चों के माँ-बाप उन्हें उसके ख़िलाफ़ होने को उकसाते थे, क्योंकि उसकी दोस्ती कुछ समारिया वासियों से थी, जो नाज़ारेथ में एक ग़ैर-यहूदी अल्पसंख्यक समुदाय था।

---

9. एक वाद्य

'हर वह व्यक्ति, जो यहूदी पैदा हुआ है, वह अपने आप ही स्वर्ग के साम्राज्य में जायेगा,' रब्बी शान्त स्वर में कहता था। श्रोता उसे ध्यान से सुनते थे। 'इस साम्राज्य में प्रवेश पाने के लिए काफ़िरों को पहले यहूदी बनना होगा। ग्रंथ कहते हैं कि इब्राहिम नरक के द्वार पर बैठा हुआ हर उस यहूदी का उद्धार करता है, जिसे वहाँ भेजा गया होता है।'

'और अगर यहूदी बुरा आदमी हुआ तो?' एक बार साइनागॉग में यीशु का उत्तेजित स्वर गूँजा। आदमी उसे हैरत से देखने लगे। 'क्या वह फिर भी स्वर्ग के साम्राज्य में जायेगा? ग्रंथ हमें सिखाते हैं कि सिर्फ़ भले और साहसी मनुष्य हमारे पिता के साम्राज्य में प्रवेश पायेंगे। किसकी साम्राज्य में प्रवेश की सम्भावना अधिक है, एक ग़लत यहूदी की या एक भले समारिये की?'

'हम्मऽऽऽ,' रब्बी बेरेचिया इस मुश्किल सवाल को सुन कर सोचने लगे। 'मेरे ख़याल से हम ऐसे मनुष्य हैं, जिन्हें ईश्वर ने चुना है, इसलिए सम्भावना है कि एक ग़लत यहूदी दाखिल।' उसने हिचकिचाते हुए जवाब दिया।

'लेकिन तब आप ग्रंथों को झुठला रहे हैं, जो हर स्तुति के हर शब्द में भला होने को प्रोत्साहित करते हैं। क्या कहावतों में नहीं कहते कि बुरे मनुष्य स्वर्ग के बाहर भटकते फिरेंगे?' लड़के ने शिद्दत से पूछा।

साइनागॉग में हर आदमी की आँखें घबराते रब्बी पर टिकी थी, जो जवाब देने से कतरा रहा था। 'प्रिय जोशुआ, आराधना के बाद यहीं रुक जाना, हम बात करेंगे।' सेस्सेने[10] होने के कारण वह विषय से भटकना नहीं चाहता था; अपने हृदय की गहराई में वह यीशु से सहमत था, लेकिन वह जानता था कि अधिकांश श्रोता फ़ारीसी थे, और थोड़े से सेदुसी भी थे और वह उन्हें क्रोधित नहीं करना चाहता था। बल्कि वे उसे प्रार्थना कक्ष छोड़ कर जाने को कह रहे थे। आराधना समाप्त हो जाने के बाद रब्बी साइनागॉग से बाहर आकर यीशु की बगल में बैठ गया, जो सीढ़ियों पर गहरी सोच में डूबा बैठा हुआ था।

'ज़्यादा सोच में मत पड़ो, उन्हें यह कहने का अधिकार है। और फिर यह तुम्हारे साथ पहली बार तो नहीं हुआ।' उसने पिता समान अपनी बाँह लड़के के कंधे पर रखी।

'ये लोग पाखंडी हैं,' यीशु ने सोचा। 'ये लोग साइनागॉग ईश्वर से वार्तालाप करने नहीं जाते, बल्कि इसलिए जाते हैं कि यह रिवाज़ है। ये आगे-आगे जाकर बैठते हैं, ताकि दूसरे इन्हें देख सकें। प्रभु की प्रार्थना करते हैं, पर उसका अर्थ इन्हें मालूम नहीं होता। ये सोचते हैं कि जितने ऊँचे स्वर में ये ग्रंथ के शब्द बोलेंगे, उतनी जल्दी स्वर्ग इनके पास चलकर आयेगा। जबकि ज्यों ही ये साइनागॉग से बाहर निकलते हैं, पापकर्म में लीन हो जाते हैं, ईश्वर का अपमान करते हैं और उससे विनती करते हैं कि वह उन्हें किसी लालच में न डाले। जैसे ईश्वर दुष्ट हो और उन्हें लालच में डाल रहा हो। पुजारी प्रभु के शब्दों की उनके सही अर्थ में व्याख्या नहीं करते, बल्कि ऐसे करते हैं, जिससे उनको फ़ायदा पहुँचे। वे हमारी पूरी उम्र हमें

10. यहूदियों का एक पुराना पंथ

पाप करने से डराते रहते हैं, लेकिन मैं इस व्याख्या को स्वीकार नहीं करता। निरन्तर पश्चाताप करते रहना मनुष्यों को बीमार बना देता है और वे जीवन का आनन्द नहीं ले सकते, गाते हुए, नाचते हुए।' रब्बी की ओर झुक कर उसने उनका ऐसे आलिंगन किया, जैसे पिता से करता था। 'मैं बहुत से ऐसे विषयों पर सोचता रहता हूँ, जिनसे मेरी आत्मा को कष्ट पहुँचता है। मुझे बताइये, क्या आदम और हौवा पहले ऐसे मनुष्य थे, प्रभु ने जिनका सृजन किया था?'

'बिल्कुल।'

'लेकिन धर्मपुस्तक कहती है कि जब हमारे मालिक ने केन[11] के माथे पर निशान लगाया था, तो वह ईडन के पूर्व में सीमाओं के दायरे से बाहर वाले क्षेत्र में चला गया था।'

'सही है।'

'परन्तु यह पुस्तक कहती है कि वहाँ केन अपनी पत्नी से मिला, जिसने उसके पुत्र ऐनाख को जन्म दिया। वह औरत कहाँ से आई, अगर आप कहते है कि हौवा पहली थी।'

'हिलेल ने तुम्हें बताया था कि अकादमी तुम्हें सोचने की शिक्षा देगी, लेकिन उन्होंने यह नहीं बताया कि सोचने वाला मनुष्य पूरी उम्र परेशान रहता है।'

'मतलब आपके पास भी इसका जवाब नहीं है?'

'तुम पुजारियों के खिलाफ़ क्यूँ हो?' बेरेचिया ने विषय-परिवर्तन का प्रयास किया।

'गुरुजी, मुझे बताइये कि क्या येरुशलम का मन्दिर प्रभु का मन्दिर है?'

रब्बी उसके सोचने के ढंग को समझते थे और तुरन्त उसने सोच लिया कि उसका प्रश्न उसे कहाँ ले जायेगा। 'तुम्हारा मतलब है कि क्या यह भक्तों के लिए है या व्यापारियों के लिए है?' यीशु ने सहमति में सिर हिलाया। 'मैं जानता हूँ कि यह ग़लत है जो पुरोहितों ने मन्दिर के साथ किया है। उन्होंने पूरे क्षेत्र को एक निजी वाणिज्य मंडल बना दिया है।'

'मैंने अकादमी में सुना है कि विदेशी मुद्रा के व्यापार और क़ुरबानी के जानवरों की बिक्री से मिला पूरा पैसा मुख्य पुरोहित अन्तास के पास जाता है।' यीशु ने घृणापूर्वक सर हिलाया। 'मेरे भाई-बहनों के पास पीने को शोरबा नहीं होता था, क्योंकि मेरे माता-पिता को जंगली कबूतरों की क़ुरबानी मन्दिर में चढ़ानी होती थी। यह ग़लत है; ईश्वर एक दिन इज़राइली पुरोहितों को इसका दंड देगा।' बेरेचिया चुप रहे, क्योंकि वह जानते थे कि लड़का सही कह रहा था। ऐस्सेने पन्थ ने विशेष तौर पर और बहुत से सेदूसियों और फारीसियों ने भी कई बार पुरोहितों को सम्पन्न बनाने के लिए मन्दिर के धन के लज्जाजनक दुरुपयोग के प्रति नाराज़गी जताई थी। 'पुरोहित हमें उन्हें और उनके निर्णयों को सुनने का आदेश देते हैं कि कौन मृत्यूपरान्त स्वर्ग में जायेगा। मेरे विचार से वे हमें यहाँ पृथ्वी पर स्वर्ग का निर्माण करने से रोक रहे हैं। केवल प्यार बाँटना ही पर्याप्त है।'

---

11. आदम-हौवा का पुत्र

रब्बी ने मुस्करा कर यीशु के हाथ को प्यार से थपथपाया। 'तुम एक महान आदर्शवादी हो, पर तुम सही हो। यदि हम घृणा की बजाय प्यार बाँटें तो प्रसन्न होंगे। परन्तु यह आसान नहीं है। लोगों को प्यार बाँटने की शिक्षा देना असम्भव है।' रब्बी ने सोचते हुए कहा।

'क्यों? केवल एक उदाहरण ही पेश करना है।'

'तुम दुनिया के मेरे युवा रक्षक हो,' रब्बी मुस्कराये।

'सिर्फ़ जीवन सच है, सिर्फ़ प्यार शाश्वत है, इसे कोई नष्ट नहीं कर सकता। वे हमें एक दंड देने वाले, क्रूर ईश्वर के बारे में बताते हैं, लेकिन मेरे विचार से वह दयालु और क्षमाशील हैं। ईश्वर हमें दंड नहीं देना चाहता, वह हमारी मदद करना चाहता है। दंड देकर वह हमारे दिल में जगह नहीं बना सकता, क्योंकि ऐसा कर के हमसे वह वो आज़ादी छीन लेगा, जो उसने हमारा सृजन करके हमें दी थी।' रब्बी ख़ामोश बैठे उसे देखते रहे। 'ये हमारे प्रिय रब्बी हिलेल के शब्द हैं।'

'मैंने सुना है कि उनकी हालत गम्भीर है।'

'लगता है कि रब्बी का परमात्मा के पास जाने का समय निकट आ रहा है। पूरा दिन वह लेटे रहते हैं। चल नहीं सकते। परन्तु फिर भी वह हमारे सबसे प्रिय शिक्षक हैं।' यीशु ने उदास स्वर में कहा।

'वह हमारे राष्ट्र के महानतम जीवित मनीषी हैं। उनसे बेहतर शिक्षक कोई हो ही नहीं सकता।' रब्बी ने प्यार से उसका कंधा थपथपाया, पर यीशु ने प्रसन्नता का कोई संकेत नहीं दिया। 'क्या तुम्हें कोई समस्या है?' बेरेचिया ने पूछा।

'उम्म। कैसे बताऊँ आपको। हाँ, रब्बी हिलेल और उनकी अकादमी महान है। सिर्फ़...मतलब हम भजनों, कहावतों, सन्त-चरित्र के संग्रह ताल्मुड को हमेश दोहराते ही रहते हैं। अच्छा है, पर मैं और जानना चाहूँगा।'

'मैं सोचता हूँ कि प्रज्ञा केवल येरुशलम तथा पैगम्बरों की पुस्तकों में ही नहीं बसती। मैं ज़्यादा सीखना चाहता हूँ।'

'इसे तफ़सील से बताओ।' बेरेचिया ने उसे देखते हुए कहा।

पहला चमत्कार

मारिका ने मीषाल के हाथ को इतनी ज़ोर से दबाया कि उसकी उँगलियाँ सफ़ेद हो गयीं। 'तुझे यीशु की क़ब्र पर जाना होगा।' वह ज़ोर देकर बोली।

'पर मारिया, तुम इतनी परेशान क्यों हो रही हो? अब मैं नहीं जा रहा, फिर कभी जाऊँगा।'

वह चुप हो गयी। फिर शान्त स्वर में बोली, 'फिर कभी में बहुत देर हो जायेगी। मीषाल, प्लीज़, मेरे लिए। मेरी बीमारी के लिए।' कुछ देर सोच कर वह निश्चयात्मक स्वर में बोली, 'कुछ दिनों से मैं बेहतर महसूस कर रही हूँ। इतनी थकी नहीं रहती। मैं तेरे साथ जाऊँगी।'

'तू जानती है कि इससे मुझे बहुत खुशी होगी, लेकिन चाहते हुए भी हम यह नहीं कर सकते। मैंने यात्रा रद्द कर दी है और अब हमारे लिए जाने वालों की सूची में कोई जगह नहीं है।' 'मुझे यक़ीन है कि जगह मिल जायेगी।'

'बेथलेहम में रहना बेकार होगा। लेकिन अगर तू नहीं मानती तो शायद मेरी जगह अब भी खाली हो। तू अगर ठीक महसूस कर रही है तो मैं एजेंट को अभी फोन कर सकता हूँ।'

'ठी...क।' वह एक क्षण के लिए झिझकी, 'नहीं, मैं तेरे बगैर नहीं जा रही। ऐसा मैं कर ही नहीं सकती।'

'तोमाश है वहाँ। वह तेरा ध्यान रखेगा; उसके सम्पर्क हैं, वह इज़राइल में हर किसी को जानता है। अगर कुछ गड़बड़ भी हुई तो वह अच्छे से अच्छे डॉक्टर का इन्तज़ाम कर सकता है।'

'नहीं, नहीं,' वह सोच कर बोली। 'तेरे बगैर मैं नहीं जा रही। मीषाल, मीश्को, प्लीज़ एजेंसी को फ़ोन कर और बता कि तूने अपना इरादा बदल दिया है।'

मीषाल ने हैरानी से देखा। 'येरुशलम की तेरे लिए इतनी क्या अहमियत है?' उसने घबराते हुए अपनी दोनों हथेलियाँ रगड़ीं, जैसे कि उसे कुछ बताना चाहती हो, पर समझ नहीं पा रही थी कि अपने विचार उसे बताना सही होगा या नहीं। 'चिन्ता मत कर, रोग पर जीत पाने में तेरा विश्वास तुझे ठीक कर देगा। शायद ऊपर वाला तुझे दूसरों से ज़्यादा मज़बूत बनाना चाहता है, इसलिए दूसरों से ज़्यादा बोझ तेरे कन्धों पर डाल रहा है। इस बीमारी को एक चुनौती की तरह ले। ईश्वर सचमुच तेरी मदद करता लग रहा है। मेरे ख़याल से वह जानता है कि किस लिये। शायद तेरे लिए उसकी कोई योजना है, वह चाहता है कि तू मज़बूत बने। विश्वास बनाये रख और तू जीतेगी। तूने खुद को ही ठीक कर लिया था, फिर से तू खुद को ठीक करेगी।' उसने पत्नी को विश्वास दिलाने की कोशिश की, पर वह नहीं जानता था कि क्या वह आन्तरिक शक्ति, इच्छा तथा विश्वास को पुनः जुटा भी पायेगी।

'अगर मैं खुद को ठीक कर सकती तो दुबारा बीमार ही न होती। मैं इतनी भी मज़बूत नहीं हूँ कि 40 दिन का व्रत और रख सकूँ। मेरे ख़याल से मुझमें इतनी ताक़त नहीं है। मुझे लगता है, मुझे लगता है...इन सब वैकल्पिक तरीकों से मेरा विश्वास उठ गया है।' उसने आँखें नीची कर लीं और अश्रु उसके कपोलों पर गिरने लगे। 'और डॉक्टरों ने कीमोथैरेपी की सलाह दी है, विकिरण और उनके दूसरे सब आम तरीके। मैं थैरेपी नहीं

करवाऊँगी। इसमें कोई तुक नहीं है। वे आज तक किसी को बचा नहीं सके, वे बेवजह लोगों को कष्ट देते रहते हैं।'

'यह (कैंसर) इसलिए लौट आया क्योंकि तू फिर मांस का सेवन करने लगी थी।'

मारिका ने कंधे उचकाए, 'तूने भी तो नहीं टोका।'

'मैंने सोचा...मैंने सोचा कि तू सयानी है और जानती है कि क्या कर रही है।' वह धीमे से बोला, 'लेकिन कोई बात नहीं, हम कोशिश नहीं छोड़ेंगे। हम फिर से शाकाहारी भोजन लेने लगेंगे, इस बार पूरी एहतियात बरतेंगे।' एकाएक उसकी आँखों में एक चमक आ गयी, जैसे उसे कुछ ज़रूरी बात याद आ गयी हो। 'और वैसे, तुझे मैं तिब्बत की एक ख़ास परम्परागत चमत्कारी दवा की बात बताता हूँ। चेर्नोबिल की त्रासदी[12] के बाद हज़ारों बच्चों का इलाज करने के लिए इसका सफलतापूर्वक इस्तेमाल किया गया है।' वह अपनी पत्नी को उत्साहित करने का प्रयत्न कर रहा था जो उसे व्यर्थ अवधारणा और आभारयुक्त मुस्कान के साथ देख रही थी। 'मैं पूरी गम्भीरता से बात कर रहा हूँ।'

'ओ.के., मीश्को। एक कोशिश मैं और करती हूँ। कच्चा भोजन। एकदम कच्चा। सिर्फ़ तरकारी, फल, चाय, रस, मेवा, अनाज। यह आसान तो नहीं होगा, नगर फिर भी एक बार करूँगी। बस तुझसे सिर्फ़ एक गुज़ारिश है।' उसकी भीगी आँखों में एक विलक्षण तेज था।

'बहुत बढ़िया,' मीषाल खुश हो गया, 'मैं पूरी तरह तेरे साथ हूँ। और यहीं पर मैं घोषणा करता हूँ कि मैं अब कच्चा भोजन ही करूँगा।' अपनी पत्नी के निकट जाकर उसने उसके केश चूमे, जिसमें अब ज़्यादा सफ़ेद रेशे थे। 'जो कुछ मैं तेरे लिए कर सकता हूँ करूँगा, बता क्या चाहती है?'

'हम येरुशलम चलते हैं। यात्रा के लिए फिर नाम लिखवा लो। मैं यीशु की समाधि पर ध्यान लगाना चाहती हूँ।'

मीषाल ने थोड़ी देर सोचा। 'अगर तेरी किस्मत अच्छी हुई तो तू यह सिर्फ़ रात को कर सकती है।'

'तोमाष ने लिखा है कि यह जगह दिन में पर्यटकों से भरी होती है, और हम रात में बेथलेहेम से येरुशलम नहीं जा सकेंगे...' उसने कंधे उचकाये।

'अगर मैं पाँच मिनट भी क़ब्र पर बिता सकूँ तो यह सार्थक होगा।' वह उत्साहपूर्वक बोली, 'तुझे अजीब लगेगा, लेकिन कोई मुझसे कह रहा है कि मेरे बेहतर होने की कुंजी इसी जगह में है। माफ़ करियो, मीषाल, मैं तुझे एक अन्धविश्वासी, बूढ़ी चुड़ैल जैसी लग

---

12. 26 अप्रैल 1986 में सोवियत संघ में चेर्नोबिल के एक एटमी संयंत्र के कारण हुई एक दुर्घटना में अनेकों मनुष्यों की मृत्यु हो गई थी।

रही हूँगी, पर। मैं स्पष्ट नहीं कर सकती कि क्यों मुझे लगता है कि मेरी हालत में सुधार तभी आयेगा, जब मैं यीशु की क़ब्र पर मन से ध्यान लगाऊँगी।'

'मारिका!' उसने प्यार से उसे झिड़का। 'पर यीशु की क़ब्र येरुशलम में नहीं है।'

'मैं जानती हूँ कि वह स्वर्ग गये थे। लेकिन जिस क़ब्र में उनके पार्थिव शरीर को रखा गया था...'

मीषाल समझ गया कि उसकी जैसी स्थिति में कोई भी व्यक्ति ऐसे किसी भी काम के लिए तैयार हो जायेगा, जिससे मदद मिल सके। शायद मेहराबदार छत से युक्त वह चर्च एक ऐसी प्रायोगिक औषध बन जाये, जिससे मदद मिल जाये। 'मैं इन बातों को नहीं मानता, पर तुझे इसमें यक़ीन है...।'

'सॉरी, मुझे यक़ीन है। और मैं अपनी प्रार्थना को बिलखती दीवार में भी डालूँगी।' मीषाल विरोध जताने वाला था, परन्तु उसने देखा कि मारिका ने कमाल का एक शब्द 'यक़ीन' बोला था। वह मुस्कराया, 'मैं भी यक़ीन करता हूँ।'

उसने अपने पति की ओर देखा और फिर मारिका का हाथ उसके हाथों में था। 'कहते हैं, कहते हैं...कि अगर अपनी अभिलाषा बिलखती दीवार में डाली जाये तो ईश्वर तुम्हारी इच्छा पूरी करेगा। जब तू तिब्बत में था तो मैंने अपने कैंसर का इलाज कर लिया था...।' वह कुछ कहना चाहती थी, पर मीषाल ने उसे टोक दिया।

'इच्छाशक्ति, कच्चे भोजन और लूबका की सलाह ने तेरी मदद की थी। तूने ख़ुद ही बताया था कि उसने खुद को ऐसे ही ठीक किया था। बस तूने बाद में एक ग़लती कर दी...।'

'मैंने तुझे पूरा किस्सा नहीं सुनाया। संयोगवश लूबका उसी समय येरुशलम जा रही थी और उसे मैंने अपनी प्रार्थना बिलखती दीवार में डालने को कहा था। मुझे यक़ीन है... मुझे यकीन है, मतलब, कि मुझे सिर्फ़-सिर्फ़ कच्चे भोजन ने ही नहीं, बल्कि मेरी प्रार्थना ने भी ठीक किया है।' उसने ख़ामोश पति को देखा, 'तू क्या ध्यान नहीं करता, प्रार्थना नहीं करता? तेरा कमरा क्या हर तरीके के प्रतीकों से नहीं भरा पड़ा? कर्मकांडों का अर्थ युक्तियुक्त नहीं होता, पर प्रतीकात्मक होता है। वे हमारी चाहतों, विश्वास और आस के प्रतीक होते हैं।'

'लेकिन मारिका, किसी दीवार में एक पर्ची सरका देने से चमत्कारिक पथ्य में विश्वास। आई एम सॉरी...।'

दोनों ख़ामोश हो गये। मारिका फिर बोलने लगी, 'जब मैं पहली बार बीमार हुई तो लूबका ने मेरी पर्ची दीवार की एक झिर्री में सरकाई थी और...'

'इतनी मदद तो नहीं हुई, बीमारी तो लौट आई न!' मीषाल ने असन्तोष प्रकट किया।

'लूबका की भी लौट आई है...,' उसने मन्द स्वर में कहा।

'क्या?' मीषाल ताज्जुब में था। 'उसने मुझे एक हफ़्ता पहले बताया है।'

'क्या करने वाली है वह फिर?'

'उसने सब्र कर लिया है। वह अब ऑपरेशन करवाने वाली है, फिर कीमोथैरेपी।' मीषाल कुछ नहीं बोला। 'मैं जानती हूँ तू क्या कहने वाला है। मैं ऑपरेशन नहीं करवाने वाली! सवाल ही नहीं उठता!'

'एक बार उन्होंने तुम्हारे शरीर को छेड़ दिया तो मेटास्ततिम[13] तुम्हारे खून में मिल जाती है और फिर तुम गये! माफ़ करियो! मेरे विचार से विश्वास का प्रभाव होता है। बस एक भूल हो गई थी मुझसे। मेरे ख़याल से मैं जानती हूँ कि कहाँ...।'

मीषाल ने एक प्रश्नसूचक दृष्टि उस पर डाली, 'कहाँ?'

'लूबका को बिलखती दीवार की बजाय यीशु की क़ब्र पर जाना चाहिए था।' धीरे-धीरे उसने अपनी गर्दन पर पहना हुआ एक हार उतारा। मीषाल ने इसे कभी नहीं देखा था। उसने वह उसे थमाया, 'देख,' मीषाल ने दिलचस्पी से उस पर नज़र डाली, 'क्या है यह?'

'हार, मुझे अपनी माँ के भूले-बिसरे एक बक्से से मिला है। मुझे सपना आया था कि मैंने तहखाने की सीढ़ियों के नीचे एक पुराने बक्से में गहने रखे हैं। मैं भूल गई थी कि मैंने उसे कहाँ रखा था। सपने ने मुझे याद दिला दिया।'

'मारिका, माफ़ करना। पर यह पागलपन है...।'

'मीषाल, जब तू लौटा था तो तूने कमरे में सुगन्ध को महसूस किया था? इस सपने में मेरी माँ हमारी बैठक में पूरा समय सिगरेट पीती रही थी...।' मीषाल कुछ देर उसे घूरता रहा, 'तो तुम कह रही हो कि...।'

'मैं कुछ नहीं कह रही। बात इतनी है कि तू और मैं दोनों गुलाबों और इस सुगन्ध को साफ़-साफ़ महसूस कर रहे थे।' ख़यालों में डूबे हुए मीषाल ने हार उसके हाथ में पकड़ाया। धातु का बना होने के बावजूद उसमें से एक सुखद गर्मी का संचार हो रहा था। 'गरम?' मारिका ने मुस्कराते हुए पूछा। उसने हाँ में सिर हिलाया और बोला, 'यह किसी विलक्षण धातु से बना है, किसी को नहीं पता कि इसके संघटक क्या-क्या हैं?'

'तूने क्या इसकी जाँच करवाई थी?'

'नहीं, मेरी माँ ने मना किया था।'

'मुझसे तूने कभी इसका ज़िक्र क्यों नहीं किया?'

'मुझे इजाज़त नहीं थी।'

---

13. कैंसर कोशिकाओं को पूरे शरीर में देखने की प्रक्रिया।

मीषाल ने हैरत से उसे देखा। 'यह अविश्वास वाली बात नहीं है, बस मेरी माँ ने मुझे वैसे ही कहा था। जब अपनी मृत्यु-शैया पर उसने मुझे यह दिया था तो कहा था, 'यह तुझे तेरे लक्ष्य तक पहुँचाने में तेरी सहायता करेगा। पर इसे अपने सबसे प्रिय व्यक्ति को ही दिखाना, वह भी तब जब तेरे लिए कोई गम्भीर समस्या उठ खड़ी हो, सचमुच की एक गम्भीर समस्या।'

'यह क्या बकवास है? कौन सी तेरी गम्भीर समस्या है? एक बार तू ठीक हुई है। इस बार भी हो जायेगी,' मीषाल गोल, गहरे लाल रंग के हार को, जो चौड़ाई-मोटाई में एक इंच से ज़्यादा नहीं था, हाथ में घुमाने लगा। एक तरफ़ एक छह कोणों वाला एक नुकीला तारा दिखाई दे रहा था, पिछली तरफ़ दो लम्बी रेखायें तथा छोटे अपठ्य अक्षरों में एक अभिलेख था। 'यह यहूदियों का डेविड तारा है। क्या तेरी माँ यहूदी थी?' मारिका ने हाँ में सिर हिलाया।

'पर तू तो कैथोलिक है।'

'मेरा बप्तिस्मा हुआ था।'

'तूने मुझे कभी बताया क्यूँ नहीं?'

'तूने पूछा ही नहीं।'

वह पति को देख रही थी, जिसे समझ नहीं आ रहा था कि क्या कहे। 'लोग कहते हैं कि मैं भी एक चौथाई यहूदी हूँ,' वह हँसने लगा। मारिका ने चैन की साँस ली। 'मुझे याद आ रहा है कि ऐसा ही एक हार मुझे एक मुफ़्ती ने ताजमहल में दिया था। यह कश्मीर से कुछ सौ किलोमीटर दूर है।'

'कश्मीर का इससे क्या लेना-देना?' उसने हैरानी से पूछा।

मारिका ने हाँ में सिर हिलाया। 'सुलेमान का मन्दिर। सिर्फ़ बिलखती दीवार की यहाँ कमी है।'

मीषाल का फ़ोन बजा। उसने नाम देखा। 'ट्रैवल एजेंट का फ़ोन है।' मारिका की धँसी हुई आँखों में उम्मीद झलकने लगी। 'हाँ, क्राल बोल रहा हूँ।' दूसरी तरफ़ से आते स्वर को वह सुनता रहा और फिर उसका चेहरा खिल उठा। 'यक़ीन नहीं आता। सचमुच क्या?' 'बहुत बढ़िया!' मीषाल ने उसके सवाल को नज़रअन्दाज़ कर दिया। 'पर यह तो पक्का है कि हार पर डेविड सितारा था, हालाँकि मुझे ठीक से याद नहीं है कि क्या वह बिल्कुल इसके जैसा था। इस पर लिखा क्या है?' हार के पीछे दो पंक्तियाँ थीं, जिन्हें एक मेहराब से जोड़ा गया था, जो पहली नज़र में एक जैसी लग रही थीं, पर ग़ौर से देखने पर पता चलता था कि ऐसा नहीं था। एक पर लम्बी रेखाएँ थीं, जबकि दूसरे हार पर सर्पिल थीं। उसने पंक्तियों के अक्षरों को और भी ग़ौर से देखा। वह दुविधा में था। बाईं पंक्ति पर एक अक्षर था। और दाईं पर भी था। पंक्तियों के ऊपर एक मेहराब दोनों को जोड़ रही थी, जिस पर लिखा था, ''टेम्पलम हीरोसोलिम।'' 'मैं नहीं जानता था कि तुझे ऐसी चीज़ों में दिलचस्पी है।'

'मैं तेरी बीवी हूँ,' उसने मुस्कराकर जवाब दिया।

'और टेम्पलम हीरोसोलिम?' उसने अपनी उत्तेजना छुपाने की कोशिश की। 'टेम्पलम का मतलब तो साफ़ है कि मन्दिर ही होगा, या चर्च।'

'ठीक समझा। मैंने इंटरनेट पर देखा था। हीरोसोलिम या हीरासोलिमा एक प्राचीन ग्रीक शब्द लगता है, जिसका अर्थ है "पवित्र"। "सोलिम" का अर्थ है शान्ति। जैसे हिब्रु के लफ़्ज़ "शालोम" का। उद्गम वही जो सुलेमान के नाम का है।'

'तो टेम्पलम हीरोसोलिम येरुशलम का मन्दिर है?'

'होल्ड कर, मेरी बीवी को यह सुनना चाहिए। मैं फ़ोन का स्पीकर चालू रखता हूँ।' मारिका सुन रही थी।

'हलो, मिसेज़ क्रालोवा, कुछ अविश्वसनीय घटा है। एक हफ़्ता पहले आपके पति ने पूछा था कि क्या आप भी साथ जा सकती हैं, पर दुर्भाग्यवश यह नहीं हो सकता था, क्योंकि बुकिंग फ़ुल थी। पर अब जब आइसलैंड में ज्वालामुखी फट गया है और कई उड़ानें नहीं जा रही हैं तो हमें यात्रा का एक दिन कम करना पड़ा है, इसलिए प्रस्थान अब मंगलवार की बजाय बुधवार को होगा। आपके पति समेत कुछ लोगों ने अपनी बुकिंग रद्द कर दी है।'

'तो आपके पास खाली सीटें हैं?' मारिका ने उत्साहपूर्वक पूछा।

'हैं। दोनों के लिए।'

'कमाल की ख़बर है।'

'अब तो पहले से भी बेहतर है। ज्वालामुखी फटने के कारण बहुत सी विमान कम्पनियों ने अपनी उड़ानें रद्द कर दी हैं, मतलब कि येरुशलम में होटल खाली रहेंगे। हमारा ग्रुप अब बेथलेहम में नहीं, येरुशलम में रहेगा। विक्टोरिया होटल में। यह दमिश्क गेट से पैदल पाँच मिनट का रास्ता है। वहाँ से पाक क़ब्र वाले चर्च का रास्ता तीन मिनट का है, और बिलखती दीवार का पाँच मिनट का।'

'मज़ा आ गया। पाँच मिनट में आपके दफ़्तर पहुँच जाऊँगा। और शुक्रिया!'

'कमाल हो गया, मीषाल, कमाल हो गया,' वह उछल कर खड़ी हो गई। 'यह तो चमत्कार हो गया!' अपने पति को बाँहों में लेकर वह उसे तड़ातड़ चूमने लगी। 'अई लव यू!'

'एंड आई लव यू। फ़िक्र मत कर! सब सही हो जायेगा। मुझे लग रहा है कि इत्तफ़ाक नहीं है कि आइसलैंड में ज्वालामुखी अब फटा है। मुझे यक़ीन होने लगा है कि शनिवार रात हम पवित्र क़ब्र वाले चर्च में प्रार्थना कर रहे होंगे।'

मारिका ने जल्दी से अपना हाथ एक दराज़ में डाला और एक पर्ची निकाल ली। 'क्या तू जानना चाहता है कि ईश्वर से क्या माँग रही हूँ?'

‘यह पर्ची क्या है ?’

‘मेरी मुराद, जो बिलखती दीवार की एक झिर्री में जाने के लिए तैयार है।’

‘नहीं, यह तेरा भेद है।’

‘मगर तेरे सामने मेरा कोई भेद नहीं है।’ वह मुस्कराई। ‘तो, इसे पढ़ना चाहेगा ?’ उसने पर्ची उसकी नाक के नीचे कर दी।

मीषाल ने पर्ची धीरे-धीरे खोली, उसे देखकर आश्चर्य से उसका मुँह खुला का खुला रह गया।

एक अनोखा ख़याल

सूरज चढ़ना शुरू हो गया था और उसकी किरणों का अक्स गारे और मिट्टी से बनी सफ़ेद झोंपड़ियों की बनी धूप में सुखाई हुई ईंटों पर पड़ रहा था। माउंट कार्मेल, जिस पर रोमनों ने कब्ज़ा करके उसका नया नाम मारे नोस्त्रुम रख दिया था और जो भूमध्यसागर पर था, उसे पश्चिम से उस पहाड़ी से देखा जा सकता था, जहाँ पर साइनागॉग बना था। यहूदियों के लिए सागर का नाम था ‘हा यम हा तिखोन’। टिबोर पर्वत पूर्व में था। रब्बी और यीशु एक-दूसरे के पास बैठे मनोरम दृश्य का अवलोकन कर रहे थे। ‘तुम्हारे शब्दों में न केवल रब्बियों की प्रज्ञा का पुट है, बल्कि ईश्वर द्वारा प्रदत्त प्रज्ञा भी है, जैसे पहले मेरे शब्दों में होती थी, हिलेल तुम्हें उन ग्रंथों से ज्ञान देता है, जिसमें ईश्वर द्वारा निर्धारित यहूदी क़ानून है। इस कारण हम उसके द्वारा चयनित विशेष मनुष्य हैं। लेकिन मैंने तुम्हें यह सहज पांडित्य नहीं दिया।’

‘यह पांडित्य सच है, और सर्वत्र व्याप्त है। मैं केवल अपनी आत्मा की खिड़की खोल कर ज्ञान को भीतर आने दे रहा हूँ।’

‘हाँ, कहना सहज है, पर कौन सा ऐसा शक्तिशाली हाथ है जो आत्मा के दरवाज़े खोल कर ज्ञान को भीतर आने देगा ?’

‘यह हाथ प्रेम का है, जो मनुष्यों के दिलों के भीतर के सत्य, करुणा और मेधा के द्वार खोलता है। गुरुजी, मेरे विचार से हर धर्म का एक ही स्रोत है, वे एक ही ख़ुदा के बख़्शे हुए हैं। मैं नहीं समझता कि हमारा यहूदी धर्म किसी तरह से विशेष है। अकादमी में मैंने कुछ भारतीय वैदिक प्रबन्ध सुने हैं और वे बिल्कुल वही नैतिक सिद्धान्त सिखाते हैं, जिन्हें हम जानते हैं। मेरे विचार से हम यहूदी ही अकेले ऐसे हैं, जिनके पास स्वयं को विशेष चयनित कहने का अधिकार है। हर वह मनुष्य, जो ईश्वर के धर्मोपदेशों को मानता है, चाहे वह भारतीय हो, चीनी हो या ईरानी हो, वह चयनित है, विशेष है। ऐसा क्या है, जो हमें बेहतर बनाता हो और हमारे इस घमंड का औचित्य सिद्ध करता हो कि हम “चयनित”

हैं? मेरे विचार से बुद्ध भी वैसे ही ख़ुदा का बेटा है, जैसे मूसा, एलिया, इसाइया, जेरेमिया और हमारे सभी पैगम्बर थे।'

'यदि तुम कहते हो कि हमारे पैगम्बर कम से कम पूर्व वालों जितने सयाने तो थे ही तो केवल अपने ही ग्रंथों में रुचि लेना पर्याप्त नहीं होगा?'

यीशु ने जवाब नहीं दिया। 'इसे कमल-सूत्र कहा जाता है। कहा जाता है कि इसे कश्मीर में लिखा गया था।' फिर कुछ देर सोचता रहा कि अपने प्रिय रब्बी को बताये या नहीं। 'अब तक मैंने जो कुछ पढ़ा है, उसमें यह एक कमाल की चीज़ है। मैंने *स्कन्द* पुराण पढ़ा है।'

'वो क्या है?'

'हिन्दुओं के 18 पवित्र ग्रंथों में यह एक है। हमारे पैगम्बरों की पुस्तकों जैसा। उसमें उनके ईश्वर के बारे में लिखा है, उसके गुण, स्वभाव हमारे समान हैं, यहूदियों के ग्रंथों के समान। सिर्फ़...सिर्फ़...उनका ईश्वर कई हज़ार साल पुराना है।'

'ईश्वर सिर्फ़ एक है, तो वह पुराना हो ही नहीं सकता।'

'मेरा मतलब यह था कि वे अपने ईश्वर से हम लोगों से हज़ारों साल पहले से संवाद करते रहे हैं।'

'क्या उनके ईश्वर का कोई नाम है?'

'उसका नाम है जगन्नाथ। भारत का सबसे प्रतिष्ठित मन्दिर उन्हें समर्पित किया गया है। नगर में एक भव्य शिक्षा मन्दिर है और तक्षशिला नगर में एक विश्वविद्यालय है। जहाँ 700 वर्षों से वेद, आयुर्वेद चिकित्सा, दर्शनशास्त्र और गणित की शिक्षा दी जा रही है और सब से बढ़ कर, वहाँ बुद्ध का दर्शन पढ़ाया जाता है।' लड़का उद्दीप्त नेत्रों से अपने गुरु को देख रहा था।

रब्बी ने लड़के की थाह लेने में कुछ समय लगाया। 'बेहतर होगा कि तुम इन चीज़ों के बारे में औरों से बात मत करना। मुझमें तुमने जो विश्वास दिखाया है उसके लिए धन्यवाद।' उसे समझ में आने लगा था कि जो सोच *तोरा* और उसकी व्याख्याओं में नहीं थी, उसका सूत्रण इस लड़के को किसने पढ़ाया था।

'रब्बी, एक और सवाल भी है। हम्मऽऽऽ मिस्र से फ़िलस्तीन के मूसा और उनके अनुयायियों के सफ़र में चालीस साल लगे थे...।'

'हाँ।'

'कमाल है, वे कहाँ-कहाँ घूम रहे थे? मतलब रास्ते में लगभग तीन हज़ार मैदान आते हैं। जितनी भी सुस्ती से चलें, वे चार महीने से कम समय में यहाँ पहुँच सकते थे...।' यीशु ने खेद से सिर हिलाया।

'अरे...क्या...मानता हूँ कि यह बात मेरे दिमाग़ में कभी नहीं आई। लेकिन धर्मग्रंथ में यही लिखा है।'

'यही मैं कहना चाहता हूँ। ग्रंथ कहता है कि मिस्र छोड़ने के बाद वे चालीस साल यात्रा करते रहे थे। मैंने हिसाब लगाया है। उस ज़माने में यहूदियों की दो पीढ़ियाँ आराम से पैदल चलकर भारत में हिमालय की गोद से बहती गंगा नदी तक पहुँच सकती थीं।'

'तुम एक साधारण युवक नहीं हो सकते। मुझे तुम किसी और दुनिया से आये लगते हो...।'

'एक और चीज़ मैं पूछना चाहता था। ग्रंथ में मालिक मूसा से कहता है कि जो देश वह उन्हें दे रहा है वह पहाड़ों और घाटियों का देश है, पर्याप्त पीने के पानी का, जहाँ वसन्त और पतझड़ में पर्याप्त बरसात होती है, और...' वह रुक गया, फिर एक पल बाद आगे बोला, 'हमारी वर्षा केवल शीत ऋतु में आती है। रोमन अब नहरें बना रहे हैं, और उन्हें टिबेरिया झील और जोर्डन नदी से पानी जुडेआ तथा डेकापोलिस के हमारे खेतों में लाना पड़ रहा है।'

'तो तुम्हारा मतलब है कि इज़राइल वह देश नहीं है, जो ईश्वर ने अब्राहम को प्रतिश्रुत किया था?'

'मालिक ने जोर्डन नदी के पूर्व में जिस जगह का वर्णन किया था, उसकी बराबरी सिर्फ़ हिमालय की गोद में बसा कश्मीर ही कर सकता है। यहाँ तक कि उसे ''धरती पर स्वर्ग'' का नाम भी दिया गया है।' अपनी गहरी आँखों से जोशुआ रब्बी की प्रतिक्रिया सुनने के लिए उसे देखता रहा। रब्बी के पास उसके युक्तियुक्त तर्क का उत्तर नहीं था। यीशु में से उस समय एक असाधारण ऊर्जा तथा प्रकाश रिसते प्रतीत हो रहे थे, जिनका कारण फ़िलस्तीन का मौसम तथा सूर्य की किरणें नहीं हो सकते थे। कश्मीर की राजधानी श्रीनगर है और वहाँ से पैदल चल कर एक सप्ताह में तक्षशिला पहुँचा जा सकता है।

बेरेचिया सोच रहा था। उसे महसूस हो रहा था कि यीशु का पूर्व की ओर जाने का इरादा अटल था। परन्तु फिर भी उसने उसे प्रभावित करने का प्रयास किया, 'प्रिय जोशुआ, मैं तुम्हें छुटपन से जानता हूँ और मैं जानता हूँ कि तुमने पूर्व जाने का निश्चय कर लिया है, और तुम इस इरादे पर डटे रहोगे। मैं तुम्हारी सफलता की कामना करता हूँ, पर अपने बूढ़े पिता की बिगड़ती सेहत को नज़रअंदाज़ मत करो। इस धरती पर उनके अन्तिम दिनों में उनका ध्यान रखना और अपनी माँ की मदद करना तुम्हारा सन्तानोचित कर्तव्य है।' 'पहली शादी से पिता के चार बेटे हैं। मैं उनका सबसे बड़ा बेटा नहीं हूँ।' यीशु ने विरोध किया। 'मेरे पिता कहीं और हैं।' रहस्यात्मक ढंग से यीशु ने कहा।

बेरेचिया कुछ समय चुप रहा, पर फिर बोला, 'और तुम्हारे पूज्य गुरु हिलेल की सेहत भी कुछ ज़्यादा अच्छी नहीं है। तुम जानते हो कि तुम अकादमी के सबसे अनमोल रत्न हो, मुझे डर है कि अगर तुम अब चले गये तो रब्बी का दिल टूट जायेगा और...मैं जानता हूँ कि

तुम्हारा दिल तुम्हें पूर्व की ओर खींच रहा है, पर...मैं तुम्हें एक समझौता करने वाला सुझाव दे सकता हूँ। जोर्डन घाटी में, औचेन के निकट, डोसिथिओ का मठ है।'

'मुझे पता है। मैंने उसके बारे में सुना है। डोसिथिओ ने मेरे नज़दीक के रिश्ते के भाइयों जॉन और जादूगर सियोन को भी शिक्षा दी है।'

'वहाँ पूर्व के विद्वान भी हैं। भारत और तिब्बत के। वहाँ क्यों नहीं चले जाते?'

यीशु ने कुछ देर सोचा, कहा कुछ नहीं, परन्तु उसके चेहरे पर एक चौड़ी, आभार प्रकट करती मुस्कान उभरी। 'सोचो इस बारे में। गर्मी बढ़ रही है, तो मैं चलता हूँ, शालोम।' रब्बी खड़ा हुआ और चल दिया।

उस शाम जब यीशु माँ की अनाज पीसने में मदद कर रहा था तो उसकी माँ ने पूछा, 'क्या कोई चीज़ तुम्हें परेशान कर रही है? क्या उन्होंने फिर तुमसे अच्छा बर्ताव नहीं किया?'

यीशु ने उत्तर में देखा, जहाँ दूर अपनी शाश्वत बर्फ़ से पटा भव्य हेर्मोन पर्वत दृष्टिगोचर हो रहा था। यह नाज़ारेथ से बहुत दूर था, परन्तु यीशु ने आँखें बन्द कीं और वह न सिर्फ़ हेर्मोन पर्वत को, बल्कि ऊँचे हिमालय की हिममंडित आकर्षक चोटियों को भी देख सकता था, जिसके बारे में उसने *कमल-सूत्र* में पढ़ा था।

उसकी माँ टकटकी लगाये उसे देख रही थी, उसका दिल ज़ोर-ज़ोर से धड़क रहा था। एक अनोखा ख़याल उसके मन में आया। 'मुझे लग रहा है कि तू अकादमी से खुश नहीं है।'

'मैंने इसे छोड़ने का निश्चय किया है।'

'क्या रब्बी हिलेल मान गये हैं?' आश्चर्यचकित होकर उसने पूछा। लड़का कुछ नहीं बोला। उसकी चिन्तित माँ ने प्यार से उसके बाल सहलाये, 'कहाँ जाना चाहता है?'

बिलखती दीवार

बुधवार 21 अप्रैल की सुबह मारिका के लिए बहुत समय के बाद उम्मीद से भी कुछ ज़्यादा लेकर आई थी। जिस बिस्तर पर वह थोड़ी देर के लिए आराम करने के लिए लेटी थी, वहाँ दो झोले इज़राइल तथा येरुशलम के नक्शों, नहाने, धोने, सजने के सामान तथा कुछ टी-शर्टों से भरे पास पड़े थे। जब अनजाने में उसका हाथ अपने स्तन से छू गया और उसने गाँठ को महसूस किया तो उसका मूड कुछ बिगड़ गया। वह मीषाल से ऐसे लिपट गई जैसे बीमारी से बचने के लिए कोई आश्रय ढूँढ़ रही हो। फिर उस पर उजागर हुआ कि वह अपनी देह तथा रोग के साथ अकेली थी, लेकिन एक साथ वे प्यार की दुनिया में दो होते थे। वह खुश थी कि उसके साथ एक ऐसा आदमी था, जिसमें दूसरे हर आदमी की

तरह कमज़ोरियाँ थीं, लेकिन जिस पर वह हमेशा भरोसा कर सकती थी। उसने चुपके से उठ कर कंप्यूटर चालू किया और सूडान से आडेल्का द्वारा भेजी एक मेल पढ़ी। उसने लिखा था सब कुछ सामान्य था। लगता था कि उन्हें वहाँ रहना रास आ रहा था, हालाँकि उसे लग रहा था कि उसकी बेटी उससे कुछ छुपा रही है। हंस और आडेल्का उत्तरी नील प्रांत में डॉक्टर्स विदाउट बॉर्डर्स की एक अंतर्राष्ट्रीय टीम के साथ काम कर रहे थे। वह अपनी बेटी को जानती थी और समझती थी कि वहाँ स्थिति उससे काफ़ी बदतर होगी, जितनी वह बताती थी। कई बार इसी फ़िक्र में उसे येरुशलम में नींद नहीं आती थी, और कई बार वह सोचती थी कि क्या उसे कैंसर लगातार अपनी इकलौती संतान की फ़िक्र करते रहने के कारण तो नहीं हो गया था। वह उसे सूडान जाने से रोकने के लिए ढंग से न मना सकने के लिए अपने आप को माफ़ नहीं कर पा रही थी। वह यह भी जानती थी कि आडेल्का को वापस आने के लिए कहना फ़िज़ूल होगा, वह उसकी बात नहीं मानेगी। केतली में उठती भाप क़ी सीटी की आवाज़ से मिषाल की नींद खुल गई। सामान्यतः वह अपनी पत्नी से चिपट कर उसकी गर्दन के पिछले हिस्से को चूमता था, आज उसने उसका मुँह चूमा। 'उम्मीद है कि हमारी योजना सफल होगी।' वह मुस्कराया।

मारिका उससे कस कर लिपट गई। 'आज जास्मीन पियोगे या दार्जीलिंग ?'

'ख़ुशबू वाली जास्मीन।' मेज़ के पास बैठ कर उसने भ्रमण का प्रोग्राम निकाला। 'मेरे ख़याल से यात्रा का प्रोग्राम ज़रा बदलना पड़ेगा।'

'क्यों ?'

'पाक क़ब्र की योजना शुक्रवार की है, और मुझे लगता है कि तुझे पहले जाना चाहिए।' 'अगर तुम्हारा मतलब मेरी सेहत से है तो मैं एकदम ठीक हूँ। जब मैं पवित्र नगर में हूँगी तो टिबेरिया झील, कैपरनाउम, नाज़ारेथ, बेथलेहम तथा डेड सी पर जाना पसंद करूँगी।'

'मेरा ख़याल था कि तू सब से पहले यीशु की क़ब्र को दौड़ेगी,' आश्चर्यपूर्वक उसने कहा।

'बिल्कुल जाऊँगी मैं, इसीलिए तो हम वहाँ जा रहे हैं। लेकिन मैं वहाँ भीड़ में नहीं होना चाहती। मैं वहाँ कुछ ज़्यादा वक़्त गुज़ारना चाहूँगी। बहुत बढ़िया होगा अगर हम वहाँ शनिवार को पहुँच सकें। मैंने इस बारे में सपना देखा है–कम से कम कुछ समय के लिए तेरे साथ गोल घर में। सिर्फ़ हम दोनों।' मीषाल को याद आया कि यीशु को क्रूस पर चढ़ाये जाने की तीन सदियों के बाद पाक क़ब्र चर्च की मदर हेलेना के सुझाव पर सम्राट कांस्टेंटीन ने बनवायी थी और उसमें बची किसी भी निशानी का ईसा मसीह से कोई सरोकार नहीं था। परन्तु महत्त्वपूर्ण तथ्य यह है कि लोग समझते हैं कि वे वास्तविक हैं और इस विश्वास से उन्हें मदद मिलती है। 'मैं तुम्हारी अभिलाषा की सोच को भंग नहीं करना चाहता, लेकिन मैंने तोमाश से पूछा था। उसने कहा था कि वह 6 सालों से

इज़राइल में रह रहा है और यह लगभग असंभव है, शनिवार रात को भीतर जाने वाले कुछ गिने-चुने लोगों में वह कभी नहीं रहा। लेकिन चमत्कार घट सकता है!' 'तू देखेगा कि यह घटेगा। मुझे यक़ीन है।' 'अगर बहुत हुआ तो हम उन भिक्षुओं को घूस दे देंगे, जो रात में ध्यान के लिए लोगों का चयन करते हैं।' मीषाल हँसने लगा। 'तू बिलखती दीवार में अपनी पर्ची कब सरकाएगी?'

'हम पहुँचने के तुरंत बाद वहाँ जा सकते हैं। यदि सब योजनानुसार चलता है तो हम शाम को वहाँ होंगे।'

'सब कुछ है तेरे पास? बेल्ट, उसका पैक, टॉर्च, सेलफ़ोन, पैसे, क्रेडिट कार्ड, अतिरिक्त ऐनक?'

'अतिरिक्त ऐनक को तो अपनी सूची से निकाल दे...देख!' उसने अपना चश्मा उतारा। 'कल से इसे चेन में लगा कर रखा है। ध्यान रखना कि इसे पहन कर सो न जाऊँ।'

उसने प्यार से पति को देखा। 'मेरा ख़याल है...मेरा ख़याल है मैं बहुत खुश हूँ। जानता है जब मैं अपनी आँखें बंद करती हूँ तो मुझे क्या दिखाई देता है?' मीषाल ने कंधे उचकाए। 'बिलखती दीवार।'

जिसका हमें इंतज़ार है

जब यीशु हिब्रु में बेत शे'अन के नाम से जाने वाले स्काईपोलिस नगर के निकट पहुँच रहा था, जिसकी दीवारों से कभी नरेश साउल और उसके बेटों को लटकाया गया था, उसने एक बार फिर पीछे मुड़ कर देखा। ससमारिटन साइनागॉग पर एक आखिरी नज़र डाली, उस रोमन मंदिर पर, जिसकी उत्कृष्ट स्तम्भावली एवं नाचघर शानदार थे, और वह माउंट गिलोबा के नीचे जोर्डन घाटी की ओर मुड़ा, सलीम के निकट आइनोन की दिशा में, जहाँ डेसिथेओस पढ़ाता था। दूर से उसने एक घर देखा, जो यहूदी रीति-रिवाज़ के अंतर्गत नहीं निर्मित किया गया था। फाटक खुला था, अत: उसने अहाते में प्रवेश किया। पुरुष और स्त्रियाँ, जिनके सर मुंडे थे, और जिन्होंने आधी बाँह के लिनन के लाल चोगे पहने थे, जिसमें एक कंधा नंगा था, उन्होंने पैरों में सैंडल पहने थे और वे अहाते में घूम रहे थे। किसी ने उसकी तरफ़ ध्यान नहीं दिया, स्पष्ट था कि वहाँ रहने वालों को वहाँ अजनबियों को देखने की आदत थी। फाटक के एकदम सामने एक बड़ा दरवाज़ा था, वह भी पूरा खुला था। उसने अनुमति पाने के लिए आस-पास देखा, लेकिन निवासियों ने उसको नज़रअंदाज़ किया, वे अपने काम में व्यस्त थे। एक कपड़े धो रहा था, दूसरा इस्त्री कर रहा था, एक और आग पर कुछ पका रहा था। कमरे के भीतर से लगातार स्वर आ रहे थे, मानो कोई ढोल पीट रहा हो। जब ढोल बंद हुए तो एक अस्पष्ट मर्दाना स्वर गाने लगा। उसके बाद फिर ढोल बजने लगे। वह सुन रहा था। ओम मणि पद्मे हम...इसके बाद पुन: ढोल बजे,

फिर शान्तिदायक भजनों का स्वर। हर जगह घी के दीये जल रहे थे। कमरे में रौशनी कम थी, हालाँकि बाहर सूरज चमक रहा था। हॉल के बीचोबीच पीठिका पर एक मूर्ति थी। एक अंजान आदमी की, हालाँकि यह एक औरत भी हो सकती थी। खूबसूरत, तनिक भरा हुआ चेहरा, बड़ी-बड़ी आँखें, जिनके ललाट के मध्य एक बिंदी थी, चिंतनशील दृष्टि से सामने देख रही थीं। यह आकृति रहस्यमय ढंग से मुस्करा रही थी। मूर्ति के समक्ष दीये टिमटिमा रहे थे; उनकी लौ की परछाईं पीठिका के पत्थर पर झिलमिला रही थी, जिस पर फूल छितरे हुए थे। यीशु पर मूर्ति का लुभावना जादुई असर पड़ रहा था। वह वहाँ काफ़ी देर मूर्ति के शान्त चेहरे को निहारता हुआ खड़ा रहा, जो अवश्य किसी न किसी अज्ञात देवी-देवता की होगी।

'यह बुद्ध हैं,' सिर मुँडे एक मठवासी ने कहा, जो उसके पास खड़ा था और शानदार इब्रानी बोल रहा था, 'एक ऐसा मनुष्य, जिसने पूर्व में लाखों मनुष्यों का जीवन बदल दिया है,' एक रहस्यमय मुस्कान के साथ उसने कहा। 'क्या तुम हमारे विद्यार्थी बनना चाहते हो?'

'यहाँ कौन से धर्म की शिक्षा दी जाती है?'

'किसी धर्म की शिक्षा नहीं दी जाती।'

'तो फिर?'

'विवेक की,' कह कर मठवासी कुछ देर नवागंतुक को देखता रहा।

यीशु को परेशान देख कर उसे मज़ा आ रहा था। 'तुम समारी हो क्या?'

'नहीं। मैं गैलिली से हूँ', 'तुम इस इलाक़े में फिर क्या कर रहे हो, जिसे तुम्हारे धर्म वाले क़ब्र से भी अधिक दूषित समझते हैं और यहाँ के लोगों को सूअरों से भी गन्दा?' 'उस नफ़रत का इल्ज़ाम मुझ पर मत लगाओ, जिसके पक्ष में मैं नहीं हूँ,' यीशु ने उत्तर दिया। 'और तुम, तुम क्या समारी हो?', उसने कौतूहल से पूछा।

'कुछ हैं। लेकिन मैं और कुछ और लोग दूर देश से हैं, भारत, नेपाल, दक्षिणी गंगा घाटी की हिमालय की तलहटी से।' हमारे पूर्वज-बौद्ध भिक्षु-यहाँ दो हज़ार वर्ष से भी पहले आये थे। उन्हें प्रबुद्ध सम्राट अशोक ने यहाँ भेजा था, जो इस धरती पर उत्पन्न हुए सबसे बुद्धिमान मनुष्यों में से एक था। हमारे कुछ भाई सीरिया, मिस्र तथा यूनान गए थे, उनमें से अधिकांश अलेग्ज़ान्द्रिया में हैं, जहाँ मैकेदूनिया का सिकंदर महान उन्हें लेकर आया था। उनमें यहूदी भी हैं, जिन्हें एस्सेन कहते हैं। उनमें से कुछ कुमरान के रेगिस्तान के मठ से आये थे, जो डेड सी की चट्टानों के ऊपर बना है। वे वहाँ से यह सुन कर आये थे कि जो शिक्षा हम अपने साथ लेकर आये थे, वह उनसे बहुत मिलती-जुलती है।'

'मैं तुमसे क्या सीखूँगा?'

'सबसे पहले और ऊपर, कि हर चीज़ शाश्वत है, कि जीवन का कोई अंत नहीं है, और कि देह में आत्मा रहती है, वह उसके बाद भी जीती है। हर मनुष्य की दैहिक मृत्यु के बाद आत्मा का पुनरुत्थान होता है, जो उस परमात्मा में विलीन हो जाती है, जिसने उसे देह में भेजा था। यह चक्र तब तक चलता रहता है जब तक आत्मा निर्वाण प्राप्त नहीं कर लेती, या स्वर्ग, नेक कर्मों तथा शुद्धिकरण के कारण पहले भी निर्वाण प्राप्त कर लेती है। तुम पुनरुत्थान के बारे में सीखोगे, जो हिन्दू और बोध शिक्षा का आधार है। तुम सीखोगे कि रूढ़िवादिता तथा कर्मकाण्डों पर विश्वास करना नादानी है।'

यीशु ने उस पर एक बेधती हुई दृष्टि डाली।

'और क्या?' 'सिल्क रोड के साथ-साथ आ रहे व्यापारियों से हमने सुना है कि आप लोग किसी मसीहा का इंतज़ार कर रहे हो। हमें यह दिलचस्प लगा और हम तुम लोगों को समझाने आये हैं। हम कई वर्षों से उन्हें देख-परख रहे हैं, लेकिन उनका धर्म जो स्वीकार करता है, उससे हम निराश हुए हैं। इससे बेचैनी मिलती है, शान्ति नहीं। यह स्वर्ग के साम्राज्य के बारे में नहीं है, धरती के साम्राज्य के बारे में है; यह द्रव्य को महत्त्व देता है, जीव को नहीं।'

'एकदम मेरे शब्द, क्योंकि हमें विश्वास है कि जो सुन्दर है, पवित्र है, ईश्वरीय है, हम सब के भीतर बसता है।'

इन शब्दों को बोलते हुए यीशु की कनपटियों की नसें फूल गईं। श्वास तेज़ हो गयी। बौद्ध संत वही कह रहा था, जो वह सोचता था।

'डेसिथेओस क्या तुम्हारा गुरु है?'

'वह भी है।'

'उसके ऊपर कौन है?'

'बुद्ध सबसे महान शक्ति है।'

'मैंने उनके बारे में सुना है। यह वही हैं, जिन्होंने नरेश बनना था, लेकिन सदाचार के मार्ग पर चलने के लिए जिन्होंने राजसी महल त्याग दिया और लोगों को अपने कष्ट दूर करने की शिक्षा दी।' उस आदमी ने उसे गौर से देखा। काफ़ी देर दोनों चुप रहे, उन्हें लग रहा था कि उनके पास बात करने के लिए अभी काफ़ी कुछ है।

'क्या आइन करेम के ज़ेखारिया और एलिज़ाबेथ का पुत्र जॉन भी यहीं है?' यीशु ने पूछ ही लिया। उस आदमी ने हाँ में सिर हिलाया। 'उसने ज़िक्र किया था नाज़ारेथ

के बढ़ई जोज़फ़ का पुत्र यहाँ आने वाला है। तुम वही हो क्या, जिसका हम इंतज़ार कर रहे हैं?'

'हाँ।'

ऊनम (UNUM)

ब्राटीस्लावा से एल अल के विमान पर तेल अवीव (Tel Aviv) जाने वाले यात्री इज़राइली सुरक्षा कर्मियों द्वारा प्रश्न पूछे जाने की प्रतीक्षा कर रहे थे। प्रवेश द्वार के एक तरफ़ बने प्रतीक्षागृह में तीन डेस्कों के सामने पैन टूअर ट्रेवल एजेंसी के 20 सदस्य पंक्ति बना कर खड़े थे, जिन्हें एल अल के एजेंट एक-एक करके अन्दर बुला रहे थे। मारिका और मीषाल को छोड़ कर, जो अपनी बारी का इंतज़ार कर रहे थे, सब से पूछा गया। अंत में दोनों को डेस्क पर अलग-अलग बुलाया गया। आमतौर पर एक जैसे प्रश्न थे।

'इज़राइल आने का आपका मक़सद क्या है,' एजेंट ने कामचलाऊ चेक में मारिका से भद्रतापूर्वक पूछा।

'ईसाई तीर्थस्थल देखने आये हैं।'

'आप किसी एजेंसी के साथ यात्रा कर रहे हैं?'

प्रश्न से मारिका चकित हुई। इसे पता होना चाहिए था कि वह ग्रुप के साथ यात्रा कर रही है। लेकिन गाइड की चेतावनी उसे याद आई कि किसी भी तरह के आश्चर्य या चिढ़ को प्रकट नहीं करना है, क्योंकि यह मूलतः एक मनोवैज्ञानिक जाँच होती है और कि यह एजेंट पर निर्भर करता है कि वह आपको विमान पर चढ़ने दे या नहीं। रात की अधूरी नींद यात्रा में अड़ंगा लगा सकती है और पासपोर्ट पर एक गलत मुहर तुम्हारे इज़राइल जाने पर तीन साल के लिए रोक लगा सकती है। उसने नम्रतापूर्वक उत्तर दिया, 'हाँ, इस ग्रुप के साथ।' 'क्या आप इस ग्रुप में किसी को जानती हैं?'

'अपने पति को।'

'और किसी को नहीं?'

'नहीं।'

'इज़राइल में क्या आपके कोई रिश्तेदार हैं?'

'नहीं।'

'दोस्त, जानने वाले?'

'...ऊँ...मेरे पति के एक दोस्त हैं वहाँ?'

‘आप उनका नाम जानती हैं? पता?’ ‘तोमाश द्वोरान। पता मुझे नहीं मालूम, मेरे पति को मालूम होगा।’

‘ठीक है, हम उनसे पूछ लेंगे। क्या आप पहली बार इज़राइल आई हैं?’

‘हाँ।’

‘क्या आपके पति कभी इज़राइल आये हैं?’

‘हाँ।’

‘कब?’

‘पिछले साल।’

‘क्या आप काफ़ी समय से इज़राइल आने की योजना बना रही थीं?’

इस प्रश्न से उसने थोड़ी असहजता महसूस की; अफ़सर उसे देख रहा था। ‘हाँ...मेरे पति बना रहे थे। मैंने आखिरी वक़्त में फ़ैसला लिया था।’

‘क्यों?’

‘मैं कुछ बेहतर हो गई थी।’

‘आपको कोई गंभीर रोग है?’ मारिका ने अनिश्चित स्वर में जवाब दिया, ‘नहीं, ऐसा तो नहीं है।’

बंदे ने उसका पासपोर्ट कुछ देर रखे रखा। ‘आप क्या कभी किसी अरब देश गई हैं?’

‘नहीं।’

‘येरुशलम में आप कहाँ रहेंगी?’

‘ऊँ...येरुशलम के एक होटल में। मेरे पति ठीक से बता सकेंगे।’

बंदा मुस्कराया। ‘उम्मीद करता हूँ कि वह जानते होंगे। आप औरतें हम पर इतना भरोसा क्यों करती हैं!’ मारिका ने कुछ हल्का महसूस किया।

‘आपके पास कितने पैसे हैं?’

‘एक भी नहीं। सारे पैसे मेरे पति के पास हैं।’

उसने मीषाल की तरफ़ देखा, जिससे उसकी तरह एक और एजेंट सवाल पूछ रहा था, ‘तो आपके पति के पास क्रेडिट कार्ड भी है?’ उसने हाँ में सिर हिलाया। ‘एक आख़िरी सवाल मुझे पूछने दें : क्या आपने अपना सामान ख़ुद बाँधा था, या किसी ने आपकी मदद की थी, मतलब आपके पति के अलावा किसी और ने?’

‘मैंने उनकी मदद की थी।’

‘शुक्रिया, श्रीमती क्रालोवा, अब आप जा सकती हैं।’ उसे उसका पासपोर्ट लौटा कर वह मीषाल से सवाल कर रहे एजेंट की तरफ़ गया। वह रुक कर आदरपूर्वक पीछे खड़ा रहा। वह मीषाल को इंटरव्यू कर रहे आदमी को नहीं जानता था, उसका यहाँ पहला दिन था, लेकिन यह वह अनुभव से जानता था कि वह उनके आदमियों में से नहीं था, बल्कि मोसाद का एक जासूस था।

अफ़सर मीषाल पर बहुत मेहरबान हो रहा था; ऐसे लग रहा था मानो अपने परेशान करने वाले सवालों की वजह से उससे माफ़ी माँग रहा हो।‘बस, इतना ही था। दुआ करता हूं कि इज़राइल में आपका अच्छा वक़्त गुज़रे।’ पासपोर्ट लौटाते-लौटाते जैसे उससे इत्तफ़ाकन पूछ लिया, ‘पर एक बार तो आपने न आने का फ़ैसला किया था?’

‘हाँ।’

‘क्यों?’ ‘मेरी पत्नी...उम्म...उसकी तबीयत ठीक नहीं थी, तो हमने घर पर ही रहने का फ़ैसला लिया।’

‘क्या वह इतनी जल्दी ठीक हो गईं कि कुछ दिन बाद आपने दुबारा बुकिंग करवा ली?’

‘ओह...हाँ।’

अफ़सर कुछ देर उसे मुआयना करने वाली नज़र से देखता रहा, मारिका, जो अब तक फ़ारिग हो चुकी थी, पीछे खड़ी उन्हें देख रही थी। अफ़सर ने मीषाल का पासपोर्ट उसके हाथ में थमाया और अपनी हर हरक़त से उसका थोड़ा-थोड़ा पसीना और निकालता रहा। एयरपोर्ट पर विमान पर अंतिम यात्री के चढ़ने का समय हो जाने की घोषणा हुई। ‘आपको शायद अंदाज़ा नहीं है कि यह मुझ पर निर्भर करता था कि आप विमान पर चढ़ सकेंगे या नहीं?’

मीषाल कुछ कहने वाला था, उसके माथे पर एक नस ज़रा सी उभर आई, पर फिर उसने खुद पर क़ाबू पा लिया।‘हाँ, बिल्कुल।’

‘तो फिर, चलिए,’ अफ़सर ने मैत्रीपूर्ण भाव से उसे विदा किया। एक अजीब से स्वर में उसे कहा, ‘अपना ठीक से ध्यान रखना।’

विमान ब्राटीस्लावा के ऊपर आसमान से दक्षिण दिशा की ओर अग्रसर हुआ। लगभग एक घंटे बाद मीषाल अपनी पत्नी की ओर मुड़ा। वह ईगेन सागर की आसमानी नीली सतह पर दृष्टि गड़ाए हुए थी; अनेकों द्वीपों के बीच बड़े-छोटे पोत और नौकाएँ नज़र आ रही थीं। मारिका ने जब उसका हाथ अपने हाथ में लिया तो उसका शरीर सुरक्षा की भावना से परिपूर्ण हो गया। मुस्करा कर उसने अपना सिर मीषाल के कंधे पर रखा। ‘क्या सोच रहा है?’

थोड़ी देर ख़ामोशी रही, जो बीच में विमानों की घर्र-घर्र और पीछे रोते एक बच्चे

की आवाज़ से टूट रही थी। 'मैं तुम्हें बताना चाहती थी कि यात्रा से पहले मैं एक भली महिला से मिलने गई थी, उसका नाम मेरी तरह मारिया है। टेरट कार्ड पढ़ती है वह।'

'मारिका, उम्मीद करता हूँ कि तुझे इस तरह के ज्योतिषियों पर यक़ीन नहीं आता!'

'ये लोग ज्योतिषी नहीं होते। उसने मुझे बताया था कि टेरट...अहम...कैसे बताऊँ इसे, यह ज्ञान एवं प्रेम का एक असीम सरोवर है, जो सृष्टि में मौजूद है और हम सब में भी है।'

'तू उसे मिलने क्यों गई थी?'

'क्योंकि...क्योंकि मैं अपनी माँ वाले सपने का अर्थ उससे पूछना चाहती थी। यह मुझे बार-बार आ रहा है।'

'पर मारिका, यह सब बकवास है।'

'मीषाल, यह बकवास नहीं है। कल रात भी मुझे यह सपना आया था। हम एक नाव पर थे और वह मुझे एक डंडे के साथ हाँकते हुए कहीं लिये जा रही थी, और मेरे चेहरे पर धुआँ उड़ा रही थी...' मीषाल ने आँखें घुमाईं, 'और तूने वह ख़ुश्बू सूँघी!'

'क़बूल कर ले, मैं तुझे मार नहीं डालूँगा। मतलब हम सब कभी-कभी कमज़ोर पड़ जाते हैं। मैं भी कभी-कभी धूम्रपान करता हूँ।' वह ज़बरदस्ती मुस्कराया। उसे वह ख़ास ख़ुश्बू याद आई और यह भी कि उस समय उसे यह पसंद नहीं आई थी।

मारिका उसे ऐसे घूरने लगी, जैसे उसे बुरा लगा हो।

'कह दे कि तू सिगरेट नहीं पीती! मुझे समझ है और मैं हर चीज़ के लिए तुझे दोष नहीं देता। कई बार मैं कहीं गया होता हूँ, तू उदास होती है और सिगरेट पीती है...'

'कसम खाती हूँ, तेरे आगे कसम खाती हूँ कि उस रात मैंने सिगरेट नहीं पी थी! बस,' मारिका इतने ऊँचे स्वर में बोली कि कुछ यात्री उन्हें देखने लगे।

मीषाल जानता था कि उसकी पत्नी उससे झूठ नहीं बोल रही थी, तो कोमल स्वर में उसने उससे पूछा, 'तो वह गंध आई कहाँ से?'

'मेरी माँ बहुत सिगरेट पीती थी और फेफड़े के कैंसर से मरी थी।'

'तू मुझे यह बता रही है कि वहाँ वह सिगरेट पी रही थी...माफ़ करियो, मुझे रहस्यमयता और गूढ़ता में दिलचस्पी है, पर यह संभव नहीं है। नहीं, नहीं।..अब शुरू भी मत होना।'

'फिर क्या ख़ुश्बू थी वह? और लैवेंडर क्यों, सिगरेट का धुआँ क्यों नहीं? जैसे वह किसी चीज़ का इशारा दे रही हो? समझा?'

'और टेरट से तुझे जवाब मिला?'

मारिका ने कुछ देर बाद बोलना शुरू किया। 'टेरट खुद का इम्तिहान लेने जैसा है। वैसे सारे रोग हमारे अपने प्रति और हमारे आस-पास की दुनिया के प्रति हमारी प्रवृत्ति से उत्पन्न होते हैं। मेरी शुरुआत यहाँ से है कि अगर ईश्वर का अर्थ सार्विक (Universal) प्रेम है तो वह हमें दंड नहीं देना चाहता, बल्कि राह दिखाना चाहता है। उस राह पर रोग एक मार्गदर्शक पट्टी जैसा है, यह और बात है कि हम उसे सही से समझ नहीं पाते।'

'मैं मानता हूँ कि विश्वास सब से बढ़कर है। फिर इसमें टेरट कहाँ से आया?'

'मेरे लिए विश्वास का अर्थ है ईश्वर पर भरोसा और पूरी सृष्टि का मेरे पक्ष में होना। सब मुझे बताते हैं कि तुम्हें रोग से लड़ना होगा। पर मुझे लगता है कि यह ग़लत तरीक़ा है। मैं लड़ना नहीं चाहती; मैं इसे समझना चाहती हूँ, या यूं कहें कि इसके सन्देश को समझना चाहती हूँ। ईश्वर अपना काम हमारा काम हो चुकने के बाद आरम्भ करता है। मेरे विचार से टेरट...मैं कहूँगी कि यह इसे समझने में मेरी मदद करेगा, परन्तु वास्तव में यह मेरी मदद कर चुका है।'

मीषाल ने उस पर एक आश्चर्यपूर्ण दृष्टि डाली। 'तू कुछ समझी है?'

'कि मेरा काम दुनिया को बदलना नहीं है, सिर्फ़ खुद को बदलना है।'

'कैसे करेगी यह?'

'खुद से प्यार करके।'

'लेकिन क्या यह स्वार्थ नहीं है?'

'खुद से प्यार करने का मतलब होता है, दूसरों से प्यार करना। सिर्फ़ देने पर तुम्हें कुछ मिलता है; अच्छा बोने से अच्छा काटा जाता है। अगर यही शुरुआत होगी तो स्पष्ट है कि मेरा रोग किसी उस बुराई की फ़सल है, जो मैंने कभी बोई थी।

'लेकिन यह कैसा ईश्वर है, जो लोगों को दुखों में धकेल देता है?'

'हम खुद अपने आप को इनमें धकेलते हैं। अगर मैं अपने आप से सही प्यार करती होती तो मैं मृत जानवरों का मांस कभी न खाती, न केक खाती, न कॉफ़ी और शराब पीती, न धूम्रपान करती, खेल-कूद पर ज़्यादा ध्यान देती, और सबसे महत्त्वपूर्ण जो है, अपने आप को बेहद थकाती। मैं जानती थी कि ये सभी कर्म हानिकारक हैं। मैं सोचती रही हूँ कि बीमार होने के लिए मैंने क्या-क्या गलतियाँ की थीं और मेरे विचार से टेरट ने इसमें मेरी मदद की है। यह सिर्फ़ एक दर्पण है-इसमें देखो तो तुम्हारे सिवाय और कोई नज़र नहीं आएगा। दर्पण को तुम धोखा नहीं दे सकते।' मारिका को लग रहा था कि टेरट के प्रति उसका उत्साह उसके मर्द के पल्ले नहीं पड़ रहा था, तो वह और भी ज़ोर लगा के उसे

समझाने लगी। 'टेरट तुम्हें नहीं बताएगा कि भविष्य के गर्भ में तुम्हारे लिए क्या है। कार्ड सिर्फ़ तुम्हारी आंतरिक भावनाओं को तुम्हारे सामने लाते हैं और इस धरती पर तुम्हारे होने के उद्देश्य और मिशन को अभिव्यक्ति देते हैं और तुम्हारे लिए एक राह ढूँढ़ कर देते हैं। आमतौर पर हम राह तब तलाश करते हैं जब मुसीबत में पड़ते हैं।'

'अब आख़िर में मुझे बताएगी कि कार्डों ने तुझे क्या बताया?'

'कि मैं स्वार्थी हूँ।'

मीषाल ने हैरान होकर अपनी पत्नी को देखा। 'तू, स्वार्थी? मैं और किसी ऐसे को नहीं जानता जो लोगों की तेरे जितनी मदद करता हो और देने के लिए तैयार रहता हो।'

'लगता ऐसा होगा, लेकिन मुद्दा है कि मैं ऐसा क्यों करती हूँ'...मारिका बोली, 'यह मैं दूसरों के लिए नहीं करती, बल्कि अपने अहम को संतुष्ट करने के लिए करती हूँ।'

'अब तू मुझे बिल्कुल नहीं समझ रही।'

'देख, मीशको, तू जानता है कि कैंसर क्या होता है? यह रोग तब होता है जब देह की कोशिकाएँ निर्णय लेती हैं कि वह सम्पूर्ण की सेवा नहीं करेंगी। सम्पूर्ण व्यवस्था का हिस्सा होने के बावजूद, जहाँ हर घटक—दिल, जिगर और गुर्दे–अपनी–अपनी भूमिका निभाते हैं, कोशिकाएँ अपना एक क्षेत्र बनाने लगती हैं। यह एक रसौली होती है और यह पूरे शरीर के लिए खतरा पैदा करती है। सम्पूर्ण के लिए काम करने और एकता बनाये रखने के बजाय वे अपने–अपने रास्ते जाती हैं।'

'मनुष्यों की याद आ रही है मुझे।'

'बिल्कुल, मनुष्य भी अपने कामकाज, परिवारों, पैसों, मकानों, सम्पत्ति के पीछे भागते हैं, दूसरों की परवाह नहीं करते। हम "हम" की तरह नहीं सोचते, बल्कि "मैं" की तरह सोचते हैं। और हमारे डॉक्टर...अरे...वे एक मनुष्य का सम्पूर्ण रोग निवारण नहीं करते, बल्कि हिस्सों का इलाज करते हैं। वह रोग नहीं मिटाते, उसके लक्षण मिटाते हैं।'

'क्या तू चाहती है कि आडेल्का यहाँ हमारे साथ होती?' उसने अचानक पूछा। वह जानता था कि उसकी बेटी की अनुपस्थिति उसके लिए सबसे नुकीला शूल था। उसे यह महसूस होता था कि अगर वह उनके पास होती और उससे उनका कोई पोती–पोता होते तो मारिका खुश रहती और उसे कैंसर न होता।

'तू क्यूँ पूछ रहा है?'

'सॉरी, कई बार मुझे लगता है कि तू माँ की हैसियत से उसके बारे में ज़रूरत से ज़्यादा सोचती है...'

'कोई माँ अगर अपनी इकलौती बेटी के बारे में सोचती है तो इसमें बुरा क्या है? तुझे उसके बारे में ज़्यादा सोचना चाहिए। तू जानता तक नहीं कि उसके साथ क्या हो रहा है, वह क्या कर रही है, क्या चिंताएँ हैं उसकी...' उसने उस पर आरोप लगाये, अचानक बदहवास सी हो गई। लेकिन जल्द ही शान्त भी हो गई। 'माफ़ करना...मैं आपा नहीं खोना चाहती थी। हाँ, मैं उसके बारे में सोचती रहती हूँ। मुझे उसकी चिंता है...उसकी सुरक्षा के लिए मैं हर दिन प्रार्थना करती हूँ। मैं चाहती हूँ कि तीन साल जल्दी से गुज़र जाएँ, ताकि हम फिर से एक साथ हो सकें।'

'...ऊनम (UNUM) करते,' मीषाल धीरे से बोला और मुस्कराया।

'क्या कहा?'

'मैं नाख़ुश भी हूँ, क्योंकि वे यहाँ नहीं हैं।'

मासूमों का लहू

यीशु चापाकार में उठती सीढ़ी पर खड़ा था, जो आगे मंदिर से भव्य निकानोर गेट से पश्चिमी दीवार में स्त्रियों के प्रांगण की पश्चिमी दीवार तक जा रही थी। डेसिथेओस के मठ से चलने के बाद वह पहली बार पास्का[14] के जश्न पर घर लौटा था। वह भीड़ लगाये उन तीर्थयात्रियों को देख रहा था, जो बेचैनी से इज़राइली अहाते में प्रवेश पाने की प्रतीक्षा कर रहे थे। जब उसने सोचा कि यह उत्कृष्ट इमारत लगभग एक हज़ार वर्ष पुरानी थी और कि मनीषी सम्राट सुलेमान ने इस के निर्माण का आरम्भ यहूदियों के मिस्र से प्रस्थान के 480 साल बाद, अपने राज के चौथे साल में, किया था तो उसके बदन में रोमांच से सुरसुरी होने लगी। लेकिन युवा नाज़ारेथ इस समय जिस इमारत को देख रहा था, हेरोड की थी, सुलेमान की नहीं। हेरोड महान ने इस इमारत को तीस साल पहले बनवाना शुरू किया था। दीवारों के कुछ हिस्सों पर चबूतरे अब भी आकाश की ओर उठे हुए थे, क्योंकि दीवार का एक हिस्सा गिर गया था और उसकी मरम्मत करवानी पड़ी थी। पास्का के त्यौहार के दौरान रोमन सैनिक सतर्क रहते थे। हेरोड महान की मृत्यु के पश्चात् पास्का पर रोमनों द्वारा बगावत कर देने पर रोमन राज्यपाल ने एहतियातन येरुशलम से सैनिकों की अतिरिक्त टुकड़ियाँ मंगवाई थीं।

पुजारियों के अलावा और किसी को मंदिर देखने की इजाज़त नहीं थी, यहाँ तक कि पुजारियों के अहाते में भी आम आदमी नहीं जा सकता था। लड़का यूनान, फ़ीनीसिया, मेसोपोटामिया, अलेग्ज़ान्द्रिया, गैलिली से और सुदूर रोम से आये यहूदी तीर्थयात्रियों की भाषाओं के घालमेल को सुन रहा था। वह उनको भी देख रहा था, जो भिन्न-भिन्न देशी-विदेशी सिक्कों को वहाँ की मुद्रा शेकेल से बदल रहे थे, यह एक ऐसी मुद्रा थी, जिसे मंदिर के चढ़ावे में बहुत पसंद किया जाता था, क्योंकि यह शुद्ध चाँदी की बनी होती थी। रोम की मुद्रा पर प्रतिबन्ध था। अहाता उन व्यापारियों से भरा था, जो बलि चढ़ाने हेतु पशु-पक्षी

14. ईस्टर से पहले एक विशेष प्रकार की रोटी खाने का उत्सव। यह रोटी यूक्रेनी तरीके से बनाई जाती है।

बेच रहे थे। इस चहल-पहल में व्यापारी, कारीगर और फेरीवाले अपना-अपना माल बेच रहे थे, चिल्ला कर इब्रानी[15] भाषा में भाव-तोल कर रहे थे। यीशु घृणापूर्वक मंदिर को गंदा करते लोगों के चेहरे देख रहा था। वह देख रहा था पुजारियों, लेवियों और चर्च के रखवालों को एक पवित्र स्थल को बाज़ार में बदलते। स्त्रियों के प्रांगण में भी तिजारत और मुद्रा का आदान-प्रदान चल रहा था, जहाँ ग़ैर-यहूदियों के प्रवेश की अनुमति नहीं थी। अहाते की परिधि में मंदिर के ख़ज़ाने से 13 दानपात्र जगह-जगह रखे थे। तीर्थयात्री उनमें सिक्के फेंक रहे थे; उन्हें फिर शेकलों वाले कमरे में एकत्र किया जाता था। हर वयस्क यहूदी पुरुष को प्रतिवर्ष आधा शेकेल कर के रूप में देना होता था।

कौवों के झुण्ड मंदिर के ऊपर चक्कर लगाते हुए क़ुरबानी किये गए जानवरों में ज़्यादा से ज़्यादा हिस्सा हथियाने के चक्कर में थे। उत्सव के दिनों में वहाँ मृत पशुओं का लहू पत्थर और लकड़ी की बनी नालियों में बह कर कुद्रून नाले में जा रहा होता था और उसके पानी को लाल कर देता था। 500 बकरे, बकरियाँ, बैल, मुर्गियाँ और कबूतर हर दिन कुरबान किये जाते थे।

'तो फिर, बच्चे,' पिता ने उसके ध्यान में व्यवधान डाला, 'तेरी माँ से विदा लेते हैं... वह यहाँ हमारा इंतज़ार करेगी, स्त्रियों के प्रांगण में और हम इज़राइली अहाते में जाते हैं।'

'साहसी बन, मेरे बच्चे, क़ाबू पा अपने आप पर,' माँ ने उसका माथा चूमा और बेन की रोयेंदार ऊन पर अपनी उदास नज़र टिका ली, जिस मेमने को यीशु ने अपनी बाँहों में उठा रखा था। जब से उसने अपने बचपन में नाज़ारेथ में अपने पहले 'बेन' की क़ुरबानी दी थी वह हर साल गड़रिये आरों से एक छोटा मेमना खरीद कर लाती थी और हमेशा उसे बेन कह कर बुलाती थी, जिसका अर्थ पुत्र होता है।

'माँ साथ क्यों नहीं आ रही?'

'तू तो ऐसे पूछ रहा है जैसे पहली बार यहाँ आया हो,' उसके पिता ने ज़रा सी झिड़क लगाई। 'परम्परा में यही निर्धारित है,' उन्होंने कंधे उचकाए। उन्होंने लड़के की बाँह पकड़ी और वे धीरे-धीरे पत्थर से पटे गलियारे से पुजारियों के प्रांगण की ओर चल पड़े। हालाँकि वे येरुशलम कई बार आये थे, जोज़ेफ़ आज स्वयं में एक बेचैनी महसूस कर रहा था। जैसे-जैसे वह बड़ा होता जा रहा था, वैसे-वैसे लहू को देख कर उसका जी ज़्यादा मितलाने लगा था, इसलिए उसके पिता को चिंता थी कि वह पुरोहितों के अहाते में दाँतेदार पत्थर से बनी वेदी पर खून और कटे जानवरों के अंगों के नज़ारे को कैसे बर्दाश्त करेगा। वेदी के पीछे देवालय का पुरोभाग दिखने लगा था।

'अब्बा, क्या आपको यक़ीन है कि देवालय में वह चट्टान है, जिस पर अब्राहम इज़ाक की क़ुरबानी देना चाहता था?' आने वाले उस नाटकीय क्षण से ध्यान बँटाने के लिए यीशु वार्तालाप करने लगा।

---

15. यीशु के युग में येरुशलम में आम लोगों द्वारा बोली जाने वाली भाषा।

'कहा यही जाता है,' देवालय पहुँचते-पहुँचते पिता ने ज़रा से चिढ़े स्वर में कहा। जो गरिमा इस पवित्र स्थल की होनी चाहिए थी, उसकी जगह यहाँ पर भी शोर-शराबा था। कोई भजन गा रहा था, दूसरे मेमनों, बकरों को, यहाँ तक कि गायों को भी क़ुरबानी के लिए आगे धकेल रहे थे। इज़राइल के सबसे पवित्र स्थल पर हर दिन क्रूरतापूर्ण हत्याएँ होती थीं। बाप-बेटा पुरोहितों के नज़दीक पहुँचे और छोटा मेमना बेन यीशु से ऐसे चिपट गया मानो जानता हो कि अब क्या होने वाला है।

'हमें प्रभु को जानवरों की क़ुरबानी क्यों देनी चाहिए?'

'हर बार मुझ से क्यूँ पूछता है?' जोज़ेफ़ चिढ़ कर बोला। 'यह *तोरा* का आदेश है। पर फ़िक्र मत कर, तेरे बेन को जन्नत नसीब होगी। जो जानवर उसके पास अपनी मर्ज़ी से आते हैं, ईश्वर उन्हें प्यार करता है।'

'बेन मर्ज़ी से नहीं जा रहा!'

'डर मत। तू देखेगा कि जब पुजारी ऊँचे स्वर में ख़ुदा के लफ़्ज़ सुनाएगा तो मेमना ख़ुशी से अपनी नियति को स्वीकार कर लेगा।' उसे यक़ीन दिलाने का एक असफल सा प्रयत्न उसने किया; उसे अपने पुत्र और मेमने, दोनों की चिंता थी।, खासतौर से इसलिए कि मेमना एक तगड़ा बकरा बन जाता और उसके गरीब परिवार के जीने का सहारा बनता। फिर वह पल भी आ गया। जोशुआ ने, जिसकी आँखों में आँसू थे, पशु को थपथपाया, उसके छोटे कानों के साथ वह खेला, उसकी काली थूथनी को चूमा। सुरक्षा की आकांक्षा में पशु उससे और ज़्यादा चिपट गया। लेकिन जोशुआ कुछ नहीं कर सकता था। द्रवित होकर उसके पिता ने उसे मेमने के साथ कुछ देर और खेलने दिया। धीरे-धीरे वे मेमने उठाये तीर्थयात्रियों की लम्बी कतार और टोपी पहने पुरोहितों तक पहुँचे, जिन्होंने हाथों में सोने और चाँदी के कटोरे उठाये हुए थे। हवा में बकरे के सींग से बने वाद्य, शोफर की ध्वनि गूँज रही थी और उन असहाय पशुओं के चीखने की भी, जिनके गले पूरे कर्मकांड सहित काटे जा रहे थे। पुजारी वेदी तक फैले हुए थे। वह और उसके पिता पुजारियों के जितना नज़दीक पहुँचते जा रहे थे, उतना ही यीशु तनाव के मारे काँप रहा था। अंततः उसके पिता ने बेन को एक पुजारी को थमा दिया, जिसने उसमें त्रुटि ढूँढ़ने के लिए गौर से उसका मुआयना किया, फिर कुछ बुदबुदा कर उसने उसकी आँखें उसके कानों से बंद कर दीं। पशु मृत्युदंड का कमाल के सब्र के साथ इंतज़ार कर रहा था। पुजारी ने मेमने के कान कुछ देर के लिए पकड़े रखे, फिर उसने एक तेज़ चाक़ू निकाल कर यीशु के पिता को दे दिया, जिन्होंने एक झटके से मेमने की धमनी काट दी; लहू का एक फुहारा छूटा, यीशु काँपने लगा; यीशु ने एक कटोरा ऊपर किया, जिसमें बहता खून गिरने लगा। जब मेमना लहू से खाली हो गया तो उसने कटोरा एक और पुजारी के हवालेकर दिया, जिसने आगे किसी और को पकड़ा दिया, आखिर में लहू वेदी तक पहुँच गया, जहाँ सारे-के-सारे कटोरे को पलट दिया गया।

'चलें, ?' जोज़ेफ़ ने प्यार से पूछा। लेकिन यीशु की आँखें बेन और दूसरे काट कर रख दिए गए पशुओं से हट नहीं रही थीं। 'अरे तू जानता है कि हम मेमनों का पालन-पोषण बलि चढ़ाने के लिए ही करते हैं, जिससे हमारा घर, हमारी आत्मा पवित्र होते हैं, जिससे हमारे पाप कटते हैं,' जोज़ेफ़ ने उसे तसल्ली देने की कोशिश की।

'बकवास है यह। जानवरों की क़ुरबानी दे कर हम अपने पाप नहीं धो सकते। यह पुरोहितों द्वारा बनाई गई बातें हैं!'

ये कुरबानियाँ अच्छी फ़सल, हमारी अच्छी सेहत, शान्ति और चैन के लिए भी हैं,' पिता ने ऐसे कहा, जैसे उसे इस पर ख़ुद भी यक़ीन न हो। लड़के ने पीछे मुड़ कर पत्थर की वेदी पर आग को भभकते देखा; यह पहले की क़ुरबानियों से कटे हुए अंग जला रही थी। एक पुजारी अंतड़ियाँ, चर्बी और गुर्दे आग में फेंक रहा था, गोश्त को एक तरफ़ रखता जा रहा था। उसने बेन की खाल भी एक तरफ़ रख दी। परम्परा के अनुसार यह पुजारी की थी।

'ये गोश्त का क्या करेंगे?' लड़के ने पूछा।

'अगर हम चाहें तो हम बेन का कुछ मांस घर ले जाकर खा सकते हैं...'

एकाएक लड़के का चेहरा घृणा से विकृत हो गया; लहू और भुने मांस की बदबू में उससे साँस नहीं ली जा रही थी। लोगों ने मांस के टुकड़ों, हड्डियों और उबलते खून पर छीना-झपटी बंद कर दी थी। वह ख़ुद पर क़ाबू नहीं रख सका और उसने सबसे नज़दीक वाले पुरोहित की गर्दन पकड़ ली।

'क्या आपको उन मरते जानवरों की चीखें, मेमनों का मिमियाना और कबूतरों की बेचैनी सुनाई या दिखाई नहीं दे रहीं, जिनका आप ने थोक के भाव क़त्ल कर दिया है? क्या आपको जले मांस की भयंकर बदबू नहीं आ रही? यह मंदिर मनुष्यों और ईश्वर के एक होने का स्थान है। ऐसी जगह पर लोगों को ईश्वर कहाँ मिलेगा, जहाँ खून की नदियाँ बह रही हों?' यीशु पुरोहित को ज़ोर से झकझोर रहा था और उसके पिता उसे उससे छुड़वाने की कोशिश कर रहे थे।

'तुम्हारी हिम्मत कैसे हुई! तुम पुरोहितों और रब्बियों को यह सिखाने की गुस्ताख़ी कैसे कर सकते हो कि लोगों को क्या चाहिए?' दूसरों से समर्थन की उम्मीद करते हुए पुरोहित की साँस घरघरा रही थी। महासभा का अध्यक्ष बूढ़ा हिलेल भीड़ में, एक पालकी में, लोगों से घिरा, यीशु को देख रहा था, जिसने उसे अपने न्यायोचित क्रोध के उन्माद में नहीं देखा था। रब्बी की उम्र सौ साल से ज़्यादा थी, उन्हें लगता था कि उनके जीवन का अंत होने को था। वही दिन उनका अंतिम दिन भी हो सकता था, अत: जब उन्होंने सुना कि यीशु अहाते में था तो वह अपने मनपसंद छात्र से मिलने का अवसर नहीं खोना चाहते थे।

लड़का अब भी गुस्से में बोले जा रहा था। 'आप मुझे बता रहे हैं कि धरती पर इंसान के नेक जीवन के लिए यह आवश्यक है कि वह जाने कि एक बच्चे को कितनी बार उसकी माँ के दूध में उबाला जाता है? तुमने निरर्थक कर्मकांडों को जीवन से अधिक अहम माना

है। मूसा का क़ानून कहता है कि तुम किसी बच्चे को उसकी माँ के दूध में नहीं उबालोगे!' वह चिल्लाया।

पुरोहित उसे शान्त करने की कोशिश कर रहा था। 'काना वालों में यह आम होता था कि मेमने को उसकी माँ से अलग करके माँ का दूध निकाला जाए और फिर मेमने को उसकी माँ के दूध में ज़िन्दा उबाला जाए, लेकिन अब इस तरह की क़ुरबानी कोई नहीं देता!'

'तो जो क़ुरबानियाँ आप यहाँ देते हो वे अलग कैसे हैं? बच्चे को इसमें क्या फ़र्क पड़ता है कि आप उसे ज़िन्दा उबालते हो या उसका सर क़लम करते हो?'

'ईश्वर ने हमें यही करने का आदेश दिया है।'

'बलि चढ़ाने से क्या पाप मिट जाते हैं! एक मासूम जानवर का हमारे पापों से क्या सरोकार है? और मेरे सामने झूठ मत बोलते जाइए! *ईसाइआ* में लिखा है फालतू की कुरबानियाँ मत देते जाओ। ख़ुशबूदार क़ुरबानी से मुझे घिन आती है!'

'मुझे लगता है कि तुम्हारा दिमाग़ ठीक नहीं है,' उसे हल्की फटकार लगा कर पुरोहित ने अपने अस्त-व्यस्त कुर्ते को ठीक किया।

'तुम क्या सोचते हो कि तुम ईश्वर के बारे में इन पुजारियों से ज़्यादा जानते हो? यह मंदिर तुम जैसे कच्चे लड़कों के लिए अपना ज्ञान बघारने के लिए नहीं है!' हिलेल के सहायक रब्बी शम्माई ने, जो महासभा में अति रूढ़िवादी पक्ष का सरदार था, पुरोहित के समर्थन में कहा। झगड़े ने उसे आकर्षित किया था और वह नज़दीक से देखने आया था।

तभी यीशु की नज़रें हिलेल से मिलीं। 'शिक्षक शम्माई सही कह रहे हैं। शान दिखाने की ज़रूरत नहीं है। सयानों को नम्रता अधिक सुहाती है,' हिलेल ने कहा।

यीशु चुप हो गया, वह हिलेल का बहुत सम्मान करता था। महासभा का अध्यक्ष बनने से पहले वह यूडेह का भ्रमण करते हुए उपदेश दिया करते थे और यहूदी उन्हें तकरीबन एक नया मसीहा मान कर उनका स्वागत करते थे। वे उन्हें उनके विनय, उदारता, धैर्य और विवेक के लिए पसंद करते थे। वे सब से मेलजोल रखने का प्रयास करते थे और हर समय अपने परामर्श तथा कामों से सब की मदद करते थे। एक ख़ास चीज़ उनमें यह थी की वह यहूदी मूल के नहीं थे: उनका जन्म बेबीलोन में हुआ और यहूदी धर्म उन्होंने बाद में अपनाया था। अपनी बड़ी आयु के बावजूद वह लोगों में शान्ति, शक्ति और साहस का संचार करने की पूरी कोशिश करते थे। यह भी एक कारण था कि हिलेल नाज़ारेथ वालों के लिए बहुत जल्दी न केवल शिक्षक बन गए थे, बल्कि बेरेचिया और डेसिथेओस के साथ पूरे जीवन के लिए एक आदर्श भी बन गए थे। अपने प्रिय शिक्षक के सामने पड़ने पर हर्ष में डूबा यीशु उनके सामने जाकर आदर में झुका। उसे महसूस हो रहा था कि इज़राइल जब इस रब्बी को खो देगा तो वहाँ के लोग बिना गड़रिये के भेड़ें बन कर रह जाएँगे, अतः उसने इस उपमा का प्रयोग किया।

'जैसे मनुष्यों को एक अध्यात्म के शिक्षक की ज़रूरत होती है वैसे ही भेड़ों को गड़रिये की ज़रूरत होती है।' हिलेल ने उत्तर दिया।

'मैं एक दिन आपके जैसा बनना चाहता हूँ,' लड़के ने उन पर एक प्रशंसात्मक दृष्टि डाली।

'मैं नहीं समझता कि तुम मेरे जैसे बनोगे। तुम मुझसे भी आगे निकल जाओगे। पशुओं की बलि एक भयानक कृत्य है, लेकिन हमारे खो गए भाइयों के बलिदान इनसे भी बुरे हैं। वे पूरी दुनिया में छितरे हुए हैं, सायरेनाइका से लेकर लीडिया से साइत्रस, बेबीलोन, और हिर्कानिया, और भारत में केरल और मुंबई तक, किसी को खोज रहे हैं, जो इन्हें इनके देश लौटा लाए।'

'वे परिवार 500 से भी अधिक वर्षों से परदेस गए हुए हैं; उन्होंने वहाँ सम्पत्ति बना ली है, उनकी संतानें हैं, जिनमें से बहुत से ग़ैर-यहूदी भी हैं...'

'मेरा मतलब उन्हें इज़राइल लौटा लाने से नहीं था, बल्कि ईश्वर के मंदिर लौटा लाने से था।'

'इसे कैसे किया जा सकता है?'

'तुम उनके पास जाओगे।'

रहस्यमय कार्ड

मीषाल की दृष्टि अपने सामने वाली सीट के पिछले हिस्से पर गड़ी हुई थी। मारिका उसे कुछ देर देखती रही; उसे लगा कि कोई चीज़ उसे परेशान कर रही है।

'कोई समस्या है?' मीषाल ने कोई प्रतिक्रिया नहीं दिखाई। 'हैलो? क्या भाप वाली इस्त्री चलती छोड़ आया है?' वह मज़ाक करने लगी।

'कार्डों ने तुझे क्या बताया?'

'मेरी फ़िक्र मत कर; तू देखेगा, सब ठीक हो जाएगा,' उसने अपने दिल की तरफ़ इशारा किया। 'मुझे यहाँ महसूस हुआ है। समाधान येरुशलम में हैं। असल में मुझे तो अब कुछ लग ही नहीं रहा। टेरट ने मुझे बताया है कि मेरा प्यार का सफ़र पूर्व में शुरू होता है।' मीषाल ताज्जुब से उसे देखने लगा। एक पल सोच कर वह आगे बोली, 'तो येरुशलम जाकर हम सही काम कर रहे हैं।'

'मेरे ख़याल से यह पूर्व की बजाय दक्षिण ज़्यादा है... कार्ड ने तुझे यह कैसे बताया?'

'क्या तुझे जानने में सचमुच दिलचस्पी है?' मीषाल ने हाँ में सिर हिलाया। 'मैं ख़ुद भी इतना नहीं जानती कि तुझे बड़े और छोटे भेदों के सिद्धांतों के बारे में ख़ुलासे से बता

सकूँ, जो 78 कार्डों का हिस्सा हैं। छोटों में से मेरी 6 तलवारें निकली थीं।'

'इसका क्या मतलब हुआ?'

'तू देख सकता है, ये रहे।' उसने उसे अनूठे पृष्ठभाग वाला एक कार्ड दिया–आसमान में राशियों के 12 चिन्ह। मीषाल उसे पलट कर बहुत देर तक ध्यान से देखता रहा। एक विलक्षण तंग नाव पर एक औरत खड़ी थी; उसके गहरे नीले चोगे के कनटोप से उसके बाल ढके थे। नाव ऊँचे हिममंडित पर्वतों से घिरी एक शान्त झील पर पूर्व की दिशा को जा रही थी, उसने एक लम्बा, एक विशेष आकार का दिल जैसा–चप्पू पकड़ा हुआ था। एक शिखर पर एक किले की रूपरेखा थी। चन्द्रमा पूरा था, झील की सतह बिल्कुल शान्त थी, और नाव के ऊपर सितारों से भरा एक पूरा क्षेत्र था, जिससे लगता था कि वहाँ ठंडी, ताज़ा हवा थी, जिसे औरत गहराई से साँस भर कर अपने भीतर ले रही थी। नाव की पृष्ठभूमि में तट पर छोटी कुटीरें दूर तक जाती दिखाई दे रही थीं। 6 तलवारें नाव की सुरक्षा के लिए थीं और नाव के अगले भाग के केंद्र में एक स्त्री का चेहरा था, जिस में से जैसे सूर्य की किरणें सी फूट रही थीं। मीषाल बहुत देर तक कार्ड को ताकता रहा। फिर बिना कुछ बोले उसने उसे अपनी पत्नी को पकड़ा दिया। 'हं...औरत को देख कर मेरी की याद आती है।'

'मेरी कौन?'

'यीशु की माँ। पता नहीं क्यों, पर मेरी दादी की प्रार्थना की पोथी में, जिसे मैं उसे पढ़ कर सुनाया करता था, ऐसा ही एक चित्र था; उसे वह एक पुस्तक–चिन्ह (बुक मार्क)की तरह पुस्तक में रखती थी।'

'ओह, मैंने इस बारे में नहीं सोचा था,' मारिका मुस्कराई।

'तो टेरट वाली ने क्या तुझे तेरी माँ वाले सपने का अर्थ बताया था?'

'टेरट में कई चीज़ें बाद में समझ आती हैं। धरती 'मैट्टर' अर्थात् द्रव्य है, अहंकार, अकड़ है। पढ़ने वाली ने बताया कि यह माँ का प्रतीक है। इसे हम धरती माँ भी कहते हैं। और इस शब्द का मूल ही लातिन 'मातर' से है, जिसका अर्थ माँ होता है। जर्मन में इसे 'मुट्टर' कहते हैं। मुझे इसलिए अपनी माँ के प्रभाव से बाहर आना है, उस पर निर्भरता से मुक्ति पानी है, और नई हवा में साँस लेनी है, यथासंभव ताज़ा से ताज़ा। मेरी माँ का कैंसर मुझ पर निर्भरता के कारण था। जब मेरे पिता से उसका तलाक़ हुआ था तो मैं एक साल की थी। मैं ही उसके लिए सब कुछ थी। जब मैंने उसे छोड़ा तो वह स्वयं को संभाल नहीं सकी। और मेरी टेरट वाली ने मुझे यह बताया कि मैं भी वही कर रही हूँ।'

'शायद वह तुझे एक चीज़ और बता सकती थी...' मारिका ने पति पर प्रश्नसूचक दृष्टि डाली। 'माफ़ करियो, लेकिन कभी–कभी मुझे लगता है...जब तू कई बार कई टिप्पणियाँ करती है तो लगता है कि तुझे इसका अफ़सोस है कि तू नहीं जानती कि तेरा पिता कौन है...'

मारिका काफ़ी देर चुप रही। 'हाँ, मैंने अपने पिता को कभी नहीं देखा. उसने कभी मुझमें दिलचस्पी नहीं दिखाई...और, हाँ, मैं उसे जानना चाहूँगी...वह तो मेरी माँ की अंत्येष्टि तक में नहीं आया था। मैं उसके बारे में कुछ भी तो नहीं जानती। पता नहीं वह ज़िन्दा भी है या नहीं, कि क्या उसने दूसरी शादी कर ली है, क्या मेरे कोई भाई-बहन भी हैं, क्या...'

एक सैकिंड में वह संभल गई और उसने इस अप्रिय विषय से वार्तालाप को दूसरी ओर मोड़ने की कोशिश की। 'टेरट वाली कहती है कि तलवार बिजली चमकने की प्रतीक है, मतलब ताज़ा हवा...'

मीषाल की नज़र कार्ड से हट नहीं रही थी; वह मंत्रमुग्ध हो रहा था, 'यह चप्पू अजीब है। यह एकदम दिल जैसा लगता है, सब कुछ एकदम अनोखा है। औरत के चेहरे पर बेचैनी का भाव है, लेकिन झील पूरी शान्त है, कोई बुलबुला तक नहीं है इसमें। औरत ने चप्पू को लम्बवत नहीं पकड़ा, बल्कि नाव के समानांतर है, जिससे उसे पानी में डुबोने के बाद भी उसका कोई असर नहीं होगा। वह चप्पू चला रही है, लेकिन नाव नहीं चल रही। मैंने कई तरह के चप्पू देखे हैं, चौकोर, गोल, दीर्घ वृत्त वाले, लेकिन दिल के आकार के? ये कार्ड कहाँ से हैं?'

'ये फ्लोरेंस के पुराने कार्डों की प्रतिकृति हैं। उसने मुझे ये बेचे थे। उसने बताया था कि चित्रकार सौ साल पहले का था और वह पूरी दुनिया घूमा था।'

'उसने इसका कोई मतलब तो सोचा होगा,' मीषाल ने सोचा। मारिका ने कार्ड उससे ले लिया और उसे गौर से देखने लगी, 'मुझे कुछ समझ आ रहा लगता है। वह कहीं जा रही है, कोशिश कर रही है, लेकिन नाव नहीं हिल रही।'

'स्वाभाविक है, उसने पतवार ग़लत पकड़ी है।'

'लेकिन लग ऐसे रहा है जैसे वह इस बात को नहीं जानती। वह कोशिश कर रही है, लेकिन ऐसी ग़लती कर रही है, जिसे वह नहीं जानती...'

'तुझे लगता है कि तू कुछ ग़लती कर रही है?'

मारिका ने खिसिया कर हामी भरी। 'हम दस मिनट में तेल अवीव एयरपोर्ट पर होंगे। यात्रीगण अपनी-अपनी बेल्ट बाँध लें।' वैसे ही उनकी जाँच की गई, जैसे प्रस्थान से पहले की गई थी, सिर्फ़ कुछ कम। चैन की साँस उन्होंने तब ली, जब बेन गुरिओं सीमा जाँच की मुहर उनके पासपोर्ट पर लग गई। प्रवेश का आज्ञापत्र।

एयरपोर्ट के बाहर ग्रुप की प्रतीक्षा एक बस कर रही थी, जिसमें एक चालक था और स्लोवाक गाइड कारोल था। उनके अलावा मारिका मीषाल का इंतज़ार 40 से कुछ ज़्यादा उम्र का लम्बे बालों वाला एक आकर्षक व्यक्ति कर रहा था, जिसने कस कर उनका आलिंगन किया। 'तो यह है तेरी कमाल की बीवी!' उसने कहा।

'यह तोमाश है,' मीषाल ने मारिका से अपने दोस्त का परिचय करवाया।

'मेरा भी यही अंदाज़ा था,' वह मुस्करा कर बोली।

'तुम्हारे गाइड ने मुझे सब बताया है : तुम हेरोड गेट के मुस्लिम क़ब्रिस्तान के निकट विक्टोरिया होटल में रहोगे। मैं भी वहाँ रह चुका हूँ। उसका मालिक मसूद, एक बड़ा शरीफ़ अरब है।'

'हमें बेथलेहम मैं ठहरना था, लेकिन ज्वालामुखी फटने से सब गड़बड़ हो गई। अब हम येरुशलम में रहेंगे।' मारिका ने स्पष्टीकरण दिया।

'जानता हूँ, किस्मत अच्छी थी तुम्हारी। इस महीने में येरुशलम में जगह मिलती नहीं, आमतौर पर हज़ारों पर्यटक हर जगह होते हैं। ज्वालामुखी फटने के कारण कई टूर रद्द कर दिए गए हैं। ईस्टर पर इस जगह का बुरा हाल था, आर्मेनी मंदिर में फिर ग्रीकों से लड़ रहे थे, लेकिन यह तो अब ईस्टर की एक परम्परा सी बन चुकी है,' तोमाश हँसने लगा। उसे गाइड को मनाने में कोई मुश्किल नहीं हुई कि वह स्वयं उन्हें उनके होटल लेकर जाएगा; वे एक-दूसरे को जानते थे और तोमाश स्वयं कई बार स्लोवाक सैलानियों को गाइड किया करता था। हालाँकि वह टिबेरिया में रहता था, फिर भी इज़राइल एक छोटा सा देश होने के कारण उसे येरुशलम आने-जाने में कोई तकलीफ़ नहीं होती थी। 'मैं तुम्हें अपनी कार में ले जाता हूँ, हम जल्दी भी पहुँच सकेंगे और रास्ते में बातें भी करते जायेंगे,' वह जैंटलमैन था, सो उसने मारिका का पिट्ठू बैग उठाया और उन्हें कार की तरफ़ ले गया।

'तेरी बदनाम फ़िएट?' मीषाल ने पूछा।

'क्या बताऊँ, उस दिन तो सब संतों की कृपा रही। लेकिन फ़िक्र मत कर, तब से मैं अपने टायर का दबाव चेक करता रहता हूँ।'

हालाँकि 6 बज चुके थे, लेकिन सूरज में अब भी गर्मी थी। तोमाश ने रफ़्तार तेज़ की और बड़ी सड़क पर आ गया। 'कहीं कोई मोड़ नहीं है, तो एक घंटे से भी पहले हम वहाँ पहुँच जायेंगे।' वार्तालाप पूरे ज़ोर से शुरू हो गया, लेकिन उन्होंने ध्यान नहीं दिया कि पूरे रास्ते एक काली फ़ोल्क्सवागेन पस्साट कार उनका पीछा करती रही थी।

राजोचित शिक्षा

डेसिथेओस के मठ में एक खास चीज़ यह थी कि, न केवल इसका मुख्य द्वार खुला था, बल्कि दुमंज़िली इमारत के सब द्वार खुले थे। इनमें स्त्री और पुरुष दोनों रहते थे, कुछ के बाल लम्बे थे, कुछ के मुंडे हुए; लम्बे बालों वालों ने सफ़ेद चोगे पहन रखे थे, मुंडे सिरों वालों ने लाल, बिना आस्तीन के चोगे पहने थे, जिनमें एक कंधा नंगा था और उन्होंने पैरों में चप्पल भी पहनी थी। यह ऐसे लोगों का समुदाय था, जिन्होंने अपना सब कुछ बेच कर पैसा पूरे समाज को दान कर दिया था। वे एक साथ मिल कर फ़सल बोते थे, उस पर हल

चलाते थे और काटते थे; सामुदायिक सम्पत्ति की देखभाल करते थे; और सब से महत्त्वपूर्ण यह था कि मिल कर अध्ययन, प्रार्थना और ध्यान करते थे, 'संघ समुदाय' के आदेशानुसार, जो नाम 7 फुट लम्बे एक चर्मपत्र पर अंकित था। मठ में यीशु सबसे छोटा छात्र था और जल्दी ही वह अपनी मेहनत, निष्पक्षता और ज्ञान के लिए लोकप्रिय बन गया था. उसकी उम्र को देखते हुए, जो एक असामान्य बात थी। उसने सबसे मित्रता कर ली थी, लेकिन बौद्ध तथा हिन्दू साधुओं से वह सब से अधिक प्रभावित हुआ था, जो प्राचीन हिन्दू वेदों के अलावा अपने दूर देश से अन्य जानकारियों सहित चिकित्सा की तकनीकें, स्वास्थ्य को बेहतरी के लिए योग और ध्यान तथा बुद्ध द्वारा सिखाये और गत पाँच शताब्दियों में आज़माए जा चुके उचित जीवन जीने के निर्देश लेकर आये थे। उसने न केवल उनसे ज्ञान लिया, बल्कि उनकी भाषा भी सीखी। वह उनसे वेदों से कथाएँ सुनता था और हिन्दुओं के सबसे पवित्र ग्रंथ–*भगवद्गीता* को भी, जिसका हिन्दुओं के लिए उतना ही महत्त्व था जितना *तोरा* का यहूदियों के लिए। *भगवद्गीता* की अद्भुत विचारधारा बहुत से यहूदी ग्रंथों के अनुरूप थी। सबसे अधिक वह इस तथ्य से प्रभावित हुआ था साधुओं द्वारा उच्चारण किये जाने वाली 42 आयतों में घृणा, दंड, क्रोध, प्रतिशोध, हत्या जैसे शब्दों के लिए कोई जगह नहीं थी—ऐसे शब्द, जिनसे पुराना टेस्टामेंट भरा पड़ा था। यहूदी जबकि अपने दया–धर्म के किस्सों का खुल कर प्रचार करते थे, हिन्दू इन्हें स्वयं तथा अपने ईश्वर तक रखते थे। यहूदियों में ईश्वर के शब्दों को अमल में लाने का एक प्रणालीबद्ध ढंग था, जबकि हिन्दू सब कुछ अध्यात्म में खोजते थे। एक ऐसे समय में जब इज़राइल अपनी भौतिक ज़रूरतों को पूरा करने में व्यस्त था, हिमालय की ढलानों पर देवदारु के वृक्ष भारतीय *तोरा* के श्लोकों के सृजन के स्वर सुन रहे थे, जिनमें भगवान कृष्ण धनुर्धर अर्जुन से संवाद करते हुए उसे जीवन और मृत्यु के रहस्य समझा रहे थे। भिक्षुओं को सुनते हुए यीशु उत्साह से ओतप्रोत था और अपने पड़ोसी से प्रेम करने की विस्मयकारी सोच को सुन–सुन कर नहीं अघा रहा था। कृष्ण का उपदेश उसकी स्मृति में अंकित हो गया था; उसे इसमें सम्राट सुलेमान के गीतों की झलक मिलती थी :

जब तुम अहंकार और स्वार्थ से छुटकारा पा जाओगे और वैराग्य सीख लोगे तो हर चीज़ में तुम्हें संगति नज़र आएगी।

लौकिक संसार का सृजन आँसुओं की घाटी के रूप में नहीं किया गया था, बल्कि मनुष्यों के सुधार की एक कार्यशाला के रूप में किया गया था।

अपना उद्धार तुम स्वयं करोगे.

एक बुद्धिमान व्यक्ति अच्छी चीज़ों से खुश नहीं होगा और बुरी चीज़ों से नाखुश नहीं होगा।

किसी व्यक्ति के लिए ज़रा सा प्यार पूरी मानवता के लिए बहुत से प्यार से बढ़ कर है।

मैं जिसे नहीं बदल सकता, शायद वह मुझे बदलने के लिए बना है।

ईश्वर इससे प्रसन्न नहीं होता कि हम कितना काम करते हैं, बल्कि इससे होता है कि हम इसे कितने प्यार से करते हैं।

अपनी त्रुटिहीन राह, चाहे जितनी भी त्रुटिपूर्ण हो, किसी दूसरे की त्रुटिहीन राह से बेहतर है।

मृत्यु से बढ़ कर कुछ भी निश्चित नहीं है, परन्तु हम ऐसे जीते हैं, जैसे इसका अस्तित्व ही न हो।

यदि तुम किसी का एक पाप माफ़ करोगे तो ईश्वर तुम्हारे दो पाप माफ़ करेगा।

असफलता भी सफलता जैसी ही उत्तम शिक्षक है। स्वयं को बेड़ियों से आज़ाद करो।

तीन द्वार नरक को जाते हैं : इच्छा, क्रोध और भोग विलास के द्वार।

व्यक्ति आत्मनियंत्रण का परिणाम होता है।

यह राजोचित शिक्षा की राह है, वेदों की शिक्षा में सर्वोपरि, बुद्ध की सोच में सुन्दरतम, मूसा की शिक्षा में सर्वोत्तम, एकमात्र सत्य, साधुओं ने यीशु को बताया। उसने उनके शब्दों को जीवनदायी अमृत के रूप में स्वीकार किया; वह स्वयं को ऐसे स्वच्छ महसूस करने लगा, जैसे पर्वतों के स्वच्छ जल ने उसकी शुद्धि कर दी हो, उसके मस्तिष्क में सौहार्द का संचार कर दिया हो। यहूदियों की तरह भारत के लोग स्वयं को मानवजाति का शीर्ष नहीं समझते थे, जैसे कि उन्हें ईश्वर ने चुना हो, बल्कि स्वयं को ईश्वर की ऐसी संतान समझते थे, जिनसे ईश्वर सृष्टि के अन्य प्राणियों की तरह स्नेह करता है। *भगवद्गीता* के श्लोकों को सुनते हुए उसे यहूदी धर्म में नि:स्वार्थ प्रेम की कमी का एहसास होता था। अपने युवा हृदय में वह जैसे सचमुच इस दैवी आहार के पौष्टिक तत्वों को घर करते महसूस कर रहा था। वह समझ गया था कि जीवन में कोई लक्ष्य नहीं है, केवल राह है। समझ गया था कि गैलिली और यूडेह उसके लिए पिंजरे जैसे थे। निरन्तर दोहराए जा रहे कर्मकांडों के प्रति उसका विरोध दिन पर दिन बढ़ता जा रहा था। इन में उसका समय व्यर्थ हो रहा था, जिस समय को वे 40 वर्ष पहले आये भूकंप में बरबाद हुए मठ की मरम्मत करने में लगा सकते थे। पर डेसिथेओस का मठ भी तो त्रुटिहीन नहीं था। पूर्व की ओर चेहरा करके प्रार्थना करने वाले बौद्ध भिक्षुओं के समर्थन और येरुशलम की ओर चेहरा कर के प्रार्थना करने वाले यहूदियों द्वारा इस पर क्रोध व्यक्त करने के कारण यीशु का विरोध भी होने लगा था। भारतीय साधुओं की तरह निर्धनता में रहने की शपथ कोई नहीं लेना चाहता था, और बहुत से यहूदियों को पसंद नहीं था कि पूर्वी साधु येरुशलम के मंदिर का कैलेंडर मानने की बजाय सौर कैलेंडर को मानते थे, हालाँकि यह अधिक सही था। लेकिन सब से अधिक यीशु को पुजारियों द्वारा आम लोगों से अप्राकृतिक रूप से अलग-थलग रहना पसंद नहीं था। उसे चिढ़ होती थी कि वे ईश्वर में अपना विश्वास दिखाने के लिए अपने पड़ोसियों की मदद नहीं करते थे, बल्कि मठ की दीवारों के भीतर आत्मसुधार में ही लगे रहते थे। उसने मठ के पुराने ढंग के नियमों का पालन करने से इन्कार कर दिया, जिसमें उसे बौद्ध भिक्षुओं का समर्थन भी मिला। वह स्वतंत्रता और तर्क में विश्वास रखता था। वह धीरे-धीरे यहूदी पुजारियों से दूर होता जा रहा था और कश्मीर तथा भारत के अन्य स्थानों से आये बौद्ध और

हिन्दू भिक्षुओं के निकट होता जा रहा था। वह उनके देश के बारे में जान कर अपने खो चुके पूर्वजों की खोज करना चाहता था, जिनके बारे में उसे भारतीयों ने काफ़ी कुछ बताया था। उसने राजोचित शिक्षा की राह पकड़ने का संकल्प लिया।

टिबेरियाई आश्चर्य

चेक-इन और जल्दी से लिए नाश्ते के बाद ग्रुप विक्टोरिया होटल की लॉबी में एकत्र हो गया, जहाँ उनके गाइड कारोल ने उनका स्वागत किया, यात्रियों का एक-दूसरे से परिचय करवाया और दिन का कार्यक्रम उन्हें दिखा दिया। अगले दिन उन्हें जाना था टिबेरिया झील, कापरनाऊम में पीटर के घर, जहाँ तब्गा में 5,000 लोगों को भोजन करवाया गया था और फिर गैलिली के काना जाना था, जहाँ यीशु का प्रथम चमत्कार घटित हुआ था। उससे अगले दिन जेरिको जाना था और शनिवार का दिन बेथलेहम को समर्पित था। दौरे पर आये लोगों के बाल खड़े हो रहे थे, जब उन्होंने पवित्र टेस्टामेंट से नाम सुने। गलांता की मांसल श्रीमती ज़कोवा और उसकी गदराई बेटी ने *बाइबल* से हर इस नाम को सुन कर सीने पर क्रूस का निशान बनाया, बाकियों में से अधिकांश ने अपने पुष्पगुच्छों और तावीज़ों को कस कर पकड़ लिया। 'कितनी दिलचस्प यह तीर्थयात्रा होने वाली है!' तोमाश मीषाल की तरफ़ झुका। 'इनमें ज़्यादा नकली भक्त हैं। इन्हें बेथलेहम पहुँचने दो, फिर देखना इनका पाखण्ड। ज़मीन पर लुढ़केंगे और जहाँ यीशु का तथाकथित रूप से जन्म हुआ था, वहाँ एक मोरी के पास हज़ारों जूतों द्वारा गंदे किए गए संगमरमर को चूमेंगे,' वह मुस्कराया। 'ऐसे पाखंडी मुझे पसंद नहीं हैं। घर जाते ही परनिंदा करेंगे, झूठ बोलेंगे, शराब पिएँगे, चोरी करेंगे और फिर पाप स्वीकरण के लिए जायेंगे या येरुशलम आयेंगे, जहाँ उस तेल से भरी शीशी को खरीदेंगे, जिसे यीशु के शरीर पर लेपा गया था।'

'शान्त हो जा,' मारिका ने उसे झिड़का; अब वे एक-दूसरे को तू कह कर बुला रहे थे। 'ईश्वर तक पहुँचने के लिए सब की अपनी-अपनी राह होती है। अगर नकली तेल से इनको निर्वाण मिलता है तो मिलने दे।'

'चूँकि हमारे मित्र तोमाश द्वोरान टिबेरिया में पादरी हैं, कल यह आपका मार्गदर्शन करेंगे,' कारोल ने उपस्थित जनों को सूचित किया। 'टिबेरिया झील का इनसे बढ़िया गाइड आपको और नहीं मिलेगा। यह बहुत पढ़े-लिखे इंसान हैं, इन्होंने रोम तथा येरुशलम में धर्मशास्त्र, पुरातत्वशास्त्र और इतिहास का अध्ययन किया है, और इसके अलावा इतालवी, ग्रीक, लैटिन, हिब्रु और इब्रानी[16] भाषाओं के ये विद्वान् हैं।' लोग मुस्कराए और तोमाश ने प्रशंसात्मक स्वीकृति में अपना सिर हिलाया।

'भाई, ज़रूरत से ज़्यादा मेरी तारीफ़ न करें। इतिहास मेरा शौक़ है, बस और कुछ नहीं,' वह तनिक शर्मा रहा था।

16. यीशु के युग में आम लोगों द्वारा बोली जाने वाली भाषा।

'वो हम कल देखेंगे। *बाइबल* के ज़माने के इतिहास के किसी एक भी सवाल को मैं नहीं जानता, जिसका जवाब तू न दे सकता हो,' कारोल ने जोड़ा।

बस में टिबेरिया झील जाने के रास्ते पर बहस होने लगी। लोग उससे पेचीदा सवाल पूछ रहे थे और तोमाश उन्हें दिलचस्प जवाब दे रहा था। उसने *बाइबल* के कई किस्से भी सुनाये, जिसके लिए उसे बहुत प्रशंसा मिली, ख़ासतौर से बूढ़ियों से। कापरनाऊम के बाद सबने कुछ नाश्ता करने का निर्णय लिया। पिछली सीट पर बैठी मांसल औरतों ने, जिनकी मुखिया श्रीमती ज़कोवा थी, कागज़ के नैपकिनों से घर से लाये मांस के कतले और सैंडविच निकाले। सामने बनी यीशु की तस्वीर वाली टी-शर्ट पहने उसकी बेटी ने—छातियाँ उसकी भी बहुत भारी थीं और वह टी-शर्ट से उन्हें ढक नहीं पा रही थी-सैंडविचों को बीयर के घूँटों के साथ निगला, और वह बीच-बीच में डकार मार रही थी। उसके सामने बैठे उसके बाप ने उसे कई बार रोका, पर वह रुकी नहीं। 'इतना मत खाया कर, सीने में फिर से जलन उठेगी।' पर लड़की की माँ ने चिल्ला कर उसे चुप करा दिया। 'इन्हें अभी खाना ज़रूरी है, वर्ना कल तक बासी हो जायेंगे।' जब बेटी खा चुकी तो उसके हाथ में मोटी सलामी वाले सैंडविच दिए गए। जो यात्री कुछ साथ लेकर नहीं आये थे उन पर ईर्ष्यायुक्त दृष्टि डाल रहे थे। तोमाश ने एक कम मशहूर मछुआरा-रेस्तरां में चलने का प्रस्ताव रखा, जो कापरनाऊम के दक्षिण में 15 मिनट के रास्ते पर था। उसने चेतावनी दी कि पीटर का तैवर्न 44 स्थानीय लोगों के लिए था, लेकिन उसका माहौल अनोखा था, जिससे वे आगे की यात्रा के लिए तैयार हो जायेंगे। उसके प्रस्ताव को सर्वसम्मति से अनुमोदन मिला और बाद में वह सही निकला। पुराने ज़माने का शराबघर पुरानी नौकाओं, पतवारों, जालों, भरवाँ मछलियों और सब से बढ़कर, बहुत सारे ताज़ा फूलों से सजाया गया था, जिसे देख कर वे मस्त हो रहे थे। उसमें शोर-शराबा था और हँसी-ख़ुशी की कमी नहीं थी। स्थानीय लोग, उनमें से अधिकांश वृद्ध पुरुष थे, मेज़ों के पीछे बैठे शतरंज या गोटी खेल रहे थे। यात्रीगण परम्परागत तिलापिया मछली की प्रशंसा कर रहे थे—तथाकथित संत पीटर मछली।

'मुझे झील पर मछुआरों की कोई नाव नज़र नहीं आई,' किसी ने टिप्पणी की।

'सरकार ने मछली मारने पर प्रतिबन्ध लगा रखा है,' सूचना देकर उसने जोड़ा,' वैसे यहाँ नावों की ज़रूरत क्या है? इस झील पर तो चला जा सकता है,' वह हँसने लगा; और कुछ लोग भी उसके साथ हँसने लगे; उन्हें लतीफ़ा समझ में तो नहीं आया था, या कम से कम वे दिखावा कर रहे थे कि वे नहीं समझे।

'क्या आप जानते हैं कि यीशु झील पर क्यों चले थे?' मीषाल ने पूछा। 'क्योंकि यहूदी माँझी बहुत महंगे थे,' मज़ाक करने वाला हँसा।

'यह सच नहीं है,' तोमाश ने प्रतिवाद किया, 'न तो चमत्कार और न ही माँझी। उन्हें चलना पड़ा था, क्योंकि वह तैरना नहीं जानते थे।' कुछ यात्री अपनी हँसी नहीं दबा सके। मिस्टर हलावती मशहूर लोकगीत गाने लगे, 'कोई फ़ायदा नहीं मुझे स्कूल भेजने का, मुझे

कौन सा पुरोहित बनना है, कोई फ़ायदा नहीं मुझे पीटने का...' लोग तजुर्बों से भरपूर एक बढ़िया दिन का आनंद ले रहे थे। शराब और गाने ने उनके मूड को बेहतर बना दिया था।

'आपको शर्म आनी चाहिए!' श्रीमती ज़कोवा उठ कर खड़ी हो गई, उसके बाद उसकी बेटी भी और उसके बूढ़े अनुयायी भी। 'आप ख़ुद को पुजारी कहते हैं!! फिर तो भगवान हमारी रक्षा करे,' कह कर वह शराबघर से बाहर निकल गई। तोमाश के पास से निकलते हुए उसने तिरस्कारपूर्वक अपना हाथ हिलाया। 'यह मेरी बीवी है और इसने मेरी बेटी का भी दिमाग ख़राब कर दिया है। थोड़ी शराब और लेते हैं, मैं आपको पिलाता हूँ! यह यीशु की मदिरा, ऑर्डर दे दीजिये, फ़ादर, हम सब के लिए,' उसके पति ने तोमाश से कहा। उसे ज़्यादा मनाने की ज़रूरत नहीं पड़ी, हालाँकि उसने सोचा कि गर्मी बहुत थी और इस मौसम में शराब का असर दोहरा होगा, लेकिन दूसरों की आँखों में उत्साह देख कर उसने लाल शराब के दो जग और मँगवाए। 'आखिर तो इंजीलों में भी यह नहीं लिखा कि जब यीशु और उनके साथी पूरे दिन की यात्रा करके किसी के घर पहुँचते थे तो उनका स्वागत पानी से किया जाता था। हर जगह शराब पिलाई जाती थी। नव टेस्टामेंट में पानी का बहुत कम ज़िक्र है। बंदे ने गैलिली के काना में पानी को भी शराब बना दिया था,' गलांता की धार्मिक महिला के पति ने हँस कर कहा 'ठीक है, लड़को और लड़कियो, आपकी सेहत का जाम! हमारी यात्रा शुभ हो,' उसने गिलास भरे, और जल्दी ही दुबारा भी भरे। 'शराब उम्दा है। क्या यहीं की है?' उसने कारोल से पूछा।

'इसे नज़दीक से, काना से, लाया जाता है। कहते हैं कि यह यीशु के समय से बची हुई शराब है।'

'इतना पानी बदल दिया था क्या उन्होंने?'

'बदला तो था, लेकिन अब तो काना में पानी भी नहीं है,' वह बोला।

'तो फिर हम यहाँ क्या कर रहे हैं। चलो, काना चलते हैं,' उसने सुझाया।

'सचमुच, हमें अब चल देना चाहिए। अभी हमें स्वर्गसुख पर्वत भी तो देखना है।' जब खाने-पीने के सामान से भरी मेज़ से कारोल ने खड़े होकर घोषणा की कि अब बस पर चढ़ने का और निकट स्थित स्वर्गसुख पर्वत पर जाने और वहाँ से आगे काना जाने का समय हो गया है तो वहाँ से कोई भी उठना नहीं चाहता था। 'अगर आपको टॉयलेट जाना है तो अभी हो आइये, क्योंकि पहाड़ पर यह काम समस्या बन सकता है,' सूचना देकर वह स्वयं भी संडास में चला गया। उसे परम्परागत रूप से सजाया गया था : छत से एक पुराना मछुआरों वाला जाल लटक रहा था, कोनों में चप्पू पड़े थे, जो दीवारों के पुराने, मछली मारने का दृश्य दिखाते तैलचित्रों वाले चप्पुओं की प्रतिकृति थे। यह स्पष्ट था कि झील के आस-पास का पूरा क्षेत्र मछलियों की वजह से संपन्न था। आखिर तो यीशु के बहुत सारे अनुयायी झील के आस-पास के मछुआरे थे। मीषाल की बारी सबके बाद थी। जब वह हाथ धो रहा था तो उसकी नज़र एक कोने में पड़ी, जहाँ कुछ पुराने चप्पू दीवार पर लटके

हुए थे। वे कई तरह के थे, लेकिन उन दोनों में से एक को देखकर उसकी सिट्टी-पिट्टी गुम हो गई। उसे अपनी आँखों पर यक़ीन नहीं आ रहा था। उनके ऊपर एक पुराने चित्र की प्रतिकृति में कुछ मछुआरे थे, जिन्होंने वैसे ही चप्पू पकड़ रखे थे। वह बहुत देर तक खड़े होकर चित्र और चप्पुओं को ऐसे घूरता रहा, जैसे वे कोई भूत हों. फिर वह तेज़ी से भाग कर बस पर गया, जहाँ सब बड़े अच्छे मूड में बैठे थे, सिर्फ़ गलांता वाली महिला और उसका ग्रुप उसे आँखें तरेर कर देख रहे थे। चालक ने अभी गाड़ी स्टार्ट ही की थी जब मीषाल भाग कर वहाँ आया। वह पीला पड़ा हुआ था, पसीने-पसीने था और ज़रा सा काँप भी रहा था।

'तू ठीक है? परेशां लग रहा है। क्या हुआ है,' मारिका घबरा गई।

'मेरे साथ चल, जल्दी।'

'प्लीज़, अब हमें जाना चाहिए,' कारोल ने उन्हें रोकने की कोशिश की। 'एक मिनट,' मीषाल ने कहा, और मारिका का हाथ पकड़ कर उसने उसे ज़बरदस्ती बस से नीचे उतार लिया। वे मरदाना संडास में गए, एकाग्र होकर पेशाब करते आदमियों की हैरान निगाहों की उसने परवाह नहीं की। 'इसे देख ज़रा,' एक पतवार उतार कर उसने उसके हाथ में थमा दी 'और इसे,' उसने मछुआरों के चित्र की ओर संकेत किया। 'क्या ख़याल है तेरा?'

'किस बारे में?'

'चप्पू के आकार के बारे में,' मारिका ने हाथ में पकड़ कर उसे देखा और ताज्जुब से कुछ देर उसे देखती रही। 'यह दिल के आकार का है।'

एक अज्ञात अजनबी

हिलेल का स्वास्थ्य बिगड़ रहा था और यीशु नाज़ारेथ में अपने माता-पिता को लिवाने गया कि वे वृद्ध पुरोहित को मिलने चलें, यह कहते हुए कि पास्का का उत्सव गुज़रे बहुत समय हो चुका है। येरुशलम के आकाश में सूरज सिर पर था, हवा गरम थी, और हिलेल ने यीशु और उसके माता-पिता को अपने निवास स्थान पर चलने को कहा, जो मंदिर के पत्थर वाले विस्तृत भाग में था, जहाँ वह लगभग अपना पूरा समय सुखद छाया में बिता रहे थे। एक युवा वेदी सेवक ने मेज़ पर सूखे खजूरों, अंजीरों, परांठों, खमीरयुक्त रोटियों, बिस्कुटों का ढेर लगा दिया, बल्कि शराब की एक तुम्बी भी रख दी, जिसे उस कड़कती गर्मी में किसी ने नहीं छुआ। रब्बी ने गोश्त लेने से मना कर दिया और अपने छात्रों को भी यही सलाह दी। उनकी गहरी दिलचस्पी यह जानने में थी कि डेसिथेओस के साथ यीशु ने कितनी प्रगति की है। उसे हैरानी नहीं हुई यह जान कर कि उसके अकादमी को छोड़ जाने के बाद यीशु की सोच बहुत परिष्कृत हुई थी : वह नाज़ारेथ का वह लड़का नहीं रहा था, जो उत्तर खोज रहा था, बल्कि एक युवक था, जो अपनी योग्यता, ज्ञान और अपने विश्वास की शक्ति को पहचानता था। वह हँसे, मानो वह यीशु के विचारों को पढ़

रहे हों। 'तुम अब अधिक समय मठ में मत रहना। तुम जानते हो कि यहाँ कैसा है। बूढ़ा होने पर शैतान साधु बन जाता है, इस अहाते को ही देख लो,' रब्बी ने खिड़की से बाहर नज़र डाली। 'सड़क पक्की है, जीवन से नहीं जुड़ी, एक भी परिंदा, पेड़ या फूल नहीं। सिर्फ़ काँटों वाली अंजीर की एक झाड़ी है, जिसने पत्थर में मिट्टी के दानों पर कब्ज़ा कर लिया है। यह जगह उदास है, किसी मक़बरे जैसा माहौल है और मठ भी ऐसे हैं।' 'लेकिन भिक्षु कहते हैं कि वहाँ कोई लोभ नहीं है और इस तरह ईश्वर से ऐक्य पर एकाग्र हुआ जा सकता है,' यीशु ने प्रतिवाद किया।

'यह दुर्बलता का स्वरूप है। शक्ति का स्वरूप लोभ से बचने में है और एक भीड़ भरी सड़क पर ईश्वर से संवाद करने में है। मठ की चारदीवारी में तो हर कोई लोभ पर विजय पा सकता है।' उन्होंने हाथ धोकर फल ले चुकने के पश्चात् ताज़ा पकी रोटी का एक ग्रास लिया, साथ ही अपने मेहमानों को भी भरी हुई मेज़ से कुछ लेने को प्रोत्साहित किया, 'मेरा विचार है जल्दी ही इज़राइल तुम्हारे लिए एक पिंजरे जैसा हो जाएगा,' हिलेल ने सोच में पड़े हुए कहा। यीशु और उसके माता-पिता उन्हें ध्यान से सुन रहे थे।

'आपका क्या मतलब है, मास्टर रब्बी ?', जोज़ेफ़ ने पूछा।

'ज्ञान हमेशा *तोरा* और *तालमुड* में ही नहीं होता। ज्ञान पर्शिया, भारत और चीन में भी फल-फूल रहा है। तुम्हारे बेटे में इतनी योग्यता है कि इसे विश्व के सर्वोत्तम गुरुओं से शिक्षा मिलनी चाहिए। हमारे पैगम्बरों की तरह इसे अन्य ज्ञानियों, जैसे ज़ोरोआस्टर, लाओ त्से, कन्फ़ूशिअस, बुद्ध के ज्ञान की जानकारी प्राप्त करनी चाहिए...,' अचानक वह रुक गए, 'सुदूर देश से एक कुलीन अतिथि मेरे पास आया है। मेरे साथ अहाते में चलो, मुझे उससे तुम्हारा परिचय करवाने में बड़ी प्रसन्नता होगी,' उन्होंने कहा।

'रब्बी, शायद छाया में रहना बेहतर रहेगा,' वेदी-सेवक ने अनिश्चित स्वर में कहा। हिलेल ने उसे अपने बिस्तर से परे किया और आश्चर्यजनक गति से वह अपनी पालकी की तरफ़ बढ़े। जब वह अहाते में प्रकट हुए तो लोग सम्मानपूर्वक इधर-उधर हो गए। अचानक उन्होंने एक नशे में धुत्त वेदी-सेवक को देखा, जो भीड़ में एक सीढ़ी पर टोपी मुँह पर सरकाए लेटा था, उसके हाथ में शराब का एक जग था और वह आने-जाने वालों को गालियाँ बक रहा था।

रब्बी की ओर देखने के बाद यीशु ने वेदी के पास जाकर जग उसके हाथ से यह कहते हुए ले लिया, ग्रंथ कहता है : 'तुम नशा नहीं करोगे। शराब तुम्हारे दिमाग़ को धुंधला देती है और तुम अपनी अक्ल खो बैठते हो,' उसकी शराब वह ज़मीन पर उड़ेलने लगा। बंदा उछल कर खड़ा हुआ, जग वापस छीन कर वह उस पर गुस्से से चिल्लाया, 'यह लड़का घमंडी और बदतमीज़ है! रब्बी हिलेल, मैं आपसे नाज़ारेथ से आये इस हरामी को इस पवित्र स्थल से निकाले जाने का आदेश देने का अनुरोध करता हूँ! अपने क्षेत्र में हम इसे ग्रंथ की व्याख्या को तोड़ने-मरोड़ने नहीं देंगे!' जोज़ेफ़ घबराया हुआ यीशु को उस चिल्लाते आदमी से अलग करने के लिए आगे बढ़ा। यीशु गुस्से से भर गया, उसने वेदी-सेवक को

उसकी बेल्ट से पकड़ लिया, उसे अपने नज़दीक खींच कर वह उस पर गरजा, 'यह तुम और तुम्हारे जैसे ढोंगी हैं, जो ग्रंथ के अर्थ तोड़ते-मरोड़ते हैं! मालिक के शब्द का प्रचार करने के बजाय तुम लोग आवारागर्दी करते हो, साइनागॉग की सीटों पर अगली पंक्ति में बैठते हो, धुत्त होते हो, ज़रूरत से ज़्यादा खाते हो, प्रतियोगिता करते हो कि किसके पास सबसे बड़ा बटुआ है, हर वह चीज़ करते हो, जिससे लोगों का ध्यान आकर्षित हो, लेकिन तुम छोटे से छोटे नास्तिक को भी *तोरा* का अर्थ नहीं समझा सकते!'

'मैं किसी हरामी को अपना और अपने दोस्तों का अपमान नहीं करने दूँगा! उनमें से कोई भी एक मिनट में तुझे *तोरा* का अर्थ समझा देगा।'

'*तोरा* का। तुम्हें ज़रा भी इल्म नहीं है,' यीशु ने उसे इतने ज़ोर से झटका मारा कि वह लड़खड़ाने लगा। बदहवास होकर उसने अपने पीछे खड़े अपने साथियों को देखा, जो यीशु को एक बेहतर शारीरिक सबक पढ़ाना चाहते थे। परन्तु, एक अनजान, 30 वर्ष का गहरे रंग का आदमी उसी समय सामने आया। वह आक्रामक वेदी-सेवक परिवार के सामने शान्त, पर कटिबद्ध हो, खड़ा हो गया, 'मेरा नाम राव अन्ना है। मैं मूर्तिपूजक हूँ और मैंने यहूदी धर्म ग्रहण करने का निर्णय लिया है...अगर तू उतनी देर में मुझे *तोरा* समझा सके, जितनी देर मैं अपनी एक टाँग पर खड़ा हूँ...'

'*तोरा*? इतने कम समय में *तोरा* समझा दूँ? लेकिन यह तो नहीं...,' वेदी-सेवक तर्क देने लगा।

'नहीं हो सकता? पर तू तो कह रहा था तुम में से कोई भी इसे एक मिनट में समझा देगा,' अजनबी ने मुस्करा कर कहा। 'आ जा,' वह एक टाँग पर खड़ा हो गया और भीड़ अनजबी के साहस पर प्रशंसा में हँसने लगी। वेदी-सेवक के कुछ पाखंडी मित्र उसे वहाँ से भगाने की कोशिश करने लगे, परन्तु उसी समय, वैसी ही पोशाक में 6 तगड़े आदमी, जिन्होंने अपनी पेटियों में खंजर रखे हुए थे, उठकर अजनबी के पास आये। लेकिन एक टाँग पर खड़े अजनबी ने अपने अंगरक्षकों को मुस्करा कर शान्त किया और वे पीछे हट कर स्थिति का अवलोकन करने लगे, समय आने पर वे हस्तक्षेप करने को तैयार थे। राव अन्ना सहृदयता से वेदी-सेवक पर मुस्करा रहा था, जिसने दब्बूपन में कंधे उचकाए और हिलेल की ओर मुड़ कर उसे *तोरा* समझाने को कहा। रब्बी ने उस पर कड़ी दृष्टि डाली और फिर यीशु की ओर मुड़ कर पूछा, 'क्या तुम अजनबी की इच्छा पूरी कर सकते हो?'

'दूर देश से क्या यही आपके अतिथि हैं?' यीशु मुस्करा कर बोला, हिलेल ने हाँ में सर हिलाया। भीड़ उत्सुकतापूर्वक प्रतीक्षा कर रही थी कि आगे क्या होने वाला है। यीशु अजनबी के पास जाकर एक टाँग पर मोमबत्ती की तरह सीधे खड़े अजनबी का जायज़ा लेने लगा। उसने हिलेल की ओर देखा, उस पर नज़र टिकाये दर्जनों चेहरों पर दृष्टि डाली और फिर शान्तिपूर्वक बोला, 'अपने पड़ोसी से उतना ही प्यार करो, जितना स्वयं से करते हो। सम्पूर्ण *तोरा* यही है। बाकी सब टीका है।'

भीड़ में बुदबुदाहट होने लगी, अजनबी दोनों टाँगों पर खड़ा हो गया और यीशु के पास जाकर उसने उसे गले लगा लिया। 'धन्यवाद। मैं भी *तोरा* भली भाँति जानता हूँ, लेकिन अब जाकर मैं अब्राहम की विरासत को ठीक से समझा हूँ। तुम से कुछ बात करना चाहूँगा।'

'आप कौन हैं?'

'महान रब्बी का अतिथि हूँ। क्या हम इन लोगों से कुछ दूर जाकर खड़े हो सकते हैं?' अजनबी यीशु को नास्तिक-अहाते में स्तम्भावली के नीचे सुखद छाया में ले गया। हिलेल उन्हें देख रहा था और संतुष्टिपूर्वक मुस्करा रहा था। अजनबी ने ख़ुद खाने से पहले यीशु को एक नरम गोला सा पकड़ाया। यीशु ने उसे स्वीकार किया। 'हलवा। गेहूँ के आटे और शक्कर से बना एक पारम्परिक हिन्दुस्तानी व्यंजन।'

'क्या आप हिन्दुस्तान से हैं?' यीशु ने आश्चर्यपूर्वक उसे देखा। उसने हामी भरी।

'मैं शरद में पोत से आया था।'

'एक साल लगा होगा आपको।'

'नहीं, ऐसा तो नहीं। शीत ऋतु में पश्चिम दिशा की ओर मानसून की तेज़ हवाएँ चलती हैं।'

'हिब्रु में राव अन्ना का अर्थ दयालु रब्बी होता है। क्या आप यहूदी हैं?'

राव अन्ना ने हाँ में सिर हिलाया, 'मैं एक राजकुमार हूँ, गुम हो गए इज़राइली कबीलों में से एक का वंशज। मुझे मेरे पिता, गंधार के भारतीय पार्थी सम्राट ने भेजा है, जिनका नाम गोंदोफरेस है, जो वैदिक एवं बौद्ध विज्ञान के प्राचीन केंद्र तक्षशिला में रहते हैं।'

यीशु इतना उत्तेजित था कि उससे साँस नहीं ली जा रही थी, 'मैंने कभी किसी ऐसे सम्राट के बारे में नहीं सुना।'

'तुमने नहीं सुना, लेकिन वह तुम्हारे बारे में सब जानते हैं। जिस क्षण तुम जन्मे थे तभी से। शायद तुम्हारे माता-पिता ने तुम्हें बताया हो कि तुम्हारा जन्म होने पर तीन राजा आये थे—पूर्व के ज्ञानी। उनमें से एक कैस्पर था। उसने तुम्हारे नाता-पिता को अपना परिचय गास्ताफार कह कर दिया था, इब्रानी भाषा में, परन्तु उनका असली नाम है गोंदोफरेस। जब वह बेथलेहम आये थे तो युवा थे,' अजनबी रहस्यपूर्वक मुस्कराया, 'उन्हें ''ज्ञान सम्राट'' के नाम से भी जाना जाता है।'

'आप यहाँ क्या करने आये हैं?' यीशु ने उन पर एक प्रश्नसूचक दृष्टि डाली।

'निजी तौर पर तुम्हें मिलने आया हूँ। मेरे पिता को तुम्हारे बारे में पूरी सूचनाएँ डेसिथेओस मठ के बौद्ध भिक्षुओं और हमारे अच्छे मित्र रब्बी हिलेल से मिली है। तुम हैरान होगे कि इतनी दूरियों पर भी कैसे परस्पर सम्पर्क रहता है। बहुत पहले जब बेथलेहम

पर एक सितारा प्रकट हुआ था तो हमारे साधु और ज्योतिषी जानते थे कि यह ज्ञान के सम्राटों नरेश डेविड और सुलेमान का, जिनका हम बहुत आदर करते हैं, उत्तराधिकारी जन्मा था...'

'किन्तु आप वहाँ से आये कैसे?' यीशु नहीं जानता था कि राजकुमार के शब्दों पर क्या प्रतिक्रिया दिखाए।

'मैं लाल सागर की आएलाना बंदरगाह से येरुशलम पहुँचा हूँ।'

'क्या आप एडोम और मोआब से होकर आये हैं, जिनका ज़िक्र मूसा ने किया था?'

राव अन्ना ने हामी भरी। 'मैं जानता हूँ,' लड़का बोला, 'सड़क मेम्फिस तथा मिस्री हेलिपोलिस से क्लिस्मा, मीतला दर्रे, नेख्ल के मिस्री किले और सिनाई रेगिस्तान से होती हुई आएलाना को जाती है, जहाँ से आगे यह उत्तर में मोआब, फिलाडेल्फिया और डीकापोलिस से दमिश्क और पल्मीरा जाती है, जहाँ से इसका एक हिस्सा बाएँ अन्तोइच, उत्तर वाला हिस्सा एदेस्सा और पूर्वी हिस्सा बेबीलोन जाता है।'

'वाह! तुम तो सच में पढ़-लिख कर बहुत ज्ञान प्राप्त कर चुके हो,' राव अन्ना ने उसकी तारीफ़ की। 'फिलाडेल्फिया से एक विशाखन येरुशलम को होता है, जो जफ्फा बंदरगाह तक जाता है, लेकिन मेरे रथ बहुत काम आये हैं। क्या तुम कभी वहाँ गए थे?'

'नहीं।'

'जाना चाहोगे?'

'ज़रूर।'

'और आगे?'

'आगे कहाँ?' यीशु ने पूछा।

'हिन्दुस्तान।' यीशु आश्चर्यचकित था। अजनबी ने उसकी आँखों में एक विशेष चमक देखी और उसने उत्तर दिया, 'मेरे दोस्त महान गुरु हिलेल ने मुझे तुम्हारे बारे में बहुत कुछ बताया है। वह तुमसे बहुत प्रभावित हैं पर...' वह रुक गया।

'पर क्या?'

'तुमसे वह डरते हैं। ढोंगियों, पाखंडियों और सर्वशक्तिशाली पुरोहितों के इस देश में रहना तुम्हारे जैसे, *तोरा* के प्रति इतना आलोचनात्मक मत रखने वाले व्यक्ति के लिए खतरनाक हो सकता है। तुम्हारी उम्र अभी बहुत छोटी है, लेकिन अभी से तुम इज़राइल की जनता के लिए एक बड़ी उम्मीद बन गए हो।'

'रब्बी हिलेल शक्तिशाली और प्रभावशाली हैं,' यीशु ने कहा।

'यह सच है, लेकिन उनकी बड़ी उम्र...मुझे डर है कि तुम्हें उनकी छत्रछाया में रहने के लिए ज़्यादा समय नहीं मिलेगा। हालाँकि हम उनके लिए अच्छे की कामना करते हैं, लेकिन उनमें स्पष्टतः ऊर्जा की कमी होती जा रही है। और फिर, मेरे ख़याल से तुम्हारा भविष्य पूर्व में है, पश्चिम में नहीं। इसीलिए पूर्वी साधु तुम्हारे पालने में तुम्हें मिलने आये थे। सम्राट गोंदोफरेस के दरबार में हमेशा आपका स्वागत होगा। भारत में तुम न केवल सुरक्षित रहोगे, बल्कि वह भारत के पांडित्य का उद्‌गमस्थल भी है।'

'चार वेदों में से मैं एक को जानता हूँ।'

'हाँ, उनका अस्तित्व 16 हज़ार वर्षों से है। वे *तोरा* से 500 साल पुराने हैं। *भगवद्‌गीता* ग्रंथों का ग्रंथ है। कैसे-कैसे विस्मयकारी, उत्कृष्ट विचार हैं उसमें. जैसे : *अपने पड़ोसी से वैसे ही प्यार करो, जैसे ख़ुद से करते हो।*'

'मैं जानता हूँ,' यीशु मुस्कराया।

'मूसा और बुद्ध की शिक्षा एक जैसी है।'

'क्या तुम बुद्ध की शिक्षा को विस्तारपूर्वक जानना चाहोगे?'

'अवश्य!'

'तो मैं तुम्हें एक लम्बी यात्रा पर चलने का निमंत्रण देता हूँ। क्या तुम्हें पता है कि एक विश्वविद्यालय है, जो पूरी दुनिया के लोगों को मेरे पिता के क्षेत्र तक्षशिला में शिक्षा प्रदान कर रहा है?' राव अन्ना ने अर्थपूर्ण ढंग से पूछा।

'पता है,' यीशु ने जवाब दिया। यूनानी तक्षशिला को तक्सिला कहते हैं। माकेदोन के मशहूर सैनिक नेता सिकंदर भी कुछ समय वहाँ रहे थे।'

राजकुमार ने जोड़ा, 'सुप्रसिद्ध विद्वान और ब्राह्मण, मौर्य साम्राज्य के संस्थापक और सम्राट चन्द्रगुप्त के मुख्य परामर्शदाता चाणक्य ने भी शिक्षा यहीं प्राप्त की थी, चन्द्रगुप्त का पुत्र सुप्रसिद्ध बौद्ध नरेश अशोक था। यहाँ तक कि बुद्ध की चिकित्सा करने वाले जीवक भी वहाँ रहे थे।'

'वहाँ खगोलविद्या, भविष्यविज्ञान, चिकित्साशास्त्र, दर्शन, आयुर्वेद, शल्यचिकित्सा, संगीत, नृत्य और सब से बढ़कर वेदों और बुद्ध के सिद्धांतों की शिक्षा दी जाती है।'

'कमाल है! क्या तुम्हें डेसिथेओस के साधुओं ने यह सब बताया था?' राव अन्ना आश्चर्यचकित होकर उसे देख रहे थे।

'हिलेल की अकादमी और मठ में भी ग्रीक भाषा में भारतीय और बौद्ध ग्रंथ उपलब्ध हैं।' यीशु कुछ देर चुप रहा, लेकिन फिर उसकी आँखों में चमक आ गई और उसने राजकुमार से बेहिचक होकर कहा, 'मैं आपके देश आना चाहूँगा।'

'बहुत अच्छे। मेरे व्यापारी मिस्र से मरहम, इत्र, भोजपत्र, डामर, काँच तथा अन्य कई वस्तुएँ खरीदेंगे और हम उन्हें आएलाना ले जायेंगे, जहाँ से हम मेरे पोत से कलिंग को कूच करेंगे। तुम जब तक चाहो मेरे अतिथि बन कर रह सकते हो। तुम यदि मेरे निमंत्रण को स्वीकार करो तो मुझे ख़ुशी होगी और मैं स्वयं को सम्मानित महसूस करूँगा। मैं तुम्हें भारत के सर्वोत्तम सारथी दूँगा, जो तुम्हें कश्मीर की तराई में बसे तक्षशिला में मेरे पिता के पास लेकर जायेंगे।' यीशु कुछ बोला नहीं और उसका चेहरा ज़रा पीला पड़ गया। 'तुम ठीक तो हो न?' राव अन्ना ने चिंतित होकर पूछा।

'हाँ। मुझे ऐसा लग रहा है जैसे मैं कोई सपना देख रहा हूँ।'

'नहीं दोस्त, तुम सपना नहीं देख रहे। मैं तुम्हें अपने देश इसलिए नहीं बुला रहा कि तुम कुछ सीखो, बल्कि इसलिए कि तुम हमें शिक्षा दो।'

'तुम्हें शिक्षा दूँ? पर मैं तो अभी-अभी 16 वर्ष का हुआ हूँ।'

'यह बिल्कुल वही उम्र है, जब छात्रों को तक्षशिला विश्वविद्यालय में प्रवेश मिलता है,' राव अन्ना ने मुस्करा कर कहा। 'तुम युवा हो, ईश्वर की देन हो और पूरी सम्भावना है कि तुम इस धरती पर चलने वाले महानतम व्यक्तियों में से एक होगे। तुम्हारा सोचने, तर्क करने और बोलने का ढंग एकदम बुद्ध जैसा है। तुम कहते हो कि जब कोई अँधा दूसरे अँधे को रास्ता दिखायेगा तो दोनों गड्ढे में गिरेंगे। बुद्ध ने भी यही कहा था। तुम कहते हो कि आस्था पर्वतों को हिला सकती है, उन्होंने भी इसी आस्था की बात की थी। तुम पुरोहितों की तुलना सफ़ेद कलई की गई उन क़ब्रों से करते हो, जिनके भीतर कचरा पड़ा होता है, जबकि बुद्ध ने ब्राह्मणों को कहा था कि वे बाहर से तो चिकने हैं, लेकिन भीतर से कच्ची लकड़ी की तरह हैं। उन्होंने भी तुम्हारी तरह ब्राह्मणों की लहू बहाने वाली बलियों को नकारा था, और तुम्हारी तरह ही पुरोहितों के ढोंगों की आलोचना की थी। तुम दोनों में इतनी समानताएं हैं कि आश्चर्य होता है, यह सिर्फ़ संयोग नहीं हो सकता।' कुछ देर सोच कर अन्ना ने फिर कहा, 'मैं सोच रहा हूँ कि तुम्हें बताऊँ या नहीं, पर तुम्हें यह जानना चाहिए। प्राचीन बौद्ध पुस्तक *लेग्वती सुताता* में बुद्ध ने भविष्यवाणी की थी कि उनके 500 साल बाद एक मतैया आएगा : अर्थात् मसीहा। हम सोचते हैं कि वह तुम हो।'

यीशु चुपचाप उसे सुनता रहा, फिर विचारों में डूबे हुए उससे पूछा, 'आप यह क्यों सोच रहे हैं कि मैं बुद्ध का उत्तराधिकारी हो सकता हूँ?'

'तुम अब बुद्ध हो। संस्कृत में इसका अर्थ बुद्धिमान, सयाना होता है...लेकिन महत्त्वपूर्ण...हं...तुमने देखा होगा कि हम भारतीयों का रंग कुछ गहरा होता है। *लेग्वती सुताता* में बुद्ध ने स्पष्ट कहा था कि नया मसीहा एक भगवा मतैया होगा। संस्कृत में भगवा का अर्थ श्वेत होता है और बुद्ध के पश्चात् 500 वर्ष का समय अब है।'

'जानते हो दोस्त, मानता हूँ कि आपके देश की यात्रा मुझे आकर्षक लग रही है, और वहाँ जाने के लिए मैं कुछ भी करूँगा। सिर्फ़ एक चीज़...मैंने रब्बी हिलेल से वादा किया था

कि जब तक वह जीवित हैं मैं इज़राइल छोड़ कर नहीं जाऊँगा। मेरे विचार से उनके साथ उनके अंतिम लौकिक पल तक रहना मेरा कर्तव्य बनता है।'

राजकुमार सोचने लगा, 'मैं समझता हूँ। तुमने वादा किया है और वादा तोड़ा नहीं जाता। फिर भी मैं कोशिश करूँगा कि रब्बी तुम्हें वचन से मुक्त कर दें।'

'यह रब्बी का वचन नहीं है, मेरा है और मैं इसे पूरा करूँगा,' यीशु ने दृढ़तापूर्वक कहा।

मैं प्रतीक्षा करूँगा

बस उत्तर की ओर निकल पड़ी और 15 मिनट से भी कम समय में स्वर्गसुख पर्वत पर बने मंदिर के नीचे वाले पार्किंग स्थल पर पहुँच गई। दोपहर बाद बहुत गर्मी हो रही थी और पहले जो शराब पर्यटकों ने पी थी, वह अब अपना असर दिखा रही थी। कारोल ने अभी अपने व्यवस्थापन सम्बन्धी निर्देश सुनाने ख़त्म ही नहीं किये थे कि वह फ़टाफ़ट बाहर निकल स्मृति चिन्ह बेचने वाले स्टाल पर काँच की छोटी खिड़की वाले वे क्रूस खरीदने निकल गए, जिन पर तथाकथित रूप से वह मिट्टी लगी थी, जिस पर यीशु चले थे; दूसरों ने साँचे में ढले काँच के पत्थर खरीदे, जिनके बारे में कहा जाता है कि जिस कापरनाऊम साइनागॉग में यीशु ने उपदेश दिया था, उसके मौलिक अवशेष हैं वे, और जो ज़्यादा अमीर नहीं थे, उन्होंने स्वर्गसुख मंदिर के प्लास्टिक के साँचों में ही तसल्ली कर ली। गलांता ग्रुप में जो सब से अधिक श्रद्धा रखने वाली औरत थी, उसने टीन के केस में रखी एक हड्डी खरीदी और गर्वपूर्वक सब को दिखाती रही। 'यह उन मछलियों की उन असली हड्डियों में से एक है, जो यीशु ने ताबगा में 500 लोगों को खिलाई थीं।'

'बहुत महँगी होंगी,' श्रीमती ज़कोवा ने स्पष्ट ईर्ष्याभाव से कहा।

'है तो, लेकिन एक ऐसी हड्डी पाना, जिसको यीशु ने स्वयं अपने हाथों में...' प्रसन्नता से उत्तर देकर उसने टीन की डिबिया को श्रद्धापूर्वक चूमा। कुछ औरों ने भी बाद में उसे चूमा।

कारोल ने सबको मंदिर के इर्द-गिर्द बने ताड़ वाले बाग़ में आमंत्रित किया। एक अच्छी सैर के बाद वे धूप से बचने के लिए छाया में खड़े हो गए। बैठ कर उन्होंने वही संसर्गशील वार्तालाप ज़ारी रखा, जो उन्होंने लंच में शुरू किया था। कारोल ने तोमाश को उन्हें उस स्थान के इतिहास के बारे में कुछ बताने को कहा। सामान्य परिस्थितियों में तोमाश का स्पष्टीकरण वैसे ही समाप्त हो जाता, जैसे गत छह वर्षों में होता रहा था, जब वह गैलिली में स्लोवाक पर्यटकों को घुमा रहा होता था। शायद वह उन्हें यीशु के जीवन से वह क़िस्से और चमत्कार सुनाता, जो नव टेस्टामेंट में हैं, फिर वे एक और बोतल शराब की पियेंगे और फिर प्रफुल्लचित येरुशलम लौट जायेंगे। शायद उस शराब की वजह से, जो वे पियेंगे, या मीषाल की उपस्थिति के कारण, जिसके विचारों से वह भलीभाँति परिचित

था, या प्लास्टिक के उन थैलों के कारण, जो अरब स्टॉलों से खरीदे गए चीन में बने ईसाई स्मृति चिन्हों से भरे थे। उसे याद आये वैटिकन गुप्तचर सेवा द्वारा इस्तेमाल किये जाने वाले ज़ालिमाना हथकंडे, जिनकी वजह से वह उनसे सहयोग करने को तैयार हो गया था; कुछ ऐसा था, जो इस बार भीतर से उसे रोक रहा था। वह क्षोभ से भर गया। 'आपने स्मृति चिन्ह पवित्र भूमि पर अपने आने की स्मृति के तौर पर खरीदे हैं। लेकिन मैं नहीं जानता कि क्या आपको ये सस्ती और फालतू की चीज़ें येरुशलम से अपने घर लेकर जानी चाहिए या नहीं।' इस असामान्य प्रस्तावना से शोरगुल कम हो गया; तब तक वे तोमाश को कुछ हद तक जान चुके थे और उन्होंने सोचा था कि वह उन्हें एक और लतीफ़ा सुनाएगा। 'मेरे ख़याल से यहाँ हम सब ईसाई हैं। क्या कोई है, जो ईसाई नहीं है?' किसी ने हाथ नहीं उठाया। 'बहुत बढ़िया। अब मैं जानना चाहूँगा कि आप कैसे जानते हैं कि आप ईसाई हैं।'

'मूर्खतापूर्ण प्रश्न है,' संत पीटर की मछली की पसली की मालकिन ने असम्मति में सिर हिलाया। 'हम सब का बप्तिस्मा हुआ है।'

'अच्छा?' उन्होंने बिना कोई जवाब दिए कंधे उचकाए। 'आप क्या समझते हैं कि ईसाई के रूप में जाने जाने के लिए बप्तिस्मा करवाना काफ़ी होता है? यही तो कम से कम आप कर सकते हैं। आखिर तो सिर्फ़ बप्तिस्मा करवा लेने में ही कोई गुण नहीं है। अगर आप सोच रहे हैं कि चूँकि आपने बप्तिस्मा करवा रखा है तो आप स्वतः ही मुक्ति पा लेंगे, तो यह बिल्कुल ग़लत है!'

'ग्रंथ में लिखा है कि स्वर्ग के साम्राज्य में केवल वही प्रवेश पा सकता है, जिसका बप्तिस्मा हो चुका होता है,' गलांता वाली महिला ने अपना स्वर ऊँचा कर लिया।

'तो आपके विचार से जिन लोगों ने बप्तिस्मा नहीं करवाया, वे स्वर्ग नहीं जायेंगे?'

'नहीं जायेंगे!' उसने दृढ़तापूर्वक कहा। 'आपका क्या ख़याल है?' तोमाश और लोगों की तरफ़ मुड़ा।

'स्वर्ग जाने की सम्भावना किसकी अधिक है? एक बप्तिस्मा करवाए ख़राब व्यक्ति की या एक ऐसे शरीफ़ आदमी की, जिसने बप्तिस्मा नहीं करवाया है?'

'ज़ाहिर है कि शरीफ़ आदमी की।' निकट सरकते हुए मिस्टर हलावाती ने कहा।

'बकवास,' महिला फुफकार कर बोली, 'बिना बप्तिस्मा के लोगों को तो दफ़नाना ही हराम है।' 'मैडम, क्या आप जानती हैं कि पृथ्वी पर बहुसंख्या ऐसे लोगों की है, जो ईसाई नहीं हैं? वे कहाँ जाते हैं?' हलावाती ने पूछा।

'यह उनकी समस्या है, ईश्वर सिर्फ़ बप्तिस्मा करवाए लोगों को बुलाता है। ईसाई, कैथोलिक।'

'माफ़ कीजियेगा, लेकिन क्या आपका तात्पर्य सचमुच ईश्वर से है, पूरी सृष्टि में जो

सबसे महान है, हमारा सर्जनहार, उसने सृष्टि के करोड़ों ग्रहों में से मिट्टी के इस छोटे से कण को चुना है, जिसे हम पृथ्वी कहते हैं, और इस पर रहने वाले प्राणियों के समूह में से उसने ख़ासतौर से ईसाइयों को चुना है और उनसे भी ऊपर कैथोलिकों को रखा है? ऐसा क्या किया है ईसाइयों ने कि ईश्वर उन्हें सब पर तरज़ीह दे?'

कुछ लोग जी खोल कर हँसे—ख़ासकर प्रोटेस्टेंट। महिला क्रुद्ध हो गई, 'एक कैथोलिक पादरी ऐसे सवाल कैसे पूछ सकता है? यह ग्रंथ में है, और ग्रंथ पर उँगली नहीं उठाई जा सकती। उसमें जो है वह सच है, और सच के सिवा कुछ नहीं है।'

'वही तो! यही ग्रंथ कहता है कि बप्तिस्मा से अधिक महत्त्वपूर्ण सदाचारी जीवन है।'

'क्या बके जा रहे हैं?' गलांता ग्रुप से एक और औरत बोली, 'बप्तिस्मा सबसे अधिक महत्त्वपूर्ण परमप्रसाद है और इस पर सवालिया निशान नहीं लगाया जा सकता। यह तो ईश्वर की निंदा करने जैसा है।'

'पता नहीं आप मुझ पर क्यों चिल्लाये जा रही हैं, मैं आपसे पूरी तरह सहमत हूँ,' तोमाश ने एतराज़ किया, 'क्या आप जानती हैं कि जब यीशु का बप्तिस्मा हुआ था तो उनकी क्या उम्र थी?' वह चुपचाप उसे घूरे जा रही थीं। 'फिर मैं आपको बताता हूँ,' तोमाश ज़रा सा मुस्कराया, सामने वाली जेब से उसने नव टेस्टामेंट का एक जेबी संस्करण निकाला और उसे पढ़ने लगा, 'मैथ्यू की इंजील, 28:19-20 अनुयायियों को भेजना।' गलांता की औरतों की टोली ये शब्द सुन कर अपने घुटनों पर गिर गई और सीने पर क्रूस का निशान बनाया। तोमाश बोलता रहा, 'यीशु ने अपने अनुयायियों से कहा : इसलिए अन्य देशों को जाओ, पिता और पुत्र एवं पवित्र आत्मा के नाम पर उनका बप्तिस्मा करो और जो आदेश और उपदेश मैंने तुम्हें दिए हैं, उन्हें उनका पालन करने को कहो।' कुछ देर चुप्पी छाई रही, फिर तोमाश घुटनों पर बैठी औरत से मुखातिब हुआ, 'इसलिए जाओ और दूसरे देशों को पढ़ाओ। क्या मुझे बता सकती हैं कि आठ दिन के शिशु को क्या पढ़ाएँगी? ग्रंथ में कहीं भी शिशुओं का बप्तिस्मा करने की बात नहीं। अगर परमादेश पवित्र है तो उसका सम्मान होना चाहिए! शिशुओं का बप्तिस्मा करने का कुछ अर्थ नहीं होता! यह यीशु के साथ विश्वासघात होगा! एक नवजात शिशु अपने निर्णय नहीं ले सकता।' तोमाश जैसे चीख सा रहा था, 'क्या आप कल्पना कर सकती हैं कि चर्च कितना शक्तिशाली होता, यदि लोग इसमें स्वेच्छा से प्रवेश लेते, मेरा मतलब बालिगों से है? ऐसे लोगों से, जिनका बप्तिस्मा जॉन तथा यीशु के अनुयायियों ने किया था? मैं आपको बताऊँगा कि यीशु ने इसी पवित्र स्थल पर बप्तिस्मा के बारे में क्या कहा था। अगर आपके पास इंजील पढ़ने का वक़्त नहीं है तो कम से कम पर्वत का उपदेश पढ़ लो, प्लीज़!' अपनी पुस्तिका खोल कर वह पढ़ने लगा, 'ईश्वर के असली पुत्र वो हैं, जिन्होंने स्वेच्छा से मेरा अनुकरण करने का निर्णय लिया। मैं, क्राइस्ट, लोगों को पवित्र हृदय का रास्ता दिखाने की पेशकश करता हूँ, लेकिन मैं किसी को भी उस रास्ते पर चलने के लिए बाध्य नहीं करता। यदि आप मेरी तरह बनना चाहते हैं तो मैं

आपकी मदद करूँगा, यदि नहीं तो कोई बात नहीं, मैं आपकी प्रतीक्षा करूँगा,' तोमाश ने पुस्तिका बंद करके चुप बैठे पर्यटकों पर एक कड़ी दृष्टि डाली।

'तोमाश, मेरा विचार है कि यीशु ने जिस तरह से इस पर्वत पर उपदेश दिया था, तुम उससे अधिक विश्वासोत्पादक ढंग से यह कर सकते हो,' मीषाल ने मुस्करा कर कहा।

'मुझे सिर्फ़ यही डर है, लोगों पर इस तरह चिल्लाने से तुम्हें उनका ज़्यादा प्यार नहीं मिलेगा।'

तोमाश ने कुछ नहीं कहा। 'हमें चलना चाहिए, वक़्त निकल रहा है। येरुशलम तक अभी काफ़ी रास्ता पड़ा है, और हम काना में भी रुकना चाहते हैं। मेरे ख़याल से तोमाश बस में भी आपसे बहस करने में परहेज़ नहीं करेगा,' कारोल बोला।

'तंग आ चुका हूँ मैं इनसे और ख़ुद से भी।' तोमाश बुदबुदा कर बोला। मीषाल ने उसे ऐसे देखा, जैसे कुछ न समझा हो। 'मैं अपना बोरिया-बिस्तर बाँध कर तिब्बत में या लद्दाख के किसी बौद्ध मठ में गुम हो जाना चाहूँगा और इस ढोंगी संसार की परवाह नहीं करूँगा!' गरम डामर पर वे चुपचाप बस की ओर चले जा रहे थे। गलांता वाला शरीफ़ आदमी तोमाश के पास आया, 'माफ़ी चाहता हूँ मैं अपनी बीवी की तरफ़ से। वह एक अच्छी औरत है और मैं उससे प्यार करता हूँ। वह बस...ज़रा सी भटकी रहती है। मैं भी, मुझे मानना पड़ेगा। लेकिन आज आपने मेरी आँखें खोल दी हैं। मैं स्वयं को शुद्ध महसूस कर रहा हूँ। बल्कि मैं सोच रहा हूँ कि उया पर्वत पर कोई चमत्कार घटा है। मुझे लगता है कि मैं इज़राइल खासतौर से इसी दिन के लिए आया हूँ। बहुत-बहुत धन्यवाद।' फिर और लोगों ने आकर उससे यही कहा।

तोमाश आभारपूर्वक मुस्कराया। उसका मिज़ाज बेहतर हो गया और अचानक उसे लगा कि वह इस पवित्र स्थल पर सबसे सुखी व्यक्ति है।

शान्ति सम्राट

स्तम्भावली की सुखद छाया तले लम्बी सैर करने के बाद राव अन्ना और यीशु महिलाओं के अहाते की सीढ़ियों को लौटे, जहाँ निकानोर गेट पर छाया में हिलेल, जोज़ेफ़ और मेरी उनकी प्रतीक्षा कर रहे थे।

'बेटा, अब वक्त हो गया है कि हम चलें, सूरज सिर पर चढ़ आया है,' उसके माता-पिता ने कहा।

'इस धूप में क्यों जा रहे हो? रात आप मेरे यहाँ गुज़ार सकते हैं और पौ फटने के बाद निकल सकते हैं,' हिलेल ने सुझाया। मेरी ने अपने पति की ओर देखा : वह स्पष्टतः इस प्रस्ताव को स्वीकार करने के पक्ष में थी।

'अरे क्यों नहीं? आपके उदार निमंत्रण के लिए धन्यवाद, दोस्त हिलेल,' जोज़ेफ़ ने सम्मानपूर्वक झुक कर अभिवादन किया।

'मास्टर,' राव अन्ना जोज़ेफ़ से बोले, 'मैं आपके सामने एक प्रस्ताव रखना चाहूँगा, जिसके बारे में मैं आपके बेटे से बात कर चुका हूँ। वह मान गया है।' उसने आश्चर्यचकित यीशु पर नज़र डाली। 'फ़ादर हिलेल भी मेरे सुझाव से राज़ी हैं।' हिलेल ने सिर हिला कर हामी भरी और जोज़ेफ़ पर उत्साह का संचार करने वाली दृष्टि डाली, 'मैं आपके योग्य पुत्र को अपने देश आने का निमंत्रण देना चाहूँगा।'

'भारत?' मेरी तो जैसे भय से मूर्छित होने लगी, 'लेकिन वह तो बहुत दूर है। यह वहाँ क्या करेगा? इसे पहली डेसिथेओस के यहाँ अपनी शिक्षा पूरी करनी है और...काम में अपने पिता की मदद करनी है,' वह प्रस्ताव को अस्वीकार करने का कोई बहाना ढूँढ़ रही थी।

'प्रिय राजकुमार, हाँ, आपके निमंत्रण से मुझे खुशी हुई है, लेकिन इस वक़्त मैं इसे स्वीकार नहीं कर सकता,' यीशु ने भी विरोध प्रकट किया।

लेकिन राव अन्ना शान्तचित अपनी बात करते रहे, 'अपने प्रतिभाशाली पुत्र की सुरक्षा करने की आपके माता-पिता की सहज प्रवृत्ति का मैं सम्मान करता हूँ, लेकिन मैं आपको विश्वास दिला सकता हूँ कि यह पुरी शहर के मेरे महल में अच्छे हाथों में होगा, जहाँ जगन्नाथ का प्रसिद्ध मंदिर है और तक्षशिला में मेरे पिता गोंदोफरेस के घर में भी। मेरा घर, मेरे नौकर, मेरे मित्र और माता-पिता खुली बाँहों से इसका स्वागत करेंगे।'

'तू जाना चाहता है क्या?' मेरी बेटे से मुखातिब हुई। यीशु चुप रहा। 'तो आप देख रहे हैं कि यह नहीं जाना चाहता,' मेरी ने याचना की।

'यह जाना चाहता है, पर हर चीज़ रब्बी महान के हाथों में है,' कह कर राव अन्ना ने हिलेल को देखा।

'मैं ज़्यादा ज़ोर नहीं दूँगा कि यह युवक, मेरी जनता की सबसे बड़ी उम्मीद, आपके निमंत्रण को अस्वीकार करके पूर्व की प्रज्ञा से मिलने के अवसर को खो दे।'

'रब्बी, आपकी उदारता के लिए धन्यवाद, परन्तु मैंने आपको वचन दिया है और मैं अपना वचन निभाऊँगा। अब हम इस पर कोई चर्चा न ही करें तो बेहतर होगा,' यीशु ने कहा।

'पुत्र, जाओ राजकुमार के साथ, तुम सब से अच्छे हाथों में होगे,' रब्बी ने उससे मिन्नत की। यीशु कुछ नहीं बोला।

यीशु की ख़ामोशी से उत्साहित होकर मेरी ने पूछा,'और वहाँ जाओगे कैसे?'

'लाल सागर की आलेआना बंदरगाह पर मेरे पोत में माल लादा जा रहा है और हम जल्दी ही निकल पड़ेंगे।'

'पर दूरी बहुत ज़्यादा है। इज़राइल के किसी पुत्र या पुत्री ने उस धरती पर अभी तक पाँव नहीं रखा,' मेरी भयभीत होकर बोली।

'प्यारी माताजी, ऐसा नहीं है। आपके मशहूर बादशाह सुलेमान के ज़माने से मालाबार के पूरे तट के साथ-साथ यहूदियों की बस्तियाँ बसी हुई हैं। वहाँ साइनागॉग हैं, जहाँ आपके पुत्र को आपके देवता याह्वे के भक्त मिलेंगे। भारत में यहूदी धर्म और संस्कृति के दो सबसे बड़े केंद्र कोचीन तथा कोंदन्गल्लुर में हैं।'

'*तोरा* के ग्रंथों में सचमुच सुलेमान द्वारा पूर्व को भेजे गए यहूदियों का वर्णन है,' हिलेल बीच में बोले। 'इस तथ्य से सब परिचित हैं। सुलेमान के समय से मालाबार के तट के साथ-साथ यहूदी बस्तियाँ होती थीं, यह एक विदित तथ्य है कि सुलेमान ने अफ्रीका, एशिया और यूरोप के मध्य फ़िलस्तीन को एक वाणिज्यिक केंद्र के रूप में स्थापित किया था और यहूदी व्यापारियों को अफ्रीका में टैन्जिअर, कार्थेज, साईरेनाइका, मेम्फिस और यहाँ तक की नूबिया, और हिस्पानिया में कोरडोबा, गलीलिया में आरलेआट भेजा था। रोम में पूरा व्यापार यहूदियों के हाथों में रहा है, यहूदी आद्रियाटिक सागर के सलोना, कोरिन्थ, बेबीलोन, अरब, ईरान, बक्त्रिया में भी हैं, लेकिन मैंने सुलेमान के ज़माने में यहूदियों के भारत पहुँचने के बारे में कभी नहीं सुना।

Our wise king helped the Phoenicians-with whom his father King David had signed a treaty of friendship–finance their naval expedition past the Pillars of Hercules to Tartessos in Hispania.

'हमारे सयाने सम्राट ने हरक्युलिस के स्तंभों से हिस्पानिया में तार्तेस्सोस तक समुद्री यात्रा करने वालों के लिए फ़िनीसिया की आर्थिक सहायता की थी, जिनके साथ उनके पिता डेविड ने एक मैत्री-संधि पर हस्ताक्षर किये थे, उन्होंने फ़िनीसिया वालों के साथ मिल कर गदीर में यूरोप की सबसे बड़ी बंदरगाह का निर्माण किया था, लेकिन मैंने कभी बादशाह सुलेमान के पूर्व जाने के बारे में नहीं सुना,' हिलेल ने उदास स्वर में कहा। एक सफ़ेद कपड़े से उन्होंने अपने माथे से पसीना पोंछा। लेकिन उनका हाथ बहुत धीरे-धीरे चल रहा था, अतः मेरी ने उनके ठंडे माथे को पोंछने का उपक्रम किया। रब्बी ने उसे आभारपूर्वक देखा और फिर बोलने लगे, 'सेल्टिक सोने, ताँबे, पीतल और सबसे महत्त्वपूर्ण वस्तु टीन के लिए, जिससे हमारे सुन्दर छुरी-काँटे, चम्मच बनते थे, गदीर एक अहम बंदरगाह थी। क्या आप पीतल के बिना किसी सेना की कल्पना कर सकते हैं? येरुशलम न केवल एक बुद्धिमान सम्राट की राजधानी थी, बल्कि एक कुशल व्यापारी और पूँजीपति का शहर भी था, दोस्तो,' हिलेल ने मुस्कराने की कोशिश की। 'केरल में कोचीन के उत्तर में कोंदन्गल्लुर के निकट स्थित मुज़ीरी बंदरगाह की स्थापना यहूदी और फ़िनीसिया के व्यापारियों ने की थी। मसालों के व्यापार का यह बड़ा केंद्र है,' राव अन्ना ने हिलेल के शब्दों में और शब्द जोड़े।

वृद्ध पुनः जगे और मंद स्वर में जारी रहे, '*तोरा* के अनुसार सम्राट सुलेमान ने अपने पोत एज़िओन-गेबर में बनवाए थे, जो लाल सागर के तट पर आईलात के निकट है, एडोम के क्षेत्र में।' फिर उन्होंने पास खड़े वेदी-सेवक को ग्रंथ की एक जगह दिखाई, 'पढ़!'

वेदी-सेवक का आकर्षक स्वर आने-जाने वालों को भी आकर्षित कर रहा था। 'हीरम ने अपने नौकर, नाविक तथा सागर-विशेषज्ञ पोत पर भेजे। वे पोत पर ओफ़ीर गए, जहाँ से वे 420 टन सोना लेकर आये और उसे सम्राट सुलेमान के पास ले गए।'

'क्या यह वही हीरम है, फ़िनीसिया का राजा, जिसके सुलेमान के साथ मैत्री-सम्बन्ध थे,' यीशु ने पूछा।

हिलेल ने हाँ में सिर हिलाया। वही, जिसने येरुशलम में मंदिर बनाने में उसकी मदद की थी, जो उस समय दुनिया में सबसे शानदार और महंगा निर्माण था। कल्पना कर सकते हैं कि निर्माण के लिए कितनी सामग्री चाहिए थी? लकड़ी, सीमेंट, डामर, पत्थर, ग्रेनाईट, चन्दन की लकड़ी, सोना, चाँदी, हाथीदाँत? इसीलिए मंदिर का निर्माण आरम्भ होने पर सुलेमान ने यहूदियों को व्यापार के लिए भारत भेजा था।

'क्षमा चाहूँगा, फ़ादर हिलेल, मैं आपका खंडन करना चाहूँगा। मंदिर सिर्फ़ फ़िलस्तीन में ही सबसे शानदार इमारत थी, क्योंकि भारत में तब कई ऐसे मंदिर थे, जैसे मेरे शहर पुरी में जगन्नाथ का मंदिर,' राजकुमार ने हँसते हुए कहा।

रब्बी ने इसका कोई जवाब नहीं दिया; आदमी बेचैनी से उसे देख रहे थे। लेकिन जिज्ञासु यीशु ने चुप्पी तोड़ी, 'और यह अमीर ओफ़ीर देश कहाँ है?'

'पौराणिक देश सिन्धु नदी के मुहाने से तीन दिन के सफ़र का रास्ता था, पश्चिम तट पर स्थित हमारे बड़े शहर मुंबई के उत्तर में। अरबिस्तान, मिस्र, इज़राइल, ओमान और बेबीलोन के साथ व्यापार के लिए यह मुख्य बंदरगाह थी। तीन सौ साल पहले यह बौद्ध नरेश अशोक का राज्य था,' राव अन्ना ने उत्तर दिया।

हिलेल यीशु को देख रहा था, जिसकी आँखें उत्सुकता से चमक रही थीं, 'क्या तुम उस देश से परिचित होना चाहते हो, जहाँ सम्राट सुलेमान के वंशज रहते हैं?' यीशु कुछ नहीं बोला। 'गर्मी अब बढ़ रही है, अन्दर चलते हैं,' रब्बी ने उन्हें निमंत्रण दिया अपने नौकरों को संकेत दिया, जो पालकी उठा कर ले आये और वेदी-सेवकों सहित पूरी मण्डली रब्बी के निवास की सुखद छाया में जा बैठी। उनका रंग पीला हो रहा था और उन्होंने ठंडा पानी माँगा। पीने में उन्हें कठिनाई हो रही थी और होंठ काँप रहे थे। 'रब्बी, आप ठीक नहीं महसूस कर रहे?' मेरी ने पूछा। हिलेल ज़बरदस्ती मुस्कराए, 'मंदिर के चिकित्सक को बुलाएँ क्या?'

'बच्चो, अब मैं स्वयं को इतना बेहतर महसूस कर रहा हूँ, जितना पहले कभी नहीं किया था। मुझे लग रहा है कि जैसे महास्वर्गदूत गाब्रियल मालिक की तुरही बजा रहा हो,' रब्बी ने मुस्कराते हुए कहा।

'रब्बी...' मेरी ने उनके ऊपर झुक कर उनके माथे पर मोतियों की तरह चमकता पसीना पोंछा।

'मेरी प्यारी बच्ची, जब तुम मेरे मंदिर के कन्या विद्यालय में मेरी सबसे मनपसंद छात्रा होती थीं तो ऐसे ही मेरा माथा पोंछती थीं। तुम्हारे महान पति और यीशु की तरह मुझे तुम से

भी स्नेह हो गया था। अपने लौकिक जीवन में मुझे ऐसे मानुष को पाकर बहुत प्रसन्नता हुई है, जो जल्द ही हमारे लिए उम्मीद लायेगा। लेकिन जब यह होगा तो मैं नहीं हूँगा।'

'इसी का डर हमें सबसे ज़्यादा है...' मेरी अश्रुपूरित नेत्रों के साथ बुदबुदा कर बोली।

'किन्तु, क्यों? मेरा समय आ रहा है और तुम्हें हर्ष होना चाहिए। सिर्फ़ उन लोगों को दुखी होना चाहिए, जो बेउम्मीद इस दुनिया को छोड़ जायेंगे। लेकिन मुझे विश्वास है कि मुझे उम्मीद है। मैंने मालिक द्वारा मुझे दिए गए अवसर का यथासंभव लाभ उठाया है—जिससे सबका लाभ हुआ है। जिसे आस्था होती है उसकी मृत्यु कभी नहीं होती,' साँस लेकर उन्होंने पानी का एक और प्याला माँगा।

'रब्बी, फ़ादर,' मेरी ने उनका हाथ अपने हाथ में लेकर उसे कोमलता से चूमा। जोज़ेफ़, यीशु और राव अन्ना चुपचाप उनके सिरहाने बैठे रहे।

'जब तुम जान जाते हो कि जीवन शाश्वत है तो इसमें आमूल-चूल परिवर्तन आ जाता है। जन्म से मौत का डर जो हमारे मन में होता है, वह अनायास गायब हो जाता है। हमारा लौकिक जीवन केवल आत्मा का द्रव्य में परिवर्तित होना है; मृत्यु जीवन है और जीवन मृत्यु है। जन्म लेते ही हम मरना आरम्भ कर देते हैं। एक का जन्म दूसरे की मृत्यु है। यह सूर्य की तरह है : एक ही क्षण में वह एक के लिए उदय हो रहा होता है और दूसरे के लिए अस्त। लेकिन सूर्य शाश्वत है : यह निरन्तर चमकता है और गर्मी देता है। मेरे साथ जश्न मनाओ।'

रब्बी ने अनुरोध किया कि उसे छत पर ले जाया जाये। वह महागोनी की लकड़ी से बने अपने पलंग पर लेट गए, शान्ति से श्वास भरने लगे और आकाश में पहला तारा निकलने तक उन्होंने अपने नेत्र खुले रखे। उन्होंने यीशु को निकट आने का संकेत दिया। लड़का उनके पलंग के एक तरफ़ घुटनों पर बैठ गया और रब्बी उसके सिर पर हाथ फेरने लगे। वे जानते थे कि अंत समय आ चुका है। अपने काँपते होंठों से वह शेम इज़राइल की पंक्तियों का उच्चारण कर रहे थे, 'सुन, ओ इज़राइल, मालिक हमारा ईश्वर है, ईश्वर एक है। और तुम अपने मालिक, अपने ईश्वर से अपने पूरे दिल, पूरी आत्मा, पूरी शक्ति से प्यार करोगे और ये शब्द कि मैं तुम्हें आदेश देता हूँ हमेशा तुम्हारे होंठों पर रहेंगे...' उनकी आवाज़ कमज़ोर पड़ गई, होंठों ने काँपना बंद कर दिया और उनका हाथ लड़के के सिर से फिसल गया। उन्होंने नेत्र मूँद लिए और फिर कभी नहीं खोले।

भूला चश्मा

शुक्रवार की सुबह मारिका की तबीयत ठीक नहीं थी। मीषाल ने अपना हाथ उसके माथे पर रखा : उसे बुखार था। हालाँकि नाज़ारेथ और जेरिको जाने की उसकी बड़ी इच्छा थी, लेकिन बस के जाने से कुछ ही मिनट पहले उसने इरादा बदल दिया और होटल के अपने वातानुकूलित कमरे में रुकने का निर्णय लिया। घबराये हुए मीषाल ने तोमाश को

बुलाया, जो जल्दी ही होटल पहुँच गया। चौकस मैनेजर मसूद ने डॉक्टर को बुलाने का सुझाव दिया, लेकिन जब मारिका और मीषाल, दोनों ने उसे आश्वासन दिया कि यह ज़रा सा तेज़ बुखार था तो वह कमरे से चला गया।

'पक्का है न कि तुम्हें डॉक्टर नहीं चाहिए?' तोमाश ने मैनेजर का सवाल दोहराया।

'तोमाश, तू हमारा बहुत नज़दीकी दोस्त है और तू जानता है कि मुझे क्या हुआ है और मुझे क्या चाहिए। उम्मीद चाहिए मुझे। अगर किसी ऐसे डॉक्टर को जानते हो जो मुझे यह दे सके तो बुलाओ उसे।'

सब खामोश हो गये। मीषाल ने उदास माहौल को हल्का करने की कोशिश की। चेहरे पर ज़बरदस्ती मुस्कराहट ला कर वह तोमाश से बोला, 'तूने कल लोगों से दिलचस्प बातें की थीं, पता नहीं कि जो तूने उन्हें बताया था उसके लिए यीशु तेरी तारीफ़ करेंगे या नहीं।' तोमाश ने ताज्जुब से उसे देखा, 'अगर तुम चाहते हो कि लोग तुम्हारे सच को स्वीकार करें तो उन्हें ज़रा ज़्यादा प्यार से सुनना होगा।'

'यीशु भी जब अपने आस-पास बहुत ज़्यादा मूर्खता देखते थे तो आपा खो बैठते थे।'

'चल, कम-से-कम कोई तो तेरे पास है, जो तेरे बहाने सुन लेता है,' मीषाल हँसने लगा, 'मेरे ख़याल से यीशु तुझे माफ़ कर देते, लेकिन कल जो तू लोगों को बता रहा था वह अगर तेरे बिशप सुन लेते तो पता नहीं...'

'मैं बिशप की खातिर पादरी नहीं बना था। पर तू ठीक कह रहा है। मैं अब सब छोड़ने के बारे में सोचता रहता हूँ। और पाखंड के लिए मेरे पास ताक़त नहीं बची। देख, आम लोग ज़्यादा मक्कारी नहीं करते। किसी में आस्था अधिक होती है, किसी में कम होती है, लेकिन हमारे जैसे लोगों में, जो इसे खोज रहे हैं, यह सबसे कम होती है। फिर भी हम लोगों को सिखाने की हिमाक़त करते हैं। जैसे आस्था को सिखाया जा सकता हो!'

'मुझे माफ़ करियो, मुझे लगता है...ऊँ...मैंने तुझ से कभी पूछा नहीं, मगर मेरे ख़याल से तेरी एक प्रेमिका है...' मीषाल ने नर्मी से पूछा।

कुछ देर तोमाश कुछ नहीं बोला। 'होती थी।'

'अब नहीं है?'

तोमाश कुछ ज़्यादा ही तुनक कर बोला, जैसे किसी ने उसकी किसी दुखती रग पर हाथ रख दिया हो, 'हम इसे रहने दे सकते हैं!'

'माफ़ करियो, तुझे चर्च छोड़ना नहीं चाहिए। क्या होगा इसका, जब तेरे जैसे पादरी इसे छोड़ देंगे?'

'देखा! अब तू भी मुझसे चमत्कारों की उम्मीद कर रहा है, पर मैं तुझे उम्मीद तक नहीं दे सकता।'

माहौल फिर से संजीदा बन गया था, ऐसे जैसे नाउम्मीदी में किसी की आत्मा पर धूल गिर गई हो, जब लगता हो कि कोई उम्मीद नहीं बची, कि जीवन निरर्थक है। 'तोमाश, क्या तू पुनर्जन्म में विश्वास करता है,' एकाएक मारिका ने पूछा।

मीषाल ने हैरान होकर पत्नी को देखा कि यह क्या सोच रही है।

'बिल्कुल करता हूँ, वर्ना हमारे जीवन का कोई अर्थ नहीं रहेगा,' तोमाश ने उत्तर दिया, 'हम यहाँ कुछ सीखने आये हैं, अपनी आत्मा को समझने और उसकी मदद करने कि यह एक उच्चतर ऊँचाई पर पहुँचे, जो काम अगले जन्म में जाकर पूरा होगा।'

'मुझे पुनर्जन्म में विश्वास नहीं है,' वह बोली।

तोमाश कुछ देर सोचता रहा, 'क्या तुम्हें मौत से डर लगता है?' कोमल स्वर में उसने पूछा। मारिका ने हाँ में सिर हिलाया। 'वही तो, अभी तुमने सबूत दिया है कि तुम्हें विश्वास है।'

'मैं नहीं समझी।'

'तुझे मौत से डर क्यों लगता है? अगर यह जानती हो कि मौत के बाद हर चीज़ ख़त्म हो जायेगी, कि उसके बाद कुछ भी नहीं है, तो फिर डर किसका है? किसी नहीं का, कुछ नहीं का? लेकिन तुझे डर है, तो तुझे विश्वास है कि बाद में, उस पार, कुछ है। यह स्वाभाविक है, सिर्फ़ यह है कि मौत के बारे में ज़्यादा सोचने की ज़रूरत नहीं है, क्योंकि फिर तुम जीना छोड़ देते हो। जिसे मौत का डर होता है, उसे ज़िन्दगी से भी डर लगता है। मौत हर पल हम में होती है, यह दिन में आकाश में सितारों जैसी है। हम सोचते हैं कि वे वहाँ नहीं हैं, लेकिन ये हम हैं, जो उन्हें देख नहीं सकते। जब तुम रात को सोते हो तो एक अशरीरी संसार में होते हो। तुम्हें यक़ीन दिलाता हूँ, मेरी खूबसूरत दोस्त, अपने अगले जीवन की उम्मीद वैसे ही शान्तिपूर्वक करो, जैसे अगली साँस की, अगले दिन की, अगले साल की करती हो। जैसे हम नहीं जानते कि मौत के बाद क्या होगा, वैसे ही हम नहीं जानते कि जन्म से पहले क्या था। मुझे यह एक जैसा लगता है। मनुष्य एक विचित्र प्राणी होता है। सोने से पहले अगले दिन, अगली गर्मियों, छुट्टियों, अगले साल की योजनाएँ बना रहा होता है। मौत के लिए भी वैसी ही तैयारियाँ क्यों नहीं करते?'

'मौत के लिए तैयारी कैसे की जाती है?' मारिका ने पूछा।

'साहसपूर्वक जीने से, ईश्वर का क़ानून मानने से। मगर तू जानती है,' तोमाश मुस्कराया। 'मैं जानता हूँ कि मेरे लिए यह कहना आसान है...माफ़ करना, अगर मैं तेरी जगह होता और मुझे पता होता...' वह चुप हो गया, जैसे सोच रहा हो कि वाक्य को समाप्त करे या नहीं।

'क्या पता होता?'

'...कि मुझे कैंसर है...मैं शायद कहीं एकदम चुपचाप बैठा ख़ुद से पूछ रहा होता, इससे बुरा मेरे साथ क्या हो सकता था...' मारिका और मीषाल, दोनों उसे ध्यान लगा कर सुन रहे थे। 'मौत...तो अगर तुम इस तरह सोचोगे तो जानोगे कि तुम्हारे सामने वही है, जो हम सब के सामने है। कुछ ज़्यादा देर नहीं हुई जब काना में मैंने जाना था कि मैं मौत के कितने नज़दीक था और तब से मैं मौत से दोस्ती करने की कोशिश कर रहा हूँ। अचानक मेरी ज़िन्दगी बेहद खूबसूरत बन गई है। अब मुझे डर नहीं लगता...' कहीं से नमाज़ के लिए आवाज़ आ रही थी, लोगों को निकट स्थित मस्जिद में बुलाने के लिए। 'मुझे माफ़ करना,' उसने मारिका का हाथ एक हाथ में लेकर दूसरा उसके गरम माथे पर रखा, 'तुझे बुखार है।'

'जो तुम कह रहे हो उसमें दम है,' मीषाल ने स्वीकार किया। 'मगर मेरे ख़याल से मारिका इस समय यह सब नहीं सुनना चाहती,' उसने तोमाश पर दृष्टि डाली, उसे अपनी पत्नी के सिर के पास बैठे देखा और उसे ऐसा लगा जैसे वह उसका अंतिम संस्कार कर रहा हो। वह यह सोच कर चौंक गया, जैसे डर गया हो।

'तुम्हारा यह हार कैसा है,' अचानक पूछ कर तोमाश उसकी चोली से झाँकते हार पर झुका।

'अबे, इतना ज़्यादा मत झुक, तू पादरी है, लोभ में पड़ जाएगा,' मीषाल हँसने लगा। 'चर्च को छोड़ना चाहने के लिए यह भी एक कारण है,' उसने मुस्करा कर जवाब दिया। 'लेकिन मारिका का यह हार सचमुच दिलचस्प है। मेरे ख़याल से मैंने ऐसा कुछ दुर्ग में डेविड के म्यूज़ियम में देखा है। अजीब है...' वह व्याकुल होकर अपने सिर के पीछे खुजलाने लगा। मीषाल गौर से उसे देख रहा था और अपने दोस्त के बारे में उसे कुछ अजीब महसूस हो रहा था।

'चाहते हो तो इस पर नज़र मार लो,' मारिका ने हार उतार कर उसे दे दिया।

'यह कहाँ से मिला?'

'अपनी माँ से।'

'बहुत पुराना लगता है। तुम्हारी माँ को कहाँ से मिला?'

'मुझे नहीं पता।'

'क्या मैं इसे कुछ दिनों के लिए रख सकता हूँ?'

'किसलिए,' मीषाल सतर्क हो गया।

'हम विल्सन तोरणपथ पर स्थित साइनागॉग में जायेंगे। यह साइनागॉग बिलखती

दीवार के ऊपर है। मेरा दोस्त सिमोनिदेस वहाँ पर रब्बी है, एक बड़ा सयाना और लायक़ आदमी है। वह रब्बी हिलेल के पुराने वंश से है। कहा जाता है कि उससे सयाना रब्बी पूरे इज़राइल में नहीं है। मेरे ख़याल से वह जानता होगा कि यह क्या है...'

'ख़याल बहुत अच्छा है,' मारिका का चेहरा खिल गया। 'जब वहाँ जाना, मीषाल, तो मेरा सन्देश दीवार में डाल आना।'

'यह काम तू ख़ुद करेगी,' मीषाल ने आपत्ति की। 'तू जाएगी और वहाँ इसे डाल कर आएगी।' 'लेकिन कहते हैं कि अगर कोई नज़दीकी दोस्त इसे डाल कर आये तो सफलता की सम्भावना अधिक होती है।' जवाब का इंतज़ार किये बिना उसने पुर्ज़ा मीषाल के हाथ में दबा दिया।

'यह वही चीज़ है क्या, जो तूने मुझे घर में दिखाई थी?'

'उसमें मैंने कुछ जोड़ा है।'

'क्या मैं इसे पढ़ सकता हूँ?' मारिका शरारत से मुस्कराई। मीषाल ने पुर्ज़ा खोल कर अपनी आँखें सिकोड़ीं।

'मेरा चश्मा कहाँ है?'

'मुझे क्या पता! उसे गर्दन से निकालता ही क्यों है? तूने चेन तो खरीदी थी, ताकि हर बार तुझे इसे ढूँढ़ना न पड़े!' मारिका ने उसे उलाहना दिया। उसी समय फ़ोन की घंटी बजी; स्वागत अधिकारी ने उन्हें सूचित किया कि मिस्टर क्राल अपना चश्मा नीचे डेस्क पर छोड़ गए थे। मीषाल उठ खड़ा हुआ, परन्तु उसे याद आया कि बिना चश्मे के उसका लिफ़्ट में जाने का कोई फ़ायदा नहीं है।

'धत्त, लिफ़्ट में अंक इतने छोटे हैं कि मैं बिना चश्मे के उन्हें पढ़ नहीं सकता। तोमाश, क्या तू मेरे साथ उसे लेने चलेगा?'

'दोनों क्या करेंगे?' तोमाश पहले ही खड़ा हो गया था। 'एक मिनट में लेकर आता हूँ।'

मीषाल ने उसे आभारपूर्वक देखा और मारिका के पास बैठ गया। तोमाश सीढ़ियों से भागता हुआ गया, एक बार में दो-दो सीढ़ियाँ उतर कर। उसने चश्मा उठाया और हालाँकि एक आदमी उसी समय लिफ़्ट में जा रहा था और उसे आने का इशारा कर रहा था, वह आपातकालीन सीढ़ियाँ चढ़ने लगा। हैरान आदमी कंधे उचका कर रह गया। यह निश्चित कर लेने के बाद कि तल्ले में कोई नहीं था, वह खिड़की पर गया। फिर उसने अपना स्मार्टफ़ोन निकाला, जो नवीनतम कैमरे और प्रकाश तकनीक से सुसज्जित था। उसके अत्याधुनिक उपकरण के लिए मीषाल के मोटे फ्रेम वाला चश्मा बच्चों का खेल था। उसने दोनों शीशों को तत्काल स्कैन कर लिया और उनकी अपवर्तक क्षमता का पता लगा लिया,

जो डिस्प्ले पर दिखाई दे रही थी; बाईं आँख का नंबर +2.5 और दाईं का –3 था। उसने सुनहरे मुलम्मे वाली चेन की फ़ोटो भी ली और उसका वज़न भी निकाला। तोमाश ने फिर चश्मे को चेन के साथ स्मार्टफ़ोन पर रखा और डिस्प्ले पर उनका सही वज़न दिखाई दे रहा था। एक पल वह हिचका, फिर उसने फ़ोटो और नाप वैटिकन की गुप्तचर सेवा को मेल कर दिया। वह स्वयं को एक गिरे हुए इंसान की तरह महसूस कर रहा था, जो एक ऐसे आदमी के साथ विश्वासघात कर रहा था, जो उस पर आँख मूँद कर विश्वास करता था। उसने इस तथ्य को कोसा कि बिशप को वेरोनिका के साथ उसके लफ़ड़े के बारे में मालूम पड़ गया था। उसे पूरा यक़ीन था कि बिशप को उसके एक समलैंगिक मित्र ने यह खबर दी थी, जो उसे बताता रहता था कि वह उसका दोस्त था, लेकिन उसने उसे कभी आज़माया नहीं था। बिशप ने उसे एक विकल्प दिया था : या तो उसके चर्च के जीवन का अंत, या फिर दूसरा विकल्प वह फ़ादर पिएत्रो से पूछ ले, जो धर्मप्रदेश में विशेष मामलों का मुखिया था। जिसने उसे कहा कि अगर वह गुप्तचर सेवा से सहयोग करने को तैयार होग तो वेरोनिका से उसके प्रेम प्रसंग को नज़रअंदाज़ कर दिया जाएगा। यह ज़्यादा मुश्किल नहीं होगा, बस कभी समय-समय पर छोटा सा कोई काम। मीषाल का चश्मा बदलना ऐसा ही एक काम था। वह ख़ुद को और उस दिन को कोस रहा था, जब वह फ़ादर पिएत्रो के चंगुल में फँसा था। उसने ख़ुद को तसल्ली देने की कोशिश की कि वह यह सब चर्च के भले के लिए कर रहा था, लेकिन वह जानता था कि वह ख़ुद को धोखा दे रहा है। वेरोनिका के साथ उसके इश्क़ का भी कुछ नहीं हुआ, क्योंकि वह अपने माता-पिता के साथ ब्राज़ील चली गई। उसने कसम खाई कि पहला मौका मिलते ही वह कहीं दूर भाग जाएगा, इतनी दूर कि वैटिकन के गंदे हाथ उससे परे रहेंगे।

लगभग चार मिनटों में वह क्राल के कमरे में लौटा और उसने चश्मा मीषाल के हवाले कर दिया, जो अपनी पत्नी के पलंग के एक तरफ़ बैठा हुआ था। पत्नी की विस्तार से लिखी मन्नत को पढ़ने के लिए चश्मा लगाते हुए उसने उसका धन्यवाद किया।

'यह क्या है?' हैरान होकर उसने पूछा। 'क्या, सब कुछ हिब्रु में है,' उसकी त्योरी चढ़ गई।

'मैंने इसे इज़राइली दूतावास की अपनी एक सहेली से लिखवाया था ताकि यहूदी भगवान मेरी मन्नत को बेहतर ढंग से पढ़ लें,' वह हँसने लगी।

'तो मुझे नहीं लगता कि इस चश्मे से मेरा काम चलेगा। मुझे बताओगी कि इसमें क्या लिखा है?'

'बता दूँगी एक दिन।'

उसने अपनी पत्नी से झिझक कर पूछा, 'तुम्हें मुझ पर विश्वास नहीं है?'

'मीषाल,' पत्नी ने जैसे फटकारा।

तोमाश को यह कुछ अजीब सा लग रहा था इसलिए वह बीच में बोला, 'मारिका ठीक कह रही है, शाम को दीवार के पास भीड़-भड़क्का होगा। याद रखो कि आज जुम्मा है और यहूदी सबथ सूर्यास्त के समय आरम्भ होता है। येरुशलम के सारे रूढ़िवादी यहूदी वहाँ होंगे। बेहतर होगा कि तुम मन्नत को दिन में ही डाल आओ। दोपहर बाद भी रब्बी के पास हमसे मिलने के लिए वक़्त नहीं होगा तो हम लंच के लिए वापस आ जायेंगे। और मैं तुम्हें शाम को एक गिलास शराब के लिए निमंत्रण देता हूँ।' तोमाश ने मुस्करा कर प्रोत्साहन देते हुए मारिका का हाथ दबाया। 'तब तक तुम ख़ुद को बेहतर महसूस करोगी। चिंता मत करो, मुझे विश्वास है कि जब यीशु की क़ब्र पर शान्ति होगी और वहाँ कोई नहीं होगा तो हम वहाँ पहुँच सकते हैं,' तोमाश लगातार मुस्कराता रहा।

'तोमाश, तुम ठीक तो हो?' मीषाल अपने दोस्त को देख कर बोला, जो कुछ ज़्यादा ही घबराया नज़र आ रहा था। तोमाश ने अनिश्चय में हामी भरी।

इसके बाद जब मारिका उससे मुख़ातिब हुई तो उसने हल्का महसूस किया, 'तुमने ख़ुद ही कहा था कि तुमने छह साल कोशिश की है, पर कामयाब कभी नहीं हुए।'

'हाँ, पर क़ब्र पर जाने की ज़रूरत कभी इतनी ज़्यादा नहीं थी...'

'मुझे भी यकीन है कि हम कामयाब होंगे,' मीषाल ने मारिका के पसीने से भीगे बालों पर हाथ फेर कर तोमाश से कहा, 'चलें उस रेस्तरां, जिसके बारे में तू कह रहा है? एक्के होमो के निकट?'

'क्यों नहीं, चल सकते हैं, लेकिन हमें सोडा पीना पड़ेगा।'

'क्यों?'

'यह मुस्लिम इलाक़े में है, वहाँ दारू ढूँढ़ने का कोई फ़ायदा नहीं। हम आर्मेनियाई इलाके में डेविड लेन पर मेरे मनपसंद पब में जाते हैं। वहाँ आर्मेनिया की शराब मिलती है, और यह बिलखती दीवार से कुछ ही कदम दूर है। सबथ भी एक याद रखने की चीज़ है, तुम इसे भूलोगे नहीं।'

'मुझे कोई शक़ नहीं,' मारिका ने मुस्करा कर कहा, 'मुझे पता है कि मीषाल येरुशलम में घूमने के लिए कितना बेताब हो रहा था, तो तुम दोनों जाओ और लंच पर यहाँ लौट आना, होटल में एक साथ खायेंगे।'

'अरे नहीं, मेरे पास एक अच्छी किताब है। मैं तेरे साथ कमरे में रहूँगा,' मीषाल ने आपत्ति जताई।

'मीशको, तू जा, तुम दोनों जाओ, मैं इतनी भी बीमार नहीं हूँ। सचमुच। इसके अलावा मैं जानने को उत्सुक हूँ कि रब्बी मेरे हार के बारे में क्या कहते हैं।'

'नहीं, मैं यहाँ लंच तक तेरे साथ इंतज़ार करूँगा, और फिर देखते हैं। हम होटल में

भोजन करेंगे और अगर तू ख़ुद को बेहतर महसूस करती है तो हम दीवार के पास एक साथ जायेंगे,' मीषाल अड़ा रहा। अंततः वे सहमत हुए कि तोमाश और वह निकट स्थित दमिश्क गेट तक टहलने जायेंगे और कुछ देर में वापस आ जायेंगे।

लगभग एक घंटे में जब वे लौटे तो मारिका सो रही थी। एक घंटे बाद भी वह सो रही थी और वे बिना उसे साथ लिये होटल में खाने गए। दोपहर बाद वह पास के ही एक बाज़ार गए और वहाँ से कुछ ताज़ा अंगूर, अंजीर, अनार और सबसे ज़रूरी जो था, नारियल खरीद कर लाये, जो मारिका को बहुत पसंद थे। जब वह जागी ही थी तो दोनों फलों के थैलों को बाँहों में उठाए कमरे में दाखिल हुए। गहरी नींद का स्पष्टतः मारिका पर अच्छा असर पड़ा था। आँखों में वह चमक लिए मुस्करा रही थी, जो मुस्कराहट सुबह के वक़्त वहाँ नहीं थी।

'कैसा लग रहा है?' मीषाल ने पूछा और हाथ उसके माथे पर रखा। ताप नहीं था।

'बहुत बढ़िया,' वह मुस्कराई। 'क्या किसी फलों की सहकारी समिति को लूट लिया?'

'क्या हमारे साथ शहर चल रही हो? सबथ शाम को शुरू हो रहा है और देखने की चीज़ है,' तोमाश उसे मनाने के लिए बोला। 'मैं ठीक महसूस कर रही हूँ, पर मैं यहाँ होटल में ही रहूँगी! मैं कल के लिए स्वस्थ रहना चाहती हूँ, जब हम पुराने शहर जायेंगे। पर तुम जाओ।' 'हमारे साथ डिनर भी नहीं करोगी?'

'मेरे ख़याल से आज तो फल खाने वाला उपवास मेरे लिये ठीक रहेगा। और अगर तुम मेरी मन्नत सबथ की शाम ही दीवार में डाल दो तो शायद मेरी माँगी मन्नत खुदा के पास ज़्यादा जल्दी पहुँचेगी,' कह कर वह मुस्कराई।

'तो फिर हम बस बिलखती दीवार को ही जायेंगे और फिर वापस आ जायेंगे,' मीषाल ने सिर हिला कर सहमति प्रकट की। उसके लिए उसने फल धोये, उन्हें उसके पास पड़े स्टूल पर रखे एक डोंगे में डाला और तोमाश के साथ बाज़ार के रास्ते दमिश्क गेट को निकल पड़ा। खरीदारी के लिए आये मुसलमानों की भीड़ में उन्होंने नहीं देखा कि उनके पीछे-पीछे दो आदमी छिपते-छिपाते चले आ रहे थे।

शालोम

हिलेल की मृत्यु के पश्चात् हेवरा कदीशा शवाधां समिति के सदस्य उनके इकलौते भाई शेबनाह के साथ वहाँ पहुँचे, उनके भाई ने परम्परानुसार उनके कपड़े फाड़े, फिर वे दफ़नाने की तैयारियाँ करने लगे, जो काम उसी दिन दोपहर बाद हुआ। यीशु, मेरी, जोज़ेफ़ और राव अन्ना वहाँ उपस्थित थे। शोक प्रकट करने के भोज के पश्चात् वे चले गए। वे लकड़ी के हॉल और नज़ीरिट हॉल के बीच से होकर स्त्रियों के अहाते

गए, फिर पत्थर के नीले जंगले और सान्हेद्रिन के सभाकक्ष पहुँचे, जहाँ अतिथि गृह बना था। चूँकि अन्धकार हो रहा था तो राजकुमार ने उन्हें रात भर के लिए अपने कमरे में रख लिया। भोजन और कर्मकांड के अनुसार स्नान कर लेने के बाद वे खुले प्रतीक्षाकक्ष में बैठ गए, जहाँ उत्कृष्ट पच्चीकारी का फ़र्श था और मिस्री काँच के गिलासों में भरपूर फूल थे। चौड़ी खिड़की के सामने लम्बा बरामदा था, जिसमें बादाम के पेड़ों की भरमार थी, जिनकी शाखों पर तोते बैठे थे। पेड़ों के बीच अनूठे मोर घूम रहे थे। हालाँकि वे रब्बी के वहाँ से निकलने की प्रतीक्षा कर रहे थे, मृत्यु के पल ने उनकी आत्मा को मायूस कर रखा था। राजकुमार का निजी खानसामा बार-बार आ कर उन्हें येरुशलम से अगले दिन प्रस्थान की तैयारियों से अवगत करवा रहा था। वे सब एक ही चीज़ के बारे में सोच रहे थे : यीशु की भारत यात्रा, चूँकि हिलेल की मृत्यु हो चुकी थी तो अब उसमें कोई बाधा नहीं रह गई थी।

राजकुमार धीरे-धीरे यीशु के माता-पिता की ओर मुड़ा। 'मेरा देश बुद्धिमान, दयालु और आस्थावान लोगों का देश है, आपके देश की तरह। आपके पुत्र का वहाँ जाना उसके लिए और सम्पूर्ण इसरा के लिए बहुत लाभकारी होगा।'

मेरी ने अपने पति पर मृदुल दृष्टि डाली। वह कुछ नहीं बोला। कुछ देर बाद वह अपने बेटे के पास खड़ा था और उसके घुँघराले बाल सहला रहा था। 'मैं जानता हूँ कि तुम ज्ञान अर्जित करने और जीवन तथा मृत्यु के रहस्यों को जानने के लिए उत्सुक रहते हो। मैं जानता हूँ कि तुम इस रूढ़िवादी नगर में रह कर खुश नहीं हो, सत्य की तलाश में रहते हो। अगर तुमने फ़ैसला ले लिया है तो यात्रा आरम्भ करो, क्योंकि तुम्हारे जीवन का अर्थ यही है।'

'हाँ, पिताजी, मैं सत्य की तलाश करूँगा।'

'हमारे यहाँ भी झूठ, धोखा, पाखण्ड, चोरी, हत्या और दुःख हैं। पर शायद हम अपने महान ज्ञान की वजह से दुःख के कारणों को समझ चुके हैं, हम दूसरों की सहायता कर सकते हैं। कृपया मेरे निमंत्रण को केवल अपने पुत्र के लिए ही नहीं, बल्कि पूरे इज़राइल की जनता के लिए भी उपहार समझें। बुद्ध के देश में पड़ाव इसकी यात्रा में बहुत सहायक होगा,' राव अन्ना ने यीशु के माता-पिता को आश्वासन दिया।

'यह लौटेगा कब, मेरी जानना चाहती थी।'

'मैं इसे कलिंग, राजगृह, बनारस, नेपाल, लुम्बिनी, तिब्बत, कश्मीर, तक्षशिला विश्वविद्यालय दिखाना चाहता हूँ, अन्य पवित्र स्थल भी; मेरे विचार से चार या पाँच वर्ष लगेंगे। लेकिन आप चिंता न करें, हर मोड़ पर आपको मेरे व्यापारी इसके बारे में सूचनाएँ पहुँचाते रहेंगे।'

अपने सबसे छोटे पुत्र के इतने लम्बे समय के लिए उसे छोड़ जाने के विचार से मेरी का चेहरा उतर गया। 'मेरी, क्या रब्बी ने नहीं कहा था कि हमारा बेटा अच्छे हाथों में होगा? कि राजकुमार का परिवार सब से नेक है?' जोज़ेफ़ अपनी पत्नी से अधिक स्वयं

को विश्वास दिलाने का प्रयास कर रहा था। अश्रुपूरित नेत्रों को लिए उसने मेरी को प्यार से बाँहों में भर लिया।

'तो अब हम जा सकते हैं?' राव अन्ना ने पूछा। यीशु जाने के लिए तैयार था।

'लेकिन यह अपने साथ कुछ भी लेकर नहीं जा रहा, इतनी बड़ी यात्रा के लिए यह तैयार नहीं है,' मेरी ने आपत्ति जताई।

'जो इसे चाहिए, सब है इसके पास। मेरे सेवकों ने इसके लिए आवश्यक कपड़े और जूते खरीद लिए हैं। खाने-पीने की हमारे पास कमी नहीं है। रास्ते में मेरे दोस्त इसकी सुरक्षा का ध्यान रखेंगे।' उसने बरामदे में खड़े एक दाढ़ीवाले आदमी की ओर संकेत किया। उसने एक लम्बा सफ़ेद चोगा पहन रखा था, जिसके नीचे तलवारें और कृपाणें थीं, सिर पर बड़ी पगड़ी थी और कोहनी तक रंगीन लड़ियाँ थीं। आदमियों ने झुक कर अभिवादन किया। थोड़ी देर की चुप्पी के बाद यीशु के पिता उसके पास जाकर खड़े हो गए। उनके सफ़ेद बाल हवा में उड़ रहे थे। 'मेरे बेटे, अब अलविदा कहने के अलावा और कुछ कहना बाकी नहीं रहा। मेरा समय भी नज़दीक आ रहा है, नहीं जानता कि फिर कभी तुम से मिलूँगा भी या नहीं। हालाँकि इस दुनिया में तुम्हें लाने में मेरा कोई योगदान नहीं है, फ्रि भी मैं तुम्हें अपने पुत्र की तरह प्यार करता हूँ। वास्तव में मेरे अपने बच्चों से ज़्यादा तुन मुझ पर गए हो। मैं पिता होने के नाते तुम्हें जाने की अनुमति देता हूँ।'

बहुत समय बाद आज यीशु ने अपने पिता का आलिंगन किया और उनके झुर्रियों भरे हाथ को प्यार से चूमा। उसे अफ़सोस था कि वह इस दयालु और भद्र पुरुष की निकटता प्राप्त नहीं कर सका था।

जब येरुशलम में तारे निकले तो नाज़ारेथ परिवार का कोई सदस्य सो नहीं सका, अत: जोज़ेफ़ और मेरी सुबह होने तक अपने पुत्र के लम्बे और खतरनाक सफ़र के बारे में बातें करते रहे। सुबह वे एक-दूसरे से अलग हो गए। 'शालोम,' यीशु के पिता ने उसके बाल सहलाये।

'शालोम,' यीशु ने उत्तर दिया।

'क्या यह सच है कि शालोम का अर्थ शान्ति होता है?' राजकुमार ने पूछा।

यीशु ने हाँ में सिर हिलाया। 'और सुलेमान का अर्थ शान्ति सम्राट होता है?'

'हम दोनों मिल कर इसकी तलाश करने वाले हैं।'

राव अन्ना मुस्कराया। विदाई के समय जोज़ेफ़ युवकों को देखे जा रहा था। अनायास वह एक अकथनीय विषाद से भर गया। जब वह समझा कि वह शायद अपने बेटे को आख़िरी बार देख रहा है तो यीशु ने मुड़ कर हाथ हिला कर अपने माता-पिता को विदाई का संकेत दिया।

'हम आएलाना से पोत पर जायेंगे, उस बंदरगाह से, जहाँ से एक हज़ार साल पहले सम्राट सुलेमान भारत के लिए निकले थे,' राव अन्ना ने कहा।

'राजकुमार,' गहरी सोच में पड़े हुए यीशु उससे मुखातिब हुआ। 'आपने कहा था कि ओफ़ीर कभी सिन्धु नदी के मुहाने पर होता था।' राव अन्ना ने हामी भरी। 'सिन्धु का उद्गमस्थल कश्मीर है, नहीं क्या?'

'है, क्यों?'

'यह मुमकिन है कि यहूदी और सम्राट सुलेमान उस देश पहुँचे थे?'

'आश्चर्य के लिए तैयार रहो।'

एक ऐसी मन्नत, जो ईश्वर से येरुशलम में नहीं माँगी जाती

बिलखती दीवार के चौक को जाते हुए बहुत से रूढ़िवादी यहूदी उनसे आगे निकले, जिन्होंने चौड़े हैट पहने थे, जिनमें से नीचे बाहर को निकले उनके लम्बे लहराते बाल नज़र आ रहे थे। उन्होंने कफ़टान और काले जूते पहन रखे थे, मेआ शरीम के रूढ़िवादी क्षेत्र से वे दमिश्क गेट होते हुए बिलखती दीवार को जा रहे थे। दोलोरोसा के दोराहे पर वे पवित्र समाधि को जा रही ईसाइयों की भीड़ में मिल रहे थे। बिलखती दीवार के पास चौक में प्रवेश द्वार के बाहर उनकी सुरक्षा जाँच होती थी, जिसके बाद वे एक चौड़े मैदान में प्रवेश करते थे, जहाँ पूरी दुनिया से आये यहूदियों और जिज्ञासुओं ने भीड़ लगा रखी थी। दीवार के पास का क्षेत्र दो भागों में बँटा था, एक पुरुषों के और दूसरा स्त्रियों के लिए और वहाँ फ़ोटो खींचने पर प्रतिबन्ध था।

'क्या तुझे लगता है कि हम दीवार तक पहुँच सकेंगे?' मीषाल ने अनमने मन से पूछा।

'कोई समस्या नहीं आएगी। बस हमें एक तंग टोपी पहननी है, जो वहाँ एक बक्से में पड़ी मिल जायेगी,' तोमाश ने दीवार के तंग प्रवेश द्वार की ओर संकेत करते हुए कहा। वे कुछ देर और दीवार के पास यहूदियों को सबथ की शुरुआत से जुड़े अपने कर्मकांड पूरे करते देखते रहे। जैसे-जैसे सूर्यास्त का समय निकट आ रहा था दीवार के पास का क्षेत्र औरतों और मर्दों से भरता जा रहा था। कुछ मर्द प्रार्थना और ध्यान कर रहे थे।

तोरा हाथ में लिये, उसके कुछ हिस्सों का ऊँचे स्वर में पाठ करते हुए वे आगे-पीछे झूल रहे थे, आँखें ऊपर उठाये ईश्वर को नमस्कार कर रहे थे, उसकी वंदना में अंगूठे ऊपर उठा रहे थे, कुछ ऐसे थे जो ईश्वर से बहस कर रहे थे, उसे मना रहे थे। 'लगता है कि अब मुझे समझ आने लगी है कि यहूदी क्यों चुनिन्दा नस्ल है,' मीषाल ने मुस्करा कर कहा।

वे यहूदियों और जिज्ञासुओं में शामिल हो गए। 'देख, कैसे वे ईश्वर से संवाद कर रहे हैं!' मीषाल उन ईसाई, मुस्लिम और बौद्ध तीर्थस्थानों का तसव्वुर करने लगा, जो उसने

देखे हुए थे। इनमें से सब घुटनों पर बैठते थे या लेट भी जाते थे। 'यहूदी अपने ईश्वर को मान-मर्यादा से पूजते हैं,' मीषाल ने सोचते हुए कहा। 'मैंने किसी एक को भी घुटनों पर बैठे नहीं देखा। अब मैं समझता हूँ कि ईश्वर दूसरों से ज़्यादा इनसे प्यार क्यों करता है। वह उन्हें पसंद करता है, जिनमें आत्मविश्वास हो।'

वे यहूदियों और जिज्ञासुओं में घूम रहे थे; कोई उनकी तरफ़ ध्यान नहीं दे रहा था। वे रास्ता बनाते हुए दीवार की ओर जा रहे थे, तभी अचानक वाद-विवाद करते यहूदियों के झुण्ड में से एक आदमी निकल कर आया और उसने गर्मजोशी से तोमाश से हाथ मिलाया, 'कैसा इत्तफ़ाक है, मेरे दोस्त! आप येरुशलम कैसे आये?'

'मैं अपने देश से आये पर्यटकों का गाइड हूँ। क्या अपने मित्र से आपका परिचय करवा सकता हूँ? क्राल।' मीषाल ने मैत्रीपूर्ण ढंग से उससे हाथ मिलाया।

'मेरा नाम रब्बी सिमोनिदेस है। बिलखती दीवार पर आपका स्वागत है। आपके द्वारा इस पवित्र स्थल पर आकर इसके प्रति सम्मान प्रकट करने से हमें प्रसन्नता हुई है। अगर आप चाहें तो मुझे आपको साइनागॉग में आने का निमंत्रण देने में बहुत ख़ुशी होगी। वास्तव में यह इस मेहराब के नीचे वाली दीवार का विस्तारण है। इसका नाम ब्रिटिश अफ़सर विल्सन के नाम पर है, जिसने 19वीं शताब्दी में इसकी खोज की थी। क्राइस्ट के समय में मंदिर का पश्चिमी द्वार होता था।' रब्बी उत्साहपूर्वक उन्हें सुना रहा था। 'अन्दर आ जाइए, इन जगहों पर स्लोवाकों का विशेष रूप से स्वागत करते हैं। हम कभी नहीं भूलेंगे कि आपने 1948 में हथियार उपलब्ध करवा कर कैसे हमारी सहायता की थी।' रब्बी आगे-आगे चलने लगे और ये दोनों ख़ुशी-ख़ुशी उनके पीछे चलने लगे। प्रवेश करने पर रब्बी धीरे चलने लगे और यहूदियों के कर्मकांडों के बारे में बताने लगे, उन्होंने सबथ से जुड़ी आधारभूत सूचनाएँ, और मेज़ों पर पड़ी वे किताबें उन्हें दिखाईं, जिनके पन्ने वे पलट कर देख सकते थे। 'किस कारण आप दीवार पर आये हैं?' वह मीषाल की ओर मुड़े।

'कुतूहल और...और...मेरी पत्नी ने मुझे कागज़ का एक पुर्ज़ा दिया है, दीवार में डालने के लिए।'

'डाल दिया आपने?'

'अब तक नहीं डाला।'

'डालना भूलना मत।' 'और वैसे हम इसलिए भी आये हैं...उं...आप से मिलने आये हैं।' तोमाश तुरंत बोला, 'हमारे पास यह चीज़ है। यह मेरे दोस्त की पत्नी की है, और मेरे विचार से यह काफ़ी दिलचस्प है,' कह कर उसने हार रब्बी को दे दिया। रब्बी ने उसे अपने हाथ में लेकर उलटा-पलटा और फिर सिर हिलाया, 'हाँ...हाँ...सचमुच दिलचस्प है। इधर चलते हैं, भीड़ से दूर।' पुस्तकालयों की एक लम्बी कतार के बीच से वे पीछे को चले गए। 'यह हार बहुत बेशकीमती है। इसमें बहुत शक्ति है। यह हेरोड के ज़माने का है। अजीब बात है। आप जानते हैं क्या कि आपकी पत्नी को यह कैसे मिला? यह पुराकालीन

है। अगर बेचना चाहें तो इससे आप बहुत पैसा कमा सकते हैं, मैं अभी इसे साइनागॉग के लिए खरीद लूँगा,' रब्बी ने प्रस्ताव रखा।

'मुझे नहीं पता था कि मेरी पत्नी के पास ऐसी बेशकीमती चीज़ है।'

'कितने की है?' रब्बी ने पूछा।

'हम इसे बेच नहीं रहे,' मीषाल ने चेहरे पर मुस्कराहट लाकर जवाब दिया।

'मैं आपको दस हज़ार यूरो दूँगा।'

'नहीं, यह एक तोहफ़ा है, उसकी माँ की तरफ़ से।'

'आपकी पत्नी यहूदी है क्या?'

'होती थी।' रब्बी ने सिर हिला कर समझ जाने का संकेत दिया और फिर हार का गौर से मुआयना किया।

'हेरोड के ज़माने में ऐसे हार राजकीय सम्मान के रूप में दिए जाते थे। कमाल का है।' रब्बी ने एक मेज़ की दराज़ खोल कर उससे एक आवर्धक लेंस निकाला और उस हार की जाँच करने लगा। 'इसमें दो पत्रभाग हैं। एक पर वर्ण J है, दूसरे पर D है। दिलचस्प है, दिलचस्प है...नव टेस्टामेंट में एक दिलचस्प हिस्सा है—यूडेह का स्तम्भ। वह शायद यीशु का भाई था। यूडेह ने वर्णन किया है कि कैसे यीशु के पूर्वज एनोफ़ ने एक बड़ी विपत्ति की भविष्यवाणी की थी, जो मानवजाति को तब मिटा देगी, जब वह नैतिकता और धर्म का पालन नहीं करेगी। उसने सागर की लहरों और एक भीषण आग की भविष्यवाणी की थी, जो दुनिया का सर्वनाश कर देगी। तब तक मानवजाति ने कम-से-कम जो सबसे महत्त्वपूर्ण ज्ञान अर्जित किया होगा, उसके परिरक्षण के लिए उसने उसे दो स्तंभों में सुरक्षित रखने का निश्चय किया था। एक संगमरमर का बना था, ताकि आग उसे जला न सके और दूसरा तरकारी का रस लातेरुस का बना था, ताकि पानी उसे बहा न सके। बाढ़ में ये स्तम्भ सुरक्षित बच गए थे। एक स्तम्भ के अंश 3000 साल पहले सुलेमान के मंदिर के निर्माण के दौरान मिले थे। इसका पुनर्निर्माण किया गया था और पूर्वी द्वार पर एक स्तम्भ को खड़ा किया गया था। दूसरा उसके साथ लगाया गया था। और दोनों स्तंभों को एक मेहराब द्वारा जोड़ा गया था, जिनके बीच शालोम नाम की एक मुख्य शिला बनाई। इसका अर्थ है शान्ति, और ख़ुशी भी, सफलता भी, दैवी परमानन्द भी। दायें स्तम्भ का नाम था जोआखिम, जो पुरोहिताई, आध्यात्मिक शक्ति का प्रतीक था; यह पूर्व में था। दाईं ओर शालोम मुख्य शिला शक्ति के दो स्तम्भों के मध्य एक प्रतीकात्मक जोड़ थी। बाएँ वाला बोआस था, सम्राट डेविड के वंशजों के नाम पर और यह राजकीय, संसारी शक्ति का प्रतीक था। पाखंडियों के कर्मों के कारण अब संसारी और आध्यात्मिक शक्तियाँ अलग हो गई हैं, यही कारण है आज दुनिया में बुराई का। हर वह चीज़ जो पृथक हो जाती है, बुरी होती है, हर चीज़, जिसमें ऐक्य है, अच्छी होती है और हर मनुष्य, जो जुड़ता है, अच्छा है। बोआस सर्पिल

आभूषणों से रेखांकित है, जोआखिम लम्बे आभूषणों से,' रब्बी ने कहा और मुस्कराये। 'अब ज़रा अपनी जेब पर नज़र मारो।'

'मैं जानता हूँ कि इस पर क्या है। देवी का तारा और दो स्तम्भ, पीछे B और J. उनके ऊपर शब्द टेम्पलम हीरोसोलिम। ग्रीक लग रहे हैं, क्योंकि हीरोस का अर्थ प्राचीन ग्रीक में पवित्र होता है और शब्द सोलिम वास्तव में तुम्हारा शालोम है : शान्ति,' मीषाल ने कहा।

'या सुलेमान,' रब्बी ने कुछ देर सोचा और फिर जोड़ा, जैसे ख़ुद से कह रहा हो, 'विश्व में केवल दो स्थान हैं, जहाँ यीशु ने उपदेश दिया था और दोनों में कलह, अशान्ति और युद्ध का साम्राज्य है। उस शान्ति का नहीं, जो वह स्थापित करना चाहते थे। एक में उनका जन्म हुआ था, दूसरे में मृत्यु। वे दो स्तंभों की तरह हैं—बोआस तथा जोआखिम, जन्मस्थल तथा मृत्युस्थल, जो सम्राट डेविड के वंशज सम्राट सुलेमान के माध्यम से जुड़े हैं, यही यीशु का वंश है, जो शान्ति सम्राट है।' और फिर वह मीषाल की ओर मुड़ कर ऊँचे स्वर में बोला, 'कुछ इल्म है आपको कि आपकी पत्नी की माँ को यह कहाँ से मिला?'

'नहीं, मेरी पत्नी को भी ठीक से याद नहीं है।'

'वह पहनती थी इसे?'

'अभी हाल ही में पहनना शुरू किया है।'

'कब से?'

'कुछ सप्ताह से।'

'क्या आपकी पत्नी बीमार है?' मीषाल और तोमाश ने हैरानी से उसे देखा।

'उसे कैंसर है। एक बार ठीक हो गया था, अब फिर से आ गया है...'

'हार से बुरी ऊर्जा निकल रही है। शायद उस व्यक्ति से है, जिसने पहले इसे पहना था।'

'उसकी माँ पहनती थी।'

'वैसे क्या उसकी मौत कैंसर से हुई थी?' रब्बी ने पूछा था। मीषाल ने सिर हिला कर हामी भरी।

'आप कैसे जानते हैं?' रब्बी ने सवाल को नज़रअंदाज़ कर दिया, 'आपकी पत्नी के भीतर उसकी माँ का कैंसर है। मैं नहीं जानता कि उसकी बेटी पर उसका क्या प्रभाव था, लेकिन मेरे विचार से दोनों एक-दूसरे को ज़्यादा पसंद नहीं करती थीं। आपने कहा कि आपकी पत्नी ने आपसे अपनी मन्नत दीवार की दरार में डालने का अनुरोध किया है?'

मीषाल ने हाँ में सिर हिलाया। 'क्या आप जानते हैं कि दीवार का क्या महत्त्व है?'

'यह सुलेमान के मंदिर का एक हिस्सा है, बेबीलोन वालों तथा रोमनों द्वारा विध्वंस के बाद जो बचा था।'

'सही है, लेकिन दुनिया भर से आकर लोगों द्वारा ईश्वर को अपनी इच्छाएँ बताने का क्या महत्त्व है, बल्कि उन्हें पर्चियों पर लिख कर उसे दीवार की दरारों में डालने का?'

रब्बी ने कंधे उचकाए, 'मंदिर ईश्वर का घर है और हमारी परम्परा के अनुसार दीवार ईश्वर के सबसे निकट है, इसीलिए इच्छाएँ उसे सीधी पहुँच जाती हैं।'

'अच्छी कहानी है।'

'देखिये, ईश्वर के चुनिन्दा मनुष्य होने के नाते हम उसके सबसे निकट होंगे,' रब्बी शरारत से मुस्कराया, 'और शायद इसका प्रभाव पड़ता है, क्योंकि आपके पोप ने भी अपनी इच्छा दीवार में डाली थी,' वह कुछ देर सोचता रहा और फिर उसने मीषाल से पूछा, 'आप जानते हैं कि आपकी पत्नी की क्या इच्छा है?'

'नहीं।'

'आपको दिखाई नहीं उसने?'

'दिखाई थी, लेकिन मुझे समझ नहीं आई,' रब्बी हैरान लग रहा था।

'हिब्रु में लिखी है।'

'आपकी पत्नी हिब्रु बोलती है?'

'नहीं।'

'तो उसने किसी से लिखवाया। और तुम्हें बताया कि इसका अर्थ क्या है?' मीषाल ने न में सिर हिलाया। 'और आप जानना भी नहीं चाहते थे?'

'मानता हूँ कि जानना चाहता था, लेकिन मैं उससे पूछना नहीं चाहता था।'

'आपकी पत्नी गंभीर रूप से बीमार है...' मीषाल ने हाँ में जवाब दिया। 'लेकिन अगर वह आप को न बताना चाहती कि मन्नत में क्या है तो वह आपसे साफ़-साफ़ इसे न पढ़ने के लिए कह सकती थी। उसने आप को यह पढ़ने को दी, हालाँकि वह जानती थी कि आपको यह समझ नहीं आएगी...अजीब है...' कुछ देर वह निराशा में सिर हिलाता रहा, फिर सीधा मीषाल की आँखों में देखकर बोला, 'आप पुर्ज़ा मुझे दिखाएँगे क्या?'

मीषाल ने वह उसे दे दिया। रब्बी ने उसे ध्यान से पढ़ा, और उसकी त्योरी चढ़ गई। फिर उद्विग्न होकर उसने पूछा,'आपकी पत्नी ख़ुद यहाँ क्यूँ नहीं आई?'

'वह यहीं है।'

'येरुशलम में है और दीवार में अपनी मन्नत रखने ख़ुद नहीं आई?' हैरानी से उसने पूछा।

'उसकी तबीयत ठीक नहीं थी। वह होटल में बिस्तर पर पड़ी है।'

'बेहतर होगा कि वह यहाँ आकर मुझसे मिल ले,' रब्बी ने पुर्ज़ा उसे लौटा दिया, 'जितनी जल्दी हो सके। लेकिन कल सूर्यास्त से पहले किसी भी हालत में नहीं,' उसने बनावटी हँसी हँसी।

'क्यों? इसे दीवार में मैं रख दूँगा।'

'आपकी पत्नी की हालत बहुत ख़राब है। मेरा यक़ीन कीजिये, उसके पास ज़्यादा वक़्त नहीं बचा।'

'उसने लिखा क्या है?' मीषाल ने घबरा कर पूछा।

'एक ऐसी मन्नत माँगी है, जो ईश्वर से येरुशलम में नहीं माँगी जाती।'

'क्या आप...हं...मुझे बता सकते हैं?'

'इस मन्नत के लिए उसे ईश्वर की ज़रूरत नहीं है। उसे मैं भी पूरा कर सकता हूँ।'

राजकुमार के साथ कुछ घटा

माता-पिता से विदा लेने के बाद यीशु राव अन्ना और उसके अंगरक्षकों के साथ घोड़ों पर बैठ कर कुछ बावड़ियों के निकट बनी एक सराय में गया। लम्बा-चौड़ा अहाता वाहनों, हिनहिनाते घोड़ों, बैलों और खच्चरों से भरा पड़ा था। 50 पूरे लदे वाहनों के साथ आया कारवाँ इतना लम्बा था कि जब सबसे अगले आदमी ने जैतून के पर्वत की दक्षिणी तलहटी में प्रवेश किया तो आख़िरी आदमी अभी शहर से निकल ही रहा था। बेथानी से निकलते हुए जेरिको की ओर कारवाँ का सफ़र जारी रहा। हालाँकि दोपहर के कुछ ही बाद वे जोर्डन नदी पहुँच गए थे, उन्होंने रात उस खूबसूरत जगह पर बिताने का फ़ैसला लिया। अगली सुबह येरुशलम मार्ग नेबो पर्वत के नीचे आएलाना जाने वाली मुख्य सड़क से मिल रहा था। यीशु ने 2600 फुट ऊँचे पर्वत को देखा, जिसकी चोटी कोहरे में गुम हो रही थी। उसे दोएत्रोनोमी की पुस्तक के शब्द याद आये—वह घटना, जब मालिक ने मूसा को इस पर्वत पर भेजते हुए रहस्यमय शब्दों में कहा था, 'यह वो देश है, जो मैं तुम्हारी संतानों को दे रहा हूँ, लेकिन तुम इसमें प्रवेश नहीं कर पाओगे...' यीशु बहुत पहले से ही इन विचित्र शब्दों के बारे में सोचता रहता था, जिनके माध्यम से ईश्वर ने चुनिन्दा देश में मूसा के प्रवेश पर रोक लगा दी थी। कथित रूप से कहीं दफ़्न किया गया था। कथित रूप से...इज़राइल का सबसे अहम पैगम्बर, और कोई नहीं जानता कि उसे कहाँ दफ़्न किया गया था। यह कैसे हो सकता है? क्या वह कहीं और दफ़्न था? यीशु हैरान था।

दो तगड़े निज़ीआन घोड़ों द्वारा खींचा जा रहा रथ सरपट गति से भागा जा रहा था। 'क्या हम इन्हें कुछ धीरे भगा सकते हैं?' यीशु ने राजकुमार से पूछा, जिसने चाबुक

चालक के हाथ से ले ली थी और उसे वह घोड़ों पर बरसा रहा था। पत्थर की सड़क पर रथ हिचकोले खा रहा था और घोड़ों की अयालें हवा में फड़फड़ा रही थीं। उन पर भी राजकुमार का उत्साह हावी हो गया था। जब वे पहाड़ से नीचे उतरे तो मुख्य सड़क पर आ गए, जो उस सड़क से काफ़ी ज़्यादा आरामदेह थी, जो येरुशलम से आई थी। राव अन्ना ने लगाम मज़बूती से अपने हाथों में ले रखी थी, वह यीशु को दुपहिया वाहन की रफ़्तार दिखा रहा था। सुबह के समय वे अपना शानदार रथ छोड़ कर इसमें आ गए थे। उन्होंने पूरे लादे ऊँट, बैलगाड़ियाँ, धीरे चलते बड़े-बड़े एशियाई जंगली घोड़े, गधे और खच्चर पीछे छोड़ दिए थे। तेज़ भागने वाले घोड़े सिर्फ़ सैनिक रथों को खींच रहे थे। उनके पीछे एक रथ था, जिसमें दो सैनिक थे और वे राजकुमार के रथ से दूरी नहीं रख रहे थे।

'कृपया धीरे कीजिये, मैं इस पर्वत की छवि को जहाँ तक हो सके दिमाग में भर लेना चाहता हूँ; यह पवित्र है हमारे लिए,' यीशु ने मिन्नत की। लेकिन राजकुमार इतनी अच्छी सड़क पर इतनी तेज़ी से भाग रहे घोड़ों की रफ़्तार से मंत्रमुग्ध था और भागे जा रहा था। यीशु उसे देख कर निर्णय नहीं कर पा रहा था कि क्या राजकुमार अपनी ताक़त और युवा जीवन-शक्ति दिखाना चाहता है या अपना घमंड। नेबो पर्वत ओझल होता जा रहा था और यीशु ने अपना स्वर तनिक ऊँचा किया, 'और धीरे कीजिये।' लेकिन घोड़े धूल भरी मुख्य सड़क पर अपनी सरपट चाल में दौड़े जा रहे थे। रथ प्रचंड गति में डोल रहा था और पहियों की कीलियाँ आवाज़ कर रही थीं। जानवर हिनहिना रहे थे, महसूस कर रहे थे कि सारथी स्वयं पर और उन पर नियंत्रण खो रहा है। यीशु को आसार ठीक नहीं लग रहे थे, और अंततः उसने राजकुमार के हाथों से चाबुक और लगाम खींच लीं, उन्हें ढीला किया और घोड़ों को धीमे करके दुलकी पर ले आया; राजकुमार ने गुस्से में उसे घुड़की पिलाई। राव अन्ना की उस घृणायुक्त और कुपित दृष्टि को देख कर वह डर ही गया, जो उसने पहले कभी नहीं देखी थी। अचानक चर्र की ध्वनि हुई और दायाँ पहिया बाहर निकल आया। रथ उलट गया और दोनों आदमी सड़क की धूल पर जा गिरे। उनके पीछे वाले सैनिक तुरंत रुक गए और टूटे रथ के नीचे से उन्हें निकालने के लिए दौड़े। सौभाग्यवश घुड़सवारों और घोड़ों को ज़रा सी खरोंचें ही आईं। दोनों हाँफ़ते हुए एक चट्टान के पास छायायुक्त स्थान पर बैठ गए। 'मैं क्षमा चाहता हूँ,' राजकुमार ने नम्रता से कहा, 'लग रहा था जैसे मैं सोचने की ताक़त खो बैठा हूँ।'

'सौभाग्यवश मालिक हमारे साथ था,' यीशु मुस्कराया, 'अगर पहिया तब निकल जाता, जब सरपट चाल...'

राव अन्ना चुप रहा और फिर क्षमायाचना करते हुए बोला, 'मैं जितनी जल्दी हो सके बंदरगाह और फिर घर पहुँचना चाहता हूँ। जल्दी ही फिर अपने माता-पिता, भाई-बहनों से मिलना चाहता हूँ। उनकी कमी मुझे बहुत खल रही है...'

'ज़िन्दगी ऐसी ही होती है। कुछ घर लौटते हैं, कुछ घर छोड़ते हैं।'

'तुम्हें अपना घर छोड़ने का अफ़सोस है?' पूछकर राजकुमार ने एक मशक उसे दी।

'शुक्रिया,' जी भर कर पानी पिया उसने। 'मुझे घर छोड़े बहुत समय हो चुका है। मैं मार्मिओन मार्ग पर नहीं जन्मा था। कहते हैं कि मेरी माँ ने किसी जनगणना के दौरान मुझे एक अस्तबल में जन्म दिया था। जब मैं अपने जन्म के बारे में कुछ ज़्यादा जानना चाहता था तो वे चुप्पी साध जाते थे। मैं जानता हूँ कि जोज़ेफ़ मेरे सौतेले पिता हैं, लेकिन उन्होंने मुझे यह कभी नहीं बताया कि मेरे असली पिता कौन हैं। पूरा बचपन मेरा इसी दु:ख में कटा। नाज़ारेथ में हर कोई जानता है कि मैं अवैध हूँ और इस पर मेरा बहुत मज़ाक भी उड़ता था।'

'इससे तुम्हें तकलीफ़ होती है?'

'नहीं, नहीं होती। मुझे महसूस होता है कि मेरे पिता वो आदमी थे, जो हमारे लोगों को ईश्वर द्वारा प्रतिश्रुत देश में लेकर आये थे।'

'मूसा?'

यीशु ने हामी भरी। 'हाँ, इसीलिए मैं आपको धीरे होने को कह रहा था। हम नेबो पर्वत के पास से गुज़र रहे थे, जिस पर मालिक ने उन्हें कनान* दिखाया था, जिसे देखने की अनुमति सिर्फ़ उन्हें थी। वह अपने लोगों का पूरा रास्ता नेतृत्व करते रहे थे, लेकिन जोशुआ उन्हें देश लेकर गया था।'

'तुम्हारा हमनाम,' राव अन्ना मुस्कराया।

कोई प्रतिक्रिया दिखाए बिना यीशु आगे बोलता गया, 'परन्तु लोगों को विश्वास नहीं आ रहा था कि ईश्वर उनका भला चाहता था, उन्होंने उसकी अवहेलना की, अवज्ञा की, दिखावा किया कि वे उसके विधान का पालन कर रहे थे, परन्तु वास्तव में पुरोहितों के क़ानूनों का पालन कर रहे थे। अत: ईश्वर ने मेरे लोगों को दंड दिया। कई बंदी बनाए गए और फिर वे पूरी दुनिया में बिखर गए। हम यहूदियों के साथ समस्या यह है कि हम निश्चित रूप से नहीं जानते कि हमारा असली घर कहाँ है। रब्बी कहते हैं कि जहाँ तुम्हारा सामान है, वहाँ तुम्हारा घर है, इसलिए वे जहाँ भी जाते हैं, अपना सामान हर बार साथ घसीट कर ले जाते हैं, ताकि जहाँ भी वे जाएँ उन्हें घर जैसा लगे; लेकिन जितना ज़्यादा वे यात्रा और व्यापार करते हैं, घर की अनुभूति उतनी ही दूर होती जाती है। उनका घर किसी जगह नहीं है।'

'जिसकी सम्पत्ति उसके दिल में है उसका घर सब जगह है, कहा था...' राव अन्ना बोला।

लेकिन यीशु ने उन्हें टोका, 'सम्राट सुलेमान ने कहा था।'

'मैं बुद्ध का नाम लेने जा रहा था। यह बुद्ध की सोच है।'

'ये सम्राट सुलेमान के शब्द हैं। वह बुद्ध से 500 साल पहले दुनिया में थे, मतलब बुद्ध ने उनसे यह विचार लिया होगा, उलट नहीं हो सकता,' यीशु ने एतराज़ किया।

---

*ईसा पूर्व दूसरी सहस्राब्दि में कनान फिनीसिया क्षेत्र का हिस्सा था, जहाँ प्राचीन हिब्रू बोली जाती थी।

‘खैर, हम इस बात पर नहीं झगड़ेंगे, क्या कहते हो; बड़ी बात यह है कि हमने इन सुन्दर शब्दों को जीवित रखा है,’ राजकुमार ने जैसे उसे बख्शते हुए कहा।

‘इससे सुन्दर तब होगा जब हम इन शब्दों को जियेंगे,’ यीशु सोचते हुए बोला। फिर उसने पीछे मुड़ कर येरुशलम की तरफ़ देखा।

‘पक्की बात है कि तुम सारी दुनिया में बिखरे अपने यहूदी भाइयों के बारे में सोच रहे हो।’

‘उधर, पर्वतों के और मृत सागर के उस पार यूडेह; उसके पीछे समारिया और गैलिली नाज़ारेथ के साथ हैं। मेरा यक़ीन है कि एक दिन मेरे लोग वहाँ लौट आयेंगे। ज़रूर लौट आयेंगे,’ उसने और भी दृढ़ता से कहा, जैसे स्वयं को विश्वास दिला रहा हो, ‘मैं दूर देश से उन्हें लाऊँगा और दुनिया के कोने-कोने से लाऊँगा...’

‘यह तो शपथ जैसी लगती है,’ राव अन्ना ने आश्चर्य से उसे देखा।

‘ये शब्द पैगम्बर जेरेमिया के हैं।’ ‘मेरे दोस्त, हमारा सफ़र बहुत लम्बा और सैनिक एक अतिरिक्त रथ लिए हमारी प्रतीक्षा कर रहे हैं, चलें अब!’

वे सैनिकों के पास गए, जो नए रथ और घोड़ों के साथ उनकी प्रतीक्षा कर रहे थे। सफ़र मेदेबा और डिबोन नगरों से होकर आगे चलता रहा, जहाँ अपने निर्गमन के दौरान इज़राइलियों ने अपना शिविर लगाया था। पाँचवें दिन वे नेआबतेंस सल्तनत की राजधानी पेत्रा में एक दिन रुके। पशुओं, चालकों और सैनिकों ने विश्राम के इस दिन का स्वागत किया। पूरे शिविर में हँसी और गायन के स्वर थे। येरुशलम से दुगनी से अधिक जनसंख्या वाले इस नगर में जीवन गुंजायमान था और वहाँ लोगों के जीवन की गति तेज़ थी। राव अन्ना इस शहर में पहले भी आ चुके थे, अतः उन्होंने नाज़ारेथ के लड़के को शिद्दत से महलों के आस-पास बने पत्थरों में बने विन्यासों में निर्मित महल दिखाए, तथाकथित रूप से ये विश्व में ऐसे सर्वोत्तम विन्यास थे। उन्होंने यीशु को बताया कि पेत्रा दुनिया के सब से पुराने शहरों में एक था, जिसकी स्थापना 15वीं शताब्दी पूर्व हुई थी। तब मूसा इस शहर से गुज़रे थे, यीशु के पूर्वजों को मिस्र से दूर ले जाते हुए।

दोपहर से कुछ पहले, सातवें दिन, जब वे वादी रूम के पर्वतीय भूभाग की ढलानों से उतर रहे थे तो यीशु की दृष्टि अपार जल पर पड़ी। ‘यह अक़बा की खाड़ी है, मृत सागर का एक अंश। हमारा लक्ष्य-आलेआना की बंदरगाह-बस हमारे सामने है,’ राजकुमार ने बताया।

यीशु बंदरगाह के प्रवेशद्वार के दोनों ओर बनी सुरक्षा दीवार पर लगे दो ऊँचे प्रकाशस्तंभों को विस्मय से देख रहा था। ‘भव्य,’ विस्मयकारी दृश्य को वह आँखों से पी रहा था।

‘कहते हैं कि कैज़ारीआ के बाद यह फ़िलस्तीन की सबसे बड़ी बंदरगाह है। इसके तरंगरोधों को ज्वालामुखी की राख को रेत में मिला कर एक नई सामग्री से बनाया गया था; इसे कंक्रीट कहते हैं। कमाल की तकनीक है यह : सामग्री और सीमेंट को लकड़ी के साँचे

में डाला जाता है, जिसमें सख्त होकर यह पत्थर बन जाता है। हम भारत में इस तकनीक को लगभग एक हज़ार सालों से इस्तेमाल कर रहे हैं। मिस्र के पिरामिड भी सीमेंट से जोड़े गए हैं,' राव अन्ना ने मुस्करा कर एक गहरी साँस सागर की ठंडी हवा की भरी और प्यार से युवा नाज़ारेथ वासी के कंधे पर हाथ रख दिया, 'समुद्र अब आने वाला है।'

उनका ठेलों, घोड़ों और ऊँटों का कारवाँ एक गोदी में जाकर कतार में लग गया, जहाँ राजकुमार के विशाल पोत ने लंगर डाला हुआ था। पोत से द्रवित होकर युवा हिन्दुस्तानी ने कहा, 'इसका नाम है कलिंग। मेरे देश के नाम पर। यह हमें घर के लम्बे सफ़र पर लेकर जाएगा।' यीशु चुपचाप विशाल पोत को निहारता रहा। इस पर अनेकों बादबान, मस्तूल और रस्सियाँ थीं, जिन पर नाविक हाथों, पैरों के बल कठिनाई से चढ़ रहे थे, पोत को प्रस्थान के लिए तैयार कर रहे थे। लकड़ी के पटरे से पीठ पर टोकरे, पेटियाँ और माल उठाये ढुलाई मज़दूरों की लम्बी कतारें वहाँ खड़ी थीं। दूसरे माल को चतुराई से बनाये गए अस्थाई फल से जहाज़ के पेंदे में डाल रहे थे।

'यह एक बहुत बड़े सरकाने वाले उपकरण वाला व्यापारी पोत है, क्योंकि हम बहुत भारी सामान लेकर जा रहे हैं। ज़्यादातर डामर और ताँबा,' राव अन्ना ने कहा। दो युवक पटरे से होकर पोत में चले गए। दो सैनिक राजकुमार के पीछे–पीछे चल रहे थे ढुलाई करवाने वाले निरीक्षकों ने राजकुमार और उसके मित्र के सामने झुक कर सम्मानपूर्वक अभिवादन किया। दो युवक नाव में थे, जहाँ एक छोटे बादबान को सामने वाले मस्तूल के साथ जोड़ा गया। 'चालनशक्ति को बढ़ाने के बजाय परिचालन के लिए यह अधिक अनुकूल है,' राजकुमार ने स्पष्ट किया।

'अगर हवा तेज़ हो तो सफ़र में कितना समय लगेगा?' यीशु ने पूछा।

'हम सिर्फ़ न ख़राब होने वाला सामान लेकर जा रहे हैं। मैं तुम्हें भारत के पश्चिमी और दक्षिणी तट पर कुछ नगर दिखाना चाहता हूँ। वहाँ दिलचस्प इज़राइली बस्तियाँ हैं।'

'पर आप तो जल्दी से, अपनी पत्नी के साथ होना चाहते थे,' यीशु ने टोका।

'ठीक है, लेकिन वे नगर मैंने भी अब तक नहीं देखे और फिर मैं अपने पिता की आज्ञा का पालन भी कर रहा हूँ।' 'आपके पिता कैसे जानते थे कि मैं आपके साथ भारत आने को मान जाऊँगा?' राजकुमार ने कुछ नहीं कहा। 'प्रिय राव अन्ना, अपने साथ लेने के लिए मैं आपका बहुत आभारी हूँ और मैं हर उस शब्द को सिर माथे पर रखूँगा, जो आप बोलेंगे।'

'कोई भी किसी की आज्ञा का पालन करने नहीं जा रहा। हम आज़ाद लोग हैं। हमें उतावली नहीं होती...तो मेरा ख़याल है कि कलिंग पहुँचने में दो या तीन महीने लगेंगे,' यीशु को देख कर उसने कहा। 'तुम एक बढ़ई के पुत्र हो। अंदाज़ा लगाओ कि यह जहाज़ किस लकड़ी से बना है। तुम्हें तो लकड़ी का ज्ञान है, है न?'

अपनी उँगलियाँ लकड़ी पर फेर कर यीशु ने बेझिझक कहा, 'यह देवदारु है, ईश्वर का वृक्ष। इसमें अंतरिक्षीय ऊर्जा सोखने की शक्ति है। बस, यह कुछ अलग है। इसका ढाँचा हमारे वृक्षों से कुछ घना है।'

'तो तुम लकड़ी को समझते हो,' राव अन्ना मुस्कराया। 'यह देवदारु है, लेकिन हिमालय का देवदारु है, दुनिया में सर्वोत्तम कोटि का। यह लगभग दस हज़ार की ऊँचाई पर उगता है, इसीलिए यह सबसे सख्त होता है, पोत बनाने के लिए यह सर्वोत्तम होता है। लेबनानी वृक्ष से भी अधिक। हमारे भगवान शिव ने अधिकतर तपस्या देवदारु के वनों में की थी। ये जादुई हैं, रोगनाशक वृक्ष अधिकांशत: कश्मीर में उगते हैं।' कुछ देर यीशु किसी चीज़ के बारे में सोच रहे थे। 'चलो, तुम्हें तुम्हारा केबिन दिखाऊँ।' कप्तान को साथ लेकर दोनों पृष्ठभाग में गए, जिसमें सोने की जगहें थीं। 'यह तुम्हारा केबिन है,' राजकुमार ने नज़दीकी केबिन की ओर संकेत किया। 'यह वैसा ही है, जैसे कि आम नाविकों के लिए हैं, लेकिन तुम्हारे और मेरे लिए कुछ ख़ास है : हम दोनों के केबिन अलग-अलग हैं।'

'मैं पहली बार आज पलंग पर अकेला सोऊँगा।'

'एक और चीज़ मैं तुम्हें इन बोर्डों के बारे में बताना चाहूँगा। ये कॉर्क के बने हैं। जानते हो कि इनकी खासियत क्या है?' यीशु ने कंधे उचकाए। 'अगर कोई विपत्ति पड़ जाए, तूफ़ान में जहाज़ डूब जाए तो यह बोर्ड बहुत देर यात्री को लेकर सतह पर तिरता रहेगा।'

'उम्मीद करें कि इनकी ज़रूरत न ही पड़े।'

'ज़रूर!'

यीशु कुछ देर के लिए शशोपंज में पड़ गया, सोचने लगा कि क्यों न वापस चला जाये। ऐसा नहीं कि उसे डर लग रहा था, लेकिन उसने राजकुमार की आँखों में नेबो पर्वत के नीचे उस अपूर्व पल में अप्रत्याशित रूप से कौंधता जो क्रोध देखा था, उसे वह भुला नहीं पा रहा था। लेकिन अंतत: वह तकलीफ़देह पल सुदूर स्थित देशों की आकर्षक छवि ने फीका कर दिया।

चर्च में गोलियाँ

'कुछ समझ में आया?' गहरी सोच में डूबे हुए मीषाल ने बिलखती दीवार से होटल को लौटते हुए तोमाश से पूछा।

'रब्बी सिमोनिदेस अपने वार्तालाप में रूपालंकारों के प्रयोग के लिए बहुत जाने जाते हैं। मैं उन्हें बरसों से जानता हूँ और मुझे वह अच्छे लगते हैं। बल्कि उनसे बात करके आशाएँ जगती हैं। लेकिन मैं अब भी कुतूहल में हूँ कि वह कहना क्या चाहते थे।'

जुम्मे का सूरज डूब चुका और सबथ आरंभ हो रहा था : जुम्मेरात, सात तारीख़, जश्न का दिन, जब येरुशलम के यहूदी क्षेत्र में जीवन रुक जाता है, दुकानें बंद हो जातीं, इज़राइली परिवार अपनी मेज़ों को सफ़ेद कपड़ों से ढक देते हैं और स्त्रियाँ परिवार के हर सदस्य के लिए एक-एक मोमबत्ती जलाती हैं, ताकि परिवार *तोरा* के आदेशानुसार शान्ति से विश्राम कर सकें और सामाजिक मेलजोल बना सकें। विक्टोरिया होटल अरब क्षेत्र में था, जहाँ ज़िन्दगी अपनी आम रफ़्तार से चल रही थी। मीषाल और तोमाश, जिनके पीछे अब भी दो अनजान आदमी लगे हुए थे, अरब बाज़ार पार करके होटल में दाखिल हुए और तेज़ी से सीढ़ियाँ चढ़ कर दूसरी मंज़िल पर पहुँच गए। मारिका, जिसकी मनोदशा आश्चर्यजनक रूप से काफ़ी अच्छी थी, अपने टेरट कार्ड हाथ में लिये आरामकुर्सी पर बैठी थी; उनके आने पर उसने उन्हें पास पड़े एक स्टूल पर रख दिया।

'तो फिर कैसा रहा?'

अच्छे मूड में उसने उनका स्वागत किया। फलों का डोंगा छिलकों और गुठलियों से भरा पड़ा था। 'तू पहले से बेहतर लग रही है।' मीषाल ने खुश होकर कहा।

'आडेल्का का फ़ोन आया था।'

'कैसी है वह,' मीषाल ने उत्सुकतापूर्वक पूछा।

'सब ठीक है। बल्कि मैंने हंस से भी बात की है। दोनों बड़े अच्छे मूड में थे, मुझे संभावित नानी बनने के बारे में छेड़ रहे थे।'

'अरे, वो तो बड़ी मज़े की बात होगी,' मीषाल ने बीवी को अपनी बाँहों में भर लिया।

'सुन, मैं बाहर जाकर कुछ सुस्वादु भोजन करना चाहूँगी।'

'अच्छा ख़याल है। तो मेरी आर्मेनिआ मधुशाला को आज आज़मा सकते हैं।' तोमाश ने सुझाव दिया।

'रब्बी कल सबथ समाप्त होने के बाद तुझ से मिलना चाहेंगे। वह तुझसे किसी गंभीर मामले पर बात करना चाहते हैं।'

'रब्बी, मुझे? कौन से रब्बी?' मारिका ने चकरा कर पूछा।

'मेरे परिचित हैं वह, रब्बी सिमोनिदेस, बढ़िया आदमी हैं, बहुत इज़्ज़त है उनकी,' तोमाश ने कहा।

'लेकिन तुम रब्बी से मिले कैसे और मेरा उससे क्या लेना देना?' मारिका ग़लतफ़हमी में पड़ गई, बालों में कंघी करते हुए वह गाउन पहने ही खड़ी हो गई।

'हम उनसे दीवार के पास साइनागॉग में मिले थे...मैंने उन्हें दीवार में रखने से पहले

तेरी मन्नत वाली पर्ची पढ़ने के लिए दी थी।' मारिका उत्तेजित हो गई। 'उन्होंने बताया कि उसमें क्या लिखा था?'

'नहीं, नहीं बताया। उसे पढ़ने के बाद ही उन्होंने कहा कि वह तुझसे बात करना चाहते हैं। उन्होंने कहा है कि तुझे अपनी मन्नत पूरी करवाने के लिए ईश्वर की ज़रूरत नहीं है, वह भी इसे पूरी कर सकते हैं।'

'बस यही कहा?'

'उन्हें पता था कि तू बीमार है और कि यह बीमारी शायद तुझे तेरी माँ से मिली है।'

'तू तो जानता है कि कैंसर छूत की बीमारी नहीं है।'

'मेरा मतलब था कि तेरी माँ के कारण,' मीषाल ने भूल सुधारी।

तोमाश को एक टेक्स्ट मैसेज मिला, जिसे पढ़ कर वह अप्रसन्न सा हो गया। 'अरे, मुझे नीचे रिसेप्शन तक जाना है, वहाँ कोई मुझसे मिलने आया है। मैं अभी आता हूँ।' जो दो आदमी उनका पीछा कर रहे थे, उनमें से एक वहाँ खड़ा उसकी प्रतीक्षा कर रहा था। उसने तोमाश को अपने पीछे-पीछे होटल से बाहर आने का इशारा किया, जहाँ उसने चुपके से उसे एक लिफ़ाफ़ा पकड़ा दिया। उन्होंने कुछ शब्दों का आदान-प्रदान किया और फिर वह चला गया। मारिका और मीषाल बाहर बालकनी में थे और उन्होंने उनकी तरफ़ ध्यान नहीं दिया। मीषाल का चश्मा कॉफ़ी की मेज़ पर पड़ा था। वह बिल्कुल वैसा था जैसा तोमाश ने जल्दी से अपने लिफ़ाफ़े से तभी निकाला था। उसे उसने मेज़ पर रख दिया और साथ ही मीषाल का चश्मा उठा कर अपनी जेब में डाल लिया। बाहर बालकनी पर जाकर वह सहज ढंग से मुस्कराने लगा। 'रब्बी का सचिव आया था, पक्का कर गया है कि रब्बी रविवार को हमारा इंतज़ार करेंगे और अब, मैं तुम्हें रात के भोजन का निमंत्रण देता हूँ। रेस्तरां यहाँ से 15 मिनट का पैदल का रास्ता है।'

'वाह,' मारिका उत्साहपूर्वक बोली। तोमाश और मीषाल ने प्रोत्साहित करने वाली दृष्टि से एक-दूसरे को देखा। 'बस एक मिनट, प्लीज़, मेरी एक प्रार्थना है,' वे कमरे में गए और मारिका ने अपना टेरट कार्ड मेज़ से उठाया। 'इसे देखो ज़रा, तुम गैलिली की झील को जानते हो, इस चित्र को देख कर क्या तुम्हें उसकी याद नहीं आ रही?'

तोमाश बैठ कर कार्ड को काफ़ी देर देखता रहा।

'मैं गुसलखाने में कपड़े बदलने जा रही हूँ। पर मैं तुम्हें सुन रही हूँ,' मारिका ने दरवाज़े को खुला रखा।

तोमाश रहस्यमय चित्र का अवलोकन कर रहा था। 'हूँ...अजीब है। इसका क्या अर्थ निकाला जा सकता है?'

'छह तलवारें हैं ये, एक टेरट कार्ड, तुम टेरट जानते हो?'

'सुना है इसके बारे में, कुछ पढ़ने-वढ़ने के बारे में होता है।'

'डिनर पर मैं तुझे समझाऊँगी,' मारिका ने गुसलखाने से ऊँची आवाज़ में कहा।

'गैलिली झील के एकदम ऊपर कोई ऊँचा पहाड़ नहीं है, लेकिन यह हेर्मोन पर्वत का प्रतीक हो सकता है, जो झील से 30 मील उत्तर में है और लगभग पूरा साल बर्फ़ से ढका होता है। मैं ठीक से नहीं जानती कि क्या उसे टिबेरिया से देखा जा सकता है और महल? महल का एकमात्र खंडहर जो मैं जानती हूँ वह है प्राचीन धर्मयोद्धाओं का महल बेलवोइर, लेकिन वह तो उसके सामने है, दक्षिण में। लेकिन शायद चित्रकार इसे एक प्रतीकात्मक अर्थ देना चाहता था, वास्तविकता नहीं दिखा रहा था।' अचानक उसके चेहरे पर रौनक आ गई। 'लेकिन चप्पू असली लग रहे हैं। यीशु के ज़माने के हैं, लेकिन 16वीं शताब्दी से इस्तेमाल में नहीं हैं। हूं...औरत काफ़ी दिलचस्प है। ऐसे लगता है कि उतावली में है, लेकिन नाव नहीं चल रही, देखो, सतह पर कोई बुलबुले भी नहीं हैं, जल एकदम शान्त है। किस तरह की छवि है यह?'

संध्या की पोशाक पहने मारिका कमरे में दाखिल हुई। 'ओह,' मीषाल ने तारीफ़ में साँस भरी, 'शानदार लग रही है।'

'एक औरत ज़मीन से दूर जा रही है, पूर्व की दिशा में, झील के तट के साथ-साथ, जो बर्फीले पहाड़ों से घिरी है, एक चप्पू चला रही है, जो यीशु के ज़माने में इस्तेमाल किया जाता था...' मारिका सोच में थी।

'मारिका, यह क्या है?' अचानक मीषाल ने पूछा। उसने जल्दी से चश्मा पहना। तोमाश देख रहा था, चिंता की एक झलक चेहरे पर उभरी, लेकिन एक क्षण में चली भी गई, जब यह निश्चित हो गया कि मीषाल को किसी चीज़ का पता नहीं चला था। चश्मा मूल वाले का एक त्रुटिहीन प्रतिरूप था। 'औरत का सिर ढका है, लेकिन धत्त...एक मिनट,' कार्ड रख कर वह तेज़ी से कमरे से बाहर निकल गया। एक आवर्धक लेंस लिए हुए फटाफट वापस भी आ गया। उससे उसने कार्ड का मुआयना किया। 'उसके माथे पर एक चमकती, छोटी सी बिंदी है।' तोमाश और मारिका कार्ड पर झुके, 'आवर्धक लेंस से भी इसे देखना मुश्किल हो रहा है,' मीषाल ने निराशा में सिर हिलाया।

'कमाल है, ऐसी बिंदियाँ तो सिर्फ़ भारत में लगाई जाती हैं। इन्हें तिलक कहा जाता है,' तोमाश ने कहा। 'दिलचस्प है, दिलचस्प है,' आश्चर्यचकित होकर उसने अपना सिर हिलाया। 'रब्बी सिमोनिदेस ने हमें क्या बताया था?' उसने मीषाल से पूछा।

'बहुत कुछ बताया था, लेकिन सबसे दिलचस्प मेरे लिए वह था, जो उसने यीशु के बारे में कहा था कि उन दोनों जगहों पर, जहाँ उन्होंने उपदेश दिया था अब शान्ति नहीं, बल्कि युद्ध है, लड़ाई-झगड़ा है। येरुशलम एक ऐसी जगह है, जहाँ उन्होंने उपदेश दिया और स्पष्ट है कि वहाँ युद्ध है, तनाव है। लेकिन दूसरी जगह कहाँ है? कापरनाऊम, जेरिको, टिबेरिया, केसरिया? इनमें से किसी भी जगह पर युद्ध और लड़ाई नहीं है,' मीषाल ने चिंतन किया।

'शायद वह प्रतीकात्मक भाषा में कह रहे थे,' तोमाश ने सुझाया, 'स्त्री के माथे पर एक हिन्दुस्तानी तिलक है, वह नाव पर पूर्व को जा रही है, लेकिन खड़ी एक ही जगह पर है। क्या माथा ख़राब करने वाली पहेली है!' वह मुस्कराया, 'मगर मुझे लगता है कि हम इसे हल कर लेंगे...अरे, पाँच से ऊपर टाइम हो गया!' अपनी घड़ी देखते हुए उसने कहा।

'हे भगवान, वक़्त भी कैसे उड़ जाता है! मेरा एक सुझाव है। पहले एक मिनट के लिए पवित्र समाधि वाले चर्च पर एक नज़र मारते हैं, फिर खाने पर निकल जायेंगे,' यह मारिका का सुझाव था।

'अच्छा ख़याल है, यहाँ से 15 मिनट ही तो है, और मधुशाला करीब 10 मिनट पैदल,' तोमाश राज़ी हो गया। तभी गलियारे से शोर और चीखें सुनाई दीं और सीढ़ियों पर धब-धब होने लगी।

मीषाल बाहर गलियारे में गया, जहाँ वह उत्तेजित श्रीमती ज़ाकोवा से टकराने वाला था, जो बेथलेहम से वापस आने के बाद अन्य महिलाओं के साथ पवित्र समाधि के चर्च गई थी। 'गोलियाँ! पवित्र समाधि के चर्च में गोलियाँ चली हैं! हद हो गई। एक आदमी मर गया है, मैंने अपनी आँखों से देखा है, उसे चर्च से उठा कर ले गए थे।'

'वेस्टर्न फ़िल्मों की तरह एक सनसनीखेज़ गोलीबारी,' एक और महिला चिल्ला रही थी, 'लोग मार डालने की हद तक एक-दूसरे को लताड़ रहे थे। सब चर्च से बाहर भाग रहे थे, दिमाग़ नहीं चल रहा था...'

'पुलिस ने आकर चर्च पर ताला लगा दिया है और फीता लगा कर उसकी हदबंदी कर दी गई है...ऐसा कभी नहीं सुना था, अब तो वे यीशु की क़ब्र के पास भी हिंसा करने लगे हैं...' महिलाएँ चिल्लाते हुए एक-दूसरे को काट रही थीं और हरेक को उस नाटकीय घटना के बारे में बता रही थीं, जो वे अभी देख कर आई थीं।

सुलेमान की बुद्धिमत्ता

चूँकि ढुलाई में देर लग रही थी और पोत द्वारा दो दिन तक लंगर उठाने की कोई उम्मीद नहीं थी, अतः यीशु राजकुमार और उसके अंगरक्षकों के पीछे-पीछे बंदरगाह में गया। वे अधनंगे गुलामों के पास से निकले, जो ऊन, चमड़े के भारी पैकेट, डामर के पीपे और दूसरा माल अपनी पीठ पर लाद कर जा रहे थे, जहाँ अरबिस्तान, अफ्रीका या भारत को जाने वाले पोतों पर जाने वाले यात्रियों के लिए एक बहुत बड़ा तम्बू लगाया गया था। मेज़ों पर वहाँ पानी और शराब की सुराहियाँ, चाय की केतलियाँ, फलों के डोंगे, बकरी का सूखा मांस, मछली तथा सफ़र के दौरान ऊर्जा देने वाले कई अन्य खाद्य पदार्थ पड़े थे। राजकुमार और यीशु ऊँटों के झुण्ड के पास आबनूस की लकड़ी की कुर्सियों पर आराम से बैठे वृद्ध पुरुषों तथा स्त्रियों के पास से निकले, ऊँट शान्त अवस्था में बड़े तम्बू की छाया

में बंदरगाह के पत्थर के फ़र्श पर बैठे थे। 'ये बेरबेर हैं। ये बेरेनीस को जा रहे हैं, जहाँ से ये काफ़िला बना कर नील नदी जायेंगे,' राव अन्ना ने कहा। वे ज़ाहिर तौर पर अमीर लग रहे थे, क्योंकि काले ग़ुलाम उनकी सेवा कर रहे थे। हालाँकि वहाँ गर्मी थी, फिर भी उन्होंने ख़ुद को एक तरह के गुलुबन्द में लपेट रखा था; स्त्रियों ने सिर पर लम्बी ओढ़नियाँ पहन रखी थीं, जिसे उन्होंने कंधे तक ले रखा था। फिर भी एक स्त्री दूसरियों से काफ़ी अलग लग रही थी। उसने खुले कंधे वाली एक जामुनी पोशाक, हाथीदाँत का काम, और अपने सीने पर मोतियों की मालाएँ, और दोनों कलाइयों पर सोने के कंगन पहने थे। उसके माथे की ओढ़नी और औरतों से अधिक सजीली थी। वह उसके कंधे के नीचे उड़ कर लहरा रही थी और उसके गहरे काले बालों को हल्की बयार चलने पर अनावृत कर रही थी। वह कभी-कभी उस गुलाम द्वारा दिए गए पेय को पीने के लिए अपने बालों को एक तरफ़ कर देती थी, जो निरन्तर ताड़ के पत्तों से बने एक पंखे से उसे हवा कर रहा था। राव को अपने साथी पर होते सम्मोहन का एहसास हुआ, जो उस खूबसूरत औरत से नज़रें नहीं हटा पा रहा था। 'यह पश्चिमी मिस्र के सीवा राज्य के मरुस्थल की बेरबेर शहज़ादी मरियम है। सिर्फ़ इसे ही अपने सिर पर पाँच नीलम युक्त शेरों वाला ताज पहनने का अधिकार है,' वह यीशु को बताने लगा, जो उस रहस्यमय सुन्दरी को घूरने के कारण स्वयं में लज्जित अनुभव कर रहा था।

'क्या हम बेरेनीस भी जा रहे हैं?' यीशु ने पूछा।

'हम अदूलिस में रुकेंगे, जो अक्सूमाईट सल्तनत की मुख्य बंदरगाह है। अजानिया से हम हाथीदाँत ढो कर ले जायेंगे।'

'मैंने समझा था कि आएलाना इस क्षेत्र की सबसे बड़ी बंदरगाह है,' यीशु ने अपनी शर्मिंदगी छुपाने के लिए कहा।

'मिस्र के किनारे बेरेनीस और म्योस होर्मोस बंदरगाहें रोमन साम्राज्य और भारत, अफ्रीका और चीन के साथ परस्पर व्यापार के लिए सबसे महत्त्वपूर्ण बन्दरगाह हैं, और अदूलिस ग़ुलामों और हाथीदाँत के व्यापार के लिए अहम है। राजकुमार अपने युवा मित्र को अभी और भी बहुत कुछ बताना चाहता था, लेकिन उसने देखा कि वह उसे सुन ही नहीं रहा था। मंत्रमुग्ध हुआ वह शहज़ादी को देखे जा रहा था, जो मुश्किल से 15 साल की होगी। उसे देख कर वह संकोच से मुस्कराई। युवा यीशु के भीतर कुछ झुरझुरी सी हुई, एक अपरिचित सा भाव जगा और उसका दिल ज़ोर से धड़कने लगा। 'अरे, प्रेम में मत पड़ जाना,' राव अन्ना ने उसे प्रेमपूर्ण चेतावनी दी और तम्बू में उसे और आगे ले गया, जहाँ सैनिकों का एक दल उनकी प्रतीक्षा कर रहा था। कुछ नाश्ता लेकर वे धीरे-धीरे पोत की ओर चल पड़े, जो वहाँ से दो दिन बाद चला।

डेक पर खड़े यीशु के बालों से हवा अठखेलियाँ कर रही थी। वह गुम होते किनारे को देख रहा था। राव अन्ना ने मैत्रीभाव से उसके कंधे पर हाथ रखा, 'क्या सोच रहे हो, दोस्त?'

'मुझे अभी तक यक़ीन नहीं आ रहा कि मैं भारत जा रहा हूँ।'

'तुम वहाँ ज्ञानी लोगों से मिलोगे और ऐसी विद्या पाओगे, जो अभी तुम्हारे देश में नहीं है। मेरे ख़याल से मेरा देश तुम्हें इतना पसंद आएगा कि तुम लौटने की सोचोगे ही नहीं,' उन्होंने मज़ाक किया। 'केरला का मालाबार तट तुम्हारा आध्यात्मिक घर बन जायेगा। सम्राट सुलेमान ने वहाँ व्यापारिक केंद्र स्थापित करने के लिए यहूदी भेजे थे।'

यीशु शान्त सागर को निहार रहा था, गुम होते तट से समुद्रचिल्लियाँ इधर से उधर उड़ रही थीं। 'तुम यहूदी-इतिहास के बारे में इतना कुछ कैसे जानते हो?'

'*तोरा* में इतिहास लिखा है। उत्तरी प्रभुत्व की समाप्ति के बाद असीरियाइओं द्वारा यहूदियों के कारावास के युग में यहूदी अधिवासिओं की दूसरी लहर आई थी, जब दस कबीलों में से कई बंदी यहूदी पूर्व भेज दिए गए थे। असीरियावालों ने अपने साम्राज्य में राष्ट्रों के मिश्रण की नीति अपनाई, जो नीति ईरानी और सिकंदर महान पहले भी आज़मा कर देख चुके थे। तीसरी लहर तब आई, जब नेबुचाद्रेज्ज़र ने मंदिर का विध्वंस किया था और दक्षिणी सल्तनत को मुँह की खानी पड़ी थी। उस समय हज़ारों यहूदी व्यापारी और कारीगर कोचीन जाकर बस गए थे।'

'तुम्हारा क्या विचार है हम उन स्थानों को जा सकेंगे?' यीशु ने पूछा।

'ज़रूर जा सकेंगे, और कोचीन के उत्तर में कोदुन्गल्लुर में भारत का सबसे बड़ा साइनागॉग है।'

'मुझे यह मालूम नहीं था,' यीशु ने स्वीकार किया। 'मुझसे इंतज़ार नहीं हो रहा। मुझे हिलेल की अकादमी में पढ़ाया गया था कि सम्राट डारीउस प्रथम ने अपने पूरे साम्राज्य में इब्रील को सर्वत्र राजकीय भाषा बना दिया, जिससे यहूदियों को बहुत फ़ायदा हुआ था, क्योंकि फिलस्तीनियों में इस भाषा का बहुत प्रसार था। रोमन लैटिन बोलते थे और ग्रीक अधिकांशतः बंदरगाहों पर बोली जाती थी।'

'स्वाभाविक है,' राजकुमार आत्मविश्वास से मुस्कराया। 'फ़िनीसियों के बाद यूनानी सर्वोत्तम नाविक होते थे। डारीउस ने यूनानी भूगोलशास्त्री और जहाज़ी कारयांडा के स्किलाक्स को भारत और लाल सागर की बंदरगाहों के मध्य नौवाहन की संभावनाओं की जानकारी लेने भेजा था। स्किलाक्स ने सिन्धु के मुहाने पर एक जहाज़ी बेड़े का निर्माण करवाया और 29 महीनों बाद वह स्वेज नहर की बंदरगाह पर पहुँचा। इससे ईरानियों को विस्तार करने का अच्छा अवसर मिला। 5000 वर्ष पूर्व जब डारीउस प्रथम का देहांत हुआ तो उसका साम्राज्य बालकन्स से लेकर कश्मीर तक फैला हुआ था।'

'मैं कभी न सोचता कि यहूदी और यूनानी इतनी दूरी तक पहुँच जायेंगे,' यीशु ने आश्चर्य में सिर हिलाया, 'यह सब आपने कहाँ सीखा?'

'तक्षशिला विश्वविद्यालय में।'

यीशु की आँखों में चमक आई, 'मैं जानता हूँ कि वहाँ वेदों, आयुर्वेदिक चिकित्सा, दर्शनशास्त्र, खगोलशास्त्र और बुद्ध के दर्शन की शिक्षा दी जाती है, पर मुझे इल्म नहीं था कि वहाँ यहूदी और यूनानी इतिहास पढ़ाया जाता है।'

'स्वाभाविक है, क्योंकि पढ़ाने वाले प्राध्यापक यूनानी और यहूदी हैं,' राव अन्ना मुस्कराया। 'तुम सुन कर हैरान होगे कि यहूदी और यूनानी भारत में कहाँ-कहाँ तक पहुँचे हैं। तक्षशिला पीर पंजाल पर्वत श्रेणी की पश्चिमी ढलानों पर है। इसकी पूर्वी ढलानों के आगे कश्मीर का विस्तार है।'

'मुझे पता है,' यीशु गहरी सोच में था।

एक विलक्षण सुगंध

सबथ होने के बावजूद यहूदी क्षेत्र में स्मृतिचिन्ह बेचने वाली बहुत सी दुकानें खुली थीं। 'ये कैसे खुली हैं? आज तो इनकी छुट्टी है,' यहूदी क्षेत्र से नगर के ईसाई भाग को तेज़ी से जाते हुए मीषाल ने पूछा। सूरज इमारतों के पीछे डूब गया था और सबथ के समय का अंत हो रहा था, लेकिन वे रब्बी के आराम में खलल नहीं डालना चाहते थे।

'बताना आसान है कि क्यों खुली हैं। दुकानें यहूदियों की हैं, लेकिन कर्मचारी अरब हैं, इसलिए घबराने की कोई बात नहीं है।' मधुशाला में उसने शनिवार के 24 अप्रैल के *हेरेत्स* दैनिक के अंग्रेज़ी संस्करण में पहले पृष्ठ पर सुर्खी के रूप में छपी ख़बर को ऊँची आवाज़ में पढ़ कर सुनाया, 'पुलिस ने पवित्र समाधिचर्च में दो हमलावरों को गोली मार दी। येरुशलम में हर जगह कहा जा रहा था कि इज़राइली पुलिस के एक अफ़सर ने इज़राइल के पवित्र समाधि चर्च में एक पर्यटक को गंभीर रूप से घायल कर दिया था। रेडियो इज़राइल के अनुसार वह आदमी येरुशलम के एक हस्पताल में अब भी गंभीर अवस्था में पड़ा था। पुलिस के एक प्रवक्ता ने बताया है कि उस आदमी ने चाक़ू निकाल कर सादे कपड़े पहने एक पुलिसवाले पर हमला किया था, जिसने उसे चर्च से निकलने को कहा था, क्योंकि उसे पर्यटकों के लिए बंद किया जा रहा था। अभी तक हमलावर की राष्ट्रीयता के बारे में किसी को कोई जानकारी नहीं है। उसके अनुसार हमला राजनीति से प्रेरित नहीं है।' तोमाश ने अखबार को एक तरफ़ रख दिया। 'वेटर बता रहा था कि यह एक यूक्रेनी भक्त था, जिसने चाक़ू अपने सबसे नज़दीक खड़ी एक औरत के गले पर रख कर धमकी दी थी कि अगर उसे गोल घर में यीशु की समाधि में नहीं जाने दिया गया तो वह औरत का गला काट देगा। ऐसे येरुशलम में तब होता है जब बाहर वाली कतार इतनी धीमी चल रही होती है और किसी कट्टरपंथी को दरवाज़ा बंद होने से पहले दर्शन होने की आशा नहीं रह जाती। बहुत से भक्त इस पवित्र स्थल पर पहुँचने के लिए सारा जीवन पैसे जोड़ते रहते हैं। जब उनकी योजना उनके लक्ष्य से कुछ गज़ पहले खटाई में पड़ती नज़र आती है तो उनका दिमाग़ ख़राब हो जाता है। उन्हें दूसरा अवसर नहीं मिलता, वे जानते हैं कि इज़राइल आने जितना पैसा वे फिर कभी नहीं जोड़ पाएँगे। वह वास्तव में एक ग़रीब आदमी था,' गहरी सोच में पड़े तोमाश ने कहा।

'हम सूर्यास्त तक प्रतीक्षा करेंगे और फिर तेरे साथ साइनागॉग जाएँगे,' फिर मीषाल मारिका की ओर मुड़ा। 'तू रब्बी से बात कर लेगी और तोमाश और मैं दीवार के पास ध्यान लगा लेंगे।'

'मुझे लग रहा है कि आज हमारी किस्मत अच्छी निकलेगी। इज़राइली मीडिया ने इसे एक बड़ी खबर बना दिया है और जैसे कि पर्यटक होते हैं, वे बलवे के डर से आज आना नहीं चाहेंगे। वैसे देखो तो इस साल ज्वालामुखी के फटने के कारण लोग कम ही आये हैं,' तोमाश हँसा, 'सूर्यास्त से पहले हमारे पास काफ़ी वक़्त है, चर्च में चलते हैं, और अगर हम रात की प्रार्थना के लिए अन्दर न जाएँ तो तुम जाकर रब्बी से मिल सकते हो। और अगर किस्मत से हमें समाधि देखने का मौका मिल जाता है तो मुझे लग रहा है कि मौक़ा मिल ही जायेगा, तुम कल उनसे मिल लेना,' तोमाश ने सुझाव दिया और सचमुच, जब वे पवित्र समाधि चर्च के प्रवेशद्वार के बाहर छोटे चौक पर पहुँचे तो आश्चर्य से उन्होंने देखा कि भीतर बहुत कम लोग थे। 'अभी तक सब कुछ बहुत बढ़िया लग रहा है,' तोमाश ने मुस्करा कर कहा। 'पता नहीं तुम जानते हो कि नहीं, यूडेह के एक पुराने वंश का कोई मुसलमान सुलतान सलादीन के ज़माने से चर्च के द्वार के बाहर पड़ी एक बैंच पर बैठा होता है। सदियों पहले उसी ने यह फ़ैसला लिया था कि ग्रीक, रोमन और आर्मेनियाई ईसाइयों को आपस में लड़ने से रोकने के लिए पवित्र समाधि चर्च की सुरक्षा मुसलमान किया करेंगे। 19वीं शताब्दी में और लोग भी चर्च पर दावा करने लगे : सीरियाई रूढ़िवादी चर्च, कोप्ट और इथोपियाई चर्च वाले। उनकी आपस में इतनी लगती है कि ईसाई भक्तों, और कभी-कभी तीर्थयात्रियों में भी झगड़ों को शान्त करने के लिए यहूदी पुलिस को यूडेह परिवार की मदद करनी पड़ती है। अस्सी साल से ज़्यादा उम्र वाला अब्दुल क़ादर पहले अकेले चर्च का दरवाज़ा खोलता था, अब उसके पास एक सहायक भी है वजीह—जो सुबह घंटा बजने पर किसी यूनानी, रोमन या आर्मेनियाई पुजारी से एक छोटी दरार से एक लम्बी सीढ़ी लेता है और पहले नीचे वाला ताला खोलता है, फिर सीढ़ी पर दस फुट ऊपर जाकर ऊपर वाला ताला खोलता है। इस कर्मकांड को शाम को दोहराया जाता है, जब चर्च को आधी रात तक के लिए बंद कर दिया जाता है। कइयों के लिए यह हिस्सा उनके येरुशलम में पड़ाव का सबसे संतुष्टिजनक हिस्सा होता है। ग्रीक, रोमन या आर्मेनियाई पुजारी उमड़ती भीड़ से तकरीबन पचास व्यक्तियों को चुनता है, जिन्हें रविवार के पहले मिनट तक, जब आधी रात का घंटा बजता है और गोलघर में यीशु की समाधि पर पहला मिस्सा शुरू होता है, जिसके बाद पूरे एक-एक घंटे के अन्तराल पर विभिन्न चर्च-मंडलियों द्वारा मिस्से में हिस्सा लिया जाता है, चर्च में रहने दिया जाता है। शनिवार की शाम बहुत अच्छी किस्मत होने पर ही चर्च में प्रवेश मिलता है, क्योंकि हज़ारों की भीड़ में से कुछ ही दर्ज़न को चुना जाता है। मैं यहाँ छह सालों से रह रहा हूँ और मुझे कभी सफलता नहीं मिली,' तोमाश ने कहा। 'छह बजने वाले हैं, अब अन्दर चलते हैं। वैसे कमाल है, आमतौर पर दिन में इस वक़्त भीड़ होती है और आज बहुत कम लोग हैं। शायद सब डरे हुए हैं।' उनके घुसते ही द्वार बंद होने का कर्मकांड शुरू हो गया, जैसा तोमाश ने बताया था। एक ग्रीक कैथोलिक ने घोषणा करके उन लोगों को भीतर आने का निमंत्रण दिया जो रात को ध्यान लगाने के लिए वहाँ रुकना

चाहते थे। वह शायद स्वयं ही भक्तों की कम संख्या को देख कर ताज्जुब में था, अतः उसने अपने निमंत्रण को कई बार आवाज़ ऊँची करके दोहराया। एक मिनट बाद विशाल द्वार बंद हो गया, ग्रीक पुजारी ने खिड़की में एक सीढ़ी डाली, जिसे यूडेह के सहायक ने बाहर से पकड़ लिया, ताले में चाबी के खनखनाने की आवाज़ आई और फिर सन्नाटा छा गया।

बीस और लोगों के साथ मीषाल, मारिका और तोमाश ने स्वयं को ईसाइयों के लिए सबसे पवित्र, यीशु की समाधि वाले विराट चर्च के भीतर पाया, 'यह तो सचमुच चमत्कार हो गया,' मारिका अविश्वास में सिर हिला रही थी।

'हो गया सचमुच,' तोमाश ने हामी भरी।

एकाग्र हुई मारिका के चेहरे में अचानक बदलाव आया। 'मीषाल, मीशको...'

'क्या हुआ ?'

'तुम्हें ख़ुश्बू आ रही है ? इस पूरी शिला पर किसी ख़ुश्बूदार चीज़ का लेप है,' उसने चर्च के प्रवेश स्थल पर पड़ी पत्थर की एक पट्टी की ओर संकेत किया।

'यह वह पत्थर है, जहाँ क्रूस से उतारने के बाद यीशु को लिटाया गया था। कम से कम आख्यान तो यही कहते हैं,' तोमाश मुस्कराया, 'यह जटामांसी का बहुमूल्य तेल है, जिसका मेरी माग्दालेने ने यीशु के पैरों पर लेप किया था। इसे सिर्फ़ तिब्बत और कश्मीर में मिलने वाले एक विरले बिल्लीलोटन फूल से निकाला जाता है।'

'लेकिन...यह तो...यह तो...' मीषाल का चेहरा खिल गया।

'उस दिन, जब मैं कोशीचे से लौटा था तो कमरे में यह ख़ुश्बू थी।'

'हाँ, बिल्कुल वही ख़ुश्बू है यह।'

ब्रह्मांडीय ऊर्जा

यीशु अब भी ख़यालों में डूबा था, जब उन्होंने जहाज़ में खलबली और हल्लागुल्ला महसूस किया। जहाज़ का कप्तान भागा-भागा उनके पास आया और उसने उत्तेजित स्वर में राजकुमार के कान में ग्रीक में कुछ कहा, एक ऐसी भाषा में, जिसे यीशु नहीं जानता था।

'अपने केबिन में जाओ, समुद्री डाकू पोत के नज़दीक आ रहे हैं,' राजकुमार यीशु की बाँह पकड़ कर उसे केबिन की ओर ले जाने लगा।

'समुद्री डाकू ? लाल सागर में कब से समुद्री डाकू आ गए ?'

'जब से इन्होंने एजियन सागर में जनरल पोम्पिउस को हराया है तब से इनके इरादे बुलंद हो गए हैं और इन्होंने अब लाल सागर और अरब सागर में लूटना शुरू कर दिया

है। लेकिन हम इनके लिए तैयार हैं। हमारे पास वो हथियार हैं, जिनके ये स्थानीय भुक्खड़ ख़्वाब भी नहीं ले सकते।' राजकुमार तनिक भी विचलित नहीं हुआ।

'मैं डेक पर खड़ा होकर लड़ाई में मदद करूँ?' यीशु ने पूछा।

'तुम्हारा जो दिल करे वो करो, लेकिन पुल के पश्चिम में रहना। उनका पोत पूर्व से आ रहा है। मतलब हमें उनके पास घूम कर भी नहीं जाना पड़ेगा।'

चिंतित हुआ यीशु डाकुओं के स्पेन में निर्मित विशाल लड़ाकू पोत से, जो कम से कम एक सौ चप्पुओं की मदद से तेज़ी से भारतीय पोत की ओर बढ़ रहा था, लड़ाई होने की तैयारियाँ देख रहा था। यह एक सुडौल हल्का जलयान था, जो कलिंग के भारी व्यापारी पोत से बहुत तेज़ था। कप्तान ने थोड़ी देर राजकुमार से परामर्श किया और फिर अपने आदमियों के पास गया, जो आश्चर्यजनक आत्मसंयम के साथ डाकुओं के आने की प्रतीक्षा कर रहे थे। स्पेन में निर्मित जहाज़ भारतीय पोत के इतना निकट आ गया था कि उस परे खड़े आदमियों के चेहरे भी देखे जा सकते थे। अरबिस्तान, ज़िब्बित, अदन अफ्रीकी दफिली, दंगली, दोबास, इरीट्रिया और लक्का से यह एक साहसी दल था। उनमें कई भूतपूर्व ग़ुलाम थे, जो लूटने के अलावा किसी भी अमीर आदमी के मिल जाने पर ज़ालिमाना तरीके से उनसे बदला लेते थे। यीशु ने अपेक्षा की थी कि योद्धा तथा अन्य कर्मचारी, जो तीर कमानों, बल्लमों, कुल्हाड़ियों, विशेष धारदार चक्रों, तलवारों और छुरियों से लैस थे, उन्हें ललकारेंगे, परन्तु कप्तान ने मस्तूल पर एक सफ़ेद झंडा टाँग दिया।

'क्या हम आत्मसमर्पण कर रहे हैं?' हैरानी से यीशु ने पूछा।

'देखते रहो,' राव अन्ना ने उसे तसल्ली दी।

जब डाकुओं ने सफ़ेद झंडा देखा तो वे डेक पर खड़े हो जयकारे लगाने लगे। तलवारें लहराते हुए अपने से काफ़ी ऊँचे जहाज़ कालीनयुक्त डेक पर चढ़ने को तैयार होने लगे। जब डाकुओं का पोत निकट पहुँचा तो कलिंग के डेक के एकदम नीचे से चार सूराखों से दस फुट लम्बे पाइप निकले, जिन्होंने तेज़ गंधयुक्त धुआँ छोड़ना शुरू कर दिया, डाकुओं ने पहले तो उसकी तरफ़ ध्यान नहीं दिया, क्योंकि उनकी आँखें ऊपर वाली डेक पर टिकी हुई थीं। परन्तु कुछ देर में धुआँ इतना घना हो गया कि जहाज़ नज़र ही नहीं आ रहा था। पछुआ हवा ने धुएँ को जहाज़ की तरफ़ फेंकना शुरू कर दिया और वह घने पीले कोहरे के बादल में डूब गया। आश्चर्यचकित यीशु ने देखा कि कुछ देर बाद जहाज़ पर जो हो-हल्ला हो रहा था वह रुक गया। धुएँ का बादल भी एक अनिष्ट सूचक सन्नाटे से भर गया। राजकुमार, कप्तान और सैनिक डेक पर इकट्ठे होकर असमंजस में धुएँ को हल्का होते देखते रहे, जो अब पाइपों से नहीं निकल रहा था। जब कुछ देर में धुआँ ख़त्म हो गया तो कप्तान संतुष्टिपूर्वक मुस्कराया। डाकूजहाज़ की हालत भयावह लग रही थी। दर्जनों लाशें बिछी पड़ी थीं उस पर, कुछ अब भी मौत से लड़ते हुए तड़प रही थीं और कुछ पानी में भी तिर रही थीं। जो लोग जहाज़ से तैर कर दूर होने की कोशिशें कर रहे थे, उन्हें राजकुमार

के धनुर्धारियों ने आसानी से पकड़ लिया। कलिंग पर जयकारे लग रहे थे। नाविक और सैनिक एक-दूसरे से गले मिल रहे थे। कप्तान ने चालक को संकेत दिया। उसने अपने दोनों हाथों में एक-एक उत्तोलनदंड पकड़ा हुआ था, उन्हें खींच कर उसने दोनों तरफ़ के स्टीयरिंग व्हील लम्बवत जहाज़ के पेंदे के साथ लगा दिए, जिससे उनका रुख बदल कर डाकू जहाज़ की तरफ़ हो गया और निकट भिड़ंत के लिए विशेष प्रशिक्षित आदमी डाकू जहाज़ में उतर गए।

'हमारे साथ आना चाहोगे?' राजकुमार ने यीशु से पूछा। यीशु ने उत्तर नहीं दिया; उसे कुतूहल तो था, लेकिन उसे मरे डाकुओं को देखने से डर लग रहा था। वह त्योरी चढ़ाए राजकुमार के पास खड़े दूसरे पोत पर चढ़े आदमियों को देख रहा था। 'अगर कोई उन्हें देखेगा तो सोचेगा कि ईश्वर ने उन्हें दंड दिया है। सब मर गए हैं, पर उन पर एक भी घाव नहीं है। कोई कभी पता नहीं लगा सकेगा कि ये कैसे मरे हैं।'

'मैं नहीं समझा,' यीशु बोला।

'मैंने तुम्हें बताया था कि मेरे देश में तुम ऐसी चीज़ें देखोगे, जिनके बारे में पश्चिम में किसी ने ख़्वाब भी नहीं लिया होगा। तुम लोगों ने हमसे बहुत कुछ ग्रहण किया है, लेकिन महत्त्वपूर्ण भेदों को हम छुपा कर रखते हैं। जब तुम कुछ समय हमारे देश में बिता लोगे तो और अधिक रहस्यों को जानोगे।'

'मैं लोगों की हत्या करना नहीं सीखना चाहता,' यीशु ने विरोध किया।

'इसकी ज़रूरत नहीं है। तुम लोगों का इलाज करना सीखोगे, हैरान करने वाली तकनीकों से, लेकिन अगर हमारे पास यहाँ हमारे हथियार न होते तो अब तक तुम मर चुके होते। हम हमला कभी नहीं करते, सिर्फ़ बचाव के लिए लड़ते हैं।'

'यह धुआँ किससे बना था?'

'यह हमारा गुप्त हथियार है। मैं इतना जानता हूँ कि यह तारकोल, गंधक और कुछ तेज़ विषों का मिश्रण है, जिनके तत्वों के बारे में सिर्फ़ दीक्षित व्यक्ति ही जानते हैं। जब तुम भी बन जाओगे तो सभी भेद तुम्हें बता दिए जाएँगे।' निराशा में यीशु अपना सिर हिला रहा था। सैनिक कमांडर डाकू जहाज़ से लौट आया था और उसने राजकुमार को कोई सूचना दी, 'सब मर चुके हैं,' राजकुमार ने रूखे स्वर में यीशु को बताया, जिसने प्रसन्नता नहीं दिखाई। 'हमने हमला नहीं किया, हमने सिर्फ़ ख़ुद को बचाया है,' राजकुमार ने स्पष्टीकरण दिया।

'मैं नहीं जानता कि ये कौन लोग थे और क्यों ये वो बने, जो थे,' यीशु ने आपत्ति जताई। 'ये डाकू थे और मौत के लायक़ थे,' राजकुमार ने उत्तर दिया। 'लेकिन ये गरीब लोग भी तो हो सकते थे, जिन्हें गरीबी के कारण मजबूर होकर लूटने का धंधा करना पड़ा? आप एक संपन्न परिवार से हो और आपको कभी चोरी नहीं करनी पड़ेगी। शायद ये ग़ुलाम हों, जो अपने मालिकों से भागे हों।'

'मेरे दोस्त, हर इंसान में सिर्फ़ अच्छा ढूँढ़ना छोड़ दो। हाँ, मनुष्य का सत्व अच्छा होता है, लेकिन परिस्थितियाँ हमें हमेशा अच्छाई प्रकट करने नहीं देतीं। क्या हमें डाकुओं पर दया करनी चाहिए थी? वे हम सब को मार देते?'

'आपने इन लोगों को मौक़ा ही नहीं दिया। उनमें बहुत से बंदी भी हो सकते थे, जिनके लिए हत्या मजबूरी होती थी। शायद वे प्रतीक्षा कर रहे हों कि आपके सैनिक डाकुओं को हराएँगे और आप उन्हें मुक्त करेंगे। उनमें क्या निर्दोष व्यक्ति नहीं हो सकते थे?'

'इससे इन्कार नहीं किया जा सकता, परन्तु उनकी किस्मत ख़राब निकली।'

'अगर मुझे पता होता कि दोषियों में एक भी निर्दोष है और मुझे पता न होता कि वह कौन है तो मुझे किसी की भी हत्या करने का कोई अधिकार न होता।'

'बड़ी उत्तम सोच है, लेकिन सैद्धांतिक तौर पर। किसी संग्राम में यह बताने का समय नहीं होता कि तुम्हारा कौन सा शत्रु दृढ़ विश्वास से तुमसे घृणा करता है और किसे तुमसे घृणा करने को बाध्य किया गया है। संग्राम में तो तुम्हें स्वयं को बचाना है। अगर तुम्हें कोई एक मारता है तो तुम उसे दो मारो। यही ज़िदगी का क़ानून है। मैं जानता हूँ कि यह क्रूरता है, लेकिन जीता सिर्फ़ वही है जो सबसे बलवान होता है।'

'सिर्फ़...आपने उन्हें लड़ कर नहीं हराया, बल्कि छल से हराया है। आपने सफ़ेद झंडा लहराया और उन्होंने अपनी तलवारें झुका लीं और आपने अपनी निकाल लीं।'

'मेरे सैनिकों ने तलवारें नहीं निकालीं,' राजकुमार ने आकुल होकर कहा।

'और यह विषैला धुआँ क्या था?' यीशु उन सैनिकों को ध्यान से देख रहा था, जो डाकू जहाज़ में सीढ़ियों से उतर रहे थे। उसकी डेक पर उन्हें जो पड़ा मिला, उन्होंने उठा लिया। काफ़ी सामान था : दुहत्थे कलश में शराब, बेबीलोन के शानदार कालीन और बेल-बूटे का काम, जिनको संभाल कर चन्दन की लकड़ी की पेटियों में रखा गया था तथा हाथीदाँत और रेशम और सबसे अहम थी वे डिब्बियाँ, जिनमें सोने-चाँदी के आभूषण, सफ़ेद कीमती पत्थर की बोतलों में दुर्लभ तेल, रंगने का मसाला इत्यादि थे, जो शायद किसी व्यापार करने वाले जहाज़ से चुराए गए थे।

'इसे हमारे पोत में क्यों ला रहे हो?' यीशु ने पूछा।

'किन्हीं अजनबियों के लिए हम इनको क्यों छोड़ दें? शायद दूसरे डाकुओं के लिए...जो लुट चुके हैं, उनके काम तो यह आने से रहा, हमारे काम तो आएगा,' राव अन्ना ने उत्तर दिया।

'क्या करेंगे इसका?'

'फ़िक्र मत करो, जब घर पहुँचेंगे तो गरीबों को दे देंगे,' राव अन्ना मुस्कराया। यीशु को बुरा लगा। अपने जीवन में उसने पहली बार एक डकैती देखी थी और उसे रोकने के

लिए वह कुछ नहीं कर सका था। 'क्या तुमने कभी किसी डाकूजहाज़ को भीतर से देखा है?' राव अन्ना ने उससे पूछा। यीशु ने न में उत्तर दिया। 'चलो, देखते हैं फिर।' यीशु देखने को उत्सुक तो नहीं था, लेकिन राजकुमार उसे खींच रहा था, अतः वह सीढ़ी चढ़ा, सैनिकों और नाविकों ने स्पेन में निर्मित जहाज़ में उतरने में उनकी मदद की।

'कृपया चीज़ें लौटा दें। ये हमारी नहीं हैं,' यीशु ने राजकुमार को मनाने की एक और कोशिश की।

'नहीं, दोस्त, रहम और बेवकूफ़ी की तुलना करके भ्रम में न पड़ो। ये हमारी हैं! हम नहीं, ये वो थे, जो हम पर हमला करके हमें लूटना चाहते थे। अब अगर हमारे पास बेहतर हथियार थे तो हमें उसका फ़ायदा हुआ है। ईश्वर की यही इच्छा थी।'

'आप एक ईमानदार आदमी हैं और मैं जानता हूँ कि आप अपना वायदा निभाएँगे,' यीशु ने सब्र कर लिया। वह स्वयं को शान्त करने का प्रयास कर रहा था, परन्तु उसे सफलता नहीं मिल रही थी। जब उसने दूसरे जहाज़ पर अनेकों लाशें पड़ी देखीं तो क्षोभ और भी बढ़ गया। वे चुपचाप उन पर पाँव रखते हुए आगे बढ़ रहे थे; राजकुमार उसे पोत के भीतर आगे-आगे रास्ता दिखा रहा था। उसके अंगरक्षक ने हर केबिन, गलियारे और कोने को पहले छाना और जब आश्वस्त हो गया कि स्थान सुरक्षित है तो उसने राजकुमार को भीतर जाने की सलाह दी। जब वह सबसे बड़े केबिन से बाहर निकला तो राजकुमार के कान में घबरा कर कुछ फुसफुसाया।

राजकुमार ने यीशु को बाहर प्रतीक्षा करने को कहा। फिर कुछ देर बाद लौटा। उसके चेहरे पर विषाद था। यीशु के पास आकर वह धीमे स्वर में बोला,' 'मैंने नहीं सोचा था कि उन्होंने पोत पर बंदी भी रखे थे।' कह कर वह एक तरफ़ हो गया। यीशु ने भीतर प्रवेश किया। लगभग दस औरतें एक बड़े सोफ़े पर पड़ी थीं। उनमें से किसी में भी हरकत नहीं थी। राजकुमार अंगरक्षक के साथ पुनः भीतर गया। यह उन बेरबेर औरतों की टोली थी, जिन्हें यीशु ने आलेआना में अपने पतियों और बच्चों के एक बड़े तम्बू में पोत पकड़ने की प्रतीक्षा करते देखा था। 'इन्हें गुलाम बना कर आदमियों की हवस बुझाने के लिए बंदी बनाया गया था,' राजकुमार की टिप्पणी थी।

सकते में पड़े वे लाशों को ताक रहे थे। युवा यीशु ने मौत की आँख में पहले भी झाँका था, परन्तु तब तक यह मौत मरे जानवरों की आँखों में थी। इतने अधिक मृत मनुष्य उसने कभी नहीं देखे थे। उसका पूरा शरीर काँप रहा था। वह रुक नहीं सका और लाशों के नज़दीक गया। एक-एक करके उसने उनकी आँखें बंद कीं, उनके बाल सहलाये, उसके कपोल अश्रुपूरित हो गए। अचानक एक औरत का शरीर तनिक हिला। आदमियों ने भी उसे देखा और उन औरतों के पास आये, जिनमें जीवन का कोई चिन्ह नहीं था। पर फिर एक और हाथ हिला और मृतक के शरीर पर पड़ी एक औरत के मुँह से कराहने का स्वर निकला। उन्होंने उसके ऊपर से लाश को हटाया और आश्चर्य में इनकी जैसे साँस रुक गई। मणि वाला मुकुट पहने, जिस पर नीलम के पाँच शेर थे, स्त्री अपनी अधमरी, पैनी

हरी आँखों से उन्हें देख रही थी। शहज़ादी मरियम! यीशु का दिल ज़ोर से धड़कने लगा। 'जल्दी, डॉक्टर को बुलाओ, भागो!' राजकुमार ने सैनिक को आदेश दिया, जो भाग कर डेक पर गया और चिल्ला कर उसने सन्देश अपने पोत पर पहुँचाया। 'चिंता मत करो। हमारा डॉक्टर पाँचा एक वैद्य है, एक आयुर्वेदिक पुरोहित-वैद्य, ब्रह्मांडीय ऊर्जाओं का विशेषज्ञ। अगर वह इसे स्वस्थ नहीं कर सकता तो और कोई भी नहीं कर सकेगा। पहले भी वह कई बार दूसरे लोक में पहुँच चुके मनुष्यों को इस लोक में लौटा लाया है। सब ठीक हो जायेगा,' राजकुमार ने यीशु को तसल्ली दी, जो अपने दुःख को छुपा नहीं पा रहा था।

कुछ सेकिंड में पोत का डॉक्टर वहाँ भागा आया। उसने शहज़ादी के हाथ पर तीन अँगुलियाँ लगाईं, उसकी नाड़ी आँकी। फिर उसने राव अन्ना के कान में कुछ कहा। यीशु असमंजस में दोनों को देख रहा था। प्रश्नसूचक दृष्टि लिए डॉक्टर राव अन्ना पर झुका; राजकुमार ने अनिश्चित स्वर में कहा, 'इनके गुर्दे और जिगर से रुकाव हटाना पड़ेगा। इसके लिए इन्हें मूत्र की ज़रूरत है। जितना भी हो सके,' कह कर वह सैनिक की ओर मुड़ा।

'फटाफट, सब आदमियों से कहो, खासकर जवानों को, जिन्होंने शराब नहीं पी हुई और मांस नहीं खाया, कि एक जार में पेशाब करें।' डॉक्टर ने सैनिकों को निर्देश दिए। दवाइयाँ बनाने वाला डॉक्टर का सहायक केबिन में आया। डॉक्टर ने उसे कुछ निर्देश दिए। उस आदमी ने शहज़ादी के बटन खोलने में मदद की और एक तरल पदार्थ से, जिसे वह कीमती सफ़ेद बोतल में लेकर आया था, शहज़ादी के सीने की मालिश करने लगा। इस बीच डॉक्टर ने निर्जीव स्त्री के सिर और गर्दन पर कहीं दबाया और उसकी कनपटियों की मालिश की। एक मिनट बाद एक नाविक एक जग लिये आया और उसे डॉक्टर को पकड़ा दिया। 'जैंटलमैन, अब क्या आप हमें अकेला छोड़ सकते हैं? हमें यहाँ शान्ति चाहिए,' डॉक्टर ने राजकुमार और यीशु, दोनों से पूछा। 'मेरे ख़याल से लड़की जी जायेगी, लेकिन जितना मैंने सोचा था, हालत उससे बुरी है। ज़हरीली गैस बहुत दम वाली थी,' उसने उदास आदमियों को देखा। उसने एनीमा लगा कर ताज़ा मूत्र उसके शरीर में संचारित किया। साथ ही वह उसके जिगर के ऊपर भी ज़ोर से मालिश करता रहा। यीशु और राजकुमार बाहर निकल कर चहलकदमी करने लगे। थोड़ी देर बाद डॉक्टर का सहायक बाहर आया और उसने राजकुमार को भीतर जाने को कहा। डॉक्टर निराश सा लग रहा था। उसके माथे से पसीना गिर रहा था, कुछ समय बाद यीशु से भी नहीं रहा गया और वह भीतर चला गया। शहज़ादी की साँस नहीं चल रही थी। डॉक्टर स्थिति से समझौता कर चुका लगता था। राजकुमार ने उससे प्रार्थना की कि कुछ करे, लेकिन डॉक्टर ने कुछ गहरी साँसें भरीं और असहाय सा शहज़ादी के बिस्तर पर बैठ गया। उसकी आँखें बुझी हुई थीं।

उस समय यीशु के भीतर कुछ टूट सा गया, जैसे किसी अपरिचित शक्ति का उस पर प्रभाव हो। हाँ, एक कोशिश मैं भी करूँगा। बिस्तर के पास जाकर उसने डॉक्टर को एक तरफ़ कर दिया, जिसने कोई प्रतिरोध नहीं किया, यीशु ने स्त्री के ऊपर झुक कर अपने कान उसकी गरुड़ समान नाक पर लगाये। वह साँस नहीं ले रही थी। अपनी आँखें बंद करके वह प्रार्थना करने लगा, 'हे पिता, जो एकमात्र हाथ तुझे नज़र आ रहे हैं, वे यही हैं।

तेरे हैं, मार्गदर्शन करने के लिए। इन हाथों से वे सब कृमि नष्ट कर दे, जो इसके शरीर में प्रवेश कर गए हैं, हर वो बुरी चीज़, जिसने इसे अपने ज़हरीले पंजे में ले रखा है; नष्ट कर मन्त्रों की शक्ति से और अपनी असीम ऊर्जा से, कृमि निकाल दे, इसके सिर, फेफड़ों, लहू, मांसपेशियों, गुर्दों और जिगर से। शरीर में फैलते सारे कीटाणुओं, अब मेरी आवाज़ सुनो। तुम्हारी वृद्धि का अंत आ चुका है, तुम्हारा अंत निकट है! फिर उसने अपने हाथ रगड़े और उन्हें शहज़ादी के दिल पर रखा। राजकुमार, डॉक्टर और उसका सहायक तनाव में उसे देख रहे थे। पोत के अग्रभाग पर पड़ने वाली हर छप-छप, हर उस समुद्रचिल्ली की चीख, जो किनारे पर लौटना भूल गई थी, भीतर सुनी जा सकती थी। पल जो थे, अनंतकाल में बदल चुके थे। यीशु की आँखें बंद थीं, उसके हाथ ज़रा से काँप रहे थे और उसने कुछ बुदबुदा कर कहा, जो सुनने में नहीं आ रहा था। शहज़ादी कुछ देर में जैसे चौंकी, साँस लेने लगी और फिर उसने आँखें खोल कर अपने चारों तरफ़ देखा। वह उसके चेहरे को देख रहा था। उसके बाएँ गाल पर एक काला चिन्ह था। जब उसने यीशु के सिर को अपने ऊपर झुके देखा तो उसके चेहरे पर मुस्कराहट जैसा कुछ नज़र आया। उसके गालों के गड्ढों में एक शरारत का भाव था।

'पानी, पानी दीजिये,' मखमली से स्वर में वह बुदबुदाई। उन्होंने उसे पानी का एक प्याला दिया, जिसे वह गटागट पी गई। गुलाबी रंग उसके चेहरे पर लौट रहा था।

'चमत्कार, यह तो चमत्कार हो गया,' डॉक्टर पाँचा हैरत में सिर हिला रहे थे। 'यह मर चुकी थी। आपने हमारा मन्त्र पढ़ा। कहाँ से सीखा आपने? आप पश्चिम वाले हमारे शब्द कृमि से परिचित नहीं हो सकते, जिसका अर्थ शरीर में हानिकर तत्व होता है,' उसने यीशु पर प्रश्नसूचक दृष्टि डाली।

'मैंने ये और दूसरे मन्त्र फ़िलस्तीन के एक मठ में बौद्ध भिक्षुओं से सीखे थे।'

'यह तो संभव है, लेकिन मन्त्र अपने आप में तो मदद नहीं कर सकते। मैंने बहुतों को ब्रह्मांडीय ऊर्जा से जिलाया है, लेकिन यह औरत बहुत दूर जा चुकी थी। इसका प्रभामंडल फीका हो चुका था। लेकिन आपने यह कर दिखाया।'

'हाँ, यह मर चुकी थी, लेकिन रब्बियों की शिक्षा के अनुसार मृत व्यक्ति की आत्मा देह के ऊपर तीन दिन और मंडराती रहती है, उसके बाद ही वह अधिक ऊँचे क्षेत्र में दूर चली जाती है; यह अधोलोक चली जाती है। तीसरे दिन भी कुछ उम्मीद होती है। उचित ढंग से प्रयोग की गई ब्रह्मांडीय ऊर्जा चमत्कार कर सकती है। चूँकि यह तो कुछ ही देर पहले मृत हुई थीं, इसलिए उम्मीद काफ़ी थी। कोई अंतर है तो वह है आपके और मेरे धर्म का।'

'नहीं, मेरे दोस्त। अंतर यह है कि तुम इससे प्यार करते हो,' राव अन्ना मुस्कराया।

'क्या मैं आपके हाथ पकड़ सकता हूँ?' यीशु ने चुपचाप अपने हाथ पकड़ा दिये। डॉक्टर काफ़ी देर उन्हें गौर से देखता रहा, उसकी हथेलियाँ सूँघीं और फिर उन्हें अपने माथे से लगाया। आँखें बंद करके उसने मन्त्र पढ़ा। फिर यीशु की ओर मुड़ कर बोला, 'मेरी

आत्मा पहले कभी ऐसी शक्तिशाली ऊर्जा से नहीं मिली। तुम्हारा ऊर्जा-क्षेत्र सूर्य की तरह प्रकाशित है। कौन हैं आप?'

यीशु ने उत्तर नहीं दिया। खड़ा हो गया, चल कर दरवाज़े तक गया और एक ऊर्जापूर्ण मुस्कान चेहरे पर ला कर उनसे मुखातिब हुआ, 'हर उस पौधे को, जो मेरे पिता ने नहीं बोया, उखाड़ा जा सकता है, तुम्हें बस इस पर यक़ीन करना है।' वह बाहर डेक तक गए, अग्रभाग में सबसे ऊँचे स्थान पर और वहाँ खड़े कुछ देर सूरज को सागर में डूबते देखते रहे।

नकली क़ब्र

वे अन्धकारयुक्त, खाली, रहस्यमय चर्च के इर्द-गिर्द घूम रहे थे। 'इसमें भव्य, मौलिक मंदिर तो कहीं नज़र ही नहीं आ रहा, क्योंकि हर ईसाई चर्च ने गोलगोथा[17] के यथासंभव निकट पहुँचने की कोशिश में इसका विस्तार किया। तो अब चर्च का भीतरी और बाहरी भाग दोनों छोटे-छोटे गिरजों, मठों और वेदियों का समूह बन गए हैं। 1808 में यहाँ जो आग लगी थी, जब पूरा अंदरूनी हिस्सा तबाह हो गया था, ईसाई चर्च उसके लिए एक-दूसरे पर तोहमत लगाते रहे हैं। ग्रीक रूढ़िवादी चर्च ने पहले आग लगाने के लिए आर्मेनियाइयों पर इल्ज़ाम लगाया, एक षड्यंत्र के तहत, चर्च की संस्थापित व्यवस्था को बदलने के लिए। दूसरी तरफ़ आर्मेनियाई कहते हैं कि रूढ़िवादी पुरोहितों ने शराब पीकर लकड़ी में आग लगा दी थी और फिर वे उसे शराब डाल कर बुझाने की कोशिश कर रहे थे,' तोमाश ने बोलना शुरू किया, लेकिन उसने देखा कि मीषाल और मारिका उसे सुन ही नहीं रहे थे। वह बोला, 'अब हम यीशु की समाधि पर जाते हैं।'

जब वे गोलघर में प्रवेश कर रहे थे तो श्रद्धायुक्त भय में मारिका और मीषाल ने एक-दूसरे के हाथ पकड़ लिए। केंद्र में पवित्र समाधि का छोटा चर्च था, 26 फुट लम्बा, 20 फुट चौड़ा और 20 फुट ऊँचा; क्राइस्ट के तथाकथित पुनरुत्थान का स्थल, क्रूस का 14वाँ और अंतिम पड़ाव. ऊँचे, भव्य दीपवृक्षों से घिरा चर्च का द्वार एक छोटे गलियारे को ले जा रहा था, जिसमें एक सीमित क्षेत्र में पवित्र शिला थी।

'यह तो कमाल का है,' तोमाश ने विस्मय में सिर हिलाया। 'लोग कम से कम एक मिनट इस जगह पर बिताने के लिए लड़ते हैं, अपनी जान खतरे में डालते हैं। मैंने छतरियों, कैमरों, फरसों और चाकुओं से लड़ाइयाँ होती देखी हैं। अब यहाँ पर सिर्फ़ हम और थोड़े से और लोग हैं।' जब वे झुक कर छोटे से कमरे में दाखिल होने लगे तो उन्हें एक अजीब सा कम्पन शरीर में महसूस हुआ। कोई उन्हें परेशान नहीं कर रहा था, कोई उन्हें धकेल नहीं रहा था, गहरा सन्नाटा बीच-बीच में किसी तीर्थयात्री की धीमे स्वर में की जा रही प्रार्थना से टूटता था। बल्बों का झिलमिलाता प्रकाश एक रहस्यमय वातावरण बना रहा था। मारिका की इच्छा थी कि उसे कम से कम कुछ सेकिंड पवित्र शिला को छूने के

17. जहाँ यीशु को सूली पर चढ़ाया गया था।

लिए मिल जाएँ; अब उसके और 20 दूसरे भक्तों के पास इस चर्च में, ईसाइयों के सबसे पवित्र स्थल में, बिताने के लिए 3 घंटे थे। आधी रात को ग्रीक रूढ़िवादियों का मिस्सा होगा, उसके बाद अढ़ाई बजे आर्मेनियाइयों का और साढ़े छह बजे कैथेलिकों का। यह 24 अप्रैल 2010 की रात थी।

पहले तोमाश ने मक़बरे में प्रवेश किया, उसके बाद मारिका और मीषाल ने। किसी ने एक भी ऊँचा शब्द बोलने का साहस नहीं किया। वे उन किस्मत वाले कुछ लोगों के साथ थे, जो एक आम दौरे पर आये थे और उनके पास वहाँ रहने के लिए समय की कमी नहीं थी, जबकि ऐसी यात्राओं पर आए आम पर्यटकों को शोर और धक्का-मुक्की में मुश्किल से एक या दो मिनट मिलते थे। लेकिन उन्हें यहाँ कोई जल्दी करने को नहीं कह रहा था, अत: वे ईसाइयों के इस पवित्रतम स्थल पर आराम से ध्यान-प्रार्थना कर सकते थे, जिसकी मारिका को न जाने कब से तमन्ना थी। वह अपना स्वेटर ठंडे फ़र्श पर रख कर उस पर बैठ गई। मीषाल उसके पास बैठ गया। 'तुझे मैं अकेला छोड़ देता हूँ। मैं दरवाज़े पर ध्यान रखूँगा कि कोई तेरी प्रार्थना में व्यवधान न डाले। जब तू निपट लेगी तो फिर मेरी बारी होगी,' तोमाश उसके कान में कह कर प्रसन्नचित बाहर चला गया।

अपने मस्तिष्क को उन्होंने स्वतन्त्र छोड़ दिया; बहुत आसान हो गया था यह, क्योंकि वे जानते थे कि कम से कम एक घंटा तो उनके ध्यान में कोई व्यवधान नहीं डालेगा। वे अपने पूरे हृदय और आत्मा से इस चमत्कार को अनुभव कर रहे थे, ऐसा लग रहा था कि उन्होंने हमेशा इसकी कल्पना की थी। स्पष्टत: यह उनके लिए कुछ नया था। श्रद्धा और विनय में उन्होंने चुपचाप एक-दूसरे के हाथ पकड़ रखे थे। मारिका ने अपना सिर संगमरमर की उस पटिया पर रख दिया, जो उस पत्थर को सुरक्षा प्रदान कर रही थी, जिस पर क्राइस्ट की देह को उन्हें क्रूस से उतार कर लाने से बहुत पहले रख दिया गया था। उसने आँखें मूँद लीं। पवित्र वातावरण, जलती मशालें, उस जगह के जादू ने (कोई फ़र्क नहीं पड़ता था कि यह वास्तविक था या उसके दिमाग की उपज था) उसमें एक विलक्षण सुखाभास का संचार कर दिया था, जिसमें कैंसर के लौट आने की एकमात्र सार्थक अभिव्यक्ति की सम्भावना का अवसाद भी मिश्रित था। वह ईश्वर से मदद माँगे, लेकिन अचानक उसे यह एक तुच्छ सी इच्छा लगने लगी और प्रार्थना के बावजूद वह स्वयं में आस्था की कमी के कारण क्षमा भी माँगने लगी—उस सर्वशक्तिमान से भीख माँगने के लिए, जो अन्तर्यामी है। पहले तो उसका मन नकली फूलों, धार्मिक चित्रों, ग्रीक और रूसी भाषा में अभिलेखों, और संतों के उन चित्रों से भटक रहा था, जो पहले आये भक्तों ने इस उम्मीद में वहाँ चिपका दिये थे कि वे पोस्टकार्ड लगा कर ईश्वर से कुछ पा लेंगे। उम्मीद करती हूँ कि वह इन्हें स्वीकार कर लेगा, क्योंकि वे उसके पास पहुँचने का और कोई रास्ता नहीं जानते। वह क्राइस्ट के जीवन से चित्रों को देख रही थी, जिन्हें मशालों और फूलों से सजी चाँदी की तस्वीरों में बदल दिया गया था। लिली के फूलों का एक मुरझाता बड़ा गुलदस्ता ज़रूर किसी घोर पापी ने रखा होगा।

उस स्थान के शान्त वातावरण में वह उनींदी महसूस करने लगी; वह माँग रही थी, प्रार्थना कर रही थी, ध्यान कर रही थी, यह जाने बिना कि वह सपने में थी या वास्तविकता में। 'हम यहाँ कुछ सीखने आये हैं। पुनर्जन्म हमारे जीवन में एकमात्र सार्थक अभिव्यक्ति है,' एक दिन पहले के वाद-विवाद में तोमाश द्वारा बोले गए शब्द उसके मस्तिष्क में घूम रहे थे। वह समझ गई थी कि मौत के डर के बावजूद, जो माता-पिता और पुजारियों की न जाने कितनी पीढ़ियाँ उनके दिमाग़ में भरती रही थीं, मनुष्य की आत्मा गुम नहीं हो सकती, सिर्फ़ व्यक्ति बदल जाता है। जीवन निरन्तर बहने वाली एक नदी है, एक अक्षय ऊर्जा है, जो कभी कम कभी ज़्यादा होती है, पर हमेशा इसकी पुनः पूर्ति होती रहती है। यह एक सेब की तरह है, जो पहले बौर होता है, और बाद में फल बन कर पुरस्कार लाता है, ऐसे फल, जिन पर मृत्यु का विधान लागू होता है...फिर भी, अगली वसंत में बौर फिर आता है, फल बन जाता है और पुनः नए पुरस्कार लाता है।

वह और मनुष्यों की तरह जीना चाहती थी, सिर्फ़ यही पूछ रही थी कि क्या वह एक सही, स्वस्थ और उपयोगी फल है। क्या वह अपने आस-पास की दुनिया के लिए खुशियाँ और पुरस्कार लेकर आई है? एक सेब के जीवन का उद्देश्य स्पष्ट होता है। पर उसका ईश्वरीय आह्वान क्या था? वह तकरीबन साठ वर्ष की हुई थी, परन्तु क्या वह जीवन का अर्थ जानती थी? क्या वह कुछ समझी थी? क्या उसने पर्याप्त खोज की थी? क्या सर्जनहार ने उसे कैंसर इसलिए दिया था कि वह अंततः जान सके कि वह सही राह पर नहीं चल रही थी? चूँकि कैंसर लौट आया था, तो क्या उसने ईश्वर की इच्छा को नहीं समझा था और उसे पुनः पीड़ा की राह पर चलना होगा, अगर उसके पास इसके लिए समय और इच्छा हो? वह डरी हुई क्यों थी? इस प्राकृतिक अनिवार्यता का भय आया कहाँ से था? क्या अधिक प्राकृतिक है : मृत्यु या जीवन? क्या एक के बिना दूसरे का अस्तित्व हो सकता है? और क्या वे एक ही नहीं हैं? जैसा कि मीषाल के पत्थर पर अंकित है? जब एक के लिए सूरज डूब रहा होता है तो दूसरे के लिए उदय हो रहा होता है। किसी समय भौतिक स्तर पर मृत्यु आती है, नश्वर ढाँचे का अंत हो जाता है, लेकिन उसी समय भौतिक संसार में एक और आ जाता है। व्यक्ति बदल जाता है, लेकिन सम्पूर्ण रह जाता है और यही सत्य है। व्यक्ति के जीवन का अर्थ सम्पूर्ण में और एकता में होता है। ख़ुद के लिए जीना, दूसरों से अलग-थलग, निरर्थक है। वह कल्पना करने लगी कि यदि वह दुनिया में अकेली व्यक्ति हुई तो कैसे जियेगी। किसके लिए जिएगी? तोमाश सही कह रहा था। 'कुछ नहीं' का अस्तित्व नहीं रह सकता। केवल 'कुछ' ही रह सकता है। और इसलिए, मौत भी कुछ है, यह 'कुछ नहीं' नहीं है। जब उसके लिए निश्चित हो जायेगा कि धरती पर उसके अस्तित्व का हर पल ईश्वर के विधान का पालन करने की दिशा में जा रहा है तो वह मौत से डरना छोड़ देगी। अपने दिन-प्रतिदिन के जीवन में इसका पालन करने से ही मौत का डर मिट जाएगा। उसने जाना कि मौत इसलिए बुरी है, क्योंकि उसे बचपन से यही बताया जाता रहा था, घर पर भी, चर्च में भी, जहाँ वह अपनी दादी के साथ एक कर्तव्य निभाने के तौर पर जाती थी। पशुओं को मौत का डर क्यों नहीं होता? वे मौत की कसक के बिना कैसे मर जाते हैं, जब तक कि उनकी मौत मानवीय हिंसा से न हो रही हो? लोग क्यों मौत

से संघर्ष को अनिवार्य और जीवन के लिए महत्त्वपूर्ण समझते हैं? क्या लोग जन्म लेते ही मरना शुरू नहीं कर देते? क्यों पेड़-पौधे, फल और सारे पशु मर्यादा और शान्ति से मरते हैं, अनिवार्यता से समझौता कर लेते हैं? क्यों मानवजाति, जिसके पास बुद्धि है, इस भौतिक संसार से इतना लगाव रखती है?

मारिका नहीं जानती थी कि वह जाग रही थी या सो रही थी, लेकिन स्वयं को बहुत अच्छा और हल्का महसूस कर रही थी। उसके पूरे शरीर में एक सुखद गर्मी दौड़ रही थी, एक एहसास कि उसका प्रिय पति वहाँ उसके साथ था। बाहर वह और तोमाश उसे शक्ति और आश्वासन दे रहे थे। कैंसर लौटा क्यों था : उसकी नज़र क्राइस्ट को लिखे एक पोस्टकार्ड पर गई, जिसे किसी ने शिला पर रखा था। 'तुम तब तक नहीं निकलोगे, जब तक कि तुम अंतिम पाई चुका नहीं देते...मैं हर कीमत पर यह क्यों जानना चाहती हूँ कि तू कहाँ दफ़्न है, मेरे मालिक? क्यों यह मेरे लिए इतना महत्त्वपूर्ण है? अधिक महत्त्वपूर्ण क्या यह नहीं है कि मैं अपना ध्यान रखूँ?' मेरे पूर्व जाने में इतना महत्त्वपूर्ण क्या था कि तूने मेरा कैंसर लौटा दिया? क्या यह वही राह नहीं है, जिसके लिए तूने मुझे दुनिया में भेजा था? मीषाल गत वर्ष भारत में था और तुझे फतेहपुर सीकरी में खोज रहा था। शायद मेरी मदद करने के लिए, हम दोनों ने तो एक बार सोचना शुरू कर दिया था कि तेरी हड्डियाँ सचमुच वहाँ हैं, लेकिन ज़रूर हमने ग़लती की होगी। तेरा अंतिम विश्रामस्थल अवश्य वहाँ है, जहाँ पुन:एकीकरण की आवश्यकता सबसे अधिक है। पूरा जीवन मैं अपने त्याग दूसरों पर थोपती रही हूँ और मैं खुश नहीं होती थी, जब वे मेरे त्याग को स्वीकार नहीं करते थे। शायद आडेल्का भी मुझ से जान छुड़ाने के लिए अफ्रीका चली गई है। मैं दूसरों की सहायता करने की अपनी सोच पर निर्भर हो गई हूँ और अपने प्रियजनों को अपनी दयालुता से आतंकित करती रही हूँ। मैं सोचती थी कि मैं अपनी क़ुरबानी दे रही हूँ, जबकि मैं अपने अहम को तुष्ट कर रही थी और जब लोगों ने मेरी सहायता की सोच को स्वीकार नहीं किया तो मैं बीमार पड़ गई।

'दुनिया में दो स्थान हैं, जहाँ यीशु ने उपदेश दिया था और दोनों में उसके द्वारा इच्छित शान्ति के बजाय कलह, अशान्ति और युद्ध हैं। एक में उसने जन्म लिया था, दूसरे में उसकी मृत्यु हुई थी। ये दो स्तंभों की तरह हैं-बोआस और जोआखिम, जन्मस्थल एवं मृत्युस्थल, जो दोनों जुड़े हैं सुलेमान के माध्यम से, डेविड के वंश के सम्राट, वही खानदान जो यीशु का है,' मीषाल विचार कर रहा था। वह यीशु की समाधि वाली शिला पर आँखें मूँद कर बैठा था और उसने दुनिया में सबसे प्रिय व्यक्ति का हाथ पकड़ा हुआ था। कितनी मदद करना चाहता है वह उसकी! वह उसकी बीमारी दूर करने के लिए कुछ भी करेगा। लेकिन उसे महसूस हो रहा था कि इलाज के लिए यह सही जगह नहीं थी। यह कोई शान्ति स्थल नहीं है, बल्कि कलह स्थल है। मारिका समय को महसूस नहीं कर रही थी। मीषाल की हथेली की गर्मी महसूस करने पर उसने आँखें खोलीं। उसे देखने पर उसने पाया कि वह पत्थर की पटिया पर क्राइस्ट के चित्र को देख रहा था, जिसे एक उत्साही भक्त मक़बरे में लेकर आया था। वह भी उसे देखने लगी। यह एक भिन्न यीशु था, वह नहीं था जिसका चित्र

उसने जीवन में बहुत बार देखा था—बचपन की प्रार्थना—पुस्तिका से लेकर उस तीर्थयात्रा तक, जहाँ उसकी दादी उसे लेकर जाया करती थी। यह यीशु भिन्न था। वह खड़ा नहीं, बल्कि एक विचित्र मुद्रा में बैठा था। उसकी टाँगें संकरित थीं, नेत्र आधे मुँदे, उसका चोगा उसके बाएँ कंधे पर था, जो उसकी गोदी और टाँगों को ढक रहा था, वह बौद्ध भिक्षुओं की तरह कमल की मुद्रा में झुका था। वह उसकी नज़र को देख सकती थी, जैसे कि उस पर वशीकरण कर रहा हो। वह उसे देख रही थी और कुछ अजीब, अपरिचित, सुखद उसके हृदय में प्रवेश कर रहा था। उसके दाएँ हाथ की अनामिका और छोटी उँगलियाँ मुड़ी हुई थीं, नीचे की दिशा में, जबकि मध्यमा, तर्जनी और अँगूठा ऊपर की दिशा की ओर संकेत दे रहे थे। उसका बायाँ हाथ आगे किया हुआ था और तर्जनी अँगूठे के साथ मिल कर एक गोल दायरा बना रही थी। 'यह शाश्वत द्वैतवाद, उसकी दिव्यता और मानवीय सार का सूचक है। मैंने तिब्बत में ऐसे बहुत चित्र देखे हैं।'

'तुम्हारे पत्थर पर भी है यह। क्या अर्थ होता है इसका?' मंद स्वर में वह बोली।

'यह एक हिन्दुस्तानी मुद्रा है, जिसे सिंसिहना मुद्रा कहते हैं। यह सत्य के एक कण को समझने का प्रतीक है,' मीषाल ने भी मंद स्वर में उत्तर दिया।

अचानक मारिका अप्रत्याशित रूप से बोली, 'टिबेरिया में हमने जो चप्पू देखे थे....'

'...वास्तव में इसके हृदय का प्रतीक हैं। है कि नहीं कमाल? हृदय हमें चलाता है...' मीषाल ने जोड़ा।

'हाँ, और चप्पू...मीषाल, मुझे धीरे-धीरे मालूम पड़ रहा है कि मैं आगे क्यों नहीं बढ़ रही हूँ और मेरी बीमारी क्यों लौट आई है। मीषाल, मीशको...' मारिका की आँखें लाल थीं, जैसे उसे तेज़ बुखार हो, लेकिन जब मीषाल ने उसके माथे को छुआ तो वह ठंडा था।

उनके ध्यान में शोर से व्यवधान पड़ा। एक मिनट बाद उन्होंने देखा कि साढ़े सात बज गए थे और मुस्लिम प्रहरी ने चर्च का ताला खोल दिया, क्योंकि यूनानी मिस्सा आरम्भ होने वाला था। तोमाश मक़बरे के बाहर उनका इंतज़ार कर रहा था, वह मुस्कराया, 'यह अब एक यादगार अनुभव होगा।' जो उन्होंने देखा वह चकित करने वाला था। कॉप्ट पुजारी गोलघर के पीछे प्रार्थना कर रहे थे और रूसी रूढ़िवादियों की एक भीड़ उन पर सीटियाँ बजा रही थी। रूसियों पर सीरियाई पुजारी फुफकार रहे थे, कुछ घिसे-पिटे घटिया गीत गाते हुए ग्रीक कैथोलिकों पर भिनभिना रहे थे और उनकी प्रार्थना का मज़ाक उड़ा रहे थे। यहाँ-वहाँ थप्पड़ मारे जा रहे थे और ग्रीक भिक्षुओं को रूसी रूढ़िवादी ईसाइयों की भीड़ को धक्के मार कर बाहर निकालने में बड़ी मुश्किल हो रही थी, जो यीशु की समाधि के सामने खड़े अपनी गहरी इच्छा पूरी करने के लिए धक्कम-धक्का किये जा रहे थे। 'यह कोई शान्ति की जगह नहीं है,' मीषाल ने सोचा। मारिका चिल्लाने, थप्पड़ चलने और धक्का-मुक्की को नहीं देख रही थी। वह अन्यमनस्क सी हुई चमकती आँखों से शून्य में देखे जा रही थी।

'क्या सोच रही हो?' मीषाल ने उससे पूछा।

'मेरे ख़याल से मैं समझ रही हूँ कि मैं बीमार क्यों हूँ। और मेरे पास एक सूझ है कि मैं बीमारी से कैसे निकलूँ, इस रब्बी से मिल लें?' वह तोमाश की तरफ़ मुड़ कर बोली।

'आधी रात हो चुकी है। मेरे ख़याल से उससे मिलने के लिए यह सही वक़्त नहीं है,' वह मुस्कराया, 'लेकिन कल रब्बी दोपहर से पहले साइनागॉग में ज़रूर होंगे।'

'ओ.के. मैं जाकर उनसे मिल लूँगी। मेरे ख़याल से पवित्र समाधि के चर्च में यीशु के मक़बरे को ढूँढ़ने में कोई तुक नहीं है।'

'क्यों?' तोमाश ने पूछा।

'क्योंकि यीशु यहाँ दफ़्न नहीं हैं।'

'बिल्कुल, पर कहाँ है फिर?' मीषाल ने पूछा।

'चर्च के अनुसार यीशु स्वर्ग को गमन कर गए थे, जानते हो न?' तोमाश ने मुस्करा कर कहा।

'ऐसी बकवास पर तुम यकीन नहीं कर सकते। यह ईश्वर के विधान के विरुद्ध है। चर्च के बड़े पादरी भी भली-भाँति जानते हैं कि यीशु उड़ कर स्वर्ग नहीं गए, लेकिन वह इस तथ्य को स्वीकार नहीं कर सकते, इससे उनकी ऐहिक सत्ता ख़त्म हो जाती है—जो उनके लिए सबसे अहम है। इसीलिए वे हर उस व्यक्ति से घृणा करते हैं और उसका उत्पीड़न करते हैं, जो यीशु की असली क़ब्र को खोजने की कोशिश करता है।' मारिका सोच में डूब गई और उसने कोमल स्वर में कहा, 'दुनिया में दो जगह हैं, जहाँ निरन्तर कलह रहती है। और दोनों उनके काम से जुड़ी हुई हैं। मेरे ख़याल से अब मैं समझ रही हूँ। हमने चर्च में तीन घंटे बिताये हैं और बहुत सी चीज़ें मेरे लिए स्पष्ट हो गई हैं। वह कार्ड...स्त्री नाव पर चढ़ कर पूर्व को जा रही है, लेकिन नाव वहीं की वहीं खड़ी है, वह एक झील पर है और उसके माथे पर एक हिन्दुस्तानी तिलक है...कमल की बौद्ध मुद्रा में यीशु...वह शान्ति नहीं लाया, बल्कि तलवारें लाया है। नाव में छह तलवारें हैं...यह उसकी असली क़ब्र नहीं है। रब्बी ने मुझे इस सवाल का जवाब देने का वादा किया है?'

'उन्होंने कहा था कि इसके लिए तुझे ईश्वर की आवश्यकता नहीं है, कि वह स्वयं कुछ कर सकता है। तू जानना चाहती है कि यीशु कहाँ पर दफ़्न हैं?' मीषाल ने हैरत से उसे देखा।

'मैंने ईश्वर से हिब्रु में लिख कर बताने को कहा था।'

'तो यह वह मन्नत थी जो तूने दीवार में डाली थी?' मारिका ने हामी भरी। 'क्या यह तेरे लिए इतना ज़रूरी है?'

'जितना तू सोचता है उससे भी ज़्यादा।'

'मेरे विचार से मैं तुझे समझने लगा हूँ,' उसके विषाद और उससे भी ज़्यादा उसकी आस्था से द्रवित होकर वह बोला।

मृत्यु भोज

दोपहर को वे शहज़ादी को पालकी में बिठा कर सबसे ऊपर वाली डेक पर ले गए। उसका चेहरा अब इतना पीला नहीं था और वह सामान्य रूप से साँस ले रही थी। वह डॉक्टर के पास बैठी थी और राजकुमार पुल की छाया में बैठा था। समुद्र की हवा उसके बालों को सागर की लहरों की तरह उड़ा रही थी। यीशु उन दोनों के सामने इस रहस्यमय सुन्दरी को देखते हुए बैठे थे। एक दुभाषिया उसकी कहानी का बेरबेर भाषा से 67 भाषाओं में अनुवाद कर रहा था। मृत सागर के क्षेत्र में वह अपने जोड़ों की बीमारी का पथ्य करवाने गई थी। जब वह अपनी माँ और उसके परिजनों के साथ बेरेनीस की बंदरगाह से घर लौट रही थी तो प्रस्थान के कुछ देर बाद खुले समुद्र में डाकू जहाज़ ने उन पर हमला किया। डाकुओं ने सारे मर्दों, बच्चों और उसकी माँ सहित सभी बूढ़ी औरतों की भी हत्या कर दी थी और जवान औरतों को वे अपने जहाज़ पर ले गए थे। उसे इल्म नहीं था कि वे उन्हें कहाँ ले जाना चाहते थे; शायद वापस अपने ठिकाने पर ले जाना चाहते थे। यह मालूम पड़ने पर कि उसके अलावा ज़हरीली गैस के हमले में सब मर गए थे वह रोई भी नहीं थी। उसने राजकुमार को उसे आदुली ले जाने को कहा, जहाँ उसके पिता का काफ़िला उसे सीवा ले जाने के लिए उसका इंतज़ार कर रहा था। स्वभावतः राजकुमार ने उसे वहाँ सुरक्षित पहुँचाने का वचन दिया, अतः दो दिन बाद कलिंग ने आदुलिस में असूचीबद्ध लंगर लगाया, जहाँ शहज़ादी को उसके पिता के हवाले कर दिया गया। वो दो दिन यीशु के जीवन के अब तक के सबसे खूबसूरत दिन थे। नाविकों, सैनिकों और व्यापारियों ने युवक के व्यवहार में काफ़ी सामान्य परिवर्तन देखा। उनकी आँखें ख़ुशी और चाहत से चमक रही थीं। उसे लग रहा था कि मरियम को भी उसके साथ वैसे ही लगाव हो गया था। दोनों एक-दूसरे की भाषा नहीं समझते थे, लेकिन प्रेम किसी भी भाषा में समझा जा सकता है। दो दिन वे मुस्करा, गा रहे थे; यीशु ने एक नाविक से माँग कर उसके लिए बाँसुरी भी बजाई। दूसरी तरफ़, जहाज़ का लंगर लगने के समय से जब विदाई का समय आया तो यीशु के लिए वह सबसे ज़ालिम दिन था। वह कभी सोच भी नहीं सकते थे कि प्यार में इतनी शक्ति होती है।

शहज़ादी के पिता नरेश मसिनिस्सा ने वो कालीन, जड़ी-बूटी का काम, चन्दन की लकड़ी में बंद सोना, चाँदी, रेशम, नमक और बाकी सामान लेने से इन्कार कर दिया, जो डाकू चुरा कर लाये थे और जिसे राजकुमार उसे देना चाहता था। नरेश ने राव अन्ना के प्रति उसकी बेटी को बचाने का आभार प्रकट करते हुए सब कुछ राव अन्ना को भेंट में दे दिया। जब पोत आदुलिस की बंदरगाह को छोड़ कर जा रहा था तो यीशु और राजकुमार डेक पर खड़े होकर कृतज्ञ बेरबेर वालों के समूह को हाथ हिला कर विदाई ले रहे थे। 'खूबसूरत है, क्या?' राजकुमार ने तारीफ़ में सिर हिलाया।

'खूबसूरत।'

'मैं मानता हूँ कि जब उसने कहा कि उसके पिता आदुलिस में उसका इंतज़ार कर रहे हैं तो मुझे दुःख हुआ था। मैं तुम्हारे लिए मरियम को कलिंग ले जाता,' राजकुमार ने मुस्करा कर कहा। वह सोच में मग्न यीशु को देख रहा था, 'मेरे विचार से तुम्हें प्यार हो गया है,' उन्होंने प्यार से उसे गले लगाया और एक साथ फिर से विदाई के लिए उस गोदी में खड़ी मण्डली को हाथ हिलाया, जहाँ से वे दूर जा रहे थे। शहज़ादी, जो नीला रूमाल हिला रही थी, अब धीरे-धीरे लुप्त होती जा रही, समुद्र के उस कुहरे में वह एक परी की तरह जैसे स्वर्ग में उड़ रही थी। यीशु ने आँखें मूँदीं और दिन में एक ऐसी औरत की बाँहों में होने का सपना देखने लगा, जिससे ज़्यादा खूबसूरत औरत उसने दुनिया में आज तक देखी नहीं थी। उसे ऐसे लगा कि किसी विलक्षण आदिकालीन शक्ति ने उसे हाथों में ऊपर उठा लिया था और वह धरती से ऊपर विचरण कर रहा था, एक अपरिमित अन्तरिक्ष में। सागर के ऊपर से उड़ता हुआ वह उस गोदी पर उतर गया जहाँ वह थी और उसके नयनों में वह पूरी सृष्टि को देख सकता था। एक सृष्टि, जो उसके नयनों में प्रतिबिम्बत हो रही थी। किनारा अन्तरिक्ष के पीछे लुप्त हो गया था और बरसात होने लगी थी। राजकुमार ने यीशु को अपने केबिन में बुलाया। 'क्या तुमने कभी किसी औरत को जाना है,' उसने पूछा। शर्म से कुछ लाल होकर यीशु ने न में सिर हिलाया। 'यह मत भूलना कि एक पुरुष और एक स्त्री की देह के बीच का परिपूर्ण ऐक्य अद्भुत होता है, परन्तु उनकी आत्माओं में परिपूर्ण ऐक्य अधिक आनंददायक होता है। तुम पश्चिम वाले सहवास की बात करते हो, पर हम मिलाप की बात करते हैं। मिलाप का अर्थ होता है एकीभवन। सुन रहे हो मुझे?' राव अन्ना ने पूछा। 'कोशिश कर रहा हूँ,' यीशु मुस्कराए। 'मैं तुम से ऐक्य और एकीभवन की बात कर रहा हूँ और तुम राजकुमारी के सपने ले रहे हो,' राजकुमार ने प्यार से उसे झिड़का। 'अब मैं उससे आज़ाद हो गया हूँ। आपको ध्यान से सुन रहा हूँ...' राजकुमार संतुष्ट होकर मुस्कराया, 'मानवीय सिद्धि के लिए आज़ाद होना पहली शर्त है। धरती पर दो किस्म के लोग होते हैं। पहले-एक बहुसंख्या में-बंदी, अतृप्त और प्रसुप्त होते हैं, देह में और द्रव्य में ख़ुशी ढूँढ़ रहे होते हैं।'

यीशु उनके सामने बैठे थे, रहस्यमय सुन्दरी को निहार रहे थे। दुभाषिया उसकी कहानी का बेरबेर बोली में अनुवाद कर रहा था। वह मृत सागर पर अपनी माँ और परिजनों के साथ यात्रा पर थी, जहाँ वह अपने जोड़ों का इलाज करवाने गई थी। बेरेनीस की बंदरगाह पर उनके प्रस्थान के कुछ समय बाद खुले समुद्र में डाकुओं ने उन पर हमला किया था। 'औरतें, ताक़त, कीर्ति। उन्हें मृत्युभोज का निमंत्रण मिला है। दूसरे-अल्पसंख्यक-जागृत, खुली आँखों वाले, आत्मा का सुख खोज रहे हैं। उन्हें जीवन भोज पर बुलाया गया है और वे स्वर्ग में जायेंगे। हर व्यक्ति को इस भोज का निमंत्रण मिला है, वे मानवता के आकाशदीप हैं। लेकिन कम लोग चुने जायेंगे।' राव अन्ना ने बोलना बंद कर दिया। उसने देखा कि यीशु फिर नहीं सुन रहा था। 'उसके बारे में सोच रहे हो?' 'क्या कहा?' 'मैंने कहा कि क्या उसके बारे में सोच रहे हो?' यीशु ने हामी भरी। 'तो तुम आज़ाद बिल्कुल नहीं हुए।' यीशु चुप रहे। 'ईश्वर चाहेगा तो तुम उससे मिलोगे। इस संसार में नहीं तो दूसरे में। अगर

तुम्हें उसके साथ मिल कर चलना है तो ऐसा होगा। उदास मत हो।' 'मैं उदास नहीं हूँ। मुझे यक़ीन है कि मैं उन लोगों में से हूँ, जिन्हें जीवन भोज पर बुलाया गया है,' 'ज़रूर, अब मुझे बहुत भूख लगी है। कुछ खा लेते हैं।'

मुझे यक़ीन है!

चर्च से लौटने के बाद मारिका और मीषाल को बहुत देर तक नींद नहीं आई। उनके दिमाग़ गोलघर में लगी भीड़, एक-दूसरे को लम्बे डंडे मारते भिक्षुओं, शोर-शराबे और मशालों और मशालों से आती बदबू में घूम रहे थे।

'सो रहे हो?' पति की अनियमित साँस को सुन कर उसने पूछा।

'असंभव है।'

'मेरे लिए भी।'

'कैसा लग रहा है?'

'ठीक ही है।' 'मतलब अच्छा नहीं,' चिंतित होकर उसने मारिका को बाँहों में भर लिया।

'नहीं, ठीक हूँ। बस ज़रा उत्तेजित हूँ।'

अँधेरे में उसने अपनी छाती की गाँठ को छुआ। वह मानने को तैयार नहीं थी कि वह बड़ी हो रही है। वह अपने पति को परेशानी नहीं देना चाहती थी, वह झूठ बोली, 'छोटी हो रही है।'

'रुक,' उसने थर्मामीटर उसकी बगल में लगा दिया। 'जब हम लौटेंगे तो प्रोफ़ेसर से मिलना मत भूलियो, तुझे देखना है कि यह बढ़ तो नहीं रही।'

'मीषाल, बढ़ रही है, चाहे नहीं बढ़ रही, मैं इन डॉक्टरों और प्रोफ़ेसरों से तंग आ चुकी हूँ। क्या मदद करेंगे वे मेरी? स्तन काट देंगे और हो गया। कुछ देर ठीक रहेगा, लेकिन जब एक बार तुम्हारे शरीर में कोशिकाओं का रूप परिवर्तन होने लगता है, जो मेरे साथ हो रहा है, तो कुछ देर बाद यह कहीं और से आ जायेगा। वे तुम्हें ठीक नहीं करते, बस तुम्हारे अंत को स्थगित कर देते हैं।' वह फट पड़ी, 'अगर वे मुझे ठीक से सही करना जानते होते तो पहली बार ही कर देते। मुझे यक़ीन नहीं है कि विकिरण—चिकित्सा से, काटने से और कीमोथैरेपी से वे किसी को बचा सकते हैं। इसके विपरीत वे तुम्हारे शरीर को इतना कमज़ोर बना देते हैं कि तुममें रोग से लड़ने की ताक़त नहीं रहती। जब उन्होंने मेरी गाँठ से सैंपल लिये थे तो मेरे रुधिर प्रवाह में कोशिकाओं का रूप-परिवर्तन हो गया था।'

'कैसे, तूने तो मुझे बताया था कि तेरी बायोप्सी नहीं हुई थी,' उसने संदेह की दृष्टि से उसे देखा।

उसने उत्तर नहीं दिया। 'अगर कोई चीज़ मुझे बचा सकती है तो स्वस्थ होते-होते जो ऊर्जा मेरे बीच बचती है, उसे मज़बूत बनाना होगा।' 'फिर तुम में यह हुआ या नहीं?' फिर कुछ सोच कर बोला, 'तो फिर तुम यह कैसे करोगी।'

'उपवास फिर से शुरू करके, ताकि शरीर भोजन को संसाधित करने में ऊर्जा व्यर्थ न करे, ताकि कोशिकाएँ एक-दूसरे को खा न जाएँ। बहुत आसान है यह। प्रोटीन गाँठ बढ़ने में मदद करती है। जब तुम प्रोटीन वाले पोषक तत्व कम लोगे और शरीर को उनकी सख्त ज़रूरत पड़ी, तो रक्त शरीर में हर वह चीज़ खाने लगता है, जिसमें प्रोटीन होती है और सबसे ज़्यादा इसमें कैंसर की कोशिकाएँ होती हैं। परिणामस्वरूप कैंसर ख़ुद को खाने लगता है।'

'तुझे यक़ीन है इसमें?'

'यक़ीन है।'

'लेकिन पहले भी तो तुझे इस में विश्वास था।'

'ज़्यादा नहीं था और मेरा यक़ीन ग़लत था। यक़ीन में सही समय पर सही जगहों पर ध्यान, आत्मा के सक्रियण की भी एक बहुत बड़ी भूमिका होती है। यीशु की क़ब्र मेरे लिए सही जगह है।'

'क्यों?'

'क्योंकि मुझे इसका एहसास हो रहा है। शायद यह मन को तसल्ली मिलने पर बेहतरी की औषधि हो, लेकिन मुझे इस पर यक़ीन है। दूसरों के लिए यह सोने का कमरा, जंगल, चर्च हो सकता है। मेरे लिए यह उसकी समाधि है। मुझे यक़ीन है कि जहाँ उसकी देह के अवशेष हैं, उस जगह में ही रोग हरने की शक्ति है।' मीषाल मुस्कराया, 'मैं जानता हूँ कि तुझे यह हास्यास्पद लग रहा होगा, लेकिन मैंने ही अपने दिमाग में इस विश्वास का बीज गहरा बोया है कि उसके विश्रामस्थल में इलाज करने की इतनी ताक़त है कि मुझे किसी भी क़ीमत पर वहाँ जाना होगा।'

'पर हम यहाँ हैं। येरुशलम में।'

'तू अच्छी तरह जानती है कि वह यहाँ दफ़्न नहीं हैं।'

'फिर कहाँ है?' मारिका सुबकने लगी। मीषाल ने उसे आलिंगन में भर लिया। दोनों खामोश पड़े बल्ब की धुंधली रौशनी में छत को देख रहे थे।

'कल-आज, असल में—मैं रब्बी से मिलूँगी। अगर वह मेरे सवाल का जवाब देते हैं तो हम वहाँ जाएँगे।'

'कुछ दिन रुक जा और फिर देख लियो।'

'क्या?'

'कि क्या इससे मदद मिलती है?'

'मीशको, वे तो ख़ुद कहते हैं कि यीशु यहाँ दफ़्न नहीं हैं! यहाँ तो उन्हें क़ब्र में रखा गया था और उसके बाद वह पता नहीं कहाँ चले गए,' मारिका ने आपत्ति की।

'कब देखना चाहेगी रब्बी को?'

'तोमाश ने दोपहर से पहले के लिए कहा था। हम सब एक साथ जाकर उनको मिल सकते हैं।'

'तू अकेली नहीं मिलना चाहती?'

'मेरे ख़याल से मैं जानती हूँ कि वह मुझे क्या बताएँगे। मैं चाहती हूँ कि तू भी सुन।'

'हाँ, मैं तेरे साथ चलूँगा। मैं कुछ भी करूँगा तेरे लिए। मैं तहेदिल से चाहता हूँ कि तू जिए। बहुत चाहता हूँ...मारिका...हम कामयाब होंगे...तुम बच जाओगी। मुझे यक़ीन है। यक़ीन है!' उसके आँसू बह कर गालों पर आ गए। ये उम्मीद के आँसू थे।

वक़्त आने पर जान जाओगे

अदूली में अप्रत्याशित विलम्ब हो जाने से कप्तान ने अदन का पड़ाव घटा कर सिर्फ़ एक दिन के लिए कर दिया, जिस समय में बंदरगाह से राजकुमार के केबिन में मोतियों से भरी आबनूस की एक पेटी लाई गई। कप्तान ने तजुर्बेकार जहाज़ियों से सलाह-मशविरा किया, जिन्होंने उसे सलाह दी कि जितनी जल्दी हो सके वहाँ से निकल ले, क्योंकि ग्रीष्म आ रही थी और दक्षिण-पछुआ मानसून ज़ोर पकड़ रहा था। यीशु को वहाँ अधिक न रह सकने का अफ़सोस हो रहा था, क्योंकि जनश्रुति के अनुसार यह नगर आदम और हौआ के बेटों केन और आबेल का जन्म-स्थान था। हवा के रुख के कारण पोत ने अच्छी रफ़्तार पकड़ ली। एरिथ्रेअन सागर से निकलने से पहले मस्कट में मोशा बंदरगाह में रुके, जहाँ उन्होंने पानी, फलों और तरकारियों की पुनः पूर्ति की। उसके बाद वे कई सप्ताह बरिगाज़ा पहुँचने तक, जो यूनान के साथ व्यापार करने के लिए एक महत्त्वपूर्ण बंदरगाह थी। एरिथ्रेअन सागर पर सफ़र करते रहे।

'तो स्वागत है भारत भूमि पर,' बरिगाज़ा में एक घाट पर उतरने से पहले वह झुका। राव अन्ना ने अपने गले से एक छोटा सा हार निकाला, अपनी बीच वाली उँगली को उसने हार में रखे एक गहरे लाल रंग में डुबोया और यीशु के माथे पर उससे एक बिंदी बना दी। 'यह तिलक दैवी सौभाग्य तथा विजय का प्रतीक है। हम इसे तीसरी आँख कहते हैं। यह ईश्वर और मनुष्य की आत्मिक शक्तियों को परस्पर जोड़ता है।'

'मैं चक्रों के बारे में और अधिक जानना चाहूँगा।'

'उतावली मत करो। भारत में तुम यही सब सीखने आये हो, पर सब से बढ़ कर

तुम धीरज सीखने आये हो।' राजकुमार ने यीशु को मैत्रीपूर्ण भाव से कहा और फिर उसने थोड़ी देर सैनिकों के साथ बंदरगाह का चक्कर लगाया। 'यहाँ से उत्तर-पश्चिम में सिन्धु का भव्य दहाना है, जहाँ कभी पौराणिक ओफ़ीर नगर होता था, जिसके प्राचीनकाल से सुलेमान के साम्राज्य के साथ व्यापारिक सम्बन्ध थे। लेकिन इसकी कीर्ति और धन-दौलत बर्बर कबीलों के बार-बार के हमलों के कारण सब मिट्टी में मिल चुके हैं। इसके अतीत का गौरव अब नए, अधिक धनी और शक्तिशाली देशों के सामने फीका पड़ चुका है। आज इस क्षेत्र में अब बरिगाज़ा सबसे अहम बंदरगाह है,' राव अन्ना ने अपने युवा मित्र को बताया, जो उसे ध्यान से सुन रहा था। डामर की पेटियाँ उतारने के बाद पोत में चन्दन की लकड़ी लादी गई और पोत अलीबाग के लिए चल पड़ा। वहाँ वे पाँच दिन बाद पहुँचे। मालाबार तट पर सम्राट सुलेमान के ज़माने की सबसे महत्त्वपूर्ण बंदरगाह का इतिहास भी कलिंग जैसा था। बर्बर कबीलों ने इसे तबाह कर दिया था और अब नगर का कुछ ही हिस्सा बचा हुआ था। जब क्षितिज पर इसकी रूपरेखा प्रकट हुई तो यीशु का दिल ज़ोर से धड़कने लगा। राव अन्ना ने उसे एक हज़ार साल पहले यहूदी व्यापारियों को लेकर आये पोत द्वारा यहाँ लंगर डालने का किस्सा सुनाया था। तट पर लगने से कुछ पहले पोत गिर गया था, पर फिर भी बुरी तरह नुक़सान हो जाने के बावजूद इसे सफलतापूर्वक खींच कर किनारे लगाया गया था। यहूदियों ने अपना पहला व्यापारिक केंद्र भारत के पश्चिमी तट पर खोला था और एक सक्रिय धार्मिक जीवन जीने के ढंग का विकास किया था।

'जितनी देर मेरे आदमी सामान उतारते हैं, हम जाकर गल्लायुन्क्या पर एक नज़र डालते हैं, ताकि तुम भारतीय वातावरण का पहला जायज़ा ले सको। अगर चाहो तो हम साइनागॉग भी जा सकते हैं।' यीशु राज़ी हो गए। अलीबाग से गल्लायुन्क्या पहुँचने का सबसे छोटा रास्ता समुद्र से था। राजकुमार ने मल्लाहों की तीन कतारों वाली एक लम्बी फ़ौजी नाव किराये पर ली, जो बंदरगाह में उसी दिन पहुँच गई। नाविकों ने राव अन्ना, यीशु और उसके अंगरक्षक के गोदी पार करने के लिए तख्ते लगा दिए। राजकुमार के संकेत देने पर नौकर एक पालकी ले आये और उसने यीशु को पालकी में बैठने को कहा।

'आप हमें क्या इनके कंधों पर बिठा कर ले जाएँगे?' उसने पूछा।

'तो और किसके कंधों पर बिठाएँगे?' हैरान होकर राव अन्ना ने पूछा।

'क्षमा चाहता हूँ, मित्र, आपके रीति-रिवाज़ों का मैं सम्मान करता हूँ, जब तक उनसे लोगों की अवमानना नहीं होती। मैं शहर में चल कर भी जा सकता हूँ।'

एक पल के लिए राजकुमार की त्योरी चढ़ गई, लेकिन जल्दी ही उसने अपनी नाराज़गी को छुपा लिया। 'यह इतना आसान नहीं होगा। तुमने अभी किसी भारतीय नगर की सड़कें नहीं देखीं। चाहो तो हम बग्घी ले सकते हैं।' नाज़ारेथ-वासी नगर के दृश्य से आँखें नहीं हटा पा रहा था। वह आनंदातिरेक में था और उसमें भावनाएँ उमड़ रही थीं। शोर, चहल-पहल, चालकों की चिल्लाहट, गायों का रम्भाना, बंदरों की चीखें और मोरों की पिआऊँ-पिआऊँ, सब मिल कर उन अनेकों फेरीवालों के हल्ले के साथ एक

अजब माहौल बना रहे थे, जो उजले चमकीले मसाले, फल, सब्ज़ियाँ, कपड़ा, चमड़े के थैले, सैंडल, बर्तन, छड़ियाँ और न जाने क्या-क्या बेच रहे थे। 250 वर्ष पूर्व प्रबुद्ध बौद्ध सम्राट अशोक द्वारा निर्मित मंदिर उन्हें मंत्रमुग्ध कर रहा था। राव अन्ना उन्हें एक साइनागॉग के भीतर भी ले गया, चूँकि गल्लायुन्क्या एक प्रसिद्ध व्यापारिक केंद्र भी था, अतः यीशु अपना उत्साह छिपा नहीं पा रहे थे। 'और सोचो तो हम अभी मालाबार तट भी नहीं पहुँचे। मैं वहाँ यहूदी बस्तियों और साइनागॉगों को देखने के लिए उत्सुक हूँ,' वह फूले नहीं समा रहे थे।

'हमें थोड़ी देर हो गई है। मुझे डर है कि हवा उलटी दिशा में चलने लगेगी और घर जाने की हमारी यात्रा में परेशानी आ सकती है। जो कुछ भी हमें ढोना है वह हम बरिगाज़ा से उठा लेंगे और बाकी पुनः पूर्ति मुज़ीरिस में कर लेंगे, जहाँ हमें कुछ टीन उतारने हैं,' राजकुमार ने कहा। 'मैं बहुत आभारी हूँगा अगर हम कोचीन में कम से कम एक दिन रुक सकें तो। यह भारत में यहूदियों की सबसे पुरानी बस्ती है और मैं वहाँ रब्बी से मिलना चाहता हूँ।'

'कहते हैं कि कोचीन के समुदाय में आपसी कलह है।'

'मुझे इससे कोई फ़र्क नहीं पड़ता। पता नहीं मैं फिर कभी ये स्थान देख भी पाऊँगा या नहीं और मैं यूडेह कबीले के वंशजों को सलाम करना चाहूँगा,' यीशु ने मिन्नत की।

'तुम्हारे सुझाव से मैं प्रसन्न नहीं हुआ। मुझे कहना पड़ेगा कि मैं जल्दी से जल्दी घर पहुँचना चाहता हूँ।'

'राजकुमार, शायद मेरे ज़िद करने का तरीका इतना व्यवहारकुशल नहीं है, लेकिन मुझे लग रहा है कि कोचीन में रुकना आपके और आपके पोत के लिए अच्छा रहेगा।'

राव अन्ना कुछ नहीं बोले; उसके चेहरे से यीशु की ज़िद से उपजी अप्रसन्नता झलक रही थी। उसे किसी के दबाव में आने की आदत नहीं थी। गल्लायुन्क्या में एक सप्ताह बिताने के बाद वे अलीबाग बंदरगाह लौट आये, जहाँ कलिंग प्रस्थान के लिए तैयार खड़ा था। पोत दक्षिण की ओर बढ़ता रहा, जहाँ वे कर्नाटक के मंगलौर में कुछ देर के लिए रुके, क्योंकि उनके बहुत सारे पानी के पीपे अचानक फट गए थे और उन्हें जल्दी से और पानी चाहिए था। उन्होंने बातचीत करते, शतरंज और कार्ड खेलते हुए समय बिताया। रास्ते में यीशु की सैनिकों से मित्रता हो गई थी, वे उसे कुश्ती और मार्शल आर्ट के रहस्य बताते रहे। उनके साथ उन्होंने पंजा लड़ाने का अभ्यास किया और तलवारबाज़ी भी की। दक्षिण की यात्रा में कलिंग तट से ज़्यादा दूर नहीं चल रहा था। गोकरनुम, कालीकट, मंदागोरा, बिज़न्तियम, तोगारुम चौकट की यहूदी बस्तियों के साथ-साथ चल रहा था, जब तक कि वे मुज़ीरिस में पेरियार नदी के मुहाने पर नहीं पहुँच गए, यह मालाबार तट की सबसे बड़ी बंदरगाह थी, रोम अलेग्ज़ान्द्रिया, अक्सुम, फ़िलस्तीन, अरब देशों और फिनीसिया के साथ व्यापार के लिए महत्त्वपूर्ण। ओफ़ीर के पतन के पश्चात् काली मिर्च,

दालचीनी, अदरक और मलमल का लगभग सारा व्यापार यहाँ आ गया था। राजकुमार का पोत खाद्य पदार्थों की आपूर्ति के लिए वहाँ सिर्फ़ दो दिन ठहरा, नाविकों को भी थोड़ी छुट्टी वहाँ के शराबखानों और चकलों में जाने की मिली। वे तनिक कुड़कुड़ कर रहे थे, क्योंकि राजकुमार ने उनसे वहाँ कई सप्ताह ठहरने का वायदा किया था, जहाँ बढ़िया छोटे शराबखाने और मनोरंजन के दूसरे साधन थे। 'हम कोचीन में ज़्यादा देर रुकेंगे,' कप्तान से बात करके राजकुमार ने निर्णय लिया। कप्तान ने उसे धरती से समुद्र की ओर बढ़ते बादलों के बारे में चेतावनी दी। हालाँकि कलिंग एक मज़बूत जहाज़ था और बहुत सा भारी सामान उठा सकता था, बढ़ती लहरों में वह अखरोट के छिलके की तरह डगमगा रहा था।

'कुछ अच्छा नहीं लग रहा। पता नहीं ये दो विशाल सैनिक पोत वहाँ दूर समुद्र में क्या कर रहे हैं,' कप्तान ने दो पोतों की रूपरेखा को क्षितिज में लुप्त होते देखा; उन्होंने भी उनके साथ मुज़ीरिस में लंगर डाला हुआ था।

यीशु संतुष्टिपूर्वक मुस्कराए। पूरे तट पर कोचीन सबसे अधिक महत्त्वपूर्ण यहूदी कॉलोनी थी। दोनों बंदरगाहें एक-दूसरे की पूरक थीं। मुज़ीरिस में, जहाँ यूनानियों का आधिक्य था, मसालों के व्यापार का केंद्र था, जबकि यहूदी कोचीन में ख़ासकर हीरों, मोतियों, हाथीदाँत और चीनी रेशम का व्यापार होता था। यीशु नगर में पड़ाव की उत्सुकता से प्रतीक्षा कर रहे थे, जिसका नाम हिब्रू में साइनागॉग की एक मुहर पर था। भव्य कलिंग जब तट के निकट पहुँच रहा था तो वह पोत के अग्रभाग पर खड़ा ज़मीन से आने वाली हवा को फेफड़ों में भर रहा था। आदुलिस से प्रस्थान के बाद वह काफ़ी ख़ामोश और विचारमग्न रहा था। 'मरियम की याद आ रही है क्या?' राजकुमार ने उससे पूछा। 'हाँ,' उसने सिर हिलाया। 'पीड़ा से शरीर की प्रतिरोधक शक्ति घटती है, लेकिन आत्मा की बढ़ती है। यह तो ऊपर वाला सही से जानता है कि उसने बेरबेर सुंदरी को तुम्हारी राह पर क्यों भेजा। तुम प्रेम में पड़ गए और अतृप्त प्रेम सबसे बड़ी पीड़ा होती है। मुझे विश्वास है कि इसका तुम्हारे लिए बहुत महत्त्व है, बस यह है कि यह अब तक तुम्हें बताया नहीं गया।' राव अन्ना चुप होकर दूर तक देखने लगा। फिर, जैसे स्वयं से कह रहा हो, उसने जोड़, 'अतृप्त प्रेम और भी अधिक पीड़ा लेकर आता है।'

'आप भी प्रेमपाश में हैं?' यीशु ने पूछा।

'वह पुरी में मेरी प्रतीक्षा कर रही है। वह दुनिया की सबसे खूबसूरत और रहमदिल इंसान है। एक साल से मैंने उसे नहीं देखा। बेटों को भी। पर मेरे पिता ने मुझे यात्रा पर भेजा था और मेरे पिता की इच्छा मेरे लिए आज्ञा है।'

'आपके लिए जाना ज़रूरी था? मेरा मतलब कि आपका कप्तान आपके लिए डामर, शराब और मृत सागर का नमक लेकर आ सकता था।'

'मैं घर ऐसा कुछ लेकर जा रहा हूँ, जो इन सब से बहुत अधिक महत्त्वपूर्ण है।'

'क्या है यह?' राव अन्ना के चेहरे पर एक रहस्यपूर्ण मुस्कान उभरी और उन्होंने यीशु का कंधा थपथपाया।

'जब वक़्त आएगा तो तुम जान जाओगे।'

झूठ पर आधारित एक सिद्धांत

रविवार को दोपहर से पहले येरुशलम पर तूफ़ान लाने वाले बादल लटक रहे थे। तेल अवीव हवाई अड्डे जाने वाली बस ने चार बजे जाना था, तो उनके पास तकरीबन एक पूरा दिन खाली पड़ा था। मारिका की होटल से बाहर निकलने में कोई दिलचस्पी नहीं थी; वह स्काइप पर सूडान में आडेल्का से बात करने में सफल नहीं हो सकी थी। कंप्यूटर बहुत सुस्त था और होटल के अन्य मेहमान भी कतार लगा कर इन्तज़ार कर रहे थे, अतः हताश होकर उसने उससे फ़ोन पर ही बात की। 'हर समय उससे बात क्यों करती रहती है? हर बार वही कहानी। क्या वह ठीक है, क्या हंस ठीक है, क्या उसके पास पर्याप्त कपड़े हैं। जैसे अफ्रीका में वह ठण्ड से जम रही हो! मतलब अब तक वह बहुत खीझ चुकी होगी। कई बार मैं सोचता हूँ कि तू बस उसी के बारे में सोचती रहती है।'

'तेरी ही तरह है। तू उसमें ज़्यादा दिलचस्पी दिखा सकता था। आखिर वह तेरी इकलौती संतान है!' मारिका ने त्योरी चढ़ाते हुए कहा। वह अपने पति के साथ-साथ चल रही थी, जो तेज़ी से दीवार जाने वाली सड़क पर पिस्ता चबाते हुए भागा जा रहा था। आखिर में तोमाश उन्हें दीवार वाले चौक पर नाके के सामने मिला। एक दिन पहले के मुकाबले आज वहाँ यहूदियों की संख्या बहुत कम थी, पर पर्यटक ज़्यादा थे। चूँकि विल्सन मेहराब मर्दों वाले हिस्से में थी, जहाँ औरतों को जाने की इजाज़त नहीं थी, अतः तोमाश पहले रब्बी को अकेला मिलने गया। एक मिनट बाद वह रब्बी को मीषाल और मारिका के पास ले आया। रब्बी ने आम कपड़े पहन रखे थे, सफ़ेद कमीज़ और काली पतलून। उसने मारिका से उनका परिचय करवाया, जिसका स्वागत रब्बी ने किसी पुराने दोस्त की तरह किया। 'अगर मारी को एतराज़ न हो कि आप उसके भेद को जान जाओगे, मैं आपको अपने मनपसंद कोशर[18] रेस्तराँ में चलने का निमंत्रण देना चाहूँगा,' वह मैत्रीपूर्ण भाव से मुस्कराया।

'नहीं, ऐसी कोई बात नहीं है, सबके एक साथ होने से मुझे ख़ुशी होगी। जानते हैं, मुझे मानना पड़ेगा कि मैं कुछ हद तक जानती हूँ कि आप मुझे क्या बताने वाले हैं और कि मेरी तबीयत ठीक नहीं है...'

'पुराने येरुशलम में बेन-ज्वी सेंटर सबसे उत्तम रेस्तराँ है। उनकी तो एयर कंडीशनिंग भी कोशर है।'

'दरवाज़े के बाहर कंधे पर मशीनगन उठाए एक सैनिक खड़ा था, जिससे मालूम

---

18. वह भोजन, जिसे यहूदी धर्मादेश के अनुसार ग्रहण कर सकते हैं।

पड़ता था कि यह बस ऐसे ही कोई पुराना रेस्तराँ नहीं है। उनके प्रवेश करते समय वेटर ने झुक कर रब्बी को सलाम किया और उन्हें और उनके मेहमानों को एक अलग कक्ष में ले गया। रब्बी ने हाथ धोने का कर्मकांड पूरा किया, बाकी दोनों ने भी उनका अनुसरण किया। वेटर्स द्वारा लाए भोजन पर उसने मन्त्र पढ़े और कुछ समय प्रार्थना में लगाया।

'क्या मैं तुमसे पूछ सकता हूँ, मारिका, क्या तुम्हारा पति मीषाल और मेरा प्रिय दोस्त तोमाश जानते हैं कि आपने हमारे मालिक से क्या ख्वाहिश की थी?'

'मेरा पति जानता है और तोमाश को भी मैं बता दूँगी।' नज़र नीचे झुकाए हुए वह उसकी ओर मुड़ी और बोली, 'मैं चाहती थी...मतलब, मैं जानना चाहती हूँ कि यीशु कहाँ दफ़्न हैं।'

तोमाश कुछ नहीं बोला, सिर्फ़ रब्बी को उसने हैरत से देखा। 'क्या आप इस प्रश्न का उत्तर देने का साहस करेंगे?'

रब्बी मुस्कराया, सोच कर शान्त स्वर में बोलने लगा, 'कुछ ऐसी चीज़ें होती हैं जो जनहित में कही नहीं जातीं, हालाँकि सच की खातिर उन्हें कहना चाहिए। लेकिन कभी-कभी ऐसे भी होता है, सच का नतीजा हमेशा अच्छा नहीं होता। मेरे सहयोगी इसका विरोध नहीं करेंगे, मैं इनके मत को जानता हूँ,' तोमाश को देख कर वह आगे बोलने लगा, 'यह सच है कि यीशु ईश्वर के पुत्र नहीं थे, लेकिन सम्राट कोंस्तान्तिन के नेतृत्त्व में 25 मार्च 325 की निकेआ की परिषद् की एक बैठक में मत द्वारा इसे पारित किया गया। वहाँ 217 बिशप थे, जिन्होंने मत दिया कि यीशु ईश्वर के मूल के थे; केवल 3 ने विरोध करने का साहस किया था। उनका नेतृत्व बिशप आरिउस कर रहे थे, जिनका मत था कि किसी इंसान को ईश्वर-पुत्र कहना विधर्म है। सम्राट कोंस्तान्तिन के दबाव पर मतों की एक बहुत बड़ी संख्या यीशु के पक्ष में पड़ी। मतदान से पहले सम्राट ने घोषणा की कि यीशु का दैवी मूल का होना सत्य था और बाकी सब मत शैतान की सोच थे। आज भी यह समझा जाता है कि बहुत कम लोग सम्राट के विरुद्ध मत देंगे। उस दिन के निर्णय ने यीशु का मानवीय चरित्र छीन लिया, लोगों से उन्हें अलग-थलग कर दिया, जिनके लिए वह खोज के एक प्रकाश स्तम्भ की बजाय एक अलभ्य आदर्श बन कर रह गए। मानना पड़ेगा कि बहुतों के लिए यह काफ़ी सुविधाजनक भी है। लोग नैतिक आदर्शों को पसंद करते हैं, जब तक वह उनसे एक ख़ास दूरी रखें। उन्हें वह ज़्यादा उकसाए न। येरुशलम से वे यीशु को रोम ले गए, एक ऐसी जगह, जहाँ उन्होंने कभी कदम भी नहीं रखा था। उसी परिषद् में सम्राट द्वारा नियुक्त एक समिति ने 80 इंजीलों अर्थात् ईसा-चरित के पूर्ण सत्य के पाठों में से चुनाव किया, जिन्हें फिर संत की उपाधि से विभूषित किया गया और वे नव टेस्टामेंट का हिस्सा बन गए। इंजीलों का चुनाव, कहते हैं, एक चमत्कार के कारण हुआ था : चुनिन्दा पाठ अपने आप उड़ कर वेदी पर चले गए। चर्च ने अन्य सभी इंजीलों को विधर्मी घोषित कर दिया और जो कोई भी उसका हवाला देगा, उसे भी विधर्मी मान कर उसकी निंदा की जाएगी, जिसका परिणाम उन दिनों घातक होता था। तिस पर यीशु के जीवन के पूरे 18 साल—उनका बचपन और युवावस्था—उसमें शामिल ही नहीं किये गए थे। यहूदियों और बाद में मुसलमानों ने

भी यीशु के ईश्वरीय मूल का होने का खंडन किया। चर्च ने मनुष्य-यीशु को ईश्वर-यीशु बना दिया, खास कर पॉल की कृपा से। तब से चर्च दुविधा में है : क्या यीशु की सादगी की राह पकड़ी जाए या पॉल की सत्ता की। पोपों ने पॉल की राह चुनी और जिसने भी अपनी असहमति जताई, उसे क्रूरतापूर्वक दंड दिया गया, खासतौर से कुछ सदियों बाद, जब चर्च संगठित हो गया था। पोप की राह न लेने वालों और यीशु का अनुसरण करने वालों को विधर्मी घोषित करके जला दिया गया। इसीलिए रोमन चर्च ने यीशु को मनुष्य के रूप में प्रस्तुत करने वाले सब प्रमाणों को नष्ट कर दिया। उस समय अलेग्ज़ान्द्रिया में विश्व के सबसे बड़े पुस्तकालय को सन् 391 में तबाह कर दिया गया, सम्राट थेओदोसिउस के राज में। उसमें प्रारंभिक ईसाइयों के जीवन और येरुशलम के चर्च के बारे में विशिष्ट प्रमाण थे। उसी वर्ष, थेओदोसिउस के राज में। ईसाई धर्म रोमन साम्राज्य का राष्ट्रीय धर्म बन गया और बिशप सिरिसिउस पहला पोप बना। यह मानवजाति के इतिहास में सबसे बड़ी क्रान्ति थी, जिसे सम्राट कोंस्तान्तिन ने आरम्भ किया था, उत्पीड़ित ईसाई उत्पीड़क बन गए,' रब्बी ने साँस छोड़ी; मारिका और मीषाल साँस रोक कर सुन रहे थे। 'यीशु की क़ब्र के स्थान के वजूद को साबित करने की मेरी कोशिश को चर्च की इजाज़त नहीं मिलेगी। परन्तु कोई भी इंजील स्वर्गारोहण का उल्लेख नहीं करती। अगर प्रमाण मिल जाए कि यीशु कहीं किसी आम आदमी की तरह क़ब्र में पड़े हैं तो चर्च तो गया। इससे प्रमाणित हो जाएगा कि चर्च का सम्पूर्ण सिद्धांत एक झूठ पर टिका हुआ है। पर दूसरी ओर यीशु द्वारा दी गई शिक्षा को बल मिलेगा।'

परीक्षा में असफल

कोचीन का साइनागॉग तट के निकट था, व्यापारी बंदरगाह थी जहाँ। जब ज्वार-भाटा अधिक उठ रहा होता था तो लहरें साइनागॉग की नींव तक आती थीं। बहुत से पोत बंदरगाह पर लंगर डाले खड़े थे, ज़मीन से आते प्रत्याशित तूफ़ान से बचने के लिए। जब वे साइनागॉग में दाखिल हो रहे थे तो हवा ज़मीन से धूल और कूड़ा उड़ा रही थी। उन्हें भीतर पहुँच जाने पर ख़ुशी थी। रब्बी एज़ेकिएल नोबाख ने, जिनके साथ साइनागॉग का गायक और कई बड़े व्यापारी भी थे, राजकुमार और यीशु का साइनागॉग के ही एक हिस्से के शिक्षाघर में सम्मानपूर्वक स्वागत किया।

'अपने साइनागॉग में इस महान युवा विद्वान का स्वागत करते हुए, जिसका गुणगान येरुशलम की मंदिर अकादमी से हम तक पहुँचा है, हम और हमारा साइनागॉग बहुत सम्मानित अनुभव कर रहे हैं। आपकी कुशाग्र बुद्धि और मंदिर के कर्मचारियों में फैली बुराइयों के प्रति आपका आलोचनात्मक अभिमत हमारे यूडेह कबीले के सदस्यों के लिए, जिनके पूर्वज सुलेमान के ज़माने में यहाँ आये थे, बहुत दिलचस्पी का विषय है।'

'पूज्य गुरुजी,' आगे वाली पंक्ति में बैठा एक आदमी यीशु से मुखातिब हुआ, 'रब्बी के शब्दों में मैं यह जोड़ना चाहूँगा कि हममें कुछ ऐसे हैं, जिनके पूर्वज बेबीलोन के राजा

नेबुचाद्रेज्ज़र द्वारा येरुशलम को तबाह कर देने के 500 वर्ष बाद वहाँ से आये थे। और हालाँकि हम अपने पूर्वजों की तरह साइनागॉग के ख़ज़ाने को भरने में लगभग उतना ही योगदान दे रहे हैं, जितना हम से पहले आए भाई-बंधुओं ने दिया था, हमें इस चीज़ का दु:ख है कि हमारे सच को यहाँ कोई नहीं सुनता। हम अपने लाभकर वाणिज्य-व्यापार में मिले लाभ का और समुदाय में रसूख का बड़ा हिस्सा चाहते हैं।' साइनागॉग में फुसफुसाहट होने लगी और यीशु को राजकुमार के शब्द याद आये। प्रारम्भिक प्रवासियों और नए आने वालों में सम्बन्ध अच्छे नहीं थे। आदमी उन्हें घूरने लगे कि अब वह किसी न किसी का पक्ष लेंगे।

यीशु अपने अनूठे अंदाज़ में बैंचों के बीच चहलकदमी करने लगे। जब भी उन्हें गुस्सा आता था तो वह ऐसे ही करते थे। अभी भारत की भूमि पर ठीक से पैर रखा भी नहीं था, अपने धर्म वालों का प्रसन्नतापूर्वक अभिवादन करने का अभी उन्हें समय ही नहीं मिला था और पहली चीज़ जिससे उनका सामना हुआ था वह था, उनका परस्पर दोषारोपण। वह इस झगड़े में नहीं पड़ना चाहते थे। 'मुझे आपकी शिकायत समझ नहीं आई,' वह शिकायत करने वाले आदमी की ओर मुड़े। 'आप अपने सच की बात कर रहे हैं। लेकिन कोई ऐसा आपका सच और उनका सच नहीं होता। सच एक होता है। दुनिया में हर चीज़ को सच और ग़लती में बाँटा जा सकता है। हर वह चीज़ सच है, जो बिना किसी निमित्त के होती है और हर चीज़ का निमित्त भी होता है। ग़लती, ऐसा लगता है, कुछ नहीं होती, लेकिन यह हर चीज़ की अभिव्यंजना का रूप है।' आदमी त्योरियाँ चढ़ाए सुन रहे थे। 'जो भी चीज़ शुरू होती है किसी मुक़ाम पर आकर ख़त्म हो जाती है, दिखाई देने वाली सभी चीज़ें अभिव्यंजना का रूप हैं, आकार हैं, वे किसी का प्रतिनिधित्व नहीं करतीं, इसलिए उन्हें ख़त्म होना है। वही बात रसूख और लाभ के बारे में भी कही जा सकती है। झगड़ा किस बात पर कर रहे हो? निरर्थक, क्षणभंगुर वस्तुओं पर?'

'नहीं, हम न्याय चाहते हैं,' बन्दों ने विरोध किया।

'ईश्वर सच है, न्याय है, क्योंकि वह था और रहेगा, वह कभी नहीं बदलेगा, कभी नहीं ख़त्म होगा, वही एकमात्र सच रहता है। मनुष्य सदा सच और झूठ के बीच झूलता है। संसार में यही हमारी भूमिका है, भूल करते-करते सत्य की खोज करना। मैं नहीं जानता कि आपमें सही कौन है और ग़लत कौन है। लेकिन मैं आपको देखते हुए निश्चित रूप से जो जानता हूँ वह यह है कि जिस उम्र में आप हैं, आपमें से दस वर्ष पश्चात् भूल कोई भी नहीं करेगा।'

'हम उम्रदराज़ हैं, तजुर्बेकार हैं, लेकिन हम ग़लतियों से नहीं बच सकते,' एक आदमी ने विरोध किया।

'वो तब होगा जब ईश्वर इतना दयालु होगा कि आपको ग़लतियाँ करने देगा। आपके हाथों में कुछ नहीं है, सब उसके हाथों में है। जब से आदमी को मांस का ढाँचा मिलता है,

उसमें सच और भूल दोनों का वास होता है। सत्य को खोजने के लिए देह उसका साधन है। जब आप यहाँ नहीं होंगे, जब आप मर चुके होंगे, जब ग़लतियाँ समाप्त हो चुकी होंगी, तब आपके पीछे सिर्फ़ सच रह जाएगा। आपको इसी के तराजू पर तोला जाएगा।' 'लेकिन रसूख, सत्ता?' वह शिकायत करने वाले की ओर मुड़े, 'यह दर्पण में तुम्हारी छवि है, शक्ति का प्रतिबिम्ब, यह भ्रम को छोड़ कर और कुछ नहीं है। असली शक्ति आपके भीतर है। इसमें है कि आप अपनी भावनाओं और विवेक को कैसे अपने नियंत्रण में रखते हैं। जब आपको बुरा बनाया जाता है, जब आपसे अन्याय होता है, खुश होइए। जिस झूठ का आप पर दोषारोपण किया जाता है वह आत्मनियंत्रण और धैर्य में अच्छाई पाने के लिए आपका सबसे उत्तम प्रशिक्षण है। अपने अहंकार को मिटाने के लिए अपमान और दर्पमर्दन सहना सीखना उपयोगी होता है, क्योंकि जो सेवा करते हैं वही बलवान होते हैं। जो सेवा करवाते हैं वे प्रलोभनों से नहीं बच सकते। वास्तविक शक्ति हम सब में ईश्वर द्वारा हमें प्रदत्त इच्छाशक्ति की अभिव्यंजना है और आत्मनियंत्रण की इच्छाशक्ति सबसे बलवान होती है। और अगर आप स्वयं पर नियंत्रण रख सकते हैं तो आपको ज्ञान की राह मिलेगी। यह वो चट्टान होगी, जिस पर आपको अपना मंदिर बनाना है। यही एक चीज़ है जो आपकी रक्षा करेगी, आपका सशक्तिकरण करेगी। आप परदेसी हैं यहाँ, और एकता बनाये रखने के बजाय आप एक-दूसरे की टाँग खींचने की कोशिशों में लगे हैं। ज्ञान को अपनी शक्ति बनाइये, इसे अपना सच बनाइये।'

'भाषण अच्छा है आपका, पर बहुत अव्यावहारिक है। आपने हमारे विवाद में हमारी कोई ज़्यादा मदद नहीं की,' उस आदमी ने कहा।

'आप घर से इतनी दूर हैं और फिर भी विवादों में पड़े हुए हैं। अपने विवाद आपस में ही निपटा लीजिये, क्योंकि यदि आप यह नहीं करेंगे तो आपके लिए मालिक करेगा।'

'हमने तो सोचा था कि आपको मालिक ने भेजा है।'

यीशु कटुतापूर्वक मुस्कराए, 'अपनी मदद आप कीजिये और ईश्वर आपकी मदद करेगा। ईश्वर के पास सिर्फ़ एक हाथ है और वह आपका है। आप सब उम्र में मुझसे बड़े हैं—और मैं भारत में ज्ञान लेने आया हूँ, न कि सयाने हो चुके आदमियों के झगड़े सुल्टाने।'

बाहर गड़गड़ाहट हुई और खिड़की से बिजली से उघड़ा आकाश दृष्टिगोचर हुआ। एक पल में ज़बरदस्त बारिश होने लगी, जो ज़मीन से आती हवाओं के कारण एक खौफ़नाक आँधी में बदल गई। मूसलाधार बारिश साइनागॉग की दीवारों पर मार कर रही थी, अन्धकार छा गया और मशालों की लौ जैसे डर से फड़फड़ाने लगीं। निकट बंदरगाह से गोदियों के जहाज़ों से टकराने की आवाज़ें आने लगीं; छोटी नौकाएँ टूट गईं और उनके टुकड़े खिलौनों की तरह घाट के पत्थर के फ़र्श पर फ़ैल गए। लहरों की मार और पोतों के घंटों की पुकार के साथ मदद की गुहार भी सुनाई दे रही थी। रब्बी ने सब उपस्थितजनों को बाहर उनके लिए प्रार्थना करने के लिए बुलाया, जो बाहर रह गए थे। यीशु आँखें नीची

किए राव अन्ना और सैनिकों के साथ चुपचाप साइनागॉग से बाहर निकल गए। जो उन्होंने देखा वह बहुत भयानक था। हालाँकि बारिश कम हो रही थी, कुछ पोतों और यहाँ तक कि गोदामों में भी, बिजली के कारण आग लग गई थी। ये लोग तुरंत उन मछुआरों और नाविकों के साथ जाकर मिल गए, जो अपनी नावें, माल और सबसे बढ़कर अपना जीवन बचाने के लिए संघर्ष कर रहे थे। मृत और घायल मनुष्य तट के पास बालू पर पड़े थे, कइयों के घाव खुले थे। यीशु, राजकुमार और सैनिक मदद करने की पूरी कोशिश कर रहे थे। कई ऐसे आदमियों को वे जिलाने में सफल हुए, जो मुर्दा लग रहे थे। ये निःस्वार्थ भाव से आदमियों और उनकी नावों को समुद्र से खींच रहे थे, कुछ लोग बस पड़े हुए थकान से हाँफ रहे थे। ज़्यादा से ज़्यादा यहूदी पास वाले साइनागॉग में नाविकों के जान-माल की रक्षा के लिए रब्बी के साथ खुदा से दुआ माँगने आ रहे थे। गरजते तूफ़ान के साथ डूब रहे लोगों की मदद के लिए उनकी गुहार साइनागॉग में सुनाई दे रही थी।

तूफ़ान शाम को जाकर थमा। जो लोग ख़ुद को बचा सके थे, वे थके हुए, टूटी हुई नावों के फट्टों और टुकड़ों के बीच ज़मीन पर बैठे थे। बहुत से मरनेवालों का शोक मना रहे थे। रब्बी और उनके आदमी साइनागॉग से बाहर आए और उन्होंने थके और गीले हो चुके लोगों को गरम पेय पीने को दिए। उन्होंने यीशु को भी कुछ दिया, जिन्होंने गुस्से से उन्हें एक तरफ़ धकेल दिया। 'शर्म नहीं आती आपको,' उन्होंने रब्बी के साथ सीढ़ियों पर संकोचपूर्वक खड़े यहूदियों को चिल्ला कर कहा। 'कहाँ थे आप जब मदद की ज़रूरत थी?'

'हम तूफ़ान को रुकवाने के लिए प्रार्थना कर रहे थे और वह रुक ही गया है, आप देख ही रहे हो,' रब्बी गुस्से से बोले।

'आप जानते हैं कि आप अपनी प्रार्थना को कहाँ घुसेड़ सकते हैं! आपकी हरकत बुज़दिली थी और घिनौनी थी!'

'ईश-निंदा मत कीजिये! ईश्वर से प्रार्थना हमारा कर्तव्य है, खासतौर से जब आपके भाई-बंधुओं की जानें खतरे में हों,' रब्बी क्रोधित होकर बोले।

'जब आपके भाई-बंधुओं की जानें खतरे में हों तो उनकी मदद करनी चाहिए, प्रार्थना नहीं। या कि आपने सचमुच सोचा था कि अपनी प्रार्थना से आप तूफ़ान को शान्त कर देंगे? हमारा मालिक तब तक किसी आदमी की मदद नहीं करेगा, जब तक कि वह अपना ख़ुद का पूरा ज़ोर नहीं लगा लेता। ईश्वर चीज़ें अपने हाथ में तब लेता है, जब मनुष्य की शक्ति अपर्याप्त रहती है। उसने तूफ़ान को इसलिए रोका कि उसने अपने पड़ोसियों को बचाने की कोशिशें करने वालों की थकान को देख लिया था। आपने किसी को नहीं बचाया, आप अपने गरम और सूखे साइनागॉग में बैठे थे! अपनी कायरतापूर्ण प्रार्थना के साथ, जिन की आपको मदद करनी चाहिए थी, उनको आपने मरने दिया। आप प्रार्थना नहीं कर रहे थे, बल्कि अपने कर्तव्य से मुँह मोड़ रहे थे। याद रखना, ईश्वर आपसे भी इन्साफ़ करेगा,

क्योंकि जो आप दूसरों से करते हैं, ईश्वर वही आपके साथ करता है। यह तूफ़ान आपकी परीक्षा थी, और आप इसमें असफल रहे हैं। अलविदा, रब्बी।'

राजकुमार से मुखातिब होकर यीशु ने कहा, 'चलिए, यहाँ से बाहर निकलते हैं।'

रहस्य की कुंजी

वातावरण तब जाकर हल्का हुआ, जब रब्बी सिमोनिदेस ने बहुत उम्दा लाल शराब मँगवाई। सिर्फ़ मारिका संजीदा थी, थोड़ी-थोड़ी देर में उसका चेहरा दर्द से हचक रहा था। 'माफ़ करिए, क्या मैं देख सकता हूँ?' उसकी तरफ़ झुक कर रब्बी ने उसकी दाईं आँख खोली, फिर बाईं खोली। उसकी पुतलियों को देख कर उसके चेहरे पर व्यग्रता के भाव उभरे., 'दर्द हो रहा है आपको?' वह कुछ नहीं बोली। 'कल मैं आपको अपने एक अच्छे दोस्त के पास ले जाऊँगा, वह कैंसर का एक माना हुआ विशेषज्ञ है।'

'आपकी बहुत कृपा है, लेकिन आज रात के विमान से हम घर लौट रहे हैं।'

'फिर अपने डॉक्टर से तुरंत मिल लीजिये,' वह बोला। उसने सहमति में सिर हिलाया, 'आपकी उसमें दिलचस्पी है जो मैं आप से कह रहा हूँ?' तीनों ने बेझिझक होकर 'हाँ' कहा। 'तो अब यह स्पष्ट हो चुका है कि यीशु के अंतिम विश्रामस्थल की खोज चर्च के लिए अत्यंत खतरनाक है, क्योंकि चर्च जानता है कि यह कहीं तो होगा, और उन्हें डर है कि कोई न कोई उसे ढूँढ़ निकालेगा।' साँस रोक कर वे रब्बी का एक-एक शब्द सुन रहे थे। 'परन्तु खोजने की कुंजी यहीं है, येरुशलम में। और अब कृपा करके ध्यान से सुनिए। कुंजी सुलेमान का सिंहासन है। लाक्षणिक स्तर पर, परन्तु ठोस स्तर पर भी। टेम्पलम हीरोसोलिम शब्द इससे जुड़ा हुआ है। अत: सुलेमान का मंदिर नहीं, बल्कि उसका सिंहासन,' बलपूर्वक कह कर वह मारिका की ओर मुड़ा, 'क्या मैं आपसे आपका हार कुछ देर के लिए ले सकता हूँ?' मारिका ने गले से हार उतार कर उन्हें दे दिया। 'मेरे ख़याल से कल जो मैंने आपको बताया था, वह आपने अपनी पत्नी को भी बता दिया है,' वह मीषाल से बोले।

'बता दिया है,'

अब रब्बी मारिका से मुखातिब हुए, 'आप और आपकी माँ के बीच कोई ज़्यादा प्यार नहीं था, क्या मैं ठीक कह रहा हूँ?'

मारिका ने निराशा में सिर हिलाया, 'वह हावी हो जाने वाली औरत थी, कुछ जाती किस्म की। अगर कोई चीज़ उसकी आशा के अनुरूप नहीं होती थी तो वह बिफ़र जाती थी।'

'ऐसी स्थितियों से मैं परिचित हूँ। इस किस्म के लोगों से भी, मैं पक्का तो नहीं कह सकता, लेकिन शायद आपकी बीमारी में उसका भी योगदान था। हम ऐसे वक़्त में जी रहे हैं, जिसमें दस औरतों में से लगभग एक तो स्तन के कैंसर से ग्रस्त होती ही है। ये अंगिया

(ब्रा) भी इसका एक बड़ा कारण है, जो स्त्रियों के वक्ष को अप्राकृतिक ढंग से दबा देती हैं। यह वैसा ही है जैसा आजकल मर्दों का आधुनिक जांघिये पहनना। क्या कहते हैं उन्हें ? ओह, ब्रीफ़्स। वे फोतों को दबा देते हैं और फिर मर्द हैरान होते हैं कि उन्हें कैंसर क्यों हो गया। यहाँ यह कहना पड़ेगा कि इसमें विषाणुओं की कोई बड़ी भूमिका नहीं होती; वातावरण का प्रभाव ज़्यादा होता है। आपका वातावरण शायद अच्छा नहीं था। आप हमेशा तनाव में रही हैं और मेरे ख़याल से अभी भी हैं। माफ़ कीजियेगा, आपकी माँ को यह हार कहाँ से मिला ?'

'पता नहीं।'

'वास्तव में यह एक पुराकालीन नमूना है। बहुत विरला। रॉकफ़ेलर म्यूज़ियम भी इसे तो रख लेगा। यह नरेश हेरोड का स्मरणीय तमगा है। पता नहीं इतनी बहुमूल्य कोई और वस्तु इज़राइल में है कि नहीं,' उन्होंने हार को हाथ में रख कर तोला। 'जैसे कि आप जानती हैं कि नरेश हेरोड ने येरुशलम में दूसरा मंदिर बनवाया था। यूडेह, समारिया और गैलिली से तकरीबन 30,000 कामगारों ने इस पर काम किया था, तो हम यह सोच सकते हैं कि नाज़ारेथ का बढ़ई जोज़ेफ़ भी उनमें एक था। पहला मंदिर तो सुलेमान ने बनवाया था, जो उसके पिता नरेश डेविड द्वारा उसे दिया गया मुख्य काम था। निर्माण कार्य ईसा पूर्व 960 में आरम्भ हुआ था, उसके सिंहासन पर बैठने से 10 साल बाद। येरुशलम में पहले कभी इतनी शानदार इमारत बनी नहीं थी। ईश्वर का एक सच्चा घर, एक गौरवशाली स्थान। लेकिन सुलेमान ने अपने लिए कोई गौरवशाली स्थान नहीं बनवाया। रहने के लिए, अपने क़ानूनों के पालन पर नज़र रखने के लिए और ईश्वर की पूजा करने के लिए और मंदिर का निर्माण करवाने के लिए उसने नगर के पूर्व में एक कृत्रिम पहाड़ी बनवाई थी, जो किद्रोन नदी की घाटी के सामने था। वहाँ उसने एक समाधि बनवाई थी, जिसमें उसे बाद में दफ़्न किया गया था। मंदिर का क्षेत्रफल ईश्वर के मंदिर के बराबर था। दक्षिणी स्तम्भावली से वह लेबनान के वन के उत्तरी घर से 150 फुट की दूरी पर था। सुलेमान और उसकी मनपसंद बीवी ''नाम'' के घर से वह 130 फुट की दूरी पर था, जहाँ सम्राट रहता था। नाम मिस्री बादशाह की बेटी थी। सुलेमान बादशाह था और जानते हो कि बादशाहों का क्या चिन्ह होता है ?' रब्बी ने तीनों से पूछा, जो सेम का एक स्वादिष्ट फलाफल 'पीता' ब्रेड के साथ खा रहे थे।

'बादशाही ताज,' तोमाश ने कहा।

'आजकल होता है, लेकिन सुलेमान के ज़माने में बादशाह ख़ास मौकों पर एक ख़ास किस्म का ताज पहनते थे। डायडम! बादशाही ताक़त के क्या कोई और चिन्ह हैं ?'

'राज-दंड,' मीषाल ने उत्तर दिया। 'वह भी, लेकिन सबसे महत्त्वपूर्ण चिन्ह या प्रतीक है सिंहासन, है न ? सुलेमान के मंदिर का सबसे महत्त्वपूर्ण भाग था पुण्य सिंहासन स्थल। जनश्रुति के अनुसार यह मंदिर के बीचोंबीच अष्टकोण के आधार पर पचास फुट व्यास वाला एक विशाल ढाँचा था। आधार पर एक भवन था, जिसमें वास्तविक समाधि थी, जहाँ से पत्थर के विशाल ढाँचे को जाने का द्वार था, जो आगे समाधि को ले जाता था। तो, आपने, प्रिय मारिका, और आपने, आदरणीय मीषाल जी, अपना मन्नत वाला पुर्ज़ा

सही दीवार में डाला है, लेकिन यदि यह सही भी है तो मन्नत पूरी नहीं होगी, क्योंकि यीशु के अंतिम विश्रामस्थल की कुंजी सुलेमान का मंदिर नहीं, बल्कि सुलेमान का सिंहासन है। समस्या यह कि टेम्पलम हीरोसोलिम का तब यही अर्थ हो सकता था। टेम्पलम का अर्थ होता है मंदिर, लेकिन लाक्षणिक तौर पर, यकीनन सुलेमान के देवत्वारोपण और इमारत की मंदिर जैसी प्रकृति को पूरा सम्मान देते हुए मैं कहूँगा कि तब इसी शब्द को उसके सिंहासन के लिए इस्तेमाल किया जाता रहा होगा।'

'क्या आप कहना चाहते हैं कि मेरी माँ के हार का सम्बन्ध मेरी मन्नत से है?'

'क्या इस पर टेम्पलम हीरोसोलिम अंकित है?' रब्बी ने कंधे उचकाए। 'तब यह बिल्कुल साफ़ है।' मारिका और मीषाल ने हैरानी में नज़रों का आदान-प्रदान किया। 'और अब ज़रा ध्यान से सुनिए, हम ज़रा यहूदी इतिहास में भ्रमण करते हैं।'

मीषाल ने घड़ी की तरफ़ देखा। 'रब्बी सिमोनिदेस, आपकी बड़ी कृपा है कि आपने हमें इतना समय दिया है, लेकिन मुझे डर है कि मेरी पत्नी की तबीयत ठीक नहीं है और हमने अभी सामान भी बाँधना है...'

'आप अपनी पत्नी को स्वस्थ देखना चाहते हैं न?' मीषाल ने हाँ में सिर हिलाया। 'जो मैं आपको बताने वाला हूँ वह यीशु के अंतिम विश्रामस्थल को खोज निकालने के लिए बहुत महत्त्वपूर्ण है।'

'मीषाल, यार टोकना छोड़ दो। और वैसे मैं ठीक भी हूँ,' मारिका ने अनिश्चित स्वर में कहा।

'मेरी बात आपके लिए यीशु के कार्यकलाप को समझने के लिए भी बहुत ज़रूरी है।'

'एक यहूदी रब्बी यीशु के कार्यकलाप की व्याख्या कर रहा है : अगर वैटिकन को मालूम पड़ गया तो,' तोमाश मुस्कराया।

'यीशु यहूदी थे—और रहेंगे—एक यहूदी, हालाँकि यह तथ्य स्पष्टत: वैटिकन को रास नहीं आता,' रब्बी ने उत्तर दिया।

'तो यीशु का काम, जिसकी भविष्यवाणी उनके समक्ष पैगम्बरों ने की थी, मानवजाति का उद्धार करना नहीं था, बल्कि यहूदियों को एक करना था। जिस पिता का वह ज़िक्र करते हैं वह ईश्वर नहीं है, बल्कि यहूदी राष्ट्र का पिता है, मूसा।'

'आप इसका यह मतलब नहीं लगा सकते,' तोमाश ने आपत्ति की, लेकिन रब्बी आराम से बोलते गए, 'एक सच्चे कैथोलिक पादरी होने के नाते आपका नव टेस्टामेंट हमेशा आपके पास होना चाहिए,' रब्बी ने मुस्करा कर कहा। सिर हिला कर तोमाश ने एक पुस्तिका निकाली, 'बहुत अच्छे, अब *ल्यूक* खोलो, मेहरबानी करके, और अध्याय 19 का वाक्य 10 पढ़ो।'

तोमाश कुछ देर पुस्तिका के पन्ने पलटता रहा और फिर उसने पढ़ा, *'क्योंकि मनुष्य का बेटा वह खोजने और बचाने आया, जो खो चुका था।'*

'और अब, कृपया, *ल्यूक*, अध्याय 22, वाक्य 29 और 30, ये यीशु के तब के शब्द हैं, जब वह अंतिम रात्रिभोज के पश्चात् अपने शिष्यों से विदा ले रहे थे।'

तोमाश ने फिर पढ़ा, *'जैसे मेरे पिता ने मुझे दिया था वैसे तुम्हें मैं राज-पाट देता हूँ, ताकि मेरे राज में तुम मेरी मेज़ पर खा-पी सको और सिंहासन पर बैठ कर इज़राइल के बारह कबीलों को न्याय दे सको।'*

'क्या मैं आपको अब तक विश्वास नहीं दिला सका?' रब्बी मुस्कराए। तोमाश ने कुछ नहीं कहा। 'हम रब्बी लोग न केवल पुराने टेस्टामेंट को जानते हैं, बल्कि नए को भी जानते हैं। एक पृष्ठ और, एहतियात के तौर पर, *मैथ्यू*, अध्याय 10, वाक्य 5, यीशु ने अपने शिष्यों को यह सन्देश दिया था।'

तोमाश को पृष्ठ मिल गया और उसे उसने मंद स्वर में पढ़ा।

'ऊँचा पढ़ो,' मारिका बेसब्री में चिल्लाई।

'इन बारहों को यीशु ने ये निर्देश देकर भेजा है, *नास्तिकों में मत जाओ और समारियों के किसी नगर में प्रवेश मत करो। बल्कि इज़राइल की खोई हुए भेड़ों के पास जाओ।'*

एक शंकायुक्त चुप्पी वहाँ घर कर गई। 'आपको कुछ और शराब दूँ?' मर्दों ने हाँ कहा, मारिका ने धन्यवाद कह कर अपने लिए मिनरल वॉटर गिलास में डाला। 'हमारे पास अधिक समय नहीं है, इसलिए मूसा के ज़माने में नहीं लौटूँगा। आप तो जानते ही होंगे कि साउल ईसा पूर्व 1030 में इज़राइल का पहला सम्राट बना था। इज़राइल की कीर्ति का श्रेय डेविड और फिर उसके पुत्र सुलेमान को दिया जाता है। फ़िलस्तीन के दक्षिणी भाग में दो कबीले रहते थे—यूडा और बेंजामिन, उत्तरी भाग में अन्य कबीले थे। ईसा पूर्व 231 में सुलेमान की मृत्यु के पश्चात् राज्य के दो टुकड़े हो गए, एक यूडेह, जिसकी राजधानी येरुशलम थी और उत्तर में इज़राइल, जिसकी राजधानी समारिया थी। उत्तरी और दक्षिणी राज्यों में दो सौ साल लड़ाई चलती रही, जिसका फ़ायदा ईसा पूर्व 721 में असीरिया के सम्राट सार्गोन ने उठाया। यूडेह के राजा के साथ समझौता करके उसने इज़राइल पर हमला कर दिया, समारिया को मिटा दिया और दस कबीलों को घसीट कर नेसोपोटामिया ले गया। वे खाली जगहों पर विदेशियों के साथ जाकर बस गए, जो बाद में समारी बने। 150 साल बाद यही कुछ दक्षिणी राज्य के साथ हुआ, बेबीलोन के राजा नेबुचाद्रेज्ज़र ने ईसा पूर्व 586 में येरुशलम को तबाह कर दिया और दक्षिणी कबीलों को बंदी बना कर बेबीलोन ले गया। हमारी कहानी में सबसे महत्त्वपूर्ण तथ्य यह है कि न केवल सुलेमान का मंदिर तबाह कर दिया गया, बल्कि सुलेमान के सिंहासन को भी मिटा दिया गया। जब पर्शिया के सम्राट साइरस ने 538 में बेबीलोन को हराया तो उसने इज़राइल के लोगों को अपने देश लौटने

की अनुमति दी। सिर्फ़ दो कबीले लौटे : यूडा और बेंजामिन। अन्य कबीले-रयूबेन, डान, नाफ्थाली, गाड, आशेर, इस्साचर, ज़ेबुलुन, मेनास्से, एफ्राइम और वेदी-सेवक-खो गए। कहते हैं कि हमेशा के लिए...'

'लेकिन यह तो असम्भव है। कुछ तो निशान होगा उनका। इतनी भारी संख्या में लोग खो तो नहीं सकते,' मीषाल ने कहा।

रब्बी मुस्कराए, 'निशान हैं, और नहीं भी हैं...अहम यह है : पैगम्बर एज़रा अध्याय दस में कहते हैं कि यूडा और बेंजामिन के सारे मर्द बेबीलोन से लौटने के बाद येरुशलम में एकत्र हुए। वह और किसी का ज़िक्र नहीं करते और जैसा कि रिवाज़ है, साइरस के उत्तराधिकारी भी झगड़ालू थे, अतः उनके देश पर पर्शिया के राजा डारीउस 1 ने कब्ज़ा कर लिया। उसका साम्राज्य यूनान से लेकर भारत तक फैला हुआ था। हर राजा ने अपने साम्राज्य को मज़बूत बनाने और उसका विस्तार करने के लिए युद्धबंदियों को उजाड़ इलाक़ों में बसाया, इसकी बहुत सम्भावना है कि डारीउस 1 ने अपने विशाल साम्राज्य के ग़ैर-आबाद पश्चिमी हिस्सों में यहूदियों को बसा दिया। मैं इज़राइल के खो चुके कबीलों की बात कर रहा हूँ, तो मैं इंग्लिश इतिहासकार माल्कोम को उद्धृत कर सकता हूँ। 1815 में प्रकाशित अपनी पुस्तक *पर्शिया का इतिहास* में उसने लिखा है कि शंशाबी साम्राज्य के काल में अज़ारेथ प्रान्त में बसे बहुत से अफ़गानों ने उन्हें बेनी इज़राइली कहना शुरू कर दिया, जिसका अर्थ होता है "इज़राइल के पुत्र"। दक्षिणी राज्यों के बंदी बाशिंदे अपने को हमेशा "इज़राइल के पुत्र" कहा करते थे। नाज़ारेथ आज उत्तरी पाकिस्तान का हज़ारा प्रान्त है, जो कश्मीर की सरहद से लगा हुआ है।'

'कश्मीर?' मारिका चौंकी।

'यही नहीं। हज़ारा प्रान्त की पुरानी सरहद सिन्धु नदी से भी आगे तक थी और यह कश्मीर का एक हिस्सा था।'

'हे भगवान, ढाई बजने वाले हैं,' मीषाल ने व्याकुल होकर घड़ी पर नज़र डाली। 'हमें जल्दी चलना होगा, यहाँ से तेल अवीव का एक घंटे का रास्ता है।'

'रुक,' मारिका ने उसे टोका, 'मेरे विचार से रब्बी सिमोनिदेस हमें अभी कुछ और ज़रूरी बात बताना चाहते हैं।'

रब्बी मुस्कराए, 'आपको अब ज़्यादा देर नहीं रोकूँगा। बस इतना और जोड़ना चाहता हूँ कि पुरातन काल के यूनानी कश्मीर से परिचित थे और इतिहासकार हेरोडोतुस ने इसका ज़िक्र किया था, इसे "धरती पर स्वर्ग" का नाम दिया था, और यह प्टोलेमी के नक्शों में भी है। स्थानीय लोग इस खूबसूरत खुदा के बख्शे देश को कई नामों से बुलाते हैं। "बाग-ए-सुलेमान" उनमें से एक नाम है।'

'क्या अर्थ है इसका?' मीषाल ने पूछा।

'सुलेमान और कुछ नहीं, सोलोमन के नाम का अरबी भाषा में तर्जुमा है। बाग़ का मतलब होता है बाग़।'

'तो कश्मीर का अर्थ हुआ सुलेमान का बाग़?' मारिया दंग रह गई।

रब्बी ने हाँ में सिर हिलाया, '*बाइबल* के अनुसार यह दुनिया के सबसे खूबसरत स्थानों में एक है, ऊँचे पर्वत, जिनकी शान रखने वाली बर्फ़ से ढकी चोटियाँ हैं, अनेकों झीलें हैं जहाँ, जिनमें से कश्मीर की राजधानी श्रीनगर के निकट एक डल झील है, जो सबसे खूबसूरत है। स्थानीय मछुआरों की अनूठी, लम्बी और तंग नावें हैं, जिन्हें शिकारा कहते हैं...'

'और दिल के आकार के चप्पू,' मारिका बोली।

रब्बी ने आश्चर्य से उसे देखा, 'आप कभी थीं वहाँ?'

'नहीं,' वह नीचे फ़र्श को देखती रही और उसने जोड़ा, 'और झील के ऊपर एक पहाड़ पर एक महल का खंडहर या कुछ ऐसी ही इमारत है।'

'श्रीनगर के ऊपर एक पहाड़ है, जिस पर एक प्राचीन तुमलुस है। इसे तख़्त-ए-सुलेमान कहते हैं।'

'इसका क्या मतलब है?' मारिका ख़ुद को रोक नहीं पा रही थी।

'सिंहासन,' रब्बी बोले।

'मतलब कि कश्मीर में सुलेमान का सिंहासन है?' मीषाल सोच में पड़ गया। रब्बी ने स्वीकृति में सिर हिलाया।

'लेकिन यह नाम यहूदी सम्राट के नाम पर रखना तो ज़रूरी नहीं था; यह नाम प्रसिद्ध ऑट्टोमन सुल्तान सुलेमान महान का भी तो हो सकता है,' तोमाश ने विरोध में कहा।

'समस्या यह है कि कश्मीर तकरीबन पूरा मुस्लिम क्षेत्र है, लेकिन इसमें हिन्दू और बौद्ध दोनों की शैलियों की इमारतें हैं। इस विशेष पवित्र स्थल की वास्तु के बारे में कश्मीर में कोई नहीं जानता। यह यहूदी पैगम्बरों के पवित्र स्थलों की तरह है, जैसे इराक़ में एज़रा का मक़बरा या किफ्ली में एज़ेकिएल का...क्या आप जानते हैं कि आर्क ऑफ़ कोन्वेनांट क्या है? दो फ़रिश्ते, जिन्होंने अपने पंख उठा रखे हैं, जो एक-दूसरे को छू रहे हैं। यह बाद में एक नुकीली मेहराब में परिवर्तित हो गए, वास्तु का एक तत्व, जो गोटिक शैली का आधार है।'

मीषाल ने विस्मय में सिर हिलाया, 'टेम्पलम हीरोसोलिम। हार दिखा ज़रा!' वह मारिका की ओर मुड़ा। उससे हार ले लिया। काफ़ी देर वह उसे हाथ में लेकर तोलता रहा। कमरे में सन्नाटा था, सिर्फ़ मुअज्ज़ीन की आवाज़ आ रही थी, जो मुसलमानों को निकट की मस्जिद में नमाज़ के लिए बुला रहे थे।

'क्या यह वास्तव में सच है?' तोमाश ने कुछ ढिठाई से पूछा।

रब्बी ने उसे तिरस्कार की दृष्टि से देखा, 'कश्मीर में एक और रहस्यमय इमारत है। श्रीनगर से तकरीबन चालीस मील दक्षिण पूर्व में, अनंतनाग नगर के पास मार्तण्ड मंदिर के खंडहर हैं। जानते हो कि उनके बारे में दिलचस्प क्या है? यह येरुशलम के मंदिर की त्रुटिहीन हू-ब-हू प्रतिकृति है!'

'आप कैसे कह सकते हैं, जबकि, जैसा कि आपने कहा है, यह सिर्फ़ एक खंडहर है?' तोमाश ने एतराज़ किया।

ईसा पूर्व 230 के आस-पास प्रागा के ग्रीक रेखाचित्रशास्त्री और खगोलशास्त्री अपोलोनिउस ने छात्र के रूप में कश्मीर में 13 साल बिताये थे।'

'कश्मीर में ईसा पूर्व 230 में? एक ग्रीक? नामुमकिन है। वहाँ पहुँचा कैसे?' तोमाश क्रुद्ध होकर बोला।

'इस पर तो यक़ीन नहीं आता,' कोमल स्वर में मारिका ने कहा।

'लेकिन अभी तक आपने मेरी पत्नी के प्रश्न का उत्तर नहीं दिया। क्या यीशु की क़ब्र कश्मीर में है,' मीषाल ने अधीर होकर पूछा।

'यह खोज आपको ख़ुद करनी पड़ेगी। निश्चित रूप से हम इस निष्कर्ष पर पहुँच सकते हैं कि यह येरुशलम में या पृथ्वी पर किसी और जानी हुई जगह पर नहीं है, जब तक कि आप कुछ हठधर्मियों द्वारा फैलाये गए स्वर्गारोहण के उनके झूठे तर्क को स्वीकार नहीं कर लेते। अगर आप सोचते हैं कि यीशु और लोगों की तरह एक इंसान थे तो उनकी क़ब्र कहीं-न-कहीं तो होगी। मैंने आपको सुलेमान के सिंहासन के ज़रिये उनकी क़ब्र की राह बता दी है।'

'पर यह तख़्त-ए-सुलेमान तो उनका सिंहासन है।'

'ईस्वी सन् आरम्भ होने पर श्रीनगर का सुलेमान का सिंहासन हज़ार वर्ष पुराना था और अगर सम्राट नेबुचाद्रेज्ज़र नाश न कर देता तो येरुशलम वाला भी तब इतना ही पुराना होता। श्रीनगर वाले की सम्राट गोपदत्त के राज्य के 54वें वर्ष में एक ईरानी उस्ताद ने मरम्मत की थी, जो सन् 107 ईस्वी होना चाहिए। पुनर्निर्माण करते हुए ईरानी राजगीरों को दो स्तंभों में चार अभिलेख मिले थे। इसलिए मैं उनकी नक़ल लेकर आया हूँ। देखो!' उन्होंने मेज़ पर एक अपरिचित लिपि में एक फ़ोटोकॉपी रख दी, 'यह प्राचीन फ़ारसी है।'

तोमाश हँसा और एक-एक शब्द करके पढ़ने लगा, 'दर ईन वगत यु असफ़ दवा-इपाइकघम्बर-इमिकुनद। साल पंजाह व चहर...क्या मतलब है इसका?'

'दूसरी भी पढ़ो। अच्छा पढ़ रहे हो,' रब्बी भी हँसने लगे।

'आईशान जुजु पैगम्बरी-बानी अस्त।'

रब्बी ने कागज़ लेकर अनुवाद किया, 'पहले में लिखा है : अत अत थ युज़ आसफ़, आसफ़ अर्थात् यीशु, ने अपने पैगम्बरी सन्देश का प्रसार किया। यह ईस्वी सन् 50 और चार में हुआ था। दूसरी में अभिलेख है कि वह यीशु है, इज़राइल के पुत्रों का पैगम्बर।'

'अगर यह सच है तो...' मीषाल कुछ कहने वाला था कि रब्बी बीच में बोले :

'जो लोग युज़ आसफ़ के मक़बरे गए हुए हैं बताते हैं कि उसमें लैवेंडर और हिमालय के बिल्लीलोटन की सुगंध है और वहाँ पैगम्बरी रौशनी है, जिससे सब रोगों का नाश हो जाता है।'

'और मक़बरा कहाँ है?' मारिका ने उत्सुकतापूर्वक पूछा।

'प्रिय मित्रो, यही तो मैं आपको बताना चाहता था। बाकी तुम पर है,' वह मुस्कराए।

'रब्बी, एक और चीज़, प्लीज़, श्लोमो का क्या अर्थ होता है?'

'यह सुलेमान के नाम का एक अन्तरंग रूप है।'

'श्लोमो सोलोमन है,' मारिका सोचते हुए बोली, 'तख़्त-ए-सुलेमान। तुम इसके योग्य हो, श्लोमो...मेरी माँ का रहस्यमय वाक्य।'

'क्या कह रही हो?' मीषाल ने पूछा।

'छह रात पहले जो सपना आया था...उसके बाद हमें जटामांसी की सुगंध आ रही थी...' जैसे स्वयं से बात करते हुए वह बोली।

बहुत देर वे चुप रहे; उनकी जिह्वा पर और कई प्रश्न कुलबुला रहे थे, लेकिन अब चलने का समय था और वे रब्बी के समय को बहुमूल्य समझते थे। 'रब्बी साहब, आपसे मिलना मेरे लिए एक सम्मान का विषय है और आपको मैं यह हार हमारे वार्तालाप की यादगार के तौर पर देना चाहती हूँ,' मारिका ने चुप्पी को तोड़ा।

'अरे नहीं-नहीं, श्रीमती क्रालोवा। मैं ऐसे ही इसे स्वीकार नहीं कर सकता। यह एक बहुत बहुमूल्य वस्तु है। मैं इसके लिए भुगतान करना चाहूँगा।' रब्बी ने उसे रोकना चाहा, लेकिन मारिका ने हार उनके हाथ में ज़बरदस्ती पकड़ा दिया।

'तो आपका बहुत-बहुत धन्यवाद, इज़राइल के पुत्रों के नाम पर।'

'आपका मतलब उनसे है जो खो चुके हैं?' मारिका ने पूछा। 'उनसे भी, क्या आप उन्हें खोजने जायेंगे?'

'लगता है कि हमारे पास और कोई चारा नहीं है,' उसकी जगह मीषाल ने जवाब दिया। मारिका ने पति को आभारयुक्त दृष्टि से देखा।

उन्होंने हाथ मिलाये। 'एक चीज़ और,' रब्बी थम गए, 'मुझे मालूम नहीं कि आपको कैसे पता चला कि डल झील पर मछुआरे दिल के आकार के चप्पू इस्तेमाल करते हैं, लेकिन आप सही हैं। दुनिया में सिर्फ़ दो ही जगहें यीशु के नाम से जुड़ी हैं, डल और नगीन झीलें श्रीनगर में हैं और...।'

'यीशु के ज़माने में गैलिली की झील,' मारिका ने उनका वाक्य पूरा किया। रब्बी काफ़ी देर उसे देखते रहे। वे झिझकते हुए उस दरवाज़े के बीच खड़े थे, जिसे वेटर ने उनके लिए खोल रखा था। मारिका ने अंततः पूछने का निश्चय किया, 'रब्बी सिमोनिदेस, यीशु के जन्म और मृत्यु से जुड़े दो स्थान हैं। संसार में शान्ति का पौधा बोना चाहते थे, लेकिन बोई गई अशान्ति; शान्ति के स्थान पर फ़सल हुई तलवारों की। उन स्थानों में एक है इज़राइल। दूसरा है...कश्मीर?'

रब्बी कुछ देर झिझके, फिर मुस्करा कर बोले, 'सही है।'

'बौद्ध लद्दाख कश्मीर का हिस्सा है,' तोमाश ने मंद स्वर में कहा। उन्होंने सोचा कि वह कुछ कहने जा रहा है, लेकिन तभी उसे कुछ याद आया और वह चुप कर गया।

परम जिज्ञासु

रोम की वीया देई चेरूबीनी–चेरुब स्ट्रीट–पर वैटिकन सूचना सेवा के मुख़्यालय का बैठक-कक्ष, जिसे किसी भी तरह की जासूसी से मुक्त रखने के लिए सुरक्षित बनाया गया था, धीरे-धीरे विधर्म-विरोध दस्ते के चौथे विभाग के अफ़सरों से भरता जा रहा था। बहुत बड़ी मेज़ पर पड़ी दो बोतलों पर लोकप्रिय माउरो कॉफ़ी की कंपनी का नाम था। बिरादर कार्लो तोती किसी को अपने सेलफ़ोन पर जल्दी-जल्दी में आश्वासन दे रहा था कि वह उस शाम ए.एस. रोमा और लाज़ियो में होने वाले फुटबॉल मैच को देखने ज़रूर आ रहा है। वह खेल देखने को बहुत उत्सुक था, लेकिन बहामा में वह जो छुट्टियाँ मना रहा था, उनके बीच में ही उसे वापस रोम बुलाया गया था। इससे बहुत चिढ़ा हुआ था, वह भी रात के समय। वह उनींदा था और गुस्से में था। नौसिखिया फ़ेलिक्स क्रूगर कुतूहल से मंजूषाओं में लगे अनेकों तमगों, पोप और कार्डीनलों से आए फ्रेम किए पत्रों और धन्यवाद के पत्रों को देख रहा था। 'मुझे इल्म भी नहीं था कि मैं एक ऐसे महान संगठन में नौकरी कर रहा हूँ,' संतुष्टि से वह मुस्करा कर बोला।

तोती ने अपना फ़ोन बंद किया, वह खुश नहीं था। फ़ेलिक्स की बात से वह एक सेकिंड के लिए गर्व से भर गया था, 'दोस्त, तुम एक ऐसी सेवा का हिस्सा हो, जिसकी स्मरणीय उपलब्धियाँ हैं। हमने कई जिज्ञासु पत्रकारों को ज्ञान दिया है, युद्ध में हमने चर्च को हिटलर से बचाया है, युद्ध के बाद कई ऐसे लोगों को क्रोशा के रास्ते सुरक्षित बाहर निकाला है, जिनमें हमारी दिलचस्पी थी, यहूदियों के सत्यानाश के आयोजक आइशमन को दक्षिण अमेरिका भेजा था, दुर्भाग्यवश सिर्फ़ दो साल के लिए, फिर मोसाद वालों ने उसे खोज

निकाला, लेकिन हमने त्रेब्लिंका यातना शिविर के मुखिया श्टाँगल, ल्यों के कसाई क्लाउज़ बार्बी, सोबिबोर यातना शिविर के उप-कमांडर गुस्ताव वाग्नर, आउश्वित्स यातना शिविर के डॉ. मेंगेले, हिटलर की गुप्तचर सेवा के फिश्बॉक्क को भी बचाया है। हमने क्रोशा के फासीवादी लीडर पावोलिच का, जिसने 50 लाख यहूदियों और रूढ़िवादी सर्बों को ऊपर पहुँचाया था, पूरा ध्यान रखा था।'

'आखिर हमने ऐसा किया क्यूँ?' फ़ेलिक्स ने पूछा।

'मैं नहीं जानता कि क्या इसमें ज़्यादा सोच लगाने की ज़रूरत भी है। कैसे समझाऊँ... ? यहूदियों के साथ हमारे ऐतिहासिक सम्बन्ध कभी अच्छे नहीं थे। कम्युनिस्टों के साथ भी। इन बन्दों के साथ नाज़ियों के सम्बन्ध हमारे जैसे थे। आसान शब्दों में, बोल्शेविकों के खिलाफ़ हिटलर हमारा एक गढ़ था, जिसको वैसे हम भी पसंद नहीं करते थे। फिर भी ये लोग हमारे आभारी रहेंगे, और किसी दिन काम भी आ सकते हैं।' कुछ देर फ़ेलिक्स कुछ नहीं बोला। वह सोच रहा था कि क्या उसने ईसा मसीह के रॉयल कैथोलिक समाज के अपने प्रान्त वाले पद को छोड़ कर वैटिकन की इस गुप्तचर सेवा में आने में ग़लती तो नहीं की थी। लेकिन अब तो वह आ चुका था, मुख़्यालय में, दुनिया की सबसे सफल गुप्तचर संस्थाओं में से एक में और उसका काम था आज्ञा का पालन करना, अटकलें लगाना नहीं। 'मुझे लगता है कि आज कुछ फ़ैसला होने वाला है,' तोती ने उस पर झुक कर कहा, 'मैं निदेशालय के कुछ लोगों से मिला हूँ, धार्मिक सभा के दबंग आर्क बिशप फाल्कोने से और उनके सचिव फाराबुत्तो से।'

'मुझे दाल में कुछ काला लगता है। मेरे ख़याल से ये इस क्राल से कुछ ज़्यादा ही डरे हुए हैं,' फ़ेलिक्स ने कहा।

'मामला बहुत पेचीदा हो गया है। जैसे कि हाउसर को मालूम था। येरुशलम से लौटने के कुछ दिन बाद यह शख़्स कश्मीर जा रहा है।'

'अगर वह किसी गुप्त मिशन पर जा रहा होता तो अपनी बीवी को साथ न ले जाता।'

'इसका हम काफ़ी फ़ायदा उठा सकते हैं।'

'क्यों?' फ़ेलिक्स समझा नहीं।

'हमारे दुश्मनों की बीवियों और परिवारों के बल पर उन्हें बड़ी आसानी से सीधा किया जा सकता है। बीवी के पेंच कस दो तो मियाँ खुद ही जाल में भागा चला आता है। तभी तो हम दुनिया में सबसे ज़्यादा कामयाब हैं। मुख़्यालय में हम सिर्फ़ सौ आदमी हैं, लेकिन हमारे पास 174 देशों के 6000 से भी ज़्यादा धर्मप्रदेशों में लाखों पादरी और भिक्षु हैं, जिनके साथ पोप के धर्माध्यक्षीय स्वतन्त्र क्षेत्र होली सी के कूटनीतिक सम्बन्ध हैं। हमारे लिए वे सूचना के विशिष्ट स्रोत हैं। लेकिन सबसे महत्त्वपूर्ण यह है कि उनको निचोड़ना आसान नहीं होता, क्योंकि उनके बच्चे नहीं होते...हा,हा...'

'उनको सूचना कहाँ से मिलती है?'

'पापस्वीकरण करने वालों से।'

'पवित्र पापस्वीकरण का दुरुपयोग किया जाता है।'

'मुझे ठीक से पता तो नहीं, लेकिन कहा यही जाता है।' ज्यों ही उसने वाक्य पूरा किया लेफ़्टिनेंट कर्नल हाउसर ने कमरे में प्रवेश किया और सम्मानस्वरूप आर्क बिशप के लिए दरवाज़ा खुला रखा, जिसने अपने सचिव और एक अन्य अपरिचित आदमी के साथ प्रवेश किया। उसने तोती और क्रूगर से मिलनसारिता से हाथ मिलाया और सब के बैठ जाने के बाद वह रूखाई से बोला, 'इस विशेष बैठक में आपका स्वागत है, जो मैंने इसलिए बुलवाई है कि जिस आदमी में हमारी दिलचस्पी है, मतलब मिस्टर क्राल, पेचीदा होता जा रहा है।' 'ऐसा मुश्किल तो नहीं हुआ'—'अभी तो नहीं—लेकिन हमें ज़्यादा होशियार रहना पड़ेगा। आपने फ़ाइलें पढ़ ली हैं, मैं कुछ दोहराऊँगा नहीं। चूँकि यहाँ हमारे साथ कुछ कनिष्ठ सहयोगी हैं, जो सब ऐतिहासिक तथ्यों से अवगत नहीं हैं, हमने ग्लोबल पॉवर से एक अमरीकी विशेषज्ञ, कर्नल कोग्लर को यहाँ बुलाया है, जिनका तजुर्बा बेशकीमती है। यह उस छोटे ग्रुप से हैं, जो फतेहपुर सीकरी वाली कार्रवाई में शामिल था। इसके अलावा, कर्नल एक सम्मानित इतिहासकार हैं और ग्लोबल यूनिवर्सिटी में इतिहास के विदेशी प्रोफ़ेसर हैं। मैं बैठक में आस्था सिद्धांत समागम के सचिव मोंसिन्योर फाराबुत्तो का भी स्वागत करता हूँ। इनकी संस्था हमारे साथ गहरा सहयोग कर रही है, एक तरह से हमारा निरीक्षण कर रही है,' लेफ़्टिनेंट ने नाखुशी दिखाते हुए कहा, 'मुझे यक़ीन है कि हमारे मेहमान हमें कुछ दिलचस्प बातें बताएँगे।' उसके स्वर में ऐसा दुर्भाव था, जो वह हर अपने से ऊँचे ओहदे वाले के प्रति रखता था। उसे यह पच नहीं रहा था कि कोग्लर कर्नल था, जबकि वह उम्र में उससे छोटा था। दूसरी तरफ़, वह मुँहफट और आज़ाद सोच वाले अमरीकी को अधिक तरज़ीह दे रहा था। समागम से घबराए प्रतिनिधियों को देख कर उसे ख़ुशी हो रही थी, जो कोग्लर के विचारों से परिचित थे और उसका विरोध करने से तनिक डरते थे। हाउसर तत्पर रहने वाले जिज्ञासुओं से घृणा करता था, यही नाम दे रखा था उनको उसने, जो उसके रास्ते में आते थे, लेकिन उसे उनकी इज़्ज़त करनी पड़ रही थी, क्योंकि वे पोप के दायें हाथ की तरह थे, जिस पर उसकी आजीविका निर्भर करती थी।

'आपसे भी हमें यही उम्मीद है,' फ़ाल्कोने ने एक भद्दी मुस्कान के साथ कहा। जब हाउसर ने उसकी टिप्पणी का कोई उत्तर नहीं दिया तो वह फाराबुत्तो की ओर मुड़ा, 'मोंसिन्योर, आपके लिए मैदान खुला है।' वह अपनी चमड़े की आरामकुर्सी में पसर गया। फाराबुत्तो ने, जो लगभग 50 वर्ष का था, पीले रिब्बन से बँधी कुछ फ़ाइलें निकालीं। 'पुराने ख़याालों का लगता है,' हाउसर ने सोचा। 'रूढ़िवादी है, वक़्त लेगा।' सचिव उठ खड़ा हुआ, साँस भर कर गहरी, तनिक विरस आवाज़ में बोलने लगा। उसकी ठुड्डी ज़रा-ज़रा हिल रही थी, तो वह ज़रा अनोखा लग रहा था। 'भाइयो, मुझे ख़ुशी है कि मुझे बोलने का अवसर मिला है, बहुत समय बाद, गुप्तचर सेवा की इस महत्त्वपूर्ण संस्था में, जो हमारी आस्था के

आम मामलों के लिए मान्य है। भाई माक्सीमिलियन के निमंत्रण के लिए मैं उनका आभारी हूँ। आपकी सर्विस की तरह हमारा समागम कोई बहुत बड़ी संस्था नहीं है—इसमें 20 कार्डिनल पुरोहिती आर्क बिशप हैं तथा 30 कर्मचारी और सचिव हैं, लेकिन आपकी संस्था की तरह हमारी संस्था भी बहुत कार्यकुशल है। 1534 में पोप पॉल द्वारा इसकी स्थापना के समय से, जब इसे धर्म न्यायाधिकरण का पवित्र कार्यालय कहा जाता था, हमने विधर्म पर रोक लगाने के क्षेत्र में कई उपलब्धियाँ प्राप्त की हैं। यह कहना पड़ेगा कि संत पॉल द्वारा हमारा चर्च स्थापित किये जाने के बाद विधर्मियों और धर्म छोड़ने वालों के खिलाफ़ हमारी लड़ाई पोपों का तथा चर्च के अनेकों अन्य पुत्रों का नित्यकर्म रहा है। भला हो चर्च तथा राज्य के परस्पर अच्छे संबंधों का कि विधर्म को न केवल चर्च के प्रति बल्कि देश के प्रति भी अपराध माना जाता था। अत: आश्चर्य का विषय नहीं कि सम्राट बारबारोसा की चर्च के प्रति प्रतिबद्धता के कारण उसने विधर्मियों को मृत्युदंड देने का क़ानून बनाया था। दुर्भाग्यवश इससे कोई अधिक लाभ नहीं हुआ, अत: शेरों के शेर पोप ग्रेगरी ने विधर्मियों के खिलाफ़ एक कारगर साधन के रूप में न्यायाधिकरण की स्थापना की। पोप ने धर्माधिकरण की बागडोर डोमिनिकन समाज को सौंप दी, जो दंड देने के लिए विधर्मी को पवित्र न्यायाधिकरण के हवाले कर देते थे।'

'विधर्म किसे माना जाता था?'

'*बाइबल* पढ़ने को भी विधर्म माना जाता था,' मोंसिन्योर ने उत्तर दिया, टोके जाने पर अपनी नाराज़गी प्रकट करते हुए, 'धर्माधिकरण के कारण न केवल डोमिनिकन समाज, बल्कि सम्पूर्ण पवित्र चर्च के सदस्यों के पास बहुत सम्पत्ति इकट्ठी हो गई, क्योंकि विधर्मियों की सम्पत्ति ज़ब्त हो जाती थी और लाभ इनको मिलता था। डोमिनिकन धर्माधिकारी अपना काम बड़ी शिद्दत से निभाते थे। बाद की शताब्दियों में, 1848 में स्पेन में विलयन होने तक तकरीबन 10 लाख विधर्मियों को मृत्युदंड दिया गया था। पता नहीं आप जानते हो कि नहीं कि हंगरी के कृपीना नगर में औरतों को डायन का दर्जा देकर उन्हें शिकार बनाना आम बात थी, अंतिम औरत को 1748 में मारा गया था। इसकी बलि कई ऐसे विधर्मी चढ़े, जैसे सवोनारोला[19], जारदानो ब्रूनो[20], जॉन ऑफ़ आर्क[21] और चेक विधर्मी जॉन हूसर्क[22]। जब दोषी ज़्यादा हो जाते थे तो पवित्र मिस्सा के बाद एक साथ मृत्यु दे दी जाती थी, जिसे आस्था के अन्तर्गत की गई कार्यवाही कहते थे, या ऑतो-दा-फ़े. जैसे लोगों को जलाया जाता था, वैसे ही सार्वजनिक तौर पर उन किताबों को भी जला दिया जाता था, जो हमारी आस्था को खंडित करती थीं और प्रतिबंधित पुस्तकों की सूची पर होती थीं, लिब्रोरुम प्रोहिबितोरुम के सूचकांक के अन्तर्गत, जो 1559 से लागू किया गया था। इसके ज़ोर पर हम दुनिया को बालज़ाक, ह्यूम, पास्कल, स्पिनोज़ा, ज़ोला, दीदेरोत, डेसकार्टेस, वोल्टेयर, वरिष्ठ एवं कनिष्ठ दूमा, हाइने, कांट, सार्त्र, रूसो, होब्बेस, लोक्के, फलाऊबेर्ट, गीदे, कजान्तज़ाकिस और अन्य कई गन्दी किताबें लिखने वाले विधर्मियों की 6000 से भी ज़्यादा

---

19. 20. 21. 22. ब्रूनो और सवोनारोला इतालवी थे, जॉन ऑफ़ आर्क फ्रेंच और जॉन हूसर्क चेक थे और ये सभी ईसाई धर्म में रूढ़िवाद के आलोचक थे।

किताबें जला कर उनसे जनता को निज़ात दिलवा सके थे। दुर्भाग्यवश 1965 में इस सूची को ख़त्म कर दिया गया, परन्तु सौभाग्यवश ओपुस देई में हमारे लोग हैं, जिनके पास अपनी एक सूची है। इसमें इतालवी उम्बेर्तो ईको और उसकी पुस्तक द *नेम ऑफ़ द रोज़,* और डैन ब्राउन की *दा विन्ची कोड* है। फर्डीनांड ई और कैथोलिक हाब्स्बुर्ग वंश ने, जो हमारे निकट सहयोगी रहे हैं और जिनके बुद्धिजीवी दस्ते में हमारे पूर्ववर्ती समाज के जेसूआईटी होते थे, 1618 में तीस वर्षीय युद्ध आरम्भ किया था। हाब्स्बुर्ग ने यूरोप में कैथोलिक प्रभाव को पुनर्स्थापित करने के लिए हर संभव प्रयास किया था। प्रोटेस्टेंट धर्म के उदय के दौरान जो लड़ाइयाँ हुई थीं, उनमें छह में से पाँच जर्मन नगरों को तबाह कर दिया गया था और उनकी जनसंख्या 90 लाख से घट कर चार लाख रह गई थी। लेकिन दुर्भाग्य का विषय है कि जिन हत्याओं और यंत्रणाओं ने यूरोप को एक खंडहर में बदल कर रख दिया था, न उसने और न ही पेरू से सुधार-विरोधी गतिविधियों के लिए हमारे विजयी भाइयों द्वारा पेरू से लाए गए सोने ने प्रोटेस्टेंट चर्च की शरण में गये लोगों को लौटने को प्रेरित किया। लेकिन हम हार नहीं मानने वाले और लड़ते रहेंगे।' मोंसिन्योर फाराबुत्तो ने एक ठंडे पेय की चुस्की लगाई, हाउसर को, जो अपने सहयोगियों के चेहरों से देख सकता था कि वे ऊब रहे थे, अब उसे टोकने का मौक़ा मिल गया।

ब्रह्म

तूफ़ान के बाद हवा पूर्व की तरफ़ बहने लगी, जिससे पोत ने अच्छी रफ़्तार पकड़ ली। यीशु कोचीन के यहूदियों से हुए विवाद को धीरे-धीरे भूलते जा रहे थे, लेकिन इसके बावजूद असाधारण रूप से गम्भीर थे। राजकुमार जानते थे कि वह उस बेरबेर राजकुमारी के बारे में सोच रहे थे, जिसे वे दूर देश अफ्रीकी तट पर छोड़ आये थे, खुले समुद्र में उस युद्धपोत के अवशेष देखने के बाद, जो और जहाज़ों के साथ मुजीरी से उनके साथ ही निकला था।

'मैं तुम्हारा धन्यवाद करना चाहता था,' राजकुमार ने साभार उसका कंधा थपथपाते हुए कहा, 'बंदरगाह की तरफ़ जाने की तुम्हारी ज़िद्द सही निकली। वर्ना हमारा अंजाम भी उनकी तरह हो सकता था...' मलबे का वे काफ़ी देर मुआयना करते रहे, वहाँ मृत सैनिकों और नाविकों की लाशें तिर रही थीं। राजकुमार ने उसाँस भरते हुए कप्तान को बुलाया, 'हवा अब सही दिशा में बह रही है। मेरा सुझाव है कि हम अपने लड़कों को कन्याकुमारी पर विश्राम करने दें। कोचीन बंदरगाह पर उन्होंने काफ़ी मुश्किलें झेली हैं।'

'बहुत बढ़िया सुझाव है, मैं भी यही सलाह देने वाला था। धन्यवाद, लड़कों की तरफ़ से भी,' कप्तान खुश होकर राजकुमार का फ़ैसला सुनाने के लिए कर्मीदल की तरफ़ भागा।

राव अन्ना यीशु की तरफ़ मुड़े, 'कन्याकुमारी भारत का धुर दक्षिण में स्थित एक हिस्सा है, जो अक्षतयोनि देवी कुमारी को समर्पित है। तीन समुद्रों को एक करने वाला

दुनिया का एक ही स्थल, अरब सागर, हिन्द महासागर और बंगाल की खाड़ी। शानदार मोती यहाँ सस्ते दामों में मिल जाते हैं।'

'मैं हर उस अनुभव के प्रति अनुगृहीत रहूँगा, जिससे मुझे कुछ सीखने को मिलता है,' यीशु ने उत्तर दिया, बहुत देर बाद वह मुस्कराया था। अगले दिन नाविक और सैनिक, सभी ख़ुशी-ख़ुशी बंदरगाह वाले बाज़ार को चल पड़े, जहाँ अच्छे पैसे देकर वे भिन्न-भिन्न रंगों के सुन्दर, बहुत बड़े-बड़े मोती खरीद सकते थे। ये मोती दक्षिणी सागरों के काफ़ी गरम पानी में अच्छे पनपते थे। दो सप्ताह से भी कम समय में वे संगीत तथा दारू से भरे मायलापुर की बंदरगाह में दाखिल हुए। यीशु तब कभी सोच भी नहीं सकते थे कि उनका सबसे निष्ठावान शिष्य थोमस वहीं का होकर रह जाएगा।

पानी और ताज़े फलों को आवश्यकतानुसार भर कर पोत बंगाल की खाड़ी की ओर अग्रसर हुआ और फिर उत्तर दिशा में आगे बढ़ा। 'अगर हवा ने साथ दिया तो हम तीन सप्ताह में घर पहुँच जायेंगे,' राजकुमार ने सुदूर उत्तर दिशा की ओर देखते हुए कहा। घर जितना नज़दीक आता जा रहा था, उतना ही अधिक समय वह डेक पर बिता रहे थे। अपने प्रियजनों के निकट होने का उत्साह नाविकों, सैनिकों और अन्य कर्मियों में भी जोश भर रहा था। शतरंज की बिसात और चीखते बन्दर, जिन्हें वे बेरिगाज़ा से ले आये थे, उनका ध्यान बीवी-बच्चों से नहीं हटा पा रहे थे, जिनके चेहरे अब एक वास्तविक आकार ले रहे थे।

जब राजकुमार को धरती पर अपने नगर पुरी में हिन्दुओं तथा बौद्धों के भगवान् जगन्नाथ के पवित्र मंदिर के कलश नज़र आये तो मारे ख़ुशी के उनके दिल की धड़कन बढ़ गई, 'लगभग दो वर्ष बाद घर लौटा हूँ। मेरा कलिंग, भारत का सबसे पवित्र नगर। शायद यह एक उपयुक्त समय है कि मैं तुम्हें बताऊँ कि मैं कौन हूँ,' एक रहस्यमयी मुस्कान उनके चेहरे पर आई।

'चलो, जहाज़ के अगले हिस्से पर बैठ कर मेरे देश का नज़ारा देखते हैं।' उन्होंने चाय मँगवाई और राजकुमार ने मैत्रीभाव से यीशु को बताना आरम्भ किया, 'जब सिकंदर महान ने तीन सौ साल से भी पहले झेलम नदी के तट पर पोरस को पराजित किया था तो उसने ओक्सुस नदी के दक्षिण में स्थित बक्त्रिया को बीस हज़ार यूनानी भेजे थे, तब बक्त्रिया एक यूनान-बक्त्रियाई राज्य बनने लगा।' 'यूनान क्या यहाँ तक फैला हुआ था?'

'बिल्कुल। यह तो आपके फ़िलस्तीन तक भी फैला था। यूनानी संस्कृति इतना रास्ता तय करके यहाँ तक पहुँची थी। राजा युथिदेमोस और उसके पुत्र दिमेत्रियुस ने हिन्दुकुश गिरिपिण्ड पार करके कश्मीर की गिरी-पीठ पर पंजाब में प्रवेश किया, जहाँ उन्होंने भारत-यूनानी राज्य की स्थापना की, जो अभी 70 वर्ष पहले ही ख़त्म हुआ है।'

'ख़त्म क्यों हो गया?'

'क्योंकि अंतिम यूनानी सम्राट मेनान्दर ने बौद्ध धर्म की दीक्षा ले ली। लेकिन उस क्षेत्र में यूनान का प्रभाव बहुत गहन रहा है; एक यूनानी-बौद्ध संस्कृति उभर कर आई है।

सबसे बढ़ कर महायान बौद्ध धर्म पर यूनानी दर्शन का बहुत प्रभाव है। बुद्ध की प्रारंभिक प्रतिमाओं में यूनानी कला के तत्व स्पष्ट दृष्टिगोचर होते हैं। सिकंदर की जीत के बाद तक्षशिला के राज्य का भी उसमें विलय हो गया। आपका देश—फ़िलस्तीन—इस तरह इस सुप्रसिद्ध विश्वविद्यालय वाले राज्य का एक अंग था।'

'मेरा वहाँ जाने का बहुत मन है।'

'मेरे पिता ने वहाँ तुम्हारे प्रवेश का प्रबंध कर रखा है। शिक्षक और छात्र सभी तुम्हारी प्रतीक्षा कर रहे हैं। लेकिन वहाँ पहुँचने में अभी तुम्हें थोड़ा समय लगेगा। तक्षशिला के छात्र तुम ऐसे ही नहीं बन सकते। तुम्हें वास्तविक संसार के बारे में ज्ञान लेना है, हमारी संस्कृति, हमारी परम्पराओं और सबसे बढ़ कर, हमारी भाषा का ज्ञान प्राप्त करना है। शिक्षा आरम्भ करने से पहले तुम्हें यह सब कुछ सीखना है।'

'मैं अब धीरे-धीरे आपकी भाषा को समझने लगा हूँ। कुछ-कुछ मैंने दोसीतीज़ में आपके भिक्षुओं से सीखी थी, लेकिन यहाँ आते-आते मैंने बहुत कुछ आपके नाविकों से सीख ली है,' यीशु मुस्कराए। फिर उत्सुकतापूर्वक बोले, 'आपने मुझे वचन दिया था कि बताओगे कि आप कौन हो।'

'देखो, अधीरतावश तुम मुझे बात पूरी नहीं करने दे रहे,' राजकुमार ने स्नेहपूर्वक उसे झाड़ लगाई, 'सिकंदर की मौत के बाद सिकंदर के एक अहम शत्रु चन्द्रगुप्त मौर्य ने सिन्धु नदी की घाटी में मौर्य साम्राज्य की स्थापना की थी, जो उसके पुत्र सम्राट अशोक के समय में अपने उत्कर्ष पर था। अशोक ने 38 वर्ष की उम्र में बौद्ध धर्म ग्रहण कर लिया था और इसके प्रचार-प्रसार का मुख्य श्रेय उसी को दिया जाता है। सुप्रसिद्ध यूनानी नृजाति-विद्वान मेगस्थनीज़ उनके दरबार में होता था। मेरे पिता गोंदोफरेस, जो भारत-पार्थी राज्य के शासक हैं और तुमसे मिलने को उत्सुक हैं, सम्राट अशोक के वंशज हैं और बौद्ध धर्म के उत्कट प्रचारक हैं।'

'तो आप भी सम्राट के वंशज हो?' राव अन्ना ने हाँ में सिर हिलाया। 'पर आपने तो कहा था कि आप यहूदी हो। तो क्या बौद्ध प्रचारक अशोक भी यहूदी मूल के थे?'

'मैंने स्वयं यहूदी परम्पराओं में विश्वास व्यक्त किया है,' राव अन्ना की मुस्कान अर्थपूर्ण थी।

'उन्हें आप कैसे जानते हो?'

'मैं इस निष्कर्ष पर पहुँचा था कि भारतीयों और यहूदियों का उद्‌गम या मूल एक ही था। अब्राहम का एक बेटा इस्माइल उसकी दासी हगार से था और एक बेटा इज़ाक पत्नी ज़ारा से और तुम्हारा ग्रंथ कहता है कि उसकी संतानें धरती के हर देश पर कृपादान पाएँगी,' राजकुमार ने मुस्कराते हुए कहा।

'हमारे ग्रंथ के बारे में आप कैसे जानते हैं?'

'मैंने तक्षशिला विश्वविद्यालय में शिक्षा पाई है। वहाँ संसार का हर ज्ञान और रहस्य समझाए जाते हैं।' यीशु ध्यानपूर्वक सुन रहे थे। 'एक रहस्य यह है कि भारतीयों और यहूदियों के पिता एक ही हैं।'

'मेरे विचार से आप गम्भीर नहीं हैं,' यीशु चौंक गया था।

'हाँ...यह एक लम्बी कहानी है।'

नौकर दोनों के लिए चाय लेकर आया। 'क्या यह विचित्र नहीं है कि तुम्हारे *तोरा* के अनुसार अब्राहम समग्र देशों का पिता है और वेदों के अनुसार ब्रह्मा समग्र सृष्टि के पिता हैं।'

'दिलचस्प है। यहाँ तक कि नाम भी मिलते-जुलते हैं।'

'ये सिर्फ़ मिलते-जुलते नहीं हैं : बिल्कुल एक जैसे हैं, उसके अनुयायियों ने सुन्नत अपना ली थी, जो परम्परा उन्होंने मिस्रिओं से ली थी। फ़ीराइनों की बीवियों की एक बड़ी संख्या वेदों में राजकुमारियों के रूप में पाई जाती है। अब्राहम का जीवनकाल लगभग 2,000 वर्षों का है और हमारे वेद 600 साल बाद लिखे गए थे। हमारे यहाँ उन्हें मनीषी लेकर आये थे, जिन्हें ऋषि कहते थे...'

'ओह,' यीशु ने उसाँस भरी, 'लेकिन रिशोनिम तो रब्बी थे, जिन्होंने हमारी प्रार्थना की पुस्तकें *तालमुद* और *सिद्दर* लिखी थीं...'

'बिल्कुल। तुम क्या सोचते हो कि नामों में समानता केवल एक संयोग हो सकता है,' राव अन्ना ने मुस्करा कर कहा। 'हमारे एक वेद में लिखा है कि पृथ्वी पर पहले पुरुष और स्त्री ''अस्त'' और ''एम्बला'' थे।'

'हमारे आदम और ईव हैं...' यीशु सिर हिलाते हुए बोले।

'यह बहुत संभव है कि फ़ीराइनों के काल में भारतीय तथा मिस्री सभ्यताओं ने एक दूसरे पर काफ़ी असर डाला था। आखिर तो तुम्हारे पहले पैगम्बर मूसा फ़ीराइन आमेंहोतेव के दरबार में थे। अब्राहम की पत्नी का नाम सारा था। तुम जानते हो क्या कि ब्रह्मा की पत्नी का नाम क्या था?' यीशु ने न में सिर हिलाया। 'सारा ही वास्तव में सरस्वती थी, लेकिन स्वति केवल नाम का दूसरा हिस्सा होता है, जिसका अर्थ संगिनी या पत्नी होता है।'

'असंभव है यह।'

'ग्रंथ में लिखा है : जब अब्राहम 90 वर्ष के थे तो उनके समक्ष ईश्वर ने प्रकट होकर कहा था—''तुम कई राष्ट्रों के पिता बनोगे, तुम्हें अब्राम नहीं, बल्कि अब्राहम कहा जाएगा। और तुम्हारी पत्नी सारा राष्ट्रों की माँ बनेगी।'' '

'लेकिन सारा की तो तत्पश्चात् मृत्यु हो गई थी,' यीशु ने विरोध जताया।

'हाँ, लेकिन हम भूल रहे हैं कि उसकी मृत्यु के कुछ समय बाद अब्राहम ने पुनर्विवाह कर लिया था। तुम्हें इसे बस ठीक से पढ़ना है, सारा की मृत्यु के बाद उसने केतुरा से विवाह किया था। उसके छह पुत्र हुए थे, जिन्हें उपहार में देकर उसने अपने जीवनकाल में ही कन्नन से बहुत दूर भेज दिया था।'

'कहाँ भेज दिया था?'

'मूसा की पुस्तक में स्पष्ट लिखा है, तुम लोग पूर्व देश जाओगे।'

यीशु ने कुछ नहीं कहा, बोला ही नहीं जा रहा था उससे। 'एक ही बार में यह काफ़ी हो गया है,' राव अन्ना ने स्वीकार किया। 'खैर, एक आखिरी चीज़...मैं चाहूँगा कि तुम अब्राहम का नाम हिब्रु में लिखो।'

'हम हिब्रु में स्वरों का इस्तेमाल नहीं करते, अत: यह ब्रह्म होगा।'

'वही तो। सब भारतीयों के पिता का क्या नाम है?'

'ब्रह्मा।'

'तो आप हिब्रु में ब्रह्मा का नाम कैसे लिखेंगे?'

यीशु चकित हुए उन्हें देख रहे थे।...

वैटिकन के एजेंट

जब फाराबुत्तो बोल चुका तो आर्क बिशप ने तालियाँ बजाईं और बाकियों ने बलूत की लकड़ी से बनी अपनी मेज़ें थपथपाईं। हाउसर खड़ा हो गया, जैसे एकदम सावधान की मुद्रा में खड़ा हो, गहरी साँस लेकर उसने पानी का एक घूँट पिया, और एकरस स्वर में बोलने लगा। उसके सबसे नज़दीकी लोग जानते थे कि यह एकरसता एक मुखौटा है, जो उसकी उत्तेजना और क्रोध को छुपा रहा था। वह अपनी तुनकमिजाज़ी के लिए जाना जाता था... और जब उसके सामने कोई तर्कहीन बातें करता था तो वह अपने गुस्से पर क़ाबू नहीं पा सकता था। इसके अलावा वह न्यायाधिकरण के कट्टर रूढ़िवादियों को नापसंद करता था, स्विस गार्ड में वह अपना आपा कई बार खो चुका था और उसे वहाँ से उसकी योग्यतानुसार गुप्तचर सेवा में स्थानांतरित कर दिया गया था। कानाफूसी करने वालों के अनुसार उसके जाने के बाद गार्डों ने चैन की साँस ली थी। उसका स्वर तनिक काँप रहा था, 'जैंटलमैन, हमारे चर्च की स्थापना के समय से इसके शक्तिशाली शत्रु रहे हैं, जिनका कहना था कि संसार में हर बुराई की जड़ हम हैं। सिर्फ़ हम ही नहीं, वे कहते हैं, बल्कि सभी धर्म। वे उनको एक साथ लाना चाहते हैं, जिसका वास्तविक अर्थ है कि उन्हें ख़त्म करना चाहते हैं। यह एक प्राचीन सोच है और हर तरह के आस्थावान मनुष्यों के लिए आकर्षक है। एक ऐसी धरती की कल्पना करना बहुत आकर्षक है, जिसमें युद्ध न हों। अगर मैं भोला होता

तो कहता कि मुझे भी यह कल्पना भाती है। लेकिन ऐतिसाहिक अनुभवों ने हमें सिखाया है कि धर्मों के परस्पर निकट लाने की कोशिशें व्यावहारिक नहीं हैं और अंततः इसका निशाना हम लोग ही बनते हैं—कैथोलिक ईसाई। कारण स्पष्ट है : हम सबसे अधिक शक्तिशाली हैं, यीशु मानवजाति का तारक है, हमारी संख्या पाँच खरब है। और इसी से हमारा एक उत्तरदायित्व बनता है,' हाउसर ने विस्तारपूर्वक बताया।

'मैं माफ़ी चाहूँगा, दोस्त, मैं पुलिसवाला हूँ और यथार्थता पसंद करता हूँ, इसलिए कहना चाहूँगा कि प्रोटेस्टेंटों को मिलाकर कुल 15 खरब ईसाई हैं,' कोग्लर ने कहा, 'आपका कहना है कि धरती पर शेष 5 खरब प्रोटेस्टेंट ईसाई ही नहीं हैं, तो फिर मैं यीशु को पूरी मानवजाति का तारक कहने के बारे में अधिक सावधानी बरतूँगा।'

'शुक्रिया,' लेफ़्टिनेंट कर्नल ने ठंडेपन से कहा। फाराबुत्तो और फ़ाल्कोने ने क्रुद्ध दृष्टि का आदान-प्रदान किया। 'तो हम न केवल चर्च के लिए उत्तरदायी हैं, बल्कि पूरी दुनिया के स्थायित्व के लिए उत्तरदायी हैं। क्या आप सोच सकते हैं कि अगर दुनिया में कैथोलिक चर्च को कमज़ोर बना दिया जाए तो क्या तबाही मचेगी? इसीलिए हम अपने हितों के विरुद्ध किसी भी तरह के कार्यकलाप के प्रति अति संवेदनशील हैं। शायद कुछ लोग इस स्लोवाक शख्स को अहानिकारक समझते हों,' लेफ़्टिनेंट ने फ़ेलिक्स पर एक अर्थपूर्ण दृष्टि डाली, 'लेकिन हमारे अपने अनुभव हैं और फिर सूचनाएँ भी हैं। येरुशलम में हमारे एजेंट, पादरी तोमाश द्वोरान ने हमें सूचना दी है कि...' रुक कर उसने इज़राइल से आई सांकेतिक शब्दों में लिखी एक फ़ाइल निकाली, 'मुझे पढ़ने दें, अपनी पत्नी के बढ़ चुके कैंसर का इलाज करवाने के बहाने से मीषाल क्राल जल्दी-से-जल्दी कश्मीर की राजधानी श्रीनगर जाने की योजना बना रहा है, जहाँ, कहा जाता है कि, जीसस क्राइस्ट की समाधि है और उन स्थानीय चिकित्सकों से मिलना चाहता है, जिनके बारे में माना जाता है कि उनके पास चमत्कारिक शक्ति है। कहा जाता है कि वे यीशु के वंशज हैं। दोनों क्रालों ने मक़बरे पर जाने का पक्का फ़ैसला ले लिया है।' कागज़ को रख कर वह आगे बोला, 'द्वोरान झूठ नहीं बोल रहा, हमें मिली एक रिकॉर्डिंग में उसके शब्दों की पुष्टि भी है।'

'हे भगवान, लेफ़्टिनेंट कर्नल, क्या यही आपका काम है? आप गम्भीर नहीं हो! मेरे विचार से वैटिकन की गुप्तचर सेवा कोई सार्थक काम करती है,' फ़ाल्कोने व्यंग्यपूर्वक मुस्कराये। हाउसर का बायाँ गाल ज़रा सा हचकने लगा। उसके सहयोगी जानते थे कि यह अच्छा शगुन नहीं है। प्रतिरक्षा की सी मुद्रा में कार्लो ने अपनी कुर्सी मेज़ के पास खींच ली। 'मुझे यह बात निन्यानवे प्रतिशत ग़लत लगती है, सर...लेकिन सूचना और वह भी फ़ाइल में, है सचमुच में दिलचस्प। उम्मीद है कि आपने पढ़ी होगी...'

'पढ़ी है!' फ़ाल्कोने उछल पड़ा, 'लेकिन यह मानने वाली बात नहीं है। इस पर यक़ीन नहीं किया जा सकता! क्या आप मान रहे हैं कि यीशु धरती में कहीं पर दफ़्न हैं? क्या आपने कभी स्वर्गारोहण के बारे में सुना है? आप मुझसे पूछ रहे हैं कि क्या मैंने आपके एजेंट की रिपोर्ट पढ़ी है? अब मैं आपसे पूछता हूँ कि क्या आपने *ल्यूक* को पढ़ा है? शायद

नहीं। मैं आपको बताता हूँ कि अपने प्रचारकों से विदा लेते समय उन्होंने अपने प्रचारकों से क्या कहा था,' आर्क बिशप अब जैसे चिल्ला रहा था। 'फिर वह उन्हें बाहर बेथानी ले गए, अपने हाथ खड़े करके उनको आशीर्वाद दिया। जब उन्हें आशीर्वाद दिया तो उनसे परे हो गए और ऊपर स्वर्ग को चले गए! यह ईश्वर का शब्द है! क्या आप इसे नकार रहे हैं?'

'नहीं। मैंने कहा कि मुझे इस पर निन्यानवे प्रतिशत संदेह है।' 'लेकिन आप एक प्रतिशत पर विश्वास कर रहे हैं। आप, वैटिकन की गुप्तचर सेवा के सबसे ऊँचे अफ़सरों में एक हैं, मान रहे हैं कि यीशु स्वर्ग नहीं गए, बल्कि धरती में दफ़्न हैं! आपके पास कोई सबूत है?'

ख़ामोशी को कार्लो ने तोड़ा, 'माफ़ कीजियेगा, सर, लेकिन मैं आपसे पूछना चाहूँगा कि आपके पास क्या सबूत है कि यीशु स्वर्ग गए थे।' हाउसर ने अपने बन्दे पर एक कृतज्ञ दृष्टि डाली।

'आप पूरे पागल हो चुके हैं, सदियों से करोड़ों लोगों ने स्वर्गारोहण को माना है और आप अब इसे नकार रहे हैं।'

'करोड़ों लोग इस सिद्धांत को भी मानते हैं कि पृथ्वी चपटी है, ब्रह्माण्ड के केंद्र में है, और सूर्य इसके आस-पास घूम रहा है,' फ़ाल्कोने चिल्लाया। 'यह ईश-निंदा है! जैंटलमैन, मुझे बहुत धक्का लगा है। आप हमारे सिद्धांत के आधार को क्यों नकार रहे हैं!'

'आर्क बिशप, हम कुछ नहीं नकार रहे!'

हाउसर भी खड़ा हो गया, 'हम तो युक्तियुक्त ढंग से सोच रहे हैं। यीशु की क़ब्र न होने का यह मतलब नहीं है कि वह स्वर्ग में है। मेरे विचार से यह यीशु का दुर्भाग्य था कि उनकी समाधि रोम में नहीं बनाई गई। अगर ऐसा होता तो रोम आज एकमात्र तीर्थस्थल होता। अब तो ऐसा है कि हमें यह यश येरुशलम, बेथलेहम और नाज़ारेथ से बाँटना है।'

'वहाँ उनकी समाधि कैसे बन सकती थी, जब वह रोम में कभी थे ही नहीं?' आर्क बिशप बीच में टपका।

'लेकिन हमारा संत पीटर का चर्च है और पीटर के अवशेष उसके नीचे दफ़्न हैं,' फाराबुत्तो का तर्क था।

हाउसर क्षुब्ध था और वह आगे बहस नहीं करना चाहता था, अतः उसने कोग्लर के उठे हाथ का स्वागत किया। 'कोग्लर बोलेंगे?'

'क्षमा चाहता हूँ, जैंटलमैन, मैं जानता हूँ कि मेरी बोलने की बारी नहीं है, लेकिन मैं एक छोटी सी सूचना आपको देना चाहता हूँ,' वह फाराबुत्तो से मुखातिब हुए, 'सचिव साहब, आप अच्छी तरह जानते हैं कि पीटर के चर्च के नीचे खुदाई हुई है, पर वहाँ पीटर या यीशु के किसी भी शिष्य के दफ़्न होने के तनिक भी विश्वसनीय प्रमाण नहीं मिले, तो

मेरे दिमाग में यह ख़याल आ रहा था : अगर यीशु दफ़्न नहीं हैं और स्वर्ग में हैं तो पीटर स्वर्ग में क्यों नहीं है? ओलीव के शिखर पर, जिस स्थान को आज डोमिनुस फ़्लेविट कहा जाता है, जहाँ पहली सदी के एक मेहराबदार मक़बरे पर ''साइमन बार-जोनाह'' अंकित है, पुरातत्ववेत्ता बगात्ति ने एक ''यहूदी-ईसाई-क़ब्रिस्तान'' खोद कर निकाला था। हम जानते हैं कि पीटर का असली नाम साइमन था और उनके पिता जोनाह थे। अगर पीटर के चर्च के नीचे एक क़ब्रिस्तान में जोनाह-पुत्र पीटर अंकित पाया जाता तो वह तुरंत एक पुण्य तीर्थस्थल बन जाता। अब चूँकि वह इज़राइल में पाया गया तो यह ख़ुद को कोड़े मारने वाले चर्च के आगे एक छोटे से म्यूज़ियम में पड़ा हुआ है।'

कोग्लर ने बोलने का मौक़ा दिए जाने के लिए धन्यवाद दिया और हाउसर ने उसे दोस्ताना अंदाज़ में देखा। वह एक मिनट तो उलझन में पड़ गया, जब उसे याद आया कि महा रूढ़िवादी आर्क बिशप के साथ बहस करके वह अपनी कुर्सी को खतरे में डाल रहा था, फिर भी वह बोला, 'क्षमा चाहता हूँ, मैं एक फ़ौजी हूँ, सिद्धांतकार नहीं। धर्म सम्बन्धी मामलों में मैं कोई अटकलें नहीं लगाना चाहूँगा। ईसाई तो मैं हूँ, और चर्च के सिद्धांतों का सम्मान भी करता हूँ। लेकिन आपके विपरीत मैं चर्च की व्यावहारिक स्तर पर वकालत के लिए ज़िम्मेदार हूँ, जो धर्मशास्त्र के आधार पर नहीं हो सकती। अगर आप धर्मशास्त्र को वरीयता देते हैं तो क्या मुझे बता सकते हैं मानवजाति के इतिहास में सबसे बड़े चमत्कार, अर्थात् यीशु के स्वर्गारोहण का वर्णन चार इंजीलों में से सिर्फ़ ल्यूक की इंजील में ही क्यों है?'

'इजाज़त दें तो मैं मेरे सहयोगी माक्सीमिलियन ने जो कहा है, उसमें कुछ जोड़ना चाहूँगा। यह सर्वविदित तथ्य है कि शब्द ''और वे ऊपर स्वर्ग चले गए'' *बाइबल* के सभी संस्करणों में नहीं हैं। मसलन नये अमरीकी मान्य संस्करण और संशोधित मान्य संस्करण में ऐसा कुछ नहीं मिलता,' कोग्लर गुस्से में आ गया था।

'इन अमरीकी उदारवादियों से तो मुझे बख़्श दो। निकेया के सिद्धांत के बारे में क्या कहेंगे आप? घंटी बजी दिमाग में?' फाराबुत्तो ने विरोध किया। 'उसमें बिल्कुल वैसा ही नहीं लिखा कि ''और वे ऊपर स्वर्ग चले गए''।' फिर उसने फ़ाल्कोने को देखा, जिसने नज़रों से उसका शुक्राना अदा किया।

'अगर आप निकेया की परिषद् को नकारते हो तो आप यीशु के मूल को नकारते हो—यह हर दृष्टि से विधर्म है। और यह सब, अगर मुझे कहने दें तो, वैटिकन के एकदम केंद्र में, विधर्म-विरोधी विभाग में! कभी ऐसा कुछ देखा-सुना नहीं?' फाराबुत्तो सर्वशक्तिमान आर्क बिशप का चहेता था, वह किसी भी ऐसे वक्तव्य से समझौता नहीं करता था, जो चर्च की कट्टर विचारधारा से एक इंच भी इधर-उधर हो।

'जैंटलमैन, मैं निकेया की परिषद् का पूरा सम्मान करता हूँ और जो कुछ भी इसने पारित किया था, वह चर्च की भलाई के लिए था। मैं ईश्वर का अनुशासनबद्ध सेवक हूँ, लेकिन मेरी ज़िम्मेदारी आपसे हट कर है। और मैं माफ़ी चाहूँगा कि मैं सिद्धांतों और

रूढ़ियों के हिसाब से नहीं चल सकता। मैं गुप्तचर सेवा का अफ़सर हूँ और सिर्फ़ प्रमाण को स्वीकार करता हूँ,' हाउसर ने स्वयं पर नियंत्रण पाने का प्रयास किया।

'तो मतलब आप विश्वास ही नहीं करते! जहाँ प्रमाण नहीं है, वहाँ आस्था का कोई मतलब नहीं है!' फाराबुत्तो बोला।

'जैंटलमैन, मेरी आस्था और विश्वास को मेरे जासूसी के काम के साथ मत जोड़िये। हम इस्लाम, यहूदियों, बौद्धों और दूसरे धर्मों के विरुद्ध विचारधारा के स्तर पर युद्ध लड़ रहे हैं। ईसाइयत कमज़ोर होती जा रही है, जबकि इस्लाम तेज़ी से बढ़ रहा है, कई सर्वेक्षणों के परिणामों के अनुसार पचास सालों के भीतर-भीतर जर्मनी, फ्रांस और अन्य ईसाई राष्ट्र मुस्लिम बहुसंख्यक देश बन जायेंगे। हम व्यावहारिक युग में रह रहे हैं, जिसमें लोग सिर्फ़ सबूतों पर भरोसा करते हैं। अगर कोई साबित कर दे कि यीशु स्वर्ग नहीं गए थे, बल्कि धरती में कहीं दफ़्न हैं तो ईसाइयत तो गई। आप लोग सिद्धांतों के रक्षक हैं। आपका काम है यक़ीन करना। मैं चर्च की सत्ता का रक्षक हूँ, एक पुलिसवाला हूँ और हर अच्छे पुलिसवाले का बुनियादी उसूल होता है कि जब तक शत-प्रतिशत निश्चितता न हो तब तक शक़ करो। क्या करोगे तब जब श्रीनगर में दफ़्न आदमी का आनुवंशिक कोड जीसस क्राइस्ट से मिलता होगा? आपका काम उसी वक़्त ख़त्म हो जाएगा, इसलिए कृपा करके हमारे मामलों में दखल न दीजिये!'

फ़ाल्कोने कुछ नहीं बोला, पर फाराबुत्तो ने टोकने की कोशिश की, 'क्या होगा हमारा अगर वैटिकन गुप्तचर सेवा का एक ऊँचा अफ़सर, जिसे हर रूढ़ि पर विश्वास होना चाहिए, डी एन ए जैसे सांसारिक तरीकों पर यकीन करता है!'

हाउसर ने लम्बी साँस भरी और वह अब भी स्पष्टतः क्षुब्ध नज़र आ रहा था, 'डी एन ए एक व्यक्ति के आनुवंशिक कोड का सम्पूर्ण विश्लेषण होता है। आनुवंशिक सूचना डी एन ए की रेखामय कोशिकाओं में जमा होती है और इसका केवल बच्चों के पितृत्व को तय करने के लिए विश्लेषण नहीं किया जाता, बल्कि उन लोगों की रिश्तेदारी जानने के लिए भी किया जाता है, जो कहते हैं कि वे ज़ार निकोलस रोमानोव, मारी अन्तोइनेत्ते, कवी पेट्रार्क जैसे मनुष्यों के वंशज हैं।'

'ये वो लोग हैं, जो बहुत पुराने समय से नहीं हैं, परन्तु यीशु दो हज़ार वर्ष पहले होते थे,' फ़ाल्कोने ने एतराज़ किया, इस बार आराम से।

'मैं बताना चाहूँगा कि डी एन ए टेस्टों ने लोगों की रिश्तेदारी मिस्री बादशाहों से भी साबित की है और एक ओएत्सी भी था, ऑस्ट्रियाई आल्प्स में मिला एक परिरक्षित शव, एक आदमी जो यीशु से पाँच सौ वर्ष पहले दुनिया में होता था,' कुछ देर बाद तोती बोला, 'किसी के आनुवंशिक मूल को तभी साबित किया जा सकता है, जब उसके सैंपल को किसी और के साथ मिलाया जाता है।'

'बिल्कुल'

'तो, अगर श्रीनगर के मक़बरे वाले आदमी का सैंपल मिल भी जाए तो किससे मिलायेंगे?'

'ट्यूरिन के कफ़न से, या ग़ुलाम बशरत के परिवार के सदस्यों से, कश्मीरवाला वह आदमी, जो अपनी असाधारण रोगहरण की योग्यता के कारण जाना जाता है। उसका कहना है कि वह क्राइस्ट का वंशज है और उसकी वंशावली की पूरी जाँच की जा चुकी है।'

'आपको कैसे पता?' फाराबुत्तो ने हैरानी से पूछा।

'कश्मीर में अपने आदमियों से।'

'कौन से?'

'भूतपूर्व अफ़गान मुज़ाहिदीन।'

'कौन?' हक्का-बक्का होकर फाराबुत्तो ने पूछा।

'एल.ई.टी. के अफ़गान।'

'एल.ई.टी. क्या?'

'एल.ई.टी. लश्कर-ए-ताइबा। यह एम.डी.आई-मर्कज़े दावा इरशाद की सैनिक विंग है, तर्जुमे में जिसे गरीबों की फ़ौज कहेंगे, इसमें मुख्यत: अफ़गानिस्तान के सोवियत कब्ज़े में बचे अफ़गान और पाकिस्तानी लड़ाकू हैं। अल क़ायदा के बाद एल.ई.टी. दक्षिणी तथा केन्द्रीय एशिया में फैला सबसे खतरनाक आतंकवादी ग्रुप है। भारत के प्रति उनकी घृणा के पीछे सिर्फ़ विचारधारा ही नहीं, बल्कि एक गहरी धार्मिक आस्था भी है; उनका लक्ष्य है एक सार्विक इस्लामी खिलाफ़त खड़ा करना। इसलिए वे भारत की आर्थिक स्तर पर एक शक्तिशाली, बहुप्रजातीय और धर्मनिरपेक्ष लोकतंत्रीय राष्ट्र बनने की इच्छा को अपने लिए एक अभिशाप समझते हैं। चोरी-छिपे उन्हें पाकिस्तानी सशस्त्र सेना से मदद मिलती है। और इस्लामी अतिवादियों के लिए सुरक्षा तथा आतंकवाद-विरोध में अमरीका के साथ भारत का सहयोग आँख की किरकिरी बन गया है। चूँकि अमरीका इज़राइल का सबसे बड़ा समर्थक है, इसलिए एल.ई.टी. के लड़ाकू भारत-अमरीकी गठबंधन को घृणित यहूदी-हिन्दू-मुजाहिद-गठबंधन कहते हैं। एल.ई.टी. के तरीकों में भारतीय सैनिकों की क्रूरता से हत्या करने से लेकर बारूदी सुरंगें बिछाना और विदेशियों का अपहरण करके फ़िरौती में पैसे माँगना या अपने आतंकवादियों को छुड़वाने की माँग करना भी है। मैं उनके हाथों में नहीं पड़ना चाहूँगा।'

'और ये लोग हमारे सहयोगी हैं?' फाराबुत्तो ने घृणापूर्वक पूछा।

'वे हमारे लिए अपने मतलब के लिए लड़ते हैं, थोड़ी सी रकम लेकर। उनकी मुख्य प्रेरणा है यहूदियों से नफ़रत।'

'उनकी नफ़रत से वैटिकन का क्या सरोकार?'

'वो तो...वे जानते हैं कि यहूदियों और ईसाइयों में सम्बन्ध...कहें तो...बहुत बढ़िया...' कमरे में एक पल के लिए सन्नाटा छा गया। हाउसर ने उसे जल्दी तोड़ा। 'तीसरा विकल्प है...श्रीनगर की समाधि से मिली हड्डियों का यीशु की माँ के मक़बरे में पड़े अवशेषों के साथ मिलान करना...'

'किसके साथ?'

'यीशु की माँ मेरी के साथ।'

'अब आप पूरे पागल हो गए हैं क्या,' फ़ाल्कोने हैरान था।

'सर, कश्मीर में बहुत सी कब्रें हैं, जहाँ मृतकों की दिशा एक ख़ास तरफ़ है, जैसे कि यहूदियों की होती हैं, लेकिन उनमें से सात कब्रें संतों की समझी जाती हैं।'

'मुझे हैरानी हो रही है कि मैं आपसे किस बारे में बात कर रहा हूँ, सिर्फ़ पावन पिता के आदेश मुझे विरोध में इस जगह से जाने से रोक रहे हैं,' फ़ाल्कोने ने हताशा में सिर को हिलाते हुए जल्दी से पानी का एक गिलास खाली कर दिया। अपने मोटे होंठों से स्वाद लेकर उसने चटखारा लिया, अपने घने सफ़ेद बालों को बिखराया और फिर प्रतिप्रश्न किया, 'आपकी फ़ाइलों में लिखा है कि कश्मीर एक मुस्लिम बहुसंख्यक देश है। निश्चित रूप से आप कैसे कह सकते हैं कि जगह बचाने के लिए मुसलमानों को अलग स्थिति में नहीं दफ़नाया जाता था?'

'मैं बिल्कुल निश्चयपूर्वक कह सकता हूँ। ये सब कब्रें पहली शताब्दी या उससे पहले की हैं। तब तो इस्लाम था ही नहीं। कश्मीर बौद्धधर्मियों और हिन्दुओं का देश था, जो अपने मृतकों को अग्नि के हवाले करते थे।'

'तो आप कह रहे हैं कि यहूदी कश्मीर में क्राइस्ट के ज़माने में या उससे पहले भी होते थे?'

'बिल्कुल।'

'वहाँ पहुँचे कैसे?'

हाउसर ने कान के पीछे खुजली की, 'इन सवालों के लिए किसी विशेषज्ञ की ज़रूरत है, तो मैं कोग्लर साहब को इनका उत्तर देने को कहूँगा। आप मेहरबानी करेंगे, कर्नल?'

खुश होकर कोग्लर मुस्कराया, 'मुझे मानना पड़ेगा, लेफ़्टिनेंट कर्नल, कि तुम्हारा इतिहास का ज्ञान आश्चर्यजनक रूप से बहुत अच्छा है।' फिर वह आर्क बिशप से मुखातिब हुआ, 'विशेषज्ञ कहते हैं कि यहूदियों के भारत जाने के पीछे तीन स्पष्टीकरण हो सकते हैं। सबसे पुराने सिद्धांत के अनुसार यहूदियों को सुलेमान ने भारत भेजा था, दूसरी के अनुसार वे वो इज़राइली हैं, जिन्हें नेबुचाद्रेज्ज़र बेबीलोन घसीट कर ले गया था और तीसरे सिद्धांत के अनुसार वे सिकंदर महान के सैनिक और दास थे, जो वहीं रह गए।'

'वो तो समुद्र तट पर रहे होंगे, ठीक है, लेकिन इतनी दूर कश्मीर पहुँच जाना? यह असम्भव है। यह तो जाना-माना तथ्य है कि सिकंदर की सेना हिमालय की ढलानों के सामने रुकी थी,' फाराबुत्तो ने कहा।

'ग्रीक दार्शनिक और इतिहासकार फिलोस्त्रातुस को याद है कि पेर्गा के यूनानी अपोल्लोनिउस ने, जो सर्वेक्षक और भूगोलशास्त्री था, तक्षशिला यूनिवर्सिटी में शिक्षा ग्रहण की थी, अपोल्लोनिउस ने अपने सरपरस्त, साधु लार्कुस को धन्यवाद का एक पत्र लिखा था। जानते हैं आप कि पत्र में क्या लिखा था?' फिर उसने एक कागज़ का पुर्ज़ा निकाल कर पढ़ा, 'हर उस चीज़ के लिए धन्यवाद, जो आपने मेरे लिए की है; मैं धरती के रास्ते पहुँचा हूँ और आज मैं समुद्र के रास्ते घर लौट रहा हूँ, लेकिन चाहता तो उड़ भी सकता था, क्योंकि जो ज्ञान मैंने आपके यहाँ पाया है, यह उसका परिणाम है।' सारे उसे हैरानी से देख रहे थे।

'कोग्लर, कई बार मैं सोचता हूँ कि आप हर क़ीमत पर दिलचस्प बने रहना चाहते हो। क्राइस्ट से 5 हज़ार साल पहले इतनी दूर, दुनिया के दूसरे कोने में यूनिवर्सिटी कहाँ से हो सकती है?' फ़ाल्कोने ने आपत्ति की।

'माफ़ कीजियेगा, जनाब, लेकिन अब ईसाई गौरव आप पर हावी हो रहा है। यूरोप की सबसे पुरानी यूनिवर्सिटी की स्थापना 1018 में बोलोन्या में हुई थी। उस समय भारत में वाराणसी या बनारस में क्राइस्ट से हज़ार वर्ष पुरानी यूनिवर्सिटियाँ होती थीं, यह सिद्ध हो चुका है कि क्राइस्ट से 700 साल पहले बिहार के नालंदा नगर और क़श्मीर की तराई में, श्रीनगर से लगभग 100 मील दूर, तक्षशिला में फ़र्स्ट क्लास यूनिवर्सिटियाँ होती थीं। उस समय दिल्ली की शारदा यूनिवर्सिटी में दुनिया की सबसे बड़ी लाइब्रेरी होती थी। बुद्ध के ज़माने में, मतलब क्राइस्ट से 500 साल पहले तक्षशिला की यूनिवर्सिटी में 1000 प्राध्यापक होते थे और हर साल 10,000 छात्र उसमें प्रवेश लेते थे। छात्र केवल भारत, चीन और जापान से ही नहीं होते थे, बल्कि, यूनान, इथियोपिया और ब्रिटेन से भी होते थे। वे गणित, खगोलशास्त्र, दर्शन और सबसे बढ़ कर आयुर्वेद का अध्ययन करते थे। तब तक तो रोमन साम्राज्य ने सुना भी नहीं था कि यूनिवर्सिटी किस चिड़िया का नाम होता है। तब भारत, न कि रोमन साम्राज्य विश्व का सब से संपन्न राष्ट्र होता था। भारत के 16 राज्यों की कुल दौलत पूरे विश्व की दौलत की एक तिहाई होती थी। क्राइस्ट के ज़माने में सबसे महत्त्वपूर्ण राज्य भारत के उत्तर-पूर्व में स्थित राज्य मगध होता था, जिसकी राजधानी पाटलिपुत्र थी, जिसे आज पटना कहा जाता है, अब यह बिहार प्रान्त की राजधानी है। विश्व में यह सबसे पुराना लेखांकित क्षेत्र है, जिसका वर्णन 13वीं सदी में ईरान में हुआ है। क्राइस्ट से 300 वर्ष पूर्व पाटलिपुत्र नगर की जनसंख्या 4,00,000 थी। रोम की इतनी आबादी चार सदी बाद जाकर हुई थी। हर संपन्न भारतीय परिवार की प्रथम वरीयता होती थी अपने बच्चों को शिक्षित करना। *जमी-अल-तवारीख* जो 13वीं सदी में ईरान में लिखा गया था कि यीशु 15 वर्ष की आयु में अपना देश छोड़ कर शिक्षा प्राप्त करने भारत गए थे।' आर्क बिशप और उसके सचिव इस वाक्य को अपेक्षानुसार उपहासात्मक महत्त्व दे रहे थे, लेकिन उसे ध्यान से सुन रहे थे।

'उससे भी दिलचस्प यह है,' कोग्लर ने अपनी बात जारी रखी, 'कि पाइथागोरस भी पूर्वी दर्शनशास्त्र के अध्ययन के लिए ईसा पूर्व 500 में कश्मीर गया था।'

'ओह, प्लीज़, ऐसे ही पकाए मत जाओ, मुझसे और नहीं सुना जाता।'

फाराबुत्तो ने त्रस्त होकर नाक चढ़ाई। कोग्लर ने उपस्थितजनों को एक सेकंड देखा, यह सोचते हुए कि बात जारी रखने का कोई अर्थ भी होगा क्या, आखिर में और भी ऊर्जापूर्वक स्वर में बोला, 'भारत के हिमाचल प्रदेश में, अपनी स्कीइंग ढलानों के लिए प्रसिद्ध कुल्लू घाटी के उत्तर पश्चिम में, दूर पार्वती घाटी में एक गाँव है, 10,000 फुट की ऊँचाई पर, जिसका नाम है मलाना। उस पूरी घाटी का प्रशासन 11 लोगों के एक मंडल द्वारा चलाया जाता है, जो ईश्वर को रिपोर्ट करते हैं। स्थानीय लोग कहते हैं कि उनका गाँव विश्व का सबसे पहला प्रजातंत्र है। इतिहासकारों ने उनके क़ानून की जाँच की है और पाया है कि वे प्राचीन ग्रीस के पुरातन प्रजातंत्र की हू-ब-हू प्रतिकृति हैं। मलाना को हिमालय का एथेंस भी कहा जाता है।'

'कोग्लर, बंद करो यह बकबक,' फाराबुत्तो ने उसे फटकार लगाई।

लेकिन कोग्लर शान्ति से बोलता गया, 'उनके धार्मिक एवं सांस्कृतिक रीति-रिवाज़ और कर्मकांड प्राचीन यूनानियों जैसे हैं। जनश्रुति के अनुसार वे सिकंदर के वंशज हैं। वे कानाशी भाषा बोलते हैं, जो ग्रीक से बहुत मिलती है।'

'आप पर यक़ीन न करने की मेरे पास कोई वजह नहीं है, कर्नल,' आर्क बिशप फ़ाल्कोने ने गहरी साँस भरी, 'लेकिन इस सब पर यक़ीन करना बहुत मुश्किल है और जो कुछ आप कह रहे हैं, उसमें बहुत से तथ्य हैं। मुझे तो सरदर्द होने लगा है।'

'मैं आपको तथ्यों से थकाना नहीं चाहता, लेकिन क्राल तथा उसके लोगों की प्रेरणा को समझने के लिए बहुत आवश्यक हैं,' कोग्लर ने विवेकपूर्वक कहा। 'मुझे कहने का मौक़ा दें कि थोमस की संदिग्ध *इंजील* में ज़िक्र है कि मगध के सामाज्य में कलिंग के एक हिस्से में यीशु गए थे, जो बौद्ध और जैन धर्म का केंद्र था।' एक लम्बी चुप्पी रही, फिर आर्क बिशप ने कोमल, लगभग हताश स्वर में कहा,'अब संदिग्ध इंजीलों को रहने दीजिये...' कोग्लर बोलता गया, 'तक्षशिला नगर से लगभग चालीस मील दूर, आज के पाकिस्तान में, पर्वतों में मेरी का एक नगर है। 1875 तक इसे मर्री कहते थे। नगर के ऊपर एक पहाड़ है, जिसमें यहूदियों की स्थिति वाली एक कब्र है। स्थानीय मुस्लिम इस जगह को प्राचीन काल से ''माई मरी दा अस्थान'' कहते आ रहे हैं; इसका अर्थ है ''मेरी का विश्रामस्थल''। यह शान्त जगह हिमालय की पश्चिमी ढलानों पर है, कश्मीर की सीमा से 20 मील के फ़ासले पर। इंग्लिश फ़ौजी इंजीनियर रिचर्डसन इस समाधि को 1898 में नष्ट करना चाहता था, क्योंकि यह जगह पहरे के लिए एक सैनिक मीनार बनाने के लिए उपयुक्त थी। लेकिन यह योजना पूरी नहीं हुई, क्योंकि रिचर्डसन अपना सुझाव देने के तुरंत बाद किसी अनजान बीमारी से मर गया था।'

'आप और आपकी जनश्रुतियाँ...'

'कोई किसी ऐसी स्थानीय बीमारी से मर जाता है, जिसके बारे में ब्रिटिश कुछ नहीं जानते और आपके लिए एक सनसनीखेज कहानी बन जाती है! वहाँ मेरी के दफ़्न होने का कोई सबूत नहीं है।'

'बहुत चीज़ों के सबूत नहीं होते, पर आप लोग उन्हें गम्भीरता से लेते हैं,' कोग्लर व्यंग्यपूर्वक मुस्कराया।

'विज्ञान उपलब्ध और दृश्य स्रोतों के आधार पर चलता है। मसलन *क़ुरान* सूरा 23/52 कहता है,' और हमने मेरी के पुत्र और उसकी माता को एक ऊँची जगह पर सुरक्षित रखा, जहाँ सुरक्षा भी थी और जल भी था।'

'हे भगवान, अब आपने *क़ुरान* खोल ली! ये सब पुराण हैं और मुझे हैरानी होती है कि आप इन पर वक़्त बरबाद कर रहे हैं,' फाराबुत्तो ने क्षोभ प्रकट किया।

'वही तो, मेरी को स्वर्ग लेकर जाना, उसके पुत्र का ऊपर चढ़ कर जाना, ये सब पुराण हैं, लेकिन करोड़ों ईसाई इन्हें गम्भीरता से लेते हैं,' कोग्लर मुस्कराये।

'लेकिन ये हमारी आस्था का आधार हैं!' फ़ाल्कोने ऊँचे स्वर में बोला।

'आस्था तो आजकल जनसम्पर्क से बनाई जाती है। कुछ समय पहले एक बुढ़िया को शिकागो में एक पेड़ की दरार में यीशु की माँ की आकृति मिल गई, और आज वह पेड़ एक तीर्थस्थल बन चुका है। फ़ास्ट फ़ूड के स्टाल वहाँ ज़बरदस्त कमाई कर रहे हैं। आज अगर मीडिया यह सिद्ध करने पर लग जाए और एक रिवायत बना दे कि मेरी सचमुच एक क़ब्र में है तो हर कोई इसमें विश्वास करने लगेगा, चाहे यह झूठ भी हो।' कोग्लर कुटिलता से बोले, 'आखिर तो यीशु के पुनरुत्थान या स्वर्गारोहण का भी तो कोई प्रमाण नहीं है, लेकिन ऐसी बातें मानी जाती हैं।'

'ऐसा शक्की आदमी मैंने कोई और नहीं देखा,' फाराबुत्तो बोला।

'वैटिकन कश्मीर सरकार से श्रीनगर के रोज़ा बाल मक़बरे का सर्वेक्षण करने की अनुमति माँग ले और भारत की सरकार को मेरी की तथाकथित समाधि का डी.एन.ए. टेस्ट करने को कहे और सारा मामला साफ़ हो जाएगा। तो ट्यूरिन के कफ़न और यीशु के संभावित वंशजों के अलावा मेरी के मक़बरे से मिले सैंपलों का दूसरे सैम्पलों से मिलान तीसरा विकल्प है।'

आर्क बिशप अपने बालों में हाथ फिरा कर बोला, 'उम्मीद करता हूँ कि होली सी तथा जम्मू एवं कश्मीर के राज्यपाल के बीच हुआ मक़बरे में प्रवेश पर प्रतिबन्ध वाला समझौता अब भी लागू है।'

हाउसर मुस्कराया। 'कश्मीर में घूस आपको मक़बरे में सिर्फ़ दाख़िला ही नहीं

दिलवा देगी, बल्कि चीज़ आपके होटल के कमरे तक पहुँचा दी जाएगी, जनाब।'

कार्डिनल अपने बालों में उँगलियाँ चलाता हुआ काफ़ी देर तक सोचता रहा, फिर उसने पूछा, 'कश्मीर में आपकी सुरक्षा का...ररर...प्रबंध क्या है?'

'एकदम ज़बरदस्त सुरक्षा है, जनाब।' दोव्रान ने क्राल का चश्मा हमारे चश्मे से बदल दिया, जिसमें नवीनतम तकनीक है, 'तो उसके हर कदम और हर उस शब्द के बारे में हमें जानकारी होगी, जो वह बोलेगा। दोव्रान टीम के साथ जा रहा है, एहतियात के तौर पर...।'

भय

जब कोग्लर ने बोलना बंद किया तो आधे मन से कुछ लोगों ने मेज़ें थपथपाईं। 'क्या कोई कर्नल से प्रश्न पूछना चाहता है?' हाउसर ने अनिवार्यतावश पूछा, अपने लहज़े से यह साफ़ करते हुए कि वह चाहेगा कि कोई और कुछ न पूछे। 'अगले मुद्दे पर पहुँचने से पहले क्या कर्नल हमें संक्षेप में बताएँगे कि अब तक हम क्राल के बारे में क्या जानते हैं?'

'धन्यवाद, लेफ़्टिनेंट कर्नल,' कोग्लर खड़े हो गए।

'यहाँ हम सब भाई-बन्धु हैं, मैं माक्सीमिलियन हूँ, मेरे दोस्त मुझे माक्स कहते हैं,' हाउसर ने कर्नल को सही किया। 'और आज हम पहली बार नहीं मिले हैं,' हाउसर कोग्लर को कुछ सालों से जानता था और यह भी जानता था कि वह पेशेवर ढंग से काम करता है, व्यावहारिक है और सिर्फ़ तथ्यों को स्वीकार करता है।

'धन्यवाद, माक्स। वैसे आपको बधाई देता हूँ। मुझे अच्छा लगा है कि आप का स्थानान्तरण सही जगह हुआ है। आप को याद है कि पिछली बार हम ब्रस्सल्स में ग्लोबल पॉवर के मुख़यालय में मिले थे? आप वैटिकन गार्ड के प्रतिनिधि थे, मेरे ख़याल से तब आप मेजर थे, आपको यक़ीन दिलाते मैं आपका भेजा खा गया था कि यीशु येरुशलम में दफ़्न नहीं हैं और यह भी कि सम्भावना बहुत थी कि उनकी मौत क्रूस पर नहीं हुई थी।'

'अब फिर ईश-निंदा पर मत आ जाइये,' फाल्कोने और फाराबुत्तो एक साथ बोले।

'जैंटलमैन, मैं एक तटस्थ संगठन का नौकर हूँ और केवल तथ्यों को महत्त्व देता हूँ। अगर आप मुझे प्रमाण देते हैं कि यीशु येरुशलम में दफ़्न हैं, या मंगल ग्रह पर भी तो मैं माफ़ी माँग लूँगा। अगर आप अपने जीवन में रूढ़ियाँ पाल कर खुश हैं तो वह आपकी समस्या है, मेरी नहीं। मैंने माक्स का निमंत्रण इसलिए स्वीकार किया है, क्योंकि यीशु के अंतिम विश्रामस्थल का मुद्दा मानवजाति के क्रमबद्ध विकास के लिए अत्यावश्यक है। जैसा कि लेफ़्टिनेंट कर्नल ने कहा है कि अगर यह साबित हो जाता है कि यीशु स्वर्ग में नहीं हैं...वैसे मुझे स्वयं को स्पष्टीकरण देना होगा कि क्या किसी भौतिक स्वर्ग का अस्तित्व है, क्योंकि यदि यीशु की भौतिक देह वहाँ गई है तो एक भौतिक स्वर्ग भी होना ही चाहिए। अगर आपके पास जवाब है, मुझे ख़ुशी होगी...' कोग्लर पटरी से उतर रहा था, लेकिन फिर से उस

पर आ गया, 'क्या कह रहा था मैं... ? ओह हाँ, तो अगर सिद्ध हो जाता है कि यीशु धरती में दफ़्न हैं तो मानवजाति के क्रमगत विकास में एक आदर्श परिवर्तन आएगा। मुझे ज़िक्र करने की ज़रूरत नहीं है कि वैटिकन के लिए इसका क्या अर्थ होगा। जैंटलमैन,' वह आर्क बिशप और उसके सचिव की ओर मुखातिब हुआ, 'मैं कहना चाहूँगा कि आप (वैटिकन सूचना केंद्र) के हमारे सहयोगियों को गौर से सुनें, क्योंकि अगर श्रीनगर की समाधि के अवशेषों और ट्यूरिन के कफ़न या यीशु के वंशज होने का दावा करने वालों के डी.एन.ए. का मिलान किया जाता है और यदि वे एक जैसे निकलते हैं तो फिर यीशु के स्वर्गारोहण के आपके सारे सिद्धांत सापेक्षिक बन कर रह जायेंगे। मुझे यहाँ यह बताने की ज़रूरत नहीं है कि चर्च के निजी तौर पर आपके लिए इसके क्या नतीजे होंगे और आप, जैंटलमैन, ट्यूरिन के कफ़न के बारे में अवश्य जानते होंगे, जिसमें यीशु को क्रूस से उतारने के बाद लपेटा गया था। मैं जानता हूँ कि आप जानते हैं, क्योंकि हमने आपको वो रिपोर्टें भेजी थीं। और मैं यह मान कर चल रहा हूँ कि हम जानते हैं कि वैटिकन ने प्रमाण के बारे में अपना मत हमें क्यों नहीं बताया। दूसरों के लिए मैं जान के कुछ बुनियादी सबूत बताना चाहूँगा। 1969 में यह शुरू हुई थी, कफ़न की जाँच स्विस अपराधविज्ञानी ज्यूरिख यूनिवर्सिटी के प्रोफ़ेसर माक्स फ्राई के नेतृत्व में ''पराग'' विश्लेषण की विधि से की गई थी। मार्च 1976 में फ्राई ने अपनी जाँच के परिणाम दे दिए थे। उन्हें पौधों की 49 विभिन्न उपजातियाँ पहचानने में सफलता मिली थी, जिनमें 11 ऐसी थीं, जो यूरोप में नहीं पाई जातीं, जिनका मूल उत्तर पूर्व की मिट्टी से था, जिनमें लवण का अंश बहुत ज़्यादा था, मृत सागर के आस-पास के क्षेत्र में ये पौधे होते हैं। ऐसे पौधे थे उनमें, जो दो हज़ार साल पहले सिर्फ़ फ़िलस्तीन में उगते थे।'

'सच्ची! पर आप दो हज़ार साल पुराने पराग की प्रामाणिकता कैसे सिद्ध करेंगे?' फाल्कोने ने पूछा।

'पराग के दानों का व्यास 0,0025 से 0.25 होता है और वे दोहरे खोल में बंद होते हैं, जिस कारण वे हज़ारों सालों तक बचे रह सकते हैं। यह सर्वविदित है कि पोम्पई की खुदाई में गेहूँ के कुछ दाने मिले थे, जिन्हें बोया गया था और वे फिर उगे भी थे। आप तो जानते होंगे कि वेसुविउस पर्वत सन् 79 में फटा था।'

'मैंने आज तक ऐसे लिनन के बारे में नहीं सुना, जो दो सहस्त्राब्दियों तक बचा रहा हो,' फाराबुत्तो ने गहरी सोच में पड़े आर्क बिशप का समर्थन करने का प्रयास किया।

'ओह, कर्नल,' आर्क बिशप ने उसाँस भरी, 'यह तो कोई सबूत न हुआ,' कोग्लर आराम से बोलता गया।

'अगर लाश को कफ़न में लपेटा जाता तो लहू के कोई निशान न होते। लहू तब तक बहता है, जब तक रक्त वाहिकाएँ चल रही होती हैं, मतलब जब तक दिल धड़क रहा होता है। और अगर यीशु की मृत्यु क्रूस पर हो चुकी थी तो उनकी देह अप्राकृतिक रूप से अकड़ जाती। लेकिन, कफ़न में एक आदमी सीधा लिपटा था।'

'एक बात आपने नहीं खोली, हुज़ूर, कि ट्यूरिन के आर्क बिशप ने प्रथम श्रेणी के विशेषज्ञों की एक इतालवी समिति गठित की थी और तीन साल की गहरी खोज के बाद समिति का स्पष्ट मत था कि कपड़ा मध्य युग का था,' फ़ाल्कोने ने जैसे तुरुप का पत्ता फेंकते हुए कहा।

'हाँ, लेकिन समिति के दो सदस्यों ने, मिस्रशास्त्र के सिल्विओ कुर्तो ने और प्राचीन कला विशेषज्ञ नोएमी गाब्रिएल ने–अपना वक्तव्य वापस ले लिया था–और जैंटलमैन, मुझे माफ़ करेंगे अगर मैं कहूँ कि यह एक इतालवी समिति थी। बाद में कफ़न की जाँच एक अमरीकी आयोग ने की थी, जिन्होंने इसका उलट सिद्ध किया था। ट्यूरिन के कफ़न पर अगली जाँच डॉ. माइकल टाईट ने की थी, जो रेडियो कार्बन डेटिंग की पद्धति से की गई थी। डॉ. टाईट ने अक्तूबर 1988 में क़बूल किया था कि एक प्रायोजक ने, जिस का नाम वह नहीं लेना चाहता था, उसे ग़लत परिणाम दिखाने के लिए 10 लाख पौंड स्टर्लिंग दिए थे, जबकि अनुसन्धान से यह नतीजा निकला था कि कफ़न ईस्वी सन् के प्रथम वर्ष से था। जब ट्यूरिन के कार्डिनल बल्लेस्त्रेरो ने मामले को साफ़ करने के लिए हस्तक्षेप किया तो उसे अचानक पेंशनभोगी बना दिया गया, जिसका उसे बहुत आश्चर्य हुआ था। पर शायद आपके पास इस पर कहने को कुछ और है,' कोग्लर ने मुस्करा कर कहा, अपने पेय से चुस्की ली और शान्त स्वर में आगे बोलने लगा, 'दोस्त, मेरा संवाद का तरीका यह होता है कि अगर किसी को कुछ अस्पष्ट लगता है तो वह मुझे टोक कर पूछ सकता है। ओके ? तो निडर होकर पूछिए!' नाराज़ हुए विश्वास के सिद्धांत के समागम वाले कुछ नहीं बोले; यह सपष्ट था कि यह व्यंग्यात्मक टिप्पणी उन पर की गई थी।

'जो कुछ भी आप हमें बता रहे हैं वह पूरी बकवास है! अगर आप कह रहे हैं कि यीशु की क़ब्र कश्मीर में है तो स्पष्ट है कि इनकी मृत्यु क्रूस पर नहीं हुई थी, रिवाज़ के अनुसार उन्हें उसी दिन दफ़ना दिया गया होता। लेकिन येरुशलम में उनकी समाधि नहीं है,' कोग्लर ठंडे स्वर में बोला।

'जो स्वर्ग को गया था, उसकी धरती पर क़ब्र कहाँ से हो सकती है?' आर्क बिशप दहाड़े।

'मैं क्षमा माँगता हूँ, महामहिम, लेकिन मुझ जैसे एक आम भक्त के लिए आर्क बिशप को व्याख्यान देना शर्मनाक है। लगता है कि *बाइबल* का अध्ययन करते हुए आप चौकन्ने नहीं रहे थे...'

'मत दीजिये व्याख्यान मुझे *बाइबल* पर, इसे मैं आप से बेहतर जानता हूँ!'

'शायद नहीं। देवदूत पॉल कहते हैं, क्षमा चाहता हूँ...' कोग्लर ने अपने ब्रीफ़केस से एक *बाइबल* निकाली, उसे खोल कर वह पढ़ने लगे, 'कोरिन्थिया वालों के प्रथम काव्य-पत्र, पुनरुत्थान पर अध्याय 15, छंद 44 : एक प्राकृतिक शरीर बोया गया, एक आत्मिक शरीर निकल आया...'

'आप सचमुच यह कह रहे हैं कि आर्क बिशप ने पवित्र पुस्तक ठीक से नहीं पढ़ी?' फ़ाल्कोने ने कुटिलतापूर्वक पूछा।

कोग्लर विचलित नहीं हुए, 'अगर यीशु का स्वर्गारोहण हुआ भी तो चालीस दिन बाद हुआ। *बाइबल* यही कहती है।' इस बीच, इंजीलों के अनुसार, उन्हें बारह बार जीवित देखा गया था। अगर आप नहीं जानते कि कहाँ और कब तो मैं ख़ुशी से नव टेस्टामेंट में वर्णित लोगों से मिलने के वो क़िस्से याद दिलाना चाहूँगा, जिनमें लोगों ने उन्हें जीवित देखा था, हालाँकि वास्तव में आपको मुझे याद दिलाना चाहिए था,' व्यंग्यपूर्वक उन्होंने जोड़ा।

'आपको मुझे कुछ याद दिलाने की ज़रूरत नहीं,' प्रत्युत्तर दे कर फ़ाल्कोने इंजीलों से उद्धरण देने लगा, 'मार्क 19:9, जॉन:2 20:11 से 18, मैथ्यू 28: 9,10, ल्यूक 24:34, ल्यूक 24:34–13, मार्क: 16–14, ल्यूक 24 13–31, मार्क 16:14, जॉन 20:19–23, 26–29, मैथ्यू: 28:16–20, मार्क 16:15–18...कोग्लर संतुष्टिपूर्वक मुस्करा रहा था, 'आप देवदूतों के कृत्यों और कोरिन्थिया वालों के पाऊली के काव्य–पत्रों को भी उद्धृत कर सकते हैं।'

'एक बात, प्रिय कर्नल, उनका पुनरुत्थान अपने शिष्यों और लोगों से मिलने पर हुआ था! तब तक वे भूत बन चुके थे!' फ़ाल्कोने ने फिर अपनी तरफ़ से तुरुप की चाल चली।

'हुज़ूरे आला, मैं माफ़ी चाहता हूँ, पर अभी आपने कहा है कि पवित्र पुस्तक में झूठ लिखा है,' कोग्लर ने मुस्करा कर कहा।

'आपकी हिम्मत कैसे पड़ी...!' आर्क बिशप का चेहरा लाल हो गया।

'पवित्र पुस्तक, क्षमा करें, मैं जॉन का उद्धरण दूँगा, अध्याय 20:27, तब उन्होंने थोमस को कहा था, 'अपनी उँगली यहाँ पहुँचाओ और मेरा हाथ देखो; और अपना हाथ बंद कर मेरी बगल में डालो!' क्या आप अपना हाथ किसी भूत के शरीर पर रख सकते हैं?'

'लेकिन उसी जॉन में आपने जानबूझ कर एक चीज़ छोड़ दी है। मैं उद्धरण देता हूँ: दरवाज़ों पर ताला लगे होने के बावजूद यीशु अन्दर आए। यह एक साफ़ सबूत है कि वह भूत थे!' फ़ाल्कोने ने विजेता की तरह हुंकार भरी।

समस्या यह है कि ल्यूक ने किसी दरवाज़े पर ताला लगे होने का ज़िक्र नहीं किया। उसकी जगह उन्होंने कहा है,'मुझे छुओ और देखो,' भूत हाड़–मांस रहित होता है, आप देख रहे हो कि मेरे पास है।' फिर जैसा कि आप जानते हैं, उन्होंने उनके साथ तली मछली भी खाई। पर आप, माननीय आर्क बिशप, अफ़सोस है, आप यीशु के ही शब्दों को नकार रहे हैं, जबकि वह कहते हैं कि वह भूत नहीं हैं, बल्कि हाड़–मांस से बने आदमी हैं। और फिर, मैं नहीं जानता कि कोई भूत मछली कैसे खा सकता है। कोग्लर मुस्कराए, साथ में वैटिकन के सूचना केंद्र के सदस्य भी। फ़ाल्कोने दाँत पीस रहा था और कोग्लर आराम से बोले चला जा रहा था, 'एक और चीज़ का उल्लेख करना आप भूल गए हैं कि जब मेरी मैग्डालेने, मेरी ऑफ़ जेम्स और सालोमे क़ब्र पर आये तो उन्होंने पाया कि द्वार पर लगा

पत्थर का ताला एक तरफ़ लुढ़का पड़ा था। क्या आप मुझे बता सकते हैं कि यदि यीशु देह विहीन भूत थे तो पत्थर को लुढ़काये जाने की क्या ज़रूरत थी?' कोग्लर, जो नव टेस्टामेंट पर अपनी मास्टरी सिद्ध कर चुका था, आगे बोलता गया, 'या मैथ्यू, अध्याय 28:12 नहीं कहता कि उन्होंने सैनिकों को बहुत सारा पैसा दिया और कहा, 'तुम्हें कहना है, उनके शिष्य रात को आये और उन्हें चुरा कर ले गए।'

'तो ये शिष्य थे; वे क़ब्र से उन्हें ले गए थे और उन्होंने ही पत्थर एक तरफ़ लुढ़काया होगा,' फाराबुत्तो ने प्रतिवाद किया।

'अगर शिष्य उन्हें क़ब्र से ले जाते तो उन्हें आश्चर्य न होता, जैसा कि *बाइबल* में लिखा, जब वे उन्हें कुछ दिन बाद गैलिली में मिले थे। तो मेरा अनुमान है कि कोई और उन्हें ले गया था। और आस्था के संरक्षकों, क्या आप स्पष्टीकरण दे सकते हैं कि यीशु गैलिली, येरुशलम, एम्माउस तथा और न जाने कहाँ-कहाँ, 40 दिन चलते कैसे रहे और फिर अचानक उन्होंने स्वर्ग जाने का निर्णय कैसे ले लिया—चाहे वह भूत थे या अपनी देह में मनुष्य?'

'भविष्यवाणी को पूरा करने के लिए,' फ़ाल्कोने टपका।

'भविष्यवाणी क्या थी?'

'मेरे पास इस समय पुराना टेस्टामेंट नहीं है,' उसने एक कमज़ोर बहाना बनाया।

'मैं आपको ख़ुशी से अपना दे सकता हूँ,' कोग्लर ने अपनी *बाइबल* फ़ाल्कोने को थमा दी। फ़ाल्कोने ऊपर-ऊपर से मना करता रहा। कोग्लर मुस्कराए, 'पर मैं सीधे-सीधे *बाइबल* से और हवाले दे सकता हूँ, जिन्हें पालन करवाने के लिए आपका दफ़्तर निरीक्षण करता है और जिनका निरादर करने वालों को वह कड़ा दंड देता है! ईसाई मत के प्रचारक जॉन का उद्धरण मैं देता हूँ : नोकोदेमुस, वैसे जो एक चिकित्सक भी था, क़ब्र पर बील और मुसब्बर का एक मिश्रण लेकर आया था, तकरीबन 75 पौंड,' कोग्लर पुनः मुस्कराए, 'बाप रे, 75 पौंड बहुत होता है। बहुत ज़्यादा, लेपने के लिए जितना चाहिए होता है उससे बहुत ज़्यादा। महत्त्वपूर्ण तथ्य यहाँ पर यह है कि बील को सचमुच लेपन के लिए प्रयोग किया जाता था, परन्तु बुनियादी तौर पर यह सूजन, घावों और संक्रमण के लिए अधिक कारगर होता था। और मुसब्बर कोई लेप करने की बूटी नहीं है : इसे जीवाणु नष्ट करने के लिए इस्तेमाल किया जाता था, घाव भरने के लिए और शरीर की प्रतिरोधक शक्ति को मज़बूत बनाने के लिए। क्या आप इसका स्पष्टीकरण दे सकते हैं कि वह लेप की बजाय क़ब्र पर इलाज करने वाली बूटियाँ लेकर क्यों आये थे, जब यीशु की, आपके अनुसार, मृत्यु हो चुकी थी?'

'सूली पर चढ़ाये जाने के बाद किसी का भी बच जाना नामुमकिन है। रोमनों द्वारा फाँसी देने का यह क्रूरतम ढंग था,' फ़ाल्कोने बोला।

'मुझे आपको सही करना होगा। बुनियादी तौर पर क्रूस पर चढ़ाना यातना देने का एक ढंग था।'

'आप क्या छोड़े जा रहे हैं? क्या आप कहना चाहते हैं कि यहूदी यीशु को मारना नहीं चाहते थे?'

'इस तथ्य के लिखित प्रमाण हैं कि बहुत से लोग क्रूस पर लटकने के बाद भी जीवित बच गए थे। फ्लाविउस जोसेफुस के लेख पढ़ो। रोमन विरोधी विद्रोहों में फिलस्तीन में हज़ारों यहूदियों को फाँसी पर चढ़ाया गया था। उन दिनों रोमन कमांडरों को खुली छूट थी कि वे उन लोगों को क्रूस से उतारने का फ़ैसला ले सकते थे, यह देखने पर कि वह क्रूस पर बहुत पीड़ा सह चुका है। क्रूस से किसी जीवित व्यक्ति को उतारना कोई अपवाद नहीं था। इंजीलों से हम जानते हैं कि यीशु को एक शुक्रवार की दोपहर दो और मुजरिमों के साथ सूली पर चढ़ाया गया था। तीन घंटे बाद उनकी मृत्यु हो चुकी थी। एक तगड़ा जवान? हैरानी की बात नहीं है?'

'आप भूल रहे हैं कि पहले यीशु को कोड़े लगाये थे, जबकि बाकी दोनों को नहीं मारे गए थे।'

'ठीक है, लेकिन कोड़े लगने के बाद भी वह अपने क्रूस को गोलगोथा तक ले जा सके थे, अर्थात् उनमें पर्याप्त शक्ति और इच्छाशक्ति थी,' कोग्लर का उत्तर था।

'पता नहीं आपने जॉन और अन्य प्रचारकों का ज़िक्र क्यों नहीं किया, जिनके अनुसार सैनिक वहाँ पहुँच गए थे और उन दोनों की उन्होंने टाँगें तोड़ दी थीं। लेकिन जब यीशु के पास आकर उन्होंने उन्हें मृत पाया तो उनकी हड्डियाँ नहीं तोड़ी गईं,' फ़ाल्कोने फिर एक विजयी मुस्कान चेहरे पर ले आया।

'हाँ, यह सबथ आरम्भ होने से पूर्व शुक्रवार की एक शाम थी और यहूदी क़ानून के अनुसार मृतकों को सूर्यास्त से पहले दफ़नाया जाता था जब जुम्मेरात शुरू हो रही होती थी। इसीलिए उन्होंने बाकी के दोनों आदमियों की नली तोड़ दी थी, ताकि वे जल्दी से मर जाएँ, क्योंकि तब वे लकड़ी के डंडे पर खड़े नहीं रह सकेंगे और उनका दम घुट जाएगा। आपको यह अजीब नहीं लगता कि बेरहम रोमन फ़ौजियों ने ईशु को कोड़े लगाये, उनका मानमर्दन किया, उनके कपड़े फाड़ दिए, उनके सिर पर काँटों का एक ताज रख दिया और बाद में जब उन्हें मौका मिला तो उन्हें ख़त्म नहीं किया?'

'ठीक बात है, लेकिन जब उनकी मृत्यु हो चुकी थी तब वे उन्हें क्यों मारना चाहेंगे? सेंचूरियन ने तीर उनके सीने के आरपार कर दिया था,' फाराबुत्तो का प्रतिवाद था।

'सचिव साहब, मैं सुन कर नाखुश भी हूँ और हैरान भी हूँ। मैंने सोचा था कि समागम के आप जैसे एक सम्मानित सचिव को *बाइबल* का गहरा ज्ञान होगा। इंजीलों के अनुसार, मैं जॉन को उद्धृत करूँगा, *उस दूसरे आदमी की टाँगें तोड़ने के बाद, जिन्हें*

उनके साथ क्रूस पर टाँगा गया था, वे यीशु के पास आये, देखा कि उनकी मृत्यु हो चुकी थी, तो एक सैनिक ने एक तरफ़ एक तीर उनकी बगल में घुसा दिया। और तुरंत लहू और पानी बह निकला।' शर्म के मारे फाराबुत्तो कुछ बोल नहीं सका और फ़ाल्कोने भी अपनी कुर्सी पर इधर-उधर हो रहा था। उन्होंने उनकी बगल में छेद किया था, दिल में नहीं। क्या आप जानते हैं कि यह तीर घुसाने वाला कौन था? सेंचूरियन लोंगिनुस, उनका ख़ामोश प्रशंसक, जिसने यह सब पिलेट के आदेशानुसार किया था। नीसा के ग्रेगोरी के अनुसार लोंगिनुस बाद में काप्पादोसिया का आर्क बिशप बना था, जहाँ का वह रहने वाला था। अब मैं वह दोहराऊँगा, जो मैं पहले कह चुका हूँ, इस बार *बाइबल* से उद्धरण देते हुए : लहू और पानी बह निकला...बच्चे तक जानते हैं कि लहू के थक्के, अगर यीशु की मृत्यु हो चुकी थी, बाहर नहीं आ सकते थे। फाराबुत्तो को समझ नहीं आ रही थी कि क्या प्रतिक्रिया दिखाए। कोग्लर आगे बोलता गया, 'मैंने अभी सूर्यास्त होने से पहले मृतकों को दफ़नाने के क़ानून का ज़िक्र किया है। अतः यीशु को, यहूदी होने के नाते, उम्मीद है कि आप सहमत होंगे कि वह यहूदी थे, भूमि में दफ़नाया जाना था। लेकिन, जैसा कि सब इंजीलों में वर्णित है-फिर एक बार कहूँगा, सब इंजीलों में, अर्थात् वे शायद इस मामले में सही थे-उन्हें भूमि में नहीं, बल्कि चट्टान काट कर उसमें दफ़नाया गया था। मतलब शायद वह मरे नहीं थे...'

'कोग्लर, बक-बक बंद करो!'

'और फिर इंजीलों के अनुसार यीशु पत्थर की एक सिल्ली पर पड़े थे, अर्थात् उनका शरीर सीधा था, मुड़ा नहीं। पर मैं यह पहले भी कह चुका हूँ।'

'माफ़ कीजियेगा, मिस्टर...एरम...' फ़ाल्कोने ने कोग्लर को टोका, 'कोग्लर,'

लेफ़्टिनेंट कर्नल हाउसर ने सहयोगी को शान्त किया, ताकि आर्क बिशप कहीं घटिया फ़िकरों पर न उतर आये।

'कोग्लर...क्या आप ईसाई हैं?'

'हाँ।'

'अजीब ईसाई होंगे।'

'किस वजह से आप यह सोच रहे हैं?'

'देखिये, आप ऐसी बातें बता रहे हैं, जो हमारे चर्च की शिक्षा का खंडन करने वाली हैं।'

'मसलन?'

'अब तक जो कुछ आपने हमें बताया है।'

'महामहिम, मैं क्षमा माँगता हूँ, लेकिन मैंने आपको दस सबूत दिए हैं, जिनको आपने नहीं नकारा, तो यह तो मुझे पूछना चाहिए कि क्या आप ईसाई हैं और कि क्या आपका चर्च क्राइस्ट के बारे में सब सच बता रहा है...'

'क्या? आप एक आर्क बिशप से इस तरह बात करने की गुस्ताख़ी कर रहे हैं? आस्था के सिद्धांत के समागम के एक सदस्य से? हद कर दी आपने।'

'जनाब, क्राइस्ट की शिक्षा को हम भी मानते हैं। दुनिया में यह सब से अद्‌भुत है। यह प्रेम और सत्य की शिक्षा है। मैं सत्य की खोज कर रहा हूँ; आप इसके मालिक हैं। मैं यीशु का अनुसरण कर रहा हूँ। बहुत कठिन है, लेकिन मैं प्रयत्न कर रहा हूँ। मैं इसलिए ईसाई नहीं बना था कि मेरी माँ ने मेरा बप्तिस्मा करवाया था। ईसाई बनने के लिए बप्तिस्मा काफ़ी नहीं है।'

'तो अब आप बप्तिस्मा के महत्त्व को भी नकार रहे हैं? ईसाइयत के मूल संस्कार और निधि को? कैसे कह सकते हैं आप कि आप ईसाई हैं?' फ़ाल्को ने पागलों की तरह हाथ हिला रहा था।

'मैं नहीं, जैंटलमैन, आप बप्तिस्मे के महत्त्व को नकार रहे हैं। पूरा चर्च इसे नकार रहा है।'

'पर आप तो ख़ुद कह रहे हैं कि आपका बप्तिस्मा हुआ था,' तोती घबराते हुए बोला।

'ऐसा बप्तिस्मा बेमतलब है। जो यीशु ने कहा था, इसमें उसका पालन नहीं होता।'

'यह बदतमीज़ी है। इसे मैं नहीं सुनूँगा,' फ़ाल्कोने बोला।

'श्रीमान्, क्या मुझे आप इंजीलों से एक भी जगह बता सकते हैं, जहाँ नवजात शिशुओं का बप्तिस्मा करवाने के बारे में लिखा हो' सन्नाटा छा गया। 'खैर, मैं आपको दो जगह बता सकता हूँ, जहाँ बप्तिस्मा के उल्लेख हैं। पहली, मार्क, *इसलिए जाओ, राष्ट्रों को शिक्षा दो और उनका बप्तिस्मा करो।* दूसरा उद्धरण ल्यूक से है, अध्याय 16 : *और उन्होंने कहा, पूरी दुनिया में जाओ और वहाँ हर जीव में इंजीलों का प्रचार करो। जो आस्था रखेंगे और बप्तिस्मा करवाएँगे, वे सुरक्षित रहेंगे।*'

'वही तो, आप अपने ही कहे का खंडन कर रहे हैं' आर्क बिशप के मुँह से निकला।

'लेकिन आर्क बिशप, दोनों ही बार यीशु एकदम स्पष्ट शब्दों में बड़ों का बप्तिस्मा करने के लिए कह रहे हैं, शिशुओं का नहीं। राष्ट्रों को शिक्षा दो और उनका बप्तिस्मा करो। मुझे बता सकते हैं आप कि शिशुओं का बप्तिस्मा आप कैसे करेंगे? जो बप्तिस्मा करवाएँगे वे सुरक्षित रहेंगे? एक आठ दिन का बच्चा कैसे यक़ीन करेगा? क्या आप सुनना चाहेंगे, यीशु ने इस बारे में क्या कहा था?' गुस्से में उन्होंने नव टेस्टामेंट खोला। 'मैथ्यू 21:16: *बच्चों और शिशुओं के मुँह से आप अपनी प्रशंसा करवा रहे हो!*'

'क्या बोले जा रहे हो? यीशु को थोड़ी न पता था कि हम एक दिन ऐसा कुछ भी करने लगेंगे?' फ़ाल्कोने ने विरोध किया।

'देखा, इससे बेहतर स्वीकरण की तो मैं उम्मीद ही नहीं कर सकता था,' कोग्लर हँसने लगा, पर फिर आगे बोलने लगा, 'मैं ईसाई कुछ चीज़ों का ज्ञान प्राप्त करने के बाद बना। अपनी इच्छा से, अपने स्वयं के विवेक से, जिसके बारे में आप मना नहीं कर सकते, कि ईश्वर ने मुझे यह दिया था, और यह उसने इसलिए दिया था कि हम सोच सकें और अपने निर्णय आप ले सकें। क्या आप जानते हैं कि कैथोलिक चर्च, हालाँकि यह एक व्यापक संगठन है, आज खाली और कमज़ोर क्यों है? क्योंकि हर सदस्य एक औपचारिक विधि से बना है, शिशुओं के बप्तिस्मे से, हमारे अपने फ़ैसले के कारण नहीं। आपका कर्तव्य न केवल दूसरों को ईश्वर के क़ानून का पालन करने के लिए प्रेरित करना है, बल्कि स्वयं उसका पालन करना है। अपनी रूढ़ियों के कारण आप लोगों को सोचने से रोकते हैं! मुझे तो संदेह है कि उन्होंने इसकी केवल अपेक्षा ही नहीं की थी, बल्कि वह पूरी तरह जानते थे कि एक दिन आप ऐसा करेंगे। उन्होंने उत्तेजित होकर इंजील को फिर खोला, मैथ्यू, अध्याय 23:13, बुरा हो तुम्हारा, क़ानून के शिक्षको, पाखंडियो! तुम लोगों के बिल्कुल सामने उनके लिए स्वर्ग के साम्राज्य का द्वार बंद कर देते हो। तुम तो उसमें प्रवेश करते नहीं, दूसरों को भी नहीं करने देते।' कोग्लर भारी साँसें ले रहे थे, 'आपको कोई इल्म है कि यूरोप में मुसलमानों की बाढ़ क्यों आ गई है? बहुत बढ़िया व्यापक संगठन है आपके पास, आप सरकारों से अपने हर सदस्य के लिए पैसा माँगते हैं, लेकिन चर्च को भीतर से मज़बूत बनाने के बारे में आपने कभी नहीं सोचा। क्या आप कल्पना कर सकते हैं कि चर्च कितना महान बन सकता है अगर लोग अपनी मर्ज़ी से इसके सदस्य बनने लगें? यीशु ने कहा था, *''तुम्हें अपना घर चट्टान पर बनाना चाहिए, रेत पर नहीं, क्योंकि पहला तूफ़ान तुम्हारे घर को गिरा देगा।''* उनकी चेतावनी के शब्द अब सच्चे होने लगे हैं। शिशुओं का बप्तिस्मा करना रेत पर घर बनाने जैसा है।'

'यह अपमानजनक है। आप एक आर्क बिशप को भाषण दे रहे हैं, जो रूढ़िवादी धर्मशास्त्र के प्रोफ़ेसर हैं?' फाराबुत्तो ने फ़ाल्कोने के बचाव की कोशिश की।

'जैंटलमैन, मैं आपकी रूढ़ियों में दिलचस्पी नहीं रखता, यीशु के उदाहरण योग्य जीवन में मेरी दिलचस्पी है। रूढ़िवाद वह कथन है, जिसके पास कोई प्रमाण नहीं है, तो इसको आसानी से झूठ का नाम भी दिया जा सकता है।'

'प्लीज़, दोस्त, शिष्ट भाषा में बात कीजिये,' हाउसर कोग्लर से बोला।

'मुझसे अब सहन नहीं हो रहा!' फ़ाल्कोने और फाराबुत्तो उठ कर खड़े हो गए, 'हम जा रहे हैं। वैटिकन की भूमि पर यह ईश निंदा एक हिमाक़त है।'

'प्लीज़, जैंटलमैन, सहयोगी कोग्लर ख़ुद पर नियंत्रण थोड़ा सा खो बैठे होंगे, मैं उनकी ओर से क्षमा माँगता हूँ। कोग्लर, माफ़ करना, यह बहस दिलचस्प बन रही है, लेकिन

हम यहाँ यह जाँच करने नहीं बैठे कि यीशु की मृत्यु क्रूस पर हुई या नहीं। हमारा काम है चर्च के हितों की रक्षा करना।'

'कौन-सा चर्च? यीशु का या इन भद्र लोगों का? वह, जो यीशु ने चाहा था...' उन्होंने गुस्से में *बाइबल* उठाई। वह उनके हाथ से फिसल कर गिर पड़ी। उसे उठा कर उन्होंने उसमें से एक बुकमार्क निकाला, पुस्तक को खोला और लगभग चिल्ला कर बोले, 'मैथ्यू, अध्याय 7: झूठे पैगम्बरों से सावधान...वह आप सब के बारे में बोल रहे हैं!'

'चलता हूँ, जैंटलमैन, सहयोगी हाउसर, हम फिर बात करेंगे.,' फ़ाल्कोने कुटिलता से बोला और दरवाज़े की ओर बढ़ा।

'आर्क बिशप, आपको जाने की ज़रूरत नहीं है। मैं जा रहा हूँ,' कोग्लर ने दृढ़ता से कहा और चलने से पहले उन्होंने अपने कागजात उठा कर अपने पुराने ब्रीफ़केस में डाले।

'जैंटलमैन, मेरे ख़याल से यहाँ कोई बड़ी ग़लतफ़हमी हुई है। हमारी यह आपसी चिंता है। कोई नहीं कह रहा कि चर्च त्रुटिहीन है, लेकिन हम सब एक ही नाव पर सवार हैं,' हाउसर शिद्दत से स्थिति को सँभालने की कोशिश कर रहा था, 'हमें शान्त हो जाना चाहिए और हम सब की जो एक समस्या है, उसे हल करने की दिशा में मिल कर काम करना चाहिए,' उसने समागम के प्रतिनिधियों और कोग्लर, दोनों से अपील की। फ़ाल्कोने और फाराबुत्तो कुछ देर के लिए हिचके, फिर उन्होंने सोचा कि कोग्लर के बिना वे एक बहुत अप्रिय स्थिति में पड़ सकते हैं, अतः वे मजबूरी में दाँत पीसते हुए बैठ गए। उसके बाद कोग्लर भी अपनी मेज़ पर लौट आये। उसने एक पल दोनों आदमियों को ध्यान से देखा। वे आँखें नीची किये बैठे थे। अगर वह उन्हें देख सकता तो उसे उनका क्रोध और हताशा नज़र आते। सबसे ज़्यादा उनका भय नज़र आता।

खोए हुए कबीले

निस्संदेह राजकुमार की उम्र यीशु से दोगुनी थी। पुरी लौटने के बाद उसने अपना 32वाँ जन्मदिन मनाया था—लेकिन उसे अब इज़राइली युवक से जलन होने लगी थी। जहाँ भी वह जाए उसे आकर्षण का केंद्र बने रहने की आदत थी। लेकिन अब दूर देश से एकत्र किये राजकुमार के अनुभवों में उसके मित्रों की रुचि नहीं रही थी, हालाँकि वह दो साल घर से दूर रहा था। उच्च और निम्न वर्ग में नॉर्थ से आया युवक चर्चा का विषय बन गया था; जहाँ भी वह जाता था, अपने असाधारण रूप से परिपक्व विचारों से आकर्षण का केंद्र बन जाता था। आरम्भ में राजकुमार हमेशा यीशु के साथ जगन्नाथ मंदिर जाया करता था, पर जब उसने देखा कि पुरोहित उससे ज़्यादा यीशु की बात सुनने में रुचि रखते थे तो उसका मंदिर जाना कम होता गया। यीशु के पुरोहितों के साथ विवाद भी होते थे, क्योंकि वे जम कर भारत की जाति प्रथा का समर्थन करते थे। उनके एक कोढ़ी को बुला कर अपने

साथ हाथी पर बिठाने का किस्सा जंगल की आग की तरह पूरे कलिंग के साथ भारत के दूसरे नगरों में भी फ़ैल गया था।

'यह देश पश्चिम में गोंडवाना से लेकर पूर्व में बंगाल की खाड़ी तक फैला हुआ; सम्राट अशोक हमारा पूर्वज था, जिसने लगभग तीन शताब्दी पूर्व बौद्ध धर्म की दीक्षा ली थी और उसका प्रचार-प्रसार किया था। और किसी ने भी ईश्वर द्वारा स्थापित प्रणाली पर सवाल नहीं उठाया,' वरिष्ठ पुरोहित महाजन ने पुरोहितों और यीशु के मध्य हुए एक वार्तालाप के दौरान कहा।

'जातियाँ ईश्वर से नहीं, बल्कि आर्यों से आई हैं, जो पंद्रह शताब्दी पूर्व भारत पहुँचे थे। उन्होंने ही लोगों की कम और ज़्यादा क़ीमत लगा कर उन्हें बाँट दिया था,' यीशु विरोध में कहते थे। लोगों में कानाफूसी होने लगती थी।

महाजन की त्योरी चढ़ गई, 'जवान, हमने आपको सम्मानपूर्वक प्रवेश दिया है, लेकिन मंदिर में, हमारे भगवान जगन्नाथ के घर में, जो विष्णु और बुद्ध दोनों के अवतार हैं, ईश्वर की निंदा करना अनुचित है, मैं बोलते समय आपको स्वयं पर नियंत्रण रखने की सलाह दूँगा,' ऊँचे स्वर में वह बोला। 'ध्यान रखना कि अहंकार से बचो। कृपा करके वह भी पढ़ लो जो मंदिर के अग्रभाग पर लिखा है।'

'मैं जानता हूँ। मैंने पढ़ा है इसे। बहुत शानदार सोच है : मालिक, अगर तुम मुझसे प्रेम करते हो तो मुझे वर दो कि मैं इस विशाल मानव-परिवार का सबसे छोटा दास बनूँ। यह एक शानदार सोच है, लेकिन मुझे आश्चर्य होता है कि आप इसे मंदिर की दीवार पर ही लिखते हो, अपने दिल में नहीं लिखते।'

'विधान के अनुसार शासकों का निम्न जाति से सम्पर्क मना है।'

यीशु कुछ देर सोचते रहे, 'मैं आपको एक राजा की कहानी सुनाऊँगा, जिसके चार पुत्र थे। उसने अपनी सम्पत्ति उनमें बाँटने का निर्णय लिया। सबसे बड़े को उसने सत्य दिया और साथ ही आदेश दिया कि उसे लोगों में बाँटे; दूसरे को उसने तलवार दी और आदेश दिया कि देश की सम्पत्ति तथा भूमि की रक्षा करे; तीसरे को खेत और मवेशी, ताकि वह सब की जीविका बनाये रख सके। जब चौथे की बारी आई तो उसने तीन भाइयों पर छोड़ दिया कि उसे क्या दिया जाये। वे सबसे छोटे से डरते थे, तो उन्होंने उसे एक चट्टान के साथ बाँध दिया। बरसों बाद राजा ने पुत्रों को बुलाया और उन्हें अपने बीजक दिखाने को कहा। हालाँकि उन्होंने अच्छा काम किया था, पर उसने यह भी देखा कि उन्होंने उसके साथ क्या किया था। उसने सबसे बड़े का शाही चौगा फाड़ कर, उसका सारा सामान ज़ब्त करके उसे कारावास में भेज दिया। दूसरे की तलवार तोड़ दी, उसका सामान भी उससे ले लिया और उसे उसके भाई के पास भेज दिया; तीसरे का सब कुछ छीन कर उसे कहा कि मरुस्थल में जाकर अपने अंत:करण को खोजे। फिर उसने अपने सबसे छोटे बेटे के पास जाकर उसकी बेड़ियाँ काट दीं और उसके भाइयों की सारी सम्पत्ति उसे दे दी।'

पुरोहित कुछ नहीं बोले, सिवाय एक के, जिसका नाम लम्मास था, जो मंदिर में यीशु के पदार्पण के समय से उसका समर्थक रहा था, 'जिन दासों और निर्धन लोगों के साथ मवेशियों से भी बदतर बरताव किया जाता है, वे पुरोहितों, शासकों और सैनिकों के अन्याय से कैसे छुटकारा पा सकते हैं?'

हॉल में कानाफूसी होने लगी। 'क्यों छूटें वे? उनको यह ईश्वर द्वारा दी गई नियति है,' महाजन ने आपत्ति की।

'जब तुम अपना दिल ईश्वर के लिए खोल देते हो, जैसे सूरजमुखी हर दिन सूर्य की रौशनी के लिए खुलता है, तब शूद्र भी पुरोहित, राजा और सैनिक की तरह स्वतन्त्र हो जाएगा। क्योंकि पुरोहित, सैनिक, और आप भी प्रिय राजकुमार, स्वतंत्र नहीं हो, और आप तब तक स्वतंत्र नहीं होगे, जब तक आप में से कोई भी दास होगा,' यीशु ने राव अन्ना से कहा, जो इस विवाद को ख़ामोशी से सुन रहे थे।

'क्या आप यह विष्णु द्वारा मंदिर में बुलाये चार हज़ार पुरोहितों के मुखिया को कह रहे हो? क्या आप यह राजकुमार को कह रहे हो, जो आपको इस देश में नेक इरादों से लेकर आया, ताकि आप पढ़ाई कर के देवताओं की विरासत पा सको, मनुष्य के लिए बनाया गया विधान और वेदों के अध्ययन के लिए?' वरिष्ठ पुरोहित ने उसे फटकारा और फिर उसे चेतावनी सी देते हुआ बोला, अगर आप अब से मंदिर में रहना चाहते हैं तो आप को अपनी सोच बदलनी होगी।'

एकत्रित लोग उत्सुकतापूर्वक यीशु के उत्तर की प्रतीक्षा कर रहे थे। परन्तु वह बिना एक शब्द बोले उठ कर मंदिर से बाहर चले गए। सीढ़ियों पर बैठे वह लम्बी कतार में लगे उन गरीबों को देखने लगे, जो अपने कंधों पर मंदिर के लिए बलि लेकर आये थे : बकरियाँ, मुर्गियाँ, मछली, नारियल, चावल, फल, जो पुरोहित ने उनसे ले लिए, येरुशलम की तरह।

अचानक किसी ने अपना हाथ उनके कंधे पर रखा, 'यहाँ से कहीं दूर चलते हैं,' यह लम्मास ने कहा।

'कहाँ? मुझे डर है कि सब जगह ऐसे ही होगा,' यीशु ने एतराज़ किया।

'कटक चलते हैं। यहाँ से उत्तर को दो दिन का रास्ता है। वहाँ चंडी मंदिर में मेरे बहुत से मित्र हैं, युवा भिक्षु और पुजारी, जो आपकी तरह सोचते हैं। वे हमारे साथ चलेंगे। हम सारे भारत का भ्रमण करेंगे और सत्य का प्रसार करेंगे।'

'मैं यहाँ अजनबी हूँ और अभी मेरी उम्र भी कम है। मुझे ठीक से आपकी भाषा भी नहीं आती, कोई मुझ पर यक़ीन नहीं करेगा। अभी मुझे बहुत कुछ सीखना है। मैं वहाँ जाना चाहूँगा, जहाँ बुद्धिमान आदमियों की मनीषा हो, कट्टरपंथी पुजारी न हों।'

'अगर आप अनुमति दो तो मैं आपके साथ चलूँगा। कटक से हम बिहार में राजगीर जायेंगे, उस नगर में, जहाँ 500 वर्ष पहले बुद्ध ने तपस्या की थी। नालंदा और उसकी

प्रसिद्ध यूनिवर्सिटी के बहुत निकट है।' यीशु ने लम्मास के सुझावों को गौर से सुना। 'हम गंगा नदी के तट पर स्थित बनारस भी जायेंगे, विज्ञान एवं संस्कृति के नगर में, जहाँ मैं आपका परिचय सबसे बुद्धिमान हिन्दू वैद्य उद्रका से करवाऊँगा। वह आपको रोग हरने के चमत्कारी गुर बताएँगे।'

'मैंने सुना है कि बनारस शाक्यों के देश लुम्बिनी से ज़्यादा दूर नहीं है,' यीशु ने कहा।

'उम्दा घोड़े हों तो हम बुद्ध के जन्मस्थान तीन दिन में पहुँच सकते हैं। यह मैदानी क्षेत्र है, हिमालय का कवच लुम्बिनी के आगे आरम्भ होता है।' 'ठीक है,' यीशु ने निश्चयपूर्वक कहा, 'मैं राजकुमार से मिल कर उनकी सहमति माँगूँगा।'

'मैं नहीं समझता कि वह नहीं मानेंगे। आपने तो देखा है कि अब उन्हें आपके शब्दों में दिलचस्पी नहीं रह गई।'

'वह यहूदी होने का दावा करते हैं, फिर भी हमारे क़ानूनों की अवमानना करते हैं,' यीशु ने गहरी साँस भरी।

'वह यहूदी मूल के हैं, परन्तु शासकों और पुरोहितों के मित्र हैं। वे सदा एक-दूसरे के रहे हैं,' लम्मास ने मुस्करा कर कहा। 'उम्मीद है कि वह हमें हमारी यात्रा के लिए आवश्यक घोड़े देंगे। हम एक साथ आपके खो चुके देशवासियों की खोज पर निकलेंगे। आप सहमत हो?'

यीशु के चेहरे पर एक चौड़ी मुस्कान उभरी, 'इससे ज़्यादा मेरा दिल और कुछ नहीं चाहता।'

पत्थर पर क़दमों के निशान

इज़राइल से लौटने के अगले दिन मारिका कुछ ढीली महसूस कर रही थी और उसे बुखार चढ़ा हुआ था। उसकी बगल की लसीका ग्रंथियाँ सूजी नज़र आ रही थीं। वह तुरंत अर्बुद्विज्ञान के विशेषज्ञ, अपने डॉक्टर से मिलने गई, जिसने इस क्षेत्र के एक जानेमाने विशेषज्ञ प्रो.फ़ेसर श्नाइडर से उसके मिलने का समय तय किया। मीषाल उसे गाड़ी में बिठा कर अस्पताल के फाटक तक ले गया, मज़बूती से उसने उसके ठंडे, कुछ हद तक गीले हाथ से हाथ मिलाया, गले लगाया और उसे उत्साह देने के लिए उसके बालों पर हाथ फेरा। उसे महसूस हो रहा था, वह जैसे उससे विदा ले रहा हो। निकट के चौक के पास बने एक पार्किंग स्थल पर उसने अपनी कार खड़ी की और किसान कैफ़े में जाकर बैठ गया। भोलेपन में उसने सोचा कि वे उसकी पत्नी के कुछ टेस्ट करेंगे और घर भेज देंगे। दो घंटे बाद मारिका ने उसे फ़ोन किया कि जब तक उसके लिए आवश्यक सभी टेस्ट पूरे नहीं हो जाते उसे कुछ दिन के लिए अस्पताल में रुकना होगा। तीन दिन के बाद जब वह उसे लेने आया तो उसने देखा कि उसका हाल अच्छा नहीं था। घर पहुँचने से कुछ ही पहले उसने अपनी

पीड़ादायी चुप्पी तोड़ी, 'उन्होंने मेरे स्तन में गाँठ का पता लगाने के लिए मेरी मम्मोग्राफी (Mammography) की है, उम...मेरे पेट के ऊपरी हिस्से को अल्ट्रासाउंड से जाँचा है, बल्कि मेरी हड्डियों का सिंटिग्राम (Scintigram) भी किया है...निदान स्पष्ट है—मेरे स्तन की गाँठ में कैंसर है...मुझे यक़ीन नहीं आ रहा था, इसलिए डॉक्टर जीवित ऊतकों की जाँच (बायोप्सी) करना चाहता था, जिसके लिए मैंने इस बार मना कर दिया...' उसकी आँखों में आँसू उमड़ आये। उन्होंने मेरे जिगर का भी अल्ट्रासाउंड किया...वहाँ रूप-परिवर्तन है...मेरे लहू में मार्कर बढ़े हुए हैं...'

'शान्त हो जा, घर पहुँचते हैं, थोड़ी चाय पियेंगे और हर चीज़ के बारे में आराम से सोच-विचार करेंगे,' उसने उसे तसल्ली देने की कोशिश की। उसका अपना दिमाग फटने को हो रहा था। केतली में पानी उबल रहा था, मीषाल ने हमेशा की तरह दो प्याले अपनी मनपसंद चाय के बनाए, बैठक में बैठे वे चाय के घूँट चुपचाप लेते रहे

मीषाल से अब और सहन नहीं हो रहा था, 'वैसे प्रोफ़ेसर ने तुझे कहा क्या था?'

'कहा था, मुझे ऑपरेशन तो करवाना ही पड़ेगा। मेरा मज़ाक सा उड़ा रहा था, बोला कि येरुशलम में ध्यान लगाने से कोई फ़ायदा नहीं होने वाला...जैसे कि मुझे मालूम न हो...' फिर वह फट पड़ी, 'कैसे हो सकता है यह? यह नहीं कि मैंने सिर्फ़ ध्यान लगाया था, मैंने शत-प्रतिशत ताज़ी कच्ची सब्ज़ियाँ, ताज़े रस और जड़ी-बूटी वाली चाय ली। उन्होंने मुझे किसी पूर्वी दवाई, सम्पूर्ण उपचार के प्रभाव में आने के लिए मेरी भर्त्सना की...यह न मानने के लिए कि इससे कोई फ़ायदा नहीं हो रहा। बोले कि उन्हें कुछ नहीं चाहिए था, वे सिर्फ़ चाहते थे कि मैं स्वस्थ हो जाऊँ।' वह व्याकुलता में अपनी चाय के घूँट पीती रही और फिर एकदम से भड़क उठी, 'लेकिन मैं उनके पास भी गई हूँ और ये मुझे स्वस्थ नहीं कर सके... तो...उनकी दवाई में भी तो कुछ विशेष नहीं है। वहाँ जब मैं पड़ी हुइ थी तो इसी निष्कर्ष पर पहुँची थी। मैं ऐसे किसी को नहीं जानती, जो इनके पास से स्वस्थ होकर निकला हो। कटने-पिटने के बाद उनमें एक आंत, फेफड़े या मलनाली का वज़न ही तो कम हुआ था। बस यही कर सकते हैं ये। चीज़ें काट दो, विकिरण कर दो या रसायनों से विषाक्त कर दो! प्रोफ़ेसर ने तो यह भी चिंता जताई कि मेरे भीतर आवश्यक प्रोटीनों का स्रोत नहीं है, क्योंकि वह सिर्फ़ गोश्त में होता है और गोश्त न खाने के लिए मुझे फटकारा...कैसा डॉक्टर है यह, कैंसर के रोगियों को गोश्त खाने को कहता है? उनके लिए मैं एक दिल रखने वाली इंसान नहीं हूँ, बल्कि एक मशीन हूँ, जिसके पुर्जों को बदला जा सकता है, जैसे कार के पुर्जे। क्या प्रोफ़ेसर है! मैकेनिक है, चिकित्सक नहीं है! इनको लोगों को सिर्फ़ काटना आता है, उन्हें रोगमुक्त करना नहीं आता।' उसके आँसू निकल आये। 'जो कुछ मैं कर सकती थी मैंने किया। 42 दिन उपवास रखा है, आसान नहीं था...! पका हुआ खाना बिल्कुल खाना छोड़ दिया था। मालिशें करवाई हैं, ध्यान लगाया है...कैंसर लौट क्यूँ आया?'

मीषाल ने प्यार से उसके बाल सहलाये, 'मेरा ख़याल है...मेरा ख़याल है कि तेरी आस्था बहुत कम थी...माफ़ करियो, मैं इन चीज़ों पर कभी यक़ीन नहीं करता था, पर जब

से हम येरुशलम आये हैं, मुझे लगता है कि तुझे सबसे ज़्यादा आस्था की ज़रूरत है। मुझे महसूस हो रहा है कि तेरी आस्था किसी तरह मशीनी सी थी, मतलब, हमारे ढंग की, सतही, मुझे इसके लिए सही शब्द नहीं मिल रहा। इस सब के बावजूद मुझे लगता है कि हमारे साथ जो घट रहा है, उसमें एक गहरा अर्थ है। मेरा विचार है कि ईश्वर तुझे और ताक़त देना चाहता है। मतलब, माफ़ी माँगता हूँ, मुझे यह कहने का हक़ तो नहीं है, परीक्षा मेरी नहीं हो रही, क्योंकि ईश्वर का मुझे कुछ करने का इरादा नहीं है। लेकिन वह तुझे यथासंभव अपने आईने के पास खींचने की कोशिश कर रहा है। शायद वह चाहता है कि तू अच्छी तरह से ख़ुद को देखे, मतलब सचमुच अच्छी तरह से। अब तक तूने ख़ुद पर सिर्फ़ उड़ती सी नज़र डाली है और तुझे लगा है कि सब ठीक है। लेकिन जितना तू ख़ुद को आईने के नज़दीक जाकर देखेगी, उतना ही बेहतर देख सकेगी। मुझे थोड़ी चिंता हो रही है कि तू भीतर से ख़ुद से खुश नहीं है...'

'ओह प्लीज़, अब मेरी क्लास मत ले,' वह उबल पड़ी। एक मिनट बाद रोने लगी, 'माफ़ कर मुझे, मैंने मालिक से प्रार्थना की है, उससे मदद की भीख माँगी है, लेकिन मुझे लगता है कि मैं यह सब किसी दालान में बैठी करती रही हूँ, जैसे मैं अपनी आत्मा के मंदिर तक नहीं पहुँची हूँ, जैसे कुछ ऐसा है जो मुझे भीतर प्रवेश करने से रोक रहा हो। एक बार, जब मैं बच्ची थी, मैं अपनी दादी के घर पर भूसे के एक ढेर पर लेटी हुई थी; सूरज चमक रहा था, बड़ी उम्दा ख़ुश्बू आ रही थी, मैं आसमान की तरफ़ देख रही थी, जहाँ बहुत ऊपर पंछी उड़ रहे थे, मुझे सिर्फ़ तेज़ हवा और मधुमक्खियों के भिनभिनाने की आवाज़ सुनाई दे रही थी। आज भी मुझे उस निराले अनुभव का एहसास हो रहा है, एक अजीब से मूड में थी मैं, जिसका वर्णन करना मुश्किल है, एक मंगल सी भावना थी, अचानक मुझे लगा कि जैसे मैं उड़ रही हूँ। अपने आप में मैं ख़ुद को बहुत खुश महसूस कर रही थी और फिर मुझे अचानक एक देवदूत दिखाई दिया। वह काफ़ी हद तक वैसा था, जैसा मेरे घर में चित्र लगा हुआ है। मैं उसकी कल्पना कर रही थी, अपने पीछे एक उफ़नती नदी के ऊपर एक पुल को पार करते हुए, उसके पंख फैले हुए थे, मेरी रक्षा कर रहे थे। तुझे वे तस्वीरें याद हैं, जो हमारे नर्सरी स्कूल में होती थीं। रहे यह दिन सदा मेरे साथ निभाने को, राह दिखाने, मुझे बचाने को...मैं प्रसन्न थी और स्वस्थ थी। मेरे शरीर की हर कोशिका प्रसन्न थी...कहाँ गई वो ख़ुशी ? कहाँ गुम हो गई ?'

'मैंने भारतीय चिकित्सक दीपक चोपड़ा की एक किताब पढ़ी है। उसने कहा है कि हमारे शरीर की हर कोशिका की अपनी स्मृति होती है, अपने अवयव होते हैं, एक मनुष्य की तरह। मनुष्य स्वयं में एक बड़ी इकाई में एक कोशिका है। जैसे कोशिका स्वयं में कई छोटे हिस्सों की सम्पूर्णता से बड़ी होती है। एक कोशिका भी वैसे मरती है, जैसे एक मनुष्य मरता है और जब यह मरती है तो यह अपनी स्मृति एक और कोशिका को सौंप जाती है, जो उस समय जन्म ले रही होती है। तुझे अपनी कोशिकाओं से सम्पर्क बनाये रखना है। तेरे रोग का मूल वही है।'

'मुझे भी यही लग रहा है। मुझे लगता है कि मैं अपनी आत्मा के मंदिर के इर्द-गिर्द घूम रही हूँ, जिसके द्वार किसी भी मिनट खुल सकते हैं, लेकिन तभी कुछ होता है, जो मेरे

दिमाग़ को कहीं और ले जाता है, मेरी एकाग्रता समाप्त हो जाती है और मैं सत्य के द्वार में प्रवेश नहीं कर सकती।'

'मुझे लगता है तू इसे ठीक ढंग से कर रही है। बस यही है कि तू ग़लत जगह पर है।'

'मैं तुझे कुछ दिखाता हूँ। मुझे यह इन्टरनेट में मिला है।' वह मारिका को कंप्यूटर के पास ले गया, जहाँ वह कुछ तस्वीरें नज़र आने से पहले क्लिक-क्लिक करता रहा, जिन्हें वे काफ़ी देर देखते रहे।

'यह क्या है? पत्थर पर निशान?' मारिका ने पूछा।

'जैसे हमारे यहाँ महत्त्वपूर्ण व्यक्तियों की मृत्यु होने पर उनका मरणोत्तर साँचा बनाया जाता था, शायद पूर्व में वैसे ही क़दमों के निशान रख लिये जाते थे ये एक आदमी के पैरों के निशान हैं, जिसकी मृत्यु प्रथम शताब्दी के दूसरे हिस्से में श्रीनगर में हुई थी। उसकी समाधि एक तीर्थस्थल के तहखाने में है, जिसे ''रोज़ा बाल'' कहते हैं। पत्थर की बनी क़ब्र पूर्व-पश्चिम दिशा वाली है। यहूदी ही इस तरह से अपने मृतकों को दफ़नाया करते थे।'

'पहली सदी में कश्मीर में यहूदी क़ब्र कहाँ से आ गई?'

'यही तो सवाल है...' 'क्या तू यह कहना चाहता है कि यह यीशु की क़ब्र है?'

'मैं जो कहना चाहता हूँ वो यह है कि यीशु की क़ब्र इज़राइल में तो बिल्कुल नहीं है...ज़रा इन पैरों को गौर से देखो!'

मारिका फ़ोटो को काफ़ी देर देखती रही। इस पर कुछ अजीब सी लाइनें हैं, जैसे कि...ऐसी लगती हैं...'

'ये ज़ख्मों के निशान हैं...'

'पर यह नामुमकिन है... पहला सवाल तो यह है कि जिसको पहली सदी में क्रूस पर लटकाया गया था वह कश्मीर पहुँचा कैसे?' मारिका का स्वर उत्तेजना से काँप रहा था।

'यह हम वहाँ जाकर पता लगायेंगे। शायद वही है वो, जिसे तू खोज रही है,' अपनी पत्नी को अपने से और भी चिपटाते हुए उसने दृढ़ स्वर में कहा। 'मैंने अपने दोस्त लूबो को फ़ोन किया है, जो एक बड़ी ट्रेवल एजेंसी में प्रबंधक है। उसके वहाँ बहुत अच्छे सम्पर्क हैं।'

'तो क्या कहा उसने?' दिलचस्पी दिखाते हुए मारिका ने पूछा।

'उसने हर चीज़ का इंतज़ाम कर लिया है। वह चाहता है कि जितनी जल्दी हो सके हम वहाँ आ जाएँ। और उसने तेरे लिए सबसे अच्छे डॉक्टर से मिलने का समय भी तय कर लिया, जिसके बारे में कहा जाता है कि उसमें चमत्कार करने की शक्ति है। उसका नाम डॉक्टर बशारत है। उसका बेटा श्रीनगर में हमारा इन्तज़ार कर रहा होगा।'

'कश्मीर की राजधानी में?' मारिका हर्ष से चिल्लाई। 'क्या ख़याल है तेरा कि हम उससे मिल पायेंगे?'

'लूबो ने कहा कि अगर तेरा रोज़ा बाल मक़बरे में प्रार्थना करना ज़रूरी है तो हमें भीतर भेजने की वह हर मुमकिन कोशिश करेगा,' मीषाल ने उत्साहित करने वाले लहज़े में कहा, 'हमारी किस्मत अच्छी है कि हमें कश्मीर की उड़ान भरने की भी ज़रूरत नहीं, मैंने दुबई से श्रीनगर की सीधी टिकट का प्रबंध कर लिया है। इससे हम कम से कम तीन-चार घंटे पहले वहाँ पहुँच जायेंगे।'

मारिका समझ गई कि मीषाल गम्भीर है। उसे विमान-यात्रा से डर लगता था। उसे विमान के भीतर बंद जगह से हमेशा कोफ़्त रही थी। तो तूने क्या यह सोचा था कि डॉक्टर मेरी मदद नहीं करेगा?' मीषाल चुप रहा। 'येरुशलम जाने के बाद सचमुच मुझमें दिलचस्पी जागी थी कि देखूँ कि रोज़ा बाल के मक़बरे के भीतर क्या है। और वहाँ जाने का तेरा इरादा भी साफ़ हो चुका था...' उसने उसके सवाल को दरकिनार करते हुए कहा।

'हम कब जा रहे हैं?' 'परसों। हम 9 बजे वियेना एयरपोर्ट की बस लेंगे। 12 बजे दुबई की उड़ान लेंगे और वहाँ पहुँचने के दो घंटे बाद श्रीनगर की उड़ान लेंगे। श्रीनगर हम आधी रात को पहुँचेंगे। मेरे ख़याल से समय का फ़र्क साढ़े पाँच घंटे का है।' मारिका चुप रही।

'चिंता मत कर। हम सब ठीक कर लेंगे।'

'कितनी देर वहाँ रहेंगे?' 'जब तक तू ठीक नहीं होती।' 'हमारे पास इतने पैसे हैं क्या?'

'हैं, हैं, और कहीं कोई समस्या हुई तो लूबो के दोस्त हमारी मदद करेंगे,' मारिका ने बस स्वीकृति में सिर हिलाया।

'तोमाश की ख़ामोशी से मुझे डर लग रहा है। जब से हम इज़राइल से लौटे हैं उसने मेरी ईमेलों का जवाब नहीं दिया... फ़ोनों और स्काइप का भी जवाब नहीं दे रहा।'

'वह थोड़ा घबराया लग रहा था,' मारिका ने टिप्पणी की।

'यही मनाता हूँ कि ठीक-ठाक हो,' मीषाल सोचने लगा, 'बात तो अजीब है।'

जलने का खतरा

राव अन्ना ने यीशु और लम्मास को प्यार से विदा किया। उन्होंने यीशु के वहाँ से जाने का अधिक विरोध नहीं किया, बल्कि उन्हें घोड़े, पैसे, कपड़े और दो नौकर साथ ले जाने की पेशकश की। यीशु ने नम्रतापूर्वक उसका प्रस्ताव अस्वीकार कर दिया— वह देश का भ्रमण ऐसे करना चाहते थे जैसे आम यात्री करते हैं। वे लोगों द्वारा दी गई भिक्षा और उनकी दया के भरोसे जियेंगे। उन्होंने सिर्फ़ उनके पिता सम्राट गोंदोफ़ रेस के नाम एक

पत्र लिखा, जो वह तक्षशिला पहुँचने पर उन्हें देना चाहते थे। दोनों युवकों ने विरक्त भाव से एक-दूसरे से विदा ली, क्योंकि उनके मन में था कि केवल उनकी सामाजिक स्थिति ही नहीं भिन्न थी, बल्कि उनके सोचने के तरीके में भी इतनी गहरी खाई थी कि वे कभी एकमत नहीं हो सकते थे।

यीशु लम्मास के साथ उत्तर दिशा में कटक गए, जहाँ उन्होंने कई माह बिताए; वहाँ से वे राजगीर, नालंदा होते हुए गंगा नदी के तट पर बसे पावन नगर बनारस पहुँचे। वहाँ यीशु लम्मास के प्रसिद्ध शिक्षक, चिकित्सक उद्रका के शिष्य बन गए। उनके आश्रम में उनको रहने की जगह मिल गई, जहाँ छात्र अपनी फ़सल बोते थे और काटते थे, घरेलू पशु रखते थे, अपने कपड़े धोते थे, भोजन पकाते थे। उन्होंने वहाँ की परम्परागत पोशाक धोती पहननी शुरू कर दी-कई गज़ लम्बे कपड़े को वे अपनी टाँगों के आस-पास लपेट कर ऊपर पेट पर बाँध लेते थे। यीशु सफ़ेद चमड़े के सैंडल पहनते थे और मस्तक पर पवित्र तिलक लगाते थे। वे वहाँ हिन्दू चिकित्सा विज्ञान आयुर्वेद की शिक्षा ले रहे थे। उद्रक ने उन्हें जल, मिट्टी, जड़ी-बूटियों, गर्मी, ठण्ड, प्रकाश और अंधकार का उपयोग करना सिखाया, 'प्रकृति का तथा स्वास्थ्य का विधान एक जैसा होता है। जो कोई भी प्रकृति के विधान के अनुसार चलता है वह अपना संतुलन बनाये रखता है और कभी रोगग्रस्त नहीं होता। स्वस्थ रहने के लिए हर ज़रूरी चीज़ अपने मस्तिष्क में होती है, जो ब्रह्माण्ड का एक अंश है। आयुर्वेद में हम स्वास्थ्य तथा जीवन का उपचार करना सीखते हैं, यह जीवन उचित ढंग से जीने की शिक्षा है। इसका आधार निवारण है—हम रोग पर केन्द्रित नहीं होते, स्वास्थ्य पर होते हैं। हम व्यक्ति को उसकी सम्पूर्णता में देखते हैं और जब हम शरीर की बात करते हैं तो उसके साथ आत्मा भी जुड़ी होती है। देह, जीव और आत्मा को मिला कर एक मनुष्य बनता है। आत्मा ब्रह्माण्ड की आत्मा के साथ जुड़ी होती है, एक बृहत् ऊर्जा होती है। हमारी सोच में किसी भी रोग का उपचार करने के लिए कोई भी भौतिक या रासायनिक कारक पर्याप्त नहीं होता। स्वास्थ्य मनुष्य का वातावरण के साथ समन्वय बनाता है। जीवन में समग्रता स्वास्थ्य की गारंटी है। कोई भी रोग संतुलन को बिगाड़ता है, अन्तरिक्षीय लय का पालन न करने का परिणाम है। मनुष्य की देह एक वीणा की तरह होती है। तार अधिक या कम कसे होने पर यह बजेगी नहीं। हर वस्तु-हमारा जीवन भी-सृष्टि के साथ जुड़ा हुआ है। हमारी आत्मा सृष्टि की आत्मा का एक अंश है और जीवन से लेकर मृत्यु तक यह अपना कालचक्र पूरा करती है। इस कालचक्र को संसार कहते हैं। एक जीवन का तुम्हारा कर्म तुम्हारे अगले जीवन के बारे में निर्णय लेता है। पिछले जीवन का फल हम वर्तमान जीवन में भोगते हैं।'

'इसका मतलब हुआ कि इस जन्म में फ़सल बोएँगे तो काटेंगे अगले जन्म में?' यीशु ने पूछा।

'हो सकता है और नहीं भी हो सकता। जब समय आएगा तो काटेंगे। नीम्बू का या अनार का पेड़ दो साल के अंतराल पर फल देता है, जबकि आम का फल अगली पीढ़ी में मिलता है। कर्म का फल भी अपने समय से पकता है।'

'क्या किसी दूसरे व्यक्ति के कर्म का असर अपने पर पड़ सकता है?'

'नहीं, यह नहीं होता। आम का पेड़ सेब कभी नहीं देगा। लेकिन नेक जीवन व्यतीत करने से हम पिछले जन्म के बुरे कर्मों का असर मिटा सकते हैं और दूसरी तरफ़ बुरे कर्म भविष्य के दुःख बढ़ा सकते हैं। संक्षेप में : अपनी नियति के विधाता हम स्वयं हैं। इस जीवन में बोया हम अगले जन्म में पाएँगे। आधारभूत लक्ष्य है संसार को तोड़ कर सृष्टि के साथ एक हो जाना।'

'मुझे कैसे पता चलेगा कि कौन सी जड़ी-बूटी किस रोग को दूर करती है?'

'हम प्रकृति को और पशुओं को देखते हैं। वे ईश्वरदूत हैं, शाश्वत ज्ञान के मध्यस्थ। जब पशु रोगग्रस्त होते हैं तो कोई उन्हें नहीं पढ़ाता कि उसे कौन सी घास चबानी है—वह ख़ुद ही जानता है। जो कुछ मनुष्य को चाहिए, प्रकृति उसे दे सकती है। केवल एक चीज़ नहीं दे सकती : विश्वास। जब ईश्वर में सम्पूर्ण विश्वास हो तो स्वयं में भी सम्पूर्ण विश्वास जागेगा। जो कोई भी तुम्हें विश्वास देता है, वह ईश्वर का दूत है। सिर्फ़ वही व्यक्ति, जो रोगी के एकदम निकट आता है, रोग हर सकता है, क्योंकि वही रोगी को उम्मीद दे सकता है। लेकिन विश्वास उम्मीद केवल उन्हीं को देता है, जो मानवीय पूर्वसंस्कारों की पुरानी राह को छोड़ने की इच्छा रखते हैं। यदि तुम्हें प्रकृति की—ईश्वर की—शक्ति में पूरा विश्वास है तो तुम बस श्वास लेने या हाथों का प्रयोग करने से स्वस्थ हो सकते हो। और वह तुम सिर्फ़ तभी कर सकते हो जब तुम रोगी से प्यार करते हो। हमसायों से मोहब्बत करना सफल चिकित्सा की पहली शर्त है।'

'क्या मुझे एक बुरे पड़ोसी से भी प्यार करना चाहिए?'

उद्रक ने एक मिनट सोचा, 'मैं तुम्हें एक कहानी सुनाऊँगा—एक किसान को फ़सल काटने के समय अपने खेत में राई की टूटी और बीमार बालियाँ पड़ी मिलीं। फिर उसने बोनेवालों को कहा कि वे खलिहान में सिर्फ़ अच्छी बालियाँ लेकर आयें। जब वह फ़सल कटने के बाद खलिहान में आया तो वह खाली था। ''मेरी राई कहाँ है?'' उसने पूछा। ''आपने जैसा कहा था हमने वैसा किया, हमने सब ख़राब और टूटे डंठलों को जला दिया। फिर खलिहान के लिए कुछ भी नहीं बचा।'' उद्रक ने यीशु से मुखातिब होकर कहा, 'अगर ईश्वर सिर्फ़ त्रुटिहीन अनाज को बचाता तो कितना कुछ बच जाता?'

यीशु मनीषी उद्रक के यहाँ बनारस में चार साल रहे। वह सिर्फ़ बीस वर्ष के थे, लेकिन उनके बारे में उत्तरी भारत में बहुत चर्चा हो रही थी और वह जहाँ भी जाते थे उन्हें सुनने के लिए भीड़ इकट्ठी हो जाती थी।

यीशु मौर्य साम्राज्य के संस्थापक सम्राट चन्द्रगुप्त के स्मारक पर गये। जब वह गोरखपुर नगर के निकट पहुँचे तो वे लोगों की एक भीड़ के साथ-साथ चल रहे थे, जो चिल्ला रहे थे और एक तरफ़ इशारा कर रहे थे, जहाँ लकड़ी के कुंदों से बनी एक चिता थी, जिस पर सफ़ेद चादर में लिपटी एक देह पड़ी थी। उनके साथ लम्मास का मित्र, पुरोहित नन्द था।

'क्या हो रहा है यहाँ?' व्याकुल होकर लम्मास ने पूछा।

'ये लोग सती की रस्म पर जा रहे हैं। एक विधवा अपने मृत पति के साथ जलने जा रही है।'

'क्या?' यीशु ने चकित होकर पूछा, 'किस कारण से?'

'यह एक प्राचीन परम्परा है। उसके नैतिक सद्गुणों को बचाए रखने के लिए।'

'और जब कोई औरत मर जाए, तब भी क्या कोई पुरुष सती होता है?' लम्मास को पहले तो सवाल समझ ही नहीं आया, 'आपका मतलब है कि जब वह विधुर बनता है तो क्या स्वयं को जला डालता है?' यीशु ने 'हाँ' कहा। 'लेकिन यह तो ऊटपटाँग प्रश्न है। वह दुबारा शादी कर लेगा।'

'लेकिन विधवा को जलाना तो हत्या है।'

'यह परम्परा पूर्वजों से आई है, और इसका पालन करना विधवा का कर्तव्य है।'

'और अगर औरत मना कर दे तो?'

'कभी-कभी ऐसा भी होता है। अगर वह भागने की कोशिश करती है तो नियंत्रक पकड़ कर उसे लपटों पर फेंक देता है।'

'अगर वह बच निकली तो?'

'वह भी हुआ है। उसे गाँव से बाहर निकाल दिया जाता है। वह अपने बच्चों और जायदाद से हाथ धो बैठती है, उसे कोई खाने-पीने को कुछ नहीं देता और वह भूख से मर जाती है। भारत में परम्परा का उल्लंघन करने से बुरा कोई कृत्य नहीं है।'

'पर यह तो निरा पागलपन है। ईश्वर के आदेश के विरुद्ध है!' यीशु ने विचलित स्वर में कहा। वह गुस्से से काँप रहे थे और स्वयं पर नियंत्रण नहीं कर पा रहे थे। उत्तेजित लोगों की भीड़ ख़ामोश हो गई थी; अँधेरा हो रहा था और एक युवती नदी किनारे बनी अंत्येष्टि की चिता की ओर बढ़ रही थी।

लम्मास ने उसे सहानुभूति की दृष्टि से देखा। 'बेचारी अमृता। मैं उसे बचपन से जानता था। उसका जीवन कोई ज़्यादा सुखी नहीं था। दो साल पहले उसके माता-पिता ने उसका ब्याह एक अमीर विधुर से कर दिया, वह 15 वर्ष की थी। अपने पति को इसने दो बच्चे दिये। अभी 18 की भी नहीं हुई थी...' यीशु ने आश्चर्यपूर्वक युवती को देखा, जो अन्यमनस्क सी लग रही थी। चिता के पास जाकर वह रुक गई, जहाँ एक छोटी मेज़ पर खाने को कुछ पड़ा हुआ था। 'यह मिठाई है। निर्वाण पाने से पहले उसने इसे खाना है, वर्ना स्वर्ग नहीं जाएगी,' नन्द ने स्पष्ट किया।

'मूर्ख हैं मूर्ख, सब मूर्ख हैं। कैसे इस बकवास में यक़ीन कर सकते हैं? तुम क्या

इससे सहमत हो?' लम्मास पर उन्होंने एक कठोर दृष्टि डाली, जो कुछ नहीं बोला। 'क्या तुम हत्या से सहमत हो!' यीशु ने ऊँचे स्वर में पाली में कहा, जिस भाषा को वह अपने भारत प्रवास के 6 वर्षों में बहुत अच्छी तरह से सीख गए थे। लोग उन्हें देखने लगे।

लम्मास मंद स्वर में बोला, 'नहीं, सहमत नहीं हूँ।'

'और तुम?' नन्द की तरफ़ मुड़ कर वह बोले।

'यह हमारी प्राचीन परम्परा है।'

'यह घृणित हत्या है!'

'आप-एक यहूदी—हम पर यह आरोप लगा रहे हैं? क्या हमने अग्नि में बलि देना आपसे नहीं सीखा? क्या यह आपका यहूदी देवता नहीं था, जिसने अब्राहम को अपने बेटे इज़ाक को चिता पर लाने, उसे बाँधने और तैयार करके रखी लकड़ियों पर बैठाने के लिए मजबूर किया था?'

'परन्तु तब ईश्वर ने उसे बच्चे को न मारने का आदेश दिया था; यह तो उसके विश्वास की एक परीक्षा थी! तो तुम भी फिर वही करो जो अब्राहम ने किया था,' यीशु ने चीख कर सबसे कहा।

एक पुजारी या एक स्थानीय चंडाल, जो आग लगाने के लिए तैयार चिता के पास जलती मशाल लिये खड़ा था, यीशु पर घृणायुक्त स्वर में चिल्लाया, 'यह विश्वास की परीक्षा नहीं है, यह एक परम्परा है, जिसका उल्लंघन नहीं किया जा सकता। यह उसका अपना निर्णय था। तुम्हें हमारे इस पवित्र संस्कार, हमारी परम्पराओं में टाँग अड़ाने का कोई अधिकार नहीं है—खासतौर से इसलिए कि तुम एक विदेशी हो।'

'हत्या को तुम एक पवित्र संस्कार कहते हो? तुम्हें मालूम होना चाहिए कि परम्पराओं से चिपटे रहने से कोई सयाना नहीं बन जाता। ये तुम्हारा गला घोंटती हैं और तुम्हारी प्रगति को रोकती हैं,' उन्होंने देखा कि सब औरतों ने और कुछ मर्दों ने भी, शर्म से अपनी आँखें झुका लीं।

'यह इसकी ज़िन्दगी का सबसे खुशगवार लम्हा है। थोड़ी ही देर में इसे निर्वाण प्राप्त हो जाएगा। अगर आपके कमज़ोर दिल में ईश्वर की आग को देखने का माद्दा नहीं है तो चले जाओ यहाँ से!' नन्द ने उन्हें सलाह दी।

यीशु ने औरत के पास जाकर उसका हाथ पकड़ा और उससे पूछा, 'क्या यह आपका अपना फ़ैसला है?' उसकी आँखें ज्वर से या किसी अनजान दारू से जल रही थीं, उसने अनिश्चितता में और डरते हुए सिर हिला कर इन्कार किया। 'अमृता,' यीशु उसका नाम लेकर बोले। औरत ने चौकन्नी होकर उनकी आँखों में देखा। उस पल एक अजीब सी झुरझुरी उनके शरीर में दौड़ गई। उनकी हथेलियाँ पसीने से तर हो गईं, वह उसकी चुभती

हरी आँखों से नज़र नहीं हटा पा रहे थे, जो उन्हें ख़ामोशी से घूरे जा रही थीं, जैसे संध्या के एक तारे का प्रकाश आकाश से उतर रहा हो। ये आँखें...ये आँखें...वह सोचने लगे कि इन्हें कहाँ देखा था। हाँ, ये वही आँखें हैं। मरियम की आँखें, खूबसूरत बेरबेर शहज़ादी की। नहीं, इस औरत को मरना नहीं चाहिए, चाहे उनकी अपनी जान ही क्यों न चली जाये। 'अमृता, आपके नाम का अर्थ है अमर। मैं आपसे पूछ रहा हूँ कि क्या यह आपका अपना फ़ैसला है।' औरत ने जवाब नहीं दिया। पुजारी ने उसे पकड़ कर यीशु के हाथों से ज़ोर से धक्का मार कर छुड़वा लिया। वह धीरे-धीरे चिता के आस-पास चक्कर लगाने लगी। पुजारी के साथ चलते हुए उसने एक ही दिशा में तीन चक्कर लगाये, फिर छोटी मेज़ के पास लौट कर उसने अन्यमनस्कता से मिठाई खाई। थोड़ी सी खा लेने के बाद वह दूसरी दिशा में चक्कर लगाने लगी। अपने आख़िरी चक्कर में वह किसी बाधा को देख नहीं पाई और मेज़ से टकरा गई। मांस धरती पर गिर पड़ा। भूखे कुत्ते उस पर टूट पड़े। औरत और पुजारी एक टूटी-फूटी सीढ़ी के पास जाकर रुके, जिस पर औरत ने चढ़ना शुरू कर दिया, पुजारी ने सीधा पकड़ कर उसे संभाला हुआ था, चढ़ कर वह चिता के ऊपर पहुँची। उसने अपनी बाँहें फैलाईं, जो संयोगवश क्षितिज की दिशा में उठीं। जहाँ सूरज डूब रहा था। आसमान ज़मीन से उठती धुँध से धुँधला हो रहा था। औरत बिगुल और ढोल की एकरस थाप पर परम्परागत मृत्युपूर्व नृत्य करने लगी। उसने उस सफ़ेद सूती चादर पर पाँव रखे, जहाँ उसके मृत पति की देह पड़ी थी। यीशु के गले से कोई भी स्वर नहीं निकल रहा था; भर्राए गले से वह इस भयंकर तमाशे को देखता जा रहा था। नाचना बंद करके औरत अपने पति की बगल में अपने निर्धारित स्थान पर धीरे-धीरे लेट गई। घूरते यीशु से उसकी दृष्टि एक पल के लिए मिली। उस दृष्टि में कोई निष्ठा नहीं थी, ख़ुशी तो बिल्कुल नहीं थी। उसमें एक प्राणघातक भय था और एक प्रार्थना थी। लेटे हुए औरत ने अपना एक हाथ अपनी गर्दन के नीचे रखा और दूसरा उसके ऊपर रखा। उसी समय दो शूद्र चिता पर आये और औरत तथा उसके मृत पति को ताड़ के सूखे पत्तों से ढकने लगे। जब शरीर दिखने बंद हो गए तो उनमें से एक ने आग पर पिघला हुआ घी डाला, ताकि आग ठीक से भड़क जाए। दूसरे शूद्र ने ढेर को हवा से उड़ने से बचाने के लिए बाँस के दो लम्बे डंडे वहाँ लगा दिए। ढोल बजने रुक गए और बिगुल भी। लगता था कि प्रकृति को भी मालूम पड़ चुका था कि वहाँ कुछ भयानक घटने वाला है और वह भी ख़ामोश हो गई। दूर से एक कुत्ते के रोने की आवाज़ आई, या शायद एक भेड़िया था। पुजारी अपनी मशाल लेकर चिता के पास गया। उस समय यीशु ने स्वयं पर नियंत्रण खो दिया और वह उसकी तरफ़ दौड़े। लम्मास ने उन्हें रोकने की कोशिश की, लेकिन सफल नहीं हुआ। यीशु ने पुजारी के हाथ से मशाल छीन ली, उसे बोलने का मौक़ा ही नहीं दिया। 'मुझे करने दो,' चौंके हुए लोग युवा विदेशी को चकित होकर देखने लगे, जो धीरे-धीरे, शान्त हुई चिता तक जाती सीढ़ी पर चढ़ रहा था। सबसे ऊपर पहुँच कर वह रुक गया। उसे ख़याल आया कि भाषण देने के लिए यह सबसे अच्छी जगह है। उसने मशाल अपने सिर के ऊपर कर ली। आकाश जैसे रोशन हो गया था। मंत्रमुग्ध हुए लोग विदेशी को देखे जा रहे थे, जिसका नाम वे उन लोगों की कहानियों से जानते थे, जो उनसे पहले मिल चुके थे। उन्होंने सुन रखा था कि वह चमत्कार कर सकता था।

'सुनो, बेन जोयेफ़, यदि आप चमत्कार दिखाएँगे तो औरत को मुक्ति मिल जायेगी,' आगे आये एक ब्राह्मण ने कहा। वह मुख्य पुरोहित था और उसके शब्द को ईश्वर के शब्द की तरह सम्मान दिया जाता था।

यीशु ने उसे क्रोधित दृष्टि से देखा, 'चमत्कार तब होगा जब आप और आप जैसे लोग दूसरों का जीवन बरबाद करना छोड़ देंगे।' फिर घुटनों पर बैठ कर उन्होंने सिर आकाश की ओर उठाया और गुहार लगाई, 'ब्रह्मा, परमपिता, विधि और न्याय के देवता, इस स्त्री ने कुछ ग़लत नहीं किया, फिर भी इसे मरना है, क्योंकि पुरोहितों ने मूर्खतापूर्ण रीति-रिवाज़ उस पर थोप दिए हैं, ताकि वे उसके बच्चों और सम्पत्ति को उससे छीन लें! इसकी मौत से इसकी मदद नहीं होगी, लेकिन बच्चे अपनी माँ खो बैठेंगे। परमपिता, कहा जाता है कि यह इस क्षेत्र में एक पुराना रिवाज़ है, जिसका पालन करते हुए स्त्रियाँ अपने परिवार की इज़्ज़त रखने के लिए अपने पति हेतु बलिदान देती हैं। परन्तु तू तो जानता है कि किसी को मारना तेरे ही क़ानून का उल्लंघन है और पुरोहितों को भी तेरे क़ानून को तोड़ने की अनुमति नहीं है!'

'मैंने आपको चमत्कार दिखाने को कहा है, लोगों को क्रोध दिलाने को नहीं,' ब्राह्मण ने नीचे से उसे धमकाया।

लेकिन यीशु उसे अनसुना करते लग रहे थे। 'परमपिता, मैं जानता हूँ कि तू इस वीभत्स तमाशे को देख रहा है। मैं जानता हूँ कि तेरे फ़ैसलों में दखलंदाज़ी करने का हमें कोई हक़ नहीं है, लेकिन तेरा यह इरादा नहीं हो सकता। मैं तुझ से भीख माँगता हूँ, ब्रह्मा, इसकी ज़िन्दगी तेरे हाथों में है, इस देश की भावी विधवाओं की भी। अगर तेरा यही इरादा है तो हमें एक संकेत दे। अगर नहीं...' इस पल ब्राह्मण के आदेश पर एक शूद्र चढ़ कर ऊपर आया और उसने यीशु को क्रूरतापूर्वक धक्का मार कर नीचे गिरा दिया। उसने मशाल उनके हाथों से छीन कर ब्राह्मण के हाथों में थमा दी। कई आदमियों की मदद से शूद्र ने यीशु के हाथ पीछे करके उन्हें जकड़ लिया। वह ख़ुद को छुड़वाने की कोशिश करते रहे, लेकिन उन्हें डंडों से बड़े ज़ालिमाना तरीके से पीटा गया। लम्मास ने मदद करने की कोशिश की, परन्तु उसे भी पीटा गया। चिता के नज़दीक वे घुटनों के बल बैठे हाँफ़ रहे थे, उनके चेहरे लहूलुहान थे। ब्राह्मण ने चंडाल को संकेत दिया, जो एक कुटिल मुस्कान लिए चिता के पास गया और सबसे नीचे पड़े पत्तों को आग लगा दी। आग तेज़ी से फैल रही थी, लेकिन यीशु ने अचानक अपने गाल पर कुछ बहते महसूस किया। वह आँसू पोंछना चाहते थे, लेकिन रोक नहीं सके। वे निकलते ही जा रहे थे। थोड़ी देर बाद उन्होंने जाना कि वे आँसुओं की नहीं, बरसात की बूँदें थीं। दूसरे लोग भी अब इन्हें महसूस कर सकते थे। नाटकीय क्षणों में किसी का ध्यान नहीं गया था कि आकाश पर बादल घिर आये थे। बरसात शुरू हो गई। एक मिनट बाद छमाछम बारिश होने लगी। यह एक विलंबित बरसात थी, मानसून के मौसम के बहुत बाद।

'अरे, मानसून लौट आया है क्या? कड़कती गर्मी के मौसम में पहले ऐसा कभी नहीं

हुआ था। हम सूखे मौसम के मध्य में हैं,' भय से लोग कानाफूसी करने लगे। अग्नि ने बरसात के जल से कुछ देर संघर्ष किया, पर पूरे प्रयासों के बाद उसे अंततः रुकना ही पड़ा।

'वादा निभाओ अपना, इसे मुक्त कर दो,' लम्मास ब्राह्मण के पास जाकर बोला।

'यह कोई चमत्कार थोड़ी न था। बरसात का मौसम अभी ख़त्म नहीं हुआ,' नन्द बीच में बोला। लेकिन ब्राह्मण ने चिल्ला कर उसे चुप करा दिया।

'बकवास बंद! हमारे अतिथि ठीक कह रहे हैं। ईश्वर और मनुष्य के मध्य टकराव हरेक के दिल में होता है। किन्तु अगर हमें ईश्वर को सुनना है तो स्वयं चुप रहना पड़ेगा। और हम...हम कुछ ज़्यादा ही ऊँचा बोल रहे थे। हम ईश्वर की आवाज़ को नहीं सुन रहे थे। सिर्फ़ वह हमें चुपचाप सुन रहा था।' ब्राह्मण यीशु से मुखातिब हुआ, फिर उसे गले लगा लिया। 'आपने ब्रह्म को विश्वास दिला दिया।'

शूद्र चढ़ कर चिता पर जाना चाहता था, पर लम्मास ने उसे रोक लिया। 'इन्होंने बचाया है उसे। इनकी आस्था से यह चमत्कार हुआ है।' वह एक तरफ़ हट गया। लोगों ने बीच में रास्ता बना दिया, जिस पर होकर यीशु सीढ़ी तक गए और धीरे-धीरे उस पर चढ़ने लगे। पत्तों को गिरा कर उन्होंने खड़े होने में स्त्री की मदद की। वह घुटनों पर बैठ कर उनके पाँव चूमना चाहती थी। लेकिन उनके मज़बूत हाथों ने उसे उठाकर गले से लगा लिया। उसका बदन गरम था और काँप रहा था—कोई नहीं जानता था कि यह क्या ठण्ड या बरसात के कारण था या जिस स्थिति से होकर वह अभी गुज़री थी, उसके कारण था। वह नहीं जानते थे कि कैसे, पर अचानक वह बोलने लगे, और लोग सुनने लगे। यह सचमुच उन्हीं का स्वर था, पर ऐसे लगता था जैसे कहीं दूर से आ रहा हो। फिर भी वह उसे साफ़-साफ़ सुन सकते थे और लोग सहमति में अपने सिर भी हिला रहे थे। 'भाइयो और बहनो! निर्णय करने का अधिकार आपके पास न होने के बावजूद आप निर्णय कर रहे थे। सिर्फ़ ज़िन्दगी देने वाले का ही ज़िन्दगी और मौत पर हक़ होता है। उसका, जिसने हमें क़ानून दिए हैं। एकमात्र क़ानून, और सबसे अधिक न्यायपूर्ण क़ानून, कारण और परिणाम का क़ानून। इंसान धूल का कण नहीं है, जो अपने लौकिक जीवन में अकारण इधर-उधर लुढ़कता रहता है और बाद में लुप्त हो जाता है। इस संसार में हमारे प्रवेश और प्रस्थान का उद्देश्य है अपने अंतर में देवत्व का विकास करना। आज आपने एक निरीह मनुष्य की तकरीबन हत्या ही कर दी थी। शायद आज से, जब इस हत्या को रुकवा दिया गया था, आपके हृदय में विनाश का क्रम टूट गया है। आप सब स्वयं अंतर में हल्का महसूस कर रहे हैं। अमृता और उसके बच्चों के साथ आप भी खुश हैं। आज सुबह ब्रह्मा ने आपके हृदय में अन्याय की भावना पाई थी, परन्तु आज रात वह आराम से और आपके प्रति कृतज्ञ भाव लिए सोयेगा, क्योंकि उसने जो परीक्षा आपकी ली है, उसमें आप उत्तीर्ण हो गए हैं।'

'जीवन बचाना क्या अच्छा कर्म है या बुरा? आज आपने एक युवा माँ का जीवन बचाया है। इसके लिए ईश्वर आपको कैसे दंड दे सकता है? यह सोचना भी ईश्वर का अपमान करना है,' यीशु ने उत्तर दिया, 'हर चीज़ का समय होता है। जन्म और मरण का

समय, बोने और काटने का समय, रोने और हँसने का समय, प्यार और नफ़रत का समय। आज आपने अच्छे समय के लिए बुरे को छोड़ दिया है। आपने हृदय-परिवर्तन के क्षण को अनुभव किया है, जो एक मनुष्य के जीवन में सबसे बहुमूल्य क्षण होता है। आज से कभी किसी विधवा को न जलाना, क्योंकि ईश्वर ने आपको बता दिया है कि यह उसकी इच्छा नहीं है।'

'और अब तक जो हमने जलाई हैं, उसका क्या होगा? क्या उसके लिए दंड मिलेगा?' ब्राह्मण ने पूछा।

'नहीं, क्योंकि हर चीज़ का एक समय होता है—और अब समय है विधवाओं को जलाने की निरर्थकता को जान जाने का। अगर ईश्वर चाहता तो वह यह काम पहले भी कर सकता था, लेकिन वह जानता है उसने क्यों यह यहाँ और अब किया है। जहाँ-जहाँ आप जाओ उसकी इच्छा का प्रचार करो, क्योंकि अब से यह आपका कर्तव्य है। अगर आप अब भी जलती विधवाओं को चुपचाप देखते रहेंगे तो वह आपको क्षमा नहीं करेगा। सतर्क रहिए, क्योंकि वह निरन्तर आपके हर कदम पर नज़र रखे हुए है—आप इसे चाहें या न चाहें—वैसे ही जैसे आपका दिल धड़कता रहता है—आप चाहें या न चाहें।'

अँधेरा हो चुका था और यीशु तथा स्त्री ठीक से नज़र भी नहीं आ रहे थे। किसी ने उनको मशाल पकड़ा दी, जो कीचड़ में पड़ी थी। गीली और गन्दी। ज्यों ही उन्होंने उसे सिर के ऊपर किया, आसमान चन्द्रमा के धवल प्रकाश में उजला हो गया। चिता के आस-पास खड़ी भीड़ पर तभी उजागर हुआ कि बरसात रुक चुकी थी। आसमान साफ़ था और उसमें साँझ की गरिमा थी, जो युगों से रही थी और तब तक रहने वाली थी, जब तक एक नया आरम्भ नहीं होगा।

लोग आह्लाद से भरपूर थे, सिवाय चंडाल और कुछ पुजारियों के, जो गुस्से में दाँत पीसते हुए वहाँ से जा रहे थे, 'हमें इसे रोकना होगा, वर्ना यह हर उस विचार को बिगाड़ देगा, जो हम युगों से लोगों के दिमाग़ में भर रहे हैं,' चांडाल ने फुफकार कर कहा और बाकियों ने सहमति में सिर हिलाया।

'इसे तो मंदिर में बुला कर सीधा करेंगे,' नन्द ने सुझाव दिया।

पुजारी परिषद् की अगले दिन दोपहर को होने वाली बैठक में उपस्थित रहने का सन्देश देने के लिए जब मंदिर का संदेशवाहक यीशु के निवास पर उपहार लेकर पहुँचा तो उन्होंने उसे कहा, 'उन्हें बताइए कि प्रकाश शक्तिशाली है और हर मनुष्य के लिए है। जिन्हें प्रकाश की खोज करनी है वह स्वयं उसके पास जायेंगे। जिसको भी मेरा सन्देश सुनना है वह मेरे पास आएगा।'

'पर रब्बी जी, आपको बुलाने वाले पुरोहित हैं। आज तक किसी ने उनके निमंत्रण को ठुकराने का साहस नहीं किया,' संदेशवाहक ने आपत्ति की।

'अगर उनके वर्ण का घमंड उन्हें यहाँ आने से रोकता है तो वे प्रकाश के योग्य नहीं हैं। ईश्वर के दरबार में हम सब एक समान हैं।'

'लेकिन वे पुरोहित हैं...'

'क्या आप उनसे डरते हैं?' यीशु ने उसे गुस्से से देखा। बन्दे ने 'हाँ' में सिर हिलाया। 'जब कोई अपने सर्जनहार से डरने लगता है और पिता को मित्र के रूप नें नहीं देखता तब वह उन्हें वस्त्र पहना कर पुरोहित के पद पर नियुक्त कर देता है। वह उन्हें नियुक्त इस आशा के साथ करता है कि वे पिता के नाम पर उसे क्षमा कर देंगे। लेकिन यह एक भूल होती है। उसे जाकर वह बता दो जो मैंने आपको कहा है और उनके उपहार वापस ले जाओ।' संदेशवाहक ने झुक कर प्रणाम किया और जाने लगा। फिर दरवाज़े पर जाकर रुक गया, 'जनाब, आप उन्हें जानते नहीं। आपने उन्हें बेइज़्ज़त किया है और वे आपको इसके लिए कभी माफ़ नहीं करेंगे।'

कमल की मुद्रा में क्राइस्ट

'ठीक है, फिर मुद्दे पर आते हैं,' कोग्लर ने कहा। वह आर्क बिशप से कई और अप्रिय प्रश्न पूछना चाहते थे, लेकिन उन्हें विचार आया कि वह फ़ाल्कोने और फाराबुत्तो को अगर क्रोधित नहीं करेंगे तो कम-अज-कम तकलीफ़ में डालेंगे ही और वह अपने सहयोगी हाउसर को मुश्किल में नहीं डालना चाहते थे। गुप्तचर सेवा के मामलों पर विचार करने वाली बैठकों में आस्था के सिद्धांत के समागम वाले सामान्यत: अपने प्रतिनिधि को नहीं भेजते थे, लेकिन पवित्र अर्जन के अंशभागियों को यह शक़ तो था कि इस मामले में ईसाई आस्था पर अवांछनीय बहस होगी, इसलिए उन्होंने समागम के अनुभवी पुरोहित कार्डिनल लेवादो को यहाँ भेजा था। उसे चर्च का एक अपरम्परावादी अफ़सर समझा जाता था और उसका कुलनाम ही दूसरों के चिंतित करने के लिए काफ़ी था। चूँकि समागम रोमन कैथोलिक चर्च की प्राधिकृत संस्था थी, अत: इस मामले में आर्क बिशप के निर्णय करने के अधिकार के बारे में सब जानते थे। हाउसर ने कोग्लर को आँख से इशारा किया कि वह समागम वालों को और ज़्यादा न उकसाए, लेकिन वह यह भी स्पष्ट रूप से जानता था कि उसके लिए उदारवादी अमरीकी कर्नल को वहाँ बुलाने का स्पष्टीकरण देना आसान नहीं होगा। फिर भी हाउसर को कोग्लर की योग्यता पर पूरा भरोसा था, जिसका उपयोग उसने कोड 9 वाले मामले में ठीक से किया था। कोग्लर ने हाउसर को आँख मारी और फिर वह शुरू हो गया, 'तकरीबन दो साल पहले हमने एक सूचना पकड़ी थी, जो दुनिया भर के कुछ लोगों द्वारा विश्व के सब धर्मों को एक करने के लक्ष्य के प्रयासों से सम्बंधित थी, विशेषकर ईसाइयत और बौद्ध धर्म को। हम कुछ समय से इन लोगों पर नज़र रखे हुए हैं। हमारे पास कोई सबूत तो नहीं है, लेकिन हमारे विचार से स्लोवाकिया का मीषाल क्राल इन गतिविधियों में मुख्य भूमिका निभा रहा है; इस सूचना से हम आश्चर्य में पड़ गए थे; हम नहीं जानते थे कि ऐसे लोग भी हैं जो हमारे देश की व्यवस्था के स्थायित्व को खतरे में

डाल सकते थे। ऐसा कुछ हमने पहले कभी नहीं सुना था। विवरण फ़ाइलों में है, जिसे हमने ''कोड 9'' का नाम दिया है। अपने वर्तमान मिशन को हमने ''कोड 1'' का नाम दिया है। अभी तक हमें इस स्लोवाक से खीझ ही मिली है। पूरे एक साल पहले पावन पिता ने बेज़ाक नाम के एक व्यक्ति को त्रनावा का आर्क बिशप नियुक्त किया था, और आप जानते हैं कि एक साल में यह आदमी कितना गिरा है! उसने कुछ घोटाले खोज निकाले हैं, वह आर्क बिशप के बाग़ को जनता के लिए खोलना चाहता था, आर्क बिशप की इमारत के भीतर उसने युवा लोगों के लिए एक रेस्तराँ खोल दिया है, वह नीली जींस और पुलोवर पहनता है, एक जिम में व्यायाम करने जाता है और सबसे बुरी बात यह है कि युवा लोग उसे प्यार करते हैं। हमें चाहिए चर्च के उच्चपदाधिकारियों के लिए सम्मान, न कि प्यार। लोगों को आदर्शों से प्यार करना है, एक जीवित आदमी से नहीं। स्लोवाक बिशप उसकी शिकायतें करते रहे हैं, हमें इस बारे में कुछ करना होगा,' वह कुछ सोचने लगा। 'माफ़ कीजियेगा, इस मिशन को कोड 1 क्यों कहते हैं?'

'कोड 9, नौ धर्मों के प्रतीकों को एकत्र करके एक एकीकृत धर्म बनाने का मामला था, इस मामले में केवल एक प्रतीक है, वह प्रतीक एकता का है, तथाकथित रूप से जीसस क्राइस्ट के भेष में। यह सूचना द्वोरान ने दी है, जो येरुशलम में हमारा आदमी है, जिस पर क्राल को भरोसा है।'

'धन्यवाद,' आर्क बिशप ने संतुष्ट होकर कहा।

कोग्लर मुस्कराया और वातावरण तनिक हल्का हो गया। 'जैसे लेफ़्टिनेंट कर्नल हाउसर ने, मतलब भाई मार्क्स ने बताया है, माफ़ी चाहता हूँ—विवरण फ़ाइलों में है, मैं मुख्य बिन्दुओं को संक्षेप में लूँगा। गुप्त संगठन ग्लोबल पॉवर द्वारा तैयार की गई पिछली जवाबी कार्रवाई में हमें और हमारी सहयोगी संस्थाओं को कुछ कड़े कदम उठाने पड़े थे। उनमें से एक था अपने उस एजेंट को ख़त्म करना, जो क्राल से मिल गया था; दूसरा था भारत के उजड़े नगर फतेहपुर सीकरी में क्राइस्ट की तथाकथित क़ब्र में विस्फोट करवाना। हमने सोचा था कि उस जगह को तबाह करके हमने आखिकार कुछ व्यवस्था कायम कर दी थी, पर हम ग़लत थे।'

'आपने कैसे सोच लिया कि व्यवस्था कायम हो गई, जबकि आपकी फ़ाइल कह रही है कि आपको अल-क़ायदा के खिलाफ़ भारी विरोध की उम्मीद थी, जिस पर आपने पूरे ऑपरेशन का दोष मढ़ दिया था?' फाराबुत्तो ने पूछा।

'हाँ, मुझे कहना होगा कि इस मामले में हमारे मीडिया ने कमाल का काम किया था। हमारी यह धारणा सही निकली कि मुसलमानों और ईसाइयों का सारा गुस्सा अल-क़ायदा पर जाकर उतरेगा। लेकिन हमने इस चीज़ का पूरा ध्यान रखा कि मुस्लिम पीर सलीम चिश्ती की क़ब्र को कोई आँच न आये।'

'सलीम चिश्ती कौन थे?'

'दोस्त, यह सब फ़ाइल में है, आप सिर्फ़ एक बहाना मार सकते हैं कि आप छुट्टी पर थे। चिश्ती 16वीं शताब्दी के सबसे अहम सूफ़ी संत थे, तत्कालीन बादशाह अकबर जिनकी बहुत इज़्ज़त करता था, जिनके सम्मान में उसने मुग़ल साम्राज्य की नयी राजधानी फतेहपुर सीकरी बनवाई थी। सूफ़ी संतों को लोग ईश्वर के मित्र समझते हैं और ऐसा माना जाता है कि वे चमत्कार कर सकते हैं। पहले तो विस्फोट से आतंक फ़ैल गया था, लेकिन जब पाया गया कि चिश्ती की क़ब्र सही सलामत थी तो मुसलमानों का गुस्सा अल-क़ायदा की तरफ़ मुड़ गया। ईसाइयों ने इस जगह को कभी इतना महत्त्व नहीं दिया था, क्योंकि यह दावा कि फतेहपुर सीकरी यीशु का अंतिम विश्राम स्थल था तकरीबन एक किंवदंती बन चुका था, जिसके अनुसार बादशाह अकबर ने यीशु के मृत शरीर को श्रीनगर से फतेहपुर सीकरी भिजवा दिया था। अकबर एक बहुत ही सहिष्णु शासक था। वैसे वह भी धर्मों को एक करने की कोशिश कर रहा था; उसकी एक बेगम, मरियम ज़मानी बेगम, एक आर्मेनियाई ईसाई थी। वह एक बहुत प्रभावशाली महिला थी : उसने बादशाह से कहा था कि वह क्राइस्ट की देह को राजधानी के मक़बरे में रखवा दे। इसका कारण उसकी यह आशंका थी कि हिन्दुओं और मुसलमानों में हमेशा चलते रहने वाले विवादों में कहीं श्रीनगर की समाधि नष्ट न हो जाये।'

'क्या यह वही जगह है, जहाँ एक मशहूर दरवाज़े पर क्राइस्ट के दो प्रचलित उद्धरण हैं?' फ़ेलिक्स ने पूछा।

'बिल्कुल। पहला है : यीशु ने कहा था, ''संसार एक सेतु है, इसे पार करो, इस पर रुको नहीं,'' दूसरा है : ''दुनिया एक शानदार घर है, इसे एक चेतावनी की तरह लो, लेकिन इस पर निर्माण न करो''।'

'सबसे महान ईसाई के अवशेष मुग़ल राजधानी को कैसे भेजे गए?' फाराबुत्तो के भेजे में यह बात नहीं समाई।

'माफ़ कीजियेगा, क्राइस्ट ईसाई नहीं थे,' कोग्लर ने आपत्ति की।

'तो क्या थे? ईसाइयत की नींव किसने डाली थी,' सचिव उछल पड़ा।

'माफ़ कीजियेगा, संत पॉल को यह बहुत बुरा लगता। क्राइस्ट इस्लाम के मुख्य पैगम्बरों में हैं और मुसलमान उनमें बहुत श्रद्धा रखते हैं। उनकी क़ब्र का फतेहपुर सीकरी में होना कोई असामान्य बात न होती। लेकिन अकबर ने फतेहपुर सीकरी में उन्हें नहीं भेजा, और जिस क़ब्र में हमने विस्फोट करवाया था उसमें कोई दफ़्न नहीं था।'

'जब आप जानते थे कि फतेहपुर सीकरी वाली क़ब्र में यीशु थे ही नहीं तो उसे आपने क्यों उड़वाया?' क्रूगर ने पूछा।

'यह ऐयारी का एक खेल था। मीडिया बहुत समय से लिख रहा था कि फतेहपुर में यीशु की क़ब्र होने की सम्भावना बहुत है। यीशु की क़ब्र को उड़ाने की खबर के बारे

में और भी ज़्यादा लिखा गया। तब से वहाँ जाने वाले लोगों की संख्या में भारी कमी आई है। आसान शब्दों में, जिन लोगों को विश्वास था कि यीशु वहाँ दफ़्न थे, उन्होंने वहाँ जाना छोड़ दिया।'

'तो आप इस रोज़ा बाल को भी क्यों नहीं उड़वा देते?'

'किसलिए? जब तक कश्मीर में, खासतौर पर श्रीनगर में, लगातार तनाव बना रहे हम खुश हैं। एक प्रच्छन्न युद्ध, जिसमें हिन्दू और मुसलमान एक-दूसरे का क़त्ल करें—जबकि हम दिखावा करें उस लड़ाई को रोकने का। 1947 से, जब कश्मीर भारत का हिस्सा बना, पाकिस्तान का नहीं, हालाँकि यह तकरीबन पूरा मुस्लिम इलाका है, हमने इस झगड़े को ख़त्म करने के लिए बड़े-बड़े राजनीतिज्ञों की अनेकों अंतरराष्ट्रीय गोष्ठियाँ और बैठकें करवाई हैं।'

काफ़ी देर चुप्पी रही, जिसे फ़ाल्कोने ने तोड़ा। 'खैर, हम लगभग एक घंटे से बोलने के अलावा और कुछ भी नहीं कर रहे; अब आखिर में हमें बता दीजिये कि आप कैसे इन मूर्खों के पागल मिशन को रोकने वाले हैं?'

'जनाब, आप सही कह रहे हैं, हालाँकि यहाँ दी गईं सूचनाएँ तथ्यात्मक तथा ऐतिहासिक दृष्टिकोण से दिलचस्प हैं, इनसे हमारे मिशन में कोई ख़ास मदद नहीं मिलने वाली।' हाउसर ने कोग्लर को उलाहना देती दृष्टि से देखा। आर्क बिशप की कृतज्ञ दृष्टि को वह देख रहा था। 'जैंटलमैन, हम सब एक ही नाव पर सवार हैं। हम एक स्वतन्त्र समाज में रह रहे हैं, जिस कारण गौण विषयों पर मतभेद होना स्वाभाविक है। फिर भी हम सब, जो इस कमरे में बैठे हैं इस विषय पर सहमत होंगे कि जो तथ्य हमने यहाँ पेश किये हैं, होली सी और हम सदस्यों के लिए कुछ ज़्यादा ही हो जायेंगे, इसलिए मैं हमारी आज की बहस के अगले मुद्दे पर आऊँगा।' उन्होंने अपने चमड़े के बैग को खोल कर एक कागज़ निकाला, जिस पर सर्वथा गुप्त की मुहर लगी थी। अपने शब्दों में और संवेग भरने के लिए वह कुछ देर रुके। 'कोड 1 में होली सी के हितों की रक्षा करने के उपाय : मैं मिशन का प्रमुख हूँगा। भाई कार्लो गुप्तचर सेवा से जुड़े मुद्दों के प्रभारी और भाई फ़ेलिक्स कार्यकारी मामलों के।' तोती और प्रशिक्षु क्रूगर संतुष्ट होकर मुस्कराए। 'कश्मीर पुलिस के कई विभाग हैं, सार्वजानिक व्यवस्था, यातायात, सादे कपड़ों वाली पुलिस, अग्निशमन सेवा वाले, जेल वार्डन, रेलवे, अपराध विभाग, तकनीकी विभाग और सबसे महत्त्वपूर्ण विभाग, जिस पर सबसे कम ध्यान जाता है: गुप्त अनुभाग। क्षेत्र की गम्भीर स्थिति को दृष्टिगत रखते हुए, जो सीमा पर तकरीबन युद्ध जैसी है, जो समय-समय पर ज़्यादा भड़क उठती है, यह अनुभाग विशेष महत्त्वपूर्ण है। इसका काम उन सब गतिविधियों पर नज़र रखना है, जिन के अन्तर्गत जम्मू-कश्मीर संघीय राज्य को पाकिस्तान का हिस्सा बनाने, या राज्य को एक स्वाधीन देश घोषित करने की कोशिशें हो रही होती हैं। मुझे यह दोहराने की आवश्यकता नहीं है कि 1947 में भारत के विभाजन के समय से कश्मीर दुनिया के सबसे खतरनाक इलाकों में एक माना जाता रहा है।'

'अगर मैं क्राल होता तो कश्मीर कभी न जाता,' फ़ाल्कोने ने टिप्पणी की।

'क्यों?', फाराबुत्तो ने भोलेपन से पूछा।

'मैं यह कहूँगा कि अगर वे वहाँ जा रहे हैं तो उसका कोई गम्भीर कारण होगा,' हाउसर ने कह कर कुछ पानी पिया। 'जैंटलमैन, भारत के हर राज्य में एक सबसे बड़ा पुलिस अफ़सर होता है, डायरेक्टर जनरल, जो राज्य सरकार तथा दिल्ली के केन्द्रीय गृह मंत्रालय, दोनों को रिपोर्ट देता है। पुलिस का गुप्तचर सेवा विभाग विशेष व्यक्तियों और निर्माणों की सुरक्षा के लिए होता है। ऐसा ही एक निर्माण श्रीनगर का रोज़ा बाल मक़बरा है। हालाँकि कश्मीर सरकार के साथ मक़बरे के बारे में हमारा एक गुप्त समझौता है, मगर हम उस पर ज़्यादा भरोसा नहीं कर सकते। हालाँकि किसी को अन्दर न जाने देने के प्रति वे प्रतिबद्ध हैं, फिर भी भीतर कई पुरातत्व सर्वेक्षण हो चुके हैं और उन्होंने विदेशियों तक को भीतर जाने दिया है। बल्कि उन लोगों ने ढेरों के ढेर कागज़ों पर अपने ख़याल लिखे हैं कि कैसे यीशु को दफ़्न किया गया था और ऐसी ही बकवास। सौभाग्यवश ऐसे वक्तव्यों को खारिज करने के लिए वैटिकन का मीडिया और धन की थैलियाँ ही काफ़ी हैं। फिर भी हम ख़ास-ख़ास लोगों की वचनबद्धता पर ज़्यादा भरोसा करते हैं। ऐसा एक है कश्मीर पुलिस का महानिदेशक सुरिंदर सिंह। हमारे निमंत्रण पर वह कई बार अपनी पत्नी के साथ यूरोप आया है, वह हमारा दोस्त है और मेरे ख़याल से वह भरोसेमंद है, हालाँकि भारत के पुलिसवालों के बारे में कभी कुछ नहीं कहा जा सकता। फिर भी सच यह है कि जब से वह डायरेक्टर जनरल बना है, किसी भी विदेशी ने मक़बरे के अन्दर कदम नहीं रखा। कम से कम इस तरह की कोई सूचना हमें नहीं मिली।'

'फिर हमें क्राल और उसकी बीवी की इतनी चिंता क्यों है?' फ़ेलिक्स ने पूछा।

हाउसर एक मिनट सोचता रहा, 'क्योंकि अब तक जिन लोगों ने भीतर कदम रखा है, वह वैज्ञानिक कारणों से है। लेकिन यह पहली बार है कि लोग वहाँ इसलिए जा रहे हैं कि उनके लिए स्पष्टतः जीवन-मृत्यु का प्रश्न है...कैसे कहूँ इस...उन्हें विश्वास है कि क्राइस्ट सचमुच वहाँ दफ़्न हैं और अगर श्रीमती कार्लोवा वहाँ बैठ कर ध्यान लगाएगी तो उसे जीवनदान मिल जायेगा...'

'हे भगवान, क्या बकवास है...' फाराबुत्तो मुस्कराया।

'इसीलिए वह येरुशलम गई थी, मगर उससे उसे कोई ज़्यादा फ़ायदा नहीं हुआ...आखिर यह तो उसे पता चल ही गया होगा कि क्राइस्ट वहाँ दफ़्न नहीं हैं,' फ़ेलिक्स ने टिप्पणी की।

'फाराबुत्तो ठहाका लगा कर हँसा, 'हा, हा, हा...यह तो उनका कहना है। पर हम जानते हैं कि वे वहाँ किसी और कारण से जा रहे हैं!'

'लोग ऐसी मन्नतें लेकर लूर्दे और मेद्युगोरी भी गए हैं,' कोग्लर ने फाराबुत्तो की

ओर मुड़ कर कहा। 'अगर वे मक़बरे में दाखिल होते हैं और श्रीमती क्राल तुरंत स्वस्थ हो जाती हैं तो इससे क्या साबित होता है? क्या आप जानते हैं कि लूर्दे में कितने स्वस्थ हुए हैं? और मेद्युगोरी में? सिर्फ़ एक बात अलग है कि शायद ये दोनों जानते हैं कि मक़बरे में क्राइस्ट के दफ़्न हुए होने का प्रमाण है।'

'बंद करो यह बकवास!' फ़ाल्कोने उछल कर खड़ा हो गया। 'यह केवल ईश-निंदा ही नहीं है, यह निरी बेवकूफ़ी है!' व्याकुल होकर उसने पानी का गिलास उठाया और एक ही घूँट में उसे पी गया।

हाउसर ने धीरे-धीरे फ़ाइल से एक कागज़ निकाला और उसे पढ़ने लगा, 'रब्बी कहता है : आख्यान के अनुसार रोज़ा बाल में UNUM की एक प्रतिमा है, जो मानवजाति की मूल एकात्मकता की प्रतीक है। इसमें बुद्ध कमल की मुद्रा में बैठे हैं, पर वह लग क्राइस्ट की तरह रहे हैं, अपने दाएँ हाथ की तर्जनी और मध्यमा उन्होंने प्रतीकात्मक रूप से ऊपर उठाई हुई हैं, और अपनी अनामिका और कनिष्ठा की दिशा उन्होंने नीचे की तरफ़ रखी है, जिसका अर्थ है पूर्व और पश्चिम दोनों। उनके बाएँ हाथ की हरकत संज्ञान का प्रतीक है। वह एक दोहरे कमल के फूलों की सेज पर बैठे हैं, जिसमें नीचे सत्रह फूल हैं ऊपर सोलह फूल हैं।'

'यह बकवास बंद की जाये!' फाराबुत्तो फुफकार कर बोला और त्योरी चढ़ा कर आर्क बिशप को देखने लगा कि वह कुछ कहें, 'वैसे आप पढ़ क्या रहे हैं?'

'क्राल के एक सन्देश के हिस्से की नक़ल।'

'किसके?' फाराबुत्तो ने हाउसर को आँखें फाड़ कर देखा।

'द्वोरान ने उसका चश्मा हमारी प्रयोगशालाओं में बनाये गए चश्मे से बदल दिया। और उसमें वह नवीनतम माइक्रो तकनीक फिट करना नहीं भूला। तो हम हर उस शब्द को सुन सकते हैं, जो वह बोलता है। हाँ, जब तक उसने चश्मा पहन रखा हो।' चुप होकर हाउसर ने पढ़ना बंद कर दिया। '...और क्राइस्ट के बाएँ हाथ की तरफ़ बुद्ध है, सीने पर ज़ख्म का निशान है। तथाकथित रूप से देवदूत थोमस ने प्रतिमा बना कर क्राइस्ट की क़ब्र में रखी थी...'

कमरे में सन्नाटा छा गया, जिसे कुछ देर बाद आर्क बिशप ने भंग किया। उसने एक चकाचक सफ़ेद रूमाल से अपने माथे से पसीना पोंछा। 'यह बुद्ध-क्राइस्ट वाली चीज़ इसे कहाँ से मिल गई?' वह चुप रहने की कोशिश कर रहा था, लेकिन सफल नहीं हो रहा था।

हत्या का प्रयास

यीशु दलितों में लोकप्रिय हो रहे थे। शूद्र उनसे प्रेम करते थे और कुछ वैष्णव भी उनके अनुयायी बन गए थे, किन्तु क्षत्रिय, पुरोहित और ब्राह्मण उनसे घृणा करते थे। उनके जलसों में भीड़ को देख कर पुरोहित आतंकित हो गए थे। जब भी वे उनका नाम सुनते थे उनका सीना भय और घृणा से तेज़ी से धड़कने लगता था। यीशु जीवन में भाईचारे

का उपदेश देते थे, सबके लिए समान अधिकार माँगते थे, उन्होंने घोषणा कर दी थी कि बलि के कर्मकांड और पुरोहित बेकार थे और लोगों द्वारा ईश्वर से संवाद करने के प्रयासों में बाधक थे। 'मेरे देश में भी पुरोहित स्वयं को दैवी स्तर पर खड़ा करते हैं और लोगों पर अपने वो नियम थोपते हैं, जिन्हें वे पाखंडी लोग ईश्वरीय कहते हैं।' लम्मास के एक मित्र, एक युवा भिक्षु ब्रत से यीशु ने एक वार्तालाप में कहा। उस समय वे बनारस के बुद्ध को अर्पित एक मंदिर के भंडारे में बैठे थे। लेकिन मंदिर में प्रवेश करके किसी वाद-विवाद, सामूहिक ध्यान लगाने की प्रक्रिया या प्रार्थना करने से पहले सबसे छोटा भिक्षु दूसरे साथियों के पाँव धोता था। 'यह ईश्वर के हर जीव के प्रति विनय और सम्मान प्रकट करने की एक प्राचीन रीति है,' ब्रत ने स्पष्ट किया। अपने पाँव धुलवा कर, मंदिर में प्रवेश करके वे अपने अशेष वाद-विवाद को आगे बढ़ाने के लिए ऊँट के बालों के गलीचे पर बैठ गए।

'किसी को दूसरों को बताने का अधिकार नहीं है कि वह ईश्वर के शब्द की व्याख्या कैसे करे। प्रत्येक व्यक्ति को अपना अर्थ खोजने का अधिकार है, लेकिन किसी को अधिकार नहीं है कि वह अपने सच को एकमात्र सच मान कर दूसरों पर थोपे। मेरे देश में न्यायाधीश किताब को वेदी पर रख कर लोगों को उस पर हाथ रख कर कसम खाने को बाध्य करते हैं। लेकिन वेदी के लिए कसम का कोई अर्थ नहीं। जो क़ानून लोगों को झूठ न बोलने का आदेश देता है वह एक तोहफ़ा है...इसलिए सिर्फ़ उन्हीं लोगों के लिए कसम खाना ज़रूरी है, जिनके बारे में सोचा जाता है कि वे झूठ बोलेंगे। किन्तु मैं कहता हूँ : वाक्छल मत करो, दो सरल शब्द, हाँ या न काफ़ी हैं।'

'भाई,' ब्रत यीशु से प्यार से बोला, 'हमें आपके बारे में डर लगने लगा है।'

'किससे?'

'सब भद्र लोगों से। आपके यहाँ पड़ाव के दौरान आपने ब्राह्मणों की व्यवस्था की नीवें हिला कर रख दी हैं; आपके शब्दों के वज़न के नीचे जाति प्रथा की दीवारें गिर रही हैं; आप आराध्य व्यक्तियों के मुखौटे उतार रहे हैं, शिक्षा दे रहे हैं कि मनुष्यों और पशुओं का बलिदान देना ईश्वर के विरुद्ध जाना है और आप वेदियों के बनाये जाने की भी निंदा कर रहे हैं। पुरोहित डर से काँप रहे हैं और जब आप उनके मंदिरों के पास पहुँचते हैं तो वे कहते हैं कि आपने उनको निराश किया है, उनके साथ विश्वासघात किया है। अफ़वाहें उड़ रही हैं कि आपके गिने-चुने दिन बचे हैं।'

'यह बकवास है, मैं ऐसा कुछ नहीं कहता, जो ईश्वर के खिलाफ़ हो,' यीशु ने एतराज़ जताया।

'बिल्कुल नहीं कहते! ईश्वर को आपका कहा पसंद है, लेकिन पुरोहितों को नहीं। आपको थोड़ा और सावधान रहना होगा।'

'तुम्हारे डर का कोई मतलब नहीं है। बल्कि मुझे बताओ कि बुद्ध तुम्हारे जात-पात के रिवाज़ से होने वाले घोर अन्याय के बारे में क्या कहते हैं।' कुछ खीझ कर उन्होंने पूछा।

'जब तक तुम्हारा देश जाति प्रथा के इस कोढ़ से मुक्त नहीं होता, तब तक कोई भी ब्राह्मण कभी ईश्वर के दरबार में जा नहीं पायेगा।'

लज्जित होकर ब्रत कुछ नहीं बोला, 'मुझे पता नहीं कि बुद्ध ने जाति की समस्या के बारे में क्या किया, लेकिन आप ठीक कह रहे हैं, जात-पात भारत के लिए कोढ़ है, लेकिन इसकी परम्परा की जड़ें इतनी गहरी हैं कि इससे मुक्ति पाना कठिन लगता है। पर क्या आपके पुरोहित हमारे ब्राह्मणों की तरह समाज में सबसे अधिक विशेषाधिकार प्राप्त नहीं हैं?'

'बिल्कुल हैं। जैसे तुम्हारे पुरोहित ईश्वर का नाम इस्तेमाल करते हैं, वैसे ही हमारे भी करते हैं। वे कहते हैं उनको उनके अधिकार मूसा से मिले थे, जिन्हें ये सिनाई पर्वत पर ईश्वर से मिले थे। उन्होंने इन्हें पुजारियों को हस्तांतरित कर दिया और उनके माध्यम से पूरी जनता को,' यीशु ने उत्तर दिया। 'जीवन के लिए ये त्रुटिहीन नियम हैं, लेकिन पुरोहित चाहते हैं कि उनको छोड़ कर बाकी सब इन नियमों का पालन करें...'

'ईश्वर ने ये नियम मूसा को कैसे दिए?'

'कहते हैं कि दो तख्तियों पर लिख कर दिए।'

वाह, और किसी ने भी ऐसा नहीं किया, इस तरह तो आप यहूदी धर्मवाले सचमुच विशिष्ट हो, जिन्हें सीधे ईश्वर से भौतिक रूप में एक उपहार मिला है...बधाई हो...' ब्रत हँसने लगा, 'वैसे यह मूसा थे कौन?'

'एक बुद्धिमान आदमी, जो अज्ञान से मुक्ति पाने में लोगों की मदद करना चाहते थे। उन्होंने उन्हें ईश्वर का शब्द दिया, परन्तु इसका प्रचार करने के बजाय मनुष्यों ने उसे *तोरा* में बंद करके रख दिया, और चूँकि मूसा यहूदी थे, उन्होंने घोषणा कर दी कि ईश्वर ने सब जनों में सिर्फ़ उन्हें चुना है। वह हमारे पैगम्बर थे, जिन्होंने मेरे पूर्वजों को मिस्र में कारागार से मुक्ति दिलवाई। चालीस साल वे उनके नेतृत्व में रेगिस्तान में घूमते रहे और अंततः पुण्यभूमि पर पहुँच गए।'

'चालीस साल? क्या इज़राइल में इतना बड़ा रेगिस्तान है?'

'यह एक ऐसी चीज़ है जो मुझे भी समझ नहीं आई,' यीशु सोच में पड़ गए। समझ में आने वाली बात यह होती कि वे यथाशीघ्र अपने घर पहुँचना चाहते थे। यहाँ के तुम्हारे रेगिस्तान के मुक़ाबले में हमारा रेगिस्तान बहुत छोटा है; इसे दो सप्ताह में पार किया जा सकता था।'

'शायद उन्हें लगातार चलते रहना ज़्यादा पसंद था। या फिर मूसा का दिशाज्ञान कमज़ोर था, या फिर रात के आसमान की उन्हें ज़्यादा समझ नहीं थी,' ब्रत मुस्कराने लगा।

काफ़ी देर यीशु कुछ नहीं बोले। फिर ब्रत को काफ़ी देर दृढ़ विश्वास से देखते रहे।

'शायद मैं इसलिए यहाँ आया हूँ कि तुम्हारे और हमारे भाई लम्मास की मदद से अपने घर एक अधिक सुन्दर, अधिक मानवीय सिद्धांत लेकर लौटूँ।'

ब्रत कुछ बेचैन सा हो गया, 'हमारे भाई को इतनी देर कैसे लग गई? वह बाज़ार से रोटी और फल लेने गया था।' फिर एकाएक दरवाज़ा खुला और लड़खड़ाता हुआ लम्मास अन्दर आया। वह लहूलुहान था, उसके कपड़े फटे थे, चेहरे और बदन पर खरोंचें और सूजन थी, एक टखने में मोच थी। दर्द से वह बेहाल हो रहा था और साँस लेने में भी उसे कष्ट हो रहा था। 'पानी...पानी...'

'क्या हुआ?' यीशु और ब्रत उसे सहारा देने के लिए दौड़े।

'बाज़ार में उन्होंने मुझे घेर लिया। वे जानना चाहते थे कि आप कौन हैं,' वह हाँफ़ रहा था। 'उन्होंने मुझे ठोकरें लगाईं, डंडों से, बल्कि लोहे की छड़ से मारा।'

'किसने?'

'पुरोहितों ने और फ़ौजियों ने। किस्मत से वहाँ मेरा एक पुराना दोस्त था, उसने छिपने में मेरी मदद की और मुझे बताया कि वे आज रात आपको मारने की योजना बना रहे थे।'

'पर तुमने उन्हें बताया नहीं कि मैं कौन हूँ,' यीशु ने कहा।

'सब जगह उनके जासूस हैं और मुझे लगता है कि उन्होंने मेरा पीछा किया था। जितनी जल्दी हो सके आप यहाँ से चले जाओ। अभी निकल जाओ तो सबसे अच्छा रहेगा।'

'पर तुम इस तरह कहीं नहीं जा सकते,' उसकी ज़ख़्मी टाँग पर पट्टी करते हुए यीशु ने कहा।

'ठीक है, मैं कहीं नहीं जा रहा। भाई ब्रत आपके साथ जायेगा।'

'कहाँ जाना चाहिए हमें?' यीशु ने पूछा।

'हम पहाड़ों पर जायेंगे। हिमालय की तराई में, अपने भाई-बंधुओं से मिलने। शाक्यों के प्रदेश।'

'ज्ञानवान गौतम के नगर?'

'हाँ, लुम्बिनी, जहाँ बुद्ध का जन्म हुआ था।'

'हम तुम्हें छोड़ कर नहीं जा रहे।'

'भाई लम्मास, मैं तुम्हें अपने कंधों पर बिठा कर ले जाऊँगा। अगर तुम यहाँ रह गए तो वे तुम्हें मार डालेंगे...' ब्रत को अपना वाक्य पूरा करने का समय नहीं मिला, उसी समय दरवाज़ा खुला और गुस्से में आये फ़ौजियों, पुजारियों और भिक्षुओं ने उन्हें घेर लिया। ब्रत

ने यीशु को देवदारु की लकड़ी से बनी अलमारी में धकेल दिया। धातु से बने भारी दरवाज़े को बंद करने से पहले एक ही सेकिंड में एक फ़ौजी ने बैठे हुए लम्मास पर तलवार से वार किया। उसके मुँह से लहू का फुहारा बहा और वह नीचे गिर गया।

'हम इसे यहाँ छोड़ कर नहीं जा सकते!' यीशु ने कहा।

'अब हम इसकी मदद नहीं कर सकते। इधर से चलो,' ब्रत ने यीशु को सीढ़ियों की ओर धकेला, जो तहखाने में जा रही थीं। 'वहाँ से एक सीधा रास्ता हमारे मंदिर से नदी को जा रहा है। वहाँ पर एक नाव तैयार खड़ी है। एक मिनट में हम वहाँ पहुँच जाएँगे। गंगा एक विशाल नदी है, बहुत नावें होती हैं वहाँ, हमारी तरफ़ किसी का ध्यान नहीं जाएगा। सुबह तक हम आदमपुर पहुँच जायेंगे और वहाँ से उत्तर की ओर हिमालय को निकल जाएँगे।'

जब यीशु नाव पर चढ़े तो वहाँ बहुत देर खड़े होकर दुनिया के सबसे प्राचीन नगर के लुप्त होते मंदिर को देखते रहे। उस नगर में दूर चमकती रौशनी को देखते रहे, जहाँ उन्होंने अपने जीवन के तीन खूबसूरत साल गुज़ारे थे। उन्हें लग रहा था कि उन्होंने कायरता दिखाई थी। मैं फिर कभी किसी को छोड़ कर नहीं भागूँगा, उन्होंने ख़ुद से वादा किया।

शैतान

विमान की भनभन ने एयर इंडिया 737 के अधिकांश यात्रियों को नींद की गोद में सुला दिया था। खिड़की के बाहर अँधेरा था; तकनीकी कारणों से दुबई से उड़ान तीन घंटे लेट चली थी। यात्रियों में खुसुर-फुसुर हो रही थी कि देर का असली कारण श्रीनगर एयरपोर्ट पर सुरक्षा की स्थिति थी। अज्ञात आतंकवादियों ने प्रस्थान के लिए तैयार खड़े विमान का अपहरण करने की धमकी दी थी। मारिका और मीषाल उन थोड़े से यात्रियों में से थे जो सोये नहीं थे। जिस सफ़र पर वे निकले थे वे उसके बारे में सोच रहे थे। यात्रा से पहले तोमाश से सम्पर्क न कर पाने का उन्हें अफ़सोस था; उसने अकारण ही हर तरह का सम्पर्क तोड़ दिया था। मारिका का स्वास्थ्य घर से जाते हुए अच्छा नहीं था, लेकिन श्रीनगर के नज़दीक पहुँचते-पहुँचते उसकी ऊर्जा में वृद्धि हो रही थी; खोने के लिए उसके पास कुछ नहीं रह गया था। या तो वह बच जायेगी या उसकी बुरी से बुरी आशंकाएँ सच्ची निकलेंगी; तोमाश ने तो बिल्कुल कठोर शब्दों में यह कह दिया था। जब से डॉक्टर ने उसे बताया था कि उसका कैंसर लौट आया था तब से वह मरने की तैयारी कर रही थी। अपने भाग्यविधाता के सामने जाने से पहले उसने विनयशीलता की ओढ़नी ओढ़ ली थी। उसने इस तथ्य को स्वीकार कर लिया था कि ज़रूरी नहीं था कि वह कश्मीर से जीवित जा सकेगी : कि वहाँ उसकी मृत्यु हो जाएगी, लेकिन वह ईश्वर से याचना कर रही थी कि उसे इतनी शक्ति दे कि वह जहाँ तक सम्भव हो इस संसार में रह सके। वह बड़ी शिद्दत से चाहती थी कि नानी बनने तक तो जीवित रहे। मीषाल को देख कर उस पर पुनः उजागर हुआ कि सारी मुसीबतों के बावजूद वह पूरी उम्र उसी के साथ बिताना चाहेगी और उसे समयपूर्व

छोड़ कर वह नहीं जाना चाहती थी। उसके विचारों को पढ़ते हुए मीषाल अपनी किताब गोद में रख कर उसे देख कर मुस्कराया और उसने मारिका का हाथ मज़बूती से पकड़ लिया।

'इतने ध्यान से क्या पढ़ रहा है?'

उसने पुनः अपना चश्मा अपनी नाक के उभार पर खींच लिया। 'पता नहीं इस चश्मे में क्या गड़बड़ है...मैं एक अमरीकी लेखिका ओल्सन द्वारा लिखी गई एक दिलचस्प किताब पढ़ रहा हूँ, जो क्राइस्ट के कश्मीर में होने के बारे में है। इसमें कई अकल्पनीय बातें हैं। यहूदियों और हिन्दुस्तानियों में इतना कुछ समान है, जितना हमने कभी सोचा नहीं था। छह नोकों वाले सितारे का मूल, मसलन, जिसे पूरी दुनिया में "स्टार ऑफ़ डेविड" या यहूदियों के चिन्ह के नाम से जाना जाता है, वास्तव में भारत से है। व्हाँ इसे सतकोना, गोलोका कहा जाता है, और यह भगवान कृष्ण के गाँव का प्रतीक है। इस चिह्न का प्रयोग प्राचीन वेदों में चार हज़ार वर्ष पूर्व होता था, जब यहूदी पुराणों में मूसा का कहीं ज़िक्र ही नहीं था। पहली बार देखने पर हिब्रु और भारतीय भाषाओं की लिपियों में प्रतीकात्मक समानता दिलचस्प है। यहूदी रब्बी आजकल जैसी पोशाक पहनते हैं, वही पहले भारतीय पुजारियों द्वारा पहनी जाती थी : लिनन का वस्त्र, उस पर वे कड़क अंगरखा डालते थे, उस पर बेल्ट की जगह गँठीली लटकन बाँधते थे।'

'अब मुझे यह बताना बंद कर। मेरी तबीयत ज़्यादा अच्छी नहीं है और जब तू मेरे भेजे में ऐसी यथार्थपरक सामग्री भरता है तो मुझे ऐसे लगने लगता है कि हम मानवजाति के सबसे बड़े रहस्य को खोलने के लिए किसी अभियान पर जा रहे हैं।'

'मुझे भी यही लगता है,' मीषाल ने सोचा। परिचारिका ने उन्हें ठंडा पानी लाकर दिया, जिसे उन्होंने थोड़ी देर पहले मँगवाया था, पर उसे पूरी तरह भूल गए थे। मीषाल हिचक रहा था कि उसे ऐसी कोई और अकल्पनीय कहानी सुनाये या न सुनाये, फिर वह बोल पड़ा, 'जब तू हस्पताल में थी तो मैंने टेरट कार्ड खरीदे थे। मुझे ख़ुद को पता नहीं कि क्यों। शायद मुझमें कुछ अन्धविश्वास हैं, शायद मैं जानना चाहता था कि इसका अंत कैसे होता है, या शायद मैं कुछ हिम्मत बटोरना चाहता था। जानती है, यह सब कुछ मेरे लिए कुछ ज़्यादा ही होता जा रहा है...'

'और तू जो खोज रहा था क्या वह तुझे मिला?'

'मेरे ख़याल से मिला। मैंने इसे बाहर खींचा। यह पंद्रह है।'

मारिका चीखी और तकरीबन कार्ड को उसने फेंक ही दिया।

'शैतान?' मीषाल ने हामी भरी, 'ज़रा ठीक से देख।'

चेहरे को विकृत बना कर मारिका ने उसे अजीब तरह से घूरा। 'इसमें दिख रहा है कि एक शैतान को लपटें खा रही हैं, उसने अपने आगे किए हाथों में बेड़ियाँ पकड़ी हैं। बेड़ियों के साथ एक पिंजरा बँधा है, जिसमें कोई नंगा इंसान दुबक कर बैठा है, जैसे किसी चीज़ से डर रहा हो।'

'शैतान के माथे पर उल्टा लटका एक पंचकोण तारा है तथा एक और पंचकोण तारा आग में है,' मीषाल कार्ड के बारे में बताता गया।

'इसके अलावा पिंजरे के निचले हिस्से में उलटे लटके पंचकोण तारों ने नंगे इंसान को पकड़ रखा है...यह एक तरह से गाँठों में बँधी पोटली जैसा है, बताना मुश्किल है कि यह आदमी है या औरत है।'

'इस सितारे के पाँच कोणों को पाँच इन्द्रियाँ कहा जाता है, या चार तत्व, जिनमें पाँचवीं के तौर पर आत्मा को जोड़ दिया जाता है। लेकिन एक उल्टा लटका पंचकोण तारा नीच प्रवृत्तियों का प्रतीक होता है, जिसमें सबसे ऊपर वाले कोण को, जो आत्मा का प्रतीक है, नीचे घुमा दिया गया है। कार्ड का आधारभूत अर्थ है आदिम, असभ्य आन्तरिक ऊर्जा। प्रच्छन्न वासनाएँ और आक्रामक प्रवृत्ति, सनक, क्रोध, निर्भरता। एक दबी हुई तमन्ना के नतीजे, जो अन्दर से खा जाते हैं। पिंजरे वाला इंसान भय और लाचारी में दुबका हुआ है, ये लोग अपनी दबी हुई इच्छाओं और अतिक्रमण की प्रवृत्ति के नियंत्रण में होते हैं।'

मारिका ने उस पर प्रश्नसूचक दृष्टि डाली। 'क्या यह इशारा मेरी तरफ़ है?'

मीषाल धीरे-धीरे बोलता गया, 'इस छवि को ध्यान से देख। दिलचस्प बात यह है कि पिंजरा खुला है। भयभीत व्यक्ति देख नहीं सकता, क्योंकि चेहरा ढका है।'

मारिका ने कार्ड का मुआयना किया, 'देख, शैतान ने कैसे अजीब ढंग से ज़ंजीर को अपने हाथों में पकड़ रखा है!'

'वह असल में उसके हाथ पर पड़ी हुई है, उसने जकड़ कर उसे नहीं पकड़ा हुआ...और यहाँ देख...पृष्ठभाग में एक पंचकोण तारे की सही रूपरेखा है, इसकी आत्मा वाले कोण की दिशा ऊपर की तरफ़ है, जैसे कि इसे होना चाहिए, मानो कोई व्यक्ति जीवन से हताश हो चुका हो और उसने अपनी लगाम शैतान के हाथों में दे दी हो,' मीषाल के चेहरे पर मुस्कान उभर आई। 'तुम्हारा क्या मतलब है कि मैं डॉक्टरों पर निर्भर न रहूँ और अपनी नियति अपने हाथों में लूँ?'

मीषाल कुछ नहीं बोला। मारिका कार्ड का गौर से मुआयना कर रही थी और फिर वह जैसे ख़ुद से बात करती हुई टिप्पणी करने लगी, 'लपटें शाश्वत ऊर्जा की प्रतीक हैं, जो अच्छी भी हो सकती हैं और बुरी भी हो सकती हैं। अग्नि चार मूल तत्वों में से एक तत्व है, और इसके प्रकाश और 'गर्मी के बिना जीवन हो ही नहीं सकता।'

मीषाल ने उसकी भावनाओं पर संतुष्टि प्रकट की, 'लेकिन अगर यह बहुत ज़्यादा हो तो जला देती है, नष्ट कर देती है। बहुत अधिक लालसा जला देती है। शैतान संतुलन को, जो स्वर्ण तुल्य मध्यम मार्ग है, भंग करता है। कोई चीज़ अगर बहुत ज़्यादा गरम हो तो जल जाती है, बहुत अधिक ठंडी हो तो जम जाती है। जिस पिंजरे में डरा हुआ व्यक्ति बंद है, वह हमारी उन चिंताओं, बुरी आदतों, रूढ़ियों, निर्भरताओं का प्रतीक है, जिन्हें त्यागने

से हम डरते हैं। हम पिंजरे से बाहर कदम रखने से डरते हैं, हालाँकि दरवाज़ा खुला होता है। लेकिन यह हमें पता नहीं होता, क्योंकि हमारा चेहरा ढका होता है। यह उस मुर्गी के क़िस्से की तरह है, जो पूरी ज़िन्दगी पिंजरे में बंद रही और जब दरवाज़ा खुला तो वह बाहर निकलने से डर रही थी।'

'सही है, शैतान तुम्हारे साहस और भय, दोनों को जला देता है। ईश्वर की तरह शैतान तटस्थ है। हर कोई उसकी निंदा करता है, उससे डरता है, और उस पर ग़लत राय बनाता है। वह अच्छाई का एक अटूट हिस्सा है, जिसके बिना हम बुराई को पहचान नहीं सकते। जब वह कहर ढाता है तो लोगों को पता लगता है कि अच्छा क्या है, उसकी बदसूरती के कारण हमें खूबसूरती की पहचान होती है, और घृणा हमें सिखाती है कि प्रेम क्या होता है...' मीषाल का हाथ पकड़े मारिका बोलती गई, 'वह सूर्यास्त है, जो सूर्योदय को जन्म देता है वह साँस छोड़ने के बराबर है, जिसके बाद हम साँस लेते हैं; वह सम्बन्ध-विच्छेद है, जिसके बिना पुनर्मिलन हो नहीं सकता; वह रोग है, जिसके बिना हम जान नहीं सकते कि स्वास्थ्य क्या होता है, वह मृत्यु है, जिसके बिना जन्म नहीं है; वह पश्चिम भी है और पूर्व भी, वह परछाईं है, जो केवल वही बना सकता है जो प्रकाश के नीचे है; यह हमेशा वही प्रकाश, वही शैतान, वही ईश्वर होता है।'

'लेडीज़ एंड जैंटलमैन, अपनी-अपनी पेटियाँ बाँध लीजिये, 15 मिनटों में हम भारत के राज्य जम्मू और कश्मीर की राजधानी श्रीनगर में उतरने वाले हैं। आज शुक्रवार 7 जनवरी, 2010 का दिन है। श्रीनगर में स्थानीय समय : सुबह के 5:20, तापमान...' मारिका और मीषाल ने एक-दूसरे के हाथ कस कर पकड़ लिए। उन्हें मालूम नहीं था कि एक ही सप्ताह पहले भारत के सैनिकों ने उन तीन पाकिस्तानी सैनिकों को मार दिया था, जिन्होंने कुपवाड़ा जिले के माचिल क्षेत्र में सीमा की नियंत्रण रेखा पार की थी। पाकिस्तानी सैनिकों के मारे जाने पर मुस्लिम बहुसंख्यक भड़क कर दंगे करने लगे थे। राजधानी श्रीनगर में गोलीबारी हुई थी। वे ये भी नहीं जानते थे कि कश्मीरी प्रतिरोध अभियान का एक गुप्त सैनिक दस्ता बहुत जल्दी जवाब में एक संगीन हमला करने की योजना बना रहा था, जिसका निशाना श्रीनगर में सरकारी प्रशासन की इमारतें होंगी। सैनिक गुप्तचर सेवा से यह सूचना पाने पर भारतीय सेना श्रीनगर में भारी मुठभेड़ की तैयारी कर रही थी।

प्रेम में जीना

लगभग एक माह की यात्रा के बाद वे सिद्धार्थ गौतम बुद्ध के जन्मस्थल और बौद्ध धर्मियों के सबसे पावन तीर्थस्थल लुम्बिनी पहुँचे। आह्लाद से भरे वे पवित्र कुंज के घास के उस मैदान में घूम रहे थे, जहाँ बुद्ध बचपन में खेला करते थे।

'यह सम्राट अशोक का स्तम्भ है, उनके आने के उपलक्ष्य में बनाया गया था,' ब्रत ने बताया, 'बुद्ध यहाँ 20 वर्ष की उम्र होने तक रहे थे, फिर शाही महल छोड़ कर वह कष्टचक्र से छुटकारा पाने के लिए उत्तर के पहाड़ों को चले गए। पहले उन्होंने वैराग्य सीखा, लेकिन

न खाने के कारण वह बहुत दुर्बल हो गए। चार साल बाद, अपने जन्मदिवस पर गहरी तपस्या के बाद ज्ञान प्राप्त हुआ कि सुख अपनी ज़रूरतें पूरी करने से नहीं, बल्कि दूसरों की ज़रूरतें पूरी करने से मिलता है : लेने में नहीं, देने में मिलता है।' वे उस पेड़ के नीचे बैठ गए, जहाँ कभी बुद्ध भी बैठे थे। यीशु को याद आया कि उन्होंने जिस उम्र में घर छोड़ा था, उसी उम्र में बुद्ध ने भी छोड़ा था।

'यहाँ आने की यादगार के तौर पर मैं आपको लुम्बिनी की मिट्टी से भरी एक थैली देना चाहूँगा, अगर आपको आपत्ति न हो तो, उसमें मैं आज की तिथि लिख कर एक पुर्ज़ा भी डाल दूँगा, ताकि आपको बुद्ध के जन्मस्थान पर आने की तिथि याद रहे। इसमें एक गहरा रहस्य भी है।'

'कौन सा रहस्य?'

'आप बहुत समय से जानते हो,' ब्रत ने मुस्करा कर कहा, 'क्या आप बुद्ध की कथा सुनना चाहते हैं?'

'मैंने इसे डेसिथेओस के मठ में बौद्ध भिक्षुओं से सुना था, लेकिन दुबारा सुन कर मुझे ख़ुशी होगी।'

'लुम्बिनी के शाक्य राजा शुद्धोधन के यहाँ औलाद बहुत देर से हुई थी, आज से 638 वर्ष पहले हिमालय की तराई में, बैसाख/मई की एक पूर्णमासी को। राजकुमार का नाम रखा गया, सिद्धार्थ, अर्थात् "वह, जो अपना लक्ष्य प्राप्त कर चुका है।" राजा अपने बेटे के जन्म की प्रतीक्षा बड़ी आस लगाकर कर रहा था और वह सिर्फ़ एक चीज़ चाहता था : बेटा सदा खुश रहे। सिद्धार्थ बड़ा हो रहा था और राजा ने सबको आदेश दे रखा था कि जो भी चीज़ उसे दुःख पहुँचा सकती हो, उसे उसकी आँखों से दूर रखा जाये। अपने विवाह के दिन तक युवा राजकुमार ने कभी अपने शाही बगीचे से बाहर निकल कर नहीं देखा था। विवाह के एक वर्ष पश्चात् उसने अपने सारथी को उसे चोरी-छिपे महल से बाहर ले जाने को कहा। जीवन में पहली बार उसने बीमार और बूढ़े देखे और उसने शहर की सड़कों पर एक मरे आदमी को भी देखा। लौटते हुए उसके मन में केवल एक ही विचार था कि लोगों को रोग, बुढ़ापे, मौत और कष्टों से कैसे मुक्ति दिलवायी जाए। इस खोज के लिए उसने अपने बेटे, पत्नी और माता-पिता को छोड़ने का निर्णय लिया और चुपचाप महल से निकल गया। बहुत समय वह देश में सब जगह घूमता रहा और सयानों तथा तीर्थयात्रियों से पूछता रहा कि मोक्ष की राह कैसे पाई जाये। वर्षों की तपस्या के पश्चात् मोक्ष की राह चार सच्चाइयों में उस पर उजागर हुई। पहली यह कि कष्टों से होकर हर मनुष्य गुज़रता है। दूसरी कि कष्ट का कारण लालसा है। तीसरी यह कि लोग कष्टों से छुटकारा पाना चाहते हैं और उन्हें लालसा से मुक्ति पानी है और चौथी यह कि लालसा को पराजित करने के लिए कौन सी चार चीज़ें ज़रूरी हैं। ये हैं : जागृत मन, स्वच्छ बुद्धि, ईर्ष्या से मुक्ति और अपने मन में हर मनुष्य और हर प्राणी के लिए प्रेम जागृत करना।' यीशु ने इस सिद्धांत के तहत प्राप्त किये सत्य का प्रचार करने के लिए 10 निर्देश बनाये, या शरीर, शब्द और मन द्वारा

उत्पन्न होने वाले सभी बुरे कर्मों से दूर रहने के लिए नियम। 'क्या आप सुनना चाहते हैं कि बुद्ध के अनुसार ये कौन से दुष्कर्म हैं?' उसने सोच में डूबे यीशु से पूछा।

'हाँ, हालाँकि तुम्हारे भिक्षु मुझे इस बारे में सब बता चुके हैं, फिर भी मैं इस पावन भूमि पर उनको एक बार फिर सुनना चाहूँगा।'

ब्रत मुस्कराया, 'तीन का सम्बन्ध शरीर से है—किसी प्राणी की हत्या करना, दूसरों से कुछ चुरा लेना या छीन लेना और अनैतिक यौन आचरण।'

'मैं समझ रहा हूँ,' यीशु ने उत्तर दिया, 'हम कहते हैं, तुम मारोगे नहीं! तुम चुराओगे नहीं! तुम व्यभिचार में लिप्त नहीं होगे! मूसा के विपरीत बुद्ध हमें हर प्राणी की रक्षा करने का उपदेश देते हैं, सिर्फ़ मनुष्यों की नहीं, मनुष्य जीवन नहीं देते, अत: उन्हें लेने का अधिकार भी नहीं है। अगर वे देते भी होते तो भी उन्हें लेने का अधिकार नहीं है। किसी भी जीव की हत्या करना ईश्वर की इच्छा का उल्लंघन करना है, क्योंकि उसने आत्मा को जीव का रूप दिया था।'

'सिर्फ़ उसे यह निर्णय लेने का अधिकार है कि लौकिक अस्तित्व से किसी की आत्मा को कब निकालना है। हर जीवन, जीवन-शक्ति का अंश है, जिस पर सब जीवित प्राणी निर्भर करते हैं। संस्कृत में प्राण का अर्थ होता है, "हर वह मूल तत्व, जो श्वास लेता है," ' ब्रत ने स्पष्ट किया।

'पौधे भी?'

'नहीं, क्योंकि उनका मस्तिष्क नहीं है। तीन शर्तें हैं, जो हत्या की परिभाषा करती हैं, एक जीवित अस्तित्व, एक जीवित अस्तित्व में जीवित होने का ज्ञान, मारने का इरादा, मारने का यत्न, और उसके परिणामस्वरूप हुई मृत्यु।'

'और किसी हत्यारे, किसी बुरे व्यक्ति या आत्मरक्षा में किसी की हत्या करने के बारे में... ?'

'बुराई की गम्भीरता प्राणी की अच्छाई और उदारता पर निर्भर करती है। किसी भले व्यक्ति की हत्या किसी बुरे व्यक्ति की हत्या से अधिक बुरी मानी जाती है।'

'हत्या का दंड क्या है?'

'बुद्ध के अनुसार हत्या का कर्म अपने आप में एक दंड है। तुम अपने को निचले स्तर पर ले आते हो, बुरे लोगों के स्तर पर, उनके कष्ट के स्तर पर। तुम भले लोगों के समाज से बाहर हो जाते हो, भले ही किसी को मालूम न हो कि तुमने क्या किया। कर्म की जानकारी दूसरों के लिए महत्त्व नहीं रखती, बल्कि कर्म करने वाले के लिए महत्त्व रखती है। वह पूरा जीवन पापबोध में जियेगा, जिसका परिणाम होगा, बुरी सेहत, ख़ुद में या किसी

नज़दीकी व्यक्ति में बीमारी, या फिर एक छोटा या अयोग्य जीवन। वह पूरा जीवन इस डर के साथ जियेगा कि उसका पाप प्रकट हो जाएगा, जो डर उसे भीतर से खाता रहेगा, जब तक वह रोगग्रस्त नहीं हो जाता या मर नहीं जाता। यही सबसे बड़ा दंड है : डर। अन्य बुरे कर्मों का भी यही परिणाम होता है, जैसे चोरी या व्यभिचार। चोरी और व्यभिचार के दो समान भाजक हैं : सम्पत्ति का सुख लेने की लालसा या प्रतिबंधित सुख।'

'लोग सम्पत्ति या वासना के लिए अपराध क्यों करते हैं?'

'यह कहते मैं थोड़ा अजीब लगूँगा, लेकिन मनुष्य में संतुलन बनाये रखने की एक अचेतन चाह होती है। अस्तित्व का यह एक मूलभूत नियम है। अगर संतुलन न हो तो संसार का अस्तित्व नहीं होगा। एक प्राकृतिक चोरी वो होती है, जब कोई गरीब अमीर की चोरी करता है : यहाँ असंतुलन में कमी होती है। एक अप्राकृतिक चोरी होती है अमीर द्वारा गरीब की चोरी करना : यहाँ असंतुलन में वृद्धि होती है। असमानता एक अप्राकृतिक स्थिति है, जो ईश्वर नहीं बनाता, बल्कि मनुष्य बनाता है। ईश्वर ने सब मनुष्य समान पैदा किये हैं, क्योंकि वह जानता है कि संतुलन सामंजस्य है। यौन संबंधों के मामले में भी यही सिद्धांत लागू होता है, जो वास्तव में असंतुलन को संतुलन में बदलने का मामला है। स्त्री और पुरुष दो स्तम्भ हैं, जो अस्तित्व की मूलभूत एकात्मकता को जन्म देते हैं। असंतुलन तब आरम्भ होता है, जब स्त्री या पुरुष में कोई एक अधिक श्रेष्ठ होता है। किसी भी संतुलन के बिगड़ने से दोनों स्तम्भ परस्पर दूर हो जाते हैं और तनाव बढ़ता है। फिर भी दोनों स्तम्भ उस स्थिति की कामना करते हैं, जो मनुष्यों के लिए सबसे अधिक प्राकृतिक होती है, सब से बड़ी अच्छाई : सामंजस्य क्योंकि एकात्मकता संतुलन है। लोगों में भलाई के नाम पर बुराई करने की योग्यता होती है।'

'दिलचस्प है,' यीशु ने सोचा। 'डेसिथेओस के भिक्षुओं ने मुझे यह नहीं बताया था। मुझे नहीं मालूम था कि बौद्ध धर्म में काम वासना भी एक विषय होता है।'

'बौद्ध धर्म में जीवन के हर पहलू पर विचार किया जाता है और यौन सम्बन्ध सबसे महत्त्वपूर्ण पहलुओं में से एक है।'

'क्या काम अपने आप में बुरा होता है?' यीशु ने जिज्ञासावश पूछा।

'उनके लिए होता है जो सिर्फ़ देह के पहलू को देखते हैं। टुकड़े-टुकड़े करके वे अपनी ऊर्जा खो बैठेंगे। दूसरी तरफ़ वे, जो इसे आत्मा और द्रव्य के संयोजन के रूप में देखते हैं, उनकी ऊर्जा कई गुना बढ़ेगी। जब-जब स्त्री और पुरुष देह के सुख के लिए एक होते हैं तो उनका सुख और आह्लाद असीमित नहीं होते, क्योंकि उनमें सही ऐक्य नहीं होता। ऐक्य तब होता है जब आत्मिक और दैहिक मिलाप संतुलन को जन्म देता है। लोग सेक्स को दो शरीरों के बीच सम्बन्ध के रूप में देखते हैं और उसके आत्मिक तत्व को पूर्णरूपेण भूल जाते हैं, जो वास्तविक ऐक्य होता है। एक अज्ञानी केवल भौतिक सुख की खोज में होता है। यह सिर्फ़ आधे की खोज है; एक ज्ञानी, जागरूक, आध्यात्मिक व्यक्ति

पूरे की खोज में रहता है। वह क्षणभंगुर भौतिक की नहीं बल्कि शाश्वत दैवी की तलाश में रहता है। लोग अब सिद्धि से परे हो गए हैं—स्वर्ग से परे हो गए हैं। हम इसे निर्वाण कहते हैं। काम की शक्ति दुनिया की सबसे बड़ी शक्ति है, जो हर चीज़ को चलाती है। सेक्स केवल काम का आनंद लेने का आधार है, लेकिन इसका सबसे गहरा अर्थ है जीवन के सभी पहलुओं पर नियंत्रण।'

'इसे कैसे किया जा सकता है?'

'अपने चित को नियंत्रण में रखो। जब यह कर सकोगे तो दुनिया तुम्हारी होगी। तुम्हारी ऊर्जा एक अभूतपूर्व, अजेय स्तर पर पहुँच जाएगी। तुम रोग हरोगे, उड़ोगे, हवा में उठ जाओगे, सैकड़ों, हज़ारों मीलों से संवाद कर सकोगे, रोगी पर हाथ रखोगे और वह ठीक हो जाएगा, अपने हाथों में नाग पकड़ोगे और अगर वह तुम्हें अपने घातक विष वाला डंक भी मार लेगा तो तुम्हें कुछ महसूस नहीं होगा, चमत्कार कर सकोगे!' ब्रत ने कहा और कुछ देर यीशु को देखता रहा।

यीशु कुछ नहीं बोले और एक नन्ही सी चींटी को अपने से दस गुना बड़े एक गुबरैले को अपनी बाँबी में ले जाते देखते रहे, 'मैं इस तरह के चमत्कार को देख रहा हूँ,' वह मुस्कराए। 'तुम्हारी दूसरी बुराइयाँ कौन-कौन सी हैं?'

'हत्या करना, प्रतिबंधित चीज़ों को उठा लेना और बुरा यौन आचरण देह से जुड़ी तीन बुराइयाँ हैं। अन्य चार शब्दों द्वारा की जाती हैं : झूठ बोलना, निंदा करना, अपमान करना और फालतू बात करना। परिणाम यह होता है कि जो झूठ बोलता है, निंदा करता है, अपमान करता और फालतू बात करता है, वह भरोसेमंद नहीं रहता है, अपना मज़ाक ख़ुद उड़वाता है, दोस्त खो बैठता है, दुश्मन बना लेता है, बुरी ऊर्जा और बुरी सोच को फैलाता है; उसकी आवाज़ खरखराने लगती है और उसका स्वास्थ्य बिगड़ जाता है। अंत में जाकर वह स्वयं बुरा बन जाता है, अकेला पड़ जाता है।'

'मेरे देश में कितने बुरे और अकेले लोग रहते हैं! हम निंदा करने और फालतू बातें करना सीखते हैं, क्योंकि हम मूसा के क़ानून का पालन करने के बजाय उससे इस तरह बचने की कोशिश करते हैं कि हमें लगे कि हमने उसका उल्लंघन नहीं किया। हम गूढ़ बहाने और नियम बनाते हैं, जो वास्तव में क़ानून को धोखा देने के लिए होते हैं और फिर हमें यह ग़लतफ़हमी भी रहती है कि हम खुदा के ख़ास बन्दे हैं,' यीशु ने गहरी साँस ली।

'यहूदियों की तरह कोई हिन्दुस्तानी, बौद्धधर्मी या कोई भी एशियाई अपने आपको खास नहीं समझता, संसार का केंद्र नहीं समझता। अगर यहूदियों को होश नहीं आता तो वे एक दिन अपने अहंकार की क़ीमत चुकायेंगे। संसार की रचना त्रुटिहीन प्राणियों के लिए नहीं की गई थी, लेकिन यह प्राणियों के लिए एक त्रुटिहीन कार्यशाला है।'

थोड़ी देर चुप रहने के बाद यीशु लज्जित से होकर बोले, 'हाँ, मेरा भी यही विश्वास है कि चुनिन्दा मनुष्य कोई नहीं हैं। बाकी की तीन बुराइयाँ कौन-सी हैं?'

'ये मस्तिष्क से सम्बंधित हैं। लालच, बुरी नीयत और बुरी राय।'

'अर्थात् कुछ बुरा करने के बारे में सोचना भी पाप होता है?'

'आप बार-बार पाप-पाप क्यों कहे जा रहे हैं,' ब्रत के स्वर में फटकार थी, 'यह एक बुरा शब्द है। हम इसे इस्तेमाल नहीं करते, हम ''भूल'' शब्द का इस्तेमाल करते हैं। यदि कोई असफल होता है और आप इसे पाप कहते हैं तो आप उसके मन में पापबोध और कटुता भर देते हैं। परन्तु यदि आप उसे बताते हैं कि उसने एक भूल की है तो आप उसे भूल सुधार करने का, बेहतरी का, अवसर दे रहे हैं। जहाँ तक आपका सवाल है, हाँ, बुरा सोचने को भी बुरा कर्म समझा जाता है। दूसरों के खिलाफ़ नहीं, बल्कि अपने ख़ुद के खिलाफ़। बुरी सोच के प्रभाव में तुम बुरे बन जाते हो, अच्छाई को दिल से निकाल देते हो, अपनी नेक इच्छाओं को पूरा करने का अवसर घटा देते हो। तुम्हारी प्रकृति असहिष्णु, बुरी और बीमार बन जाती है। जो इंसान बुरा बन जाता है उसे हर चीज़ में बुराई नज़र आती है। जैसे कहा जाता है कि जो स्वयं स्वच्छ नहीं है, उसे दूसरे भी गंदे नज़र आते हैं।'

'बुरी इच्छा की व्याख्या तुम कैसे करोगे?'

'अधिकतर इसमें घृणा, ईर्ष्या और कृतघ्नता को गिना जाता है, ये ऐसी चीज़ें हैं जो सोचने वाले के पास लौट कर आती हैं।'

'लेकिन मेरे देश के लोग ज़्यादा कृतज्ञ किस्म के नहीं हैं,' यीशु ने उसे टोका।

ब्रत ने हैरान होकर उन्हें देखा, लेकिन यीशु बोलते गए, 'मेरे देश में जब मैं किसी को दान में कुछ देता हूँ तो अपेक्षा करता हूँ कि वह कृतज्ञ होगा, लेकिन भिखारी दान लेकर कृतघ्नता से देखेगा।'

ब्रत हँसने लगा, 'दया के भाव को समझने में आपकी और हमारी सोच में यह एक मूलभूत अंतर है। इसे मैं बड़ी आसानी से समझा सकता हूँ। एक बौद्धधर्मी अच्छे कर्म करने के प्रति प्रतिबद्ध होता है, बल्कि उन्हें एकत्र करता है। हमारे दर्शन में दया का अर्थ अच्छे कर्मों के प्रति निरन्तर प्रतिबद्ध रहना है। हर अच्छा कर्म तुम्हें एक अच्छा अंक देता है। इसलिए अगर आप किसी की भलाई करते हो तो तुम्हें कृतज्ञ होना चाहिए कि उसने तुम्हें एक अंक एकत्र करने का अवसर दिया है। समझ रहे हैं न आप?'

'समझ रहा हूँ। यह सर्वोत्तम दया है,' यीशु ने हामी भरी।

'आप अपने अनुभव के आधार पर दयालु हो सकते हैं। जिसका पेट भरा है, वह भूखे, अस्वच्छ, अमीर, गरीब को नहीं समझ सकता। बुद्ध ने निर्वाण को एक ऐसे रास्ते पर जाकर प्राप्त किया था, जो उनके लक्ष्य को जाता था। मैं सोचता हूँ कि ज्ञान अर्जित करने के अर्थ में हमारी और आपकी सोच में एक मूलभूत अंतर है। ईश्वर तुम्हें अनुभव देता है; मनुष्य कर्म करके स्वयं को यह अनुभव देता है। कौन-सा अनुभव आपके लिए अधिक

अर्थ रखता है? आपका अपना या किसी और का, भले ही वह ईश्वर हो? क्या याद रखना अधिक सरल है? तुम्हारा अपना गिरना और उठना, या किसी और का?' कह कर ब्रत ने यीशु पर एक अर्थपूर्ण दृष्टि डाली।

'हाँ, मेरे ख़याल से मैं अपने धर्म की सबसे बड़ी समस्या को समझ गया हूँ। अनुभव हमने ख़ुद नहीं बटोरे, बल्कि, जैसा कि हमारे पुराणों में लिखा है, मूसा से लिये हैं, जिसने इन्हें ईश्वर से प्राप्त किया था, इसलिए हममें सम्पूर्ण विश्वास नहीं है, बस एक भ्रान्ति है। अगर हम चाहते हैं कि यहूदी पूरा विश्वास रखें तो हमें विश्वास को उनके पास लाना होगा, उसे ईश्वर के सिंहासन पर नहीं बिठाना होगा, उसे किसान की रसोई की मेज़ पर रखना होगा। बुद्ध का जीवन आपके लिए एक आदर्श रहा। हमारे पास कोई ऐसा आदर्श नहीं है,' यीशु ने उसाँस भरी।

'आप वह आदर्श बनना चाहते हैं?'

यीशु कुछ नहीं बोले। ब्रत ने अपना प्रश्न दोहराया, 'क्या कहते हैं? क्या आप उनके पदचिह्नों पर चलना चाहते हैं?'

यीशु दूर कहीं देख रहे थे, 'मैं यहूदियों के पुनर्मिलन के लिए कुछ करना चाहूँगा। उन्हें पिता के घर लौटाना चाहूँगा।'

'बुद्ध के घर या मूसा के घर जैसी कोई चीज़ नहीं होती, सिर्फ़ एक घर होता है : ''प्रेम का घर,'' ' ब्रत ने उत्तर में कहा। यीशु ने इसका उत्तर नहीं दिया। 'क्या आप प्रेम का प्रचार करना चाहते हैं?'

'मैं इस आदर्श को जीना चाहता हूँ।'

रोज़ा बाल में जंगी कार्रवाई

वैटिकन की गुप्तचर सेवा के मुख्यालय में वातावरण तनाव से इतना भारी हो रहा था कि उसे छुरी से काटा जा सकता था। हाउसर के बुरे से बुरे संशय सच हो रहे थे। रोज़ा बाल की स्थिति की रिपोर्ट पर कोई व्यावहारिक विमर्श करने के बजाय वे लगातार सैद्धांतिक और धर्म सम्बन्धी मुद्दे उकेरे जा रहे थे, जिससे विमर्श में भावनात्मक विषय ज़ोर पकड़ते जा रहे थे, 'छोड़ो अब यह बकवास, गढ़े हुए किस्से न सुनाओ, कमल की मुद्रा में क्राइस्ट...हँसाओ मत मुझे,' फ़ाल्कोने ने नियंत्रण खो जाने का अभी कोई संकेत नहीं दिया।

'हम किस्से गढ़ने का साहस नहीं कर सकते,' हाउसर ने ऊँचे स्वर में कहा, 'हम पुलिस ऑफ़िसर हैं। अगर आप चाहो तो मैं क्राल की आवाज़ आपको दुबारा सुना सकता

हूँ, जब से द्वोरान ने उसका चश्मा बदला है, तब से हमने उसके मुँह से निकलने वाले और उससे दस मीटर दूर तक खड़े हुए लोगों के मुँह से निकलने वाले हर शब्द की रिकॉर्डिंग की है।'

'द्वोरान एक बागी पादरी है, जिसकी शिकायतें हमें भक्त बार-बार भेजते रहे हैं, जिनमें लिखा होता है कि वह पवित्र पिता तथा होली सी के बारे में उकसाऊ शब्द बोलता है। एक बार तो मज़ाक उड़ाते हुए उसने कहा था कि यीशु तैर नहीं सकते थे।'

'तो आप देख रहे हैं कि वह कितना बुद्धिमान एजेंट है, जिसके पास इस तरह की भी सूचना है,' कोग्लर ने मुस्करा कर कहा।

'किस तरह की सूचना?' फाराबुत्तो ने गुस्से से पूछा।

'क्राइस्ट को तैरना नहीं आता था...'

'दोस्तो, कृपया...' हाउसर ने उन्हें डाँट लगाई, लेकिन अपनी मुस्कराहट वह नहीं छिपा सका। तत्काल वह गम्भीर भी हो गया और फाराबुत्तो को उसने बताया, 'द्वोरान के बारे में मिलने वाली शिकायतों के बारे में मैं नहीं जानता, लेकिन हमें उससे बड़े काम की सूचनाएँ मिलती हैं।'

'आपको वह मिला कैसे?' फ़ाल्कोने ने दबे स्वर में पूछा।

'क्षमा करें, फ़ादर, लेकिन कुछ चीज़ें ऐसी भी होती हैं, जिन्हें बताने की मुझे, समागम के सामने भी, अनुमति नहीं है।'

'शर्तिया बता सकता हूँ कि उसकी एक प्रेमिका थी और आपने उसके पेंच कस दिए।'

'शायद आप सच से ज़्यादा दूर नहीं हैं...उम...लेकिन मुझे बोलने दें,' नाटकीय ढंग से उसने औपचारिक तरीके से कागज़ अपनी फ़ाइल में डाल दिया। 'किसी तावीज़ को देख कर क्राल और उसकी पत्नी कश्मीर जा रहे हैं। हमारी सूचना के अनुसार क्रालोवा ने इज़राइल को बहुमूल्य तावीज़ दिया है, तथाकथित रूप से क्राइस्ट के ज़माने का। येरुशलम के रब्बी सिमोनिदेस ने इसकी पुष्टि की है।'

'और आप ऐसे किस्सों पर यक़ीन कर लेते हैं? सबके पास एक तावीज़ होता है। मैं जितने कहो उतने निकाल देता हूँ और मैं फिर उनकी किंवदंतियाँ बना दूँगा,' एक भद्दी मुस्कान के साथ फ़ाल्कोने बोला।

'इसकी प्रामाणिकता संदेह के दायरे से बाहर है। हमारे पास इज़राइल के मित्रों से सूचना है। उन्होंने पुष्टि की है कि टॉवर ऑफ़ डेविड म्यूज़ियम लेबोरेटरी ने तस्दीक की है कि हार सचमुच सम्राट हेरोड के ज़माने का है, जो ऐसे हारों को प्रतिष्ठित व्यक्तियों को उपहार में दिया करता था। इस पर संदेह नहीं किया जा सकता कि इसे यीशु के पिता को दिया गया हो...'

'ईश्वर के पिता को हेरोड से एक तमगा मिलना? अच्छा लतीफ़ा है,' कोग्लर हँसने लगे।

'यह एक विदित तथ्य है कि जोज़ेफ़ ने येरुशलम और सेप्फोरिस के निर्माण में हाथ बँटाया था,' हाउसर विचलित नहीं हुआ। फाराबुत्तो और फ़ाल्कोने कुछ नहीं बोले। 'हार इस तरह दिखता है,' उसने हार के अगले और पिछले हिस्से की एक बड़ी की हुई फ़ोटोकॉपी मेज़ पर रखी।

आदमी दोनों चित्रों को घेर कर उनके आस-पास खड़े हो गए। 'टेम्पलम हीरोसोलिम का अर्थ क्या है?' कोग्लर ने पूछा।

'येरुशलम का मंदिर,' फ़ाल्कोने बोला।

हाउसर ने हामी भरी। 'और जहाँ तक शब्द की व्युत्पत्ति का प्रश्न है उस पर कई अटकलें लगाई गई हैं। कई परिभाषाओं में एक है इसका सुलेमान का मंदिर होना और कुछ विशेषज्ञ कहते हैं कि यह सुलेमान का सिंहासन है।'

'फ़र्क क्या है?'

'सुलेमान का सिंहासन सुलेमान के मंदिर के आगे था और सुलेमान का निवास स्थान था।'

'अब यह बकवास हमें मत सुनाओ, मैंने कभी सुलेमान के सिंहासन के बारे में नहीं सुना,' आर्क बिशप गुस्से से बोला।

'आपको *बाइबल* का शब्दकोश ध्यान से पढ़ना चाहिए, सर! उसमें वर्णन है।'

'मैं पुराने टेस्टामेंट की जानकारी से ही खुश हूँ।'

'और सुलेमान के येरुशलम वाले सिंहासन की एक हू-ब-हू प्रतिकृति कश्मीर की राजधानी श्रीनगर में है...'

'फिर बकवास, लेफ़्टिनेंट कर्नल। आप फ़ौजी होने का दावा करते हैं, फिर तथ्यों तक रहिए,' आर्क बिशप ने भर्त्सना की।

'मैं तथ्यों तक ही हूँ। यह रहा श्रीनगर में सुलेमान का सिंहासन। इसे तख़्त-ए-सुलेमान कहते हैं।' शान्त भाव से उन्होंने एक अनोखी इमारत की फ़ोटो मेज़ पर रख दी।

आर्क बिशप उसे उठा कर बहुत देर तक घूरता रहा। फिर विचलित होकर उसने पूछा, 'वहाँ पर सुरक्षा के आपके क्या इंतज़ाम हैं?'

छोटी सी विजय हासिल कर लेने की भावना के साथ हाउसर ने कहा, 'चिंता न करें, महामहिम, पूरे इंतज़ाम हैं। मक़बरे में कोई भी दाखिल नहीं हो सकता।'

'पक्की बात है?'

'हमारे अफ़गान लड़के वहाँ पर हैं।'

'बस यही कुछ,' फ़ाल्कोने ने संशयपूर्वक पूछा।

'द्वोरान भी तो जा रहा है,' हाउसर ने आत्मविश्वास के साथ कहा।

'द्वोरान, आपने उस पर यह दोहरी निगरानी का काम क्यों डाल दिया?'

हाउसर अपना आश्चर्य छिपा नहीं सका, 'आप कैसे जानते हैं?'

'पवित्र समागम के पास भी ऐसे भेद होते हैं, जो खोले नहीं जा सकते। इसे हम दोहरी सुरक्षा कहते हैं,' फ़ाल्कोने हँसने लगा, जिस पर फाराबुत्तो ने भी ठहाका लगाया।

'जितनी देर वे वहाँ रहेंगे आपके दो और आदमी उनकी निगरानी करते रहेंगे...द्वोरान पर आपके भरोसे के दावे के बावजूद...' आर्क बिशप ने ठिठोली की।

'क्या मैं सही समझा हूँ कि आपके वो लोग हमारे लोगों की निगरानी कर रहे हैं, जो द्वोरान के पीछे लगे हैं?' चौंक कर क्रूगर समागम के आदमियों की ओर मुड़ा।

'आपको कोई समस्या है इससे?' फाराबुत्तो ने रूखाई से उत्तर दिया।

'गन्दी चालें,' फ़ेलिक्स दाँत पीसने लगा।

'कुछ कहा आपने?' सचिव ने शत्रुता के भाव से पूछा। फ़ेलिक्स चुप रहा, लेकिन जबड़े फड़क रहे थे।

हाउसर ने अपने सहयोगी के असभ्य प्रश्न को टालते हुए कहा, 'दोहरी सुरक्षा हमारा काम करने का सामान्य ढंग है।'

आर्क बिशप ने फाराबुत्तो को बात ख़त्म करने का इशारा किया। सुलेमान के सिंहासन की फ़ोटो को उठा कर वह कुछ देर गौर से उसका मुआयना करता रहा। दिख रहा था कि उसका हाथ काँप रहा है। 'जो आप कह रहे हैं वह पक्की बात है न?' हाउसर ने कोई उत्तर नहीं दिया। 'क्योंकि मुझे डर है कि आप निश्चयपूर्वक नहीं कह रहे। आप भली-भाँति जानते हैं कि एक हफ़्ते से द्वोरान ने आपसे सम्पर्क नहीं किया,' वह घबराहट के साथ उँगलियों से मेज़ पर तबला बजा रहा था। 'मैं आपसे एक साफ़ सवाल पूछता हूँ: अगर आपके सब उपाय, सारे लोग असफल हो गए और इन पागलों द्वारा सचमुच क़ब्र को खोलने का खतरा खड़ा हो गया...मेरा मतलब कश्मीर की क़ब्र से है, तो आपके पास कोई अगली योजना है?'

'अगर क़ब्र को खोलने से रोकने का कोई और उपाय नहीं रहा तो हम फतेहपुर सीकरी वाला तरीका अपनाएँगे। दूसरी चीज़ जो हमारे हक़ में जाती है वह यह है कि हमारी

गुप्त सूचना के अनुसार हिन्दुस्तानी फ़ौज श्रीनगर में एकत्र हुए कश्मीरी आतंकवादियों पर उस समय भारी हमले की तैयारी कर रही है, जब वे वहाँ होंगे। आतंकवादियों को कश्मीर के पाकिस्तानी हिस्से में रह रहे आतंकवादी संगठन लश्कर-ए-तैयबा का समर्थन प्राप्त है, जिनका नारा है भारत में रह रहे मुसलमानों को आज़ादी दिलवाना...उनके पास भूमि से भूमि पर मार करने वाले रॉकेट भी हैं, तो जब किसी इमारत पर एक और बम पड़ भी गया तो किसी को कोई शक़ नहीं होगा। उनकी गतिविधियों की हमारे पास एकदम सही सूचना है; हम यह तब करेंगे जब दोनों मक़बरे के भीतर होंगे।'

'तो आप यह मान कर चल रहे हैं कि वे मक़बरे में दाखिल हो जायेंगे?' कोग्लर ने पूछा। हाउसर ने एक पल सोच कर कहा, 'ऐसा लगता है कि डॉक्टर बशरत उससे ज़्यादा चालाक है, जितना हमने सोचा था।'

कमरे में मौत का सन्नाटा छा गया। फ़ेलिक्स क्रूगर की बाईं कनपटी में एक मुश्किल से नज़र आती नस फड़क रही थी।

मौत की क़ीमत

लुम्बिनी में सूरज धीरे-धीरे ढल रहा था। उसकी जीवनदायी किरणों से धरती गरम थी, अत: यीशु ने ब्रत तथा एक और तीर्थयात्री के साथ उस वृक्ष के नीचे अपना बिस्तर लगाया, जहाँ बुद्ध बैठ कर जीवन पर ध्यान लगाया करते थे। उनमें से नींद किसी को नहीं आई, क्योंकि हवा उस जादुई जगह की अन्तरिक्षीय ऊर्जा से भरपूर थी। ब्रत यीशु पर बहुत देर से टकटकी लगाये था। उनके नेत्रों में एक विलक्षण ज्योति थी, जो उसका ध्यान अपनी ओर खींच रही थी। खुश होकर वह मुस्करा रहा था। वह जानता था कि युवक जो इतनी दूर फ़िलस्तीन से यहाँ आया था, इस पवित्र स्थल पर प्रबोधन के अनुभव से गुज़र रहा था, जो केवल वे मनुष्य अनुभव करते थे, जो पाँच शताब्दी पूर्व बुद्ध द्वारा नियत किए मार्ग पर मन से निकलने को तैयार होते थे। उसे प्रसन्नता थी कि उसने अपने मित्र की गहनतम भावनाओं, सोच और विवेक को यथार्थ रूप से छुआ था।

'मैं सोच रहा हूँ कि मूसा और बुद्ध की शिक्षा आश्चर्यजनक ढंग से कितनी समान है,' यीशु अपने आप से बोल रहे थे।

'यहूदी तालीम का आधार क्या है?'

'डीकालाग अर्थात् दस आदेश, जैसा कि लोग इसे कहते हैं।'

'ये किस बारे में हैं?'

'*तोरा* में इनकी सूची है। पहला है कि एक ईश्वर के अलावा तुम्हें कोई दूसरा ईश्वर नहीं मानना।'

'बुद्ध कहते हैं कि सब कष्ट लालसा से आते हैं : धन, ताकत, कीर्ति, काम वासना... ये हमारे देवता हैं। और येरुशलम में ये बुरे होते हैं।'

'क्या देवता भी बुरा हो सकता है?'

यीशु ने चकित होकर पूछा।

'देवता तटस्थ होते हैं, क्योंकि हममें से हर कोई अपना देवता है। ठीक से बताऊँ तो तुम में दैवी गुण पाने की क्षमता है, अर्थात् तुम त्रुटिहीन बन सकते हो। जन्म के समय यह क्षमता तुम्हें उपहार में मिलती है और यह तुम पर है कि तुम इसका क्या करते हो।' उसने ध्यान से यीशु के नेत्रों में देखा। 'यह तुम पर है कि तुम शून्य में अंक जोड़ते हो या घटाते हो। तुम्हें निर्णय लेना है कि कैसे और कहाँ तुम अपनी स्वतन्त्र इच्छा को मोड़ सकते हो, उस बुद्धि को, जो ईश्वर से हम सबको मिली है। बुद्ध हमें शिक्षा देते हैं कि ईश्वर की पूजा करने का एक ही तरीका है कि तुम उसके आदेशों के अनुसार अपना जीवन जिओ। उनका रट्टा मत लगाओ, पर उनके अनुसार जिओ,' ब्रत ने बल देकर कहा। 'यह सच्ची आस्था है। कर्म, शब्द नहीं! ईश्वर हम सब में है, उसकी छवि नहीं बनाई जा सकती। या लकड़ी पर उसकी छवि उतारी नहीं जा सकती। बलि देने के लिए उसे वेदियाँ नहीं चाहिएँ, उसे निर्दोषों का लहू बहा कर उसे तुष्टि देना पसंद नहीं है, या आभूषणों से लदे मंदिर भी नहीं चाहिए : वह एक साहसी जीवन को स्वीकार करता है।' 'आपके दूसरे कार्मिक सिद्धांत कौन से हैं?'

'सिद्धांत नहीं, आदेश,' यीशु ने मुस्करा कर भूल सुधारी, 'तुम मालिक के, अपने ईश्वर के नाम का दुरुपयोग नहीं करोगे।'

'मेरे विचार से बहुत लोग इसका अर्थ लगाते हैं कि कसम न खाई जाए,' कह कर ब्रत मुस्कराया।

यीशु ने भी मुस्करा कर उत्तर दिया, 'दुर्भाग्यवश तुम सही कह रहे हो। वे नहीं जानते, या जानना नहीं चाहते कि ईश्वर के नाम का दुरुपयोग-फ़िजूल में उसका नाम लेने—सिर्फ़ कसम खाने में ही नहीं है, बल्कि पाखण्ड में है, जब आप ईश्वर का हवाला देते हो, ईश्वर के उपदेश का प्रचार-प्रसार करते हो, लेकिन तुम्हारे कर्म तुम्हारे वचनों से भिन्न होते हैं।'

'तब भी तुम ईश्वर के नाम का दुरुपयोग करते हो जब तुम चर्च में जाते हो, सिर्फ़ देखे जाने के लिए, क्योंकि ऐसा करना तुम्हें अच्छा लगता है; जब तुम आडम्बरपूर्ण ढंग से सार्वजनिक तौर पर अच्छे कर्म करके दिखाते हो, लेकिन ईश्वर के नाम का सबसे ज़्यादा दुरुपयोग, जब तुम उसके नाम पर रूढ़ियाँ बनाते हो, बल्कि उसके नाम पर लोगों को ज़ोर देकर उसका अनुसरण करने को, उस पर विश्वास करने को कहते हो। फिर तुम उन्हें यह सब न करने पर दंड देते हो। सत्ता और दंड ईश्वर के गुण नहीं हैं,' ब्रत ने आगे जोड़ा।

'बहुत लोगों को विश्वास है कि जब वे कोई बुरा कर्म करते हैं और उसके बाद प्रार्थना कर लेते हैं तो ईश्वर उन्हें क्षमा कर देगा,' कह कर यीशु मुस्कराए।

'बौद्ध धर्म प्रार्थना करके कुछ माँगने की निंदा करता है। हम सिर्फ़ एक चीज़ स्वीकार करते हैं कि ध्यान स्वयं को बेहतर बनाने के लिए और प्रबोधन के लिए होता है।'

'तुम प्रार्थना में ईश्वर से कुछ नहीं माँगते?' यीशु ने आश्चर्य से उसे देखा।

'ईश्वर से अनुरोध करना उसका अपमान करने के समान है। ईश्वर भली-भाँति जानता है कि हममें से हरेक को क्या चाहिए और पाप बोने वाला ईश्वर से चाहे जितना भी अनुरोध कर ले, वह पाप ही काटेगा। इसीलिए हम ध्यान लगाते हैं; हम प्रार्थना नहीं करते, कुछ माँगते नहीं। हम स्वयं में सुधार लाने के लिए ध्यान लगाते हैं; हम हर दिन अपनी पूरी कोशिश करते हैं गुज़रे कल से बेहतर बनने की। उत्तम बनने की यही सही राह है।'

'स्वयं में सुधार लाने के लिए तुम्हें ईश्वर की ज़रूरत नहीं है?'

'है। स्वयं में सुधार लाने के लिए ईश्वर का महत्त्व है। ईश्वर ही हमें आईना दिखाता है और यथासम्भव हमें अपने निकट ले जाता है, ताकि हम स्वयं को ठीक से देख सकें। बुद्ध के अनुसार, कोई मुक्ति—या इसे निर्वाण कह लीजिये—सिर्फ़ अपनी ही कोशिशों से हासिल किया जा सकता है, ख़ुद में सुधार लाकर। जो लोग यह नहीं करते और अपनी कोशिशों का मौखिक प्रचार करते रहते हैं, वे ईश्वर के नाम का दुरुपयोग कर रहे होते हैं। मूसा के अनुसार सृष्टि के केंद्र में ईश्वर है, जबकि बौद्ध धर्म के अनुसार मनुष्य सृष्टि का केंद्र है।'

कुछ देर यीशु चुप रहे। ब्रत ने प्यार से उनका कंधा थपथपाया, 'आपके दूसरे आदेश कौन से हैं?'

'आनंद देने वाले विश्राम को याद रखो। हम कहते हैं कि छह दिन के काम के बाद तुम्हें अपनी आत्मा पर केन्द्रित होना है और सोचना छोड़ देना है।'

'लेकिन हर कोई तो छह दिन काम नहीं करता, तो फिर जो काम नहीं करते उन्हें भी विश्राम करना होगा?' ब्रत ने पूछा।

'नहीं करना होगा, अगर उन्होंने सप्ताह के दौरान अपनी आत्मा को काम में नहीं लगाया होगा तो, लेकिन अगर काम किया है तो विश्राम करना ज़रूरी है ताकि दूसरों को इससे कष्ट न पहुँचे। सिर्फ़ शनिवार को काम करने से उस दिन की शान्त ऊर्जा में व्यवधान पड़ता है। हमें नहीं भूलना चाहिए कि लोग एक साथ काम करके ऊर्जा उत्पन्न करते हैं। शनिवार को तुम वातावरण में शान्ति अनुभव करोगे।'

ब्रत ने कुछ देर सोचा, 'और अगला?'

'ईश्वर द्वारा तुम्हें बख्शे गए माता-पिता का सम्मान करो, ताकि तुम्हें पृथ्वी पर लम्बा जीवन मिले।'

'यह उस सिद्धांत के अनुसार है कि जो दोगे वही मिलेगा। अगर तुम अपने माता-पिता की सेवा नहीं करते तो जब तुम बूढ़े हो जाओगे तो तुम्हारे बच्चे भी तुमसे वैसा ही

बरताव करेंगे। यहाँ यह सोचा ही नहीं जा सकता कि बच्चे अपने माता-पिता की सेवा नहीं करेंगे।'

'यहूदियों में भी ऐसा ही है,' यीशु ने पुष्टि की, 'इस मामले में हमारे रिवाज़ एक जैसे हैं। पाँचवाँ आदेश भी समान है। यह कहता है कि तुम हत्या नहीं करोगे। दुर्भाग्यवश हमारे ईश्वर ने *तोरा* में पशुओं की क़ुरबानी की व्यवस्था की है। आम व्याख्या है कि सिर्फ़ मनुष्यों की हत्या नहीं करनी।' 'हमें भी हत्या न करने का आदेश है। हमारा पाखंड सबसे ज़्यादा गायों को सुरक्षा देने में प्रतिबिंबित होता है, जिन्हें हमने पवित्र घोषित कर दिया।'

'लेकिन यह तो बड़ी अच्छी बात है! मेरे लिए गायों को सुरक्षा देने का अर्थ है कि मनुष्य अपनी प्रजाति के स्तर से ऊपर उठ गए हैं। मेरे लिए गाय मानुषिक स्तर से नीचे है, अतः मैं इस सुरक्षा को करुणा के मूर्तरूप में देखता हूँ,' यीशु उत्साहित हुए।

'बढ़िया तब होता जब हम सब पशुओं को ऐसे ही संरक्षण देते। परन्तु हर हिन्दू या बौद्ध त्यौहार में बलि के लिए निरीह पशुओं का खून बहाया जाता है। लोग यह नहीं समझते कि जो भी पशु को मारता है वह ख़ुद को मारता है, मौत की देह से भोजन निकालता है। पशु का मांस धीरे-धीरे सड़ जाता है और जिस पशु की मौत का उसने भक्षण किया है वही उसकी मौत बन जाएगी।'

'पड़ोसियों को मारने का भी लोग शाब्दिक अर्थ लगाते हैं। तुम अपनी बहन या भाई पर तलवार नहीं चला सकते, लेकिन उनके जीवन को नरक बना कर उन्हें मारने की अनुमति तुम्हें है। कितने ही पुरुष अपने घर की चारदीवारी में अपनी पत्नी और बच्चों पर अत्याचार करते हैं, अपने झगड़ालूपन की वजह से कितनी ही स्त्रियाँ अपने पतियों की ज़िन्दगी बरबाद कर देती हैं। इस पर किसी को एतराज़ नहीं होता!' यीशु का स्वर इतना ऊँचा हो गया कि उनके आस-पास सोये भिक्षु बड़-बड़ करने लगे और उन्हें चुप रहने को कहने लगे।

'हमें ज़रा धीमे बात करनी होगी,' ब्रत बोला, 'देखा, अभी हमें और कितनी बातें करनी हैं? मेरे ख़याल से हम अभी पाँचवें आदेश पर थे।'

'छठा आदेश कहता है कि हमें परस्त्रीगमन या अन्यगमन नहीं करना चाहिए।' 'देखा! चाहत, काम वासना। हर कष्ट लालसा से आता है।'

'पर यहाँ तो विवाहित जीवन की बात हो रही है,' यीशु ने आपत्ति की।

'बुद्ध की लालसा की परिभाषा और भी व्यापक है। तुम्हारा बिस्तर सद्गुण है और कोई भी लालसा जो तुम्हें सद्गुण से दूर ले जाती है अवगुण है, विश्वासघात है। यह पैसे, कीर्ति, ताक़त, सम्पत्ति, और फिर किसी दूसरे पुरुष या नारी की भी लालसा हो सकती है।'

'कोई भी कीचड़ में गिर सकता है, उसे बस बहुत देर वहीं नहीं पड़े रहना चाहिए,' यीशु ने मुस्करा कर कहा।

'अगर औरत अपने आदमी के सफल न होने पर उसे माफ़ कर दे, या आदमी औरत को माफ़ कर दे तो वे पुन: स्वच्छ हो जाते हैं और जीवन में आगे एक साथ रह सकते हैं।'

'और अगर ईश्वर उन्हें माफ़ न करे तो?'

'यहाँ फिर आपकी यहूदी सोच आड़े आ गई। दंड, दंड, दंड। अगर दम्पति ने एक-दूसरे को क्षमा का दान दिया है तो ईश्वर क्यों उन्हें दंड दे?' कुछ समय के अन्तराल के बाद ब्रत फिर कहने लगा, 'दंड के डर से लोग ज़्यादा काबू में रहते हैं, जब वे पश्चाताप में डूबे रहे हैं। इसी वजह से बहुत लोग ब्रह्मचर्य ग्रहण कर लेते हैं। ताकि प्रलोभन से बच सकें।'

'ब्रह्मचर्य ईश्वर की इच्छा के मुताबिक नहीं होता। पैगम्बर एज़ेकिएल साफ़-साफ़ कहते हैं कि कोई पुजारी किसी विधवा या छोड़ी गई औरत से शादी न करे। ईश्वर चाहता है कि लोग, यहाँ तक कि पुजारी भी, एक साथ रहें, अपनी कमज़ोरियों पर पार पाकर एक दूसरे को ताक़त दें। कोई मनुष्य त्रुटिहीन नहीं है, एक सच्चा भक्त हर दिन परिपूर्णता पाने के लिए संघर्ष करता है। जितना भी वह प्रलोभन से बच सकता है उतनी ही शक्ति वह अर्जित करता है। तो वे भिक्षु जो ब्रह्मचर्य की शरण लेते हैं, वे कमज़ोर हैं और मुझे कहने में कोई परहेज़ नहीं है कि वे कायर हैं,' यीशु ने पुन: स्वर ऊँचा किया।

'आप बिल्कुल ठीक कह रहे हैं, लेकिन मुझे आपको चेतावनी देनी होगी। इस मत के साथ जियेंगे तो आपका जीवन कठिन होगा, बहुत कठिन,' ब्रत ने गहरी साँस भरी, 'पर हाँ, किसी को खुल कर यह कहना तो है। बुद्ध ने यह काम आरम्भ किया था और आप उनकी सोच को आगे बढ़ाएँगे।'

'मुझ में ऐसी कोई आकांक्षा नहीं है। मेरी आकांक्षा है सच को खोजना।'

एक मिनट के अंतराल के बाद ब्रत बोला, 'कोई और नियम भी हैं आपके?'

'आठवाँ है चोरी न करना।' फिर वह प्रश्न पूछने के लिए ब्रत की ओर मुड़े, 'माफ़ करना, एक मूर्खतापूर्ण प्रश्न पूछ रहा हूँ : आपके यहाँ क्या चोर होते हैं?'

ब्रत सोचने लगा। 'मैं आपको एक सेनापति और एक तीर्थयात्री की कहानी सुनाऊँगा। तीर्थयात्री वन के रास्ते में कमल की मुद्रा में बैठा ध्यान में था और एक सेना उसके निकट आई, जिसका सेनापति आगे-आगे घोड़े पर बैठा आया था। सेनापति ने उसे रास्ते से हटने के लिए कहा। पर तीर्थयात्री आराम से अपने ध्यान में लगा रहा। सेनापति ने कई बार हुक्म को दोहराया, लेकिन तीर्थयात्री अपनी जगह से एक इंच भी नहीं हिला। ''क्या तुम जानते हो कि मेरे पास तुम्हें, जब भी मैं चाहूँ, मार डालने की ताक़त है?'' कह कर उसने तलवार निकाल ली। ''आप क्या नहीं जानते कि मैं किसी भी समय मरने की ताक़त रखता हूँ?'' आराम से कह कर तीर्थयात्री फिर से ध्यान में लग गया। सेनापति एक न्यायप्रिय व्यक्ति था, वह पूरी सेना सहित एक तरफ़ से होकर निकल गया।'

'कहानी अच्छी है,' यीशु हँसने लगे।

'तीर्थयात्री के पास उसका एकमात्र सामान था उसकी पत्नी। अगर तुम डरो नहीं तो कोई भी तुमसे कुछ नहीं चुरा सकता, क्योंकि तुम स्वाधीन हो और डर एक बंधन है। पश्चिम में आप सोचते हैं कि जितने आप अमीर हो उतने ही आप स्वाधीन हो। अगर तुम्हारे पास देने के लिए कुछ है तो तुम्हारे पास ताक़त है; अगर तुम्हारे पास लेने को कुछ है तो तुम्हारे पास ज़्यादा ताक़त है; लेकिन सबसे बड़ी ताक़त उसके पास है, जिसके पास लेने को कुछ नहीं है।'

'इज़राइल में जायदाद को ताक़त समझते हैं। *तोरा* में मवेशियों, रेवड़ों, नौकरों, घरों, पैसों, भूखंडों की संख्या को छोड़ कर और कुछ नहीं है,' यीशु ने गहरी श्वास ली।

ब्रत मुस्कराया, 'सबसे बुरी चोरी होती है, समय की चोरी। जो कोई भी दूसरों के आदेशों पर चलने को तैयार होता है, यह जानने के बावजूद कि यह उसकी राह नहीं है, वह अपने निर्धारित पथ से भटक जाता है। वह समय के उपहार का उपयोग नहीं करता, लेकिन उन लोगों द्वारा दुरुपयोग को स्वीकार करता है, जिनके आदेश मानता है।'

यीशु भी सोचने लगे, इस बार काफ़ी देर तक, 'धन्यवाद, प्रिय ब्रत, मैंने चोरी के बारे में इस तरह कभी नहीं सोचा। पश्चिम में हम सोचते हैं कि जब तक हम दूसरे की सम्पत्ति को नहीं छूते तब तक हम निर्दोष हैं।'

ब्रत आगे बोलने लगा, 'ज़रा धरती माँ के बारे में सोचो। हम उसके वनों, नदियों और खेतों को हज़ारों सालों से लूट रहे हैं। प्रकृति का शोषण चोरी नहीं है तो क्या है?'

'पशु प्रकृति से दोस्ती करके कैसे जीते हैं?'

'क्योंकि हर जानवर मनुष्यों की तुलना में सम्पूर्ण होता है। प्रकृति—अर्थात् ईश्वर—उनके लिए सोचता है। केवल मनुष्य के साथ ईश्वर ने प्रयोग करके उसे आज़ादी दी है, विवेक दिया है, अर्थात् इच्छा की स्वतंत्रता और आप देख सकते हैं कि जब लोग खुद सोच सकते हैं तो हमें कहाँ लिए जा रहे हैं...आपके यहूदी ईश्वर ने आपको अगला क़ानून कौन-सा दिया है?'

'अपने पड़ोसी के ख़िलाफ़ झूठी गवाही कभी न देना।'

'घोर निंदा, तिरस्कार, ग़लत धारणा, झूठे निष्कर्ष। हमारे यहाँ भी यही कुछ है। लोग भूल जाते हैं कि ईश्वर के सामने हर कोई सत्य का गारंटीकर्ता है। अगर तुम्हारे विचार और शब्द केवल धारणाएँ हैं तो उन्हें सत्य की तरह खुल कर न बोलो। किसी भी समय तुम स्वयं के विरुद्ध झूठी गवाही दे रहे होते हो, जब कहते कुछ हो और करते कुछ हो। एक सच्ची गवाही शब्द नहीं है, बल्कि कर्म है।'

'धारणा मत बनाओ, वर्ना तुम्हारी धारणा बन जायेगी,' यीशु ने जोड़ा।

'कोई और भी आदेश हैं आपके?'

'काफ़ी लम्बा हो जायेगा सब, लेकिन सार प्रस्तुत करूँ तो : किसी ऐसी चीज़ की लालसा मत रखो, जो तुम्हारे पड़ोसी की हो!'

'तो कुल मिला कर यह लालसा और वासना पर लौट आना है। हम भूल जाते हैं कि सबसे धनी वह होता है जो सबसे कम माँगता है। सूई के छेद में से ऊँट का निकलना किसी धनी मनुष्य द्वारा निर्वाण प्राप्त करने से अधिक आसान है,' मुस्करा कर ब्रत ने कहा।

'इसे मैं याद रखूँगा,' कह कर यीशु ने पूछा, 'क्या तुम स्वयं को लालसा-मुक्त कर सकते हो?'

'मौत की क़ीमत है जीवन को अनुभव करना।'

डरो मत!

मारिका अन्य यात्रियों के साथ मंत्रमुग्ध हुई हिमालय की चोटियों को निहार रही थी, और मीषाल उस पर टिका हुआ था। असाधारण दृश्य था, जिसमें खूबसूरत मौसम और तीन घंटे का विलम्ब उनकी यादों में हमेशा बसे रहने वाले थे। वे चिरस्थाई बर्फ़ से ढके चमकते हुए शिखरों, पर्वत के अंतहीन मुकुटों और कम ऊँची पहाड़ियों पर बहुरंगी चरागाहों को देखे जा रहे थे, 'यह धरती पर स्वर्ग है। ऊपर कश्मीर की घाटी गिरिपिंडों से घिरी किसी बड़े गड्ढे जैसी लगती है। अगर कल्पना करें कि इस क्षेत्र में, अर्थात् कश्मीर की घाटी में, जहाँ सिन्धु नदी पूर्व से प्रवेश करती और पश्चिम से निकलती है, जो इस पूरे क्षेत्र की धुरी है, एक छोटा सा भूकम्प आ जाए, या बारिश के साथ ज़ोर का तूफ़ान, तो मेरे ख़याल से नदी का बहाव रुक जायेगा और पूरा कश्मीर जलमग्न हो जाएगा।'

'इतनी ऊँचाई पर एक बाढ़?' मारिका ने आश्चर्य से पूछा।

'कहते हैं कि *बाइबल* में जिस बाढ़ का वर्णन है, वह यहाँ आई थी...कमाल का प्रांत है, कल्पना नहीं की जा सकती कि यहाँ कोई बीमार भी हो सकता है...तू ज़रूर यहाँ ठीक हो जाएगी, मैं जानता हूँ, मुझे महसूस हो रहा है, तुम्हारे इलाज पर मुझे पूरा यक़ीन है।' उसने कस कर उसका आलिंगन किया। उसने देखा कि वह कुछ ज़्यादा ही पीली लग रही थी। 'तबीयत ठीक नहीं है क्या?'

'बस, थकान है। मतलब पूरी रात हम सोये भी तो नहीं हैं...'

'आराम कर लेना और जब तू ठीक महसूस करेगी तो हम शहर घूमने जायेंगे।'

'मेरा नाम अली ग़ुलाम बशरत है, मैं डॉ. बशरत का बेटा हूँ,' दस मिनट बाद 40 से कुछ बड़े इस आकर्षक पुरुष ने आकर अपना परिचय दिया। उनके नाम वाली उस पट्टी को वह नीचे कर रहा था, जिसे उसने सिर के ऊपर उठा रखा था। 'आपकी मेहमाननवाज़ी करके हमें बड़ी ख़ुशी होगी। हमारे दोस्त मिस्टर लूबोमीर ने हमें आपका ख़याल रखने को

कहा था। वह एक इज़्ज़तदार आदमी हैं, उन्हें कश्मीर से प्यार है और हम इसलिए उनकी बड़ी इज़्ज़त करते हैं। उनके दोस्त हमारे भी दोस्त हैं। मेरे पिता सोनमर्ग में अपने पढ़ने के कमरे में आपका इन्तज़ार कर रहे हैं, लेकिन सबसे पहले हमें डल झील पर हमारे घर जाना है, जहाँ आप रहेंगे।' मारिका को एक ओर ले जाकर उसने अलग से उससे कहा, 'डॉ. वैद्य आपकी जाँच करने के लिए परसों आपकी प्रतीक्षा करेंगे। इससे पहले कल थोड़ा आराम कर लें।' उसे मारिका की आँखों में डर की ज़रा सी झलक नज़र आई। 'चिंता मत करें, सब ठीक हो जाएगा,' अली उसे उत्साहित करने के लिए मुस्कराया और उनका सामान उसने ट्रॉली में रखना शुरू कर दिया। 'बस यही कुछ लेकर आये हैं आप?' दो छोटे सूटकेसों को हैरत से देख कर उसने पूछा। मीषाल और मारिका ने कंधे उचकाए। 'ज़रूरत पड़ने पर हम आपको मुसलमानी पोशाक दे देंगे।'

'आपका क्या ख़याल है कि हमें ज़्यादा देर यहाँ रहना होगा?'

'मैं कुछ कह नहीं सकता। इसका फ़ैसला मेरे अब्बा और प्रोफ़ेसर करेंगे। मेरे अब्बा पूरे कश्मीर में चिकित्सक के रूप में जाने जाते हैं, मैं भी उनके नक्शे-कदम पर चलने की कोशिश कर रहा हूँ। मुझे पूरा यक़ीन है कि आपके सहयोग से वह आपको उन सब लोगों की तरह सेहतमंद बना देंगे, जिनका इलाज उन्होंने किया है।' उसने मैत्रीपूर्वक मारिका को मुस्करा कर देखा, जिसकी आँखों में उम्मीद से चमक जाग उठी। मीषाल ने एक पुरानी तोयोता लैंड क्रूज़र प्रादो में सामान लादने में अली की मदद की। अली ने देखा कि इस आरामदेह कार को देख कर मेहमान हैरान हो रहे थे। 'एक जाने-माने डॉक्टर होने के नाते मेरे अब्बा कुछ हद तक एक अमीर आदमी हैं। पूरी दुनिया से लोग इलाज के लिए उनके पास आते हैं। मेरे दादा को भी लोग उनके कमाल के हुनर के लिए बहुत मानते थे। यह सच है कि इस समय हमारी माली हालत इतनी अच्छी नहीं है, आप जानते होंगे कि यहाँ लगातार तनाव बना रहता है—लोग कश्मीर आने से डरते हैं...मेरे नाना भी डॉक्टर थे,' कह कर अली ने इंजन चालू किया। 'अभी आप दुनिया की सबसे खूबसूरत झील को देखने जा रहे हैं। जब आप डल झील पर कुछ दिन गुज़ार लेंगे तो समझेंगे कि श्रीनगर को ''पूर्व का वेनिस'' क्यों कहा जाता है। हाँ, कश्मीर धरती पर स्वर्ग है,' वह मुस्कराया। 'या, हो सकता था...हम मुसलमान इसे ''बाग़-ए-सुलेमान'' कहते हैं : सुलेमान का बाग़।'

मीषाल सुनता रहा।

'कहते हैं कि अपनी हुकूमत के दौरान सुलेमान बादशाह यहाँ आया था। मैं इस देश को पसंद करता हूँ। हिमनदियों से भरपूर भव्य पहाड़, जो हरी-भरी वादी में कश्मीर की झीलों को पानी से भर देते हैं। हरी-भरी चरागाहें हैं, फलों के बगीचे हैं, मक्के और चावल के खेत हैं। पुराने टेस्टामेंट के दूसरे अध्याय में लिखा है, ''खुदा ने पूर्व में ईडन में एक बाग़ बनाया...जहाँ एक नदी बाग़ की सिंचाई करती थी, जो यहाँ से चार हिस्सों में बँट जाती थी।'' इस किताब के लेखक के लिए पूर्व क्या था? मेसोपोटामिया में सिर्फ़ दो नदियाँ हैं, जो मिस्र और इज़राइल के पूर्व में हैं। सिर्फ़ एक ही इलाक़ा है, जो *बाइबल*

के वर्णन से मिलता है, वह है पंजाब—पाँच नदियाँ—जो हिन्दुस्तान और पाकिस्तान में बँटा हुआ है। सिन्धु नदी हमारे कश्मीर से निकलती है, जिसमें बाईं ओर से आकर चार उपनदियाँ मिलती हैं : सतलुज, रावी, चेनाब और झेलम। झेलम कश्मीर की राजधानी श्रीनगर से होकर निकलती है,' अली अपने राज्य के बारे में उत्साह से बता रहा था। अचानक वह गंभीर हो गया। 'सिर्फ़ एक चीज़ जो इस धरती पर स्वर्ग को ख़राब कर रही है, वह है लगातार तनाव। एक तरह का स्थाई युद्ध, जो कई बार सचमुच जंग में बदल जाता है, भारत और पाकिस्तान के बीच। 1947 से ऐसे ही चल रहा है, जब ब्रिटिश भारत मुस्लिम पाकिस्तान और हिन्दू भारत में बँट गया था। पहला युद्ध तभी हो गया था और तब संयुक्त राष्ट्रसंघ ने एक साल बाद सीमा की एक रूपरेखा बना दी थी और कश्मीर के दो टुकड़े हो गए थे। तब से और भी युद्ध हुए हैं : 1965, 1971 और 1999 में। कश्मीर और श्रीनगर लगातार जंगी मुठभेड़ों का केंद्र बने हुए हैं। पाकिस्तान इसे अपने देश का हिस्सा बनाना चाहता है, चीन भी एक हिस्से पर अपना दावा करता है और अफ़गान लड़ाकू, जो अनधिकारिक तौर पर पाकिस्तानी सरकार का समर्थन सा पा रहे हैं, यहाँ तक कि अल-क़ायदा का भी, ये देश में घुसपैठ करते रहते हैं। दसियों हज़ारों सैनिक और नागरिक इन लड़ाइयों में मर चुके हैं...'

'लोग क्या चाहते हैं?'

'मेरे ख़याल से लोग अमन चाहते हैं। कुछ लोग आज़ादी चाहते हैं, दूसरे धार्मिक वजहों से पाकिस्तान की तरफ़ आकर्षित हैं और बहुत सारे ऐसे हैं जो भारत में ही रहना चाहते हैं, यहाँ के उच्च जीवन-स्तर के कारण। हमें सबसे ज़्यादा अमन चाहिए। जनता यहाँ हमेशा शान्ति से रही है, जब तक कि नेता लोगों ने उनके मन में नफ़रत नहीं भर दी।'

मीषाल पूरे नज़ारे को कुतूहल से देख रहा था और फिर वह अली से मुखातिब होकर बोला, 'आप मुस्लिम हैं, लेकिन आप पुराने टेस्टामेंट के बारे में जानते हैं?'

'मैं मुसलमान हूँ, पर मेरे पूर्वज यहूदी थे। हमारे घर में अब भी हिब्रु *तोरा* है।'

'कमाल है! आप मुस्लिम कैसे बन गए?' मीषाल ने पूछा।

'यह काफ़ी लम्बी कहानी है, धीरे-धीरे आप जान जायेंगे।'

अली की शान्त, मीठी आवाज़ और त्रुटिहीन अंग्रेज़ी को सुनते हुए मारिका ने नेत्र मूँद लिये। मीषाल ने उसका सिर अपनी गोदी में रख लिया और अपनी पहाड़ों पर चढ़ने वाली जैकेट तह करके उसके नीचे रख दी। अली ने उसे ट्रंक से एक कम्बल निकाल लाने का इशारा किया। मीषाल ने अपनी पत्नी को उससे ढक दिया। वह गहरी नींद में डूब गई... 'प्लीज़, जैसे भी हो इसे बचा लीजिये...हमें इसकी ज़रूरत है। हमारी बेटी को भी इसकी ज़रूरत है...यह दुनिया की सबसे उम्दा इंसान है...इसके बिना जीने की मैं कल्पना भी नहीं कर सकता।' फिर वह चुप हो गया, आँसू उफन कर उसके गालों पर बहने लगे।

'आप जानते हैं, यूरोप में आपकी समस्या यह है कि आप बहुत संपन्न हैं। मौत से बहुत दूर हैं, जो तुम्हें अपने बारे में सोचने का मौक़ा नहीं देती। कश्मीर में, हम रोज़-बरोज़ मौत से आँख मिलाते हैं, इसलिए हमें इससे डर नहीं लगता।'' आपको मौत से डर नहीं लगता?'

अली हल्के से मुस्कराया, 'मृत्यु सिर्फ़ ऊर्जा का आदान-प्रदान है। यह तुम्हें प्रेम के दैवी अन्तरिक्षीय बहाव और सार्विक ऐक्य के निकट ले आती है, जिनसे मनुष्य अपने आप को अलग कर लेते हैं और निर्भरता के क्षेत्र में आ जाते हैं। वे भूल जाते हैं कि वे शाश्वत्व से आये हैं, जहाँ कुछ नहीं मरता। जहाँ केवल ऊर्जा होती है, जो लौकिक और अलौकिक जीवन में एकसमान होती है, सिर्फ़ वह भिन्न-भिन्न बारम्बारताओं में स्पंदित होती है। हमारी आत्माएँ ब्रह्माण्डीय जीव हैं जो कुछ शर्तों पर सीमित समय के लिए धरती पर शरीर का एक जामा पहन लेते हैं। लोग मृत्यु से संघर्ष करते हैं, मरना नहीं चाहते, लेकिन हमारे जीवन में सबसे प्राकृतिक कुछ है तो यही है। मनुष्य मृत्यु आने पर मरता नहीं, बदल जाता है। प्रकृति मृत्यु को नहीं जानती, केवल परिवर्तन को जानती है। अगर तुम मौत के डर से मुक्ति पाना चाहते हो तो इससे दोस्ती करनी पड़ेगी।'

'क्या आप मौत के लिए तैयार रह सकते हो?'

'हममें से हर कोई थोड़ी सी मौत हर दिन पाता है। इसे निद्रा कहते हैं। मुझे यक़ीन है कि आप मानेंगे कि निद्रा में हमारी आत्मा जहाँ जाती है, वह कोई बुरी जगह नहीं होती, यह तब पता चलता है जब हम सुबह नींद से कभी उठना नहीं चाहते।' अली हँसने लगा, 'तुम्हारी आख़िरी साँस के बाद आत्मा साँस लेती रहती है, सिर्फ़ उसकी बारम्बारता बदल जाती है। प्राकृतिक क्षेत्र लम्बे कालचक्र एक भिन्न लय में और मनुष्य छोटी लय में साँस लेते हैं। पृथ्वी पर अंतिम साँस के बाद पहली साँस एक और भी लय में ली जाती है। यह तुम्हारी प्रारंभिक अवस्था का जन्म है, एक वापसी।'

'फिर लोग मौत से डरते क्यों हैं?'

'क्योंकि उन्होंने ऐक्य भंग कर दिया है। वे जीवन को एक सम्पूर्ण का अंश नहीं समझते। यह आपकी पश्चिमी चिकित्सा की तरह है, जिसमें डॉक्टर सम्पूर्ण का इलाज नहीं करते, बल्कि शरीर के हिस्सों का करते हैं। इस तरह किसी का भी पूरा इलाज नहीं होता। किन्तु ज़िन्दगी और मौत दिन और रात की तरह एक-दूसरे का अभिन्न भाग हैं। लेकिन हर वो इंसान, ज़ो अपना जीवन ईश्वर को अर्पित करेगा, वह अर्थ खोज लेगा।'

'ईश्वर को जीवन कैसे अर्पित किया जाता है?'

'स्वयं को और अपने पड़ोसियों को, जो कुछ तुम्हारे पास है उसमें से जो सर्वोत्तम है, वह दो। हमारा एकमात्र लक्ष्य है प्रेम देना और स्वीकार करना। प्रेम हर रोग की दवा है। आपकी पत्नी के रोग की भी। अगर उसकी आस्था और उसके चाहनेवालों की आस्था

सम्पूर्ण है तो सब ठीक हो जायेगा,' अली मुस्कराया और मीषाल ने उसे उत्साहित करते हुए उसका हाथ पकड़ लिया, 'क्या आपकी पत्नी में आस्था है?'

'बहुत है।'

'फिर वह स्वस्थ हो जाएगी। डरो मत!'

झूठे पैगम्बर

लुम्बिनी में कुछ दिन रुकने के बाद यीशु और ब्रत ऊपर राप्ती नदी की घाटी और आगे हिमालय की तराई से शाक्य राज्य की राह गंगा और यमुना के पर्वतीय भाग से होते हुए और भी आगे सतलुज नदी पर स्थित रोपड़ चले गए। सतलुज पवित्र कैलाश पर्वत के नीचे से निकलती है और रोपड़ में समतल मैदान में उतरती है। पंजाब के इस सबसे बड़े शहर में उन्होंने देश की यात्रा पुनः आरम्भ करने से पूर्व लगभग एक माह बिताया। लोगों ने फूलों के हार पहना कर उनका स्वागत किया और वे उन्हें जाने नहीं देना चाहते थे। यीशु ने कई स्थानों पर डेरा डाला और सीधे-सादे किसानों और बुद्धिमान ब्राह्मणों से भी ज्ञान का अर्जन करते रहे। ऊपरी पंजाब में एक बार फिर लगभग 6 माह की यात्रा करने के बाद वे गंधार राज्य की राजधानी तक्षशिला के द्वार पर पहुँचे, जो तीन बड़ी सड़कों के तिराहे पर हिमालय की तराई में स्थित थी। उत्तरपाड़ा को जाने वाली सड़क गंधार राज्य को पूर्व में मगध से मिलाती थी; खुन्जेराब दर्रे से होकर उत्तरपश्चिमी रास्ते को जाने वाली सड़क पंजाब को बक्ट्रिया से मिलाती थी, जहाँ यह चीन से यूरोप को जाने वाली सिल्क रोड से मिल जाती थी और उत्तर से दक्षिण जाने वाली सड़क कश्मीर को सिन्धु घाटी से मिलाती थी।

मंत्रमुग्ध हुआ ब्रत नगर के पूर्व में खड़े पर्वतों के भव्य शिखरों को देख रहा था, 'जब बुद्ध का जन्म हुआ था तो तक्षशिला ईरान के राजा डारीउस ने हथिया लिया था, जिसके बाद सिकंदर महान ने इसे जीता। ईसा पूर्व 331 में बक्ट्रिया पर विजय पाने के बाद उसकी सेना काबुल से होती हुई सिन्धु घाटी तक पहुँच गई। तक्षशिला के राजा ओम्फिस ने उससे युद्ध नहीं किया, बल्कि सम्मानपूर्वक उसका स्वागत किया। सिकंदर तक्षशिला में विज्ञान एवं शिक्षण की उत्कृष्टता से बहुत प्रभावित हुआ। 'मुझे संदेह नहीं है कि इस नगर की विद्या से आप भी प्रभावित होंगे,' ब्रत ने मुस्करा कर कहा, '700 से भी अधिक वर्षों से—जब से यहाँ यूनिवर्सिटी की स्थापना हुई है, इस नगर में चीन, भारत, ईरान, बक्ट्रिया, यूनान और रोमन साम्राज्य से शिक्षक, दर्शनशास्त्री, वैज्ञानिक शिक्षा प्राप्त करने आये हैं। इस कारण से इस विश्वविद्यालय को पांडित्य का सबसे महत्त्वपूर्ण केंद्र समझा जाता है। सिकंदर के ज़माने से ग्रीक यहाँ शिक्षा देने की भाषाओं में से एक थी। पाइथागोरस यहाँ ऋषियों के शिष्यों के साथ पढ़ा था और उसे महान ओझा येवंचार्य के नाम से याद किया जाता है। इसी यूनिवर्सिटी में महान पंडित पाणिनि ने 5000 वर्ष पहले संस्कृत की पहली व्याकरण

लिखी थी; इसके एक हज़ार साल बाद चाणक्य ने राज्य-प्रशासन, अर्थशास्त्र तथा वित्तीय प्रबंधन पर प्रथम पाठ्य पुस्तक *अर्थशास्त्र* लिखी थी : द्रव्य लाभ का विज्ञान। उनकी पुस्तक *नीतिशास्त्र* अर्थात् ''जीवन जीने की आदर्श विधि'' आज तक भारत में आरोग्यविज्ञान का मूल स्रोत है। सम्राट गोंदोफ़रेस ने, जिन्हें हम मिलने जा रहे हैं, सुना है कि, युवा यूनानी दार्शनिक त्याना के अपोल्लोनिउस को अपने दरबार में आमंत्रित किया है।'

वे नगर में उस वर्ष की ग्रीष्म में पहुँचे, जिस वर्ष यीशु 35 के हुए थे। सुनहरे बालों और गहरी नीली आँखों और सीधी नाक वाले युवक को स्थानीय लोगों में अलग से पहचाना जा सकता था। 65-वर्षीय सम्राट ने उनका सम्मान ऐसे किया, जैसे दरबार में आने वाले उत्कृष्ट कोटि के मनुष्यों का किया जाता था। ब्रत ने नगर के द्वार के बाहर अपने मित्र से विदा ली। 'अब आपको पथ-प्रदर्शक की आवश्यकता नहीं है। सम्राट गोंदोफ़रेस के हाथ आपके लिए सर्वोत्तम हाथ हैं। ईश्वर आपको सुखी रखे।' मित्रों ने कस कर एक-दूसरे को गले लगाया। वे फिर कभी नहीं मिलेंगे।

यीशु ने राजकुमार द्वारा दिया गया पत्र उसके पिता को दिया और गोंदोफ़रेस उसे पा कर बहुत प्रसन्न हुआ। महल में रहने के सम्राट के प्रस्ताव को उसने नम्रतापूर्वक अस्वीकार कर दिया और उसके बजाय वह अन्य छात्रों के साथ उस अहाते में रहने लगे, जहाँ दुनिया भर से आये लगभग 11,000 छात्र रहते थे। वे अपनी इच्छा से 64 विषयों में अपने लिए कोई भी विषय चुन सकते थे। उन्होंने वेद, दर्शनशास्त्र, आयुर्वेद, आरोग्यशास्त्र, शल्यचिकित्सा तथा खगोल विज्ञान की शिक्षा ली। उनके नाम और सम्राट के संरक्षण के कारण विश्वविद्यालय के हर शिक्षक के द्वार उनके लिए खुल गए थे। वे अत्युत्तम दर्शनशास्त्री, चिकित्सक कनक के मनपसंद छात्र बन गए थे, जिन्होंने यीशु को रोग हरने और शल्यचिकित्सा के कई तरीके सिखाये और सिखाया कि किस रोग के लिए कौन से पौधे से जड़ी-बूटी मिलेगी। जड़ी-बूटियों के मिश्रण से दवाइयाँ बनाने वाले कई नुस्खे बताये। जीवक की पाठ्यपुस्तकों से उन्होंने जड़ी-बूटियों का मिश्रण करना सीखा। उनका अध्ययन का आधार बनारस में उद्रक से ली हुई उनकी शिक्षा भी थी। अपनी योग की कक्षा में उन्होंने विपरीत तत्वों में सामंजस्य स्थापित करना सीखा, वह ध्यान लगाते थे और अपने जीवन को निःस्वार्थ कर्म में लगाना सीखते थे। कनक ने उन्हें एकाग्र मस्तिष्क वाले मनुष्य की योग्यताओं के बारे में बताया, उन्हें अपने को अनुशासन में रखने की शिक्षा दी, श्वास को नियंत्रण में रखने की, इन्द्रियों को मुक्त करने की, शारीरिक शक्ति तथा फुर्ती बढ़ाने की, अंतर को शान्त रखने की और प्राण को केंद्र बिंदु बनाने की भी शिक्षा दी। यीशु ने चक्रों के बारे में सीखा, एकाग्रता की कला, स्वच्छता की तकनीकें और शंखप्रक्षालन के गुर सीखे। मूत्र और लार का सही इस्तेमाल सीखा; सकारात्मक सोच की शक्ति को समझा, शरीर के अंगों को सुन्न करना, चेतना को ऊँचे स्तर तक विकसित करने, भावनाओं पर नियंत्रण पाने तथा और हुनर सीखे। उन्होंने आकाश पर पक्षियों के झुण्ड में उड़ने तथा जल में मछलियों के एक समूह को एक साथ एक ही समय पर अपनी दिशा बदलने का भेद समझा। वह समझे कि जीवन की मूल प्रक्रिया हमारी चेतना से नहीं जुड़ी होती। पाचनक्रिया, नींद, श्वास लेना, दिल की धड़कन,

ये सब प्रक्रियाएँ बाहर से ही नियंत्रित होती थीं। यह जाना कि जिस सृष्टि को हम जानते हैं, उसमें मस्तिष्क सबसे अधिक जटिल, प्रखर और पहेलीनुमा भौतिक वस्तु है; लोगों के साँस लेने के तरीके से उसने उनकी तबीयत की जानकारी लेने का गुण सीखा; अपनी नाड़ी को, श्वास लेने के ढंग को, रक्तचाप को नियंत्रण में रखने की कला जानी, जिससे वह शरीर से कमाल के काम ले सकते थे, जिसके बारे में अनपढ़ लोग सोचते थे कि वे देवताओं की दुनिया में दखल दे रहे हैं। शाश्वत्व के परिप्रेक्ष्य से देखते हुए वह जान गए थे कि हमारा लौकिक जीवन साँस भरना है, जो एक दिन निकल जायेगी। वह प्रकृति का अवलोकन करते थे, जिनसे मनुष्य गहरे से जुड़े थे और इसकी बनावट में अपना प्रतिबिम्ब भी पाते थे। वे समझ गए थे कि मनुष्य के शरीर में ऐसा कुछ नहीं है, जो प्रकृति के समरूप न हो। आँत कीड़े के आकार की होती है, जो अपने पोषक तत्वों का संसाधन ऐसे करता है, जैसे मनुष्य अपनी आँत में करता है। रहस्य की शिक्षा देने वाले उनके शिक्षकों ने उन्हें बताया था कि परिंदों के पंखों के आकार में बने हमारे फेफड़े चलने-फिरने में हमारी म्दद करते हैं। यदि मानवीय शरीर के आंतरिक अवयवों को ऊपर से देखा जाए, जैसे आकाश से, तो वे सौर तंत्र की तरह लगते हैं। उन्होंने खोजा कि पौधों के सममित आकर सितारों और ग्रहों के पथ मिलते हैं। यह भी खोजा उन्होंने कि मानवीय शरीर भी कुछ हद तक तारों के पथ से मिलता है। उन्होंने सीखा कि प्रकृति की लय मानवीय शरीर के भीतर चल रही प्रक्रियाओं के समान है। एक मनुष्य एक दिन में औसतन 25,920 बार साँस लेता है, जो प्लेटोनिक वर्ष19[23] के कालचक्र के एकदम बराबर है। उन्होंने समझा कि हर चीज़ एक सोच होती है, जीवन एक सक्रिय सोच है और कि हर जीव मूल सोच के प्रकटन का आकार है।

नई खोजों और ज्ञान के प्रति यीशु का उत्साह कम नहीं हो रहा था, पर उनमें एक गहरी इच्छा थी कि अपने ज्ञान को वास्तविक जीवन पर लागू करें। स्वयं-सुधार के लिए यूनिवर्सिटी एक बहुत सही जगह थी, लेकिन उन्हें लगता था कि वह लोगों में केवल अपने शरीर और स्वभाव को दिखा सकते थे। इसीलिए वह येरुशलम चलते हुए गाँवों, खेतों और जंगलों में निकल जाते थे, ऐसे लोगों को खोजने, जो उन्हें खोज रहे थे। वे उन्हें ईसा कहते थे और जहाँ भी वह जाते थे भीड़ लग जाती थी। तक्षशिला में सहज ही एकत्र हो गई ऐसी ही एक भीड़ में उन्होंने ब्राह्मणों की इसलिए आलोचना की कि वे ऐसे-ऐसे कंगालों से उनके पाप मिटाने के लिए पैसे इकट्ठे कर लेते थे, जिनके पास खाने के लिए भी कुछ नहीं होता था। अफ़वाहें यहाँ तक उड़ती थीं कि उन पैसों का एक भाग वे वेश्याओं से मज़े लेने के लिए खर्च करते थे। 'आपने ईश्वर को नकारा है, इसलिए ईश्वर आपको नकार देगा। आप लोगों के पापों के सिर पर जीते हो, आप चाहते हो कि वे ग़लत काम करें, उन्हें पापबोध देते हो, ताकि आप फ़ैसला करो कि किसे दंड दिया जाए और किसे पुरस्कार,' चिल्ला पड़े वह उन पर। 'किसने आपको उसके और लोगों के बीच खड़ा होने का अधिकार दिया है? आप ईश्वर को अपनी बेटियों से दंड देने को कहते हो, क्योंकि आपने उनके साथ व्यभिचार किया था! इसे वे प्रेम के लिए नहीं करतीं, बल्कि ज़रूरत के

23. Great platonic year : 25,800 वर्षों में पृथ्वी का कालचक्र युग बनता है।

लिए करती हैं, क्योंकि आप उन्हें बताते हो कि अगर अपने पाप को मिटाने के लिए उनके पास कुछ नहीं है तो उनकी देह तो है। आप ख़ुद पाप करते हैं, जिसके लिए आप दूसरों को न्याय देते हैं। आप ग्रंथों से उपदेश देते हैं, लेकिन अपने कर्मों से उन उपदेशों को नकारते हैं। आप झूठे पैगम्बर हैं, जिनके लिए क़ब्रिस्तान ही ठीक रहेंगे! शर्म करो और लोगों की नज़रों से दूर हो जाओ!'

इन शब्दों के बदले में पुजारियों ने उनके धार्मिक कार्यों पर प्रतिबन्ध लगा दिया और उनकी जान लेने की योजनाएँ बनाने लगे।

दिल

मीषाल और मारिका बशरत के बजरे की उस डेक पर बैठे चाय की चुस्कियाँ ले रहे थे, जिस पर लोग रात को बैठते थे। झील में बजरे की राह पूरा चंद्रमा पानी में शान्त भाव में तिर रहा था। वातावरण में ख़ामोशी छाई हुई थी, सिर्फ़ दूर से एक जाग रही बुलबुल का गीत सुनाई दे रहा था। जब यह स्वर कुछ कम होता था तो पानी की हल्की छलछल सुनाई देती थी। उनके काफ़ी नज़दीक से एक नाव निकली। उन्होंने एक-दूसरे पर आश्चर्यपूर्ण दृष्टि डाली, क्योंकि वे हर समय झील को देखते रहते थे, परन्तु कहीं उन्हें कोई नाव नहीं दिखी थी। बहरहाल, ये वाली आराम से तिरती हुई चद्रमा के प्रकाश की धुँधली पड़ती रौशनी में आराम से जा रही थी। इस असाधारण रूप से लम्बी और तंग नाव पर एक स्त्री खड़ी थी, जिसने एक लम्बा गहरे रंग का चोगा पहना था, उसका सिर एक ओढ़नी से ढका था। नाव झील के पूर्वी किनारे की ओर जा रही थी, जहाँ ऊँचे हिममंडित पर्वत अपनी सम्पूर्ण भव्यता में दृष्टिगोचर हो रहे थे; स्त्री ने एक अनोखे आकार का चप्पू पकड़ा हुआ था, दिल के आकार का। झील की शान्त सतह शाश्वतता का आभास दे रही थी; एक विशाल झील, जिस पर नाव और उसके ऊपर फैला हुआ आकाश और चंद्रमा, वातावरण में ताज़ा और सेहतमंद हवा, जिसे वह औरत गहरी साँसें भर कर अपने फेफड़ों में ले रही थी। नाव की पृष्ठभूमि में वे किनारे पर बने छोटे मकानों को देख सकते थे, जो दूरी से अस्पष्ट नज़र आ रहे थे। नाव को आगे और पीछे तीन तलवारों के माध्यम से सुरक्षित किया गया था। उसके अग्रभाग पर एक दायरे के बीचोबीच एक जनाना चेहरे की तस्वीर थी, यह दायरा सूर्य की किरणों से बना लगता था। उसके ऊपर एक लैंप रोशन था। जब नाव उनके एकदम पास से निकली तो स्त्री ने मुड़ कर उन्हें देखा और हाथ हिलाया। उन्होंने भी यही किया। मारिका और मीषाल हतप्रभ थे।

'हमारे दोस्त प्रोफ़ेसर वैद्य आपको परसों अपने यहाँ दाखिल करेंगे,' अली ने कहा, जो तभी ऊपर आया था। उसको देख कर उन्होंने गर्मजोशी से उससे हाथ मिलाये। अली बैठ गया। मारिका और मीषाल ने अपनी नज़र फिर नाव की ओर मोड़ी, लेकिन नाव वहाँ नहीं थी। झील की शान्त सतह सिर्फ़ कमल के अनगिनत ढेरों से ढकी थी। अचानक मारिका का चेहरा दर्द के मारे विकृत हो गया। उसने जल्दी से अपना चाय का प्याला नीचे रख दिया और थोड़ी सी चाय छलक कर बाहर गिर पड़ी। उसने अपने बाएँ पाँव को पकड़ लिया।

'क्या हुआ? क्या हो गया है?'

मीषाल ने उससे पूछा।

दर्द के मारे वह कुछ देर बोल नहीं सकी। 'दर्द हो रहा है क्या... ?' अली ने भी पूछा। उसने हाँ में सिर हिलाया। 'कहाँ?' उसने अपने तलवे की तरफ़ इशारा किया। नीचे झुक कर अली ने एक बिंदु पर उसके तलवे को दबाया। पीड़ा से वह चिल्ला पड़ी। 'आप में अम्ल बहुत है। मैं प्रोफ़ेसर से तुरंत सम्पर्क करता हूँ। उन्हें कल ही आपको दाखिल करने के लिए कह दूँगा।' ऐसे मौकों पर मारिका आमतौर पर विरोध करती थी, ताकि डॉक्टर को बेवजह परेशानी न हो, लेकिन इस बार वह कुछ नहीं बोली।

परिस्थितियाँ कुछ ऐसी बनीं कि वे चिकित्सक गुलाम बशर से सोनमर्ग में एक सप्ताह से पहले नहीं मिल सकते थे। प्रोफ़ेसर वैद्य ने मारिका के रक्त की कुछ जाँचें कीं, जिनमें उसकी सफ़ेद रक्त कोशिकाओं की गिनती सामान्य से दस गुना पाई गई। पक्का करने के लिए उन्होंने एक और टेस्ट भी किया, जिसमें पुष्टि हो गई कि सफ़ेद रक्त कोशिकाओं की संख्या बढ़ी हुई थी। टेस्ट की सिर्फ़ पुष्टि करने के लिए ही प्रोफ़ेसर मारिका को अपने यहाँ आने की तकलीफ़ नहीं देना चाहता था, अत: वह उससे मिलने बजरे पर आये। वे वहाँ देवदारु की लकड़ी की बनी खूबसूरत नक्काशीदार बैठक में बैठे थे, जो ज़रूर पुराने कारीगरों ने बनाई होगी। दीवारों पर कश्मीर के खूबसूरत नज़ारों की तस्वीरें लगी थीं। प्रोफ़ेसर ने परिणामों को गौर से पढ़ा और देखा, मारिका और मीषाल तनावग्रस्त हुए उनके बोलने की प्रतीक्षा कर रहे थे। 'अच्छा नहीं है। मेरा मतलब बुरा है। आपको ए.एम.एल. है।'

'वो क्या होता है?' मीषाल ने पूछा।

'ऐक्यूट माईलॉईड ल्यूकेमिया। रक्त का सबसे बुरी किस्म का कैंसर, जिसमें मज्जा सफ़ेद रक्त की अपरिपक्व कोशिकाएँ बड़ी संख्या में पैदा करती हैं, जो रक्तप्रवाह में मिल मस्तिष्क, त्वचा, अंडाशय में मिल जाती हैं, वास्तव में हर अवयव में घुस जाती हैं।' पीले चेहरे लिए मारिका और मीषाल चिकित्सक को सुन रहे थे।

'इसका मतलब मामला संजीदा है?'

'हमें लड़ना पड़ेगा...' सीधा जवाब देने के बजाय डॉक्टर इस तरह बोला।

मारिका से कुछ निगला नहीं जा रहा था, उसका मुँह सूख गया था।

'कोई उम्मीद है?' मीषाल ने पूछा।

'इलाज की सफलता मुख्यत: मरीज के सहयोग पर निर्भर करती है, जिसे उसके हाल के बारे में बताना ज़रूरी है...अगर आपकी पत्नी की केवल 30% कोशिकाओं पर भी हमला

होता तो उम्मीद होती। लेकिन इनकी 67% हैं...' मारिका की आँखें भर आईं। 'शान्त हो जाइए, मैंने यह नहीं कहा कि कोई उम्मीद नहीं है...मैं आपसे पूछना चाहूँगा...जब आपको स्तन का कैंसर हुआ था तो क्या आपकी कीमोथैरेपी हुई थी?'

कुछ देर मारिका चुप बैठी रही, फिर धीमे स्वर में बोली, 'हुई थी।'

'लेकिन आपने मुझे बताया है कि आपने उपवास और रस पीकर अपना इलाज कर लिया था!' मीषाल हैरान हो गया।

'हाँ, मैंने उपवास से और रस पीकर अपना इलाज किया था। तेरे नेपाल जाने से बहुत पहले। इसका असर नहीं हुआ था, तो इसलिए...'

'यह जो हुआ है, यह ज़रूर पश्चिमी एलोपैथिक दवाइयों का नतीजा है। वे गाँठ का इलाज करते हैं, कैंसर का नहीं। गाँठ कैंसर नहीं होती, बल्कि एक लक्षण होती है, एक संकेत कि शरीर में कुछ खराबी है। वे गाँठ निकाल देते हैं और दावा करते हैं कि शरीर स्वस्थ हो गया। लेकिन यह धोखा है। वे कैंसर के हेतु का इलाज नहीं करते। तो आप ख़ुद को कटवा सकती हैं, विकिरण चिकित्सा करवा सकती हैं, कीमोथैरेपी करवा सकती हैं, लेकिन आपका कैंसर जाएगा नहीं। यह कारगर तभी होती है, जब इसे प्रारंभिक चरण पर ही करवा लिया जाए। इससे आपका शरीर मज़बूत होगा, लेकिन आपको तुरंत अपनी मानसिक और खाने-पीने की आदतें बदलनी होंगी। विकिरण और कीमोथैरेपी आपकी प्रतिरोध शक्ति को बहुत कम कर देती हैं, जिससे रोग को और भी प्रोत्साहन मिलता है। कीमोथैरेपी तो वस्तुतः प्रतिरोध प्रणाली पर सीधा हमला है,' प्रो़फ़ेसर शान्त रहने की कोशिश कर रहे थे।

'और विकिरण चिकित्सा?' मारिका ने पूछा।

'प्रिय मेरी, आप जानती हैं कि हर वह नर्स जो एक्सरे मशीन के साथ कर्म करती है, ख़ुद को विकिरण से बचाती है, और ये लोग कैंसर का इलाज विकिरण से करते हैं। पागलपन है यह!'

'लेकिन कई गाँठें विकिरण से गायब भी तो हुई हैं,' उसने एतराज़ किया।

'यह सबसे बुरा धोखा है। एक गाँठ में 20% बीमार कोशिकाएँ होती हैं, तुम एक तिहाई को तो मार देते हो, साथ ही एक चौथाई स्वस्थ कोशिकाओं को भी मारते हो। तो गाँठ तो छोटी हो जाती है, लेकिन नुक़सान स्वस्थ कोशिकाओं का होता है।'

'जो आप बता रहे हैं, वह युक्तियुक्त और स्पष्ट है। पर लोग इसे नहीं जानते क्या?' मीषाल ने पूछा।

'नहीं जानते, क्योंकि मीडिया, नेता और डॉक्टर औषधियाँ बनाने वाली कम्पनियों के ताबेदार हैं। यह हथियारों, तेल, चर्च या अफीम के व्यापार से एक बेहतर व्यापार है। यह मत भूलो कि खाद्य पदार्थों तथा औषधियों का व्यापार करने वाली कम्पनियों को तुम्हारे स्वस्थ भोजन या स्वास्थ्य की कोई चिंता नहीं है, चिंता है तो तुमसे पैसा बनाने की। पश्चिम की

पूरी चिकित्सा व्यवस्था धोखाधड़ी है। भोजन के बारे में डॉक्टर कुछ नहीं जानते। कैंसर के अस्पतालों में गोश्त, मिठाई, कॉफ़ी और दूध, आम खिलाये-पिलाये जाते हैं। हम इसलिए भी बीमार होते हैं, क्योंकि ऐक्य बनाने के बजाय हम हर पहलू को अलग-अलग करके देखना चाहते हैं; पश्चिमी चिकित्सा ने शरीर को मस्तिष्क से भिन्न मान लिया है, परन्तु शरीर का भी उसकी सम्पूर्णता में इलाज नहीं करती। एक रोगी के लिए सबसे बड़ा खतरा सीमित विशेषज्ञता वाला विशेषज्ञ डॉक्टर होता है। डॉक्टर को मानवीय आत्मा और देह का एक उत्कृष्ट और विषद चिकित्सक होना चाहिए। एक विशेषज्ञ एक ऐसा जहाज़ होता है, जो किसी कप्तान के नेतृत्व में नहीं चलाया जा रहा होता, बल्कि एक रेडियो ऑपरेटर के नेतृत्व में चलाया जा रहा होता है, जिसे सिर्फ़ अपने तार-बेतार के उपकरणों के अलावा पूरे जहाज़ के बारे में कुछ पता नहीं होता...'

'बिल्कुल ऐसा ही है। जब मैं अपने गुर्दे के इलाज के लिए अस्पताल में था तो मीषाल क्राल नहीं था, बल्कि अट्ठारह नंबर कमरे में गुर्दा था।'

'हाँ, एक और बारह नंबर में दिल था, और भी एक पाँच नंबर में कलेजा था,' प्रोफ़ेसर हँसने लगे, फिर कुछ गंभीर हो गए, 'लेकिन एक मनुष्य मनुष्य तभी है, जब वह देह और आत्मा का ऐक्य संजोये हो। वर्ना रोग हरण ऊर्जा का संचार नहीं होता। पश्चिमी डॉक्टर कारणों का इलाज नहीं करते, उसकी बजाय परिणाम मिटा रहे होते हैं : पीड़ा, खाज, ज्वर, और नतीजा सामने है।' प्रोफ़ेसर ने शिकायत की, 'मिस्टर क्राल, क्या मैं आपसे कुछ पूछ सकता हूँ? क्या आप मेहरबानी करके बाहर इन्तज़ार करेंगे? ऊपर वाली डेक पर चाय पीजिये, हम वहीं आ जायेंगे।' मीषाल मारिका को डॉक्टर के पास छोड़ कर बाहर चला गया, जो मारिका से दो घंटे बात करता रहा।

'क्या आपकी कुहनियों में कभी-कभी दर्द होता है?' जवाब हाँ में था। 'क्या आपकी हथेलियों में टीस उठती है?' फिर से हाँ। 'तो सब साफ़ है। आयुर्वेदिक डॉक्टर सब जान जाएगा।' 'मुझे बेहोश होने की दवा दी गई थी, उन्होंने कहा था कि ज़्यादा काम करने की वजह से मुझे थकान थी।' 'माफ़ कीजियेगा। क्या आपका दाम्पत्य जीवन सुसंगत है, जैसे कि आमतौर पर होता है?' 'कभी आपको ज़्यादा तनाव महसूस होता है, क्या जीवन में ऐसा कोई कटु अनुभव हुआ है जो आपको कष्ट देता हो?' मारिका ने कोई उत्तर नहीं दिया। 'किस तरह के परिवार में आप पली-बढ़ी थीं?' 'मैंने अपने पिता को कभी नहीं देखा।' 'इससे आपको कोई परेशानी होती है?' कोई उत्तर नहीं। 'क्या आपके पति ज़्यादातर सफ़र पर रहते हैं?'

'जी।'

'और आप?'

'मैं नहीं।'

'क्या आप जाना चाहती थीं,' मारिका ने फिर कोई उत्तर नहीं दिया। 'आप उनके साथ क्यों नहीं जाती थीं?'

'मैं घर की साज-सज्जा के लिए पैसों की बचत करना चाहती थी। हमारा घर सचमुच बड़े शानदार तरीके से सजा है,' उसके चेहरे पर संतुष्टि की मुस्कान थी।

'और आप अपने सुन्दर साज-सज्जा वाले घर में खुश हैं?'

'ओह, मेरा ख़याल है...मेरा ख़याल है कि मैं...'

'आप पक्के तौर पर नहीं कह सकतीं।' वह उसकी पुतलियों को ध्यान से देख रहे थे। 'क्या अपने पति की यात्राओं से आपको ज़रा सी ईर्ष्या नहीं होती?'

मारिका को अपने अन्दर कुछ टूटता सा महसूस हुआ, जैसे किसी शौचालय को खोला जा रहा हो और उसमें से बदबूदार पानी बहना आरम्भ हो गया हो। 'ज़रा सी, हाँ।'

'आपके बच्चे हैं?'

'एक लड़की है?' 'क्या आपके साथ रहती है?'

'नहीं, अफ्रीका में है। वहाँ अपने दोस्त के साथ गई थी। सूडान में गरीबों की मदद के लिए...'

'क्या आपको उसकी कमी खलती है?' उसने हाँ में सिर हिलाया। 'क्या आपको घर में अकेलापन महसूस होता है?' कोई जवाब नहीं। 'ओके, मैं आपकी तफ़्तीश नहीं करना चाहता। इसके बजाय हम बात करते हैं कि आप अपनी बीमारी से कैसे छुटकारा पा सकती हैं...' आपकी शरीरावस्था में वात-पित्त का आधिक्य है। मज्जा ठीक से नहीं भरी। क्या आपने कभी खेल-कूद में हिस्सा लिया है?' 'मैं तैरती थी, भागती थी, पाँच-किलोमीटर की दौड़...'

उसकी पुतलियों को गौर से देख कर उन्होंने अपनी तीन उँगलियों से उसकी नाड़ी जाँची। 'जब अधिक थक जाएँ तो क्या चक्कर आते हैं?'

'हाँ, एक बार तो मैं थकान के मारे बेहोश हो गई थी।'

'आपका हीमोग्लोबिन पशुओं के आम अनुपात से आधा है...जब वात हड्डी में चुभता है तो हड्डियों, जोड़ों और फिर मांसपेशियों में ज़ोर का दर्द होता...क्या आप जानती हैं कि कैंसर क्या होता है?'

'ओह..उम्म...'

'कोशिकाएँ शरीर के खिलाफ़ बग़ावत कर देती हैं। बाग़ी कोशिकाएँ न सिर्फ़ प्रतिरोध प्रणाली के नियंत्रण से बाहर हो जाती हैं, बल्कि उस पर हमला कर देती हैं।'

'वे बग़ावत क्यों करती हैं?'

'पुराने तनाव से, घटिया खाना, गोश्त और मदिरा का सेवन...आप धूम्रपान करती हैं?'

'नहीं। मतलब बहुत देर से...'

'कब छोड़ा?'

'जब पहली बार निदान हुआ था।'

'आपके माता-पिता?'

'मेरी माँ का देहांत कैंसर से हुआ था। बहुत सिगरेट पीती थी...'

'नींद कैसी आती है?'

'बहुत अच्छी तो नहीं।'

'कभी टट्टी-पेशाब रोका है?'

'बचपन से। जब मुझे सुसु आता था तो मेरी माँ मुझे दुबारा बाहर आँगन में नहीं जाने देती थी, इसलिए मैं रोक लेती थी।'

'तो फिर मुझे पूछने की ज़रूरत नहीं कि क्या आपको कब्ज़ है...क्या आपको कब्ज़, ज़ुकाम होता है?'

मारिका ने हामी भरी। प्रोफ़ेसर ने उसकी नब्ज़ की जाँच की और जीभ को लम्बा करवा के देखा। 'लक्षण ठीक नहीं हैं, अहंकार की वजह से आपको समस्याएँ आ सकती हैं। लेकिन कोशिश करते हैं। आपको पूरी तरह से बदलना होगा।'

'बदलना कैसे?'

'मानसिक तौर पर। आपको सकारात्मक सोच चाहिए। लेकिन आप यह कर सकती हैं,' वह खड़े हो गए, 'तो ठीक है फिर। मेरा काम था टेस्ट करना और डॉक्टर बशरत को परिणामों से अवगत करवाना। जो होम्योपैथिक दवा मैंने आपको दी है, उससे आपके रक्त की कोशिकाओं में कुछ वृद्धि हुई है, अब आप बिना किसी मुश्किल के सोनमर्ग जा सकती हैं। यह श्रीनगर से तकरीबन 50 मील दूर है। मेरे दोस्त ग़ुलाम बशरत की देख-रेख में आपको कोई डर नहीं है। वह एक चमत्कारी डॉक्टर हैं, उनसे बेहतर आपको कश्मीर में और कोई नहीं मिलेगा। शायद दुनिया में भी कहीं नहीं। वे सचमुच चमत्कार कर सकते हैं। मैंने अपनी आँखों से देखे हैं। उन्होंने लकवे के ऐसे मरीज़ों को चलाया है, जिन्होंने पूरी ज़िन्दगी चल कर नहीं देखा था, कोढ़ियों को ठीक किया है, अंधों को रौशनी दो है। डरिये नहीं। उनके पास जाकर आप जीतेंगी।' अपने सिर को उन्होंने उत्साहजनक ढंग से हिलाया, 'अब छत पर ज़रा धूप में बैठते हैं।' डेक पर पहुँचते ही मारिका उस व्यापारी को देखने लगी, जो अपनी नाव में वहाँ कश्मीरी कपड़े, कालीन, मसाले, फूल, तरकारी और यादगार निशानियाँ भर कर लाया था। उसने अपनी नाव डेक के साथ बाँधी और अपना सामान उतारने लगा। इस बीच और लोग भी आ गए। वे अपना-अपना माल मारिका और प्रोफ़ेसर को पेश करने

लगे, मीषाल को भी, जो इस बीच नीचे उतर आया था। मारिका मंत्रमुग्ध होकर नाव को देख रही थी। 'शानदार चीज़ है, पैसे भी कम, मैडम, यह कालीन हाथों से बुना है...'

वह कालीन को उसके चेहरे तक ले आया था, लेकिन वह कुछ और देख रही थी। 'चप्पू,' वह बोली।

'चप्पू?' व्यापारी हैरान था। 'आपको मैं यह नहीं बेच सकता। फिर घर कैसे जाऊँगा?'

'इधर दिखाओगे ज़रा?' व्यापारी ने चप्पू उसके हाथ में पकड़ाया। मीषाल ने उसे लेकर गौर से देखा और हाथ से झाड़ा। उसने घूम कर बाकी के व्यापारियों को भी देखा : सब के पास वैसे ही चप्पू थे।

'क्या मैं पूछ सकता हूँ कि क्या ख़ास है इन चप्पुओं में?' अली ने पूछा।

'दिल,' मारिका के मुँह से निकला। 'सबका आकार दिल जैसा है।'

तुम ईश्वर बनोगे

शिक्षक कनक यीशु से लगातार बात करता जा रहा था। बताना मुश्किल था कि उनमें से बातचीत का मज़ा किसको ज़्यादा आ रहा था।

'मनुष्य के जीवन में सबसे महत्त्वपूर्ण होती है विरक्ति। जब तक कोई पूरी तरह से विरक्त नहीं होता तब तक वह कष्ट भोगने के कालक्रम से बच नहीं सकता।'

'पूरी विरक्ति?' कनक ने सिर हिला कर पुष्टि की। 'इसे कैसे हासिल किया जा सकता है?'

'धैर्यपूर्ण अभ्यास द्वारा। लेकिन अगर मानसिक रुकावट है तो मदद...उम्म...यह एक गुप्त नुस्खा है, यह खतरनाक हो सकता है और मैं यह सिर्फ़ उन्हीं को बताता हूँ, जो राह पर निकल चुके होते हैं। तुम तो निकल ही चुके हो, तो मैं आपको बताता हूँ कि स्वर्ग और धरती के बीच वाली स्थिति में कैसे आया जा सकता है, पूर्णरूपेण वैराग्य की एक स्थिति। लेकिन इसे बहुत कम प्रयोग में लाना है, सिर्फ़ तभी जब ध्यान में भी तुम विरक्त न हो सको। आदत पड़ जाने पर यह खतरनाक हो सकता है। एक मिश्रण बनाओ हेम्लोक, हेनबैन, केसर, अगर, अफीम, सालोरम, खसखस, हींग, अजवायन, कीकेओं[24] और नीलकमल का।'

'कौन-कौन सी जड़ी-बूटी और कितनी-कितनी?'

'वह मैं नहीं बताऊँगा। अपने आप पता लगाओ।'

'कैसे?'

'कहा न कि धीरज से।'

---

24. पानी, जौ तथा कई जड़ी-बूटियों से बना शरबत।

बहुत देर बाद जाकर यीशु मुस्कराए, 'अच्छा चुटकुला है। एक मानवी जीवन का धीरज काफ़ी होगा?'

'यह सर्वोत्तम लोगों के लिए है। एक सहभागी से एक दर्शक बन्ना काफ़ी है। तुम धैर्यपूर्वक स्वयं को बन्धनों से मुक्त करोगे, परन्तु दूसरों से सहानुभूति के माध्यम से जुड़े रहोगे। तुम्हें दूसरी सबसे बड़ी लालसा को हराना होगा : डटे रहने की लालसा। जब तुम जान जाओगे कि कुछ भी स्थाई नहीं है तो यह तुम्हारे लिए अधिक कठिन नहीं रहेगा।'

'अगर मैं असफल रहूँ तो?'

'तुम सफलता पाओगे। तुम्हारे पास और कोई विकल्प नहीं है। ईश्वर बार-बार तुम्हें यहाँ नीचे भेजेगा, जब तक तुम सफल नहीं होगे। वह तुम्हें बीमारियों और अनुत्तरित प्रेम के माध्यम से संकेत भेजेगा। असफल प्रेम में जो सबसे बड़ी बीमारी होती है वह है कैंसर। मान्यता, प्रेम, सुन्दरता, प्रसिद्धि, ताक़त, धन और आनंद की लालसा शब्दशः भीतर-भीतर से खा जाती है।'

'इसे पहचाना कैसे जाए?'

'कैंसर में शरीर का सबसे कमज़ोर हिस्सा पहले एक छाला दिखाता है, एक मामूली सा दाना, जो पहले नहीं था। कुछ समय बाद यह नाड़ियाँ बाहर भेजना शुरू करता है, केकड़े के पंजों जैसी...' कनक देर तक यीशु की आँखों में देखते रहे। 'कभी ऐसा हुआ तो मैं आपको एक दवा दूँगा। यह रोग के लिए एक चमत्कारिक सा पथ्य है। तिब्बती भिक्षु तोंज़िन चोद्राक का यह एक गुप्त नुस्खा है। अब तक जिस-जिस ने भी इसे लिया है वह ठीक हुआ है।'

'मेरे किस काम का?'

'कौन जानता है कब क्या हो जाये।'

'धन्यवाद।' यीशु ने छोटी खाकी गेंदों को अपनी चमड़े की थैली में रख लिया। कनक ने मैत्रीपूर्ण भाव में उसकी हथेली पकड़ी, 'अब तक मेरे जीवन में तुम मेरे सबसे प्रखर छात्र रहे हो। इसके लिए धन्यवाद! मैं चाहता हूँ कि ईश्वर जीवन में तुम्हें जो भी संकेत भेजे, तुम उसे समझ जाओ।'

'अगर नहीं समझा तो?'

'समझोगे।'

'और लोग?'

कनक ने थोड़ी देर सोचा, ठुड्डी पर हाथ फेरा और फिर सदयतापूर्वक मुस्कराये। एक बार एक किसान फ़सल बो रहा था, उसके बीज एक सड़क के छोर पर गिर गए। कुछ पक्षियों ने नीचे उतर कर उन्हें खा लिया। कुछ बीज एक चट्टान पर गिर गए और जब सूरज

निकला तो वे जल गए। लेकिन बहुत सारे उम्दा बीज मिट्टी पर गिरे और अच्छी फ़सल उगी। कुछ छह गुना, कुछ सौ गुना, कुछ हज़ार गुना फल...'

'मैं नहीं समझा,' यीशु बोले।

'जिनके कान हैं उन्हें सुनाओ,' कनक मुस्कराए। वह यीशु को निहार रहे थे, जिनका दिमाग़ स्पष्टतः भटक रहा था। 'क्या तुम जानना चाहोगे कि मनुष्य का पहला और बड़ा लगाव क्या होता है?'

'प्यार?'

'बिल्कुल।' कनक ने हामी भर कर प्यार से अपनी बाँह उनके कंधे में डाली और फिर उन्हें अपनी दवाइयों की अलमारी के पास ले गए। इसके बाद उन्होंने एक सफ़ेद-नारंगी सुंदर सा प्याला निकाला, बहुत देर उसे सहलाते रहे, फिर उसे सूरज के सामने कर दिया, जिसकी किरणों से अनोखे कटोरे के आकार के प्याले में एक खूबसूरत रंग-बिरंगा इन्द्रधनुष प्रतिबिम्बित हुआ। उन्होंने ढक्कन उठा कर उसे यीशु को सूँघने को दिया। 'पवित्र जटामांसी का तेल। यह जीवन और मृत्यु दोनों का मित्र है। हम इसे लेपने और बीमारी दूर करने, दोनों के लिए इस्तेमाल करते थे। इसे संस्कृत में जटामांसी कहते हैं। 'इसमें इलाज करने की चमत्कारिक शक्ति है, आयुर्वेद में इसे वात से ग्रस्त लोगों के लिए एकदम सही समझा जाता है।'

'ये वो लोग होते हैं जो अकारण चिंता करते हैं,' यीशु मुस्कराने लगे।

'नहीं, ये वो नहीं जो अकारण चिंता करते हैं, बल्कि वे हैं जो ख़ुद से ज़्यादा दूसरों से प्रेम करते हैं,' शिक्षक ने उनकी भूल सुधारी। 'इससे ज़ख्म भरते हैं, रोगाणुओं से मुक्ति मिलती है और सबसे बढ़ कर, इससे दिमाग़ में ताक़त आती है।'

'ख़ुश्बू ज़रा सी गुलाब और लैवेंडर जैसी है,' यीशु पुनः मुस्कराए, 'मेरे ख़याल से हिब्रु में ''नार्ड'' कहते हैं।'

'हाँ। ग्रीक में इसे ''नार्डोस'' कहते हैं। इसे हम आशिकों का तेल भी कहते हैं। तेल की सुगंध तुम्हें ऐसा एहसास देती है जैसे तुम अपनी माशूक़ा के साथ हो...'

'मुझे तो इसकी बहुत सी बाल्टियाँ चाहिए होंगी,' यीशु कटुतापूर्वक मुस्कराए।

कनक ने उनका हाथ पकड़ा, 'क्या तुम उस लड़की से प्यार करते हो, जिसके बारे में तुमने मुझे एक बार बताया था?' यीशु चुप रहे।

'जब मैं भी एक नाकामयाब इश्क़ में पड़ा था तो ऐसे ही दर्द झेलता था...' कनक ने उसे तसल्ली देने की कोशिश की।

'मेरी आँखों से उसकी छवि जा नहीं रही। वह सिर्फ़ मेरी आँखों में ही नहीं है, बल्कि दिल में है। मैं सोचता था कि दूरी से मैं उसे भूल जाऊँगा और अपनी पढ़ाई में चित लगा सकूँगा, लेकिन मैं नहीं...'

'जन्म कष्ट है, मृत्यु कष्ट है, रोग कष्ट है, जिसे प्यार न मिला हो, उससे भेंट भी कष्ट है और जिससे प्यार हो, उससे जुदाई भी कष्ट है, कष्ट का कारण चाहत है। कष्ट का अंत चाहत पूरी हो जाने से नहीं होता, लेकिन—जैसे मैंने तुम्हें बताया है—उससे विरक्त होने से होता है। इस अवस्था को तुम तपस्या के माध्यम से पहुँचोगे, जो स्वानुशासन का आधार है, बिना युद्ध के विजय प्राप्त करने का एक ही रास्ता। हम सब दूसरों से लड़ते हैं, पर विजेता वही होता है, जिसे विजय की आवश्यकता नहीं होती।'

'डेसिथेओस के मठ में मैंने बहुत तपस्या की है। मुझे नहीं लगता कि इसमें कोई फ़ायदा है।'

कनक ने शरारत भरी दृष्टि से उन्हें देखा और मुस्करा कर बोले, 'मैं भी एक मठ में होता था, लेकिन वह तुम्हारे देश जैसा देश नहीं था। हाँ, ताक़त प्रलोभन से लड़ कर ही मिलती हैं और तुम्हारे मठों में इसी की कमी है। जबकि हमारे मठों में प्रलोभन का बहुत महत्त्व है। यह एक बोझ है, जो ईश्वर तुम पर लादता है, अगर तुम इसे उठा सको तो वैरागी हो जाओगे।'

'इसे क्या समझूँ मैं? कौन सा प्रलोभन?'

कनक ने उन पर एक रहस्यमय दृष्टि डाली, 'बेहतर होगा कि तुम ऐसे किसी मठ में रह कर देख लो। हमारे छात्रों के लिए वहाँ रहना अनिवार्य होता है, लेकिन तुम यहाँ मेहमान हो और तुम्हें अपना फ़ैसला ख़ुद लेना है।'

'पूज्य गुरुजी, आप जानते हैं कि आपके शब्द और परामर्श मेरे लिए पवित्र हैं। मैं किसी ऐसे मठ में जाना चाहूँगा।'

'फिर मैं तुम्हें एक ऐसे स्थान पर जाने की सलाह दूँगा, जहाँ मैं गया था। घोड़े पर जाओ तो यहाँ से एक सप्ताह का रास्ता है। यह कश्मीर में है। जब बुद्ध हिन्दू पुजारियों के आक्रामक व्यवहार से तंग आकर भागे थे तो कश्मीर, नेपाल, तिब्बत और हिमालय की ऊँची घाटियों में उन्हें और उनके प्रचार केंद्रों को शरण मिली थी।' 'आपका मठ कहाँ है?' यीशु ने उतावले होकर पूछा।

'पंजाल की पहाड़ी के आगे, जिसे सम्राट अशोक ने बौद्ध धर्म का केंद्र बनाया था। वहाँ दजेंद्र विहार मठ है। वहाँ तुम वैराग्य सीखोगे। अगर तुम यह कर सके तो उसके आगे निर्वाण का पथ है।'

तुम्हें बताते डर लगता है

'बढ़िया ख़याल है, कल सुबह निकल पड़ते हैं। जब हम वहाँ पहुँचेंगे तो वसंत में वादियाँ अपनी खूबसूरती पर होंगी। अब्बा ने कई बार पूछा है कि आपको इतनी देर क्यों लग रही है,' अली ने मस्ती में कहा। बजरे पर सुबह के नाश्ते से उनमें काफ़ी ऊर्जा आ जाती थी। वे हर सुबह दिन चढ़ते ही ताज़ा हवा में बैठते थे और नमाज़ पढ़ने के लिए

बुलाते मुअज्ज़िन की आवाज़ सुनते थे। उसकी साफ़ आवाज़ झील की सतह पर बहती हुई एक जादुई माहौल बनाती थी। मारिका और मीषाल ने श्रीनगर में एक हफ़्ता बिताया था और उन्होंने अब तक नाव की डेक और प्रोफ़ेसर के क्लिनिक के अलावा और कुछ नहीं देखा था। मारिका के बहुत ही कमज़ोर शरीर की वजह से उन्हें नाव छोड़ने की सख्त मनाही थी। आज वे आख़िरकार सोनमर्ग जायेंगे, जहाँ वह स्वयं को डॉक्टर बशरत के हाथों में सौंप देगी, वही उसकी आख़िरी उम्मीद थे। नाश्ते के बाद उन्होंने ज़रूरत की चीज़ें एक बहुत समय से खड़ी रही कार में डालीं। कुछ गरम कपड़ों, पहाड़ पर चढ़ने के जूतों की कई जोड़ियों और सब से बढ़ कर गुलाम बशरत के निर्देशों पर प्रोफ़ेसर वैद्य द्वारा अपनी प्रयोगशाला में तैयार की गईं दवाइयों के उन मिश्रणों के कारण उनका सामान बढ़ गया था।

करीब एक घंटे बाद वे सोनमर्ग जाने वाली मुख्यमार्गीय सड़क पर पहुँचे। अली अच्छे मूड में था, कश्मीर के निर्मल आकाश पर चमकता सूरज उनके चेहरों पर मुस्कराहट ले आया था। सूर्य की किरणें भी मारिका की उम्मीदों को जगा रही थीं और उसके चेहरे पर भी एक सजग मुस्कान थी। 'हम लेह की तरफ़ जा रहे हैं। मौसम सुहावना है, बहुत हुआ तो दो घंटे में हमें सोनमर्ग पहुँच जाना चाहिए। यह धरती पर स्वर्ग है, आप देखेंगे। इसीलिए अब्बा ने अपना ग्रीष्म का परामर्श केंद्र वहाँ खोला है। सर्दियों के लिए उनका एक केंद्र श्रीनगर में भी है,' अली हँस कर बोला। मीषाल और मारिका पिछली सीट पर बैठे थे, सजग होकर देहात के दृश्यों के आनंद ले रहे थे और अली को सुन रहे थे। 'सोनमर्ग 8,900 फुट की ऊँचाई पर है। उसके बाद सड़क चढ़ाई में ज़ोजी दर्रे को जाती है, जिसके बाद लद्दाख आता है, जो कश्मीर का तिब्बती हिस्सा है, इसे ''लिटिल तिब्बत'' कहते हैं। दर्रे के दूसरी तरफ़ पहला नगर है द्रास, जो एशिया की दूसरे नंबर की ठंडी जगह है। जहाँ तापमान -47 डिग्री तक रिकॉर्ड किया जा चुका है। सोनमर्ग में भिन्न-भिन्न धर्मों के ड्राइवर अपने-अपने देवताओं से उनको आगे सड़कों पर पड़े खतरों से बचाने की प्रार्थना करते हैं। ज़ोजी दर्रे पर जाने वाली सड़कें समुद्रतल से 11,000 फुट से ज़्यादा की ऊँचाई पर हैं और बहुत ही खतरनाक हैं।' उन्हें वक़्त गुज़रने का पता ही नहीं चला। जब कार नौ बजे से पहले चौड़ी होती सोनमर्ग घाटी में दाखिल हुई तो उन्हें समझ आया कि इस शानदार घाटी को ''सोने की वादी'' क्यों कहा जाता था। सिर्फ़ इस वजह से नहीं कि यहाँ से गुज़रने वाली सिन्धु नदी के तल से कभी यहाँ सोना निकाला जाता था, बल्कि इसलिए भी कि वादी सोने से पीले रंग के पीतसेवकी, पीले कनेर, हल्दी, ककरौन्धों और चिरौंजी के तथा अन्य कई प्रकार के फूलों से पटी पड़ी थी, जो सूरज की चाह में पिघलती बर्फ़ से अपना सिर अब बाहर निकालने लगे थे।

'सचमुच यह तो स्वर्ग है,' साँस रोक कर खूबसूरत माहौल को निहारते हुए मारिका बोली।

'बस दिक्कत यह है कि यहाँ पर बहुत से फ़ौजी दस्ते हैं,' मीषाल ने कहा।

'सोनमर्ग भारतीय सेना आपका स्वागत करती है। मुख़्यालय आल्फा सेक्टर,' नगर

में प्रवेश करते हुए उसने सड़क के ऊपर पूरे फैले बैनर को पढ़ा। दाईं तरफ़ उसकी दृष्टि सामरिक वाहनों, टैंकों, हेलीकॉप्टरों और फ़ौजियों के लिए बनी बैरकों वाले एक लम्बे-चौड़े सैनिक शिविर पर पड़ी। 'यहाँ एक गैरिसन भी है?'

'भारतीय सेना के यहाँ तकरीबन हर जगह सैनिक गैरिसन हैं, इसके यहाँ 15 लाख फ़ौजी हैं,' अली ने कहा। इंजन खड़खड़ा रहा था और सड़क के आस-पास बने घर नज़र आने शुरू हो गए थे। 'लीजिये पहुँच गए,' अली ने उस सड़क पर गाड़ी को रोक दिया, जहाँ बाईं ओर दुमंज़िले घरों और उनके नीचे बने ढाबों की एक लम्बी कतार थी। उन पर कइयों ने गर्वपूर्वक 'होटल' लिख रखा था, हालाँकि उनमें ट्रक ड्राइवर कभी-कभी रात गुज़ारते थे। अधिक अमीर ग्राहकों के लिए बायीं ओर पहाड़ी के नीचे कुछ आधुनिक होटल भी बने थे। अली ने सामान उतारना आरम्भ किया। अचानक बिजली के खम्भों पर लगे लाउडस्पीकरों से कान फाड़ने वाला संगीत बजने लगा। 'यह भी कुछ ख़ास है, ज़रा सुनना,' वह हँसने लगा। सोनमर्ग हिन्दुस्तानी धुनों पर बने मुस्लिम गीतों की आवाज़ से गूँज रहा था। संक्षेप में यह कश्मीर है। 'वहाँ नीचे वाली इमारतों से हिन्दू गाने बजाते हैं और ऊपर मुस्लिम गाने। दोनों बीच में आकर मिल जाते हैं, और यही हमारी पहचान है। किसी को इस पर एतराज़ नहीं है।' कुछ देर सोच कर वह बोला, 'हिन्दू, मुस्लिम या ईसाई दुनिया के लिए खतरनाक नहीं हैं। कट्टर मुस्लिम, हिन्दू और ईसाई ज़रूर हैं...तो यह है मेरे अब्बा का परामर्श का कमरा और वह हमारा स्वागत करने को आ भी रहे हैं।' एक नवनिर्मित दुमंज़िले मकान के दरवाज़े पर एक भूरा, धूप से ब्राउन हुआ, चेहरे पर मधुर मुस्कान लिए एक भद्र पुरुष खड़ा था, जो 70 से ऊपर का था और जिसने सुनहरे फ्रेमवाला एक चश्म लगाया हुआ था।

उनका स्वागत करना इतना सहज था कि उन्हें लगा कि गुलाम बशरत उनका कोई पुराना दोस्त था। 'खुशामदीद, प्यारे मीषाल, मारिका। इसे अपना घर समझिये।' उन्होंने अपने बेटे को वैसे ही प्यार से गले लगाया और सामान उतारने में उनकी मदद करने की पेशकश की। लेकिन मीषाल और मारिका अपना सामान ख़ुद ही उठा लाये। 'अली आपको आपका कमरा दिखा देगा और मैं अपने कमरे में आपका इन्तज़ार करूँगा। नाश्ते में आपको कितनी देर लगेगी?'

'ज़्यादा नहीं। शायद 15-20 मिनट,' डॉक्टर मुस्कराये।

'आप चाय आसाम की लेंगे या दार्जिलिंग की?'

'वो हम आप पर छोड़ देते हैं,' मारिका भी मुस्कराई। वह और मीषाल नदी का नज़ारा पेश करते अपने सादी साज-सज्जा वाले साफ़-सुथरे कमरे में दाखिल हुए। नदी का तेज़ बहाव अपना संगीत पेश कर रहा था। मारिका ने बाहर बाल्कनी में जाकर एक गहरी साँस ली। 'यह हवा नहीं है, सचमुच प्राण है, दैवी अमृत।'

मीषाल ने उसके कंधों को अपनी बाँहों में लपेट लिया, 'मुझे महसूस हो रहा है कि सब ठीक हो जाएगा।'

'मुझे भी यही लग रहा है, मीषाल, जब हम एयरपोर्ट से आ रहे थे तो मैं कार में सोई नहीं थी। अली और तुझमें जो बात हो रही थी, वह मैंने पूरी सुनी थी। माफ़ करना, मैं तुझ से बहुत ज़्यादा प्यार करती हूँ। उस छोटे से सफ़र में उसने जीवन और मृत्यु के बारे में जो कहा, मेरे लिए उसमें ज्ञानपूर्ण पुस्तकों के एक पूरे ढेर से भी अधिक ज्ञान था,' वह ज़रा सी हाँफ़ गई। 'इस डॉक्टर बशरत और उसके बेटे का प्रभाव मुझ पर बहुत अच्छा पड़ा है। और अमूनन यहाँ के लोग बहुत अच्छे हैं।'

मीषाल ने कुछ देर सोचा कि इसे बताऊँ या नहीं। 'क्या तू बशरत-ख़ानदान के बारे में कुछ जानती है?'

'नहीं।'

'असल में मैं...तुझे बताने से डर रहा हूँ। एक बार लूबो ने मुझे बताया था और कल ही अली ने भी मुझे बताया है, जब तू सोई हुई थी। हर तरह से यह लग रहा है कि ग़ुलाम बशरत और उसके बेटे जीसस क्राइस्ट के वंशज हैं।'

'किसके?'

मारिका की तो साँस ही रुक गई। मीषाल ने उस पर एक रहस्यपूर्ण दृष्टि डाली, 'मैंने सोचा था कि वे खुद तुझे सब बता देंगे, चलते हैं उनके पास।'

निषिद्ध विवाह

सम्राट अशोक की मृत्यु के पश्चात् पुरोहितों के अत्याचार से बचने के लिए, जो उनके समानता के सिद्धांत से घृणा करते थे, बौद्ध भिक्षु शनैः-शनैः भारत में अपनी जगहों को छोड़ कर तिब्बत और कश्मीर के अगम्य मठों में चले गए। दजेंद्र विहार मठ ध्यान के स्थान या एकांतवास के लिए प्रेरणा देने वाले स्थल की बजाय एक छिपने की जगह लग रहा था। यीशु यहाँ पाँचवाँ महीना व्यतीत कर रहे थे; वह प्रधान या सम्राट की अनुमति के बिना मठ की चारदीवारी से बाहर नहीं निकल सकते थे। अपने एकाकीपन के दौरान वह अपनी कोठरी की छोटी-सी खिड़की के पास बैठना ज़्यादा पसंद करते थे, जहाँ से सामने वाली पहाड़ी पर एक अनोखे निर्माण को देखा जा सकता था। यह सुलेमान का सिंहासन था। कितना सुन रखा था उन्होंने इसके बारे में, लेकिन किसी को इसके मूल उद्गम स्थल के बारे में जानकारी नहीं थी। वरिष्ठ भिक्षु ने उन्हें बताया कि तथाकथित रूप से इसकी स्थापना बादशाह सुलेमान ने की थी, जिन्होंने अपने यहूदी पूर्वजों के लिए कृषि योग्य कुछ भूमि प्राप्त करने हेतु जल-निकास के लिए हज़ारों साल पहले, जब वह वहाँ पहुँचा था, फिनीसिया के सम्राट हीरम के साथ मिल कर एक जल-निकास नहर बनवाई थी।

यीशु तीन महीने चलने वाले उस श्वेत पथ पर चलने का अपना समय पूरा करने के बाद, जिस पर वे ध्यान लगाने के दिन पूरे करने के बाद निकले थे, सुलेमान के सिंहासन को

देखने की सिर्फ़ उम्मीद ही कर सकते थे। इस समय के पूरा हो जाने पर प्रधान इसका निर्णय देंगे कि क्या उनमें बाहरी प्रलोभनों से बचने के लिए आंतरिक बल है। इन तीन महीनों के दौरान शैतान प्रतिदिन उन्हें एक खूबसूरत लड़की के रूप में प्रलोभन देता था, जिसके साथ वह हर रात सो सकते थे। उन्हें एक सामान्य, स्वस्थ पुरुष पर आत्मनियंत्रण थोपने का यह परम्परागत ढंग पसंद नहीं था। इस परीक्षा में उत्तीर्ण होने के कई वर्ष बाद जब भी उनसे पूछा जाता था कि नरक क्या होता है तो उनका उत्तर होता था कि यही है नरक। उस पहले क्षण से उन्होंने यह अनुभव किया था, जब उसने उनकी कोठरी में प्रवेश किया था। उन्हें अपनी आँखों पर यक़ीन नहीं आ रहा था, लेकिन वह हू-ब-हू शहज़ादी मरियम की प्रतिकृति थी। वही गहरा रंग, वही चुभती गहरी हरी आँखें, बाएँ गाल पर वही काला तिल। उन्हें एहसास होता था जैसे वह वापस लाल सागर के मध्य राजकुमार के पोत में पहुँच गए थे। बेरबेर की मरियम, कश्मीर की मरियम...उस पहली रात के बाद ही वह उसके प्रेम में पड़ गए थे, जब उन्होंने नग्न पड़े हुए एक-दूसरे के साथ ख़ामोशी में बिताई थी। यह भिक्षुओं के शब्दों में एक परम्परागत अग्निपरीक्षा थी। उसका वहाँ होना ही युवा भिक्षु के लिए एक प्रलोभन था, जो अपनी लालसा से किसी नायक की तरह संघर्ष कर रहा था। यीशु जानते थे कि अगर एक बार भी उससे वार्तालाप आरम्भ किया तो वह आत्मनियंत्रण खो बैठेंगे। उसकी चुप्पी के लिए वह उसके आभारी थे। अधिक अनुभवी भिक्षु उन्हें बताते रहते थे कि मठ के प्रधान की चौकस दृष्टि छत के एक छिपे छेद से उन पर टिकी हुई है और जिस दिन भी उन्होंने स्त्री से कोई शारीरिक सम्बन्ध बनाया, उसी दिन उन्हें वहाँ से निकाल दिया जाएगा। वह ईश्वर से प्रार्थना करते रहते थे कि उन्हें मनुष्य की सबसे शक्तिशाली वृत्ति पर विजय पाने की शक्ति दे। यदा-कदा वह स्वयं को उसे देखते पाते थे, बल्कि नग्न स्त्री-शरीर को महसूस करते पाते थे, जिसमें से एक सुखद गर्मी और सुगंध निकल रही थी। प्रलोभन असह्य था; हालाँकि इनकी आयु 30 से ऊपर थी, वह कभी किसी औरत के साथ सोये नहीं थे। वह उसके शान्त श्वास को महसूस करते थे और उनका अपना श्वास उसकी लय में समा जाता था। हर शाम जब वह उनके पास आती थी तो वह बेरबेर मरियम से उसके साम्य को अनुभव करते थे। उसकी चाल-ढाल और हरकतें भी मरियम जैसी थीं।

आज वह इस अनाम औरत से अपनी सुखद गरम कोठरी में, जिसमें दो के लायक एक आरामदायक चटाई भी थी, अंतिम बार मिलेंगे। वह बेक़रारी से शाम होने का इन्तज़ार कर रहे थे। ख़ुद को काबू में रहने के लिए मना रहे थे, लेकिन उनका दिल उनके ठंडे दिमाग़ से भाग निकलने की हर कोशिश कर रहा था, जो उन्हें शान्त रहने को कह रहा था, क्योंकि यही एक राह थी उस रौशनी तक पहुँचने की, जिसके लिए वह लालायित थे। उसके साथ बिताये आख़िरी घंटों में वह अपने विवेक की सुनेंगे और अपनी भावनाओं को अपनी सहज राह पर नहीं जाने देंगे। इन तीन महीनों के दौरान वह निरन्तर स्वयं को कहते रहे कि उनके साथ पड़ी औरत मरियम नहीं, बल्कि एक अनजान औरत है। लेकिन उनके पास पड़ी औरत उतनी ही दिलकश, रहमदिल, सयानी थी, जितनी उनकी यादों में बसी बेरबेर शहज़ादी।

पहले वाले हर दिन की तरह वह आई, अपनी सफ़ेद लम्बी पोशाक उतार कर उनकी

बगल में लेट गई। मठ के घंटे ने रात के 12 बजाये। एकाएक उनका हाथ, जैसे स्वत: ही, हिला और उसने जाकर औरत के हाथ को पकड़ लिया।

स्त्री का हाथ नहीं मिला। 'इसे बिगाड़ो मत,' ये पहले शब्द थे, जो उन्होंने उसके मुँह से सुने। उसका मधुर और दिलासा देने वाला, रेशमी स्वर था। यीशु ने नेत्र मूँद लिये। यह बेरबेर मरियम का स्वर था। 'हे मालिक, यह क्या खेल खेल रहा है मेरे साथ? क्या यह वही है? यहाँ कैसे आई? क्या इसकी मौत हो गई थी और अब इसका पुनर्जन्म हुआ है? इसी को क्यों भेजा मेरे पास, किसी और को क्यों नहीं? इस परीक्षा में पड़ने के लिए मैंने ऐसा क्या किया है? तूने तीन महीने सहा है, 90 दिन से भी ज़्यादा, अपनी परीक्षा के अंतिम दिन को भी सह ले।'

एकाएक उनके मुँह से एक ठहाका निकला। इस अनिच्छापूर्वक लगे ठहाके को दूसरी कोठरियों तक न पहुँचाने देने के लिए उन्होंने स्वयं को नियंत्रित किया। 'तू गलत है। प्रधान भी गलत है। मैं यहूदी हूँ और यहूदियों के लिए दिन सूर्यास्त के समय आरंभ होता है, सूर्योदय के समय नहीं। तो यह मेरा तीसरे माह का अंतिम दिन नहीं, बल्कि चौथे माह का पहला दिन है।'

वह बैठ गई और उन्हें उसने ऐसे देखा, मानो कुछ न समझ पा रही हो। यीशु ने उसका हाथ कस कर पकड़ लिया। उनके शब्दों की फुहार ने उसकी तीन महीने की चुप्पी तोड़ दी। 'पाँच साल पहले, जब मैं ग्यारह साल की हुई तो मेरे पिता मुझे इस मठ में ले आये थे। मैं एक गरीब परिवार से हूँ, तो मेरे माता-पिता ने फ़ैसला लिया कि मेरे लिए एक ही नियति थी: देवदासी बनने की।' वह रुक गई, उससे बोला नहीं जा रहा था, 'जब मैं तीन वर्ष की थी तो मुझे लाल और सफ़ेद मोतियों की एक माला दी गई थी और मेरे भाग्य का फ़ैसला हो गया था। पहले तो मैं आत्महत्या करना चाहती थी, लेकिन कुछ समय में मुझे यह सामान्य लगने लगा। नरक भी कभी-कभी सामान्य लगने लगता है...'

'मैं अब भी नहीं समझा,' यीशु ने सीधा उसकी आँखों में देखा। वह भारी साँसें ले रही थी, उसकी छातियाँ ज़ोर से हिल रही थीं, जिन्हें यीशु एक ओर से उत्तेजित हुए देख रहे थे। उन्हें अफ़सोस हुआ कि कोठरी में एक टिमटिमाती बत्ती थी। उसके पूर्वजों के मूर्खतापूर्ण रिवाज़ों के बजाय वह उनकी उपस्थिति से अधिक उत्तेजित लग रही थी।

'परम्परानुसार देवदासी होना एक स्त्री के लिए सबसे पवित्र कर्म है। मैं वह दिन कभी नहीं भूलूँगी जब उन्होंने हम दस लड़कियों को चंपा गुरु के विराट पुण्यस्थल पर एकत्र किया था और पुरोहितों की बेधती नज़र के सामने किसी देवता से हमारा प्रतीकात्मक विवाह करवा दिया था। ज्यों ही यह कर्मकांड समाप्त हुआ, आ गए वे हमें लेने...'

'विवाह के बाद क्या हुआ?'

'हमारा बलात्कार। उन्होंने हमें मठवासी वेश्याएँ बना दिया। वे कहते हैं कि बुद्ध भी यही करते थे, लेकिन मुझे उन पर यक़ीन नहीं है।'

यीशु क्रोध में दाँत पीसने लगे, 'संतों के नाम पर भारी से भारी अत्याचार बड़ी सरलता से किये जा सकते हैं।' 'जवान लड़कियाँ हिन्दू और बौद्ध मठों में चिरकाल से प्रलोभन का मूर्त रूप रही हैं। वे बाँसुरी बजाना, नृत्य और गायन सीखती हैं...मैं पुजारियों की वासना पूरी करती हूँ और भिक्षुओं और नौसिखियों का प्रलोभन बनती हूँ। कहते हैं वासना की शक्ति सृष्टि की सबसे बलवान शक्ति है। जो इस पर पार पा जायेगा, वह पारस पत्थर बन जाएगा, आत्मा की शक्ति के द्वार उसके लिए खुल जायेंगे, वह पदार्थ एवं पृथ्वी को नियंत्रित करेगा, वह बन जाएगा।' 'हं...' यीशु सोच में पड़ गए। उन्हें महसूस हुआ कि लड़की उनके हाथ को और भी मज़बूती से दबा रही है। 'बहुत भयंकर है यह!' यीशु फट पड़े। 'कितने पुरोहित थे?' वह कुछ नहीं बोली। 'और भिक्षु, जो तुम्हारे प्रलोभन में आये हैं?'

'पता नहीं। मैंने गिने नहीं। उन पाँच सालों में लगभग बीस...' उसका स्वर लड़खड़ाने लगा।

'और कितने ऐसे थे, जो प्रलोभन में नहीं आये?' वह कड़वाहट से हँसी।

'सिर्फ़ वही, जिनके मन में औरत के प्रति वासना नहीं जगती थी या वो, जो स्वच्छ संभोग[25] चाहते थे। दूसरी श्रेणी में आप अकेले हैं।'

'तुम ऐसे कह रही हो जैसे तुम्हें इसका अफ़सोस हो रहा हो।'

'जो लोग मेरे साथ सोये, मैं उनके साथ नहीं सोना चाहती थी। अगर किसी को चाहा है...तो आपको। लेकिन आप व्हाईट माग्नुस बन चुके हैं। आपने अपनी काम-वासना को नियंत्रण में कर लिया है, आपने जीवन के स्रोत को खोज लिया है। मैं बहुत सारे आदमियों के साथ हमबिस्तर हुई हूँ, लेकिन मुझे प्यार किसी से नहीं था। सिर्फ़...अब...' वे एक-दूसरे की बगल में लेटे रहे और यीशु मशाल की टिमटिमाती रौशनी को छत पर देख रहे थे। उसकी तरफ़ मुड़ कर उन्होंने सीधे उसकी आँखों में देखा। वे एकदम शहज़ादी मरियम की आँखों जैसी थीं। वह रो रही थी। उन्होंने उसकी आँखें पोंछीं। 'तुम भी तो मेरे जैसी निकलीं। इन पूरे तीन महीनों में हम हर रात एक-दूसरे के साथ लेटे रहते थे, मैं मेरे प्रति तुम्हारी चाहत को महसूस कर सकता था...'

'मैं अब भी अपने प्रति आपकी चाहत को महसूस कर सकती हूँ...'

उसकी आँखों में उन्हें पूरी सृष्टि नज़र आ रही थी, जिसमें वे कोने भी थे, जो वैसे नज़र नहीं आते और वह हर जगह थी। वह जानते थे कि वह बेरबेर मरियम नहीं थी, लेकिन लग रहा था कि यह औरत उन्हीं के लिए है उसकी गहरी काली आँखों में वह ऐसे दिखाई दे रहे थे मानो आँखें न हों, आईना हों। वासना की गर्मी में वह उस पर झुके। वह अपनी तर्जनी उनके होंठों पर फेरने लगी। यह उनका प्रथम शारीरिक सम्पर्क था। उनमें

25. जो पुरुष परस्त्रीगमन नहीं करते थे।

बिजली-सी दौड़ गई। कभी किसी औरत ने उन्हें ऐसे नहीं छुआ था। वह एकरस में रहस्यमय ढंग से कुछ गुनगुनाती जा रही थी। उन्हें नहीं मालूम था, लेकिन उनका मुँह भी वैसे ही शब्द निकाल रहा था। वह उठ कर उसका आलिंगन करने लगे थे, लेकिन उसने प्यार से उन्हें रोक दिया। 'सम्भोग की कला हमें स्त्रियाँ सिखाया करती थीं, पुरुष नहीं...' वे एक-दूसरे के नग्न शरीरों को बहुत देर तक निहारते रहे। उसकी उँगली धीरे-धीरे उनकी ठोड़ी पर आई और फिर उनके सीने पर। जितना नीचे वह जाती जा रही थी, उतनी ही भारी उनकी साँसें होती जा रही थीं, दिल की धड़कन बढ़ती जा रही थी और लहू उनके सिर पर चढ़ रहा था, लगता था कि काम की ऊर्जा से उनका सिर फट कर लहू को कमरे में छितरा देगा। उन्हें लोबान और जटामांसी की विलक्षण सुगंध आ रही थी, एक शाश्वत नीला प्रकाश दिखाई दे रहा थे और वह ज़िट्रा[26] की झंकार सुन रहे थे। उसका मुँह उनके मुँह के निकट आया। उन्हें सुखद ऊष्मा का एहसास हो रहा था, दोनों के शरीर काँप रहे थे। उसका हाथ नीचे गया और फिर लौट आया। उन्होंने भी उसके शरीर को छूने का साहस किया। वक़्त रुक गया था। साँझ हो रही थी और ऊर्जा से परिपूर्ण उनकी देहें बढ़ती हुई कामेच्छा से फटने को हो रही थीं। वे अपनी उत्तेजना पर नियंत्रण पाने का प्रयास कर रहे थे, लेकिन असफल हो रहे थे, क्योंकि प्रत्याशा उनकी देह और आत्मा में सैलाब ला रही थी। उसका हाथ उनके उदर पर पड़ा था, आँखें बंद थीं, और उनकी मुद्रा भी वैसी ही थी। जब उन्हें अपनी उत्तेजना उत्कर्ष पर पहुँचती लगी तो उसने प्यार से उनका हाथ पकड़ कर उन्हें रोक दिया। वासना की पहली लहर थम गई थी। फिर उसने उन्हें एक दूसरी लहर विकसित करने को कहा, पर उसे भी उसने रोक दिया। तब वे चरमावस्था तक पहुँचने तक यही करते रहे। मदहोशी के शिखर पर उनकी देहें सम्पूर्ण विश्वास में झनझना रही थीं। सृष्टि की लय में वे मूलतत्व के उच्चतम स्तर पर पहुँच गए थे, जीवन और मृत्यु के शाश्वत स्पंदन पर। सृष्टि के त्रुटिहीन एकत्व पर पहुँच गए थे। उन्होंने एकत्व का सृजन किया था। उनकी आत्माओं की तीन माह की निजी यात्राएँ एक हो चुकी थीं। UNUM प्रबल हो चुका था। सूर्य जीवकोष में प्रवेश पा चुका था। उसका मुँह एक ऐसी भाषा बोल रहा था, जिसे यीशु ने काफ़ी समय से नहीं सुना था। आवाज़ बहुत दूर से आती लग रही थी, किसी ऐसे स्थान से, जहाँ प्रतिध्वनि गूँजती है। फिर वह समझे कि लड़की हिब्रु बोल रही है।

'मैं आपसे प्रेम करती हूँ,' वह बोली।

'और मैं तुमसे प्रेम करता हूँ।'

'मुझे अब जाना होगा।'

'तुम्हारा नाम क्या है?'

'मरियम।'

'क्या तुम यहूदी हो?'

---

26. सितार जैसा वाद्य

'क्यों?'

'क्षमा करना, पर आप हिब्रु बोल रही थीं : दिल में बिठा लो मुझे, क्योंकि प्रेम मृत्यु जितना बलवान होता है...यह सुलेमान के ''गीतों के गीत'' के शब्द हैं।'

'मैं यहूदी हूँ। मैंने सुना है कि मेरे पूर्वज मिस्र के सीवा नगर से सिकंदर महान के साथ यहाँ आये थे। सिकंदर यहाँ मरुस्थल में शेरों का शिकार करने आया था।' यीशु ने उस पर एक जिज्ञासायुक्त दृष्टि डाली। 'आप यहाँ से बाहर कैसे निकलेंगी?'

कुछ देर सोच कर वह बोली, 'सिर्फ़ शादी हो जाने के बाद।'

मठ के प्रधान सोन ने अगले दिन उन्हें बुलाया। वहाँ घुड़सवारी की पोशाक पहने एक आदमी भी उनकी प्रतीक्षा कर रहा था। 'सम्राट गोंदोफ़रेस के सन्देशवाहक हैं यह।'

'जनाब,' झुक कर अभिवादन करके उसने राजकीय मुहर लगा एक लिफ़ाफ़ा यीशु को दिया। उसके मातमी से चेहरे को देखकर अनुमान लगाया जा सकता था कि खबर कोई अच्छी नहीं थी। राजकीय मुहर को हटा कर यीशु ने लिफ़ाफ़ा खोला। उसमें दो पत्र थे। पहले में सम्राट ने उन्हें सूचना दी थी कि उनकी माँ से आये एक पत्र को पढ़ने के बाद उन्होंने मशहूर सौदागर अल रवही से, जो जल्द ही सिन्धु नदी पर स्थित पत्ताला नगर से कारवाँ लेकर फ़िलस्तीन जा रहा है, कहा है कि उनको भी साथ लेता जाए। आदरणीय अल रवही ने जोज़ेफ़ के पुत्र को कारवाँ में विशिष्ट स्थान देने की पेशकश की है। दूसरा पत्र यीशु की माँ का था। इसे नाज़ारेथ का व्यापारी एयातार लेकर आया, जो आगे चीन के सिआन नगर जा रहा था। उनकी माँ ने लिखा था कि उनके पिता का देहांत हो गया है और उसने लौट कर परिवार के साथ शोक करने के लिए लिखा था। उनकी मानद भूमिका होगी। एक साल बाद अपने पिता की सूखी हड्डियों को लेकर आना और उन्हें हमेशा के लिए मेहराबदार छत से युक्त मक़बरे में रख देना। उनके पत्र पढ़ चुकने के बाद संदेशवाहक ने झुक कर पुनः अभिवादन किया और कहा, 'जनाब, आपका घोड़ा तैयार है,' यीशु घबराये हुए सोन के कमरे में चहलकदमी करने लगे, फिर वह मठाधीश से बोले, 'भाई सोन, मैं फ़िलस्तीन जा रहा हूँ। मुझे एक वचन निभाना है। सिर्फ़ आप ही मेरी मदद कर सकते हैं।'

'मेरे भाई, मैं जो कुछ भी आपके लिए कर सका, करूँगा।'

'मैं विवाह करना चाहता हूँ।'

'मैंने सोचा था कि तुम यहाँ ज्ञान प्राप्ति के लिए आये हो, जो झरने के स्वच्छ जल के मानिंद होता है और जिसे ध्यान में ही पीना चाहिए।'

'हाँ, इसीलिए मैं यहाँ आया था।'

'किन्तु...किन्तु...अगर आप विवाहित हुए तो वेदों और बुद्ध की प्रज्ञा कैसे स्वीकार करोगे?'

'क्या सिद्धार्थ महान भी विवाहित नहीं थे? भाई सोन, मैं आपका बहुत सम्मान करता हूँ और आपसे प्यार करता हूँ, लेकिन उस स्त्री के प्रति मेरा प्यार आपके प्यार से बड़ा है।'

सोन बहुत देर उसका मुआयना करते रहे। उन्हें गत रात छत के छेद से यीशु का मरियम के साथ एक होना बहुत अच्छा लगा था। 'तुम वेश्या की बात कर रहे हो?'

यीशु ने हामी भरी, 'कृपया अब उसे इस तरह से न बुलाइए। वह मेरी पत्नी है। मैंने उसे कल रात जाना है। मैं चाहता हूँ कि आप आधिकारिक तौर पर हमारे विवाह समारोह के बाद हमारे एक होने की पुष्टि करें।'

'विवाह-समारोह? इसका प्रश्न तो बिल्कुल नहीं उठता। वह सदा के लिए देवताओं को समर्पित है,' प्रधान ने स्वर ऊँचा कर लिया। 'वह हमारी सर्वोत्तम गायिका और नर्तकी है, इसके बिना तो हमारी पूजा में भी दम नहीं रहेगा!'

सोन ने दाँत भींचे, 'यहाँ चीज़ें इतनी आसान नहीं होतीं। उसकी जन्मपत्री की पहले जाँच करके देखना पड़ेगा कि आपका और उसका सम्बन्ध उत्तम रहेगा कि नहीं,' 'उत्तम तो अवश्य रहेगा, हम एक-दूसरे से प्यार करते हैं,' यीशु ने ठंडे स्वर में उनकी बात काटी।

'इससे ज़रा भी फ़र्क नहीं पड़ता!' मठाधीश स्वयं पर नियंत्रण खो रहा था।

यीशु सम्राट से अपने सम्बन्ध बिगाड़ना नहीं चाहते थे, लेकिन जब उन्होंने देखा कि सोन जाने ही वाला था तो वह दृढ़ स्वर में बोले, 'मैं आपसे गोंदोफ़रेस के नाम पर अनुरोध कर रहा हूँ। मेरे ख़याल से आप सम्राट से अच्छे सम्बन्ध बनाए रखना चाहते हैं!'

सोन रुक गया, उसकी कनपटियों की नसें फड़क रही थीं। कुछ देर वह कमरे में इधर से उधर चुपचाप घूमता रहा, फिर उसने यीशु पर एक सदय दृष्टि डाली, 'तुम इसके परिवार को नहीं जानते, इसका परिवार तुम्हारे परिवार को नहीं जानता, हमारी परम्परा के अनुसार माता-पिता अपनी बहू स्वयं चुनते हैं, उनके बच्चे नहीं। यहाँ बहुत कम लोग जानते हैं कि तुम कौन हो और जहाँ तक मेरी जानकारी है, मरियम का परिवार बहुत गरीब है। यह पहलगाम के चरवाहों के एक परिवार से है, जहाँ परम्पराओं का कड़ाई से पालन किया जाता है।'

'भाई सोन, आपकी परम्पराओं को मैं प्रणाम करता हूँ, लेकिन अब उनसे चिपके रहने का सही समय नहीं है,' यीशु ने और अधिक शान्त स्वर में कहा।

'लेकिन तुम कम-अज-कम उसके पिता से मिल कर उसे सूचना तो दे दो। इन इलाक़ों में लड़की का पिता विवाह की तिथि तय करता है। अगर तुम यह नहीं करते तो उनके परिवार का अपमान करोगे और उसके भाई तुम्हें इसके लिए कभी माफ़ नहीं करेंगे... तुम मेरी बात को समझ रहे हो न?'

'पहलगाम पहुँचने में मुझे कम से कम दो दिन लगेंगे तथा दो और दिन वापस आने

में लगेंगे। इतना वक़्त मेरे पास नहीं है, कारवाँ मेरा इन्तज़ार नहीं करता रहेगा और वैसे भी तो, जितना मैं जानता हूँ, मरियम के पिता ने बेटी को छोड़ दिया है।'

'छोड़ देने से तुम्हारा क्या मतलब है?'

'उसने उसे आपको बेच दिया है। उसने उसे मठ की वेश्या बनने दिया है।'

'एक देवदासी होना, मठ की सेविका होना, युवा लड़कियों के लिए सम्मान का विषय है।'

'आप क्या यह समझते हैं कि उन्हें इस पर विश्वास है?' प्रधान कुछ नहीं बोले। बाहर एक घोड़ा हिनहिनाया, 'भाई, सोन, कृपया हमारा विवाह करवा दीजिये!'

'मैं यह नहीं कर सकता। उसके परिवार का कोप मैं स्वयं पर नहीं ले सकता।'

'क्या आप उसकी धीमी मृत्यु अपने ऊपर ले रहे हैं? विवाह ही उसका मठ से छुट्टी पाने का एकमात्र रास्ता है।'

'हमारे यहाँ ऐसा कुछ पहले कभी नहीं हुआ।'

'किसी दिन तो आपको शुरुआत करनी ही है।'

मठाधीश स्वीकृति में मुस्कराये, 'परन्तु हमारी परम्परा के लिहाज़ से यह एक निषिद्ध विवाह होगा।'

एक घंटा चलने वाले विवाह-समारोह के पश्चात् उन्होंने मठ के रोज़नामचे में प्रविष्टि की, जिस पर मठाधीश और दो भिक्षुओं ने साक्षी के तौर पर हस्ताक्षर किये। युवा जोड़ी के चेहरे प्रसन्नता से खिल उठे थे। मरियम यीशु के आगे घोड़े पर बैठी और वे श्रीनगर के लिए निकल पड़े, उनके पीछे-पीछे सम्राट का संदेशवाहक था।

एक घातक संघर्ष

डॉक्टर बशरत की बैठक ही समय-समय पर उनका परामर्श कक्ष बन जाती थी। अगर वह न बताते तो वे इसे जान ही न पाते। जगह एक घरेलू कमरे जैसी थी, जो ठेठ भारतीय फर्नीचर से सुसज्जित था, फ़र्श पर एक बड़ा कश्मीरी गलीचा बिछा था, एक दीवार पर रंग-बिरंगे फूल थे और दूसरी पर एक बड़ी तस्वीर थी, जिसमें एक मीनार पर क्राइस्ट की बगल में हाथी जैसी नाक वाली एक स्त्री की आकृति थी, मीनार के ऊपर अर्धचन्द्र था, उसके साथ ही हिन्दू और बौद्ध प्रतीक ओम था और क्राइस्ट के ऊपर एक ईसाई क्रूस था। मारिका और मीषाल इस असाधारण चित्र को बहुत देर तक गौर से देखते रहे। डॉक्टर ने सबके लिए प्यालों में चाय डाली। 'यह सहिष्णुता और मेल-मिलाप की तस्वीर है। मुस्लिम, हिन्दू, बौद्ध, ईसाई, सब यहाँ चिरकाल से शान्ति से रह रहे हैं।

'आप क्या ईसाई हैं?' मीषाल ने पूछा।

'हम मुसलमान हैं, लेकिन मेरे लिए एक अच्छा मुस्लिम होने का मतलब भी एक अच्छा ईसाई, एक अच्छा हिन्दू और एक अच्छा यहूदी होना भी है,' बशरत ने शान्त स्वर में कहा।

'आप ईश्वर में यक़ीन रखते हैं?' मारिका ने पूछा।

'आप किसी ऐसे को जानते हैं, जिसे ईश्वर में यक़ीन नहीं है? हर कोई जो अच्छाई, प्रेम, न्याय और इस दुनिया में किसी उद्देश्य के लिए बनी किसी भी चीज़ में यक़ीन रखता है, वह ईश्वर में यक़ीन रखता है।' फिर मारिका से उन्होंने पूछा, 'क्या आप यक़ीन करती हैं?'

'मैं कोशिश कर रही हूँ...'

'आपको यक़ीन ज़रूर करना चाहिए। नहीं तो आप स्वस्थ नहीं होंगी। क्या कोई ऐसा या कोई ऐसी चीज़ है, जिसमें आपका पूर्ण विश्वास है? ईश्वर, बुद्ध, यीशु, कोई हार...'

कुछ देर सोच कर मारिका बोली, 'मेरा पति।'

सब जी खोल कर हँसे। 'तो बधाई हो, बहुत बढ़िया बात की आपने, लेकिन मैं एक शानदार सोच की बात कर रहा था, एक सार्विक नैतिक विशिष्ट चरित्र या कोई ख़ास जगह...'

'मुझे यक़ीन है कि यीशु की ऊर्जा मुझे ठीक कर देगी।'

'इसीलिए तो आप श्रीनगर आई हैं?' मारिका ने सिर हिला कर स्वीकार किया।

'आपको यक़ीन है कि वह यहाँ दफ़्न हैं?' चुप रह कर उसने स्वीकार किया। 'आप सही जगह आई हैं। मैं आपको यक़ीन दिलाता हूँ कि यह यक़ीन आपकी मदद करेगा।'

एक सेकिंड के लिए डॉक्टर ने उनका मुआयना किया। उसके नेत्रों में एक विशेष तेज था, जैसा मीषाल और मारिका ने पहले कभी अनुभव नहीं किया था। 'मैं जानता हूँ,' उन्होंने एक विशेष, वशीकृत करने वाली दृष्टि से सीधे मीषाल की आँखों में झाँका, उनके घने सफ़ेद बाल उनके माथे पर लटके थे। फिर वह मारिका से मुखातिब हुए, 'यीशु आपके यक़ीन का एक हिस्सा है। मैं दूसरा हूँ। आपको यक़ीन है कि आपको मदद मिलेगी?'

'हाँ।'

'मैं पूरी उम्र चिकित्सक रहा हूँ। मैंने ऐसे लोगों का कैंसर भी ठीक किया है, जिन्हें कीमोथैरेपी, ऑपरेशन, विकिरण ठीक नहीं कर सके थे। 'यह सच है कि आपके जैसा गम्भीर मामला मेरे पास पहले कभी नहीं आया था। मैंने अपने लायक़ सहयोगी प्रोफ़ेसर वैद्य द्वारा आप पर किये गए सभी टेस्टों की विस्तारपूर्वक जाँच की है। हंऽऽऽ...आपके केस को मैं एक चुनौती समझ कर ले रहा हूँ।'

'माफ़ कीजिएगा, क्या आप प्रोफ़ेसर भी हैं?' मारिका ने गुस्ताख़ी की।

'हाँ...वित्त का। मैंने उच्चशिक्षा पंजाब यूनिवर्सिटी, लाहौर में ली थी और जब यह दो टुकड़ों में बँट गई तो मैं कश्मीर सरकार के वित्त विभाग का प्रमुख था।'

'तो आप...'

'नहीं, मेरे पास चिकित्साशास्त्र की डिग्री नहीं है। सब कुछ मैंने ख़ुद सीखा है। या यूँ कहूँ...किसी ने मुझे पढ़ाया है...तो यह हमेशा मेरे भीतर होती थी...जैसे अली में...'

'क्या यह सच है कि आप क्राइस्ट के वंशज हैं?' अचानक मारिका बोल पड़ी। डॉक्टर मुस्कराये, उसकी नाड़ी तीन उँगलियों में ली और उसे संकेत दिया कि उन्हें निर्विघ्न काम करने दे। एक क्षण बाद वह बोले, 'हमें आपके वात को कम करना पड़ेगा और रक्त को साफ़ करना पड़ेगा। क्या आप 40 दिन के उपवास के लिए तैयार हैं?'

'इसकी मैं अपेक्षा कर रही थी।'

'क्या आपने कभी लम्बा व्रत रखा है?'

'रखा है।' 'कितना लम्बा?' '40 दिन का।'

वह आश्चर्य से उसे देखने लगे। 'क्या आपने यह किसी डॉक्टर की निगरानी में किया था?'

'नहीं, एक सहेली की निगरानी में। उसे इसका तजुर्बा था।'

'उसे कोई फ़ायदा हुआ था?'

'शुरू में तो लगता था कि फ़ायदा हुआ है, लेकिन फिर...उसका कैंसर लौट आया।'
'क्या वह ज़िन्दा है?'

मारिका ने हामी भरी, 'लेकिन उसका एक स्तन चला गया है।'

डॉक्टर कुछ देर कुछ नहीं बोले। फिर खड़े होकर उन्होंने एक दराज़ से कुछ छोटी-छोटी भूरी गोलियाँ निकालीं, 'यह तिब्बती भिक्षु तोंज़िन चोद्रक द्वारा तैयार की गई एक औषधि है। उन्होंने इसे कालचक्र तंत्र के अनुसार बनाया है।'

'कालचक्र क्या होता है?'

'एक प्राचीन तिब्बती भविष्यवाणी है। इसमें भविष्य की बीमारियों का वर्णन है और बताया है कि भविष्य में उत्पन्न होने वाले लोग सबसे ज़्यादा तकलीफ़ें उठाएँगे। कैंसर उन बीमारियों में से एक है। चोद्रक ने कैंसर को ठीक करने का एक नुस्खा भी तैयार किया था।'

'कब?'

'क्राइस्ट के जन्म से पहले। इसमें चाँदी, ताँबा, लोहा, टूमलाइन, एक मोती का सत्व,

पन्ने का चूरा, हीरे, लाल मणि और भी बहुत सी चीज़ें विषमुक्त करके मिलाई जाती हैं। इसे और कारगर बनाने के लिए इसमें बूटियाँ, जैसे केसर, बाँस का सत्व, जायफल, नीलम, दारूहल्दी मिलाये जाते हैं। यह दवा कीमोथैरेपी, विकिरण को मिला कर उनसे सौ गुना ज़्यादा मुफ़ीद है और इसका कोई ग़लत असर भी नहीं होता।'

उस उम्मीद से मारिका की आँखों में चमक आ गई, जिसे वह अब तक सीने में छिपा कर बैठी थी। 'क्या यह वही प्रसिद्ध औषधि है जिसने चेर्नोबिल[27] में अनेकों की जान बचाई थी?' मीषाल ने पूछा।

'हाँ।'

'यह न भी होता तो मुझे आप पर यक़ीन है,' मारिका ने कहा।

'उनके अलावा नुस्खे को और कोई नहीं जानता था।'

'उन्होंने औरों को क्यों नहीं बताया?'

'उनको डर था कि अगर लोगों को कैंसर की एक लगभग त्रुटिहीन दवा के बारे में मालूम पड़ गया तो वे ग़ैर ज़िम्मेदार बन जायेंगे। पौ फटते ही आप प्रार्थना करते हुए एक ही समय पर रोज़ाना दो गोलियाँ लें। आप उपवास करेंगी और केवल ऊर्जायुक्त जल पियेंगी। सम्भव हो तो पीले, नारंगी या लाल रंग के कपड़े पहनिए। मैं आपको यह पत्थर भी दूँगा। यह सूर्यकांत है। यह चक्रों को स्वच्छ करता और उन्हें सुसंगत बनाता है, नकारात्मक ऊर्जा को सोख लेता है, थकान और तनाव को मिटाता है और सबसे बढ़ कर, शरीर से इलेक्ट्रोमैग्नेटिक और दूषित करने वाले तत्व दूर करता है, विशेषकर विकिरण, जो आपके इलाज के दौरान आप में बड़ी मात्रा में भर चुका है। आप में ऊर्जा कम होने का यह एक मूलभूत कारण है : कीमोथैरेपी और एक्सरे उपचार। इसके अलावा आप हर सुबह, दोपहर और शाम बेला नारायण तेल लगाएँगी, 90 मिनट इसको असर के लिए लगाये रखेंगी। फिर आप गरम ऊर्जायुक्त जल पियेंगी, 15 मिनट बाद। यह ज़रूरी है कि ज़रा-ज़रा पसीना निकले। तेल और ऊष्मा वात को नियंत्रित करने के लिए अति आवश्यक हैं।'

'यह वात क्या होता है?'

'इसे कैसे समझाऊँ मैं आपको? शरीर में सब दैहिक और मानसिक प्रक्रियाएँ तीन रसों द्वारा संचालित की जाती हैं : वात, पित्त और कफ़ द्वारा। ये तीन रस हर व्यक्ति को सृष्टि को एक विशेष जगह पर रखते हैं, जिसका वे हिस्सा हैं। आधुनिक ऐलोपैथिक प्रणाली में रोग को इसके लक्षणों की पहचान करके दबाया जाता है। हम सिर दर्द, दाँत का दर्द, बुखार को दूर कर सकते हैं, लेकिन यह पता नहीं करते कि दाँत और सिर में दर्द क्यों होता है। पर आयुर्वेद एक सम्पूर्ण चिकित्सा की प्रणाली है। आयुर्वेद के अनुसार, स्वास्थ्य

---

27. 26 अप्रैल 1986 को रूस के नगर चेर्नोबिल में परमाणु ऊर्जा संयंत्र में आग लगने से विकिरण से अनेकों मौतें हुई थीं।

में गड़बड़ तीन रसों में असंतुलन बन जाने के कारण होती है। वात क उद्‌गम व्योम एवं पवन से है और यह तेज़ हरकतों से जुड़ी हर बीमारी के लिए ज़िम्मेदार होता है। भले ही वह मस्तिष्क, सतही नसें, मल-त्याग, शरीर की गतिविधियाँ, श्वास लेना, भय या पीड़ा हों...' उन्होंने दराज़ से एक पाव की एक बोतल निकाली; इसकी सुगंध उसे जानी-पहचानी सी लगी। 'अली रोज़ाना यह तेल तुम्हें मलेगा। शुरू में थोड़ा दर्द होगा, लेकिन समय के साथ-साथ जब स्थिति सुधर जाएगी तो दर्द कम हो जाएगा।' 'डॉक्टर, वे इतनी सारी औरतों के स्तन क्यों निकाल कर ले जाते हैं?'

'मैं व्यंग्य नहीं कसना चाहता, लेकिन आपके डॉक्टर औरतों के स्तन ख़त्म करते हैं, कैंसर नहीं। नियम यह है कि जब आप एक ग्रंथि को हटायेंगे तो बीमार कोशिकाएँ कहीं और चली जाएँगी। ये लोग बीमार कोशिकाओं का इलाज नहीं करते, बल्कि उन्हें मार देते हैं। लेकिन हम हमारे उपचार में भी प्यार का इस्तेमाल करते हैं। कोशिका एक जीव होती है, और हम चाहते हैं कि वह हम पर भरोसा करे। हम मारते हैं, इलाज करते हैं। इसे आप निर्देश का आधुनिकृत संस्करण समझिये : आप कोशिका की हत्या नहीं करेंगे.' वह मुस्कराए। 'हिंसा भय को जन्म देती है, कोशिकाओं में भी। लेकिन अगर आप इलाज करेंगे तो आपको भरोसा मिलेगा। कोशिका के केंद्र में क्रोमोसोम होते हैं, जिनमें आनुवंशिक सूचनाएँ होती हैं : वंश परम्परा होती है। कोशिका का केंद्र कोशिका के जीवन की सब गतिविधियों को नियंत्रित करता है, साँस तक को। पर कोशिका में और भी हिस्से होते हैं, जिन्हें सिर्फ़ आँखों से नहीं देखा जा सकता, जिनमें आत्मिक अंश भी होते हैं, जो हमारे आत्मिक केंद्रों से अनुभूति के क्षेत्र में जा रहे होते हैं, जहाँ वे प्राथमिक अंशों और अणुओं को जन्म दे रहे होते हैं। वे मानवीय आत्मा के मानसिक निस्सरण से जुड़े होते हैं, जो लौकिक देह में अवतीर्ण होती है। दुर्भाग्यवश मानवीय भावना आजकल बहुत क्षीण हो चुकी है, क्योंकि सांसारिक मनुष्य को अब मुख्यत: माया से मोह रह गया है। अत: वे अवतीर्ण कोशिकाओं और अवयवों के कार्यों को पूर्णरूपेण शुभ्र स्वस्थ अवस्था में लाने के योग्य नहीं रहते। एक ऐसी अवस्था में, जहाँ मानवीय भावनाएँ कमज़ोर पड़ चुकी हैं, कोशिकाओं के विषयुक्त पदार्थों से लम्बे समय तक हुए घर्षण के कारण कोशिकाओं को ऑक्सीजन मिलनी कम हो जाती है, उनमें उबाल आता है, और इससे सूजन आ जाती है; एक गाँठ, जो आस-पास की स्वस्थ कोशिकाओं पर हमला कर देती है, वैसे ही जैसे एक टोकरे में रखा एक गंदा सेब बाकी अच्छे सेबों को भी गला देता है। रक्तप्रवाह के मार्ग से बीमार कोशिकाएँ देह के दूसरे हिस्सों में भी दाख़िल हो जाती हैं। अगर आप किसी रोग को समझना चाहती हैं, किसी भी रोग को, सिर्फ़ कैंसर को ही नहीं, तो आपको कोशिका और आत्मा को समझना होगा। कोई भी रोग तब तक असाध्य रहेगा, जब तक केवल दैहिक स्तर पर उसका उपचार होता है, आत्मिक अंश को नज़रंदाज़ करते हुए।'

'तो पूरी तथाकथित पश्चिमी उपचार प्रणाली, जिसका आधार दैहिक उपचार है, किसी काम की नहीं है?'

'ऐसा उपचार किसी काम का नहीं है, जब तक कि रोगहरण की प्रक्रिया में आप

आत्मा को भी शामिल नहीं करते। केवल मनुष्य ही नहीं, कोशिकाएँ भी प्यार माँगती हैं...'

'सबसे ज़रूरी बात मैं कहीं भूल न जाऊँ। हर दिन, हर सम्भव क्षण, जब भी तुम्हें याद आये तो इस मंत्र को याद करना : मैं स्वस्थ हूँ, यीशु ने मुझे ठीक कर दिया है।'

उसने उन्हें आश्चर्यपूर्वक देखा, 'आप मुसलमान हैं और यीशु पर यक़ीन करते हैं?'

'आप उन पर यक़ीन कीजिये और आपका यक़ीन आपको तंदुरुस्त कर देगा। बिना आस्था के कोई कभी स्वस्थ नहीं हुआ। लेकिन वह आस्था केवल ईश्वर के क़ानून में होनी चाहिए। यदि यह सांसारिक क़ानूनों पर आधारित है तो यह मनुष्यों के लिए हानिकर है। कैथोलिक धर्म का एक विशेष पहलू है पाप। बचपन से ही बच्चे को एक पापबोध से भर दिया जाता है। कैथोलिक ईसाई पूरा जीवन ग्लानि में जीता है और यह ग्लानि क्या है?'

'बोझ,' मारिका ने तटस्थ स्वर में कहा।

'बिल्कुल, जहाँ तक मैं जानता हूँ क्राइस्ट ने कभी पाप का ज़िक्र नहीं किया था। मैंने इंजीलों को ध्यान से पढ़ा है। यीशु पाप और दंड को नहीं जानते, केवल मानवीय असफलताओं और क्षमादान को जानते हैं। क्या आपका पालन-पोषण एक कड़ी कैथोलिक व्यवस्था में हुआ था?'

हामी भर कर मारिका ने कहा, 'जहाँ से मैं हूँ, वहाँ यह परम्परा-सी है।'

'परम्परा से बुरी कोई चीज़ नहीं होती। सबसे बुरी यही होती है। इस गुलामी से ख़ुद को आज़ाद करो और यीशु और बुद्ध के नक्शे-कदम पर चलो। आपकी कोशिकाएँ आपसे बिल्कुल हाथ जोड़ कर यह करने को कह रही हैं। वे लम्बे समय तक स्थाई पापबोध का बोझ उठाने के लिए नहीं बनीं।'

कुछ देर वे ख़ामोश बैठे रहे और फिर डॉक्टर बशरत उठ कर खड़े हो गए, सबको हरी चाय दी और साथ में प्रोत्साहन की एक मुस्कान। 'तो फिर, लग जाते हैं काम पर। पहले तो हमें आपको पूरा शुद्ध करना है। आपको व्रत रखना है और मेरे निर्देशानुसार विशेष दवा लेनी है। कोई बहुत अच्छी नहीं होगी, चीज़ें आपके सब छिद्रों से बाहर आएँगी,' डॉक्टर ने चेतावनी देते हुए सिर हिलाया, 'लेकिन तीन या चार दिन में आपको बहुत आराम महसूस होगा।' मारिका का चेहरा एक क्षण के लिए दर्द से टेढ़ा-मेढ़ा हो गया। 'पैर?' डॉक्टर ने पूछा। उसने हाँ की। 'आइये, दिखाइए।' उन्होंने आराम से उसका पैर उठा कर अपनी टाँग पर रख लिया, और काफ़ी देर तक उसके दर्द हो रहे तलवे को हाथ में लिये रखा। उसने सुखद आराम देती ऊष्मा को तलवे से होकर अपनी टाँग और फिर पूरे शरीर में प्रवेश करते महसूस किया। कुछ देर बाद दर्द नहीं रहा। 'ठीक है?' उससे पूछा गया। 'एकदम ठीक। क्या हो गया?'

'कुछ नहीं। बस, आपने मुझ पर भरोसा किया है,' वह मुस्कराए। 'इस दिन को याद रखना। यह दिन आपके मस्तिष्क में विश्वास के आरोपण का दिन है, जिसके परिणामस्वरूप एक नयी स्वस्थ मारिका का जन्म होगा।'

डॉक्टर बशरत ने संकेत दिया कि उनके पहले परामर्श का समय समाप्त हो गया। मारिका यह सोचते हुए खड़ी हो ग़ई कि उन्हें कैसे बताये कि उसे सबसे अधिक किस चीज़ की इच्छा है। 'माफ़ कीजियेगा, डॉक्टर साहब, आपने मुझसे पूछा था कि क्या कोई ऐसी चीज़ है, जिसके बारे में मैं सोचती हूँ कि वह मुझे स्वस्थ कर देगी...डॉक्टर साहब, मेरी आपसे एक बड़ी प्रार्थना है। मैं यीशु की समाधि पर प्रार्थना करना चाहूँगी।'

'मैं आपको समझ सकता हूँ। मैं भी आपको वहाँ पहुँचाना चाहूँगा, बस इतना है कि आजकल यह इतना आसान नहीं है। लगभग असम्भव है। एक व्यक्ति जो मेरी मदद कर सकता है...मेरे चचेरे भाई साहिब के पास चाबियाँ हैं। वह उन्हें सिर्फ़ मुझे या कश्मीर पुलिस के महानिदेशक को दे सकता है।'

'हम कब जा सकते हैं?' उसने उत्सुक होकर पूछा।

'दिन में तो यह नामुमकिन है, हमें सुबह-सवेरे जाना होगा, जब हमारे मुसलमान भाई मक़बरे में प्रार्थना कर रहे होंगे, क्योंकि रोज़ा बाल एक मुस्लिम संत का विश्रामस्थल भी है और काफ़िरों का प्रवेश वहाँ मना है। आप समझ रही होंगी कि मेरे लिए भी यह एक खतरा मोल लेने वाली बात है, और तिस पर कश्मीर सरकार ने पुलिस प्रमुख की इजाज़त के बिना सब के वहाँ प्रवेश पर कड़ा प्रतिबन्ध लगा रखा है। फिर हम आपके व्रत में भी टोक नहीं लगाना चाहते, सवाल ही नहीं उठता।'

'मैं...मैं, अगर मुमकिन हो तो अपना व्रत शुरू करने से पहले मस्जिद जा सकती हूँ...मेरे लिए यह बहुत, बहुत ज़रूरी है...आप समझ सकते...'

डॉक्टर उसे कुछ देर देखते रहे। 'शहर में बहुत तनाव की स्थिति है। आपातकालीन स्थिति की घोषणा हो सकती है। जानती हैं...इस घातक संघर्ष में सत्तर हज़ार इंसानों की जान जा चुकी है...कह रहे हैं कि केंद्रीय रिज़र्व पुलिस बल की डिवीज़नों की संख्या आम 28 से बढ़ाकर 35 कर दी गई है। इसका मतलब हुआ सिर्फ़ श्रीनगर में पूरी तरह से लैस 35,000 विशिष्ट पुलिस अफ़सर, राज्य के 5,000 पुलिसवालों को सतर्क रहने को कहा गया है, अनगिनत जासूस हैं और तिस पर सेना के 600 फ़ौजी।'

फिर वह बोले, 'रोज़ा बाल खानयार के पड़ोस में है, जो शहर का सबसे खतरनाक इलाका है। यह पुराने शहर के बीचोबीच है।' फिर कुछ रुक कर बोले, 'या खुदा, या खुदा...असल में तो आपातकालीन स्थिति हमेशा ही होती है। कश्मीर पुलिस किसी का लिहाज़ नहीं करती...सबसे बड़ा मसला यह है कि मुसलमान ग़ैर-मुसलमानों पर यक़ीन नहीं करते, जिनके बारे में वे कहते हैं कि उन्होंने दरगाह का अनादर किया था और उन्हें अन्दर नहीं जाने देते...लेकिन मैं समझता हूँ कि आपके लिए यह कितना ज़रूरी है। आज रात, अब के लिए, मैंने जो दवा बताई है, उसे मत लो। उपवास भी मत करो। आप घूमने जाएँ और सबसे ज़रूरी यह है कि जहाँ तक हो सके कश्मीर की धूप और हवा का

आनंद लें, चोद्रक की औषधि लें। अली आपकी तेल मालिश करेगा, आप ऊर्जायुक्त जल पी सकती हैं, लेकिन आप गोश्त नहीं खाएँगी, सिर्फ़ सब्ज़ियाँ और फल लेंगी और सूर्यकांत...'

'इतने पत्थरों में सिर्फ़ सूर्यकांत ही क्यों?'

'रहस्योद्घाटन की पुस्तक पढ़िए, *स्वर्ग येरुशलम,* जिसका प्रतीकात्मक अर्थ है पुनर्जन्म। *स्वर्ग येरुशलम* वाले अध्याय में आप पढ़ेंगी कि सूर्यकांत नव येरुशलम जैसा उज्ज्वल है। यह नगर की दीवारों का पहला और नींव का पत्थर है। लेकिन यह जनश्रुति भी हो सकती है,' डॉक्टर ने मुस्करा कर कहा।

'मैं आपसे पूछना चाहती थी कि क्या आप सचमुच...'

'अब मुझे माफ़ करें। मुझे कल सवेरे प्रोफ़ेसर से मिलने श्रीनगर जाना है, लेकिन दोपहर बाद मैं लौट आऊँगा।'

एकदम सच्ची भविष्यवाणी

सम्राट गोंदोफ़रेस ने यीशु का हाथ कस कर पकड़ा, 'पुत्र, मुझे बहुत अफ़सोस है। मैं तुम्हारे पिता को नज़दीक से नहीं जानता था, मैं जानता हूँ कि पुत्र के रूप में आपका उनसे खून का रिश्ता नहीं था, लेकिन जिसने ऐसे पुत्र को बड़ा किया है, वह अवश्य ही भला आदमी होगा। मैं नहीं जानता कि आपके धर्म में आपका घर लौटना क्या अनिवार्य है...'

'हाँ, मेरे पिता जोज़ेफ़ अच्छे इंसान थे। मैं घर जाऊँगा, झुक कर अपना शोक प्रकट करूँगा और अपनी माँ को सांत्वना दूँगा।' हालाँकि...एक मिनट उन्होंने सोचा,...'मेरा दिल मुझे यहाँ रुकने को कह रहा है।'

'पहलगाम के गड़रिये की बेटी मरियम के साथ तुम्हारे असामान्य विवाह की खबर मेरे कानों तक पहुँची है। मुझे आपको पुत्रवत झाड़ पिलानी होगी : इन इलाक़ों में हमें ऐसी चीज़ों की आदत नहीं है। तुम्हारे बड़े दिल की वजह से वह मठ से निकल सकी है, मुझे मानना पड़ेगा। लेकिन मुझे डर है कि उसका आपके देश में खुश होकर स्वागत नहीं किया जायेगा।'

'मैंने कोई महान कार्य नहीं किया है। मैं ईमानदारी से उससे प्यार करता हूँ,' यीशु कुछ घबरा कर बोले, 'और मैं पहलगाम नहीं जा सकता, क्योंकि कारवाँ कल जा रहा है...' कुछ लज्जित से होकर वह फिर चुप हो गए।

जैसे वह यीशु के विचारों को पढ़ रहे हों, वैसे सम्राट ने कहा, 'फ़िक्र मत करो, जब तक तुम लौटते नहीं, मेरा महल तुम्हारी पत्नी का घर होगा।'

यीशु ने राजा के दरबारियों की द्वेषपूर्ण दृष्टि को देखा, जो एक विदेशी को ऐसी पेशकश किये जाने से खुश नज़र नहीं आ रहे थे। राजा को नहीं, बल्कि उन्हें खुश करने के लिए यीशु ने कहा, 'महामहिम, मरियम सीधी–सादी है और आपके दरबार के योग्य है। उसे बाँसुरी बजाना, गाना और नृत्य करना बहुत अच्छा आता है...'

'मुझे ऐसा कुछ बताने की ज़रूरत नहीं। यीशु आसफ़ की भार्या का हमारे यहाँ पड़ाव महल के लिए एक गौरव का विषय होगा...' राजा ने प्यार से उसका कंधा हिलाते हुए कहा, 'कम से कम तुम्हारे पास लौटने के लिए एक कारण तो होगा।' फिर उन्होंने एक पल कुछ सोचा, 'तुम्हारे देश में सब ठीक नहीं है। यूडेह में सिद्ध वालेरिउस की जगह अब कोई पोंटिउस पिलाटे आ गया है। सम्राट टिबेरिउस ने उसे जानुस की सिफ़ारिश पर नियुक्त किया है, जो प्रेतोरिया गार्ड्स का मुख्य कमांडर था, जहाँ उसे एक विशिष्ट और दबंग अश्वारोही समझा जाता था। उसे यहूदियों के प्रति उसकी घृणा के लिए जाना जाता है...मुझे डर है कि तुम्हारे देश में बुरे दिन आने वाले हैं। हमारे ज्योतिषियों ने तुम्हारी जन्मपत्री पढ़ कर बताया है कि घर पर तुम्हारे रुकने के दौरान तुम्हारे साथ सब से बुरा होगा,' सम्राट ने उसे विश्वास दिलाने का प्रयास किया। 'सब से बुरा से आपका क्या मतलब है?' 'मौत।' 'अगर ईश्वर की यही इच्छा है तो ठीक है...' 'ईसा, मेरी बात को समझो, जितनी जल्दी हो सके लौट आओ। यह तुम्हारा मिशन है। मैं जानता हूँ कि ब्राह्मण पुरोहित तुम से घृणा करते हैं, लेकिन उनका मेरे राज्य और कश्मीर में कोई प्रभाव नहीं है। प्रिय ईसा,' यीशु के पास जाकर राजा ने उसे गले लगा लिया। 'मैं तुमसे अपने पुत्र की तरह प्रेम करता हूँ। शायद उससे भी ज़्यादा। मेरी उम्र भी बहुत हो चुकी है...' 'लेकिन राव अन्ना आपके पुत्र हैं।' 'ज़रूर है, वह मेरा इकलौता बेटा है, इकलौता,' सम्राट कुछ झिझके और फिर ठुड्डी पर हाथ फेरने लगे। 'मुश्किल यह है कि जितना मैं चाहता हूँ, उससे अधिक वह पुरोहितों के प्रभाव में आता जा रहा है। संक्षेप में : धर्म पर हम दोनों के मत बहुत भिन्न हैं। वह पुरोहितों के सिद्धांतों को नेकदिली से स्वीकार किये जा रहा है, मैं मानता हूँ, कई बार मुझे लगता है कि किसी दिन वह सोचेगा, परन्तु...' 'आप राजा हैं, और अपनी जाति प्रथा के अन्तर्गत आपको पुजारियों का सम्मान करना है।'

'मैंने पूरा जीवन उनका सम्मान किया, लेकिन ज्यों–ज्यों मेरी उम्र बढ़ती जाती है, मुझे समझ आती जा रही है कि ऐसा विश्वास हानिकारक है और मैं हमारे महान, प्रबुद्ध गौतम बुद्ध की शिक्षा के हितकारी प्रभाव का कायल होता जा रहा हूँ।'

'क्या आप ब्राह्मणों की श्रेष्ठता को नकार रहे हैं ?' यीशु ने आश्चर्यपूर्वक पूछा।

'प्रसन्न रहना मेरा कर्त्तव्य है और ब्राह्मणों के सिद्धांत ईश्वर से नहीं हैं, उनके अपने हैं ये सिद्धांत।'

'रीतिवादी हैं, जिसके द्वार उन्होंने पाखंड और अन्धविश्वास के लिए खोल दिए हैं। बरसों से लोगों को मनुष्यों की जातियों में बाँटने के सिद्धांत के विरुद्ध आवाज़ें उठती रही

हैं, लेकिन बुद्ध को छोड़ कर कोई भी इनका अवमूल्यन करने की और इसकी धोखाधड़ी को उघाड़ने का साहस नहीं कर सका। इतिहास में वह पहले ऐसे हैं, जिन्होंने मानवता का सन्देश दिया है, अपने उपदेशों में सब मनुष्यों के समान होने का सन्देश दिया है। तुम सोच सकते हो कि इस जातिप्रधान देश में यह एक नया सिद्धांत ही नहीं बल्कि एक क्रान्ति थी।'

'उन्हें भारत से हिमालय को धकेल दिया गया था,' यीशु ने उदास स्वर में कहा।

'लेकिन कोई भी इस सिद्धांत को वहाँ से यहाँ आने से रोक नहीं पाया। विश्व भर में इसका प्रचार-प्रसार हो रहा है। लोग उन्हें प्यार करते हैं। बस यह है कि उनकी शिक्षा कष्ट पा रही है, जो किसी भी उत्कृष्ट सिद्धांत की नियति होती है। जब शक्तिशालियों के पास इसे कुचलने की शक्ति नहीं होती तो वे इसे अपना लेते हैं, इसे अपना दास बना लेते हैं और अपनी ज़रूरत के हिसाब से उससे समन्वय बना लेते हैं। यहाँ तक कि हमारी यूनानी प्रज्ञा के पितामह, महान सुकरात को भी शक्तिशालियों ने नहीं छोड़ा। उन्होंने साहसपूर्वक युवाओं को नैतिकता की शिक्षा दी और यह कह कर उनकी निंदा की गई कि वे उन्हें भटका रहे हैं।'

'क्षमा कीजिये, आपने कहा "हमारे सुकरात"—क्या आप में और यूनानियों में कोई समानता है?'

'है, लेकिन यह समय लम्बे इतिहास का वर्णन करने का नहीं,' मुस्करा कर सम्राट पुनः अपनी बात पर लौट आये, 'अब तो हमारी शिक्षा ने भी पाप, दोष, दंड, निरादर जैसे शब्दों को ग्रहण कर लिया। सबसे बुरा यह है कि हालाँकि वह आदमी, जो उपदेश देता है कि आदमी ही हर चीज़ का केंद्र है, अब उसे भी ईश्वर के सिंहासन पर बिठाया जा रहा है। राजकीय सत्ता वालों के साथ मिल कर पुरोहित बुद्ध को ईश्वर के सिंहासन पर बिठाने के यत्न कर रहे हैं, यहाँ तक कि उन्हें "ईश्वर" घोषित भी कर दिया गया है, हालाँकि उन्होंने अपने जीवनकाल में कभी नहीं कहा था कि वह ईश्वर के पुत्र हैं।'

'आप मुझे यह सब क्यों बता रहे हैं?' यीशु ने पूछा।

'पुत्र, मैं यहूदियों को एक करने की तुम्हारी आकांक्षा के बारे में जानता हूँ,' यीशु ने हामी भरी। 'पर यह बहुत कम है। तुम्हारी आकांक्षा यह होनी चाहिए कि तुम अच्छे विचारों के सब मनुष्यों को एक करो। हिन्दुस्तानी, यहूदी, ईरानी, रोमन, यूनानी, आर्मेनी, मिस्री, फ़िनिसिआई, चीनी, ये सब अच्छे इंसान सिर्फ़ एक चीज़ चाहते हैं : शान्ति और प्रेम। सिर्फ़ उनके देशों और धर्मों के नेता उन्हें रोक रहे हैं।'

यीशु ने इसे सोचा, 'अजीब है कि एक राजा मुझे यह बता रहा है।'

'मैं बहुत देर राजा नहीं रहने वाला। राव अन्ना मेरा राजदंड अपने हाथों में लेने वाला है। मुझे डर है कि अपने पड़ोसी को प्यार करने वाला बुद्ध का उपदेश कहीं खो जायेगा।

हर राजा और सम्राट, नेबुचाद्रेज्ज़र से लेकर दारिउस और साइरस और सिकंदर सांसारिक मूल्यों के लिए लड़ा है। उस राजा का समय आ रहा है, जो आध्यात्मिक मूल्यों के लिए लड़ेगा। तुम्हारा समय आ रहा है।'

'मेरा समय?'

'तुम्हारा, तुम एक साधारण यहूदी नहीं हो। तुम सम्राट डेविड और सुलेमान के वंश से हो। तुम्हीं हो, जो सिर्फ़ यहूदियों को ही नहीं, बल्कि सबको घर लौटा कर लाओगे।'

'ऐसा क्यों सोचते हैं आप?'

'तुम क्या सोचते हो कि कभी मैं बेथलेहम में अपने श्रेष्ठजनों के साथ तुम्हारे लिए सोना, हवन सामग्री, लोबान क्यों लेकर आया था, ? हमारे ज्योतिषी, खगोलशास्त्री, दर्शनशास्त्री और तांत्रिक एकदम सही पहचान जाते हैं कि नए बुद्ध का युग कब आरम्भ होने वाला है। तुम्हारे लिए लोबान मैं लेकर आया था : यह आत्मा का प्रतीक है और उपचार की शक्ति का प्रतीक है। हमारे महान गुरु हिलेल के और हमारे पारिस्थितिक प्रमाण परस्पर मेल खा रहे थे। तुम क्या सोचते हो कि मैंने अपने बेटे को येरुशलम क्यों भेजा था? क्यों रब्बी हिलेल ने अपने सर्वोत्तम शिष्य को बिना ना-नुकर किये सुदूर पूर्व जाने दिया था?'

'राव अन्ना तो वहाँ व्यापार करने आये थे।'

'हाँ, फ़िलस्तीन व्यापार करने गए थे, पर पहली बार नहीं गए थे, लेकिन वह एक मिशन कुछ अलग था। कलिंग के लिए सबसे बहुमूल्य वास्तु डामर या सोना नहीं था, तुम थे।'

'मैं?'

'क्या तुम्हारे चमत्कार तुम्हारे विशिष्ट होने को सिद्ध नहीं करते? हमारी यूनिवर्सिटी में पढ़ाई करने से पहले क्या तुमने हाथ लगा कर लोगों को ठीक नहीं किया था? तुमने कोचीन में रब्बियों पर तूफ़ान बरपा कर दिया, विधवा की चिता पर तुमने बारिश करवा दी...'

'ये सब संयोग थे, मैंने अभी इन चीज़ों में पांडित्य हासिल नहीं किया था। यूनिवर्सिटी में आने से पहले मैंने बहुत कुछ उद्रक से सीखा था।'

'कोई संयोग नहीं था,' राजा ने कहा, 'कैसे बताऊँ मैं तुम्हें...फ़िलस्तीन तुम्हें नहीं चाहता; वह तुम्हारे लायक नहीं है। शकुनों के अनुसार तुम यहाँ के लिए हो, इस देश के लिए, प्रिय ईसा,' यीशु के पास जाकर उन्होंने पिता की तरह उसे गले लगा लिया। 'हम एक ही वंश के हैं। मैं अपने पूर्वजों की भाषा भूल गया, लेकिन उनका धर्म मैंने रखा है।

भविष्यवाणी कहती है, ''दुनिया पूर्व वालों की होगी और यूडेह वाले इस पर राज करेंगे।'' ' फिर वह कुछ देर कुछ नहीं बोले। 'फ़िलस्तीन पर पैसा राज कर रहा है। सिकंदर के हमले उस रिवाज़ को यहाँ ले आये हैं, लेकिन अगर हम धन की ताक़त को रोक नहीं सके तो यह हमारी प्राचीन संस्कृति को नष्ट कर देगा, जिसके केन्द्रीय कर्ता पहाड़ों को भागे जा रहे हैं। मैं चाहता हूँ कि प्रेम और दया की भावना यहाँ पर राज करती रहे। तुम बुद्ध के पुत्र हो, मूसा के नहीं, मूसा ने पाप को खोजा था। मानवता के लिए इससे बुरा तोहफ़ा और कोई हो ही नहीं सकता था। तुम दुनिया में विधान को समाप्त करने नहीं आये, बल्कि इसे स्थापित करने आये हो। यही तुम्हारी प्रवृत्ति भी है, है न?'

यीशु सोचने लगे, 'पुराने क़ानून को स्थापित करने का सिर्फ़ एक ही तरीका है : एक नया कानून बनाना। पुराना क़ानून दंडप्रधान है; नए को क्षमाप्रधान होना होगा। पुराना घृणाप्रधान है, नए को प्रेमप्रधान होना होगा।'

'बिल्कुल। बुद्ध नए कानून के प्रचारक थे। उनकी मृत्यु के पश्चात् उनके शब्दों की शक्ति क्षीण होती जा रही है, क्योंकि पुजारी उसे तोड़-मरोड़ रहे हैं। लेकिन अब हमारे पास आशा है। तुम दुनिया में आ गए हो।'

'मेरा बुद्ध से क्या सरोकार है?'

'जितना तुम सोचते हो उससे ज़्यादा है। लेकिन इससे पहले कि मैं तुम्हें बताऊँ तुम वचन दो कि लौटोगे, क्योंकि तुम्हारी जगह यहाँ है और तुम्हारा यहाँ का मिशन अभी पूरा नहीं हुआ। तुम्हें कश्मीर लौटना होगा; वह तुम्हारा सच्चा घर है। मूसा की पुस्तक में वर्णित ईडन वही है। मूसा भी हमारे पहाड़ों में दफ़्न हैं,' एक रहस्यपूर्ण मुस्कान के साथ गोंदोफ़रेस ने कहा।

'क्षमा करना, लेकिन मूसा जोर्डन के पार, फ़िलस्तीन में नेबो पर्वत पर दफ़्न हैं।'

'क्या किसी को वहाँ उनके अवशेष मिले हैं?' यीशु चुप रहे। '*तोरा* का एक अंश कहता है, ''फिर मूसा नेबो पर्वत पर चढ़ गए—पिस्गाह पर्वत पर।'' ' सम्राट चुप बैठे यीशु को देख रहे थे। वह कहता है, 'फिर मूसा की मोआब में मृत्यु हो गई और मालिक ने उसे बेत पेओर के सामने नज़रबंद कर दिया...और बेत पेओर एक ऐसे स्थान से सम्बन्ध रखता है, जहाँ एक चौड़ी नदी है। बांदीपुर नाम का एक नगर है, जहाँ झेलम नदी पर्वतों से निकल कर कश्मीर के मैदानों में फैल जाती है। यह स्थान श्रीनगर से एक घंटे का रास्ता है। इसे पहले बेहात-पुर कहते थे। बन्दीपुर, मोआब के बंजर के ऊपर पिस्गाह पर्वत श्रृंखला है और वास्तविक नेबो पर्वत बांदीपुर से दो घंटे की दूरी पर है।'

'नामुमकिन,' यीशु ने बेयक़ीनी में सिर हिलाया।

लेकिन गोंदोफ़रेस आराम से बोलता गया, 'पहाड़ के नीचे एक गज़ ऊँचे खम्भे के आकार का एक पत्थर है, जिसकी देखभाल ऋषियों ने हज़ारों सालों से की है। नेबो पर्वत

के उत्तर में, स्थानीय लोग इसे इसी नाम से बुलाते हैं, हज्बल का गाँव है, जिसे पहले हेश्बोन कहते थे...'

'ग्रंथ की बात सच निकल रही है...' यीशु की प्रतिक्रिया चौंकने वाली थी।

'मूसा की समाधि तुम्हारा इन्तज़ार कर रही है।'

'अगर यह सब सच है तो इससे साफ़ हो जाता है कि मिस्र छोड़ने के बाद मूसा और उनके यहूदी चालीस साल के लिए कहाँ घूमते रहे थे...' यीशु हॉल में हैरान-परेशान चहलकदमी करने लगे। 'आपके पास क्या सबूत है कि मेरा बुद्ध से कोई सरोकार है?' उन्होंने सम्राट से तीखे स्वर में पूछा। सम्राट उठ कर चेहरे पर मुस्कान लिये यीशु के निकट आये।

'मुझे वह थैली दो जो तुम्हारी गर्दन में लटकी है,' उन्होंने उस थैली की ओर इशारा किया जो ब्रत ने यीशु को दी थी। 'जब तुम लुम्बिनी में आये थे तो क्या यह तुम्हें तुम्हारे मित्र ब्रत ने दी थी?'

'हाँ,' यीशु ने मंद स्वर में कहा।

'क्या तुम्हें वह दिन याद है जब तुम बुद्ध के जन्मस्थल पर पहुँचे थे?'

'याद है, ठीक से याद है। यह वसंत का वह दिन था, जब रात और दिन बराबर होते हैं।'

सम्राट ने मुस्करा कर थैली को खोला, 'इसमें उस जगह की मिट्टी है. जहाँ बुद्ध का जन्म हुआ था। इसमें एक पुर्ज़ा भी है, जिस पर दिन लिखा है।' आश्चर्यचकित यीशु के सामने उन्होंने वह पुर्ज़ा खोल कर रख दिया। 'इस पर तुम्हें लुम्बिनी पहुँचाने वाली एकदम सही तिथि है।' फिर वह शरारत से मुस्कराए, 'तुम जानते हो कि यह दिन इतना महत्त्वपूर्ण क्यों है?' यीशु ने न में सिर हिलाया। 'बुद्ध ग्रंथ *लग्गावत्ति स्तुत्ता* में गौतम बुद्ध ने उनके 500 साल बाद एक-दूसरे बुद्ध के आगमन के बारे में कहा है, जो श्वेत होगा और उसका नाम ''बग्वा मेत्टिया'' होगा। संस्कृत में बग्वा का अर्थ श्वेत होता है और मेत्टिया का अर्थ मसीहा होता है।' 'दिलचस्प है', यीशु ने पुनः अविश्वास में सिर हिलाया। सम्राट नहीं चाहते थे कि बीच में कोई टोके और उनका बोलना जारी रहा, 'बुद्ध कहते हैं कि पश्चिम से एक मसीहा आएगा, जिसके हज़ारों अनुयायी होंगे।'

'मुझे अब भी समझ नहीं आ रहा कि इस भविष्यवाणी का मुझसे क्या सरोकार है?'

'तुम बुद्ध की जन्मस्थली पर उनकी मृत्यु के पाँच सौ वर्ष पश्चात् पहुँचे हो, बिल्कुल उसी तिथि पर। उनकी भविष्यवाणी सच हुई है।'

यीशु थूक निगल कर अपने पसीने भरे हाथ में रखी थैली को बहुत देर देखते रहे। विकल अवस्था में हॉल के चक्कर लगाते रहे, फिर सम्राट के पास जाकर दृढ़तापूर्वक

उनकी आँखों में देखा, 'मरियम की देखभाल करने के आपके वचन के लिए धन्यवाद। मैं ज़रूर लौटूँगा।'

कश्मीर में यहूदी

डॉक्टर बशरत की कार सुबह सवेरे निकल पड़ी। अली ने स्फूर्तिदायक तेल से मारिका के थके शरीर की मालिश की, अपने पिता द्वारा बताई गईं दवाइयाँ उसे दीं और सब के लिए चाय बनाई। वे नदी के सामने छत पर बैठे खूबसूरत सुबह का आनंद ले रहे थे।

'माफ़ करना,' मीषाल ने पूछा, 'क्या आप मुस्लिम हैं?'

'हाँ, हम सुन्नी मुस्लिम हैं। हमारे पूर्वज चौदहवीं शताब्दी के शुरू में ईसाई और बौद्ध धर्म को छोड़ कर तब मुसलमान बन गए थे, जब इस्लाम कश्मीर में पहुँचा था। मेरे दादा के पास हिब्रु में हमारी पूरी वंशावली थी, मैंने अपनी आँखों से देखी है। ये दस्तावेज़ तब रहस्यमय तरीके से खो गए थे, जब वह उन्हें मेरे पिता को देने वाले थे। वंशावली तीन बड़ी किताबों में थी।'

'आपको कैसे पता कि वह वंशावली ही थी? क्या आप हिब्रु पढ़ सकते हैं?'

'उसके साथ संस्कृत और फ़ारसी अनुवाद भी थे। उसमें पूरा सही विवरण था कि हमारी वंशावली के संस्थापक कब और कैसे कश्मीर पहुँचे।'

'ये सब जुबानी बयान हैं, जनश्रुतियाँ हैं,' मीषाल ने सोचते हुए कहा।

'मेरे पास कुछ है जो दिलचस्प है। मक़बरे में संरक्षक रहमान मीर को दिया गया 1766 में जारी किया गया एक आधिकारिक दस्तावेज़। यह असल में रोज़ा बाल से जुड़ा एक क़ानून है, इसका अंग्रेज़ी अनुवाद भी है।'

मीषाल एक अनजानी लिपि में लिखा हुआ एक कागज़ उसके हाथ से लेकर उसके अंग्रेज़ी अनुवाद को पढ़ने लगा— *इस सल्तनत में सिद्धांतों और धर्मों से सम्बंधित अनुभाग में, न्यायालय में, रहमान मीर, पुत्र बदाहुर मीर, बयान देता है कि यहाँ युज़ आसफ़ (खुदा उन पर रहम करे) की क़ब्र पर पूरी दुनिया से अमीर, अभिजात, कुलीन घरानों के व्यक्ति उन्हें श्रद्धांजलि अर्पित करने, उन पर चढ़ावा चढ़ाने आते हैं। वह बयान देता है कि वह बिला शक़ इन चढ़ावों को स्वीकार करने और उनका उपयोग करने के लिए प्राधिकृत है, कि उसके अलावा और किसी को यह अधिकार नहीं है और यदि कोई उनके इस अधिकार का अतिक्रमण करने की कोशिश करेगा तो वह उसको रोकेगा। तथ्यों की जाँच करने के बाद यह बयान दिया जाता है कि एक व्यक्ति, जिसे युज़ आसफ़ के नाम से जाना जाता है, जिसने सुलेमान पर्वत पर मंदिर की मरम्मत करवाई थी और जिसने सम्राट गोंदोफ़रेस के राज में और भी बहुत से मंदिरों का निर्माण करवाया था, इस देश आया था। वह एक असली शहज़ादे थे, वह सांसारिक मामलों से विरक्त रह कर न्याय के लिए संघर्ष करते*

थे। दिन-रात ईश्वर के आगे प्रार्थना करते थे, और ध्यान में बहुत समय तक मग्न रहते थे। पैगम्बर युज़ आसफ़ को कश्मीर में भारी सैलाब आने के बाद यहाँ भेजा गया था, कश्मीर के लोगों को उपदेश देने के लिए। उन्होंने मरते दम तक एक ईश्वर होने के सिद्धांत का प्रचार किया। उन्हें मोहल्ला खानयार में दरिया के किनारे दफ़नाया गया था, रोज़ा बाल के नाम से जानी जाने वाली एक जगह पर। 1451 में इमाम मूसा अली रज़ा के बेटे सैयद नसीरुद्दीन रिज़वी को युज़ आसफ़ के पास ही दफ़नाया गया था। चूँकि इस जगह पर आम और ख़ास, दोनों तरह के लोग आते हैं, और चूँकि रहमान मीर इस स्थान का पैतृक संरक्षक है, वह यहाँ चढ़ाई गईं क़ुरबानियों और तोहफ़ों को मंज़ूर करेंगे। किसी का इन तोहफ़ों पर हक़ नहीं है और कोई इनसे छेड़छाड़ नहीं करेगा। तारीख़ जुमादा-अल-थानी की 11, सन् 1184, दस्तख़त मुल्ला फ़ज़ल, मुफ़्ती आज़म, अब्दुल शकूर, अमादुल्ला और छह अन्य प्रतिष्ठित व्यक्ति।

'हिजरी वर्ष जाकर सन् 1766 बनता है,' अली ने चाय की चुस्की लेते हुए कहा।

'दिलचस्प है यह, लेकिन इससे कुछ साबित नहीं होता,' मीषाल ने कहा।

'इंजीलों में यीशु के पुनरुत्थान का भी कहीं कोई वर्णन नहीं है; सिर्फ़ यही है कि एक खाली मक़बरा मिला था। लेकिन इससे इस तथ्य को तो नहीं नकारा जा सकता कि वह क़ब्र से गायब हो गए थे?' अली ने मुस्करा कर कहा, 'आपकी दिलचस्पी इसमें भी होगी,' उसने पुरानी जिल्दों में किताबों का एक ढेर उनके सामने किया, 'यह हमारे खानदान का असली खज़ाना है। जब किसी दिन मेरे पास वक़्त होगा तो मैं इन सबका अंग्रेज़ी में तर्जुमा करूँगा, ताकि दुनिया जाने कि इज़राइल के खो गए दस कबीले अफ़गानिस्तान के रास्ते भारत, तिब्बत और कश्मीर आये थे। ये अनेकों प्रतिष्ठित लेखकों द्वारा लिखी गई किताबें हैं। नियामतुल्ला की *हिस्ट्री ऑफ़ अफ़गांस,* और हाफिज़ मुहम्मद ज़ादेक की *तारिक-ए-हाफिज़ रहनमतखान,* जिसमें उसने प्रमाणित किया है कि अफ़गान इज़राइली कबीले बानी इज़राइल के वंशज हैं। फिर जॉर्ज मूर द्वारा 1861 में लिखी *लॉस्ट ट्राइब्स* भी है, सर विलियम जोंस, सर जॉन माल्कम, कश्मीरी इतिहासकार मुल्ला नदिरी और मुल्ला अहमद की किताबें हैं, जो काश्मीरियों के इज़राइली मूल के बहुत से प्रमाण देती हैं।'

'कुछ के नाम बताएँगे?' मीषाल ने कुतूहलवश पूछा।

'मसलन नज़ीर अहमद की किताब में कश्मीरी कबीलों, परिवारों, जातियों, भौगोलिक सन्दर्भों और मर्दाने तथा ज़नाने नामों की एक सूची है, जो पूरी तरह से या आंशिक तौर पर पुराने टेस्टामेंट के नामों से मिलते हैं।'

'आप गम्भीरता से कह रहे हैं?'

अली मुस्कराने लगा, 'रुको,' खड़े होकर उसने एक दराज़ से इंग्लिश *बाइबल* का एक भारी संस्करण निकाला, 'देखते हैं, कश्मीरी कबीले गद्दी का वर्णन मूसा की चौथी

पुस्तक में है—13:11, कश्मीरी कबीला गोमर का वर्णन मूसा की पहली पुस्तक में है—10:2, राफू का वर्णन मूसा की चौथी पुस्तक में है—13:9, अनंतनाग में स्थानीय नाम बाबल का वर्णन जेनेसिस 9:9 में है, हर्रन झील का वर्णन *बुक ऑफ़ किंग्स* में 19:12 पर है, मामरे नाम का श्रीनगर का एक भाग जेनेसिस में 14:13 में वर्णित है, कुलगाम के एक स्थान तहरान का वर्णन *बुक ऑफ़ किंग्स* में 26:35 पर है, सुरु के निकट भवन...'

'बस, बस, बस, आपको पूरे 300 नाम लेने की ज़रूरत नहीं है,' मीषाल हैरत से सिर हिला रहा था। 'अजीब है। क्या मैं... ?' उसने अली से किताब लेकर पुराने टेस्टामेंट वाले नाम मिलाये। मारिका भी पास ही बैठ गई, 'सोचा भी नहीं जा सकता। सब एक जैसे हैं।'

अली ने और चाय डाली और जारी रहा, 'सचमुच अजीब है। यह कोई इत्तेफ़ाक नहीं है कि मुसलमान होने के बावजूद कश्मीर के लोगों में इज़राइली नाम आम है। दूसरे मुस्लिम देशों में ऐसा नहीं है। यह अजीब है कि काश्मीरियों के रीति-रिवाज़ और परम्पराएँ यहूदियों जैसी हैं : ये जुम्मेरात को मोमबत्तियाँ जलाते हैं और प्रतीक के रूप में डेविड का सितारा लगाते हैं। यहूदियों की तरह कश्मीरी पकाने में सिर्फ़ तेल का इस्तेमाल करते हैं, चर्बी का कभी नहीं करते; कश्मीर में सबसे लोकप्रिय व्यंजन उबली मछली होती है, जैसे इज़राइल में होती है और आप यक़ीन नहीं करेंगे, मछली को हम फरी कहते हैं—यहूदियों की तरह। युवा कश्मीरी औरतों का एक परम्परागत नृत्य है, वे एक-दूसरे के सामने कतार में खड़ी हो जाती हैं, फिर दोनों हाथ सिर पर बाँध कर झूमती हैं। इस नाच को रोफ़ कहते हैं, जो इज़राइल में भी जाना जाता है। जब बच्चा पैदा होता है तो औरतें 40 दिन नहाती नहीं, जो एक पुराना यहूदी रिवाज़ है। बहुत सी पुरानी क़ब्रों में लाशों को यहूदियों वाली स्थिति में लिटाया जाता था, जबकि मुसलमानों को उस स्थिति में नहीं दफ़नाया जाता। बिजिबार में एक पुराने क़ब्रिस्तान में एक क़ब्र पर हिब्रु में लेख है। कश्मीरी कसाई आधा गोल छुरा इस्तेमाल करते हैं, जो इज़राइल में कोशर भोजन के लिए प्रयोग किया जाता है और आपने स्वयं डल झील पर देखा था कि मछुआरों के चप्पू दिल के आकार के होते हैं : वैसे ही चप्पू, जो क्राइस्ट के ज़माने में टिबेरिया में होते थे। बूढ़ी कश्मीरी और यहूदी औरतें तकरीबन एक जैसे ही कपड़े पहनती हैं...'

'रुको, रुको,' मीषाल हैरान था। 'यह सब कमाल है, पर इससे कश्मीर में क्राइस्ट की मौजूदगी का सबूत तो नहीं मिलता?'

'श्रीनगर के दक्षिण में तीस मील की दूरी पर सर्दियों का एक हिल स्टेशन है, जहाँ एक विशाल मैदान है, इस जगह को चिरकाल से युसमर्ग कहते हैं—यीशु का मैदान—युसमर्ग के लोग अपने आपको यदु कहते हैं और उनका मूल यहूदी कबीले युदा से है। आप क्या सोचते हैं कि यह एक इत्तेफ़ाक है कि जिस मंदिर को हम जा रहे हैं उसका नाम सुलेमान के नाम पर है? यह मंदिर वास्तु के लिहाज़ से हिन्दुओं के मंदिर से एकदम अलग है, परम्परागत रूप से जिनकी छत शिकारे की तरह होती है, यह उन पर्वतों की प्रतीक है, जहाँ देवताओं का वास होता है। हिन्दू मंदिर ब्राह्मणों के निरीक्षण में बनते थे, जो इस बात

का पूरा ध्यान रखते थे कि हिन्दू मंदिरों का वास्तु एक जैसा हो। लेकिन यह वाला बिल्कुल अलग है। जब हम वहाँ होंगे तो सुलेमान के सिंहासन के बाहरी कोष्ठ को देखना। यह देखो, आपको किसी चीज़ की याद आती है? देखो,' उसने एक तस्वीर उठाई, जिसमें एक तरह का बक्सा था, जो शायद संगमरमर का था। इसके ऊपर दोनों हाथ ऊपर उठाए एक-दूसरे पर टिके दो मरदाने धड़ थे।

मारिका और मीषाल तस्वीर को ताज्जुब से देख रहे थे।

'कौन हैं ये बन्दे?' मीषाल ने पूछा।

'ये बन्दे नहीं हैं, देवदूत हैं, जो पुराने ईश्वर और मानव के बीच हुए समझौते की रखवाली कर रहे हैं, जिसमें मूसा के दस निर्देश हैं, जो ईश्वर ने उन्हें तब दिए थे, जब वह यहूदियों को मिस्र से लौटा कर ला रहे थे। ये शुद्ध सोने से बने हैं। यह एक अस्थाई उपासनागृह है, जो यहूदियों के पास सबसे बहुमूल्य वस्तु है। है नहीं, बल्कि होनी चाहिए थी। और ये जुड़े हुए हैं, ये उनके हाथ नहीं हैं, बल्कि उनके पंख हैं। ये सम्राट डेविड के ज़माने से येरुशलम के मंदिर में संभाल कर रखे हुए थे। वास्तव में मंदिर को बनाया ही इसीलिए गया था। लेकिन यीशु से 600 वर्ष पूर्व, जब मंदिर को नेबुचाद्रेज्ज़र द्वारा नष्ट किया रहा था, यह कहीं खो गया था और तब से इसे किसी ने नहीं देखा। कुछ लोग कहते हैं कि यह मंदिर के नीचे एक भूमिगत गलियारे में छिपा है, दूसरे कहते हैं कि यह लाल सागर पर कहीं है, लेकिन कुछ ऐसे भी हैं, जिन्हें विश्वास है कि यह यहीं कहीं छिपा है, श्रीनगर में, सुलेमान के सिंहासन के गुप्त आंतरिक भाग में, देखो।' उसने उन्हें सुलेमान के सिंहासन की तस्वीर दिखाई, 'क्या आप स्पष्ट समानता को देख सकते हैं? मंदिर का बाहरी कोष्ठ उठी हुई, देवदूतों को सुरक्षा प्रदान करती बाँहों को स्पष्ट दिखाता है। हो सकता है कि मंदिर का निर्माण करने वाला कोई संकेत देना चाहता था? और मंदिर का नाम एक यहूदी बादशाह पर क्यों है? देखो, यह एक अष्टकोण पदचिन्ह पर है, पुराने इज़राइल की बहुत सी इमारतों की तरह। 1869 में भारतीय पुरातत्व सर्वेक्षण के तत्कालीन अध्यक्ष हेनरी हार्डी कोल ने मंदिर के दो भीतरी स्तंभों पर प्रलेखन की तस्वीरें ली थीं, जो बाद में इमारत के नवीकरण के दौरान नष्ट हो गई थीं। ये रहीं वो?' अली ने मेज़ पर 4 तस्वीरें रखीं, जिन पर लिखाई पढ़ी नहीं जा सकती थी, 'यह फ़ारसी है।'

'क्या लिखा है?' मीषाल ने उत्सुक होकर पूछा।

'पहली पर लिखा है ''युज़ आसफ़ ने इस समय यह मिशन शुरू किया था। यह वर्ष 54 की बात है।'' दूसरी पर लिखा है, ''युज़ आसफ़ इज़राइल के पुत्रों के पैगम्बर थे।'' तीसरी कहती है, ''यह स्तम्भ वर्ष 54 में राजी हाश्ती ज़ोरको ने बनवाया था।'' और अंतिम वाली, ''यह स्तम्भ मरियम के पुत्र अली किम के सम्मान में निर्मित किया गया था।'' '

मारिका ने हैरानी से उसे देखा, 'यह तो आपका नाम है, और मरियम?'

'यीशु की पत्नी के अलावा और कोई हो ही नहीं सकती।'

'लेकिन प्रलेख फ़ारसी में क्यों हैं?'

'मंदिर का कई बार पुनर्निर्माण किया गया था और हमेशा उस भाषा में होता था, जो राजा की भाषा होती थी। पहला पुनर्निर्माण 15वीं सदी में सुल्तान जेन अल अबिदीन ने करवाया था। यह सिद्ध हो चुका है कि देवदूत थोमस सन् 52 से 72 तक भारत में रहा था। वैटिकन ने इस सत्य का खंडन नहीं किया।'

'थोमस भारत में?' मीषाल ने अविश्वास में उसे घूरा।

'वह भारत का एक संत है। बल्कि 1972 में भारत में उनके नाम से एक डाक टिकट जारी की गई थी। 394 में उनके अवशेष मायलापुर से एदेसूर्सा भेजे गए—जो तुर्की की आधुनिक उर्दू है। ये तथ्य दस्तावेज़ों में प्रमाणित हो चुके हैं। उपलब्ध सूचना के अनुसार, वह सम्राट गोंदोफ़रेस के दरबार में सन् 49 में आये थे और बहुत सम्भावना है कि यीशु भी उनके साथ मिल कर पुनरुद्धार करने आये थे।'

'पर विदेशियों को सुलेमान के सिंहासन की मरम्मत करने की क्या ज़रूरत थी?'

'शायद इसलिए कि इसे गेनिज़ाह के तौर पर इस्तेमाल किया जाता था, एक ऐसी जगह जहाँ पवित्र यहूदी स्मृतिचिन्हों को संभाल कर रखा जाता है।'

'हर उस चीज़ से जो पुराने टेस्टामेंट से जुड़ी है, आपका एक कमाल का रिश्ता है,' मीषाल ने टिप्पणी की।

'देखो, अगर आप यहूदी मूल के हैं तो आपको दिलचस्पी तो होगी ही। मैं नव टेस्टामेंट से भी भली भाँति परिचित हूँ। मैथ्यू के इंजील के अध्याय 15 में यीशु कहते हैं, ''मुझे सिर्फ़ इज़राइल के घर की भेड़ों के लिए भेजा गया है''।'

'तुम्हारा नाम, अली भी *बाइबल* से सम्बंधित है। सामुएल की प्रथम पुस्तक में इसका वर्णन है,' मीषाल ने डींग मारी।

'यह दिलचस्प है कि आप और आपके पूर्वजों में इलाज करने की असाधारण योग्यता है,' मारिका ने तारीफ़ में सिर हिलाया।

अली उन्हें कुछ और दस्तावेज़ भी दिखाना चाहते थे, लेकिन डॉक्टर की कार शोर मचाती हुई बाहर निकल गई थी। अली ने अपनी घड़ी पर नज़र डाली, 'अब अब्बा किस लिए वापस आयेंगे?'

यह वाक्य पूरा होते ही डॉक्टर बशरत छत पर आ गए। 'सोनमर्ग पर सारा यातायात रोक दिया गया था और हमें आगे नहीं जाने दिया गया। वे सैनिकों का एक पूरा काफ़िला

आगे भेज रहे थे। कह रहे थे कि अगर सब ठीक रहा तो सड़क को तीन घंटे में खोल देंगे। बस, मुसीबत हो गई शुरू,' डॉक्टर ने लम्बी साँस भरी। 'चाय मिलेगी?'

छत पर एक अमंगलसूचक सन्नाटा छा गया।

ईश्वर हमारी मदद नहीं करेगा

यीशु ने नगरद्वार के बाहर मरियम से विदा ली, जहाँ सम्राट के नौकर-चाकर भी उन्हें छोड़ने आये थे। सम्राट ने स्वयं उन्हें वे सब कमरे दिखाए थे, उनके लौटने तक जिनमें वह घर की तरह रहेगी। उन नौकरों से भी उन्हें मिलवाया, जो पूरा समय उसकी सेवा के लिए हाज़िर रहेंगे। यीशु ने अपनी पत्नी का कस कर आलिंगन किया। उस समय दोनों नहीं जानते थे कि मरियम की कोख में एक नया जीवन विकसित हो रहा था।

सम्राट गोंदोफरेस ने यीशु को साज-सामान से युक्त एक घोड़ा दिया, जिस पर चढ़ कर वह सिन्धु के तट पर स्थित अशगर गए, जहाँ घोड़े पर चढ़ कर तक्षशिला से एक दिन से भी कम समय में पहुँचा जा सकता था। वहाँ 20 चप्पुओं से खेने वाली एक शाही नौका उनका इन्तज़ार कर रही थी, जिसकी गति असाधारण रूप से तेज़ थी और जिसने उन्हें एक सप्ताह से भी कम समय में निचली सिन्धु पर बनी पत्तला बंदरगाह पर पहुँचा दिया। वहाँ वह बेबिलोनी व्यापारिक पोत अल रवही के कारवाँ के साथ हो लिए, जो सिंध प्रांत के रास्ते पश्चिम की ओर निकल पड़ा, उसी रास्ते से, जहाँ से तीन शताब्दी पूर्व सिकंदर महान पश्चिम को लौटा था। कारवाँ ने राम्बक्सिया नगर में विश्राम किया और फ्रि गेओद्रोसिया से भूमि पथ लेता हुआ अलेग्ज़ान्द्रिया और कार्मानिया की राह पूरा नगर की ओर निकल लिया, जहाँ यीशु ने सम्राट साइरेस महान की क़ब्र पर श्रद्धांजलि अर्पित की, जिसने यहूदियों को बेबीलोन वालों की क़ैद से छुड़वाया था। फिर उन्होंने फ़ारसी साम्राज्य की भूतपूर्व राजधानी पेरसेपोलिस में कुछ ज़्यादा दिन बिताये, जहाँ ध्वंस हुए महलों और जला दी गईं इमारतों के अवशेष अब भी देखे जा सकते थे। इन्हें सिकंदर ने ख़ुद अपने हाथों से जलाया था, फ़ारसी सम्राट साइरेस द्वारा एथेंस का विध्वंस करने का बदला लेने के लिए। पेरसेपोलिस में यीशु ऋषियों होरुस, लेनुस और मेरुस से मिले। अपने एक सप्ताह के पड़ाव के दौरान, जब व्यापारी अपना माल चढ़वा-उतरवा रहे थे, उन्होंने ऋषियों से एकेश्वरवादी धर्म के सबसे पहले संस्थापक और भले-बुरे कर्मों के दार्शनिक ज़राथुस्त्र की विरासत पर बहस की।

पेरसेपोलिस से कारवाँ फ़ारसी राजाओं की शीत ऋतु की पुरानी राजधानी सूसा की ओर बढ़ता रहा। कुछ दिन बाद उन्होंने टिगरिस नदी को पार किया और कारवाँ की मंज़िल बेबीलोन पहुँच गए। उसके बाद यीशु ख़ुद ही दमिश्क तक अकेले गए और तीन माह बाद नाज़ारेथ पहुँचे। उनकी आयु 33 वर्ष थी। वह गैलिली पुनः 18 साल बाद लौटे थे। अफ़वाहें उड़ रही थीं कि सम्राट रोम छोड़ गए थे, लेकिन इससे क्षेत्र की स्थिति में कोई परिवर्तन नहीं आया। यीशु ने माँ का अभिवादन किया, जो ज़रा भी नहीं बदली थी। जब से उनके पिता

की मृत्यु हुई थी, तब से उनके पिता के सौतेले भाई अरिमथेआ के जोज़ेफ़ काफ़ी समय नाज़ारेथ में बिता रहे थे और परिवार चलाने में मेरी की मदद कर रहे थे, बीज लाते थे, मवेशियों के लिए चारा लाते थे। यीशु की लम्बी अनुपस्थिति का असर उनके पारिवारिक संबंधों पर भी पड़ा था। जब यीशु के आने की खबर उड़ी तो उनके भाई-बहन मार्मिओन मार्ग पर स्थित उनके घर उनसे मिलने आये, उनके कुछ किस्से सुन कर अपने-अपने घरों को चले गए, जो उन्होंने उनकी अनुपस्थिति के दौरान बना लिये थे। उनकी माँ अपने घर में अकेली रह रही थी। वह सोच रहे थे कि आगे क्या किया जाए। उनके पिता की वर्कशॉप लगभग वैसी ही हालत में थी, जैसी वह उसे छोड़ कर गए थे। उन्होंने फर्नीचर, औज़ारों और छत की मरम्मत की, लेकिन वहाँ रुक जाने का उनका कोई इरादा नहीं था। पिता के देहांत के एक साल बाद पूरा परिवार फिर एक बार नाज़ारेथ में मिल कर उनकी क़ब्र पर गया। उन्होंने लकड़ी के ताबूत को खोला और परम्परानुसार उनकी अस्थियाँ एकत्र कीं। बक्से पर उन्होंने पिता का नाम नक्काशी में ख़ुदवा दिया, जिसके साथ सम्भावित चोरों के लिए चेतावनी भी थी। कर्मकांड पूरा कर लेने के पश्चात् परिवार घर लौटा। मृत्युभोज पूरा हो जाने के बाद यीशु ने घोषणा की कि उन्होंने डेसिथेओस के मठ लौटने का फ़ैसला लिया है। वह ख़ुद से सवाल कर रहे थे कि क्या वह सचमुच वहाँ जाना चाहते हैं, लेकिन यही एक जगह थी, जहाँ वह लौट सकते थे। किसी भाई-बहन ने विरोध नहीं किया, किसी ने उसे अपना फ़ैसला बदलने के लिए नहीं कहा, बल्कि वे निश्चिन्त हो गए लगते थे। उन्हें माँ की चिंता थी, जो एक कठिन स्थिति में थी। अकेली रह रही थी। यीशु के बड़े भाई याकोब, जोज़ेफ़, साइमन और यूदा तथा बहनें रूत और लीडिया अपने-अपने परिवारों के साथ रह रहे थे और पिता के देहांत के बाद उनमें और उनकी सौतेली माँ के बीच कोई मेलमिलाप नहीं रहा था। मेरी जानती थी कि यीशु को अपना इरादा बदलने के लिए कहना फ़ज़ूल होगा और कि घर में उसकी जगह कभी कोई नहीं भर सकेगा।

'माँ, तू फ़िक्र मत कर, मैं वचन देता हूँ कि मैं तेरा पूरा ख़याल रखूँगा।' माँ के हाथ चूम कर उन्होंने मार्मिओन वाला घर सदा के लिए छोड़ दिया।

यीशु का डेसिथेओस के मठ में भी गरमजोशी से स्वागत नहीं हुआ, लेकिन उनकी बैठने की जगह पर अब तक किसी ने कब्ज़ा नहीं किया था। मठ में यीशु के प्रवेश लेने के समय से अब तक वहाँ भारी बदलाव आ चुका था। अब ये चाटुकारों से भरा पड़ा था, जो उस्तादों के लिए तोहफ़े लेकर आते थे। जो लोग वहाँ आध्यात्मिक ज्ञान प्राप्त करने आये थे, उनकी कोई परवाह नहीं करता था। डेसिथेओस के बहुत से भिक्षु धनी साजुसी[28] परिवार से थे और यह स्पष्ट मालूम पड़ता था कि उनका उद्देश्य विनय की राह चुनना नहीं, बल्कि पूजा-पाठ के कर्मकांड सीखना था। डेसिथेओस बूढ़े हो रहे थे और उम्र के बढ़ते-बढ़ते अधिक समय बिस्तर पर रहते थे और चिड़चिड़े भी होते जा रहे थे। बहुत से बौद्ध भिक्षु घर लौट गये थे या मिस्र जाकर अपना मिशन आगे बढ़ा रहे थे। यीशु का रिश्ते का भाई जॉन

---

28. एक यहूदी दल के सदस्य, जिनमें परम्परागत शासक वर्ग के पुजारी होते थे, जो *तोरा* के क़ानून से मतभेद रखते थे।

सिर्फ़ ऐसा था, जिसके वह बहुत करीब थे। वह अकेला ऐसा था जो उनसे सुदूर देश भारत के क़िस्से मन लगा कर सुनता था और उसने उनको बताया एस्सेने[29] मत के बारे में, जो *तोरा* के क़ानून के अनुरूप चलते थे। जॉन कई साल उनके साथ रह कर आया था और उसने अपने भाई को भी सलाह दी कि उनसे क़ुमरान में जाकर मिले, चाहे थोड़े समय के लिए ही सही। तीन माह बाद यीशु और जॉन ने डेसिथेओस के मठ को छोड़ने का फ़ैसला लिया। वे दक्षिण को निकल पड़े और दो दिन के सफ़र के बाद अलग हो गए। जॉन पूर्व की दिशा में गेरासा के रेगिस्तान को निकल गया। वैसे जाते-जाते यीशु को क़ुमरान मठ के लिए एक सिफ़ारिशी चिट्ठी दे गया, यह मठ मृत सागर के उत्तर-पश्चिमी तट पर एक दुरूह मरुस्थल में था। लगभग दो सौ साल यहाँ एस्सेने मत के भिक्षु हसिदिमों के वंशज रहते थे, जो साजुसियों के बढ़ते प्रभाव के विरोध में येरुशलम छोड़ कर चले गए थे, जिनके बारे में उनका मानना था कि उन्होंने मंदिर को अपवित्र किया था, क्योंकि उनका उद्देश्य आत्मा को उन्नत स्तर पर पहुँचाने के बजाय सिर्फ़ मंदिर की महंतशाही में सत्ता और पद हासिल करना था। लम्बे चौड़े क़ुमरान मठ में निवासस्थान, मालगोदाम, पवित्रीकरण कक्ष, उपभवन, पढ़ाने के कमरे, गुसलखाने और पत्थर की बनी पानी की टंकियाँ थीं, जिनमें पानी एक कुएँ से या एक छोटी नहर के ज़रिये पहाड़ों से लाया जाता था। भिक्षु सब एक साथ रहते थे, सम्पत्ति में सबका हिस्सा था, शराब या किसी भी तरह के मादक द्रव्य का सेवन कोई नहीं करता था और दास रखने के बजाय उन्होंने अपना एक सेवादल बनाया था। हर सुबह, सूर्य उदय होने के तुरंत बाद वे सामूहिक स्नानघर में एकत्र होकर जाँघिये पहने पवित्रीकरण स्नान लेते थे। मठ के बीचोबीच एक केंद्रीय अहाता था, जिसमें एक ऊँची दुमंज़िली मीनार थी, जिसके आस-पास रोज़ाना इस्तेमाल में काम आने वाली चीज़ें बनाई जाती थीं, उसमें एक लम्बा हॉल था, जिसमें समुदाय के लोग मिल कर वाद-विवाद करते थे, भोजन लेते थे। हॉल के बाद एक ग्रंथालय था, जहाँ वे पवित्र ग्रंथों की प्रतिलिपियाँ बनाते थे। उनमें सबसे अधिक महत्त्वपूर्ण थे *आत्मनियंत्रण की पुस्तिका* और *समुदाय का विधान*। मठ के निवासी स्वयं को अन्य यहूदियों की तरह सूर्यपुत्र बताते थे, उनका मानना था कि चिरप्रतीक्षित मसीहा के अवतरण के साथ ही रोमनों का प्रभाव ख़त्म हो जाएगा और इज़राइल का राज पुनर्स्थापित हो जाएगा। पचास साल पहले आए एक भूकम्प के कारण मठ की दीवारें कई जगहों से टूटी हुई थीं। बहुत से मठवासी आस-पास की गुफ़ाओं में जाकर ध्यान लगाते थे, जहाँ वे महीनों उपवास भी रखते थे। यीशु की मित्रता आदम से हुई, जो बहुत छोटी उम्र में मठाधीश बन गया था। येरुशलम का यह युवक काफ़ी पढ़ा-लिखा था, जो दस वर्ष पहले, जब वह लड़का था यहाँ आया था और अपने आचरण के कारण उसे वहाँ बहुत सम्मान की दृष्टि से देखा जाता था। उससे लम्बे वार्तालापों के दौरान यीशु को लगा कि कई चीज़ों के बारे में वह ज़्यादा नहीं जानता था और कि वह अपने साथियों को जो उपदेश देता था उससे वह स्वयं पूर्णतया सहमत नहीं होता था। हालाँकि पहले साल में वह अन्य सदस्यों के आचरण का अनुसरण करते हुए क़ुमरान समाज की एकता के नियमों पर चल रहे थे, फिर भी भारत के विचार उनके मस्तिष्क में घूमते रहते

29. सिद्ध मत के यहूदी, जो फ़ारसियों के सूर्य की पूजा के विश्वास पर आधारित था, बाद में ये जैन योगियों से प्रभावित हुए, जो चमत्कार करने का दावा करते थे, आत्म-संयमी थे और संन्यासियों की तरह जीते थे।

थे। उन्हें प्रतीत हो रहा था कि भिक्षु और पुजारी सब जगह एक जैसे होते हैं, सिर्फ़ उनके कर्मकांड भिन्न होते हैं, जबकि अत्यंत महत्त्वपूर्ण सोच—सही राह—उनसे बच कर निकल जाती थी। यीशु अपनी हताशा को खुल कर और स्पष्ट रूप से अभिव्यक्ति देते थे और समय के साथ-साथ आदम भी उनसे कतराने लगा। 'प्रलोभन से बचने के लिए मठों में कुछ देर शरण ले लो। लेकिन मठ में रहना दुर्बलता का प्रदर्शन है, शक्ति का नहीं। जैसा तुम्हें आचरण करना चाहिए, उसके विपरीत आचरण तुम कर रहे हो। बली और साहसी बाहर लोगों में जायेंगे, प्रलोभन के विरुद्ध लड़ेंगे।'

'पर ऐसे समय जब तुम्हें इसकी फ़िक्र नहीं है कि तुम्हारे बीवी-बच्चे हैं, हर दिन तुम्हें उनके लिए भोजन का प्रबंध नहीं करना, रोमनों, हेरोड और मंदिर को कर देने के लिए पैसा नहीं कमाना, तुम्हारे हाथ और दिमाग़ आज़ाद हैं, ताकि तुम ईश्वर की जी भर कर सेवा कर सको,' आदम ने एक सामूहिक भोज पर यीशु से सहमति रखने वालों को हतोत्साहित करने के लिए कहा।

'तुम्हारा सिद्धांत सही है, लेकिन हर सिद्धांत ख़मीर की तरह होता है। इसमें बहुत से ऐसे तत्व होते हैं, जो एक उत्तम जीवन के लिए उपयोगी होते हैं। लेकिन ख़मीर की उपयोगिता उठ कर बनती है। और यह तभी उठता है, जब इसे सने आटे में मिलाया जाता है। तुम समझ रहे हो न?'

'नहीं समझ रहा,' आदम ने न में सिर हिलाया।

'ख़मीर में खुद में वह सब होता है, जो सने आटे से रोटी उठने के लिए आवश्यक होता है। जब तक इसे ख़मीर में नहीं मिलाओगे, ख़मीर और आटे, दोनों का कोई उपयोग नहीं है। अपनी शुद्धता के बावजूद यह खराब हो जाता है। पुजारियों का ज्ञान और प्रेम ख़मीर होते हैं और जनता सना आटा होती है। दोनों का अगर मिश्रण हो तो ही वे उपयोगी होते हैं।'

'मगर ब्रह्मचर्य ईश्वर को पाने की सबसे छोटी राह है,' एक बिरादर बोला।

'सबसे छोटी राह सादगी और दया में होती है। धन्य निर्धनों की आत्मा होती है।'

'तुम्हारा मतलब मूर्खों से है?'

यीशु जी खोल कर हँसे। 'मैंने लगभग जहाँ-जहाँ ये शब्द कहे हैं, मुझसे यही सवाल पूछा गया है। मैं आत्मा की निर्धनता की बात कर रहा हूँ। मैं उनकी बात कर रहा हूँ, जो आत्मा से धन्य होते हैं और धन के पीछे नहीं भागते। वे दुनियाई लफ़ड़ों से दूर रहते हैं। उनका लक्ष्य ईश्वर का साम्राज्य होता है, जो उनके भीतर होता है। ईश्वर का साम्राज्य एक दशा है, स्थान नहीं है। स्वर्ग और नरक हमारे बाहर नहीं होते, हम सबके अन्दर होते हैं। इसलिए जीवन और सोच सकारात्मक होने चाहिए, लेने से देना बेहतर होता है, क्योंकि यही न्यायोचित है और ब्रह्मचर्य के उद्देश्य पर सोचें। आपको यह इसलिए पढ़ाया जाता है कि आप मठ की सम्पत्ति के वारिस न पैदा कर सकें। यही उद्देश्य है ब्रह्मचर्य का। इसलिए

आपको बिरादरी में विवाहित सदस्यों का अनुसरण करना चाहिए। वे आपके परामर्श को सुनेंगे और आपके सन्देश के वाहक होंगे। क्या आप चाहते हैं कि एस्सेनेस, ईश्वर के शब्द के प्रचारक विलुप्त हो जाएँ?'

मठाधीश अपने प्याले में चाय उड़ेल रहा था; घबराहट में उसका हाथ काँप रहा था। यीशु उसकी समस्या को समझते थे और साफ़ तौर पर जानते थे कि ये शब्द बोल लेने के बाद उसका रास्ता उनसे अलग हो चुका था। फिर भी उन्होंने उसे ठंडा करने के लिए मैत्रीपूर्ण ढंग से अपनी बात जारी रखी, 'मैं चाहता हूँ कि तुम बाहर निकलो और लोगों से मिलो। यूडेह, गैलिली, समारिया, फारस और भारत जाओ।'

'ग़ैर-यहूदियों के बीच तुम क्या करोगे? क्या ईश्वर का शब्द नास्तिकों को सुनाओगे!'

'उलझाने वाली यह एक और चीज़ मैंने क़ुमरान में देखी है। ईश्वर यहूदियों और ग़ैर-यहूदियों में भेद नहीं करता! वह बुरे लोगों को या अच्छे लोगों को जानता है।'

'आप यह कह रहे हो कि जिनकी सुन्नत नहीं हुई, ईश्वर उनका भी उद्धार करेगा?' अपने अलंकारिक प्रश्न को आदम ने बलपूर्वक दोहराया।

यीशु मुस्कराए, 'जवाब दो मुझे फिर, क्या एस्सेने का उद्देश्य भटके हुओं को भलाई की राह पर लाना है?'

'ज़ाहिर है।'

'तो तुम भलों को बुरों से बेहतर समझते हो?...'

'आप यह क्यूँ पूछ रहे हो? हाँ, साफ़ है यह तो।'

'तो फिर ईश्वर बुरों को प्राथमिकता क्यों देगा?'

'मैं नहीं समझा कि तुम कहना क्या चाहते हो?'

'मैं पूछ रहा हूँ कि क्या ईश्वर एक भले, सुन्नत करवाए व्यक्ति को प्राथमिकता देगा या बुरे सुन्नत करवाए व्यक्ति को?'

'ओह...उम...ईश्वर ज़रूर खतना करवाए यहूदी को प्राथमिकता देगा...'

'वह बुरा हो तो भी? अगर किसी ने खतना करवाया हो तो यह क्या उसके भले होने की गारंटी है? और यह कहाँ की गारंटी है कि बिना खतना करवाए लोग बुरे ही होते हैं?'

मठाधीश आपा खो बैठा, वैसे ही, जैसे हर बार कोई तर्क पास न होने पर खोता था। यीशु के अनुत्तरित प्रश्न उसे अशान्त कर रहे थे और उसके अधिकार को कम कर रहे थे। इसलिए उसने मठवासियों में अफ़वाह फैलानी शुरू कर दी कि यीशु नास्तिक है, *तोरा* को नकारता है,

पैगम्बरों को नकारता है। इसीलिए जब छह महीने बाद यीशु ने उसे सूचित किया कि वह मठ छोड़ कर जा रहा है तो उसने चैन की साँस लेते हुए उनके निर्णय को स्वीकार किया।

यीशु ने अपना सामान बाँधा और मठ में उसने अपनी अंतिम रात ध्यान लगा कर प्रार्थना करते हुए गुज़ारी थी। जब सुबह के समय उन्होंने स्नानघर में अंतिम बार अपने पवित्रीकरण के लिए प्रवेश किया तो उन्होंने चिंता से देखा कि उनकी बगल का एक छोटा दाना बड़ा हो गया था और अब उसमें से लाल-सी नसें साफ़ दिखाई दे रही थीं। उन्होंने धूप में ख़ुद को सुखाया और उत्तर-पूर्व जाने के लिए बाहर रेगिस्तान में कदम रखा। उनका अनुमान था कि वहाँ जॉन से भेंट होगी।

उलटी गिनती

तोमाश ने अपना सेलफ़ोन बंद किया और बहुत देर तक अपने सामने देखता रहा, निश्चल और अनिश्चित। अभी-अभी उसके कॉलेज के सहपाठी फ़ेलिक्स क्रूगर ने उसे फ़ोन की गुप्त लाइन पर जो बताया था, उससे वह हिल गया था। जनरल परेरा के आदेश पर, जिसे ब्रदर जार्दानो के नाम से जाना जाता था, उनकी गुप्तचर सेवा ने जीसस क्राइस्ट के तथाकथित अंतिम विश्रामस्थल—श्रीनगर के रोज़ा बाल को उड़ा देने का निर्णय किया था। इस काम को एक ऐसे समय और जगह पर अंजाम देना था, जब सरकारी बलों और आतंकवादियों के बीच जम कर गोलीबारी होने का अनुमान हो। फ़ेलिक्स की सूचना के अनुसार, कुछ अफ़गान, भाड़े के सिपाही विस्फोट करेंगे। तोमाश सिर को हाथों में पकड़ कर बैठा था। हे भगवान, और यह सब मेरी वजह से होने वाला है। मैंने ही मीषाल को वह मनहूस चश्मा दिया था, जिसकी वजह से वह उसके बारे में सब जानते थे। वे उनके रहने की जगह जानते हैं, उनके द्वारा बोले गए हर शब्द को सुनते हैं। सिर्फ़ समाधि ही नहीं, उनके जीवन भी खतरे में हैं। शुक्र है कि फ़ेलिक्स चर्च में है। तोमाश सोच रहा था कि क्या करे। वह सिर को हाथों में पकड़े बैठा था। उसके दिमाग़ में ख़याल रेलगाड़ी की तरह दौड़ रहे थे। मनोव्यथा अब तरस में बदल गई; यह सब ख़त्म करने की बजाय विचार अपनी ग़लती सुधारने की ओर मुड़ गए। मैं उनसे मिलूँगा। इन सब चीज़ों से मैं वैसे भी तंग आ चुका हूँ। अपना बचाव करना घृणित होगा और इसका स्पष्टीकरण देना भी कि क्या अकथनीय और अरक्षणीय है। लानत है मुझ पर एक तानाशाह, असहिष्णु और सत्ता के भूखे संगठन का सदस्य होने के लिए, जिसने यीशु की शिक्षा को कबाड़ कर दिया है। मैं अब इस झूठे तंत्र का हिस्सा नहीं बना रहना चाहता। जब तक मीषाल ने वह मनहूस चश्मा पहना होगा, वे उनके हर कदम से अवगत रहेंगे। मैं उसे फ़ोन भी नहीं कर सकता, उसके फ़ोन की जासूसी हो रही है। हम्मऽऽऽ...वैसे मैं भी तो हमेशा लद्दाख जाना चाहता था। मैं वहाँ किसी मठ में जाऊँगा। लेकिन उससे पहले जो गड़बड़ मैंने की है, उसे सही करके जाऊँगा!

अब उसकी आँखों में उम्मीद की ज़रा सी चमक आई और होंठों पर मुस्कान। उसने एयरलाइन्स वालों को फ़ोन किया, 'हैलो, मुझे श्रीनगर, कश्मीर जाना है, जितनी जल्दी हो सके, आप मेरी मदद कर सकते हैं, प्लीज़?'

'एक सेकिंड, मैं कंप्यूटर में देखती हूँ,' ज़नाना आवाज़ ने मधुरत से कहा, 'कितनी जल्दी?'

'जितनी जल्दी हो सके।'

'आपकी किस्मत अच्छी है, सर। उड़ान 312 तेल अवीव के बेन गुरिओं एयरपोर्ट से कल 22.00 बजे उड़ेगी। वहाँ श्रीनगर में 21 मई को 03:00 बजे उतरेगी। उसमें एक सीट खाली है।'

'उससे पहले नहीं?'

'नहीं सर, खेद है।'

'क्या आप मुझे बता सकती हैं कि एयरपोर्ट से श्रीनगर के केंद्र में कितनी देर में पहुँचा जा सकता है?'

'एक सेकिंड...एयरपोर्ट...एयरपोर्ट से 8 मील दूर है।'

'बढ़िया है। टिकट की क्या क़ीमत है?'

'आपको शेकेल, डॉलर या यूरो में चाहिए?'

'यूरो,' 'तीन सौ और चौदह यूरो।'

'मेरा टिकट बुक कीजिये। नाम है तोमाश द्वोरान।'

'और वापसी, सर?'

तोमाश कुछ देर झिझका, पर फिर निश्िंचत स्वर में बोला, 'नहीं!'

'उम्मीद है कि बम फटने से पहले पहुँच जाऊँगा। 21 मई, 2010 को सुबह 05.30 पर पहुँच जाना है।'

मीषाल के चश्मे में लगे ट्रांसमीटर से एकत्रित की गई जानकारी के अनुसार उस सुबह पाँच बजे मारिका, मीषाल, अली और डॉक्टर बशरत ने रोज़ा बाल जाने का निश्चय किया था।

समय आ गया है

वह उत्तर-पश्चिमी जेरिको में जेबेल कुरुन्तुल पर्वत की तराई में बैठे। रेगिस्तान की गर्मी खाली जगह में झलक रही थी। उन्होंने अपनी दाईं बाँह को ऊपर करके हाथ से पकड़ रखा था और आशंकापूर्वक वह दाने के असामान्य आकार को देख रहे थे, किसी केकड़े की की तरह था वह। बहुत समय से वह ख़ुद को समझा रहे थे कि यह कैंसर नहीं था। तो अन्दर ही अन्दर उन्हें क्या खाए जा रहा था? डेसिथेओस के आदमियों से मिली निराशा? या एस्सेने

वालों से मिली निराशा? या उनसे मिला उन लोगों का अज्ञान, जो स्वयं को जाने-अनजाने नरक की ओर धकेले जा रहे थे? या इस तथ्य से प्रकट हुई उनकी लाचारी और मोहभंग की उनकी सब कोशिशों के बावजूद वह लोगों को सही राह पर नहीं चला सके थे? या यह सिर्फ़ उनका अभिमान कि वह स्वयं को मुक्तिदाता की भूमिका में देख रहे थे? यह तथ्य कि उन्हें मालूम नहीं था कि उनके पिता कौन थे? उनका असाधारण, निरर्थक सामर्थ्य? या सुदूर देश कश्मीर में बैठी मरियम? वह सोच रहे थे कि क्या उन्होंने उससे विवाह करके ठीक किया था? उन्होंने अपनी जवानी की बेहयाई और पल भर की वासना के ज्वार को दोष दिया, पर दूसरी तरफ़ उन्हें यह सोच कर चैन भी मिला कि उन्होंने मरियम को मठ की क़ैद से आज़ादी दिलवाई थी। वह येरुशलम जाकर कारवाँ में किसी सौदागर को खोजने की सोच रहे थे, ऐसे कारवाँ पूर्व से आते-जाते रहते हैं। वह पूछेगा कि क्या कोई तक्षशिला के दरबार से कोई खबर लाया है, लेकिन अंतर से एक आवाज़ कह रही थी कि लोगों से वह दूर रहें। उन्हें महसूस हुआ कि यह अजीब दाना जो निकला था, वह किसी आंतरिक संघर्ष का परिणाम था। उन्होंने मरियम को कश्मीर छोड़ आने के लिए स्वयं को धिक्कारा। वे एक असीम मरुस्थल में अकेले थे, नज़दीक से नज़दीक आबादी वहाँ से दो दिन के फ़ासले पर थी। उन्हें डर लगने लगा था। ठीक से नहीं जानते थे कि क्यों, एक अपार एकाकीपन और निराशा का एहसास था। उन्होंने दारुण विचारों को मन से भगाने का यत्न किया, लेकिन जितना भी यत्न वह करते थे, उतने ही दारुण होते जा रहे थे। उनके पिता के अवशेष क़ब्र में रखे जा चुके थे और निराशा की मनोस्थिति में वह भारत लौटने की सोचने लगे।

उनके नंगे पैरों के बीच से होकर एक मकड़ा निकला। उन्होंने ध्यान से इस नन्हे जीव को देखा और पाया कि उसका आकार हू-ब-हू उनकी बगल में निकले दाने जैसा था। क्या यह किसी चीज़ का सन्देश था? उन्होंने उसे हाथ में उठा लिया और उसे गोल करके एक छोटी गेंद की तरह बना लिया, क्योंकि वह यीशु के हाथ में स्वयं को सुरक्षित महसूस कर रहा था। 'तुम्हें अपने घर की सुरक्षा में जाना है। तुम्हारा घर तुम्हारा अंतरजीव है, शान्त, प्रसन्न, पूर्वाग्रहों और घृणा से मुक्त। तुम्हारा जीव तुम्हारी आत्मा को लील रहा है, मरियम को छोड़ने के लिए तुम स्वयं से प्यार नहीं, घृणा कर रहे हो, तुम अपने भाग्य से घृणा कर रहे हो, क्योंकि जो ज्ञान तुम्हें भारत से मिला है, वह तुम आगे बाँट नहीं सकते। तुम लोगों को बाहर जाकर दूसरों से मिलने की सलाह देते हो, लेकिन ख़ुद रेगिस्तान में छिपे हो। लेकिन एक बार घर लौटने लगोगे तो हर चीज़ जैसे जादू की छड़ी से बदल जायेगी। शुरू करो! अब शुरू करो तथा और संकेतों की प्रतीक्षा मत करो! अपने कर्तव्य से भागो मत और एकाग्रचित हो जाओ! आत्मा को स्वच्छ करो!! पर सबसे पहले अपने शरीर को स्वच्छ करो!'

मुस्करा कर वह एक गुफ़ा में घुसे और एक बड़ी, पतली लौकी लेकर आये, साथ में एक पेड़ की लम्बी जड़ लेकर आए। उसके एक हिस्से को ऊपर से काट दिया और उसे अन्दर से खोखला कर दिया। इस तरह उन्होंने डिब्बे बनाये थे। लौकियाँ वह अपने पीठझोले में रखा करते थे। जब से वह अगले दिन रेगिस्तान की गुफ़ा में आये थे तो किसी झरने से

लौकी में पानी भर लाया करते थे, उसे धूप में रख कर शरीर के तापमान तक गरम होने देते थे। अब उन्होंने गरम किये पानी में अपना मूत्र मिलाया और उसे एक सूखे पेड़ की डाली से लटका दिया, घुटनों के बल बैठे और खाली जड़ को अपनी गुदा में डाल लिया, पानी, जैसा कि उन्हें कनक ने बताया था, उनकी अंतड़ियों में दौड़ता रहा। वह बैठे हुए प्रार्थना करते रहे। जब पूरा पानी और मूत्र उनके शरीर में प्रवेश कर गया तो जब तक उनसे सहन हुआ, वह घुटनों पर बैठे रहे और फिर तब तक टहलते रहे, जब तक उन्हें मल त्याग की तीव्र इच्छा नहीं हुई। एक बदबूदार मिश्रण उनके भीतर से निकला। वह पूरे 42 दिन हर दिन पौ फटते ही जल और अपने मूत्र की इस प्राचीन शुद्धिकरण प्रक्रिया से स्वयं को स्वच्छ करते रहे। अंतिम कुछ दिनों में उन्होंने केवल स्वच्छ जल से ही शुद्धिकरण किया, जो शरीर से उतना ही शुद्ध होकर बाहर निकलता था, जितना अन्दर जाते समय था। वह सौर ऊर्जा के माध्यम से भी बारी-बारी अपना शुद्धिकरण करते रहे, सूर्य की किरणों से अपने पूरे शरीर का आलिंगन करवाते हुए, नग्न और सैंडल उतार कर। खाते कुछ नहीं थे, शरीर के तापमान तक गरम किया लौकी का शुद्ध जल पीते थे और वह रहस्यमय दवा लेते थे, जो एक तिब्बती भिक्षु ने बनाई थी और उन्हें उनके शिक्षक कनक से मिली थी। वह अपनी बाईं बगल के निशान को धीरे-धीरे गुम होते देख रहे थे। देह का भार कम हो जाने पर अब वह आत्मा की खोज की अवस्था पर पहुँच गए; उनके भीतर जो कुछ उत्कृष्ट था, वह सतह पर आ रहा था। वह दिन पर दिन अपने अंतर में समाते जा रहे थे।

उनका उपवास अब पूरा हो चुका था; शनैः शनैः और सतर्कतापूर्वक वह झींगुर और वे पौधे खाने लगे, जो रेगिस्तान में उगते थे। उनमें ऊर्जा आ रही थी और उन्हें ज्ञान हुआ कि लोगों से विछोह और एकांतवास एक समय तक लाभकारी रहा था, आत्मा की शान्ति के लिए, परन्तु अधिक समय तक एकाकी रहना अवसर को व्यर्थ करने जैसा होगा।

उन्होंने अपना पीठझोला, लौकियाँ और जड़ें उठाईं। वह गुफ़ा के बाहर खड़े थे और उनके नेत्रों से अश्रु निकल कर कपोलों पर बह रहे थे। एक मकड़ा चट्टान पर धूप खा रहा था। उन्होंने बाँह उठा कर अपनी बगल को देखा। वहाँ पर मकड़े के आकार का कोई निशान नहीं था। रेगिस्तान में आये उन्हें आठ सप्ताह हो गए थे। वह निकल पड़े। उनका हृदय एक मनोरम सर्वव्यापी भावना से भरपूर था। उन्होंने माँ को उन्हें उनके पिता का नाम न बताने के लिए क्षमा कर दिया था; मर्मिओन मार्ग के अपने मित्रों को पूरे बचपन के दौरान अपना मज़ाक उड़ाने के लिए क्षमा कर दिया था; पुरोहितों को क्षमा कर दिया और समझने का प्रयास किया था कि क्यों वे सर्जनहार के महान कृत्य को बने-बनाए धर्नसिद्धांतों में क़ैद करने और मानवीय आत्मा को ज़ंजीरों में बाँधने के प्रयास कर रहे थे। कभी पहले अनुभव की गई शान्ति उनके हृदय में समा गई थी। तुम्हारा मस्तिष्क जल सतह के मानिंद है। तुम्हें तुम्हारा प्रतिबिम्ब सिर्फ़ तभी दिखाई देगा, जब सतह बिल्कुल शान्त होगी।

जीसस की मरुस्थल में मृत्यु हो गई थी और क्राइस्ट का जन्म हुआ था। अपना पसीना और धूल धोने वह जोर्डन नदी की ओर गए। वह एक मंद, अनिश्चित चाल में बेथाबरा तक गए, जहाँ जोर्डन मृत सागर में जाकर गिरती थी। यहाँ आस-पास कोई स्थान

था, जहाँ उनका भाई जॉन उन लोगों का बप्तिस्मा करने वाला था, जिन्होंने सत्य की खोज की राह पर चलने का निर्णय लिया था।

सम्राट टिबेरिउस के 14वें वर्ष के वसंत के विषुव (जब दिन और रात बराबर होते हैं)। यीशु के 35 वर्ष पूरे हुए थे। अपने रिश्ते के भाई को देख कर उनका मन आह्लाद से भर गया। दोस्तों से घिरा वह जोर्डन के कमर तक आते पानी में सिर्फ़ लंगोट पहने खड़ा था। उसंके अलावा उसने चमड़े के एक टुकड़े को पेटी की तरह बाँध रखा था। 'ठीक से खाना खाना शुरू कर दे,' मुस्करा कर उसने एक लम्बे समय के बाद अपने भाई को गले लगाया। 'मैंने सुना है कि तेरा इकलौता भोजन टिड्डियाँ और शहद है।'

'अरे तू भी तो कोई पहलवान नहीं लग रहा,' जॉन ने मुस्करा कर प्रत्युत्तर में कहा। फिर विषय को बदल कर बोला, 'क्या तू बप्तिस्मा करवाने आया है?' यीशु ने हामी भरी। 'तो आजा फिर,' बेझिझक होकर यीशु सैंडल उतार कर अपना सफ़ेद अंगरखा पहने पानी में उतर गए, 'क्या तू पुष्टि कर रहा है कि तू यहाँ स्वेच्छा से और बिना किसी दबाव के आया है?'

'किसी ने मुझ पर इसके लिए दबाव नहीं डाला। अपनी मर्ज़ी से आया हूँ।'

'क्या तू तसदीक करता है कि तूने मैन्ड्रेक, हेनबेन, स्टिंकवीड या ऐसा कोई और नशीला पदार्थ नहीं लिया?'

'तसदीक करता हूँ।'

'क्या तू इस तथ्य से परिचित है कि शाश्वत विधान में कोई दबाव नहीं होता, कि तुम्हारी अपनी इच्छा तुम्हें ईश्वर से मिला सबसे बहुमूल्य उपहार है?'

'मैं परिचित हूँ।' 'क्या तू इस तथ्य से परिचित है कि जो कोई भी तुझे बप्तिस्मे के अन्तर्गत कर्मकांड स्वीकार करने को बाध्य करता है, उसका पतन निश्चित है?'

ये शब्द बोल चुकने के बाद जॉन ने यीशु को शान्त बहती जोर्डन में डुबोया और उनका सिर कुछ देर पानी में ही रखा। जब वह ऊपर आये तो फिर उसने उनका आलिंगन किया।

'मेरे भाई, अब से तू दूसरों के साथ वही करेगा, जैसी अपेक्षा तू उनसे करेगा। उन भाइयों और बहनों में तेरा स्वागत है, जिन्होंने इस राह के लिए तुझे तैयार किया है।' वे स्त्रियाँ, पुरुष, जिन्हें वह नहीं जानता था, आगे बढ़े, और उनका आलिंगन किया। 'अब जा और ईश्वर के शब्द का प्रचार-प्रसार कर,' विदाई के तौर पर जॉन ने कहा, 'समय आ गया है।'

बप्तिस्मा स्वीकार करने के बाद यीशु उत्तर में जोर्डन घाटी की ओर निकल पड़े, गैलिली को। वे गिल्गल, स्किथोपोलिस के निकट बसे सुक्कोट, बल्कि अपने जन्म स्थान नाज़ारेथ से होकर निकले, जहाँ उन्होंने अपनी माँ से विदा ली और फिर वापस पूर्व को निकल पड़े। लेकिन जब उन्होंने आम लोगों की गरीबी देखी तो उनसे मदद किये बिना रहा नहीं गया। अपने हिन्दुस्तानी शिक्षकों की विद्या और अपने अनुभव के आधार पर उन्हें

स्वस्थ किया। उन्होंने लोगों को सिखाया कि कैसे स्वयं को सेहतमंद रखना चाहिए और एक अच्छे जीवन के लिए उन्हें कौन सी आदतें अपनानी चाहिए। बहुतों को उनकी सलाह पसंद नहीं आई, क्योंकि जो वह खाते-पहनते-करते थे, वह उन्हें अपने पूर्वजों से विरासत में मिला था और यहूदियों में परम्परा को तोड़ने की मनाही थी।

'सबसे अच्छा तुम्हारे लिए यही है कि अपने पूर्वजों के रिवाज़ों पर चलो। लेकिन सिर्फ़ अच्छे रिवाज़ों पर। बुरे रिवाज़ अपनाने से तुम बरबाद हो जाओगे।' उन्होंने नाज़ारेथ वालों को समझाया। 'तुम दुःख इसलिए पा रहे हो कि तुम्हारे शरीरों में शैतान और उसकी बीमारियाँ दौड़ लगा रही हैं। तुम जानवर मारते हो और तुम्हारे शरीर उन्की कब्रें बन जाते हैं और फिर सड़-गल जाते हैं। जो इंसान एक जानवर को मार सकता है, वह इंसान को भी मार सकता है।'

'चूँकि हमारे पूर्वज निर्देशों पर नहीं चल सके थे, मूसा ने ईश्वर द्वारा उन्हें दस निर्देश लिख कर दी गईं पत्थर की दो पट्टियों को तोड़ कर अपने लोगों को दस आसान निर्देश दिये थे। उनमें से एक था स्वच्छ पशुओं का मांस खाने की इजाज़त। लेकिन तुम्हारे पिताओं के दिल पत्थर के थे और पशुओं की हत्या करने के साथ-साथ उन्होंने मनुष्यों की हत्या करनी भी शुरू कर दी। इसलिए मैं तुम्हें बता रहा हूँ कि अगर स्वस्थ रहना है तो वह मत खाओ, जिसे अग्नि, पाले या जल ने बिगाड़ दिया है, क्योंकि जला, जमा या सड़ा भोजन तुम्हारी देह को जला देगा, जमा देगा, गला देगा। भोजन के लिए आग का इस्तेमाल मत करो, यह तुम्हारी देह को जला देगा। सदा ईश्वर की मेज़ से खाओ : वृक्षों के फल, धरती के उपहार, खेतों की घास और अनाज। हर उस पदार्थ को वैसे ही खाओ, जैसा वह धरती माँ की मेज़ पर पड़ा मिलता है, अर्थात् कच्चा खाओ। पकाओ नहीं, मिश्रण मत करो, वर्ना आपकी अंतड़ियाँ एक दुर्गन्धियुक्त दलदल बन जायेंगी। दो पदार्थों से सन्तुष्ट हो जाओ, भोजन में तीन से ज़्यादा किस्में मत लो; पहले फल खाओ और इसका कभी तरकारी के साथ मिश्रण न करो। जब भी खाओ, पेट भर कर मत खाओ, क्योंकि शैतान तुम्हें ज़्यादा से ज़्यादा खाने को उकसाता है। पहले देखो कि पूरा संतुष्ट होने के लिए तुम कितना खाते हो और फिर हर बार एक तिहाई कम खाओ। बहुत ज़्यादा गर्मी और बहुत ज़्यादा ठण्ड से तुम्हारे शरीर को लाभ नहीं होता। स्तनधारी पशुओं का दूध मत पियो, क्योंकि यह उनके छोटे बच्चों के लिए होता है और मनुष्यों के लिए हानिकारक होता है। साल के प्रारम्भिक वर्षों में जौ खाओ, और सिवान[30] के माह से गेहूँ का सेवन करो—सब अनाजों में यह सर्वोत्तम है—तम्मुज़[31] से अपने शरीर को छरहरा रखने के लिए खट्टे अंगूर खाओ, यूल[32] में पके अंगूर एकत्र करो और उनके रस से अपने शरीर में स्वच्छता लाओ, शेस्वान[33] में शरीर में शक्ति लाने के लिए धूप में सुखाए मीठे अंगूर खाओ। तेवेत[34] के बरसात के मौसम के बाद उगी जड़ी-बूटियों को अपने खून को साफ़ करने के लिए खाओ। दूर देशों से लाये गए किसी अस्वच्छ पदार्थ को मत खाओ, सिर्फ़ वही खाओ, जो हमारे वृक्ष और हमारी धरती तुम्हें देती है। जब भी

30. यहूदी कैलेंडर में यह मई-जून में पड़ता है। 31. यह जून-जुलाई में पड़ता है। 32. यह जुलाई-अगस्त में पड़ता है। 33. यह अगस्त-सितम्बर में पड़ता है। 34. यह सितम्बर-अक्टूबर में पड़ता है।

खा रहे होगे तो पवन का कोण अपने ऊपर रखो, भोजन को तरल बनाने के लिए अच्छी तरह चबाओ और धीरे-धीरे खाओ, जैसे यह ईश्वर को अर्पित की जा रही प्रार्थना हो और मत भूलो कि अगर धरती माँ के तोहफ़े छह दिन खाए हैं तो सातवाँ दिन पिता को अर्पित होगा। भोजन नहीं करोगे और अपनी आत्मा में शक्ति भरोगे। ईश्वर हर सुबह तुम्हें जगाने के लिए तुम्हारे लिए धूप का फ़रिश्ता भेजेगा, जिसके साथ जन्नत के परिंदे होंगे। जागने के बाद तुम बिस्तर पर नहीं पड़े रहना, क्योंकि जल और पवन के फ़रिश्ते बाहर तुम्हारा इन्तज़ार कर रहे होंगे। सुबह प्रसन्नतापूर्वक उठना है, रात को देर तक नहीं जागना, दिन में सोना नहीं। मदिरा और अन्य नशीले पदार्थ पीने में आनंद नहीं लेना, नहीं तो देह विषाक्त हो जायेगी। ग़लत वक़्त पर सहवास नहीं करना, क्योंकि भ्रष्टाचरण से जीवन ऐसे वृक्ष जैसा हो जाता है, जिसके तने से राल बह चुकी हो।'

कुछ लोगों ने यीशु के निर्देशों का पालन किया, पर चूँकि उनमें से अधिकांश इस मामले में असमर्थ निकले, अतः वे अपने अंतःकरण को चुभाने वाली बातें करने के लिए उन्हें वहाँ से निकालने की बातें करने लगे। उन्होंने बल्कि उन्हें एक चट्टान से खाई में फेंकने की कोशिश भी की। इसलिए वह अपना पीठझोला लेकर उत्तर को कापरनाउम को चल दिए, जहाँ धीरे-धीरे जॉन फिलिप, बर्थोलोमेव, थोमस, छोटा जेम्स, परमोत्साही साइमन, उसका भाई एंड्रूरू, जेम्स का बेटा यूडाह, और यूडास इस्कारिओट, जो गैलिली से अकेला था, उनके पास आ गए। एक साथ उन्होंने गैलिली, समारिया, पेरेआ, देकापोलिस, यूडेह की यात्रा की और उनकी संख्या लगातार बढ़ती रही। कई बार तो उनके साथ चलने वाली स्त्रियों और पुरुषों की संख्या 70 तक होती थी।

बप्तिस्मा होने के दो वर्ष पश्चात् पतझड़ के आरम्भ में एक दिन यीशु और उनके मित्र उत्तरी गैलिली में कोराज़िम पहुँचे। यहूदी परिषद् के एक सदस्य और शिक्षक निकोदेमुस ने उन्हें अपने मित्रों और उनकी पत्नियों के साथ अपने घर भोजन के लिए आमंत्रित किया। नगर के सिरे पर ऊँची जगह पर बना उसका एक भव्य बंगला था। घर के पीछे अंगूर और जैतून के बाग़ और घास के मैदान थे। निकोदेमुस गैलिली के सबसे अमीर लोगों में से एक था। कुछ और धनी नागरिक भी वहाँ आमंत्रित थे। वे रोमन सैनिक प्रशासन की खुल कर निंदा कर रहे थे, जिसने उनके कर फिर बढ़ा दिए थे। रोम के अलावा उन्हें उनकी घृणा के पात्र हेरोड आन्तिपास को कर और येरुशलम के मंदिर को कमाई का दशांश भी देना पड़ता था।

'मैं अपने गुसलखाने में पच्चीकारी का नया काम करवाना चाहता था, लेकिन अब यह मेरे बस का नहीं है। तिस पर अकाल, कम फ़सल, और ये कर मुझे बरबाद कर रहे हैं,' शराब के व्यापारी आमिएल ने चिड़-चिड़ की।

'सच है। मेरी बीवी ने भी पायल और पैरों की उँगलियों में बिछुए पहनना बंद कर दिया है, और अगर ऐसे ही चलता रहा तो वह हाथों में भी कुछ पहनना छोड़ देगी,' माथेओनो सेठ ने शिकायत की।

'जल्दी ही जीवन बसर करना मुश्किल हो जाएगा,' एक और बोला।

'जीने के लिए बहुत कम है, मरने के लिए बहुत कुछ है,' असंतुष्ट निकोदेमुस ने शिकवा करके बकरी की एक कुरकुरी टाँग में अपने दाँत गड़ाए। यीशु और उनके मित्र मेज़ पर विनीत भाव में चुप बैठे थे। एक शानदार बड़े, आबनूस के सोफ़े पर लेटे निकोदेमुस ने अपने नौकरों को इशारा किया कि मेहमानों के लिए पानी के कटोरे लाएँ, ताकि वे जिनमें भोजन और बाद में आने वाले व्यंजनों से पहले हाथ धोने का कर्मकांड पूरा कर सकें। नौकरों ने कटोरा यीशु को भी पेश किया और हाथों में एक थाली पकड़े खड़े रहे, जिस पर हरा सलाद, लाल प्याज, अजमोदे, अजवायन, कुकरोंधे, अजमोद छड़ी, सेम और तिल का छिड़काव था, जिसके बाद मुख्य भोजन था : पुदीने की चटनी के साथ, भुना बकरा, कई तरह की मछली, शुतुरमुर्ग का मगज, ताज़े और सुखाए सेब, भुने तिलों के साथ, और शराब तो होनी ही थी।

'इस साल धूप अच्छी नहीं निकली, इसलिए मैं पिछले सालों की शराब पीने की सलाह दूँगा,' मेज़बान ने माफ़ी माँगी। 'जिन्हें परिष्कृत किया गया है, इनमें कोई त्रुटि नहीं है,' उसने एक विशेष अतिथि की खुशामद करते हुए कहा।

लेकिन यीशु सिर्फ़ रोटी तोड़ कर उसे मछली के टुकड़ों के साथ खाते रहे। उनके मित्रों ने शानदार व्यंजनों में से एक भी नहीं छुआ। निकोदेमुस ने बार-बार उन्हें कहा, और यीशु ने बहुत बार उसके अनुरोध करने के बाद कहा, 'गैलिली में एक रिवाज़ है कि किसी अजनबी के लिए किये गए भोज पर स्थानीय गरीबों को भी बुलाया जाता है।' मेहमान एकदम खामोश हो गए, सोफ़े पर लेटा आदमी खिसिया कर बोला, 'गरीब कहाँ हैं?' यीशु ने और भी बलपूर्वक कहा, 'क्या वे भी यहाँ हमारे साथ खुदा के इन लज़ीज़ तोहफ़ों का लुत्फ़ नहीं ले सकते?'

'लेकिन मास्टर, यह रिवाज़ अब काफ़ी समय से चल नहीं रहा,' निकोदेमुस ने शर्मिंदा होकर जवाब दिया।

'जब हम गरीब घरों में मेहमान होते हैं तो उनसे भी गरीब लोगों को हमेशा दावत पर बुलाया जाता है। अमीरों के घरों में शायद यह अब रिवाज़ में नहीं रहा,' यीशु का उत्तर था।

'या फिर कोराज़िम में ज़्यादा गरीब नहीं हैं,' एक स्थानीय भद्र पुरुष हँसा।

यीशु ने उसे क्रोधित होकर देखा, 'आप शिकायत कर रहे हैं, आपके पास नयी पच्चीकारी के लिए और बीवी के गहनों के लिए पैसे नहीं हैं। अपनी प्रार्थना की बेल्टों को तब ढीला कर लेते हैं, जब आपको धनिये, सोए या काले जीरे का दशांश देना होता है, इसके बारे में सब जगह ढिंढोरा पीटते हो, लेकिन सबसे अहम क़ानून को भूल जाते हो, इसके लिखे का ढिंढोरा पीटते हो, लेकिन इसके तत्व और सत्व के बारे में कुछ नहीं जानते हो : हक़, रहम और मोहब्बत।'

'माफ़ करना, टीचर,' मेज़बान तीखे स्वर में बोला, 'लेकिन आपके शब्द ग़लत हैं। हम अपना बराबर का हिस्सा मंदिर को दान करते हैं और हमारे दान को गरीबों में बाँटा जाता है।'

'आपने क्या कभी किसी पुरोहित या वेदी-सेवक को गरीबों को कुछ देते हुए देखा है?' यीशु ने कड़े स्वर में पूछा, 'आप क्या स्वर्ग के साम्राज्य में जाना चाहते हैं?' आदमियों की चुप्पी उनकी सहमति का प्रमाण थी। 'क्या आप सोचते हैं कि ईश्वर व्यापारी है और जितना भी अधिक आप मंदिर को देंगे, उतना ही आसान आपका निर्वाण का मार्ग हो जायेगा? आप सांसारिक सम्पत्ति के सिर पर अमीर हैं। लेकिन ईश्वर ने आपको यह तोहफ़ा सार्विक स्तर पर लोगों की भलाई के लिए दिया था। सिर्फ़ इसी तरह आप ईश्वर के विधान का पालन कर सकते हैं, इसी तरह आप दस निर्देशों को मान सकते हैं। आप अपनी रहमदिली को अभी और यहीं, आप चाहें तो, प्रमाणित कर सकते हैं,' कह कर वह मेज़बान से मुखातिब हुए। 'प्लीज़, क्या आप सहमत हैं कि हमारे माननीय आतिथेय भूखों को यहाँ मेज़ पर बैठने का निमंत्रण दें?' लज्जित हुए स्त्री-पुरुषों ने एक-दूसरे पर नज़र डाली और एक-एक करके हाँ में सिर हिलाया।

निकोदेमुस ने नौकरों को संकेत दिया। कुछ ही देर में मैले, फटे कपड़े पहने बीमार और भूखे लोग विशाल भोजन कक्ष में आने शुरू हो गए। किसी में पसीने की गंध थी तो किसी में गोबर की। पैरों पर धूल जमी थी। वे सब यीशु को देख रहे थे, जो निकोदेमुस को देख रहे थे, जिसने जाकर पहले आदमी का स्वागत किया, जो अपना हैट उठा कर घर के मालिक के आगे झुका। निकोदेमुस ने उसे गले लगाया और कहा, 'भाइयो, यह भोजन हमारे पिता से है, और सबके लिए है। कृपा करके सब मेज़ पर अपना स्थान ग्रहण कीजिये।' वह आदमी डरा हुआ हॉल के बीचोबीच खड़ा रहा और मेज़ पर जाने की उसकी हिम्मत नहीं हुई। फिर यीशु उठ कर खड़े हुए, उसे बिठाया और एक नौकर से बन्दे के लिए चीनी मिट्टी का कटोरा लाने के लिए कहा। उसके सामने घुटनों के बल बैठ कर उन्होंने सुगन्धित तेल निकाला, उसे कटोरे में डाला, और उसके पाँव धोये। फिर उन्हें पोंछ कर सुखाया, पानी को बदल कर अगले आदमी को बुलाया। उनके शिष्यों ने भी उनका अनुसरण किया। जब निकोदेमुस ने भी ऐसा ही किया तो आमीएल, मेज़बान और दूसरों ने भी चिथड़ों में आये आदमियों के सामने घुटने टेक कर उनके पाँव धोये। कुछ देर वे एक-दूसरे को देख कर मुस्कराए, बातें करने लगे और कमरे में चहल-पहल हो गई।

'इनके पेटों से ज़्यादा इनकी आत्माओं को भोजन की ज़रूरत थी,' कह कर यीशु ने आह्लादपूर्वक निकोदेमुस को आलिंगन में ले लिया।

यीशु द्वारा अमीरों को ज़लील करने की खबर पूरी गैलिली, पेरेआ, समारिया और डेकापोलिस में फ़ैल गई। गरीब सिर उठाने लगे। शायद यही कारण था कि हेरोड आन्तिपास ने जॉन बप्तिस्मा-दाता को मृत सागर के पूर्व में स्थित माचेराउस के किले में क़ैद कर दिया था। दस माह बाद उसने उनका सिर काटने का आदेश जारी कर दिया।

ईश्वर की कृपा से मारिका का हाल ठीक था, बीमारी जहाँ थी वहीं रुकी हुई थी; कम-से-कम देखने में तो ऐसा लगता था, और उसकी पीड़ा और तापनान कम हो गए थे। डॉक्टर बशरत अली के साथ वहाँ कई घंटे बिताते थे। अली नियमित रूप से उसको विशेष तेल लगाता था और उसकी मालिश करता था, वह चोद्रक की दवाई ले रही थी, सूर्यकांत लगाती थी और सिर्फ़ ऊर्जीकृत जल पीती थी। वह सिर्फ़ कच्ची सब्ज़ियाँ और फल खाती थी। डॉक्टर और उनके पुत्र के साथ उसके उत्साहवर्धक वार्तालापों ने उसकी क्लांत देह में एक नई शक्ति भर दी थी। खूबसूरत नगर, शानदार मौसम, पहाड़ों की ताज़ा हवा और सिंध नदी पर सैर ने मारिका में सकारात्मक ऊर्जा का संचार कर दिया था और उसकी कोशिकाएँ भी उसके साथ-साथ इसका आनंद ले रही थीं। फिर भी मीषाल उसे कुछ ज़्यादा ही जानता था और उसकी आँखें उसे बता रही थीं कि वह अब भी सही-सही राह पर नहीं है। वह जानता था कि उसकी प्रिय पत्नी की चाहत क्या है। और इसलिए वह ख़ुशी से उछल पड़ा था जब डॉक्टर बशरत ने उसे बताया था कि जल्द ही वे कुछ दिनों के लिए श्रीनगर प्रोफ़ेसर वैद्य के क्लिनिक जाएँगे, खून टेस्ट करवाने और कि वे इस अवसर पर सुलेमान के सिंहासन को देखने भी जाएँगे।

'डॉक्टर, मैं आपसे पूछना चाहती थी कि क्या हम रोज़ा बाल भी जा सकेंगे... ?' मारिका ने सतर्कतापूर्वक वह प्रश्न पूछा, जो उसके दिमाग में तब से कुलबुला रहा था, जब से वह कश्मीर आई थी। 'आप जानते हैं कि इसकी मेरे लिए कितनी अहमियत है...'

'मैं समझता हूँ। आपके लिए अच्छी खबर है। मेरा रिश्ते का भाई हमें अन्दर ले जाने को राज़ी हो गया था, हालाँकि उसे अच्छा नहीं लगा था...वहाँ समाधि के पास कई बार भारी गोलाबारी हो चुकी है, असल में उसके आस-पास जो मुस्लिम क़ब्रिस्तान बना है, उसी में... श्रीनगर में अब भी दंगे हो रहे हैं, लेकिन इससे और भी ज़रूरी हो जाता है कि मैं आपकी तमन्ना पूरी करूँ। इससे पहले कि वे दंगे हों...'

'क्या शुरू हो ?' मीषाल ने घबरा कर पूछा।

'हम कब जा रहे हैं ?'

'अगर यीशु की क़ब्र पर इबादत करना आपके लिए इतना ज़रूरी है तो उपवास शुरू करने में कोई तुक नहीं, हालाँकि आपकी सेहत के लिए इसकी बहुत अहमियत है। हम कुछ दिन शिकारे पर गुज़ारेंगे, ताकि मैं प्रोफ़ेसर से सलाह कर सकूँ और फिर हम सोनमर्ग लौट जायेंगे, स्वास्थ्यवर्धक ऊर्जा साथ लिये और यह काम भी पूरा करेंगे।' उन्होंने उसका उत्साह बढ़ाने के लिए उसका हाथ थामा। मारिका और मीषाल उत्तेजना के कारण सो नहीं पा रहे थे। 'सो गई हैं क्या ?' मुश्किल से उसे साँस लेते देख कर मीषाल ने पूछा। वह आरामकुर्सी पर बैठा था और बिस्तर पर लेटी अपनी पत्नी को चढ़ते चन्द्रमा की मंद रौशनी में देख रहा था। अभी शुरू हुई रात में कमरे में एक विलक्षण, जादुई माहौल बन गया था और हवा उनके पास खुली खिड़की से एकाकी पक्षियों की सीटियाँ, बंदरों की किलकारियाँ, भेड़ियों का हुआना और डरे घोड़ों का हिनहिनाना लेकर आ रही थी। धरती पर इस स्वर्ग के स्थानीय

वासियों के स्वर एकदम स्वच्छ सिन्धु नदी के हिमालय की घाटियों के दूर से लाये संगीत से मिश्रित हो रहे थे।

'नींद नहीं आ रही।'

'तबीयत कैसी है?'

'बहुत बढ़िया। ऊर्जा से भरपूर हूँ। तेरी?'

'तुझे अच्छा होता देख कर मेरा हाल भी सुधर जाता है। एकदम तरोताज़ा हूँ। कहो तो मैं ज़रा सी सैर कर आऊँ?'

'कितने बजे हैं?'

'अभी दस भी नहीं बजे।'

'क्या अँधेरे में अकेले बाहर जाना खतरनाक नहीं होगा?'

'मेरे ख़याल से सोनमर्ग से सुरक्षित कोई और जगह नहीं है। यहाँ वासी कम हैं, फ़ौजी ज़्यादा हैं,' वह हँसा। 'देर नहीं लगाऊँगा। तू हवा को महसूस कर रही है? अली भी कहता है कि मई के महीने के हिसाब से गर्मी ज़्यादा ही है। मैं दो मिनट में लौटता हूँ।'

मीषाल सीधा मुख्य मार्ग पर निकल आया, जहाँ सामने ट्रकों की कतारें लगी हुई थीं। उनके ड्राइवर सस्ते होटलों और गेस्टहाउसों में विश्राम कर रहे थे, अगले दिन की पहाड़ की कठिन चढ़ाई से पहले थकान मिटा रहे थे। मीषाल नीचे दक्षिण में नदी की दिशा में जाने लगा। अचानक उसे दूर एक छोटी लाल बत्ती दिखाई दी, जो गाँव के लगभग आख़िरी सिरे पर थी, जहाँ पर फ़ौजी शिविर था। कुछ ऐसा था जो उसे उस रौशनी की ओर खींचे जा रहा था। वह उसकी तरफ़ चलने लगा, उस ध्वज के आगे, जिस पर लिखा था, 'भारतीय सेना आपका स्वागत करती है,' और फिर उसने हरे टीन वाली एकमंज़िला लकड़ी की इमारत पर पहचान चिन्ह पढ़ा : 5231। बैरक के नज़दीक पहुँचा तो उसने पाया कि जिसे उसने छत से निकलती चिमनी समझा था, वह एक बौद्ध स्तूप का ऊपरी हिस्सा था। उसने पाया कि वह सच में एक सैनिक शिविर की कँटीली तारों के भीतर था, जहाँ अब भी चहल-पहल थी, जो रात के इस समय के लिए असामान्य था। उसने यह देखने के लिए इधर-उधर देखा कि कोई उसे रोकने तो नहीं आ रहा, लेकिन फिर वह प्रवेश द्वार के ऊपर एक लैंप वाली बैरक में दाख़िल हो गया, जहाँ कमरे में बहुत रौशनी थी। उसने भीतर झाँका, लेकिन वहाँ कोई नहीं था। अचानक किसी ने आराम से उसका कंधा पकड़ा। वह हचक गया। एक फ़ौजी उसके पीछे खड़ा था, उसने गले पर एक पीला गुलुबन्द और फ़ौजियों वाला छलावरण पहना हुआ था।

'प्लीज़ आ जाइये,' उसने उसे आमंत्रित किया। उसकी ईमानदार मुस्कराहट देख कर मीषाल किसी भी चिंता से मुक्त हो गया और भीतर चला गया। उसने भी एक सौम्य मुस्कराहट में जवाब दिया। कमरे में तपस्या की मुद्रा में बैठे बुद्ध की एक विशाल मूर्ति का

प्रभुत्व था, उसकी बगल में हाथी के चेहरे वाली गणेश देवता की मूर्ति थी और उसके ऊपर पिता शिवजी की, लक्ष्मी देवी की और किसी अनजानी भाषा में कुछ शिलालेख।

'क्षमा कीजियेगा, क्या आप मुझे बता सकते हैं कि यह कौन सा पावन स्थल है?'

फ़ौजी ने झुक कर अपनी उँगलियाँ पानी के एक कटोरे में डालीं और फिर मीषाल के माथे के ऊपरी हिस्से पर उन्हें ऐसे फिराया मानो मुकुट बना रहा हो, 'आप भारतीय सेना के एक सार्वदेशिक पूजाघर में हैं। देखिये, हमारी फ़ौज में हिन्दू, बौद्धधर्मी और मुस्लिम, सब हैं और हम धर्म के लिए अलग से पावन स्थल नहीं बनवा सकते। लेकिन इस तरह सब ठीक से चल रहा है। हमारे यहाँ हमारे देवता एक-दूसरे को आराम से सहन कर लेते हैं,' कहकर वह मुस्कराया।

'और ईसाई?'

'वे भी हैं,' उसने आँख से इशारा किया उस तस्वीर की ओर, जिसकी ओर मीषाल का ध्यान नहीं गया था। वह मुड़ा और उसे अपनी आँखों पर यक़ीन नहीं आया। दीवार पर यीशु की एक प्रतिमा, जिनका सीना नंगा था—वैसे ही जैसे उसने अपनी बच्चों वाली प्रार्थना पोथी में देखा था, सिर्फ़ इतना फ़र्क था कि उनकी एक तीसरी आँख थ, माथे पर—एक हिन्दू तिलक। 'यह ईसा हैं, ईसा मसीह।'

'आप यीशु को जानते हैं?'

'बिल्कुल जानता हूँ। मैंने धर्मशास्त्र की शिक्षा ली है, लेकिन उससे तो परिवार का पेट नहीं भरता, इसलिए मैं फ़ौज में भर्ती हो गया।'

मीषाल ने गौर से फ़ौजी का मुआयना किया, वह युद्ध की पोशाक और बूट पहने हुए था। 'क्षमा कीजिएगा, क्या आप पैराट्रुपर हैं?'

फ़ौजी ने सीधा जवाब टाल दिया, सिर्फ़ शरमा कर मुस्कराया, जैसे कहना न चाहता हो, 'हमारी ब्रिगेड कल श्रीनगर जा रही है। मैं यहाँ प्रार्थना करने आया हूँ।'

'क्या आपको मौत से डर लगता है?' मीषाल के मुँह से निकल गया। 'ओह,' उसने तुरंत क्षमा माँग ली। 'मैं प्रार्थना इसलिए करने आया हूँ कि मुझे किसी को मारना न पड़े।' फ़ौजी खामोश हो गया और उसकी नज़र क्राइस्ट की तस्वीर पर पड़ी। 'कहते हैं कि यह एक बार कश्मीर में थे,' वह मुस्कराया।

'क्या मैं एक फ़ोटो ले सकता हूँ?'

'ज़रूर! क्या आप ईसाई हैं?' मीषाल ने हामी भरी, 'आपका भगवान कोई खास चीज़ नहीं है।'

'मैं समझा नहीं।'

'क्षमा करना, आपको मैं चोट नहीं पहुँचाना चाहता, लेकिन यीशु...जहाँ भी वह गए, उनके पीछे बर्बादी आई। इज़राइल में जंग, कश्मीर में जंग...इन्हें देख भी लो तो दुःख होता है।'

'क्यों?' मीषाल हतप्रभ होकर बोला।

'यह जो हैं न, मतलब, दुखी से हैं। हमारे भगवानों को, देवताओं को देखो,' उसने गणेश और शिव की तरफ़ इशारा किया, 'ये नाचते हैं। ये प्रफुल्लचित रहते होंगे। मुझे यक़ीन है कि बुद्ध की तरह मुस्कराते होंगे, अगर वह मुस्कराते न होते तो इनका कोई भक्त ही नहीं होता।'

मीषाल ने क्राइस्ट की तस्वीर का मुआयना किया, 'इनकी फ़ोटो ले लूँ?'

'ज़रूर लो, पर जल्दी करो, प्लीज़, क्योंकि मुझे जाना है। हम सुबह निकल रहे हैं। दुर्भाग्यवश मुझे अपने मुस्लिम भाइयों के खिलाफ़ जंग लड़नी होगी।'

'आप मुसलमान हैं?' 'हिन्दुस्तानी हूँ,' फ़ौजी ने उसे एक अजीब उदास सी नज़र से देखा। 'मेरी शुभकामनाएँ!' मीषाल ने कहा।

'ईश्वर आप पर कृपा करें,' कह कर फ़ौजी ने एक कटोरे से केसरी रंग अपनी मध्यमा उँगली पर लगाया और मीषाल के माथे पर एक तिलक बना दिया, 'ईश्वर आपकी रक्षा करे।'

'मेरे विचार से आपको इसकी अधिक आवश्यकता है। क्या मैं भी...' मीषाल हल्का सा मुस्कराया। फ़ौजी ने हाँ में सिर हिलाया। मीषाल ने कटोरे में एक उँगली डाली और सैनिक के मस्तक के बीचोबीच लगा दी। 'ईश्वर आपकी रक्षा करें।' उसने अपना दायाँ हाथ सैनिक की ओर बढ़ाया, जिसने उसे मज़बूती से हिलाया।

एक आश्चर्य

जॉन के देहांत के पश्चात् यीशु कुछ समय के लिए कैज़रेआ अ फिल्लिपी के निकट हेरोड फिल्लिप में आकर रहने लगे। उनके साथ उनके अनुयायी थे, जिनके पास छड़ियों, अंगरखों और खड़ाऊँ के अलावा और कुछ नहीं था। उनमें से बहुतों के लिए यीशु के ढंग और उपदेश स्वीकार करना कठिन था, क्योंकि वे ऐसे सत्यों पर प्रश्नचिह्न लगाते थे, जिन्हें वे अपने पूरे जीवन में पवित्र मानते रहे थे। बहुत से ऐसे भी थे, जिन्हें अपने परिवारों से दूर रहना मुश्किल लग रहा था और उन्होंने यीशु को यह बताया भी था। कई बार यीशु को भी संदेह होता था कि क्या वह अपने अनुयायियों को अपने साथ रहने के लिए विश्वास दिला सकेंगे। उनके हृदय की गहराई में कहीं एक शमा जल रही थी, जिसका नाम था मरियम; कई बार वह अपनी कश्मीरी बीवी को याद करते थे और उसे छोड़ आने के पापबोध को अपने दिल से निकाल फेंकने की कोशिश करते थे। वह जानते थे कि उनसे अपेक्षाएँ की जा रही थीं कि वह रोम के ताबेदार, सबकी नफ़रत के पात्र हेरोड का तख़्ता

पलटेंगे और धरती पर एक लौकिक साम्राज्य स्थापित करने की कोशिश करेंगे। उसी तरह, लोग उम्मीद लगाये बैठे थे कि वह रोम के नृशंस अत्याचारों के विरुद्ध झंडा उठाएँगे। पर वह रोम और उसके स्थानीय गुर्गों की बजाय स्वर्ग के साम्राज्य की स्थापना का उपदेश दे रहे थे।

उनकी ख़्याति और सम्मान बना रहा था, उनके द्वारा कोढ़, मलेरिया, कैंसर, लकवा जैसी बीमारियों का इलाज चमत्कारिक ढंग से कर देने के कारण, यहाँ तक कि उन्होंने अपने कट्टर अनुयायी मगदाला की मेरी के मृत भाई लज़ारुस को ज़िन्दा कर दिया था। भारत में यीशु ने येरुशलम में लोगों को मृत व्यक्तियों को साँस भर कर पुनर्जीवित करते देखा था, जिनके दिल में कई दिनों से धड़कन नहीं रही थी; इसलिए मृत से लगने वाले लोगों को जिलाना यीशु के लिए कोई समस्या नहीं थी। जब येरुशलम के निकट बेथानी में यीशु लज़ारुस की क़ब्र का पत्थर लुढ़काने के लिए आये थे तो उन्होंने मेरी, मार्था और सब से बढ़ कर थोमस से पूछा था कि उनके लिए कौन अपनी जान देने को तैयार है, जो उन्हें मक़बरे में मृतक के साथ अकेला छोड़ देगा। मक़बरे में बनी अँधेरी गुफ़ा को मशाल जला कर रोशन किया गया था। यीशु ने अपनी आँखें आकाश की ओर उठा कर ईश्वर से अरमानी भाषा में मदद की गुहार की थी। उन्होंने मृतक के कानों से पट्टी उतार कर उनमें अपनी उँगलियाँ डाल दीं। इस तरह उन्होंने उसकी देह में, जो अभी जीवित थी, मस्तिष्क का ग्रहणबोध बदल दिया। यह बोध बाह्य से आंतरिक हो गया। यीशु ने तक्षशिला में सीखा था कि बाहर से अधिक भीतर सुना जा सकता है और कि दैहिक चेतना श्रवण के माध्यम से अपने स्रोत से पुनः जुड़ जाती है। उन्होंने अपना हाथ लाज़ारुस के हृदय के क्षेत्र में फेरा, एक ऐसी जगह, जिसे वह लेबा कहते थे और उन्होंने एक मन्त्र पढ़ना शुरू कर दिया, जिससे उन्होंने ब्रह्माण्ड से उसी आवृत्ति का आह्वान किया, जो मृतक की बीमारी में थी, सिर्फ़ उसकी विपरीतता भिन्न थी। इंद्र देवता की शिला की चक्की का प्रयोग किया, जो इस आदमी में प्रकट एवं अदृश्य कृमियों का नाश करेगी। मैं उन सभी कृमियों को चक्की में पीस रहा हूँ, जो इसकी देह में फ़ैल गए हैं। मैं उन सभी प्रकट एवं अदृश्य कृमियों को ख़त्म कर दूँगा, जिन्होंने इसके शरीर पर आक्रमण किया है। परमपिता, उन्हें मरने दीजिये। मन्त्र की शक्ति से मैं इनका नाश कर दूँगा। इसकी शक्ति से मैं इसकी आँतों में कृमियों का नाश करूँगा, जो पहाड़ों, रेगिस्तानों, खेतों, पौधों और पशुओं से आये हैं, और इसके भोजन, जल या घावों से इसके शरीर में प्रवेश पा गए हैं। ओ परमपिता, ब्रह्मांडीय जीवन-ऊर्जा के स्वामी, अपनी शक्ति दिखाओ! परमपिता, कृपा करो, मुझे सुनो, क्योंकि जिन्हें आस्था होती है, वे मरते नहीं। कृपा करके इस पुरुष को अपने स्रोत से पुनः जोड़ लो, अपनी साँस की लय इसकी साँस में भरो। फिर उन्होंने अपने कपड़ों के नीचे से पीले चूरे से भरी एक छोटी सी थैली निकाल कर लाज़ारुस के देह पर छिड़क दी। किसी ने चूरे की तरफ़ ध्यान नहीं दिया था, क्योंकि लाज़ारुस का शरीर पट्टियों में लिपटा था, जो पसीने और धूल से पीली हो चुकी थीं। बासी मारक दुर्गन्ध से भरा मक़बरा अपरिचित हल्दी की गंध से भर गया, जो उस विलक्षण चूरे का मुख्य हिस्सा थी, जिसे यीशु भारत से लेकर आये थे। लगभग एक घंटे बाद यीशु ने महसूस किया कि लाज़ारुस का सीना ब्रह्मांड के स्पंदन से जुड़ गया था और उसने धीरे-धीरे श्वास भरना आरम्भ कर दिया था। तब जाकर यीशु ने उसके कानों से उँगलियाँ

निकालीं, फ़र्श पर थूका और लाज़ारुस के मुँह से पट्टी हटाई। वह उसकी जिह्वा पकड़ कर उसकी अनुभूति को अपनी तरंग के आयाम पर ले आये; उसने यीशु के आरोग्यकर स्पर्श पर प्रतिक्रिया दिखाई और वह चेतन हो रहा था।

यीशु थके थे, लेकिन आराम से मुस्करा रहे थे। बाहर निकल कर वह मेरी से गले मिले, इसकी 'पट्टियाँ खोल कर इसे बाहर आने दो,' उसने मक़बरे के बाहर खड़े सम्बन्धियों से कहा। जब लाज़ारुस अंततः खड़ा हो गया तो लोग यीशु के सामने अपने घुटनों पर गिर कर किसी मसीहा की तरह उनका गुणगान करने लगे। उसके बाद उन्होंने एक शाही अफ़सर का उपचार किया। एक अंधे को उन्होंने उसकी अपनी लार और मिट्टी खिला कर ठीक कर दिया। लंगड़े-लूले और बीमार उनके पास टायर और सिडोन तक से आते थे। उन्होंने बहुत से अन्य मनुष्यों का उपचार किया, जिनमें उन्होंने भारत में पाई अपनी उत्कृष्ट शिक्षा का इस्तेमाल किया। यहाँ कहा जाता था कि पिलाते की पत्नी प्रोचुला ने उन्हें अपने पुत्र को स्वस्थ करने के लिए बुलाया था, जो मिर्गी से परेशान था।

उपचार करने में उनके कौशल और सत्य वचन की प्रसिद्धि फ़िलस्तीन के बाहर तक फ़ैल गई थी। पीड़ित मनुष्य अपना सिर ऊँचा करके चलने लगे और उन्होंने घमंडी पुरोहितों को कहा कि इस सीधे-सादे इंसान को वे अपना आदर्श बनाएँ। मंदिर के जासूस और कार्यकारी मुख्य पुरोहित किफास उस पर लगातार नज़र रखे हुए थे। उपचार की हर घटना और कहीं भी यीशु का प्रकट होना पुजारियों को आगबबूला कर देते थे, जिन्हें उनमें एक घातक खतरा नज़र आ रहा था। वे ऐसे कामों को सहन नहीं कर पा रहे थे, क्योंकि सार्वजनिक रूप से गुप्त मंत्रोच्चार करने की सज़ा मौत थी।

सम्राट टिबेरिउस के शासन के सोलहवें वर्ष के पास्का से छह दिन पहले यीशु की मण्डली येरुशलम को निकल पड़ी। रास्ते में वे ओलीव पर्वत पर बेथाफागे नाम के पुरवे में कुछ दिन रुके, जहाँ से वे आगे राजधानी गए। यीशु ने गधे पर चढ़े हुए उसके स्वर्ण द्वार से प्रवेश किया, जिसे करुणा द्वार भी कहते थे। यहाँ से एक सीधी सड़क मंदिर को जाती थी। यीशु और उनके शिष्य भीड़ में से होकर जा रहे थे, जो उत्साहपूर्वक उनका स्वागत कर रही थी। लेकिन उन्हें आश्चर्य हुआ कि यीशु ने उनके द्वारा अपेक्षित कोई भी शब्द नहीं बोला और अहाते में पहुँच कर वह जल्दी से गधे से उतर गए थे। ईश्वर के घर का अहाता किसी बाज़ार जैसा लग रहा था, जहाँ मेज़ें फैली हुई थीं और दुकानदार उन लोगों को पशु, सस्ते आभूषण और खाने-पीने की चीज़ें बेच रहे थे, जो शहर में जल्दी ही होने वाले फीकी रोटी के उत्सव पर आ रहे थे। तब से यहाँ कुछ नहीं बदला था, जब वह अपने माता-पिता के साथ वहाँ आया करते थे। विदेशी मुद्रा की खरीद-बेच करने वालों की मेज़ों पर तिरिआन (लेबनान) के और हिब्रु शेकेलों के ढेर थे और वे विदेश से आये तीर्थयात्रियों से मुद्रा का आदान-प्रदान कर रहे थे। वे चिल्लाने में एक-दूसरे को मात दे रहे थे और सौदेबाज़ी कर रहे थे। पुजारियों ने सौदागरों के साथ भी जुगाड़ भिड़ा लिया था, जो सीरियन और टीरियन शेकेलों के बदले सिर्फ़ क़ुरबानी के पशु बेचते थे। इस तरह विदेशियों को ऊँचा भाव लगा कर ठगा जा रहा था, जिससे पुरोहितों और सौदागरों को भारी लाभ हो रहा था। यीशु ने एक क्षण इधर-उधर

दृष्टि डाली और फिर वह क्रोध में काँपने लगे, वह जल्दी से झुके, अपने सैंडलों से चमड़े के फीते निकाले और उनसे एक सख़्त कोड़ा बनाया। उन्होंने इन शब्दों के साथ उसे सिर से ऊपर किया, 'क्या यह नहीं लिखा है कि परमपिता का घर सिर्फ़ प्रार्थना के लिए होगा?' वह झपट कर मेज़ों के पास गए और गुस्से में उन्हें लुढ़का दिया, सौदागरों को पीटा और कोड़े मारे, तथा कुछ मेज़ों से पशु-पक्षियों से भरे पिंजरों को नीचे गिरा दिया। चिल्लाते, सीटी बजाते कबूतर आसमान की ओर उड़ गए और आज़ाद हुए बछड़े जान बचा कर भीड़ के बीच भागे। पैसे ज़मीन पर लुढ़क रहे थे, लोग उन पर टूट पड़े और जितने भी हो सके उन्होंने उठा लिये। पुजारियों, वेदी-सेवकों और दूसरे देख-भाल करने वालों द्वारा बुलाए गए प्रहरी इस रेल-पेल में भागे आये। वे काफ़ी समय से यीशु को बंदी बनाने का बहाना ढूँढ़ रहे थे। जो अब हो रहा था उनके लिए बहुत उपयुक्त था। 'तुमने अपने गंदे पैसे के लिए ईश्वर के घर को बेच कर रख दिया है! पूजा के घर को डाकुओं का अड्डा बना दिया है। अगर आप ऐसी गंदगी को झेल रहे हो तो तुम्हें ख़ुद को ईश्वर का प्रतिनिधि कहने का ज़रा भी हक़ नहीं है!' 'निकलो यहाँ से और बंद करो यह बकवास!' एक पुरोहित ने यह कह कर उनका कोड़ा तोड़ दिया।

'तुम लोगों ने अपने मन में पिता का जो मन्दिर बनाया था, वह ध्वस्त कर दिया! पर मैं तीन दिनों में उसे फिर से खड़ा कर दूँगा!' लेकिन अब उसके अपने ही शिष्य उन्हें खींच कर ले जा रहे थे, जिन्होंने प्रहरियों को भाग कर आते हुए देख लिया था। भीड़ में यीशु और उनके अनुयायी खो गए थे, जिससे फ़ौजी उनका पीछा नहीं कर सके। स्वर्ण द्वार के रास्ते से वे निकट स्थित बेथानी को लौटे, जहाँ उन्होंने रात बार साइमन के घर में बिताई, जिसे कभी यीशु ने कोढ़ से मुक्ति दिलवाई थी।

हालाँकि पास्का, जब यहूदी अपने पूर्वजों के मिस्र से निकलने का दिन मनाते हैं, छुट्टी का दिन था, यह अवसर एक मनोरंजन, खाने-पीने का दिन बन चुका था। येरुशलम में संगीत गूँज रहा था और लोग गा रहे थे, नाच रहे थे। फिर भी वर्तमान मुख्य पुरोहित के ससुर औपचारिक मुख्य पुरोहित अन्नास के महल में, जिसे रोमन प्रशासन ने इस पद पर नियुक्त किया था, मातम का माहौल था। उसके परम मित्र चोरी-चुपके महल में एकत्र हो रहे थे : धोखेबाज़, सौदागर, भ्रष्ट यहूदी जज और मंदिर के मुख्य प्रहरी, अन्नास जिनका मुख्य कमांडर था। ओलीव पर्वत के नीचे गेस्थेमाने उद्यान में, जहाँ यीशु सामान्यतः अपने शिष्यों के साथ जाया करते थे, यीशु को बंदी बनाने का निर्णय लिया गया।

संध्या का भोजन लेने के बाद यीशु और उनके शिष्य धूप से गरम हुई ज़मीन पर लेटे थे। कुछ देर बाद उन्हें घोड़े की टाप सुनाई दी। उनका दिल ज़ोर से धड़कने लगा। साँझ के झुटपुटे में उन्होंने एक सैनिक को घोड़े से उतर कर अपनी ओर आते देखा। 'गैलिली वाला क्या तुम में है?'

'हम सब गैलिली वाले हैं,' पीटर ने जवाब दिया।

'मैं जीसस को खोज रहा हूँ, जिसका उपनाम क्राइस्ट है।'

यीशु खड़े होकर घुड़सवार के पास गए। उन्होंने उसे हैरानी से देखा। वह एक पूरे

सैनिक दल की अपेक्षा कर रहे थे, लेकिन यह तो अकेला था। दूसरा जीन से कसा घोड़ा बिना जीन, बिना घुड़सवार के, उसके साथ खड़ा था।

'आप कौन हैं?'

'मैं शतपति गालिउस लोंगिनुस हूँ,' सैनिक ने यीशु के पास आकर उनसे कुछ कहा, और जो उसने कहा, वह ताज्जुब में डालने वाला था।'

मुश्किल आने वाली है

20 मई को दोपहर से पहले मीषाल और मारिका सोनमर्ग से श्रीनगर के लिए निकल पड़े, ग़ुलाम बशरत और अली उनके साथ थे। अली तोयोता चला रहा था। सफ़र बड़ी रफ़्तार से चलता और ख़ुशगवार भी होता, अगर जगह-जगह उन्हें बार-बार फ़ौजी नाकों पर रोका न जाता। अली ने अपना रेडियो चला रखा था। उसमें हिन्दुस्तानी गाने बज रहे थे, जिन्हें सुनने की मीषाल को, भारत में उसके पहले पड़ाव के दौरान भी, आदत नहीं पड़ी थी। 'क्या तुम इनकी जगह कुछ बेहतर लगा सकते हो?'

'नहीं, दुर्भाग्यवश। सवेरे से सरकारी प्रसारणों और टेलीविज़न को छोड़ कर और कुछ नहीं चल रहा।'

'क्यों?' उदास मारिका ने पूछा।

'कुछ गड़बड़ है। वैसे हमें अब तक इसकी आदत पड़ गई है। मेरे ख़याल से भारतीय सेना एक और हमले की तैयारी कर रही है।' ख़बरों में बताया गया है कि दिल्ली से राष्ट्रीय सुरक्षा परिषद् और गुप्तचर सेवा के अध्यक्ष उड़ान भर कर आ रहे हैं। यह कोई अच्छा शकुन नहीं है,' अली ने खुलासा किया।

'कश्मीर में सार्वजनिक सुरक्षा अधिनियम लागू है, जिसके अन्तर्गत पुलिस किसी को भी शक़ की बिना पर दो साल बिना सुनवाई के बंद कर सकती है। हर दूसरा आदमी पुलिस का मुखबिर है...किसी को किसी पर यक़ीन नहीं है'...डॉक्टर बशरत ने कहा। जब कश्मीर सरकार ने दो साल पहले अमरनाथ की गुफ़ा के आस-पास अढ़ाई एकड़ ज़मीन हिन्दुओं के नाम कर दी थी तो मुस्लिम विरोध की एक लहर सी आ गई थी, जिसमें 21 लोग मर गए थे। क्या आप तसव्वुर कर सकते हैं कि कोई अब आकर यह कह सकेगा कि रोज़ा बाल को खोल दो, जो एक मुस्लिम और यहूदी तीर्थस्थल है और अंशतः ईसाई भी है?' बशरत कटुतापूर्वक मुस्कराए।

कार में एक तनावपूर्ण चुप्पी छा गई। वे सुलेमान के सिंहासन के इलाक़े में पहुँचने वाले थे। डॉक्टर बशरत चिंताग्रस्त हुए मारिका को देख रहे थे, जिसका रंग साफ़ तौर पर पीला पड़ गया था। 'वहाँ हो आने के बाद आपको आराम करना होगा। सौभाग्यवश अब ज़्यादा दूर नहीं रह गया।' मारिका कृतज्ञतापूर्वक मुस्कराई। 'लेकिन अगर आप अब अपने कमरे में जाना चाहती हैं तो...'

‘नहीं–नहीं, मैं तीर्थस्थल को देखना चाहती हूँ।’

‘मैंने साहब से जुगाड़ कर लिया है कि हम आज शाम उसे मिलने आयेंगे। अगर हम सुबह–सवेरे रोज़ा बाल जाने वाली सड़क पर घूमते नज़र आये तो हम शक़ के दायरे में आ जायेंगे और मुझे पता नहीं कि मैं फ़ौजी गश्त वालों को क्या कहूँगा, जो हमारी जाँच तो ज़रूर करेंगे।’

‘यह जुगाड़ क्या मक़बरे के संरक्षक से किया गया है?’ मीषाल ने पूछा।

‘उसका घर इससे शायद 10 गज़ दूर है। रात को हम उसके घर में आराम से सो सकेंगे। तीर्थस्थल पर हम तड़के पाँच बजे से पहले जायेंगे, सूरज साढ़े पाँच बजे निकलता है। पड़ोस के मुसलमान पास वाली मस्जिद में छह से पहले सुबह की नमाज़ पढ़ने जायेंगे। आप वहाँ कितनी देर ध्यान लगाना चाहेंगी?’ बशरत मारिका से मुखातिब हुए।

‘मैं...पता नहीं।...मैं आपको खतरे में नहीं डालना चाहती...’

‘वहाँ सुरक्षित स्थिति तो कोई है नहीं,’ अली ने टिप्पणी की।

‘दो घंटे काफ़ी होंगे क्या? पाँच से सात, बहुत हुए तो साढ़े सात? तब तक धार्मिक कर्मकांड पूरे हो चुके होंगे और मुसलमानों के लिए रोज़ा बाल खुलने का वक़्त 8 बजे शुरू होता है।’

‘हाँ, मैं वहाँ समाधि पर ज़्यादा से ज़्यादा समय बिताना चाहूँगी।’

‘मुझे ज़रा अजीब लगता है कि एक ऐसे मक़बरे में एक मुस्लिम संत को दफ़नाया गया है, जहाँ पहले से ही एक यहूदी की क़ब्र थी।’

‘इस सैय्यद नूरुद्दीन रिज़वी को यहाँ 16वीं शताब्दी में दफ़नाया गया था, जो एक सचमुच का संत नहीं था। उसे बस बना दिया गया था। मेरे विचार से ऐसा इसलिए किया गया था कि मुस्लिम इस स्थल को अपना स्थान घोषित कर सकें।’

नगर केंद्र से निकलने के बाद अगले मोड़ पर स्थित स्विस होटल से उन्होंने एक छोटी सड़क पर बायाँ मोड़ लिया, जो टेढ़ी–मेढ़ी ऊपर गोपा हिल को जा रही थी। कई फ़ौजी गश्ती गाड़ियों ने रास्ते में उनकी जाँच की। उन्होंने गाड़ी एक विशाल कार–पार्क में खड़ी कर दी, क्योंकि आगे जाने वाली सड़क सिर्फ़ पैदल यात्रियों के लिए खुली थी। शरीर पर हाथ फेर कर पहली जाँच पार्किंग से निकलते ही की गई। हिन्दुस्तानी फ़ौज वाले विदेशियों से तहज़ीब से पेश आ आर रहे थे, संकेत दे रहे थे कि वे केवल आदेशों का पालन कर रहे हैं। स्थानीय लोगों से वे इतने अच्छे नहीं थे। चढ़ाई के आखिर में सबसे कड़ी जाँच थी। राष्ट्रीय भाषा और अंग्रेज़ी में लगे बड़े नीले बोर्डों पर चेतावनियाँ लिखी थीं उन लोगों के लिए, जो छिप–छिपाकर शंकराचार्य या तख्ते–सुलेमान के अहाते में कैमरे ले जाने की कोशिश करते हैं। ‘हमें यहाँ फ़ोटो खींचने की इजाज़त क्यों नहीं है?’ मीषाल ने निराशा में पूछा।

'क्योंकि हालाँकि यह एक पाक़ जगह है, तो भी श्रीनगर के ऊपर यह एक महत्त्वपूर्ण पहाड़ी क़िलाबंदी है।'

'अगर हम कैमरे के साथ पकड़े गए तो क्या होगा?'

'आपको तीन साल के लिए बंद भी किया जा सकता है। उम्मीद करता हूँ कि आप कैमरे कार में छोड़ आये हैं,' अली ने मीषाल पर एक चेतावनीयुक्त दृष्टि डाली।'

'छोड़कर ही आया हूँ।'

'मैं यहाँ बहुत बार आया हूँ, पर इतने फ़ौजी मैंने कभी नहीं देखे,' अली ने फुसफुसा कर कहा। मीषाल माफ़ी माँग कर टॉयलेट की ओर दौड़ा। वहाँ, तनिक काँपते हाथों से उसने अपनी कमर पर कस कर बँधे बटुए का पिछला हिस्सा खोला, अगले हिस्से में उसके पैसे, कागज़, कुछ तह किये टॉयलेट पेपर और कुछ च्यूइंगगम थीं। बीच वाले में डिक्टाफ़ोन, पेन और कुछ भारतीय सिक्के थे। उसने जहाँ तक हो सका बैल्ट खूब कस कर बाँध ली ताकि सामने से अगले वाला हिस्सा नज़र न आये। वे उस कतार में पहुँचे, जहाँ लोग धीरे-धीरे खिसकते हुए रपटे पर खड़े एक फ़ौजी के पास पहुँच रहे थे। उसके बाद एक प्रहरी-बूथ था, जिसमें और फ़ौजी बैठे थे। उसके पीछे एक तीसरा प्रहरी-बूथ देखा जा सकता था, पहाड़ी के ऊपर जाते मोड़ पर। फ़ोटोग्राफ़ी पर प्रतिबन्ध की चेतावनियाँ सब जगह लगी थीं। वे उस फ़ौजी के पास पहुँचे, जो हरेक के हाथ में पकड़े बैग की आम सी जाँच कर रहा था। हर पीठझोले को फ़ौजी के सामने रखी मेज़ पर खाली करना पड़ता था। 'कृपया यह बैग खोलिए,' फ़ौजी ने उसके बैल्ट बैग की तरफ़ इशारा किया। मीषाल ने पहले हिस्से की ज़िप खोली और फिर फ़ौजी ने वह उसे खाली करने को कहा। फ़ौजी ने प्रसन्न होकर सिर हिलाया और फिर दूसरा हिस्सा खोलने को कहा। मीषाल ने उसका सामान मेज़ पर डाल दिया। फ़ौजी की नज़र डिक्टाफ़ोन पर पड़ी और उसकी आँखें किसी ऐसे शिकारी की तरह चमक उठीं, जिसने शिकार देख लिया हो, 'आप जानते हैं कि यहाँ फ़ोटो लेना मना है?'

'सॉरी, यह डिक्टाफ़ोन है।'

'डिक्टाफ़ोन?' फ़ौजी ने उसे उठा लिया और देखा कि उसमें कैमरे जैसा डिजिटल प्रकाशन था। कुछ उसे पसंद नहीं आया और उसने मुड़ कर अपने सहयोगी को कुछ कहा। एक मिनट बाद एक और आदमी आया, जो स्पष्टतः उसका अफ़सर था, जिसने डिक्टाफ़ोन ले लिया और पहले को कतार वालों की जाँच जारी रखने को कहा। वरिष्ठ अफ़सर ने बटन दबाने शुरू किये और यंत्र में से ऐसी आवाज़ें आने लगीं, जिन्हें मीषाल अपनी यात्रा के दौरान रिकॉर्ड करता रहा था।

'आप पत्रकार हैं?'

'नहीं, मैं एक साधारण पर्यटक हूँ, मैं हर चीज़ को लिखने की बजाय रिकॉर्ड करना अधिक पसंद करता हूँ।'

फ़ौजी डिक्टाफोन के साथ कुछ देर छेड़छाड़ करता रहा और फिर मुस्करा कर वह उसने मीषाल को लौटा दिया, 'कोई समस्या नहीं सर, आप जा सकते हैं।'

शेष बची सीढ़ियाँ उन्होंने भाग कर चढ़ीं। मारिका भी प्रफुल्लित लग रही थी। देर शाम का समय था और बारिश वाले बादल आसमान पर इकट्ठे हो रहे थे। वे पर्यटकों की एक कतार में लग गए, जो धीरे-धीरे मज़ार को जाने वाली सीढ़ियों पर चढ़ रहे थे। तंग सीढ़ियों पर वे उनके लिए रास्ता बना रहे थे, जो नीचे उतर रहे थे और जो कपड़ों से लगभग सभी हिन्दू लग रहे थे। उन्हें मुसलमान नज़र नहीं आये। हरेक के माथे पर एक तिलक था, जो पुजारी का आशीर्वाद था। मीषाल, मारिका और अली के माथों पर भी करीब पाँच गज़ आगे बने छोटे से पवित्र स्थल पर उनका स्वागत करने वाले दो पुजारियों ने तिलक लगाये। कमरे के बीचोबीच शिव लिंगम का एक प्रतीक था, लगभग सात फुट ऊँचा और फूलों से सजा; एक पुजारी उस पर निरन्तर दूध उड़ेल रहा था।

'क्या यह यहूदी मंदिर है?' मीषाल ने ताज्जुब से पूछा।

'हिन्दू इतिहासकारों के अनुसार इसकी स्थापना सम्राट अशोक के एक पुत्र जल्लुका ने की थी, ईसा से दो शताब्दी पूर्व।'

'क्या इसका कोई प्रमाण है?'

'सीधे-सीधे तो नहीं है, पर ज़रा इसका विलक्षण आकार तो देखो। सब कुछ इस ओर संकेत करता है कि जिन लोगों ने इस स्थल पर डिज़ाइन बनाया था, वे स्वर्ण रेखा गणित के सिद्धांतों से परिचित थे। इसे बनाते हुए निर्माताओं ने स्वर्ण अनुपात इस्तेमाल किया था, मिस्र के पिरामिडों की तरह। ऐसे ढाँचों को ऊर्जा प्रेषक माना जाता है। प्राचीन वेदों के अनुसार ऐसे आकार विशेष बारम्बारता पर ऐसा कम्पन उत्पन्न करते, जिससे विश्व लोक से संवाद किया जा सकता है। इसके अष्टकोणीय पदचिन्ह हैं। पुराणों के अनुसार सम्राट सुलेमान और सम्राट हीराम एक ही समय पर येरुशलम मंदिर और इसका निर्माण करवा रहे थे। सुलेमान ने तथाकथित रूप से मार्तण्ड मंदिर के निर्माण का भी आदेश दिया था, जिसके अवशेष श्रीनगर से चालीस मील पर मिलेंगे। जब वैज्ञानिकों ने कंप्यूटर द्वारा इसका पुनर्निर्माण किया तो यह येरुशलम की हू-ब-हू प्रतिकृति थी।'

वे सब डॉक्टर को ध्यान से सुन रहे थे। सब बारी-बारी दीवार पर आये, जहाँ से पर्वतों से घिरे नगर का शानदार नज़ारा देखा जा सकता था। डल झील के तट पर सैकड़ों शिकारों की कतारें थीं, जिन पर काले बादल आते जा रहे थे। अली ने दीवार पर झुक कर नीचे दिखाया। 'देखो, यह कारण है यहाँ पर कैमरे लाने पर प्रतिबन्ध लगाने का।' वे पवित्र स्थल से होकर आगे गए और उन्होंने कई जगहों पर खंदकें देखीं, जिनके आस-पास रेत के बोरे थे और गोली दागने के लिए छेद बने हुए थे। 'ये भारतीय सेना की मशीनगनों और तोपों के बंकर हैं। नगर पर नियंत्रण रखने के लिये यह सही जगह है। ज्यों ही उन्होंने बात बंद की थी कि एक आदमी वहाँ प्रकट हुआ और नम्रतापूर्वक उनसे बोला कि दीवार के पास

ज़्यादा देर न खड़े हों। 'वे बेसब्रे हैं। अगर किसी ने आपको कैमरे के साथ देख लिया तो मैं कल्पना भी नहीं करना चाहूँगा...' वे चलकर कुछ और आगे गए और मीषाल ने अपने पेटी वाले बटुए से कैमरा निकाला। बशरत और अली ने तो जैसे उसके हाथ से छीन ही लिया। 'अरे इसे छिपा लो। कोई फ़ोटो मत लेना। वापसी में भी हमारी तलाशी हो सकती है। शायद हमें वे दूरबीन से देख भी रहे हों। अगर उन्हें किसी फ़ौजी की फ़ोटो मिल गई, या फिर खुदा न खास्ता तुम्हारे प्रकाशन पर बंकर की, तो तुम तो जासूसी के लिए समझो कि जेल चले गए। मीषाल, प्लीज़, ठीक से छिपा लो इसे।' मीषाल ने कैमरा बैल्ट-पैक में वापस रख दिया। माफ़ी माँग कर टॉयलेट की ओर भागा। जब लौटा तो घनी झाड़ियों के पास से होकर निकला। उसने जगह की कुछ तस्वीरें लीं। जब उसे निकट आती आवाज़ें सुनाई देती थीं तो वह कैमरे को बैल्ट-पैक के पिछले हिस्से में रख देता था। जब वह दूसरों के निकट आया तो दूर से ज़ोर की गड़गड़ाहट हुई।

'अब हमें चलना चाहिए। बारिश और तूफ़ान आने वाले हैं। हज़रतबल रोड के नुक्कड़ और गैन्दरबाल रोड पर, जहाँ से साहब का घर कुछ ही मीटर की दूरी पर है, बहुत यातायात होता है,' अली ने कहा।

'मेरे ख़याल से तूफ़ान नहीं आएगा,' मारिका ने आसमान को देख कर कहा। पर्वत के, कटक के पार से हेलीकॉप्टर नज़दीक आ रहे थे। उन्होंने देखा कि लोग पार्किंग की ओर भागे जा रहे थे। 'यह क्या हो रहा है?'

अली सबसे नज़दीक वाले फ़ौजी के पास गया। संजीदा चेहरा लेकर वापस आया। 'मेरे ख़याल से जितनी जल्दी हो सके हम साहब के घर चले जाएँ। ताकि छह बजे से पहले पहुँच जाएँ।

'कर्फ़्यू की घोषणा कर दी गई है। संध्या छह से सुबह छह बजे तक। लगता है कि मुश्किल आने वाली है। पौने छह बज चुके हैं, हमें जल्दी से निकल जाना चाहिए।'

'कर्फ़्यू का क्या मतलब होता है?' मारिका ने चिंतित स्वर में पूछा।

'एक सामान्य देश में इसका अर्थ होता है कि इस समय के दौरान तुम्हें अकारण ही पुलिस चौकी ले जाया जा सकता है। कश्मीर में इसका अर्थ इससे बढ़ कर भी कुछ हो सकता है।'

पिलाते का सुझाव

अँधेरा होने के बाद शतपति और यीशु भेड़ द्वार से निकले, जो अन्तोनिया किले के पीछे था, जहाँ पिलाते अपने इज़राइल-पड़ाव के दौरान आमतौर पर रहता था। लोंगिनुस ने घोड़े से उतरने में यीशु की मदद की और उनका उत्साह बढ़ाने के लिए उन्हें आँख मारी। फिर उसने उन्हें पिलाते के एक अंगरक्षक के हवाले कर दिया, जो उन्हें रोमन प्रधान के पास ले गया। 'क्या तुम जानते हो कि मेरे नाम का मतलब क्या है?' पिलाते ने

मुस्करा कर कहा, यीशु ने उत्तर नहीं दिया। 'प्लम का मतलब भला होता है। मैं जानता हूँ कि आप गुप्त रूप से हमारे बेटे का इलाज कर रहे हैं। मेरी पत्नी ने मुझे बताया है। इसके लिए मैं तुम्हारा बहुत आभारी हूँ। उसकी हालत अब बहुत बेहतर है।'

'मैं आपकी पत्नी, सम्राट ऑगस्टस की पड़पोती की बहुत इज़्ज़त करता हूँ। वह एक ममतामयी माँ हैं,' यीशु ने विनयपूर्वक कहा।

'उसकी अब इतनी भी तारीफ़ मत करो। वह टिबेरिउस की तीसरी बेटी क्लौडिया की हराम की बेटी भी है,' पिलाते व्यंग्यपूर्वक मुस्कराया। इस डरावनी मुस्कान से यीशु को भय सा लगा : इसमें मानवीय कुछ नहीं था। वह एक क्रोधी, अभिमानी और धृष्ट आदमी को देख रहे थे, जिसने उनके हज़ारों यहूदी भाइयों को फाँसी पर लटका कर भयानक मौत दी थी। अफ़वाह यह थी कि यूडेह के राज्यपाल की नियुक्ति प्रेतोरियन कमांडर सेयानुस के दबाव पर मिली थी, जिसने उसे सलाह दी थी कि अगर तरक्की पानी है तो किसी रोमन शहज़ादी से शादी कर ले। उसे कुछ तो विशेष प्रश्रय प्राप्त था, क्योंकि आमतौर पर रोमन राज्यपालों की बीवियों को उनके साथ कहीं जाने की अनुमति नहीं थी। प्रोचुला पिलाते के साथ उसके कैसरा वाले शानदार महल में रह रही थी। 'तुम नहीं जानते होगे, लेकिन मैंने सान्हेद्रिन के इस सुझाव को हमेशा रद्द किया है कि तुम्हारी सार्वजनिक गतिविधियों पर रोक लगा दी जाए। बल्कि आधे यहूदी तो चाहते हैं कि पत्थर मार कर तुम्हें मृत्यु दी जाये।'

'यहूदी नहीं : यहूदी पुरोहित,' यीशु ने उसकी भूल सुधारी।

'हाँ, पुजारी। वे अपने अनुयायियों को तुम्हारे खिलाफ़ उकसा रहे हैं।' उसने आनंद लेकर कुछ शराब पी और मुस्कराया। 'तुम अड़तीस के हो, मेरी तरह। हम इतने भी बूढ़े नहीं हैं कि ज़िन्दगी ने हमें जो ऐशो-आराम दिया है, हम उसका मज़ा न ले सकें,' पिलाते बोलता गया। 'जनता में वे सम्राट की निष्ठा का दम भरते हैं, लेकिन मेरी पीठ पीछे वे मेरे खिलाफ़ बुरे से बुरे षड्यंत्र रचना शुरू कर देते हैं। लोग कहते हैं कि मैं ज़ालिम हूँ। यह सही होगा, लेकिन मैं धोखेबाज़ तो नहीं हूँ। काइआफ़ास 18 साल की उम्र से बड़ा पुरोहित है, और हालाँकि बड़े पुरोहितों के कार्यकाल तीन साल से ज़्यादा नहीं होते, वह रोम के दरबार में कई प्रभावशाली लोगों के इतना निकट पहुँच चुका है कि 12 साल से अपने पद पर है, और धीरे-धीरे वह मेरे लिए भी खतरा बन गया है।'

'लेकिन आप यह सब मुझे क्यों बता रहे हैं?'

'मुझे ऐसे पाखंडियों की सार्वजनिक रूप से तुम्हारे द्वारा की जाने वाली आलोचना पसंद है,' अचानक वह ठहाका मार कर हँसने लगा। तब तक हँसता रहा जब तक उसे खाँसी नहीं आ गई। 'इनकी तो कुटाई होनी चाहिए, बल्कि इससे ज़्यादा कुछ होना चाहिए। तुम जानते हो कि वे पास्का से कितना मुनाफ़ा बनाते हैं,' यीशु चुप रहे। 'आओ, मेरे साथ गिनो। इस पास्का पर लगभग अढ़ाई लाख लोग येरुशलम आते हैं। सब बटुए भर कर लाते हैं। और इस काइआफ़ास का मुख्य पुरोहित होने के नाते मंदिर की तिजोरी से सीधा टाँका है। क्या तुम सोच सकते हो कि ये सेद्दूसी इसमें कितना बनाते हैं? ये सारे यहूदी पुरोहित चोरों का एक गिरोह हैं। मैं परमपावन नहीं हूँ, पर मैं परम पावन होने का ढोंग भी नहीं करता। मैं

एक फ़ौजी हूँ। एक अश्वारोही परिवार से हूँ, जिसमें पहला नियम खरापन होता था। ये लोग ऐसे ढोंगी हैं, जैसे दुनिया में कहीं और नहीं मिलेंगे। तुम्हारी एक बात मुझे भाती है कि तुमने कभी लोगों को रोम के खिलाफ़ नहीं भड़काया। लोगों को तुम्हारा उपदेश यही है कि जो सम्राट का है वह सम्राट को दो, जो ईश्वर का है, ईश्वर को दो, नीति अनुसार यह सत्ता का सही विभाजन है। लेकिन तुम्हारे पुरोहित सत्ता और ईश्वर दोनों चाहते हैं। मैं तुमसे सहमत हूँ कि कोई दो मालिकों का नौकर नहीं हो सकता, लेकिन तुम इस सिद्धांत का सम्मान नहीं करते,' उसने अपने जाम से कुछ शराब और पी; यह धीरे-धीरे उसे चढ़ रही थी।

'कहा जाता है कि आपने नहर बनवाने के लिए मंदिर की तिजोरी से पैसा लिया था,' यीशु ने नम्रतापूर्वक एतराज़ जताया।

पिलाते ने गुस्से से उन्हें देखा, किन्तु फिर व्यंग्य से मुस्कराने लगा, 'हाँ, लिया था, तो? पानी क्या यहूदियों के काम नहीं आता?'

'आप हमें पसंद नहीं करते...,' यीशु ने टिप्पणी की।

'मैं उन यहूदियों के खिलाफ़ नहीं हूँ जो सम्राट और ईश्वर के प्रति अपना कर्त्तव्य निभाते हैं...लेकिन इन ढोंगी पुरोहितों से मुझे नफ़रत है। उन्होंने घोषणा की है कि जो भी यहूदी तुम्हारा अनुसरण करेगा उसे फिर कभी साइनागॉग में दाख़िल नहीं होने दिया जाएगा।' फिर उसने अपना सिर ऊँचा किया। 'मेरे पास आकर उन्होंने तुम्हारा सिर माँगा है।' चुप होकर वह कुछ देर यीशु को देखते हुए अपने प्याले से खेलता रहा, यीशु निश्चल खड़े हुए थे। 'तुम जानते हो कि तुम किस खतरे का सामना कर रहे हो?' यीशु ने उत्तर नहीं दिया। 'ग़ैर-रोमनों को कड़ा से कड़ा दंड मिलेगा। असल में सिर्फ़ फाँसी। मैंने उन्हें अपने कारण बताने को कहा। वे कहते हैं कि तुमने कहा है कि तुम उनका मंदिर गिरा दोगे और तीन दिनों में उसका पुनर्निर्माण कर दोगे। पुजारियों को देश-निकाला दे दोगे और तुम शाही तख़्त पर ख़ुद बैठ जाओगे। इसके अलावा उनका कहना है कि तुम रोम के सम्पर्क में हो और मुझे ख़त्म करने की साज़िश कर रहे हो।' पिलाते एक भद्दी मुस्कान चेहरे पर लाया। 'सारे गधे हैं। मैंने सब सुना है और इसमें से कुछ भी सच नहीं है। लेकिन मुझे भी सूचना मिली है—शायद तुम्हें भी मिली होगी—कि पुरोहितों द्वारा भड़काए गए आदमी तुम्हें मार डालने की योजना बना रहे हैं। तुम खतरे में हो। तुम सरहद का रास्ता जानते हो। इस देश में तुम्हारे लिए कोई भविष्य नहीं है, अभी भाग लो, सूरज उगने से पहले। मैं तुम्हें पर्याप्त समय दूँगा।' यीशु कुछ नहीं बोले। हाँ, मरियम के लिए यही सही होगा, लेकिन उनके अंतर में उन्हें कोई बता रहा था कि पहले वह काम पूरा करो जो फ़िलस्तीन में शुरू किया है। 'इस शापित देश से भाग लो।' यीशु अब भी कुछ नहीं बोले, जिससे पिलाते को क्रोध आ गया। 'मैं आपकी मदद कर रहा हूँ और आप मुझे नज़रअंदाज़ कर रहे हैं?'

यीशु ने एक लम्बी साँस ली, 'आप सम्राट के अच्छे वकील हैं। लौकिक दृष्टिकोण से आप सही हैं : मुझे अपनी ज़िन्दगी बचानी चाहिए, लेकिन उच्चतर वस्तुनिष्ठ परिप्रेक्ष्य से आपकी सलाह ग़लत है। जुर्म करने वाले मुजरिम खतरे से भागते हैं। मैंने कुछ नहीं किया। मैं देश को छोड़ दूँगा, लेकिन अपना काम पूरा करने के बाद।'

पिलाते बहुत देर उनका मुआयना करता रहा, 'तुम जानते हो कि इस साल के आरम्भ से रोमन राज्यपाल को मौत की सज़ा देने का हक़ दे दिया गया है। एक साल पहले सानहेद्रिन पत्थर मार कर तुम्हें मरवा देता। वर्ष के आरम्भ से मैंने जितने भी लोगों को फाँसी पर लटकाया है, उनमें से अधिकांश ने कुछ ग़लत नहीं किया था। मैंने उन्हें फाँसी दी थी दूसरों को चेतावनी देने के लिए। तुम्हारे मुद्दई भी यही माँग रहे हैं : खुदा न करे कि लोग तुम्हारी राह पर चलें। जो आज वफ़ादारी से तुम्हारे साथ हैं उनकी संख्या पर्याप्त है। लेकिन जो उनमें शामिल होना चाहते हैं मौत की सजा उनको मिलेगी। मैं एक घुड़सवार तुम्हारे साथ भेजूँगा, जो तुम्हें दमिश्क तक छोड़ आएगा। वहाँ से तुम आगे पूर्व को अपना सफ़र जारी रख सकते हो।'

'पूर्व जाना मेरी सबसे बड़ी तमन्ना है, लेकिन...सिर्फ़...' 'सिर्फ़ क्या?'

'सिर्फ़...बाद में...'

'बाद...आएगा तब न!' पिलाते व्यंग्यपूर्वक हँसने लगा।

'शुक्रिया, लेकिन मैं तुम्हारी पेशकश को अभी तो मंजूर नहीं कर सकता। मुझे अपने भाइयों को निराश नहीं करना है। जो मैंने शुरू किया है उसे ख़त्म करना है। अगर मैं कर जाता हूँ तो यह ईश्वर की इच्छा होगी।'

काफ़ी देर पिलाते कुछ नहीं बोला। 'क्या ये तुम्हारे आख़िरी शब्द हैं?' यीशु ने हामी भरी। 'तो फिर मैं आपको दंड देने को मजबूर हूँ और फिर मैं उनके साथ मिल जाऊँगा, जो तुम्हें बचाना चाहते हैं। अब जाओ। लोंगिनुस तुम्हें गेथ्स्माने के बाग़ में मेस्सालियन के घर सुरक्षित पहुँचा देगा। उस पर तुम भरोसा कर सकते हो।' रोमन राज्यपाल उठ खड़ा हुआ, यह संकेत था वार्तालाप समाप्त होने का। यीशु झुके और एक प्रहरी के साथ चले गए। पिलाते बहुत देर पीछे से उन्हें देखता रहा, निराशा में सिर हिलाता हुआ। फिर उसने एक घंटी बजाई। उसका टहलुआ भीतर आया, 'उन्हें अन्दर लेकर आओ।'

नौकर बाहर गया और दो दाढ़ी वाले आदमियों के साथ अन्दर आया, जिन्होंने चोगे पहन रखे थे, जैसे कि सर्वोच्च यहूदी परिषद् के सदस्य पहनते थे। झुक कर उसने पिलाते को सूचना दी, 'अरिमथेआ और निकोदेमुस के रब्बी जोज़ेफ़ आप द्वारा बुलाए जाने पर आये हैं।'

क़ब्र के पास जूते नहीं!

साहब के घर की दूसरी मंज़िल पर उसका अतिथिकक्ष छोटा था, लेकिन आरामदेह और स्वच्छ था। साहब, चालीस से ऊपर था, उसके घने घुंघराले बाल उसके माथे पर गिर रहे थे, नाक वक्र थी और एक तीखी, हठी नज़र थी। वह उनके आने पर कोई ज़्यादा खुश हुआ नहीं लगता था। सिर्फ़ सीनियर और जूनियर बशरत के प्रति सम्मान उसकी नाराज़गी नहीं दिखी थी। उड़ रहे पर्दों के पीछे से स्वचालित बंदूकों से चलने वाली गोलियों की छिटपुट आवाज़ आ रही थी। बशरत के नेत्रों में भय था, पर वह अपनी बेटी का पोलियो ठीक करने के लिए डॉक्टर बशरत का तहे दिल से शुक्रगुज़ार था। उसकी तीन छोटी बेटियाँ और पत्नी सिर्फ़ मेहमानों को सलाम करने के लिए बाहर आईं और फिर जल्दी से भीतर चली गईं। फ़र्श

पर कश्मीरी कालीन छितरे पड़े थे और उनके ऊपर रंग-बिरंगे तकिये और ऊनी कम्बल पड़े थे। केंद्र में एक नीची मेज़ थी, जिसके आस-पास कुछ तकिये थे। साहब रोटी और मुरब्बे के साथ एक पूरा मग काली चाय का भर कर लाया। यह सबसे स्वादिष्ट भोजन तो नहीं था, पर दिन में उन्हें बहुत भूख लग आई थी, अतः उन्होंने आभारपूर्वक खाना शुरू कर दिया। घर में तनाव महसूस किया जा सकता था। साहब का रेडियो चल रहा था। 'सिर्फ़ सरकारी प्रसारण ही सुने जा सकते हैं और खुदा जाने कि जो वे बता रहे हैं, उसमें कितना सच है।'

'वे क्या कह रहे हैं?'

'कश्मीर के प्रधानमंत्री विद्रोहियों को वार्तालाप के लिए निमंत्रण दे रहे हैं; कह रहे हैं शान्ति का रास्ता बन्दूक नहीं है, बल्कि वार्तालाप है। इन्हें यह कहते-कहते चालीस साल हो गए हैं। इस पूरे वक़्त में पाकिस्तानी सरकार द्वारा समर्थित मुसलमान आज़ादी या पाकिस्तान में विलय के लिए कोशिश करते रहे हैं। बीच-बीच में यह लड़ाई जंग में बदल जाती है। यह बुरा है। मैं 45 वर्ष का हूँ और मैंने दो लड़ाइयाँ देखी हैं। किस्मत से खानयार इन खूनी जंगों में सलामत बच गया है। यह एक पुराना नगर है और यहाँ कोई ऐसी सरकारी इमारतें नहीं हैं, जिन्हें आतंकवादी उड़ा सकते हों। उनकी जगह हमारे यहाँ तंग गलियाँ हैं जो...' वह रुक गया,...'और यह।' खिड़की के पास जाकर उसने सावधानीपूर्वक पर्दा हटाया। सात बजे थे और बाहर अंधकार हो रहा था। 'रोज़ा बाल एकदम हमारे सामने है,' उसने टीन की हरी छत और कँटीले तारों से घिरे एक आँगन वाली नीची इमारत की ओर इशारा किया, जो उनकी खिड़की के एकदम नीचे दो तंग गलियों के नुक्कड़ पर थी।

'इसे आप तीर्थस्थान कहते हैं?' मारिका ने निराशा में सिर हिलाया। 'मैंने सोचा था कि यह येरुशलम की पाक़ क़ब्र की तरह होगा।'

'आप एक मुस्लिम सूबे में हैं, मैडम,' साहब ने जवाब दिया, 'मेरा खानदान इस घर में आठ पीढ़ियों से रहता आया है। सब इस समाधि के संरक्षक रहे हैं। हमारा जनाब डॉक्टर ग़ुलाम बशरत के ख़ानदान से दूर का रिश्ता है। क़ब्र के संरक्षक होने से बढ़कर हमारे लिए दुनिया में कोई बड़ी इज़्ज़त नहीं है।'

'इमारत को अच्छी तरह से देख लो, ताकि दिन में हम अपना काम ठीक से कर सकें। कौन जाने तब क्या हालात हों। उम्मीद तो यही है कि वे घर के या मक़बरे के एकदम सामने गश्ती गाड़ी नहीं रोकेंगे। वह बुरा होगा और हम अब क़ब्र को जाने में और देर भी नहीं लगा सकते। प्रोफ़ेसर वैद्य ने उपवास तुरंत शुरू करने के निर्देश दिये हैं। तो अगर हमें कल कामयाबी नहीं मिलती तो...मुझे नहीं पता कब...' डॉक्टर बशरत ने कंधे उचकाए।

'हमें कामयाब होना होगा,' मारिका ने ज़िद करते हुए कहा।

तीर्थस्थल की बाड़ पर लगा पोस्टर फ़ोटो लेने से साफ़ मना कर रहा था। मीषाल ने अरबी की इबारत का अंग्रेज़ी में तर्जुमा करके पढ़ा : जीसस क्राइस्ट के बारे में *क़ुरान* और *बाइबल* क्या कहते हैं? पाक़ *क़ुरान* कहती है, वे (यहूदी) ख़ुद फख्र से कहते हैं कि उन्होंने मेरी के बेटे, अल्लाह के पैगम्बर जीसस क्राइस्ट का वध किया है। लेकिन न उन्होंने उनका वध किया है और न ही क्रूस पर फाँसी दी है, तथ्य यह है कि वह उनके सामने प्रकट हुए। जिनका

मत भिन्न है। वे संशय और अनिश्चित ज्ञान से भरे हैं और सिर्फ़ यह साबित करने के लिए अटकलें लगा रहे हैं कि उन्होंने उन्हें नहीं मारा। अल्लाह ने उन्हें उठा कर अपने पास ले लिया। अल्लाह सर्वशक्तिमान है, सर्वबुद्धिमान है। (*क़ुरान,* अन-निसा 157-158)। मसीहा जीसस ने उन्हें यह बताया था और उन्हें जन्नत में ले लिया गया और वह ईश्वर की दाईं ओर बैठे।'

'वैसे *क़ुरान* ने जीसस का पैगम्बर और मेरी के पुत्र के रूप में बड़ी इज़्ज़त के साथ ज़िक्र किया है,' अली ने जोड़ा।

'इसी रोज़ा बाल को कभी-कभी रौउज़बाल नाम भी दिया जाता है। इस शब्द का मूल रौज़ा से है, अर्थात् एक ऊँचे ओहदे वाले व्यक्ति का स्मारक, किसी पैगम्बर का, जब कि पीरों के मक़बरों को मज़ार कहते हैं। लेकिन मेरा ख़याल है कि कल सुबह के लिए हमें कोई रणनीति बनानी चाहिए,' साहब ने नीची मेज़ के पास जाकर उस पर एक ख़ाली कागज़ फैला दिया। 'सिर्फ़ आप चार लोग भीतर जा रहे हैं, मैं किसी भी आपातस्थिति से निपटने के लिए बाहर रहूँगा। मेरे पास एक पुरानी राइफ़ल है और पुलिस महानिदेशक द्वारा मुझे इसे साथ लेकर चलने का अनुमतिपत्र भी मिला है। कोई फ़ौजी आ गया तो कह दूँगा कि मैं सिर्फ़ मक़बरे की रखवाली कर रहा हूँ,' वह मुस्कराया।

'मैं भीतरी हिस्से को जानता हूँ। यह बड़ा नहीं है, लेकिन यह ज़रूरी है कि वहाँ जाकर हम कोई गड़बड़ न करें। याद रखना है कि वहाँ अंधेरा होगा और हमें कोई रौशनी नहीं करनी होगी : कोई भी ऐसा नहीं है जो सुबह पाँच बजे पावन स्थान पर जाता हो। मैं तो सोचना भी नहीं चाहता कि अगर सेना की कोई गश्ती गाड़ी वहाँ से निकली तो क्या होगा' अली ने जोड़ा। साहब बोलता गया, 'भीतर से मक़बरा ऐसे दीखता है।' एक मार्कर उठा कर उसने आत्मविश्वासपूर्वक रेखाचित्र खींचा। फिर उसे लेकर खिड़की पर गया और उन्हें देखने को बुलाया। 'ध्यान से देखो। वहाँ दाईं तरफ़ मक़बरे का प्रवेश द्वार है, जो बाद में बनवाया गया था। बलूत की लकड़ी का दरवाज़ा बाहर से तीन ताले लगी एक ज़ंजीर से बंद है। मैंने जाकर ताले खोल दिए थे, ताकि सुबह उन्हें खोलते हुए कोई शोर न हो। सिर्फ़ कंटीले तारों वाला गेट बंद है। मैं संरक्षक हूँ और जहाँ चाहूँ जा सकता हूँ, तो वहाँ किसी को कोई शक़ नहीं होगा, हालाँकि...' 'हालाँकि क्या?' मीषाल ने पूछा।

'यह सब कर्फ़्यू के दौरान होगा,' उसने जल्दी से बात बदली। 'किस्मत से जिस मस्जिद में हम जा रहे हैं वह पवित्र स्थल के दूसरी तरफ़ है, लेकिन बहुत लोग शेख अब्दुल्ला की क़ब्र पर जाकर इबादत करते हैं, जो पास में ही है। यहाँ आने वाले मुसलमानों की संख्या कम ही है।'

'और ग़ैर-मुस्लिम?'

'उनके लिए प्रवेश प्रतिबंधित है...पड़ोस में उपकरण मरम्मत करने की एक दुकान है, लेकिन यह 11 बजे खुलती है।' उसने एक सफ़ेद कलई किये एक घर की ओर इशारा किया, जिस पर लिखा था, 'आसानी से मरम्मत लायक' और साथ में एक बैटरी की तस्वीर बनी थी। 'आप हॉल के छोटे गलियारे में दाख़िल हों, जहाँ जाकर बाएँ मुड़ जाएँ। वह रास्ता सीधा लकड़ी से बनी क़ब्र के कमरे के आस-पास घूमती गैलरी को जाता है। यह काँच की है, इसलिए आपको ताबूत ठीक से नज़र आएगा। पहले यह हिब्रु इबारत वाले एक सफ़ेद-नीले कपड़े से ढका होता था; आजकल हरे कपड़े से ढका है, जो इस्लाम का प्रतीक है। बीच वाली

खिड़की के आगे जाकर, यहाँ से बिल्कुल सामने,' उसने इमारत की ओर संकेत किया। 'क़ब्र के कमरे में छोटा दरवाज़ा है, जिसमें ताबूत है। वहाँ लोगों को प्रवेश नहीं करने दिया जाता, लेकिन मैं तुम्हें अन्दर जाने दूँगा।' मारिका और मीषाल ने उसे कृतज्ञतापूर्वक देखा। 'जैसे ही आप दाख़िल होंगे, आपके सामने सैय्यद नूरुद्दीन रिज़वी की क़ब्र का एक छोटा पत्थर होगा, जिन्हें वहाँ 16वीं सदी में दफ़नाया गया था। सबसे बड़ा पत्थर युज़ आसफ़ का है।'

'किसका ?' मीषाल ने पूछा।

'यीशु को क्राइस्ट नाम यूनानियों ने दिया था। उनका मूल हिब्रु नाम जाशुआ या जेशुआ था, जिसे यूनानियों ने बदल ऐसुस कर दिया। लैटिन में यह ईसुस है, संस्कृत और अरबी में ईसा, और फ़ारसी में युज़। आसफ़ जोयेफ़ है, तो यह जोज़ेफ़-पुत्र जीसस हुआ। कुछ ईसाइयों ने उसका अपभ्रंश जोज़ाफाट बना लिया है। मेरे विचार से यह ज़रूरी है कि आप किसी चीज़ की तस्वीर उतार कर जाएँ जिससे बिला शक़ साबित हो सके कि क्रूस पर लटकाये यीशु यहाँ दफ़्न हैं।' मारिका और मीषाल ने एक-दूसरे को हैरानी से देखा। 'जब सत्तर के दशक में प्रोफ़ेसर फ़िदा हसनैन के नेतृत्व में विशेषज्ञों की एक टीम यहाँ आई थी तो उन्होंने पत्थर की हज़ार साल पुरानी मोम उतारी थी और उन्हें ये मिले थे,' साहब ने एक चट्टान की एक फ़ोटो सामने रखी, जिस पर चट्टान पर पैरों के निशान स्पष्ट अंकित थे। 'एशिया में यह रिवाज़ है कि जब किसी संत का देहांत होता है तो उसके पैरों के निशान ले लिये जाते हैं। अगर मैं ग़लत नहीं कह रहा तो आप यूरोप में महत्त्वपूर्ण व्यक्तियों के मृत चेहरों के मुखौटे बना कर रख लेते हैं। तो ये मक़बरे में दफ़्न आदमी के पैरों के निशान हैं। क्रूस से पड़े ज़ख्मों के निशान भी इन पर नज़र आ रहे हैं। बड़ा पत्थर युज़ आसफ़ का है।'

'किसका ? मीषाल ने पूछा।'

'यही तो तूने मुझे येरुशलम में दिखाए थे...' मारिका ने मीषाल को देखा। उनकी तो साँस रुक गई थी।

'कहा जाता है कि ये चिन्ह पत्थर पर यीशु के साथी देवदूत थोमस ने अंकित किये थे। पुराणों के अनुसार वे स्वयं यीशु की अंत्येष्टि में शामिल थे। विश्व-प्रसिद्ध ईसाइयत शास्त्री कुर्ट बरना ने, जो पुरातत्ववेत्ताओं के साथ मिल कर काम करते हैं, दिखाया था कि ये चिन्ह दो हज़ार साल पुराने हैं। उन्होंने विषम पदचिन्हों की जाँच की थी और जब उन्होंने उन्हें कंप्यूटर में डाला तो पाया कि वे यीशु के क्रूस पर कीलों से ठोके पैरों से मिलते थे। बाएँ पैर को दाएँ पर जड़ा गया था, जिस तथ्य की पुष्टि ट्यूरिन के उस प्रसिद्ध कफ़न पर लगे लहू के निशानों से होती है, जिसमें यीशु को क्रूस से उतारने के बाद लपेटा गया था। यह भी एक तथ्य है कि भारत में फाँसी के लिए क्रूस का इस्तेमाल कभी नहीं किया गया।'

'किस्सा परीकथा जैसा लगता है,' मीषाल ने अविश्वास में सिर हिलाया।

'क़ब्र के दोनों पत्थर मुस्लिम परम्परा के अनुसार उत्तर से दक्षिण की दिशा की ओर हैं,' साहब सुनाता गया।

'लेकिन मैंने कहीं पढ़ा था कि यीशु की क़ब्र पश्चिम से पूर्व की दिशा में है। सिर्फ़ यहूदी अपने मृतकों को इस तरह दफ़नाते हैं। और इसे यहाँ एक यहूदी के होने का प्रमाण समझा गया था,' मीषाल ने आपत्ति जतायी।

'हाँ, कश्मीर पहली शताब्दी में एक हिन्दू और बौद्ध इलाक़ा होता था। आप तो जानते ही होंगे कि हिन्दू और बौद्ध अपने मृतकों को अग्नि के हवाले करते हैं। तब इस्लाम नहीं होता था। और यहूदी संत की क़ब्र सच में पश्चिम से पूर्व की दिशा में है, सिर्फ़... हम्मऽऽऽ...बदकिस्मती से आप इसे देख नहीं पाओगे।'

'मैं समझी नहीं,' मारिका बोली।

'यह भूमिगत है और 40 सालों से इसे ईंटों से ढक दिया गया है, देखो,' वह उन्हें फिर खिड़की पर ले गया। 'तीर्थस्थल का प्रवेश स्थल अब इस तरफ़ है, पर पहले वहाँ होता था, बगल वाली सड़क पर। तीर्थस्थल नदी के पास होता था और वहाँ येरुशलम में बाढ़ आया करती थी, अतः मक़बरे के आस-पास मिट्टी की तहों और मलबे से ज़मीन धीरे-धीरे ऊँची हो गई थी। कुछ तो पानी लेकर आया था और कुछ लोग ले आये थे। मूल प्रवेश स्थान का अब जो बचा है वह है सड़क की ऊँचाई पर एक तरेड़, जिस पर आजकल किसी का ध्यान नहीं जाता। लेकिन इससे भूमिगत क़ब्र को देखा जा सकता है...' कुछ देर वह चुप रहा।

'अगर मक़बरे की मरम्मत नहीं करवाई जाती तो कुछ ही सालों में यह नष्ट हो जायेगा...वह जीसस क्राइस्ट की निश्चित मौत होगी।'

'शायद कोई यही चाहता हो,' मीषाल ने टिप्पणी की।

'इस पर लोगों को हैरानी हुई थी कि भूतपूर्व प्रधानमंत्री फारुक़ अब्दुल्ला ने 1984 में यहाँ अनुसंधान करने की अनुमति दे दी थी। जिस दिन विशेषज्ञों का एक दल मक़बरे में दाख़िल होने वाला था, उससे पहले दिन शाम को इसके आस-पास हिंसक दंगे शुरू हो गए थे, जिसमें सात लोगों की मौत हो गई थी। देखो, खानयार का भूलभुलैयों से भरा पड़ोस... हम्मऽऽऽ...सरकार विरोधी भूमिगत लड़ाकुओं के लिए छिपने की उपयुक्त जगह है,' साहब ने जोड़ा। 'पर हम सुरक्षित हैं,' उसने उन्हें शान्त करने की कोशिश की।

'और भीतर कोई सीढ़ियाँ नहीं हैं, जो तहखाने में जाती हों?'

'एक लकड़ी की सीढ़ी है, लेकिन वह भी ईंटों से ढकी है। ताकि हमारे पीर भीड़-भाड़ से बचे रहें,' साहब कटुतापूर्वक मुस्कराया, 'लेकिन अंकित पदचिन्हों वाली जो चट्टान आप देखेंगे, वह मौलिक है। क़ब्र वाले कमरे में यह सफ़ेद फ्रेम में जड़ी एक पाद-पीठ पर रखी है। मेरे ख़याल से आपके ध्यान के लिए यह काफ़ी रहेगी,' साहब ने मारिका को खुश करने की कोशिश की। वह अपनी निराशा छिपा नहीं पा रही थी।

'पुराणों के अनुसार चट्टानों पर पदचिन्हों के अलावा मक़बरे में एक और बहुमूल्य स्मारक चिन्ह भी है, जिसके बारे में कहा जाता है कि इसे देवदूत थोमस ने स्वयं बनाया था,' अली ने जोड़ा।

'देवदूत थोमस? वह यहाँ कैसे आये?' मारिका ने पूछा।

'यह साबित हो चुका है कि पहली सदी के बाद के छह महीनों में थोमस भारत में थे। कहा जाता है कि जब यीशु को महसूस हुआ कि उनका अंतिम समय आने वाला है तो उन्होंने थोमस को बुलाया, जिन्होंने एकदम वहीं उनकी क़ब्र तैयार की, जहाँ उन्होंने अपनी अंतिम साँस ली थी।'

'तो क्या वास्तव में उनका देहांत इस जगह हुआ था?'

'वह यहाँ ध्यान लगाने आया करते थे...जिसका प्रतीक एक प्रतिमा होनी थी, UNUM, जिसके साथ दो अक्षर और लगते थे।'

'इस बारे में मैंने सुन रखा है,' मीषाल ने कहा।

'जोआखिम और बोआस की प्रतिमा, अथवा जेसुश और बुद्ध, दो संतों और पूर्व तथा पश्चिम में ऐक्य का एक प्रतीक। कहा जाता है कि इसमें यीशु कमल की मुद्रा में ध्यान लगाये बैठे हैं। कहते हैं कि प्रतिमा में स्वस्थ करने की शक्ति है। शायद प्रतिमा सचमुच यहाँ होती थी, लेकिन उसे कोई ले गया है। या शायद यह एक जनश्रुति है, आप जानते हैं कि लोग बातें बना भी सकते हैं...' अली बोला।

खिड़की के नीचे अचानक कुछ अजीब सा शोर हुआ : हाथ इधर-उधर मारते बहुत से लोगों की एक टोली कहीं भागी जा रही थी, मुट्ठियाँ ऊपर करती थी और उन्हें हिलाती थी। साहब ने खिड़की ज़रा सी खोली। 'ये कुड़कुड़ा रहे हैं कि कर्फ़्यू के कारण उन्हें 15 मिनट में शुरू होने वाली एक फ़िल्म देखने से क्यों रोका जा रहा है। पास ही जो शिराज़ सिनेमा है, उसमें एक बढ़िया बॉलीवुड फ़िल्म दिखाई जा रही है, जिसमें छोटे कपड़े पहने खूबसूरत लड़कियाँ हैं और सारे आदमी इसके पीछे पागल हो रहे हैं।' मीषाल, मारिका, अली और बशरत पर्दों के पीछे से इस नज़ारे को देख रहे थे। जब सड़क वाले आदमी छितरे तो फ़ुटपाथ पर दो लहूलुहान लाशें देखी जा सकती थीं। जल्द ही एक फ़ौजी गश्ती गाड़ी वहाँ आई और लाशों को गाड़ी में डाल कर वहाँ से चल दी। साहब ने खिड़की बंद करके परदे लगा दिए। उसके हाथ काँप रहे थे। 'पंद्रह मिनटों का श्रीनगर के लिए कोई मतलब नहीं है...और याद रखना, मक़बरे में जूते नहीं!'

ईबिस अद क्रूचेम (Ibis ad crucem)

यह 3795 के यहूदी निसान माह के बारहवें दिन का आरम्भ था, टिबेरिउस के राज का एक महत्त्वपूर्ण वर्ष, जब भूतपूर्व मुख्य पुरोहित अन्नास के आदेश पर मंदिर के प्रहरियों का एक दल गेथ्सेमाने के उद्यान में घुस आया। सान्हेद्रिन के भी कई सदस्य उनके साथ थे, इस तथ्य के बावजूद कि उन्हें गिरफ़्तारी में हिस्सा लेने की अनुमति नहीं थी और कि सूर्यास्त के बाद कोई कचहरी नहीं लग सकती थी। लेकिन यीशु के प्रति घृणा यहूदी क़ानून मिशना से बड़ी थी। उन्हें भी आश्चर्य हुआ कि शतपति लोंगिनुस के नेतृत्व में एक

सौ रोमन फ़ौजी भी उसी पल उद्यान में दाख़िल हुए। यीशु स्वयं चल कर मंदिर के प्रहरियों के पास आये और उनसे पूछा कि वे किसे खोज रहे थे। उन्होंने कहा, 'जीसस' और उन्होंने स्वयं उन्हें बताया था कि वही थे वह, जिन्हें वे खोज रहे थे, अर्थात् यूडास ने विश्वासघात का जो चुम्बन उनके लिए तैयार रखा था, उसकी आवश्यकता नहीं पड़ी।

रोमनों के साथ आए मंदिर के फ़ौजी नौकरों की मण्डली, जिसे पिलाते ने भेजा था, यीशु को अन्नास के पास लेकर आई, जो नाज़ारेथ वाले से इसलिए भी बहुत घृणा करता था, क्योंकि वह बहुत समय पहले, जब वह मुख्य पुरोहित होता था, यीशु द्वारा किये गए उसके अपमान को नहीं भूला था; उससे भी ज़्यादा गुस्सा उसे उन पर इसलिए था कि उसके द्वारा मंदिर में किये गए घोटालों की वह निडर होकर आलोचना करते थे। आज उसका दामाद काइआफास सान्हेद्रिन का एक नंबर का आदमी था, लेकिन यीशु की गिरफ़्तारी अन्नास ने करवाई थी, जिसका सात साल अपने पद पर रहने के बाद पुरोहितों पर पूरा नियंत्रण था। यीशु यहूदी क़ानून को जानते थे और उन्होंने अन्नास के सामने बयान देने से इन्कार कर दिया, क्योंकि वह मुख्य पुरोहित नहीं था और फिर उन्हें दो गवाह पेश करने का हक़ था। अन्नास यीशु को अपने दामाद के पास भेजने को मजबूर था, जो पाँच सालों से मुख्य पुरोहित वे क़ानून के खिलाफ़ उन्हें काइआफ़ास के घर लेकर गए, क्योंकि क़ानून के तहत सुनवाई सिर्फ़ मंदिर वाले पहाड़ की अदालत में हो सकती थी। काईफ़ास अपने घर में रात के समय सान्हेद्रिन के 71 में से 24 सदस्य एकत्र करने में सफल हो गया। अदालत की कार्रवाई के लिए कम से कम इतने सदस्यों की दरकार थी। दंड देने के लिए 13 मत चाहिए थे और 11 बरी करने के लिए। कम से कम दो मत ज़्यादा होने से आरोपी को मुजरिम करार दिया जा सकता था। यीशु और दो झूठे गवाहों को सुनने के बाद काइआफ़ास ने अपने मत को मिलाकर उन्हें दोषी घोषित किया और मृत्युदंड देने का प्रस्ताव रखा; दो को छोड़ कर–आरीमथेआ के जोज़ेफ़ और निकोदेमुस–सब ने पक्ष में मत डाला। अफ़वाह यह थी कि जोज़ेफ़ एस्सेने का गुप्त अनुयायी था और निकोदेमुस की पत्नी मार्था स्वयं एस्सेने थी, और उसके पति पर उसका बहुत प्रभाव था।

'रुको!' निकोदेमुस की तब गरजती आवाज़ गूँजी, जब सब निर्णय से संतुष्ट होकर हँस रहे थे, खिलखिला रहे थे। 'हमें रात को फ़ैसला लेने का कोई हक़ नहीं है, वैसे ही जैसे रात को बंदी बनाने का कोई हक़ नहीं है। जब हमने बंदी बनाया था, तारे साफ़ नज़र आ रहे थे और हमारे क़ानून में सूरज डूबने के बाद गिरफ़्तारी की मनाही है। आप भली-भाँति जानते हैं कि सुबह का चढ़ावा देने से पहले अदालत में सुनवाई नहीं हो सकती...'

'मुँह बंद रखो, कोई ख़राबी मत करो,' कुछ पुरोहितों ने विरोध किया, लेकिन निकोदेमुस निडर होकर बोलते रहे, 'और माननीय सान्हेद्रिन निजी घरों में बैठक नहीं बुला सकती।'

'यह मेरा घर है, और मैं मुख्य पुरोहित हूँ,' काइआफ़ास ने उसे इतनी ज़ोर से हाथ हिला कर रोकने की कोशिश की कि उसके महँगे वस्त्र गिरने वाले थे।

'परन्तु यह मंदिर नहीं है,' जोज़ेफ़ ने निकोदेमुस की हिमायत की, 'पहले इल्ज़ाम पढ़ने होंगे, लेकिन आपने तो सीधे-सीधे सज़ा सुना दी! हर कोई बरी होने की अपील कर सकता है, लेकिन हर कोई बंद करने पर दबाव नहीं डाल सकता! क़ानून यह है।'

'क्यों, आप दो तो खिलाफ़ हो ही न,' काइआफ़ास हँसा, दूसरे भी उसके साथ हँसे।

'जोज़ेफ़ थोड़ी देर चुप रहा, पर निकोदेमुस निडरतापूर्वक बोलता रहा। 'मिशन के अनुसार गवाहों का हर विवरण एक समान होगा–और यहाँ तकरीबन हर चीज़ में विरोधाभास पाया गया है। आपने रात में दंड की घोषणा की है, जिससे आपने क़ानून को तोड़ा है, क्योंकि मृत्युदंड सिर्फ़ दिन में दिया जा सकता है। सुनवाई और फ़ैसले के बीच 24 घंटे का समय कानूनी तौर पर होना चाहिए! और क़ानून का सबसे बुरा उल्लंघन आपने किया है, मुख्य पुरोहित, आपने! निकोदेमुस गुस्से से काइआफ़ास से मुखातिब हुआ। 'आप अच्छी तरह जानते हैं कि मतदान सान्हेद्रिन के हर सदस्य ने एक-एक करके करना है, सबसे छोटी उम्र से शुरुआत होनी है, ताकि बड़े उन पर प्रभाव न डाल सकें। लेकिन आपने तो सबको एक साथ मत डालने को कह दिया। आपने हमारे क़ानूनों की बेइज़्ज़ती की है, क्योंकि आपने पास्का का दिन इस काम के लिए चुना है, क़ानून में जिसकी सख्त मनाही है!'

यीशु चुपचाप खड़े हुए वाद-विवाद देख रहे थे।

'हमारे सिर पर बन्दूक मत रखो!' काइआफ़ास गुस्से में तिलमिलाया, 'आप जानते हैं कि आप किसका बचाव कर रहे हैं? यह शख्स कहता है कि डेविड और सुलेमान के सिंहासन पर इसका खानदानी हक़ है, यह हमारे पवित्र दिनों को अपवित्र बनाता है, क्योंकि सबथ के दिन काम करता है, चिकित्सा करता है, कहता है कि यह मंदिर को गिरा कर तीन दिन में उसे फिर बना देगा, फरीसीयों, सदुसीयों, ग्रंथकारों और डॉक्टरों को देश निकाला देने की धमकी देता है और सम्राट के खिलाफ़ भड़काता है! इसने अपने आपको ईश्वर का पुत्र घोषित कर दिया है, इस तरह इसने ईश्वर को गाली दी है-और इसकी सजा है मौत, दिन हो चाहे रात हो!' बाकी लोगों ने सहमति में सिर हिलाया।

'हम सब ईश्वर के बच्चे हैं,' यीशु ने नम्रतापूर्वक कहा। 'मैंने यह कहा था, लेकिन शोर-गुल में किसी ने उसे नहीं सुना।'

'वैसे भी आपके लिए एक समस्या है,' जोज़ेफ़ बहस में पुनः शामिल हो गया, 'रोम की मंत्री-सभा ने आपसे मृत्युदंड देने का अधिकार छीन कर सैनिक सत्ता को दे दिया है। अगर इस शख्स को मरना ही है तो वह रोमन क़ानून के तहत होगा, यहूदी क़ानून के तहत नहीं, क्योंकि यदि आप इन पर सम्राट के खिलाफ़ भड़काने का इल्ज़ाम लगाते हो तो यह एक राजनैतिक अपराध है, धार्मिक नहीं!' हॉल में भिनभिन होने लगी। वे समझ गए कि यीशु को मौत देने का उनका फ़ैसला प्रशासक के अनुमोदन के बिना वैध नहीं था।

चिढ़ कर काइआफ़ास मंदिर के प्रहरियों के जलूस समेत पूरे येरुशलम से होते हुए रोमन अन्तोनिया किले को चल पड़ा, जिसे प्रेतोरियम भी कहते थे, जहाँ पिलाते ईस्टर की छुट्टियों के दौरान रहता था। किसी ग़लत प्रक्रिया से बचने के लिए वह कई पुरोहितों के साथ बाहर रहा था।

'तो आ गए ये,' पिलाते अपनी खिड़की के बाहर, जो मशालों से रोशन हो गई थी, मंदिर के अनेकों प्रहरियों और पुजारियों के दल को आते देख कर खी-खी करने लगा।

'जाओ ले आओ उसे,' वह शतपति लोंगिनुस से मुखातिब होकर बोला, जो पिलाते को यीशु की गतिविधियों के बारे में तीन साल से अवगत करवा रहा था। उसकी और दूसरी सूचनाओं के आधार पर उन्हें कड़ा दंड देने का कोई विश्वसनीय कारण नहीं था, आखिर तो यीशु लोगों को प्रेम और समानुभूति का सन्देश दे रहे थे। सैकड़ों लोग यीशु को उपदेश देते सुनते थे, लेकिन उन्होंने कभी उन्हें एक भी शब्द रोम या सैनिक सत्ता के विरुद्ध बोलते नहीं सुना था। नाज़ारेथ का रब्बी स्पष्टतः यूडेह, समारिया और गैलिली के लोगों में बहुत लोकप्रिय था, गाइउस अरमानी में दिए गए उसके व्याख्यानों को ध्यान से सुनता था, जो वह ठीक से समझ सकता था। भीतर से वह यीशु से सहमत होता था। लेकिन एक रोमन फ़ौजी होने के नाते वह खुल कर उसके लिए अपनी पसंदगी नहीं दिखा सकता था।

'दुर्भाग्यवश यह सम्भव नहीं होगा। पास्का से पहले रूढ़िवादी यहूदी आपके निवास स्थान में प्रवेश नहीं कर सकते, वर्ना वे अशुद्ध हो जायेंगे।'

'उनकी हड्डियाँ खड़खड़ाओ! फिर क्या करूँ मैं? इन्हें वापस भेज देता हूँ।'

'मालिक, उनका नेतृत्व मुख्य पुरोहित कर रहे हैं। अन्नास आपको कभी माफ़ नहीं करेंगे। आप बाहर जाकर उन्हें मिलें।'

'तो तुम कह रहे हो कि काइआफ़ास उनका नेतृत्व कर रहा है, अन्नास नहीं?'

'इस साज़िश के पीछे अन्नास है। वह मंदिर के पैसे से बहुत सारा पैसा चुराता है। उसका दामाद, मुख्य पुरोहित काइआफ़ास बस नाम का मुखिया है।'

पिलाते हॉल में बेचैनी से चक्कर लगा रहा था, 'यह यीशु यहूदी है। वे ही उसका मामला सुलटा लें तो बेहतर है।'

'वे यह नहीं कर सकते। आप जानते हैं कि आप अकेले ऐसे हैं जो उनके द्वारा प्रस्तावित मृत्युदंड का फ़ैसला कर सकते हैं, हाल ही में पारित ईउस गलादी–तलवार के क़ानून के तहत।'

'उनके क़ानून जितने भी कड़े हों, एक रोमन शासक किसी पुजारी के आगे झुक नहीं सकता। जाकर उन्हें अन्दर आने को कहो। अगर वे मना कर दें तो सिर्फ़ यीशु को ले आओ।'

अंततः मंदिर के प्रहरियों का कमांडर और यीशु आये। पिलाते ने एक बार फिर उन्हें सुना और फिर कमांडर से कहा, 'मुझे इसमें कोई दोष नज़र नहीं आता। इसे ले जाओ और अपने क़ानून के तहत इस पर फ़ैसला लो।'

'हमें किसी को मारने की इजाज़त नहीं है,' कमांडर ने आपत्ति की. 'तुम इस पर निर्णय लो, क्योंकि यह लोगों को रोम के खिलाफ़ भड़का रहा है, उन्हें कह रहा है कि कर मत दो और ख़ुद इसने बादशाह होने का ऐलान कर दिया, मतलब कि यह सम्राट के साथ प्रतिद्वंद्विता कर रहा है,' कमांडर ने कहा।

'इसने किसी को सम्राट के खिलाफ़ नहीं भड़काया, बल्कि कहा कि सम्राट को जो मिलना चाहिए वह मिलना चाहिए!' पिलाते ने ऊँचे स्वर में कहा। 'और जहाँ तक इसकी

''अपनी बादशाहत'' का सवाल है, इसका कहना है कि वह इस संसार की नहीं है! मुझे सिर्फ़ रोमन सम्राट के खतरे में होने के मामले में दिलचस्पी है–और इसने यह काम नहीं किया।'

'यह सच नहीं है,' कमांडर ने आपत्ति की।

पिलाते मुस्कराया। 'तो सच क्या है?' वह कुछ देर हॉल में बेचैनी से घूमता रहा, स्पष्टत: वह यीशु को मृत्युदंड नहीं देना चाहता था। तभी उसे ध्यान आया कि गैलिली का राजा हेरोड आन्तिपास पास्का के दौरान येरुशलम में ठहरा हुआ था, नाज़ारेथ उसके अधिकार-क्षेत्र में आता था और यीशु वहीं का था। उसे जान छुड़ाने का यह विचार आया और उसने यीशु को हेरोड के पास भेजने का फ़ैसला लिया, हेरोड अपने आप उसके भाग्य का निर्णय करेगा।

हेरोड यीशु को देख कर खुश हुआ, क्योंकि वह अपेक्षा कर रहा था कि वह उसे कोई चमत्कार करके दिखायेगा। वह उसके ऊपर कोई नकारात्मक निर्णय नहीं लेना चाहता था, क्योंकि हाल ही में वह जॉन बप्तिस्मा-दाता के देहांत के बाद हुए अपने सैनिकों के विद्रोह को नहीं भूला था। यीशु को दंड देकर उसे और विद्रोह नहीं चाहिए थे। वह पिलाते को जानता था और यह भी जानता था कि अगर उसे यीशु के अपराध पर पूरा विश्वास होता तो वह स्वयं ही मृत्युदंड दे देता और यीशु को उसके पास न भेजता। लेकिन वह उसे नाराज़ भी नहीं करना चाहता था, अत: उसने यीशु को निर्दोष माना और उसे पिलाते के पास वापस भेज दिया। उसने कमांडर को पिलाते के लिए एक पत्र भी दे दिया— *माननीय रोमन राज्यपाल! मैं नाज़ारेथ, गैलिली के यीशु पर लगाये गए आरोपों की प्राप्ति की पुष्टि करता हूँ। हालाँकि मैं सान्हेद्रिन वाले आरोप के आधार पर .फ़ैसला कर सकता था, फिर भी मैं अपने अधिकार आप को सौंपता हूँ, क्योंकि ओहदे और अधिकार-क्षेत्र के मामले में आप मुझ से ऊँचे हैं। जो भी दंड आप देंगे, वह मुझे मंजूर होगा। हस्ताक्षर, हेरोड आन्तिपास, गैलिली और पेरेआ का राजा।* सैनिक सहगामी जब यीशु को लेकर अन्तोनिया पहुँचा तो पिलाते की बीवी अपने पति को मना रही थी इस तथ्य को दृष्टिगत रखते हुए कि यीशु ने उनके बेटे के कोढ़ को दूर कर दिया था, उसे माफ़ कर दिया जाये।

'मैं इस आदमी को आज़ाद देखना चाहूँगा, लेकिन मुझे लगता है कि मेरे पास इसके अलावा कोई चारा नहीं है कि मैं...' उसने दोषी दृष्टि से पत्नी को देखा, 'तुम जानती तो हो कि रोम में हालात कैसे हैं। सेजानुस द्वारा टिबेरिउस के खिलाफ़ रचा गया षड्यंत्र असफल हो गया है। यह मैं नहीं चाहता कि सम्राट को खबर मिले कि मैंने एक ऐसे आदमी को ज़िन्दा छोड़ दिया है, जिसने, काइआफ़ास के अनुसार ख़ुद को यहूदी बादशाह घोषित कर दिया है। अगर मैं उसे मौत की सजा नहीं देता तो काइआफास ने धमकी दी है कि वह स्वयं सम्राट को लिखेगा और सूचना देगा कि मुझे एक ऐसे आदमी से हमदर्दी है, जो लोगों को रोम के खिलाफ़ भड़काता है,' कह कर पिलाते घबरा कर अपनी कनपटियाँ रगड़ने लगा।

'कितनी ख़राब बात है,' प्रोचुला ने कहा। फिर उसके चेहरे पर मुस्कराहट उभरी। 'क्या होगा अगर तुम यहूदियों के इस अन्धविश्वास का फ़ायदा उठाओ कि अगर वे अपने पाप उस बन्दे के कन्धों पर डाल दें, जिसकी वे क़ुरबानी दे रहे हैं, तो वे बच जायेंगे?'

'मुझे समझ नहीं आ रहा कि तुम ऐसा क्यों कह रही हो,' पिलाते ने ताज्जुब से उसे देखा।

'ऐसा व्यक्ति राष्ट्र का बलि का बकरा बन जाता है। इसीलिए वे हर पास्का से पहले हर जेल से एक-एक मुजरिम चुनते हैं, उसके कंधे पर पूरे कर्मकाण्ड के साथ आम जनता के पापों की गठरी रख दी जाती है।'

'इसका यीशु से क्या संबंध हुआ?'

'मेरा मतलब है कि तुमने उन तीन व्यक्तियों को सूली पर चढ़ाने की सजा दी है, जो लूटमार करने वाले एक गिरोह के मुखिया थे। तुम यहूदियों के सामने प्रस्ताव रख सकते हो कि यीशु के बजाय वे उनमें से किसी एक को चुन सकते हैं।'

पिलाते कुछ देर अपनी बीवी को देखता रहा, 'ख़याल अच्छा है। पर मुझे डर है कि इस अमीर बरब्बस बेन जेज़िया ने अपने बचाव का इंतज़ाम पहले ही कर रखा होगा और पुरोहितों से माफ़ी का जुगाड़ कर लिया होगा। लेकिन कोशिश की जा सकती है। मैं भीड़ के सामने खड़ा होकर उनके सामने यह प्रस्ताव रखूँगा,' कह कर पिलाते मुस्कराया। यीशु की छिपी हमदर्द उसकी पत्नी ने उसे कृतज्ञतापूर्वक देखा। 'मैं फ़ैसले की घोषणा को जितनी देर हो सके रोकूँगा।' लेकिन काइआफ़ास और उसके पुरोहित बेवकूफ़ नहीं थे और जब उन्होंने देखा कि पिलाते निर्णय की घोषणा करने से हिचकिचा रहा था तो वे समझ गए कि वह क्या करने वाला था। उन्होंने सिर्फ़ अपने वफ़ादार लोगों को, जिन्होंने यीशु को मौत की सज़ा दिलवाने की कसम खाई थी, उस भीड़ में आने दिया, जो अन्तोनिया के एक भाग में, जहाँ पिलाते रहता था, सीढ़ियों के नीचे इकट्ठी हुई थी, बरब्बस को वहाँ नहीं आने दिया गया।

पिलाते बाहर सीढ़ियों के पास आया और भीड़ शान्त हो गई, 'मुझे इस आदमी में कोई दोष नज़र नहीं आता। इसे मैं बस कोड़े लगवाऊँगा और फिर जाने दूँगा।'

'नहीं, नहीं, नहीं! यह एक खतरनाक मुजरिम है और इसे फाँसी लगनी चाहिए!' लेकिन पिलाते भीड़ को नहीं सुन रहा था और उसने सैनिकों को इशारा किया। कमांडर पप्पुस ने अपना हाथ उठाया और एक सैनिक ने यीशु के कपड़े फाड़ दिये, उनके हाथ उनके सिर के ऊपर खम्भे से बाँधे, और फिर उनकी पीठ, कंधों और टाँगों पर कोड़े बरसाने शुरू कर दिया, देखने वालों ने जब यीशु के पैरों के पास लहू और फिर लहू के काले थक्के बनते देखे तो वे नाक-भौं चढ़ाने लगे।

जब लोंगिनुस ने-जो वहाँ पूरा समय खड़ा रहा था-देखा कि यीशु की टाँगे जवाब दे रही हैं तो उसने पप्पुस को पिटाई रोकने का इशारा किया। सैनिकों ने उनके लिए काँटों का एक ताज बनाया और उनके सिर पर रख दिया। पिलाते को विश्वास था कि उसने भीड़ को काफ़ी हद तक खुश कर दिया था और अब वह पुनः यीशु को मुक्त करना चाहता था।

'अगर आप इसे आज़ाद करेंगे तो आप सम्राट के मित्र नहीं होंगे, क्योंकि जो कोई भी सम्राट का मित्र होने का ढोंग करता है वह बाद में उनकी खिलाफ़त करता है।' एक कट्टर वेदी-सेवक ने चिल्ला कर कहा, 'हमें इसकी मौत चाहिए!' सब ने दोहराया।

पिलाते ने हाथ के इशारे से उन्हें चुप किया, लेकिन उसकी घबराहट उसकी आवाज़ में झलक रही थी, 'इज़राइल के निवासियो, पास्का के भोज के पहले जैसे हमारी परम्परा है, मैं एक अपराधी को आज़ाद करूँगा और उसे तुम्हारे हवाले कर दूँगा। बरब्बस को एक दर्ज़न लोगों की हत्या करने का दोषी पाया गया है। उसे क्रूस पर मरने दो,' आदेश देने से अधिक वह अनुरोध कर रहा था। लेकिन भीड़ ने ज़ोर से चिल्लाना और सीटियाँ बजानी शुरू कर दीं।

'तो फिर किस को आज़ाद करूँ?' अनिश्चयपूर्वक उसने पूछा।

'बरब्बस!'

पिलाते घबरा गया, यीशु की ओर संकेत करके उसने ऊँचे स्वर में कहा, 'इसका खून तुम्हारे सिर होगा। मैं चेतावनी दे रहा हूँ!'

'होने दो खून हमारे सिर और हमारे बच्चों के सिर।'

'जो तुम्हारी मर्ज़ी,' हताश होकर कुछ देर बाद उसने पानी का एक कटोरा उठा कर उसमें अपने हाथ धोये, 'मैं इस शुद्ध मनुष्य के लहू से अपने हाथ धो रहा हूँ। तुमने यह चाहा है। मैं बरब्बस को आज़ाद कर रहा हूँ और यीशु के साथ दो और आदमी तुम्हें दे रहा हूँ।' फिर वह फ़ौजियों से मुखातिब हुआ, 'दंड तुरंत दिया जाये!'

'आप जानते हैं कि हमारे धर्म के अनुसार किसी को भी पास्का के दौरान क्रूस पर नहीं मरने दिया जाता। इसे जेल में डाल दो और पास्का के बाद फाँसी पर चढ़ा दो,' एक पुजारी ने आपत्ति की।

पिलाते जानता था कि यहूदी धर्म किसी भी व्यक्ति को यहूदियों के सबसे अहम भोज के समय के दौरान क्रूस पर मारने की इजाज़त नहीं देता, फिर भी उसने यीशु को उसी समय फाँसी दी, जो यहूदियों के लिए सबसे अशुभ समय था। 'मैंने फ़ैसला कर लिया है। इबिस अद क्रूचेम, क्रूस पर लटक जाने दो!'

मक़बरे में कोई

21 मई 2010 को सुबह के 3 बजे थे। मारिका सोई नहीं थी। सख्त चटाई पर करवटें बदल रही थी, झील की शान्त सतह के बारे में सोचने की कोशिश कर रही थी, जैसे कि नींद न आने पर हमेशा करती थी, लेकिन नींद नहीं आ रही थी। अँधेरी रात थी, तारे बादलों के पीछे छिपे थे। उठ कर वह खिड़की के पास गई, पर्दे को एक तरफ़ खिसका कर वह तीर्थस्थल को देखने लगी। खिड़की के बाहर किसी इक्के-दुक्के कुत्ते का भौंकना सुनाई दे जाता था, बीच में कहीं पिस्तौल या राइफल से चली गोली की आवाज़ भी आ जाती थी। श्रीनगर में कुछ घंटे बिताने के बाद वह तरह-तरह की बन्दूकों की गोलियों की आवाज़ों में फ़र्क करना सीख गई थी। रोज़ा बाल की गहरी हरी छत द्वार के साथ वाले खम्भे से टिमटिमाती रौशनी पड़ने से उस पर एक गहरा असर कर रही थी। बशरत, अली

और मीषाल उसे कनखियों से देख रहे थे। उनमें से भी किसी को नींद नहीं आई थी। साढ़े तीन बजे वह फिर लेट गई; थकान से उसकी पलकें मुँद रही थीं। अर्धनिद्रा में उसे परदे के पास एक जनानी आकृति नज़र आई। सफ़ेद बालों वाली स्त्री सिगरेट पीती हुई, मक़बरे को देखते हुए चेहरे पर मुस्कान लिये कुछ बोल रही थी। मारिका ध्यान से सुनने लगी: 'कैंसर बुरा है, कैंसर बुरा है...तुम इसी लायक़ हो, श्लोमो।'

'माँ, चुप कर जा, दूसरे सो नहीं सकते!' वह चिल्ला कर बोली, लेकिन उसकी मुस्कराहट और बोलना बरक़रार रहा, वह बार-बार बोले जा रही थी. 'चली जा, जा!' मारिका ने भगाने की कोशिश की, लेकिन उसने उसकी बगल में खर्राटे लेते मीषाल को मारा, जिसे अभी सिर्फ़ एक मिनट के लिए नींद आई थी। मीषाल ने मारिका का हाथ पकड़ कर उसे शान्त किया। समझ न आने वाले चीखते शब्द उसके मुँह से निकलते जा रहे थे। फिर वह शान्त हो गई और गहरी नींद में सो गई, लेकिन थोड़ी ही देर में साहब ने जगा दिया। 'उठो सब, साढ़े चार बज गए।' मर्दों ने कमरे में कपड़े बदले, मारिका परदे के पीछे चली गई।

'आपको ख़ुश्बू लगाने की ज़रूरत नहीं,' साहब ने मज़ाक में कहा।

'नहीं लगा रही।'

'कौन लगा रहा है फिर?' साहब हैरानी से मर्दों को देखने लगा। वे एक-दूसरे को देखने लगे। 'यहाँ एक अजीब सी ख़ुश्बू है,' उसने सूँघ कर देखा। 'लैवेंडर जैसी...'

'गुलाब की तरह ज़्यादा लग रही है,' अली ने कहा, वह गहरी साँस भरने लगा, पर समझा नहीं।

मारिका और मीषाल ने भी उलझन भरी दृष्टि से एक-दूसरे को देखा और मारिका ने कंधे उचकाए। मीषाल समझ गया।

'खिड़की खोलो,' बशरत ने अली से कहा।

साहब ने अली और बशरत को टॉर्च दी। 'खाएँगे हम बाद में, अब चलें?' मर्दों ने सिर हिला कर हामी भरी। लकड़ी की सीढ़ी से वे भूतल पर उतरे। साहब की बीवी का बिस्तर सामने नज़र आ रहा था; वह और बच्चे गहरी नींद में लगते थे। साहब ने पुराना फाटक खोल कर सड़क पर नज़र मारी। सुनसान थी, सिर्फ़ कहीं से एक बिल्ली की म्याऊँ-म्याऊँ की आवाज़ आ रही थी। उसने चलने का इशारा किया, तेज़ी से भागा और बाकी लोगों ने उसके पीछे-पीछे सड़क पार की। कँटीले तारोंवाला फाटक खुला था, दालान का भी। मारिका को इमारत के पीछे क़ब्रों की एक कतार नज़र आई। 'एक मुस्लिम क़ब्रिस्तान,' साहब ने मंद स्वर में कहा। 'मैं यहीं रुकूँगा, अली आपको ले जाएगा।' सबसे पहले अली ने गैलरी में प्रवेश किया, उसके बाद उसके पिता, मारिका ने और सबसे बाद मीषाल ने। भीतर सब वैसे था, जैसे उन्हें एक दिन पहले साहब ने बताया था। अली की टॉर्च ने लकड़ी वाले चमकते क़ब्र के कमरे में जगमग कर दी। उसने कमरे में जाने वाले दरवाज़े का हैंडल

नीचे दबाया। कुछ कदम चलने के बाद वे क़ब्र के एक पत्थर के सामने पहुँचे, जिस पर कोई पहचान और अभिलेख नहीं थे। लगता था कि उसके तीन हिस्से हैं। सबसे नीचे वाला हिस्सा सबसे चौड़ा था, बीच वाला उससे तंग और सबसे ऊपर एक पत्थर छत की तरह ढालू था। लेकिन यह एक ही पत्थर का खम्भा-सा था।

'यह क्या है?' मीषाल ने फ़र्श से निकले पाइप के एक अगोचर से टुकड़े की ओर संकेत किया। 'रुको...यह दिलचस्प है। मैंने इसे पहले कभी नहीं देखा' 'लगता है कि इन्हें ''नेफ़ेश'' आत्मा याद आ गई है। यहूदी परम्परा में हर मक़बरे में आत्माओं के लिए पाइप का एक टुकड़ा और भूतों के लिए एक कुआँ होता था। इससे मक़बरे में रहने वाली आत्माओं को चलने-फिरने और बाहरी दुनिया से सम्पर्क रखने की आज़ादी रहती है।' डॉक्टर बशरत ने स्पष्टीकरण दिया।

'इसका मतलब कि वहाँ नीचे...हम्मऽऽऽ...असली क़ब्र है,' मारिका फुसफुसा कर बोली।

'हाँ, पर वहाँ हम जा नहीं सकते।'

मारिका को उदास हुआ देख कर अली उसे क़ब्र के पत्थर के पास ले गया। जहाँ उसने रौशनी फेंकी, वहाँ पदचिन्ह टॉर्च की रौशनी में साफ़ दिखाई दे रहे थे। 'हम बाहर गलियारे में रहेंगे, आप चाहो तो यहाँ ध्यान लगा सकती हो। आपको कितना समय चाहिए होगा?' फिर उसने अपनी घड़ी पर नज़र डाली, 'पूरे पाँच बजे हैं।'

'यह दिलचस्प है,' बशरत सन्नाटे को सुन रहे थे। 'पाँच बजे हैं, यह टाइम है जब मुल्ला आमतौर पर सुबह की नमाज़ के लिए आवाज़ करते हैं। सन्नाटे में कुछ शक़ वाली बात है।' ज्यों ही उन्होंने अपना वाक्य समाप्त किया कि अनायास भारी गोलीबारी की आवाज़ हुई, जिसके बाद सड़क से मर्दानी आवाज़ों में चिल्लाहट और चीखें आईं। फिर आवाज़ें कम होने लगीं और एक इंजन की घरघराहट सुनाई दी, जो कुछ देर में बंद हो गई और कुछ सैनिक एक कार से कूद कर बाहर निकले। डरे हुए मीषाल, मारिका, अली और बशरत छोटी सी खिड़की से बाहर सड़क पर देख रहे थे। लगभग दस फ़ौज़ी कुछ आदमियों को लम्बी छड़ियों से पीट रहे थे; आदमी प्रतिरोध कर रहे थे, लेकिन कुछ कर नहीं पा रहे थे। उन्होंने छड़ी उन पर तोड़ दी और उन्हें डेक पर डाल कर चले गए। साहब हाथ में तीन बड़ी चाबियाँ लिये बाहर मक़बरे के भीतर भागा। 'एहतियात के तौर पर तीनों दरवाज़ों पर ताला लगा दिया है। ये लोग कभी भी भीतर गोलियाँ चला कर हर चीज़ के परखच्चे उड़ा देंगे,' बैठ कर उसने पसीने से भरे अपने माथे को पोंछा। धब-धब की आवाज़ फिर सुनाई दी, इस बार उसके बाद गोलियों की गूँज थी। तीनों आदमी और मारिका डर से काँप रहे थे। कुछ देर बाद फ़ौजी खिड़कियों से दूर निकल गए, लेकिन कुछ ही मिनटों में इंजन की गड़गड़ाहट फिर सुनाई दी और मक़बरे के आस-पास गोलीबारी की आवाज़ और तेज़ हो गई।

'ऐसे लगता है कि आतंकवादियों ने हमला शुरू कर दिया,' बशरत ने कहा, 'अगर आप इस माहौल में ध्यान लगा सकती हैं...' वह मारिका से बोले, जो खड़ी हो गई थी; लाचारी और क्षोभ के आँसू उसकी आँखों से निकल कर गालों पर बह रहे थे।

'आपको इस स्थिति में डालने के लिए मैं क्षमा माँगती हूँ,' वह बोली।

'शायद हमारी किस्मत अच्छी है कि हम यहाँ हैं,' साहब ने टिप्पणी की। 'मेरे ख़याल से हिन्दुस्तानी फ़ौजी भी मुस्लिम तीर्थस्थान का दरवाज़ा तोड़ने की गुस्ताख़ी नहीं करेंगे। बरसों पहले जब किसी ने तथाकथित रूप से यहाँ की हज़रत बाल मस्जिद से हज़रत मोहम्मद का बाल चुरा लिया था तो लोगों ने ग़दर मचा दिया था। ऐसा कुछ करने की गुस्ताख़ी अब कोई नहीं कर सकेगा,' उन्होंने उन्हें शान्त करने की कोशिश की।

'मुझे लगता है कि इन्हें परवाह ही नहीं है,' बशरत ने कहा और दूसरों को बाहर गैलरी में जाने और मारिका को अकेले छोड़ने का इशारा किया। सेना के वाहनों के इंजनों का शोर, गोलियों की आवाज़, विस्फोट, चीख-पुकार बढ़ते जा रहे थे। बख्तर-भेदी वाहनों के चलने की आवाज़ आ रही थी, मतलब सड़क पर टैंक थे। हवा धुआँ-धुआँ हो रही थी, एक हैलीकाप्टर मक़बरे के ऊपर चक्कर लगा रहा था। वे डर से काँप रहे थे। सिर्फ़ मारिका आश्चर्यजनक रूप से सामान्य नज़र आ रही थी। बंदूकों की आवाज़ के साथ अब तोप के गोलों के धमाके भी सुने जा रहे थे। साहिब ने खिड़की से बाहर देखा : उसके सामने वाला घर सुरक्षित था, लेकिन उसके साथ वाला लकड़ी का घर लपटों में घिरा था।

'शायद, शायद अब हम जा सकते हैं,' साहब ने काँपते स्वर में कहा। 'अगर हम मुसलमानों को यहाँ मिल गए तो...इस्लाम में मस्जिद को अपवित्र करने से बड़ा कोई जुर्म नहीं है। और किसी ग़ैर-मुस्लिम का मुस्लिम मक़बरे में दाख़िल होना...'

'मैं अभी नहीं निकलना चाहूँगी। बाहर तो जंग चल रही है और यहाँ हम सुरक्षित हैं,' मारिका ने दृढ़ स्वर में प्रतिरोध किया।

साहब ने अपनी घड़ी को देखा, 'साढ़े पाँच बजे हैं, पौ फटने वाली है, ओके, हम यहाँ इन्तज़ार करते हैं।' ज्यों ही उसने यह कहा साथ की मस्जिद की तरफ़ सड़क पर बहरा कर देने वाला एक विस्फोट हुआ। रोज़ा बाल हिल रहा था और दबाव की लहर उनके और मुस्लिम मक़बरे के बीच डोल रही थी, वे एक-दूसरे के ऊपर गिर पड़े थे। डर के मारे मारिका ने मीषाल का हाथ पकड़ लिया, जो पसीने से गीला हो रहा था. 'तू डर तो नहीं रही,' उसने पूछा। 'तूने मुझे मौत से दोस्ती करना सिखाया है।'

इमारत का पिछला हिसा धराशायी हो गया, लेकिन सौभाग्यवश कोई घायल नहीं हुआ था। वे कसैली धूल के बादलों में बैठे थे, एक-दूसरे से जुड़े हुए। सूखा धुआँ धूल में मिश्रित हो रहा था : मक़बरे के पीछे कोई चीज़ जल रही थी। वे देखने का इन्तज़ार कर रहे थे कि क्या होने वाला है। जब धूल नीचे बैठ गई तो बशरत ने रौशनी की एक लकीर की ओर इशारा किया, जो पहले वहाँ नहीं थी, 'देखो, रौशनी नीचे से आती लग रही है...' दूसरे भी उधर ही देख रहे थे। 'हे भगवान, राकेट ने उस दीवार को तोड़ दिया है, जो दरवाज़ा रोके थी भूमिगत...' वे एक बहुत बड़ी गुफ़ा में देख रहे थे, जिसमें से लकड़ी की एक पुरानी सीढ़ी तहखाने में जाती दिखाई दे रही थी। 'लगता है कि जंग नदी से पुराने शहर के इस हिस्से में आती जा रही है।' वे सोच रहे थे कि साहब के घर चले जाएँ या वहीं रहें. जिसमें कम से

कम जंग में पड़ जाने का खतरा तो नहीं था। वे उत्सुकता और डर से भरे गुफ़ा में देख रहे थे। मारिका ने उसकी ओर पाँव बढ़ाया, लेकिन अली ने उसे एक तरफ़ धकेल दिया, फिर घुटनों पर बैठ कर उसने टॉर्च की रौशनी गुफ़ा में डाली। चालीस साल बाद यह पहली बार था कि मक़बरे में दफ़्न आदमी की असली गुफ़ा पर किसी ने नज़र मारी थी। उसकी टॉर्च की चमकती लकीर अँधेरे, फफूँदी लगे उस स्थान की परीक्षा कर रही थी, जिसके माध्यम से अली की आँखें धूल के धुएँ के बीच पत्थर पर अंकित एक तरह की ताक़ को देख रही थीं, जिसमें मिट्टी की तहों से पत्थर का ताबूत निकल रहा था, भूतल पर एक दायें कोण में।

'यह पश्चिम से पूर्व की दिशा में है,' वह तो ख़ुशी से चीख-सा पड़ा। लेकिन एकाएक वह कूद कर एक तरफ़ हो गया, उसका चेहरा मिट्टी से पीला हो रहा था, वह उनसे चिल्ला कर कुछ कह रहा था, जो भीतर देखने के प्रयास में उसकी पीठ पर चढ़े हुए थे। 'कोई चल रहा है वहाँ पर। मैंने किसी को देखा है...'

उसका स्वर भय से काँप रहा था।

तुम्हें दो हफ़्ते दे रहा हूँ

जब मोतियाबिंद के कारण गाइउस कास्सिउस लोंगिनुस की दोनों आँखों की रौशनी कमज़ोर पड़ गई तो उसके दस्ते के कमांडर ने उसे रोम द्वारा दिए गए शतपति के पद से हटा दिया और एक ऐसे वफ़ादार रोमन सिपाही होने के नाते, जिसने 12 साल युद्ध के भिन्न-भिन्न मोर्चों पर बिताये थे, उसे निकट पूर्व सैनिक गुप्तचर सेवा में स्थानांतरित कर दिया। उसका कार्यक्षेत्र था यूडेह और खासतौर से येरुशलम। हाकिम वालेरिउस गातुस को वह पसंद था और उसने अपने उत्तराधिकारी पोंटिउस पिलाते से, जो उसके बाद यूडेह का प्रशासक बन चुका था, सिफ़ारिश करके उसके पास लगवा दिया।

चार साल बाद, पास्का के दौरान, उसने अपने सबसे जटिल मामलों में से एक में एक फ़ैसला दिया। एक सैनिक ने अपना लाल गाउन यीशु के कंधों पर यह कह कर फेंका था, 'यह तुम्हारा शाही ताज है।' काँटों का हार उसने उनके सिर पर रखा : यह रौशनी के लिए जलाई जाने वाली पेड़ों की सूखी टहनियों से बना था। उनके कंधों पर उन्होंने एक आड़ी शहतीर रखी। यह उन लोगों के पसीने और लहू से गीली थी, जिन्हें उनसे पहले पीड़ा पहुँचा कर मौत के घाट उतारा गया था। यूडेह में सूखी लकड़ी बहुमूल्य होती थी, अतः वे हर मुजरिम को एक नए क्रूस का शानदार तोहफ़ा नहीं दे सकते थे। वे उन्हें गोलगोथा-खोपड़ियों के ठौर ले गए, मवेशियों को मारने वाले कोड़े से पीटते हुए। यीशु के पीछे ख़ामोश चलते हुए गेस्तास और दिस्मास थे, जिन्हें उनके साथ ही क्रूस पर फाँसी लगाई जानी थी। उदास जलूस के आगे-आगे फाँसी देने वाला दस्ता था, जिसका कमांडर गासिउस कास्सिउस लोंगिंनुस का उत्तराधिकारी, उसका दोस्त पप्पुस, जिसके साथ वह सीरिया के युद्ध में था। शहतीर के बोझ के नीचे दबे और काँटों की वजह से अपनी आँखों के ज़ख्मों से टपकते लहू के कारण अंधे से हो रहे यीशु कई बार लड़खड़ाये, फिर उनकी टाँगें जवाब दे गईं और वह कीचड़ में गिर पड़े। गोलगोथा एम्माउस को जा रही मुख्य सड़क के पास वाले गढ़ के निकट ऊँचे अंतरीप

पर एक चट्टान पर था। रास्ता लम्बा था, लेकिन अप्रैल की धूप की गर्मी में चलते एक संतप्त मनुष्य के लिए अंतहीन था। पथरीले पहाड़ की चोटी के ऊपर उसकी प्रतीक्षा करती मृत्यु ही उनकी मुक्ति थी। मौत से उन्हें डर नहीं था, लेकिन उनका दिल यह सोच कर डूब रहा था कि क्रूस पर अंतिम श्वास लेने से पहले उन्हें कितनी यंत्रणा सहनी पड़ेगी। वह यह नहीं जानते थे कि फाँसी देने वाले दस्ते के आदमी लोंगिनुस के आदेश पर पप्पुस ने चुने थे। जब यीशु दूसरी बार कीचड़ में गिरे तो पप्पुस ने सड़क पर खड़े एक आदमी से शहतीर को गोलगोथा तक उठवाया। साइमन, जो पास्का मनाने के लिए उत्तरी अफ्रीका से सिरेनैचा आया था, भारी शहतीर को पहाड़ी के ऊपर तक उठा कर ले गया। गोलगोथा पहुँच कर उन्होंने मुजरिमों के कपड़े फाड़े और पहले गेस्तास और दिस्मस को क्रूसों पर बाँधा। वे नग्न थे, यीशु की तरह, अर्थात् उनका अपमान करने का एक और तरीका। यीशु को 'के' आकार के एक क्रूस से बाँधा गया। सैनिकों ने उनका दर्द कम करने के लिए उन्हें शराब और गंधरस का एक मिश्रण दिया, लेकिन उन्होंने लेने से मना कर दिया, अत: उन्होंने उन्हें ज़मीन पर पड़े बल्लम पर धकेल दिया। जिस मनोवैज्ञानिक तनाव से वह पीड़ित थे उससे उनका पसीना छूटने लगा और उनका पसीना उनके लहू में मिल रहा था। उन्होंने उनकी कलाइयों में कुट्टित धातु के कील घुसाए। जब उनके हाथ शहतीर में ठोके गए तो उन्होंने उन्हें उठाया और उनके नीचे लम्बवत बल्लम लगा दिया। मरोड़ से उनकी उँगलियाँ ऐंठ रही थीं। प्रशिक्षित ढंग से एक सैनिक ने अपना बायाँ पाँव उनके दाएँ पाँव पर रखा, उसे मरोड़ा और एक लम्बा कील एक साथ उनके दोनों पैरों के ऊपरी मध्य भाग में घुसेड़ दिया। एक दूसरे सैनिक ने उनके माथे पर कील से ठोक कर एक निशान बना दिया—नाज़ारेथ का यीशु, यहूदियों का राजा। फिर सैनिकों ने क्रूस को उठाने और उसे पत्थर में ठोकने के लिए रस्सियों का इस्तेमाल किया, जिन्हें वास्तव में बरब्बस के लिए लाया गया था। सान्हेद्रिन के स्पष्ट निर्देश पर उन्होंने यीशु का क्रूस दोनों मुजरिमों के क्रूसों के बीच ठोका था। नौ बज चुके थे। सैकड़ों जिज्ञासु, जो छुट्टियों में येरुशलम आये हुए थे, तीनों पत्थरों के आस-पास एकत्र हो रहे थे। सूली पर लटकाना उनके लिए एक बढ़िया तमाशा था। क्रूस के नीचे फ़ौजी उनके कपड़ों के ऊपर गोटी खेल रहे थे। 'परमपिता, इन्हें क्षमा करना, ये नहीं जानते कि ये क्या कर रहे हैं,' क्रूस पर चढ़े यीशु अपने जल्लादों के लिए ईश्वर से क्षमा माँग रहे थे। वह पश्चाताप कर रहे दिस्मस की ओर मुड़े और उसे वचन दिया कि उसी शाम वह उनके साथ स्वर्ग में होगा। मेरी माग्दालेने, उनकी माँ मेरी, क्लेओपा की पत्नी मेरी, यूनिस, सोफिया, मरियम, सालोमे, रूथ, मार्था, सब क्रूस के नीचे खड़ी थीं; कुछ और ने भी आस-पास भीड़ लगाई हुई थी, वे रो रहे थे। बहुत से लोग देख रहे थे: पुरोहित, सैनिक और तमाशबीन, जो वहाँ पास्का मनाने आये थे। शिष्यों में से सिर्फ़ जॉन वहाँ मौजूद था। यीशु ने उसे देख कर नम्रतापूर्वक कहा, 'मैं तुम्हें अपनी माँ की रक्षा के लिए छोड़ कर जा रहा हूँ।' फिर वह फुसफुसा कर कुछ शब्द बोले, जो कोई रोमन या यहूदी नहीं समझ सका और अगर वे चाहते तो भी नहीं समझ सकते थे। 'हेली हेली लम्मास ज़बक तानी—सूर्य देवता, ओह सूर्य देवता, तुमने मेरा साथ क्यों छोड़ दिया?' दु:ख पा रहे आदमी की साँस कमज़ोर पड़ती जा रही थी। वह बुदबुदाये, 'मुझे प्यास लगी है।' शतपति पप्पुस ने अपने एक सैनिक को संकेत दिया, उसने कुछ स्पंज चमड़े की एक थैली में डुबाया, उसमें खट्टी शराब एक तरह की अफीम के साथ मिश्रित थी, फिर अपने भाले पर उसे चढ़ा कर उसने

उसे यीशु के मुँह में घुसाया, जिन्होंने जल्दी से स्पंज को चाट लिया। अब दोपहर हो चुकी थी और आकाश पर घने मेघ थे। बारिश होने वाली थी और सैनिक गीले नहीं होना चाहते थे, अतः वे जल्दी से सूली चढ़ाने के अंतिम चरण पर पहुँचे। वे यहूदी थे और जानते थे कि किसी भी मनुष्य को सब्बत के आरम्भ में क्रूस के पास नहीं होना चाहिए। वे सोच रहे थे मुजरिम की मौत में जल्दी करके वे अंधकार होने से पहले वापस हो लेंगे, अतः उन्होंने तुरंत कार्रवाई करने का निश्चय किया। लोहे की छड़ें लेकर वे गेस्तास और दिस्मस के पास गए और क्रूरतापूर्वक उनकी टाँगें तोड़ दीं, उन्हें लकड़ी की ऊँची पीठ पर अपना दर्द कम करने का कोई अवसर नहीं दिया गया। उनके लिए साँस लेना असम्भव हो रहा था, क्योंकि उनके फेफड़े एक अप्राकृतिक स्थिति में आ गए थे। यह स्पष्ट था कि वे मिनटों में मरने वाले थे। जब वे यीशु के क्रूस की ओर बढ़े तो पप्पुस ने उन्हें रोका, 'रुको! मेरे मित्र शतपति गालिउस कास्सिउस को यहूदियों के राजा पर अंतिम वार करने का निर्देश मिला है,' उसने भूतपूर्व कमांडर की ओर संकेत किया, जो क्रूस के पास पहुँच रहा था, सैनिक उसे देख रहे थे। अब बादल बहुत घने हो गए थे; अँधेरा लगभग हो चुका था, अतः उन्हें कुछ टार्चें जलानी पड़ी थीं। अनुभवी लोंगिनुस पहुँचा और बिना किसी हिचक के उसने अपने भाले की नोक यीशु की चौथी और पाँचवीं पसली के बीच घुसा दी। वह जान गया था कि उस जगह पर वार घातक नहीं था। घाव से जल मिश्रित रक्त बह निकला। 'काम हो गया,' वह बोला और कप्तान की ओर मुड़ा। अपने घोड़े पर चढ़ कर उसने फाँसी-दस्ते के अन्य सदस्यों को अपने पीछे आने का आदेश दिया। ज्यों ही वे सड़क के मोड़ पर लुप्त हुए, बारिश के साथ एक भारी तूफ़ान आ गया और तमाशबीन शहर में छिपने के लिए जल्दी से भाग लिये। उनके सबसे नज़दीकी, चार सैनिक और शतपति लोंगिनुस, क्रूस के पास रह गए।

सैनिक अदालत के बाहर पप्पुस निकोदेमुस और आरिथमेआ के जोज़ेफ़ से मिला, जो वहाँ उसका इन्तज़ार कर रहे थे। जब उन्होंने उसे देखा तो पप्पुस ने सिर हिला कर उनसे पुष्टि की और फिर वे पिलाते से मिलने गए। 'बॉस,' पिलाते ने जोज़ेफ़ से कहा, 'हम आपसे उसकी देह माँगने आये हैं।'

'आप उनके चाचा हैं, रिश्तेदार होने के नाते देह माँगना आपका हक़ है। लेकिन क्या वह सचमुच में मर चुका है?', उसने पप्पुस से पूछा। उसने हाँ में सिर हिलाया। 'लेकिन कैसे? इतनी जल्दी? पक्का कर लिया था न?'

'क्या उसकी टाँगें तोड़ी थीं?' प्रोचुला ने चिंतित स्वर में पूछा।

'नहीं। लोंगिनुस ने अपना भाला उसकी बगल में घुसा दिया था। घाव में से लहू और पसीना बहे थे,' पप्पुस ने बताया।

'दिलचस्प है, दिलचस्प है,' पिलाते ने दाएँ-बाएँ सिर हिलाते हुए कहा। 'निर्भर करता है कि कहाँ घुसाया गया है। भाला घुसना हमेशा घातक नहीं होता, जानते हो! मैं एक पुराना फ़ौजी हूँ और मैंने देखा है कि कई बार लोग भाले से तो क्या, तीर से भी नहीं मरते।' वह पप्पुस से मुखातिब हुआ, 'तुम कह रहे हो कि उसके घाव से लहू निकला?' पप्पुस ने

फिर सिर हिला कर हाँ कहा। 'दिलचस्प है, दिलचस्प है,' पिलाते की हैरानी ख़त्म ही नहीं हो रही थी, 'क्या तुमने कभी किसी मुर्दे का लहू बहते देखा है? जहाँ तक मैं जानता हूँ अगर मर जाओ तो लहू बहना बंद हो जाता है।'

'एक फ़ौजी ने उसे सिरके में भीगा एक स्पंज दिया था। सिरका निगलने के बाद उसने ताक़त से कुछ कहा था, फिर उसका सिर लटक गया और उसकी साँस रुक गई।'

'क्या तुम्हारा मुँह कभी सिरके से भरा था? तुम्हारा दम घुट रहा है, तुम हाँफ़ रहे हो! तुम तब ताक़त से तो नहीं बोल सकोगे। सिर्फ़ अगर...' पिलाते मुस्कराया। जब दर्द बहुत बढ़ जाता था तो हम फ़ौजियों को हिन्दुस्तानी भांग-गांजा-दे कर बेहोश करते थे। सिरका और लोबान देकर हम उनका दर्द कम करते थे। और हम फ़ौजी को नशा देते थे, अंगूरशेफ़ा या एक विषैले पौधे मैन्ड्रेक की जड़, उसकी धड़कन की बारम्बारता इतनी गिर जाती थी कि वह मुर्दा लगता था...हम्मऽऽऽ...उसकी लाश का तुम क्या करोगे?'

'बॉस, यहूदी क़ानून के तहत सबथ के दिन न किसी को क्रूस पर लटकाया जा सकता है और न ही किसी को क़ब्र में दफ़नाया जाता है। मैं उसे उस क़ब्र में दफ़नाना चाहता हूँ, जो मैंने अपने बाग़ में खोदी है। पर आप तो इस बात को जानते हैं...'

पिलाते रहस्यमय ढंग से मुस्कराया, 'लेकिन अगर तुम उसे वहाँ नहीं दफ़नाते, जहाँ अपराधी दफ़नाये जाते हैं, जैसा कि क़ानून में प्रावधान है, तो सान्हेद्रिन वाले नाराज़ होंगे।'

'हमने उन्हें दंड देने के खिलाफ़ वोट दिया था,' निकोदेमुस ने कहा।

'सूरज डूबने से पहले यह काम कर सकते हो? आज शुक्रवार है और कल सबथ शुरू है।'

'कर सकते हैं। करना होगा।'

'तो यह तुम्हारे हवाले है,' पिलाते ने कहा। आदमियों ने झुक कर अभिवादन किया और हॉल से बाहर चले गए। प्रोचुला कुर्सी पर बैठी रो रही थी। 'रुको,' पिलाते ने आदमियों को रोका, एक सेकिंड सोच कर ऐसे मंद स्वर में बोला, मानो कोई साज़िश रच रहा हो, 'मैं इसे दो हफ़्ते देता हूँ। अगर यह तब तक रोमन साम्राज्य का इलाका नहीं छोड़ देता तो मैं इसे पकड़ लूँगा, और फिर यह गया। समझ रहे हो?' आदमियों ने हाँ में सिर हिलाया, झुक कर अभिवादन किया और चले गए। पिलाते अपनी बीवी के पास आया, 'फ़िक्र मत कर, सब ठीक हो जायेगा। सब वैसे ही चल रहा है, जैसा हमने इंतज़ाम किया था। लेकिन मैं तुझे अभी और यहीं बता रहा हूँ कि अगर वह भाग नहीं जाता तो मैं उसे पकड़ लूँगा। मुझे यह करना होगा। मैं नहीं चाहता कि सम्राट यह समझे कि मैंने अपना फ़र्ज़ निभाने में लापरवाही की है।'

शाही खानदान से

सबसे पहले साहब ने साहस बटोरा, बाद में दूसरों ने। वे गुफ़ा के आगे घुटनों के बल बैठ कर आधे अँधेरे तहखाने में देखने लगे। सचमुच, गहरे जामुनी रंग के चोंगे में एक आकृति वहाँ घूम रही थी।

'जीसस क्राइस्ट...' यही निकल सका मीषाल के मुँह से। लेकिन डर से अधिक वह उत्सुकता के वश थे और उन्होंने पुनः नीचे देखा। गोह में एक अनोखा नीला प्रकाश था और उसमें से एक विलक्षण सुगंध से मिश्रित फफूँद की सड़ी हुई बदबू आ रही थी। वहाँ क़ब्र के किनारों पर टॉर्च के कवर और मशालों के टुकड़े बिखरे पड़े थे। 'यह सचमुच की गुफ़ा जैसी लग रही है। अरे सच में,' कुछ दीवारें बड़ी-बड़ी चट्टानों की थीं, जिनमें आगे छेद बने थे, शायद टॉर्च वगैरह रखने के लिए।

'महसूस हो रही है? ख़ुश्बू...यह बिल्कुल वही ख़ुश्बू है, जो आज हमारे कमरे में थी। हमारे तेल की तरह...' मारिका ने फुसफुसा कर कहा।

बशरत को छींक आ गई। गोह वाली आकृति रुक गई और निश्चल हुए उनकी दिशा में देखने लगी। बशरत ने अपनी टॉर्च का प्रकाश आकृति पर फेंका। जामुनी चोंगे में यह एक गंजा आदमी था।

'मैं ज़रूर सपना देख रहा हूँ...' मीषाल ने कहा। उसे अपनी आँखों पर यक़ीन नहीं आ रहा था।

'आप सपना नहीं देख रहे,' नीचे वाला आदमी स्लोवाक में बोला।

मीषाल आत्मनियंत्रण खो बैठा, सीढ़ी की तरफ़ गया, अली से टॉर्च लेकर वह सावधानीपूर्वक गोह में उतर गया। लकड़ी की सीढ़ी उसका बोझ सह गई। अँधेरे में प्रवेश करके मीषाल ने टॉर्च की रौशनी आदमी के चेहरे पर फेंकी। 'इसे नीचे करो, मुझे कुछ नज़र नहीं आ रहा,' आदमी ने ऐसे स्वर में आपत्ति की, जो मीषाल को जानी-पहचानी लगती थी।

'हे भगवान, तोमाश, तू है?'

'हाँ, मैं हूँ।'

'तू यहाँ कैसे आया?' 'सड़क पर बने एक सूराख से। विस्फोट ने एक दीवार को उसकी थोड़ी सी नींव समेत उड़ा दिया है।'

'यह सच नहीं हो सकता,' मीषाल ने अविश्वास में सिर हिलाया। वह तोमाश की तरफ़ बढ़ने लगा, लेकिन वह मीषाल पर कूदा और उसका चश्मा उतार कर, पत्थर के फ़र्श पर फेंक कर अपने पूरे भार से उसे पैरों से तोड़ने लगा।

'हे, यह क्या हो रहा है? क्या कर रहा है? पागल है क्या?' मीषाल ने उसे रोकने की कोशिश की।

'मुझसे और सहन नहीं हुआ। मैं तुझे बहुत कुछ बताना चाहता हूँ। मैंने उनके कहने पर काम किया है। उनके लिए, जानता है?' वह ऐसे चिल्लाया, जैसे पागल हो गया हो।

'किसके लिए? मेरा चश्मा मुझे वापस कर!'

‘वैटिकन गुप्तचर सेवा के लिए। तेरे चश्मे में एक माइक्रोफ़ोन था, जिसके ज़रिये तेरी जासूसी हो रही थी। वे तुम दोनों के बारे में सब कुछ जानते थे।’

‘खुदा का वास्ता है, तोमाश,’ मारिका सिहर उठी।

‘मैं जानता हूँ, जानता हूँ, सब कुछ बताऊँगा मैं,’ वह चश्मे के ऊपर पूरी ताक़त लगा कर कूदा, मानो दुनिया के लिए उसके मन में जितना भी गुस्सा था, उसे अभी निकालना चाहता था। दोनों आदमी छिद्र से पूरे दृश्य को देख रहे थे, साहब और अली जल्दी से नीचे आये, वे मीषाल की मदद करना चाहते थे। अली ने अजनबी के सीने पर घूँसा मारा, तोमाश थोड़ा-सा लड़खड़ाया तो सही, लेकिन फिर भी वह ईंट के एक टुकड़े को उठा कर उससे चश्मे की ऐसी-तैसी करने में सफल हुआ। मीषाल बिना चश्मे के धूल में कुछ नहीं देख पा रहा था, लेकिन तोमाश ने अपनी सामने वाली जेब से एक और चश्मा निकाला और उसे मीषाल की आँखों पर लगा दिया। दोनों आदमी हतप्रभ हुए उन्हें देख रहे थे। ‘यह तेरा असली वाला है, माफ़ करना!’

‘मुझे कुछ समझ नहीं आ रहा,’ मीषाल बोला, ‘क्या तू खुलासा कर सकता है? कौन सी गुप्तचर सेवा? और तेरे बाल कहाँ हैं?’

‘कटवा दिए मैंने। मैं बौद्ध हूँ,’ तोमाश मुस्कराया, ‘मुझे पूरा यक़ीन है कि वे मेरे पीछे लगे हुए हैं और इस तरह मुझे ढूँढ़ पाना उनके लिए आसान नहीं होगा।’ तब तक मारिका उसके पास पहुँच गई थी, उसने प्यार से उसे गले लगाया। बशरत, जो गोह में प्रवेश कर गए थे, हतप्रभ हुए खड़े थे।

‘यह हमारा दोस्त तोमाश है,’ उसने मठधारियों की पोशाक पहने धूल में लिपटे आदमी का परिचय दिया।

‘नमस्ते,’ तोमाश ने नम्रतापूर्वक उनका अभिवादन किया।

‘नमस्ते,’ वे भी झुके और तोमाश को ताज्जुब से देखने लगे।

‘मैं पूरा खुलासा दूँगा, लेकिन उसका वक़्त अब नहीं है। मेरे ख़याल से अभी हमने एक चमत्कार देखा है। अगर इसे मैंने ठीक से पढ़ा है तो वैटिकन की मेहरबानी से हम क्राइस्ट की क़ब्र तक पहुँच चुके हैं।’

‘किसकी मेहरबानी से?’ मारिका ने पूछा।

‘तोमाश, मुझे डर था कि विस्फोट से तू ज़ख़्मी तो नहीं हुआ...’

‘सब खैरियत है। मैं सुझाव दूँगा कि हम सब यहाँ एक साथ प्रार्थना करें और फिर...चले जाएँ, वक़्त ज़्यादा नहीं है हमारे पास। अफ़गान कभी भी आ सकते हैं।’

‘कौन?’

'ये लोग वैटिकन के लिए काम कर रहे हैं। मैं आपको हर चीज़ बताऊँगा और प्लीज़, अपने सेलफ़ोनों से बैटरी निकाल लो, फ़ौरन, प्लीज़! मारिका, तू भी। उपग्रह के ज़रिये आप सब के उपस्थित होने की जगह की जासूसी हो रही है। वे बखूबी जानते हैं कि आप कहाँ हो।'

'सर, इस सबका स्पष्टीकरण आपको देना होगा,' डॉक्टर बशरत ने उसके पास आकर कहा।

'दूँगा। लेकिन अगर आप चाहते हैं तो जल्दी से प्रार्थना कर लीजिये और फिर चलिए, क्योंकि वे सड़क पर बने सूराख से आराम से यहाँ दाख़िल हो सकते हैं।'

'इधर, इधर, क्या इसे देख सकते हो?' मारिका ने पत्थर के ताबूत की दरारों में से आती नीली-सी रौशनी की तरफ़ इशारा किया। विस्फोट से ताबूत का ढक्कन थोड़ा-सा हिल गया था। यह मेहराबदार छत वाला कमरा है, जहाँ मृतक की हड्डियाँ दफ़्न हैं,' कह कर तोमाश ढक्कन की तरफ़ बढ़ा। 'बहुत बड़ा मक़बरा है, मतलब जिसका भी होगा, उसके पास पैसा बहुत होगा,' उसने पत्थर में बने कमरे को देखा। ताबूत मिट्टी और कीचड़ के मिश्रण में सन्निहित था और थोड़ा सा टेढ़ा हो रहा था। 'ऐसे मक़बरे यूडेह में ईसा पूर्व 150 से लेकर येरुशलम के धराशायी हो जाने तक हुआ करते थे, जिनमें हड्डियों को बक्सों में रखा जाता था। लगता है इस ताबूत को विस्फोट से नुक़सान पहुँचा है। मुझे ज़रा टॉर्च देंगे?' उसने साहब से कहा और फिर ढक्कन पर रौशनी फेंकी। फिर उसे अपने चोंगे से पोंछा। 'हे भगवान... यह असम्भव है...यह, मेरा मतलब...' धूल पोंछने के बाद उसे जो चिन्ह नज़र आए, वे उसने दिखाए, 'यह इज़राइल का छह कोणों वाला सितारा है,' मारिका उत्तेजित हो गई।

'आज डेविड का सितारा इज़राइल का प्रतीक है, लेकिन मूलत: यह षटकोण है, जो गोकुल का प्रतीक है, जहाँ कृष्ण वास करते थे। हिन्दुस्तानी छात्र इसे अब भी पहनते हैं, कहते हैं कि यह सौभाग्य लेकर आता है। षटकोण भारतीय आध्यात्मिकता का प्रतीक है। इसके भीतर का षटकोण एक पवित्र स्थल है। इसमें दो समबाहु त्रिकोण होते हैं, एक ऊपर दिखाता है, इसे पुरुष कहते हैं और दूसरा नीचे दिखाता है, इसे प्रकृति कहते हैं। विश्व में यह सब से पुराना आध्यात्मिक प्रतीक है, जिसे मानव जाति जानती है। इसका अर्थ ऊपर भी है, नीचे भी है, स्त्री और पुरुष, लिंग और योनि, देवदूत और शैतान, दिन और रात, जन्म और मरण,' डॉक्टर बशरत ने बड़े आराम से समझाया; इस लगभग वैज्ञानिक बहस में वह मक़बरे के निकट हुई गोलीबारी और हिंसा के मामले को भूल चुके थे।

'यहूदियों को भी इसमें हम जोड़ सकते हैं, ऊपर दिखाता त्रिकोण येरुशलम मंदिर का प्रतीक है, जबकि नीचे दिखाने वाला बरबादी का,' तोमाश ने रुखाई से कहा। फिर उसकी नज़र ढक्कन पर लिखे अक्षरों पर पड़ी, जो धूल और एक भूरे हरे रंग की सील से ढके थे। 'किसी के पास धातु से बना कुछ है?' बिना कोई शब्द बोले साहब ने सबसे बड़ी चाबी उसे पकड़ा दी और तोमाश ने सावधानी से उसके किनारे मैल हटाने के लिए इस्तेमाल किये। कुछ अक्षर दृष्टिगोचर हुए। 'यह कुछ अजीब है...हम्मऽऽऽ...एक विचित्र लेख है।' तोमाश ने कहा, 'यह लैटिन में है, लेकिन इसकी लिपि हिब्रु है।'

'क्राइस्ट के ज़माने में श्रीनगर व्यापार का एक अंतरराष्ट्रीय केंद्र होता था, जहाँ कई भाषाएँ बोली जाती थीं, उनका मिश्रण हो जाता था, जिनमें इब्रुनी, यूनानी और हिब्रु हैं,' डॉक्टर बशरत ने टिप्पणी की।

मक़बरे के निकट वाली सड़क पर ज़ोरों की गोलीबारी की आवाज़ आई। आदमी घबरा कर इधर-उधर देखने लगे।

'क्या लिखा है यहाँ?' मारिका ने पूछा।

'टेम्पलम हीरोसोलिम अन्नो देमोलातिओनिस,' इसका अर्थ है येरुशलम मंदिर के ढहाने की तिथि।'

'मंदिर को सन् 70 में ढहाया गया था,' मीषाल लगभग चीख कर बोला।

'अरे, यह तो नामुमकिन है...संस्कृत ग्रंथों के अनुसार क्राइस्ट की मृत्यु उस वर्ष में हुई थी,' अली चकित रह गया।

आदमियों ने थूक निगला, लेकिन उनके तालू अब भी सूखे थे। वे मक़बरे के इर्द-गिर्द चल रहे जंग के माहौल को भूल गए थे। जो भेद और रहस्य वे खोल रहे थे, उससे उनकी उत्तेजना बढ़ गई थी और वे खतरे से अनभिज्ञ वहाँ बातों में लगे थे।

डॉक्टर बशरत ने चुपके से मीषाल के हाथ से टॉर्च लेकर रौशनी का रुख गुफ़ा की छत की ओर किया। 'वो रही, नेफ़ेश[35] ट्यूब, ताबूत के ऊपर वाले हिस्से से झाँकती हुई।'

'आत्मा की ट्यूब...ज़रा तंग है,' तोमाश ने व्यंग्यपूर्वक कहा और जल्दी से बशरत के हाथ से टॉर्च ले ली। फिर उसने रौशनी ढक्कन पर फेंकी। 'सील को देखो। इस पर नमूने एकत्र करने के निशान हैं। बहुत पहले ऐसा नहीं होता था, लगता है,' वह चकित होकर बोला।

'प्रोफ़ेसर हसनैन की टीम आई थी यहाँ चालीस साल पहले,' डॉक्टर बशरत ने कहा।

'ठीक है फिर...मामला साफ़ हो गया,' तोमाश ठंडा होकर ढक्कन का मुआयना करने लगा, 'इस पेटी को धातु के वाष्पीकरण से काफ़ी नुक़सान पहुँचा है; कई निशान ऐसे नष्ट हो चुके हैं कि उनकी पुनःप्राप्ति नहीं हो सकती। हर तरह की मिट्टी और पत्थर की तलछट में मैग्नेशियम टाइटेनियम और सुराग देने वाले निशानों का कुछ खास मिश्रण होता है। सदियों के दौरान सील पर रासायनिक स्तर पर एक अहम दस्तख़त बन चुका है जो खनिज पदार्थों, जीवाणुओं और अस्थिर स्थितियों समेत एक विशेष समूह से मेल खाता है। एक इलेक्ट्रॉन सूक्ष्म विश्लेषक से परिमाण के स्तर पर इस रासायनिक अंकन की जाँच करने से इसकी आयु को बहुत हद तक सही से आँका जा सकता है। मेरे ख़याल से प्रोफ़ेसर ने यही किया था और मक़बरे की उम्र पहली शताब्दी के दूसरे हिस्से में आँकी थी।'

---

35. *बाइबल* हिब्रु में एक शब्द है, जो आत्मा के सन्दर्भ में कहता है कि मनुष्यों और पशुओं, दोनों में नफ़ेश होती है।

'लेकिन यह सितारा दायरे में क्यों है?' मीषाल ने बशरत के हाथ से टॉर्च लेकर उस का प्रकाश षटकोणीय सितारे पर डालते हुए पूछा।

'क्या आप जानते हैं, प्राचीन यहूदी और रोमन परम्परा में दायरे का क्या अर्थ होता है?' उन्होंने कड़ी दृष्टि से उन्हें देखा, 'राजा की वंशावली!' मारिका और मीषाल ने एक-दूसरे को हैरान नज़र से देखा। खैर, तोमाश ने उनकी अन्वेषणशील दृष्टि को नहीं देखा; वह तब तक चाबी से क़ब्र को पोंछता रहा जब तक उसे शिलालेख के आगे एक क्रूस नहीं मिल गया। माथे पर बल डाल कर उसने एक गहरी साँस ली, 'यहाँ...देखो...तो हमारे पास यहाँ डेविड एक दायरे में है और एक टेढ़ा क्रूस भी है।'

'जहाँ तक मैं जानता हूँ सम्राट कोंस्तान्तिन से पहले क्रूस प्रतीक के रूप में इस्तेमाल नहीं किया जाता था।'

मीषाल सोचने लगा।

'सुन...सुन, ईसाई लेखक तेर्तुलिअनिउस ने कोंस्तान्तिन से एक शताब्दी पहले क्रूस को एक ईसाई प्रतीक कहा था,' तोमाश ने विरोध किया।

'लेकिन यह कुछ विचित्र है,' मारिका ने × की तरह बने क्रूस को देख कर कहा।

'कुछ यहूदी ईसाई रूढ़िवादी समुदायों में, जिन्हें एबिओनित कहते हैं, × टेढ़े हुए क्रूस को यीशु द्वारा अपने क्रूस को गोलगोथा तक उठा कर ले जाने का प्रतीक मानते हैं। इसीलिए इसमें एक कोण है। सच यह है कि प्रारंभिक ईसाई चलन में पीड़ित करने वाले तंत्र को धार्मिक प्रतीक के रूप में स्वीकार नहीं किया गया था। शुरू के ईसाइयों के लिए गले में रोमन क्रॉस लटकाना आज के ज़माने में गले में करंट देने वाली कुर्सी या फाँसी का तख्ता लटकाने के बराबर होता। × क्रूस का प्रतीक तो पोम्पेई में भी पाया गया था, जिसे क्राइस्ट के सूली चढ़ने के चालीस साल बाद नष्ट कर दिया गया था।'

'हम चिरकाल से × प्रतीक का प्रयोग करते आ रहे हैं,' डॉक्टर बशरत पुनः बहस में शामिल हो गये, 'मेरे ख़याल से ये एबीओनित-प्रारंभिक ईसाई—थे, जो यीशु के साथ यहाँ आये थे। वे उनकी दैवी प्रकृति को स्वीकार नहीं करते थे, उनका कहना था वह एक आम मानुष थे, जिसे मेरी ने एक पुरुष के साथ सम्भोग करके जन्म दिया था। वे यहूदी *तोरा,* सबथ और सभी यहूदी कर्मकांडों पर चलते रहना चाहते थे, अंत्येष्टि से जुड़े मामलों में भी।'

'क्राइस्ट से पाँच शताब्दी पहले, एज़ेकिएल के समय में, समबाहु क्रूस न्याय का प्रतीक था। आप जानते हो कि क्रूस के निशान को हिब्रु में क्या कहते थे? ईश्वरोक्ति में यीशु ने ये प्रसिद्ध शब्द कहे थे, ''मैं ही अल्फ़ा मैं ही ओमेगा हूँ, पहला और अंतिम शब्द, आरंभ और अंत।'' अल्फ़ा और ओमेगा ग्रीक वर्णावली के प्रथम और अंतिम वर्ण हैं, हिब्रु में ये अलेफ़ और ताव होंगे। और यीशु के समय में ताव को × की तरह लिखा जाता था। इससे इन प्रतीकों का अर्थ स्पष्ट हो जाता है,' तोमाश बोला।

‘इधर देखो...’ मीषाल ने देखा मिट्टी की तह से कुछ विशेष प्रकार की हड्डियाँ बाहर निकल रही थीं। तोमाश झुक कर साहब की चाबी से ज़मीन को खोदने लगा। उसने कुछ मिनट बाद एक अजीब खोपड़ी निकाली। ‘यह किसी छोटे जानवर की लगती है। मेरे विचार से मैं ग़लत नहीं हूँगा और मैं कहूँगा कि यह किसी मेमने की है। और आप सब जानते हैं कि *बाइबल* में खुदा का मेमना कौन है...’

‘रौशनी, रौशनी...’ जब क़ब्र से निकलती गहरी नीली रौशनी तेज़ होने लगी तो मारिका चिल्लाई। ‘ढक्कन हिला है, मेरी मदद करो।’ तोमाश ढक्कन के पास जाकर उसे खोलने की कोशिश करने लगा। ‘नहीं, थोमस, तू यह नहीं कर सकता,’ मीषाल ने विरोध किया।

‘सर, मैं आपको चेतावनी दे रहा हूँ। मृतकों की शान्ति भंग करना ईश शान्ति निंदा के बराबर है,’ बशरत उसके सामने खड़े थे, ‘प्रोफ़ेसर हसनैन की टीम ने भी यह काम नहीं किया,’ बशरत ने तोमाश को रोकने की कोशिश की, लेकिन वह ख़ुद कुतूहल के वश थे।

‘मैं पादरी हूँ, मैं कर सकता हूँ,’ तोमाश ने उत्तर दिया। व्यंग्यात्मक अतिशयोक्ति उसकी ख़ासियत थी, लेकिन अब तो वह सच्चे कुतूहल के बस में था। प्लीज़, तो, प्लीज़...’

‘ज़रूर, डर किस से रहे हो?’ साहब बोला, ‘हो सकता है कि हमें काम की कोई चीज़ मिल जाए।’ वह तोमाश के पास आया और दोनों ने मिल कर ढक्कन को एक तरफ़ ढकेल दिया। बाकियों से भी उनका कुतूहल छिप नहीं रहा था और सब वहीं नज़दीक आ गए। भीतर उन्हें जो नज़र आया उसे देख कर उनकी साँस वहीं अटक गई। पत्थर की क़ब्र, 25×12 की; इसमें हड्डियाँ संभाल कर रखी हुई थीं। दो सब से लम्बी, अवश्य ही जो जाँघ की हड्डियाँ होंगी, आड़ी हुई उनके ऊपर पड़ी थीं और उनके ऊपर खोपड़ी भी रखी थी। छोटी हड्डियाँ, उनमें से बहुत सी ख़ाक में बदल चुकी थीं, सबसे नीचे थीं। मीषाल को माथे से पसीना गिरता महसूस हुआ; यह सोच कर मारिका का पूरा बदन काँप रहा था कि ये यीशु की हड्डियाँ हो सकती हैं। आश्चर्यजनक रूप से मीषाल शान्त था। ‘अंत्येष्टि के एक साल बाद यहूदियों ने मृतक की हड्डियाँ ज़मीन से निकाल कर उन्हें सदा के लिए इस क़ब्र में रख दिया था। यह राख को कलश में रखने के रोमन रिवाज़ की नक़ल थी, सिर्फ़ यहूदी धर्म में अग्निदाह मना है, अतः वे हड्डियों को क़ब्रों में रख देते थे।’

‘तुझे ख़ुश्बू आ रही है?’ मारिका ने अचानक पूछा। मक़बरे में एक जादुई गहरी नीली रौशनी थी, जो अंधकारयुक्त कमरे से आ रही थी, गुलाबों, लैवेंडर और राल की ख़ुश्बू उसके भीतर से आ रही थी।

‘हम हड्डियाँ निकाल कर देखते हैं, हो सकता है कि उनके नीचे भी कुछ हो,’ साहब ने कहा।

‘मेरी हिम्मत नहीं पड़ रही,’ अब उसने क़ब्र पर एक उलझन भरी दृष्टि डाली। ‘पर देखो, यह दिलचस्प है,’ उसने कपड़े के एक गले हुए गुच्छ को उठाने के लिए चाबी को चिमटी की तरह इस्तेमाल किया। बड़े ध्यान से, ‘दिलचस्प है, तुम रंग को करीब-करीब सही से बता सकते हो। लगता है कि यह गहरा नीला था।’

'यह यीशु की माँ का मनपसंद रंग था,' मारिका ने कहा।

'दिलचस्प है, खुदा जाने कि यह क्या हो सकता था,' दायें-बायें सिर हिला कर भयपूर्वक कपड़े के टुकड़े को अपनी जगह पर रख दिया, 'मठ में हमें पढ़ाया गया था कि जब मल्लापुर में 1523 में गोवा के पुर्तगाली राज्यपाल के राज में यीशु की क़ब्र की जाँच की गई थी तो उसमें एक गहरा नीला चिथड़ा मिला था...हम्मऽऽऽ...'

'लगता है कि बाहर कुछ शान्ति हो गई है,' अली ने कहा।

'नहीं, नहीं...अभी यहाँ कुछ देर और रुकते हैं, थोड़ी देर,' मारिका ने अनुरोध किया। मीषाल ने भी डॉक्टर को प्रार्थनापूर्ण दृष्टि से देखा; जिन्होंने स्वीकृति में सिर हिलाया।

लेकिन साहब उत्तेजित था, बोला, 'इधर देखो, मुझे क्या मिला है...' उसने क़ब्र में रौशनी करके हड्डियों के नीचे से एक प्रतिमा निकाली। यह लकड़ी की थी, इसका रंग नहीं देखा जा सकता था, क्योंकि यह एक हरी, भूरी सील से ढकी थी।

उस समय मारिका कुछ कह रही थी और उसकी टाँगें बैठने लगीं। तोमाश ने उसे गिरते हुए थाम लिया। वह प्रतिमा की तरफ़ ऐसे इशारा कर रही थी मानो बावली हो गई हो, 'यही है, यही है...'

मीषाल ने साहब के पास जाकर प्रतिमा उसके हाथ से ले ली, 'सचमुच यही लगती है, असली लगती है।'

तोमाश ने उसके पास आकर प्रतिमा को कस कर पकड़ लिया और उसे मंत्रमुग्ध होकर देखने लगा, 'लगता है कि आर्क बिशप आतानासिउस ने जो हमें बताया था वह जनश्रुति नहीं थी—प्रतिमा : जीसस और बुद्ध।' बिना कोई शब्द बोले वे प्रतिमा को निहार रहे थे, जो 15 इंच ऊँची थी। 'यही है, "JB" की प्रतीक प्रतिमा : ऐक्य और एक, प्रतिमा मानवजाति की मूल एकता की अभिव्यक्ति करती हुई। कमल की मुद्रा में बैठे यीशु वास्तव में बुद्ध हैं।' वे प्रतिमा में यीशु को दायाँ हाथ उठाये देख रहे थे, उनकी तर्जनी ऊपर संकेत कर रही थी और अनामिका तथा कनिष्ठा नीचे संकेत कर रही थीं। आशीर्वाद देने की एक मुद्रा।

'दोनों ऊपर और नीचे, दोनों पूर्व और पश्चिम,' अली ने देखा, 'उनका बायाँ हाथ बोध का प्रतीक है। वह एक दोहरे कमल के फूल पर बैठे हैं, जिसमें 17 पंखुड़ियाँ नीचे हैं और 16 ऊपर हैं...'

'देखो, देखो,' उत्तेजित हुई मारिका बोली; वह इतनी हिल रही थी कि मीषाल को उसे कस कर आलिंगन में लेना पड़ा।

'उनके सीने पर दाईं ओर एक ज़ख्म का निशान है,' मीषाल ने कहा, जैसे विक्षिप्त हो गया हो। पसीना उसके माथे से गिर रहा है। आतानासिउस के शब्द उसके दिमाग़ में घूम रहे थे, 'सिर्फ़ थोमस को यीशु के तीन गुप्त वक्तव्य मालूम थे,' जब देवदूतों ने उनसे पूछा कि यीशु ने उन्हें क्या बताया था तो उसका उत्तर था, 'अगर मैं आपको बताता हूँ कि

उन्होंने मेरे कान में क्या कहा था तो आप पत्थर उठा कर मुझ पर फेंकना शुरू कर दोगे।' यह यीशु का सबसे बड़ा रहस्य है। कहा जाता है कि थोमस ने उसे रहस्यमय प्रतिमा में छुपा कर रखा था...'

'मेरे ख़याल से अब हमें चल ही देना चाहिए,' डॉक्टर बशरत ने कहा, 'बाहर ख़ामोशी है।'

'नहीं, नहीं!' मारिका लगभग चिल्ला सी पड़ी, 'मैं यहाँ पर प्रार्थना करना चाहूँगी। अगर आप भी मेरे साथ प्रार्थना करें तो मुझे ख़ुशी होगी।' उसने उनकी प्रतिक्रिया की प्रतीक्षा नहीं की, सीने पर क्रूस बना लेने के बाद वह ऊँचे स्वर में ईश्वर से प्रार्थना करने लगी। तोमाश ने प्रतिमा ढक्कन पर रखी और मारिका और मीषाल के साथ बैठ कर प्रार्थना करने लगा। साहब, बशरत और अली ऊँचे स्वर में कश्मीरी में प्रार्थना करने लगे। उनकी प्रार्थना के स्वर सड़क पर पुनः शुरू हो गई गोलीबारी में दब गए थे। स्वर्ग में बैठे हमारे परमपिता, पवित्र हुए हम तेरा नाम लेकर..' वे घुटनों के बल बैठे प्रार्थना कर रहे थे।

'चलें?' काफ़ी देर बाद मीषाल ने मारिका से मुखातिब होकर पूछा। उसने हाँ में सिर हिलाया।

उसी समय उस स्थान के एकदम निकट एक कानफोड़ू विस्फोट हुआ। उनके ऊपर समाधि वाला कक्ष खतरनाक ढंग से हिलने, चरमराने और एक तरफ़ झुकने लगा। 'मेरा ख़याल है कि अब हमें और नहीं रुकना चाहिए,' डॉक्टर बशरत ने कहा।

'रुको-रुको, हम नहीं जा रहे! जब हम आज मानवजाति के सबसे बड़े रहस्य को सुलझाने के नज़दीक हैं,' 'तब क्या?' साहब बोला। सब हतप्रभ होकर उसे देखने लगे। 'अरे, पर ये अस्थियाँ हैं जो...यीशु की हो सकती हैं, आप सब भी कह रहे हैं।' वह टेढ़े ढक्कन वाली क़ब्र के पास गया। 'नहीं, साहब, इसे छुओ मत,' बशरत चिल्लाए।

'क्यों नहीं? पूरी मानवता इस क्षण की प्रतीक्षा करती रही है। आप जानते हैं अगर साबित हो जाये कि ये उनकी अस्थियाँ हैं तो इसका हमारे लिए क्या मतलब होगा? आप देख नहीं सकते कि दुनिया कैसे बदल जाएगी? येरुशलम नहीं, रोम नहीं, बल्कि श्रीनगर-श्रीनगर ईसाई और यहूदी दुनिया का केंद्र होगा। तब यहूदी और इतालवी तीर्थयात्रियों से पैसा नहीं कमा रहे होंगे, बल्कि हम कमा रहे होंगे! हम डी एन ए टेस्ट करवाएँगे, सोचो ज़रा! ऐसे एक अवसर को हमें खोना नहीं चाहिए!' साहब चलकर क़ब्र के पास जाने लगा, लेकिन बशरत दृढ़तापूर्वक उसके रास्ते में खड़े रहे।

'नहीं। यह एक पाक़ जगह है, और अगर हमने सचमुच साबित कर दिया कि क्राइस्ट यहाँ दफ़्न हैं तो जंग होगी। जैसे पहले ही इतनी जंगें न हो रही हों! तुम क्या सचमुच सोचते हो, बेवकूफ आदमी, कि दुनिया के मज़हब तुम्हें अपने विशेषाधिकार और आमदनी छीनने देंगे? तुम क्या सोचते हो कि क्या होगा अगर सचमुच ऐसा हो कि जीसस क्राइस्ट यहाँ हों? इस्लाम, ईसाइयत और यहूदियों के नेता इस जगह को बम से उड़ा देंगे। लोगों को क्राइस्ट

की ज़रूरत एक मिसाल की तरह है, एक सचमुच के आदमी के तौर पर नहीं। इन अस्थियों को अकेला छोड़ दो, ये चाहे किसी की भी हों! अली, मीषाल, मेहरबानी करके मेरी मदद कीजिये,' क़ब्र के पास जाकर वे पत्थर के भारी फलक को धकेल कर वापस रखना चाहते थे, लेकिन साहब ने उन्हें ताबूत से हिंसक ढंग से धकेल कर परे कर दिया, क़ब्र के पास गया, उसमें टॉर्च मारी और फिर कम-अज-कम कुछ थोड़ी सी अस्थियाँ उठाने के लिए झुका। 'साहब, मत करो!' अली उस पर चिल्लाया।

आदमी उस पर टूटना चाहते थे, लेकिन तब रुक गए, जब उन्होंने सड़क वाले रास्ते पर पड़ी दरार को देखा।

'बहुत देर हो गई अब तक,' मक़बरे में एक आवाज़ गूँजी।

बच कर भागना

जिन सैनिकों ने कुछ घंटे पहले यीशु को काँटों का ताज पहनाया था और क्रूरतापूर्वक कोड़े लगाये थे, उन्होंने अचानक अपना व्यवहार बदल लिया था। वे अब यीशु को आराम से नीचे उतार रहे थे, जैसे वह अभी जीवित हों। उन्होंने उनकी देह निकोदेमुस द्वारा तैयार किये एक कफ़न पर रखी। वह उनके सीने तक झुक कर उनकी न के बराबर चल रही धड़कन को सुनने लगा। जोज़ेफ़ की तरफ़ देख कर उसने सकारात्मक मुद्रा में ज़रा सा सिर हिलाया। सान्हेद्रिन के तजुर्बेकार सदस्य होने के नाते जोज़ेफ़ जानते होंगे कि देह को टाट में लपेटने से पहले इसे धोना, ठुड्डी को सही जगह पर लगाना और गुलुबन्द से बाँधना ज़रूरी था। उन्होंने यीशु के हाथों-पैरों पर लगे ज़ख्मों पर ओथोनिया के नाम से जानी जाने वाली टाट की एक पट्टी चढ़ाई। टाट पर लहू के धब्बे इस सबूत के साथ मौजूद थे कि जब यीशु को क्रूस से उतारा गया था तो देह में जान थी। यीशु के साथ सिर्फ़ कमांडर और चार सैनिक रह गए थे। शतपति लोंगिनुस के निर्देश पर उन्होंने कफ़न को उठाया, जो रिवाज़ के तहत सिला नहीं गया था; उन्होंने गुलुबन्द नहीं लगाया और उनकी ठुड्डी पर फीता भी नहीं लगाया, जो मृतकों के लिए आवश्यक होता है, पर वे उन्हें जोज़ेफ़ के बाग़ ले गए, जहाँ 4 नौकर प्रतीक्षा कर रहे थे। उच्चतम न्यायालय के जासूस कदम-कदम पर सैनिकों की जासूसी कर रहे थे। जब उनमें से एक ने पाया कि यीशु को ले गए आदमियों ने उन्हें नहलाया नहीं था तो वह ख़ुद पर नियंत्रण खो बैठा और लोंगिनुस से पूछा गया कि सैनिकों के साथ कौन था, 'उसे वे ऐसे ही रहने देंगे, बिना नहलाये?'

उनका कहना था कि वे उसे पास्का के बाद नहलायेंगे। 'अब अँधेरा हो चुका है, उसे अगर वे छू लेंगे तो अपवित्र हो जायेंगे,' लोंगिनुस ने कहा। जासूस जवाब से संतुष्ट हो गया लगता था। जोज़ेफ़ के नौकरों की मदद से सैनिकों ने यीशु को अमीर मालिक द्वारा पहले ही खरीद कर रख लिए गए बाग़ की चट्टान में उस नयी क़ब्रों वाली जगह में रखा, वास्तव में जो छह फुट की एक छोटी-सी गुफ़ा थी, जिसमें लाशें रखी जा सकती थीं। लेकिन उन्हें किसी क़ब्र के भीतर नहीं डाला गया; उन्हें फिर पत्थर की एक बैंच पर लिटा दिया गया।

अगर वह मृत होते तो वह उन्हें किसी एक क़ब्र में लिटा देते। बल्कि उन्होंने उनकी देह को सौ पौंड लोबान और अगर में लपेट दिया, जिसका वज़न 12 साल के एक बच्चे जितना था। निकोदेमुस के पास इतना पैसा तो था। ज़ख्मों पर लगाया गया लोबान एक ज़बरदस्त दवाई थी। अगर सूखी जड़ी-बूटियाँ होतीं तो उसके लिए कई बोरे चाहिए होते, जिससे उन पर शक़ किया जाता। और फिर ताज़ी जड़ी-बूटियाँ बहुत ज़्यादा भारी, मगर कारगर होतीं। सिरके वाले स्पंज की जगह अफ़ीम मिश्रित पेय जो यीशु को क्रूस पर मिला था, उससे वह एक गहरी आराम देने वाली नींद में सो गए थे। जब सान्हेद्रिन के जासूसों ने जोज़ेफ़, निकोदेमुस और नौकरों को क़ब्र के ऊपर एक बड़ी चट्टान रखते देखा तो वे शान्तिपूर्वक हाशमी महल लौट गए। उन्होंने मुख्य पुरोहित काइआफ़ास को बताया कि यीशु की देह दफ़ना दी गई थी।

'क्या तुमने पिलाते को क़ब्र पर निगरानी रखने को कहा है, ताकि उसके दोस्त रात में देह को निकाल कर उसके पुनरुत्थान की घोषणा न कर सकें?'

'हाँ, हमने कह दिया है। पिलाते ने हमें अपने प्रहरी दिए हैं। बल्कि उसने अपने मुंशी को भी वहाँ भेज कर क़ब्र को सील करवा दिया है। जो कोई भी चट्टान को वहाँ से हटाने की कोशिश करेगा, वह रोमन सील का अपमान करने के लिए मृत्युदंड का भागी होगा।'

काइआफ़ास संतुष्ट होकर मुस्कराया, 'यह ठीक है। अब अपने परिवारों के पास जाओ और आराम से पास्का मनाओ।'

निकोदेमुस और जोज़ेफ़ यह समझते थे कि जब भी यीशु की हालत ठीक होगी वे उसे चोरी-चुपके मक़बरे से बाहर ले जायेंगे। लोंगिनुस के नेतृत्व में रोमन सैनिक मक़बरे की रखवाली कर रहे थे। तीसरे दिन, आधी रात के एकदम बाद, जब पूरा येरुशलम पास्का के दूसरे दिन के उत्सव को मना कर गहरी नींद में था, यीशु दो आदमियों का सहारा लेकर जोज़ेफ़ के बाग़ के प्रवेश द्वार तक चलकर गए, जहाँ दो और आदमी दो गधों के साथ उनका इन्तज़ार कर रहे थे। उनमें से एक ने गधे पर चढ़ने में इनकी मदद की, उनमें से जो छोटा था, वह उनके पीछे बैठ गया और यीशु ने उस पर टेक लगा ली। अरिमथेआ का जोज़ेफ़ दूसरे गधे पर बैठा और उसने अपने पुत्र को चलने का इशारा किया। वे एफ़्राइम गेट से होकर निकले और बेत-बासी के पुर्वे को चल दिए, जहाँ निकोदेमुस और उसके मित्र एक किसान के घर में उनका इन्तज़ार कर रहे थे। वे जानते थे कि उच्चतम न्यायालय के जासूस येरुशलम के पूरे इलाक़े में घूम रहे थे और वे फ़जूल का कोई जोखिम नहीं लेना चाहते थे। दो हफ़्ते के बाद, जो कुछ स्वस्थ होने के लिए पर्याप्त समय था, यीशु ने निकोदेमुस के पुत्र, उनके वफ़ादार शिष्य थोमस और उसकी माँ के साथ, जिसका 55वाँ जन्मदिन अभी निकला था, येरुशलम को हमेशा के लिए छोड़ने का फ़ैसला लिया। यीशु की चाह कश्मीर जाने की थी, जहाँ वह अपनी मरियम को छोड़ कर आये थे। सिर्फ़ उसका प्यार ही नहीं, भविष्यवाणियाँ भी उसे यही कह रही थीं कि वह वहाँ जाए, जहाँ उसके इज़राइली भाई उसका इन्तज़ार कर रहे थे। वे जफ़्फ़ा की बंदरगाह के लिए निकले, जहाँ वे तीसरे दिन पहुँचे। मेरी और यीशु गधों पर बैठे, जबकि थोमस जूनियर निकोदेमुस पैदल चले। एम्माउस में कुछ समय के लिए रुके। निकोदेमुस का पुत्र जफ़्फ़ा में उन्हें छोड़ गया, थोमस और मेरी नाव से उनके

साथ लेबनान के नगर टायर गए। उन्होंने यह रास्ता चुना, क्योंकि उत्तर में यूडेह, समारिया और गैलिली के रास्ते से होकर जाना, जहाँ काइआफ़ास के साउल के नेतृत्व में मुखबिर जगह-जगह घूम रहे थे, खतरे से खाली न होता। टायर से दमिश्क का चार या पाँच दिन का रास्ता था। यीशु के भूतपूर्व शिक्षक डेसिथेओद्यस का घर सीरिया प्रान्त की राजधानी के दक्षिण में कोख्बा के पास वाले रेगिस्तान में था। उन्होंने कई सप्ताह यीशु और उनके मित्रों को अपने पास रखा। डेसिथेओस और उनके अनुयायी उन्हें रोज़ाना नहलाते थे और लौंग के तेल में एक खास तरह के केले के पिघले गरम छिलके को मिला कर उन्हें लगाते थे। उनका स्वास्थ्य तेज़ी से सुधर रहा था, उनकी कलाइयों, पैरों के ऊपरी बीच वाले हिस्सों और एड़ियों पर कीलों से बने घाव भी ठीक हो रहे थे।

तब तक मुख्य पुरोहित काइआफ़ास के प्रहरी और पिलाते के रोमन फ़ौजी ऐसी जगहों और घरों को छान रहे थे, जहाँ पर यीशु और मक़बरे से उनको निकाल कर ले जाने वाले हो सकते थे। आदेश स्पष्ट था : किसी भी क़ीमत पर उसे पकड़ना है। पिलाते को रोम से एक तेज़ हरकारे के हाथों सम्राट टिबेरिउस का सन्देश मिला, जिसमें उससे यीशु के पुनरुद्धार के बारे में तुरंत स्पष्टीकरण माँगा गया था कि उसके ज़िन्दा हो जाने के सन्दर्भ में उत्पन्न हुई विस्फोटक स्थिति को सँभालने के लिए वह क्या करेगा। उसने अपनी बीवी को पत्र पढ़ कर सुनाया, जो यीशु के उद्धार पर खुश हुई। उसे रोज़ाना खबर मिल रही थी कि सिर्फ़ यूडेह प्रांत में ही नहीं, बल्कि पड़ोस के नगरों समारिया, गैलिली में यहूदी यह विचार फैला रहे थे कि यीशु को ईश्वर ने बचा लिया था, और इसके ज़रिये यह सन्देश दिया था कि क्रूस पर चढ़ा आदमी मसीहा था। उसने किसी भी क़ीमत पर इस शख्स को पकड़ने और एक पिंजरे में डाल कर यूडेह, समारिया और गैलिली के आस-पास घुमाने का निर्णय लिया, यह साबित करने के लिए कि वह सिर्फ़ एक आदमी था; बाद में वह उसे आख़िरकार फाँसी पर चढ़ा देना चाहता था। अगर सम्राट को मालूम पड़ गया कि साज़िश में पिलाते का हाथ था तो फिर वह गया समझो।

डेसिथेओस के घर में अपने पड़ाव के दौरान यीशु को सूचना मिली कि उसके एक वफ़ादार शिष्य-स्टीफ़न-को पत्थर फेंक कर मार डाला गया था। इसीलिए जब उन्हें माइनर एशिया में निस्बिस के राजा से अपने रोग से मुक्ति दिलवाने के लिए अपने पास आने का पत्र मिला तो उन्होंने सोचने में एक मिनट भी नहीं लगाया। इसलिए उनका वफ़ादार दोस्त थोमस एक धनी व्यापारी अबानेस के पास गया, जिससे उसने पेशकश की कि वह उसका निजी चिकित्सक बन जायेगा, वह उसे इसके बदले में एक घोड़ागाड़ी दे दे। यीशु कभी इस सौदे के लिए तैयार न होते, लेकिन थोमस के मनाने और अपनी बीमार माँ की हालत देख कर वह अंततः मान गए। वे निस्बिस के पास जाने के लिए निकल पड़े, जो मोसुल से दो दिन का रास्ता था। वहाँ एक पुरानी यूनिवर्सिटी थी और यह व्यापार का एक व्यस्त केंद्र भी था, जहाँ येरुशलम से व्यापारी और दूसरे भी कई तरह के लोग आते रहते थे, जिस कारण यीशु का वहाँ ज़्यादा देर टिकना जोखिम भरा होता। दो सप्ताह बाद राजा की तबीयत काफ़ी अच्छी हो गई और उसके चमत्कारिक स्वास्थ्यलाभ की खबर अनातोलिया के उत्तर में स्थित पफ्लागोनिया में पन्द्रापा के राजा के पास पहुँची। हालाँकि पफ्लागोनिया गलेशिया प्रान्त में

रोमन साम्राज्य का एक हिस्सा था, फिर भी यह येरुशलम से काफ़ी दूर था और न ही यूडेह के प्रशासक और न येरुशलम के मंदिर को उस प्रान्त में कोई कार्रवाई करने का अधिकार था। यीशु और उनकी माँ वहाँ के लिए निकल पड़े। उन्हें आश्चर्य हुआ जब थोमस उन्हें वहाँ मिला, जो उनसे पहले ही दमिश्क से आ चुका था। वह पार्थिया जाने ही वाला था, तो वे थोड़ी देर के लिए मिले और फिर थोमस चला गया, क्योंकि उसने पूर्व जाने वाले एक कारवाँ के साथ जाने के लिए स्थान सुरक्षित करवा रखा था। उसने यीशु को ज़्यादा देर वहाँ न टिकने की चेतावनी दी, क्योंकि काइआफ़ास और अन्ना की प्रतिशोध की भावना से प्रेरित उनके सिपाहियों को नगर में देखा गया था। इसलिए जब अन्द्रपा की तबीयत कुछ सुधरी तो यीशु ने इजाज़त माँगी कि वह उसे उस नाव पर जाने दे, जो उन्हें और उनकी माँ को यूफ्रेट नदी के रास्ते बेबीलोन लेकर जायेगी, जो पार्थिया साम्राज्य की राजधानी थी, जहाँ से सुदूर पूर्व के देशों से अच्छे सम्पर्क मिल जाते थे। फिर वहाँ से बेबीलोन के लिए कोई कारवाँ मिलने में कोई समस्या नहीं होगी। उनकी संतुष्टि में राजा की ख़ुशी थी। दो सप्ताह एक नाव में यात्रा करने के बाद यीशु बेबीलोन की बंदरगाह पहुँचे; वहाँ उन्होंने सबसे नज़दीक वाले कारवाँ में दो स्थान सुरक्षित करवा लिये, और एक सप्ताह बाद वहाँ से निकल पड़े। यह सिल्क रोड के साथ-साथ पूर्व को जा रहा था, जो रोम की प्रसिद्ध रेशम मार्केट वीकुस तुस्कुस से चीन की राजधानी सिआन जाने के लिए चला था। वे सूसा, एक्बतान, ज़द्राकारता, मशग तक गए, जहाँ उन्होंने नोआह के पुत्र शेम की समाधि पर श्रद्धांजलि अर्पित की और फिर वहाँ से वह हेरात और काबुल के लिए निकल पड़े। अंत में वे गंधार की राजधानी तक्षशिला पहुँचे—जहाँ से उन्होंने छह साल पहले घर वापसी की यात्रा शुरू की थी।

तुम इसे नीचे लेटे हुए सूँघोगे

अली, मारिका, तोमाश, मीषाल और डॉक्टर बशरत ने उस दिशा में देखा, जहाँ से आवाज़ आ रही थी। पाँच आदमी गंदे, पसीने से तर फ़ौजी वर्दी पहने सड़क वाले सूराख से मक़बरे में दाख़िल हुए। उन्होंने अपनी कलाश्निकोव राइफलें उन पर तान रखी थीं। ये अफ़गान लश्कर-ए-तैयबा के लड़ाकुओं के आम हथियार थे, जो उन्होंने ज़्यादातर अफ़गानिस्तान में दख़ल देते सोवियत फ़ौजियों से चुराए थे।

'हाथ ऊपर!' एक आदमी चिल्लाया, जिसके टीम लीडर होने की विशेष सम्भावना थी। मक़बरे में छानबीन के चक्कर में साहब ने उन्हें आते नहीं देखा। एक फ़ौजी चलकर उसके पास आया और उसने अपनी बन्दूक के कुंदे से उसकी पीठ पर चोट की। साहब की टाँगें मुड़ गईं; आदमियों ने उसे उसकी बेल्ट से पकड़ कर दूसरे आदमियों के पास फेंका। साहब पड़ा रहा, उठने के लायक नहीं था, भड़क रहा था: लगता था कि मार से उसकी रीढ़ की हड्डी टूट गई थी। डॉक्टर बशरत ने उसकी मदद करने की कोशिश की, लेकिन आतंकी ने उनके कंधे पर एक ज़बरदस्त वार कर साहब से दूर दे मारा। साहब बिना हिले पड़ा हुआ था, और कराह रहा था। बशरत अली और मीषाल की मदद से खड़ा हुआ। एक आदमी क़ब्र पर झुका, जिसमें से रहस्यमय प्रकाश निकल रहा था जिससे अन्धकारयुक्त मक़बरे में एक अजीब माहौल बन गया था। उसने सबसे नज़दीक वाले आतंकवादी को हाथ हिला कर

इशारा किया, जिसके हाथ में एक टॉर्च थी। बाकी तीन ने अपनी बन्दूक मारिका, मीषाल, बशरत, तोमाश और अली पर तान रखी थीं, जो अपने हाथ ऊपर किये खड़े थे।

'मक़बरे पर हमला करने वालो! धत्त, सालो!' फ़ौजी ने टॉर्च की रौशनी उन पर डाली और फिर थूका। जो आदमी सबसे पहले दाख़िल हुआ था, उसने एक मुचड़ी हुई तस्वीर निकाली, उस पर रौशनी की और फिर जितने भी लोग वहाँ उपस्थित थे, उनके बीच में चहलकदमी करने लगा, उनके चेहरे तस्वीर से मिलाने लगा। लेकिन मीषाल, अली, तोमाश और बशरत के चेहरे धूल और पसीने से गंदे हो रहे थे। आतंकवादियों ने उनके सामने एक और चक्कर लगाया। फिर गुस्से से लम्बे बालों वाले तोमाश की तस्वीर उनके सामने की।

'इस आदमी को देखा है?' डर से काँपते हुए सबने सिर हिला कर इनकार किया। 'लेकिन हम इसे ढूँढ़ लेंगे। तुम यहाँ हमला करने आये हो?'

'हम...मैं...बस...यहाँ ध्यान लगाना चाहती थी,' मारिका ने नम्रतापूर्वक कहा।

'तू क्या?'

'ध्यान लगाना चाहती थी,' आश्चर्यजनक रूप से मारिका ने बेधड़क जवाब दिया।

'और तुम बाकी लोग?' बाकी लोग चुप रहे।

'यहाँ मक़बरे में हमला करने आये थे!'

'हम इस महिला के दोस्त हैं और हम कोई हमला करने नहीं आये थे,' अली ने विरोध किया।

'नहीं? और यह पत्थर क्यों हटाया है?' 'विस्फोट के कारण यह अपने आप खिसक गया है...'

'तुझे विस्फोट करना तो मैं सिखाता हूँ,' कह कर आतंकवादी ने बन्दूक मार कर अली को नीचे गिरा दिया। तोमाश उसकी मदद करने के लिए नीचे झुका, लेकिन बन्दा उसे उसकी गर्दन पकड़ कर उसके चेहरे के पास अपना चेहरा ला कर कुछ चिल्लाया, जो अली की समझ में नहीं आया। अचानक वह चुप हो गया, फ़ोटो लेकर उसने आँखों के नज़दीक ले जाकर देखी, और अपने पास खड़े आतंकवादी को उसने इशारे से तोमाश दिखाया। आतंकवादी ने खुश होकर सिर हिलाया और दोनों खूब ज़ोर से हँसे, 'तो तू है...रुक रुक...पर, पर...तू द्रोरान है...इन बालों के बिना तो मैं तुझे पहचान ही न सकता...तो तू है गद्दार, वाह-वाह। गद्दारों के लिए हमारे दिल में कोई रहम नहीं है और तूने उसकी मदद की। एक गद्दार, जिसने हमारे दोस्तों के साथ गद्दारी की! जब कोई हमारे दोस्तों से गद्दारी करता है तो हम समझते हैं कि उसने हम से गद्दारी की है। और जो कोई भी गद्दारों की हिमायत करता है, वह हमारे लिए इसकी तरह एक बेकार का गिरा हुआ आदमी है...हाय हाय...हाय' आतंकवादी ने हँसना बंद कर दिया। 'लग जा दीवार से! चल-चल! समझ रहा है?' उसने बन्दूक उन पर तानी और चट्टान की तरफ़ इशारा किया, जहाँ उन्हें लाइन में लगना था। 'चलो, जल्दी! हिलो जल्दी से!

तू भी!' वह साहब पर चिल्लाया, जिससे खड़ा नहीं हुआ जा रहा था। 'मदद करो इसकी!' पीड़ा से कराहते बशरत, अली और मीषाल ने साहब की खड़े होने में मदद की, जो डर से काँप रहा था और वे सब दीवार के साथ लग कर खड़े हो गए। 'तो तुम एक पाक़ मुस्लिम मक़बरे से चोरी करना चाहते थे?' आतंकवादी मीषाल और मारिका के सामने खड़ा होकर बोला। 'और तुम, सालो कुत्तो, इन्हें बेरहमी से मौत देने के बजाय इनकी मदद कर रहे थे? अपने आप को मुसलमान कहते हो?' वह अली, बशरत और साहब पर चिल्लाया।

वह बंदा, जो क़ब्र में देखने के लिए झुक रहा था, अचानक हाथों से इशारे करने लगा और दूसरों को अपने पास बुलाने लगा। कमांडर ने एक साथी को छह आदमियों पर निगरानी रखने को कहा और ख़ुद क़ब्र में झाँकने लगा। फिर उसने कमल की मुद्रा वाली यीशु की प्रतिमा झपट ली, उत्सुकतापूर्वक उसका मुआयना किया और उसे दूसरों को दिखाया। फिर उसने उसे ताबूत को पत्थर के फलक पर रख दिया और फिर अपने सिर और धड़ को भीतर घुसाया। फिर कुछ अस्थियाँ हाथ में लिये कसमसा कर बाहर निकल आया। 'ये तुम्हारे महान यहूदी की हड्डियाँ हैं?' मीषाल से मुखातिब होकर वह ज़ोर से हँसने लगा। सबसे बड़ी वाली चुन कर वह उनके चेहरों के सामने झुलाने लगा। 'मुस्लिम पाक़ स्थान पर कोई यहूदी दफ़्न नहीं होगा!' फिर वह एक और आतंकवादी की ओर मुड़ा। 'ये हड्डियाँ निकाल कर गली के कुत्तों को डाल दो!' दूसरे का दिल क़ब्र में हाथ मारने का नहीं था, लेकिन कमांडर पुनः उस पर चिल्लाया और उसे उसने अपनी बन्दूक के कुंदे से टहोका दिया।

दूसरा धीरे-धीरे क़ब्र की ओर बढ़ा, 'लेकिन कमांडर, ये संत ईसा की अस्थियाँ बताई जाती हैं, जो हमारे पैगम्बरों में एक हैं...'

'कोई यहूदी हमारा पैगम्बर नहीं हो सकता!' जब कमांडर ने देखा कि फ़ौजी मृतक की शान्ति भंग करने के मूड में नहीं था तो उसे परे करके वह क़ब्र के पास कृतसंकल्प हुए खड़ा हो गया। 'मुझे ख़ुद ही यह करना होगा! ज़रा रौशनी करना!' बॉस क़ब्र में झुक कर सड़ती हड्डियों को निकाल कर फ़र्श पर फेंकने लगा। जब सब एक ढेर में वहाँ एकत्र हो गईं तो वह क्रोधावेश में उन पर लातें चलाने लगा, 'तुम्हारी हड्डियाँ भी एक दिन यहीं मिलेंगी। इसे हम ख़त्म कर लें,' उसने दो साथियों को आदेश दिया, जो इस नज़ारे को देख रहे थे। वे चल कर चट्टान के सामने खड़े आदमियों और मारिका के सामने आये। 'ऐ तू चल बाहर निकल,' बॉस ने मारिका को हुक्म दिया।

'नहीं! अगर मुझे मरना ही है तो अपने खाविंद के साथ मरूँगी!' कह कर वह वहीं खड़ी रही।

'बाहर निकल, मज़ाक के लिए वक़्त नहीं है!' चिल्ला कर कमांडर मारिका को खींच कर आदमियों से परे हटाने लगा।

'मारिका, मेहरबानी करके इसकी बात सुन ले,' पीले पड़ चुके मीषाल ने अपनी पत्नी की मिन्नत की।

'प्लीज़, प्लीज़, आदमियों को जाने दो और मुझे गोली मार दो,' मारिका बोली।

'हे, हे, देखो तो ज़रा हीरो को! जा यहाँ से!' उस पर चिल्ला कर कमांडर उसको बालों से पकड़ कर खींचने लगा। मीषाल उसे रोकना चाहता था, लेकिन कमांडर ने उसके सिर पर बन्दूक का कुंदा मारा। मीषाल के घुटने जवाब दे गए और लहूलुहान हुए उसका चेहरा ज़मीन पर जा लगा था और वह हाफ़ रहा था। 'ओके, तो तुम लेटे-लेटे सूँघोगे!' मारिका ने किसी घायल जानवर की तरह चीख मार कर कहा। कमांडर ने उस पर एक मानवद्वेषी दृष्टि डाली और निशाना लगाने के लिए तैयार हुआ। उसी पल एक भयंकर गर्जना हुई और धूल के अम्बार मक़बरे में उतर आये।

जोआखिम एवम् बोआस

सम्राट गोंदोफ़रेस ने अपने तक्षशिला के महल में यीशु और उसकी माँ का अपने सबसे श्रेष्ठ अतिथियों की तरह स्वागत किया। 'तक्षशिला में पुनः स्वागत है। उम्मीद है कि अब हमेशा के लिए आए हो।' फिर वे काफ़ी देर गपशप करते रहे। यीशु ने उन्हें गैलिली, यूडेह, समारिया, येरुशलम और दमिश्क में जो कुछ हुआ था, सब बताया। अपने हाथों-पैरों पर ज़ख्मों के निशान दिखाए।

'मेरे खूबसूरत तक्षशिला को क्या हो गया है? बहुत से महल खंडहर बन चुके हैं,' यीशु हैरानी से पूछ रहे थे।

'दो साल पहले, समान दिन-रात वाले वसंत के दिन हमारे यहाँ एक भूकम्प आया था। शहर के एक बहुत बड़े हिस्से को नुक़सान पहुँचा था। यूनिवर्सिटी का परिसर आधे से ज़्यादा नष्ट हो गया था...'

यीशु जल्दी से उठ खड़े हुए। 'क्या? उस दिन मुझे क्रूस पर चढ़ाया गया था!'

'अजीब बात है। उस दिन मुझे कुछ आभास-सा हुआ था, मैं जानता था कि तुम्हारे साथ कुछ हुआ है।' वह चुप हो गए और उनकी आँखें भर आईं। 'उस दिन, प्रिय ईसा, हमारे जीवन का सबसे खुश दिन नहीं था। नहीं जानता कि तुम्हें कैसे बताऊँ, लेकिन...उस दिन तुम्हारी पत्नी मरियम और बच्चा शहर के हमाम में थे।'

'बच्चा?', यीशु उछल पड़े।

'हाँ, तुम्हारा हुआ था...उम्मीद है कि अब भी है। एक लड़का। मरियम ने उसका नाम "एली" रखा था। जब तुम चले गए तो उसने महल में रहने से मना कर दिया, मैंने उसे मनाया, लेकिन वह आखिर महल छोड़ कर चली गई। मैंने यह प्रबंध कर दिया कि शहर में उसका घर आलीशान हो।'

'क्या हुआ उनका?' यीशु ने उत्सुकता से पूछा।

'मुझे कहते हुए अफ़सोस हो रहा है, लेकिन मैं नहीं जानता। भूकम्प में हमाम ख़त्म

हो गया था। बहुत से लोग वहाँ मर गए थे...मैंने खंडहरों में तलाश करवाई थी, इसके लिए मैं ख़ुद वहाँ गया था, दिन-रात हम तलाश करते रहे, मलबे के ढेर के ढेर वहाँ से हटवाये, बहुत सी लाशें मिलीं, लेकिन वह नहीं मिली...अब दो साल हो गए हैं। तब से मरियम की कोई खबर नहीं है। मैंने सुना है कि वह अमरनाथ की पवित्र कन्दरा के पास देखी गई थी।'

'वह कहाँ है?'

'श्रीनगर के पूर्व में, एक दिन का सफ़र है। उसका नगर पहलगाम कन्दरा के आधे रास्ते पर है...'

कुछ देर यीशु कुछ नहीं बोले। 'कल मैं पहला काम यही करूँगा कि चला जाऊँगा। मुझे उन्हें खोज निकालना है!'

'मेरे विचार से तुम कामयाब होगे। मैं तुम्हें घोड़े, आदमी और वो सब कुछ दूँगा, जो तुम्हें चाहिए होगा।'

'आपका बेटा कैसा है?' सम्राट व्यग्र हो गए।

'उसका देहांत हो गया।'

'क्या? राव अन्ना'

गोंदोफ़रेस ने हाँ कहा।

'क्या हुआ उसे?'

'वह बीमारी से नहीं मरा। जिस पोत में वह अपने पूरे परिवार के साथ मद्रास जा रहा था, वह एक तूफ़ान आने से डूब गया। तूफ़ान घातक भूकम्प के साथ ही आया था। उसी दिन उसकी मृत्यु हो गई।'

'ओह...ओह...उसकी पत्नी पुनीता और उसके खूबसूरत बेटे देव और संजन, क्या सभी...?' सम्राट ने स्वयं पर नियंत्रण रखा और रोये नहीं। दुःख में चुपचाप सिर हिलाते रहे। लेकिन थोड़ी देर में उनके चेहरे पर चमक आ गई और वह मुस्कराए। 'पर मेरी ज़िन्दगी में एक नयी ख़ुशी है। अपने युवा रक्षित से मैं तुम्हारा परिचय करवाऊँगा, जो मेरे पोते जैसा है।' उन्होंने एक नौकर को संकेत किया, जिसने दरवाज़ा खोला। एक और नौकर खूबसूरत लड़के को लेकर आया, जिसने सम्मानपूर्वक झुक कर अभिवादन किया।

'अरे, मेरे बच्चे, आ जाओ,' उन्होंने लड़के को एक रेशमी सोफ़े पर बैठने को कहा। 'हमारे मेहमान ईसा को अपना परिचय दो।'

'प्रणाम, मेरे मालिक। मेरा नाम सेनोफोन है, मेरी आयु दस वर्ष है।'

'तुम ग्रीक बोलते हो?' यीशु ने चकित होकर उसे देखा।

'यह मेरे देश की भाषा है। मेरे पिता ग्रीक थे और मेरे दादा, पड़दादा, और मेरे पड़पड़पड़दादा।'

'यहाँ कैसे आये?'

'सम्राट सिकंदर के साथ। पाँच पीढ़ी पहले मेरे पड़दादा को झेलम नदी के पास, इसे ग्रीक में ह्यदेसपास कहते हैं, राजा पोरस को हराने में मदद देने के लिए सिकंदर से ज़मीन मिली थी और फिर वह बुसेफाला में बस गए थे, जो यहाँ से ज़्यादा दूर नहीं है।'

'लड़का कमाल है,' यीशु सम्राट को देख कर मुस्कराए।

सम्राट ने इब्रुनी में कुछ कहा और लड़का फिर उसी भाषा में बोलता रहा। 'राजा पोरस ने सिकंदर के सामने आत्मसमर्पण करने से इन्कार कर दिया था और उसकी सेना की पोरस ने बड़ी पिटाई की थी। लेकिन बाद में वे मित्र बन गए थे। फिर हमारे तक्षशिला, अम्बी, जिसे ग्रीक में ओम्फिस कहते हैं, के सम्राट गोंदोफ़रेस ने उसे शहर में आने दिया, क्योंकि वह भी ग्रीक हैं। महान सेनापति ने इनके एहसान का बदला चुकाया। उसने मेरे पूर्वजों को यहाँ यूनिवर्सिटी में ग्रीक भाषा और दर्शन पढ़ने के लिए बुलवाया। सिकंदर के ज़माने से यहाँ ग्रीक राजा राज कर रहे थे : यूथिदेमुस, स्पलागादामेस, वोनोनेस और सम्राट गोंदोफ़रेस से पहले यहाँ के राजा स्पलिरिसेस थे।'

'यक़ीन नहीं आ रहा,' यीशु ने राजा की ओर देखते हुआ कहा, जो तारीफ़ में लड़के का कंधा थपथपा रहे थे। 'और कौन-कौन सी भाषाएँ तुम्हें आती हैं?'

'मैं संस्कृत सीख रहा हूँ और बक्त्रियन[36]।'

'प्रिय सेनो, हमारे साथ बैठ कर तुमने जो हमें इज़्ज़त बख्शी है उसके लिये शुक्रिया।' सम्राट ने उसका धन्यवाद किया। बिना कोई शब्द बोले लड़का झुका और हॉल से निकल गया। 'मेरी वृद्धावस्था में यह मेरी सबसे बड़ी ख़ुशी बन कर आया। इसके पिता मेरे मित्र थे, लेकिन दुर्भाग्यवश उनकी मृत्यु हो चुकी है। उसी भयंकर भूकम्प में...तब से बच्चे को मैं पाल-पोस रहा हूँ। मेरा ख़याल है कि बड़ा होने पर यह तक्षशिला का गौरव बनेगा।'

'मैं देख सकता हूँ कि उसे देख कर आप बहुत खुश हुए हैं। चाहता हूँ कि ज़िन्दगी में आपको ऐसी खुशियाँ और मिलें।' यीशु ने उदास सम्राट को उत्साह दिलाया। क्या मेरा दोस्त थोमस आपके दरबार में आया था? आख़िरी बार वह मुझे दमिश्क में मिला था, वहाँ से वह पार्थिया और फिर यहाँ के लिए निकला था।'

'हाँ, मैंने उसे एक नए शाही महल के निर्माण का निरीक्षण करने को कहा था। लेकिन बाद में मुझे देख कर हैरानी हुई कि निर्माण में कोई प्रगति नहीं हो रही थी। क्या हुआ था?'

'थोमस ने घोटाला किया था।'

'थोमस और घोटाला? माफ़ कीजियेगा, लेकिन मैं इस पर यक़ीन नहीं कर सकता।'

'नहीं, घोटाला कोई ऐसा नहीं था...उसने पैसा गरीबों में बाँट दिया था। उस पैसे से कंगालों के लिए आश्रय, अस्पताल और स्कूल बनवाये थे।' सम्राट खुल कर हँसे। 'जब मैं

36. बक्त्रिया मध्य एशिया में एक ऐतिहासिक क्षेत्र का नाम, जो उत्तर में हिन्दुकुश पर्वत शृंखला और दक्षिण में अमु दरिया के मध्य में पड़ता था।

उसे दंड देना चाहता था तो वह मुझसे बोला कि वह मुझे ठीक से समझा नहीं होगा। उसने कहा कि उसने सोचा था कि उसे मेरे लिए स्वर्ग में एक महल बनवाना था। तुमने भी तो कहा था कि तुम तीन दिन में महल बना कर खड़ा कर दोगे और हर एक ने तुम्हें ग़लत समझा था। मुझे स्वीकार करना होगा कि मैं भी उसे ग़लत समझा था।' सम्राट हँसे और यीशु भी उनके साथ हँसे। 'तुम जानते हो कि उसके बाद क्या हुआ? मैंने उसे सिर्फ़ दंड ही नहीं दिया, बल्कि उससे बप्तिस्मा भी करवाया। एक संकेत कि मैं तुम्हारी राह पर चलूँगा।' 'अफ़सोस कि मैं यहाँ नहीं था। क्या अब वह यहीं है?'

'वह दक्षिण गया है। मुझे खबर मिली है कि उसने मल्लापुर और मालाबार तट पर बहुत लोगों का बप्तिस्मा किया है।' सम्राट की आँखों में ख़ुशी झलक रही थी, 'शायद तुम उससे जल्द ही मिलोगे,' वह रहस्यमय स्वर में बोले, 'प्रिय ईसा, मैं चाहूँगा कि जब तक सम्भव हो तुम मेरे दरबार में रहो और मुझे और किशोर सेनो को अपने धर्म की शिक्षा दो।' यीशु दु:खी होकर चुप गए। 'मैं सबसे ज़्यादा तब खुश हूँगा जब तुम और तुम्हारी माताजी यहाँ सदा के लिए रह जाएँगी। मैं समझता हूँ कि तुम्हें मरियम की चाहत है...'

'आपका प्रस्ताव बहुत उदार है, लेकिन मेरी राह कश्मीर को जा रही है।'

'तुम पर अब भी क्रूस के ज़ख्मों के निशान हैं; मेरे सबसे अच्छे चिकित्सक तुम्हारी परिचर्या करेंगे।' उन्होंने दालचीनी की सुखद सुगंध वाली थोड़ी चाय पी, 'आपकी अतिथि सेवा के लिए मैं आपका बहुत आभारी हूँ, लेकिन मैं जल्दी से जल्दी जाना चाहूँगा। हाँ, मैं मरियम और अपने पुत्र को खोजना चाहता हूँ! और देखना चाहता हूँ कि मेरे पूर्वज यहाँ कैसे रहते हैं।' 'पक्का है कि तुम उन्हें खोज लोगे?'

'उम्मीद है।' उन्होंने सीधा सम्राट की आँखों में झाँका। 'मैं सुलेमान के सिंहासन को देखना चाहूँगा।' 'यह श्रीनगर में है।' 'लेकिन सबसे पहले मैं अपने पिता की क़ब्र देखना चाहूँगा।'

'पिता की?' 'यहूदियों के पिता की, मूसा की।'

'क्या यह शख़्स तुम्हारे लिए इतना अहम है?'

'वह यहूदी कबीलों के नेता हैं, *बाइबल* के दस आदेशों के अग्रदूत...और शायद वह हिन्दुस्तानियों के पिता भी हैं।'

'हिन्दुस्तानियों के?'

'वही, जिन्होंने युगों पहले हिन्दू क़ानून की परिभाषा की थी, अर्थात् मनु।' गोंदोफरेस ने सहमति में सिर हिलाया। 'मिस्री क़ानून देने वाले का नाम मानेस था। ग्रीक वाला मीनोस था और यहूदियों का मूसा था। क्या नाम किसी तरह से कुछ ज़्यादा ही एक जैसे नहीं हैं?'

'दिलचस्प है,' सम्राट ने स्वीकार किया, 'दुर्भाग्यवश मनु और मूसा में एक और चीज़ समान है : उन्होंने पुरोहितों की तानाशाही ताक़त को मज़बूती दी थी,' उन्होंने जोड़ा।

'लेकिन मूसा की सबसे बड़ी उपलब्धि यह थी कि उन्होंने मेरे पूर्वजों को मिस्रियों

से मुक्त करवाया था। दुर्भाग्यवश बहुत साल बाद वे कहीं छितर गए। मूसा का कोई निशान नहीं रहा। मुझे यक़ीन है कि मूसा की क़ब्र कश्मीर में है।'

'उम्मीद है कि तुम उसे खोज लोगे। कुछ ऐसे संकेत मिले हैं।' सम्राट का चेहरा एक चौड़ी मुस्कराहट में फ़ैल गया।

'लेकिन यह कोई आसान सफ़र नहीं होगा। मैं तुम्हें पीर पंजाल पर्वतमाला के नीचे झेलम नदी के मोड़ वाले दर्रे तक सुरक्षा दे सकता हूँ। लेकिन उसके आगे मैं यह नहीं कर सकता। दुर्भाग्यवश कश्मीर मेरे राज का हिस्सा नहीं है। आक्रामक कुषाणों ने मुझे वहाँ से खदेड़ दिया था।'

'मेरे पास कुछ नहीं है और डरने का कोई कारण नहीं है। मैं आम जन की भाषा बोलना जानता हूँ और उन बौद्धधर्मियों के रीति-रिवाज़ भी, जो वहाँ रहते हैं।'

'मैं तुम्हें वसंत तक रुकने की सलाह दूँगा। तब तक वहाँ गर्मी आ जाएगी। सुहावना मौसम हो जाएगा। पतझड़ शुरू हो रहा है और तुम शीत ऋतु तक वहाँ पहुँचोगे, दर्रे सब बंद होंगे।'

'मैंने जल्दी से जल्दी जाने का निश्चय किया, ताकि सर्दियाँ आने से पहले मैं दर्रों से निकल जाऊँ।'

'प्रिय युज़, वसंत आने तक प्रतीक्षा करो। तुम्हारी पत्नी के लिए तुम्हारी चाहत को मैं समझता हूँ, लेकिन तुम्हारी माँ तुम्हारे साथ होगी। कम से कम उसे यहाँ छोड़ जाओ और बाद में तुम उसे ले जा सकते हो।'

'मैंने माँ से बात की है, वह भी मेरे साथ जाने के लिए दृढ़संकल्प हैं।'

'क्या तुम ब्राह्मणों से डरते हो?' सम्राट ने एकाएक पूछा।

यीशु ने उत्तर नहीं दिया। बनारस के मंदिर में ब्रत के साथ क्रोधित पुजारियों से बच कर निकलने का दिन उन्हें अब भी याद था। 'राजा होने के बावजूद आप मुझे ब्राह्मणों से सम्पूर्ण सुरक्षा प्रदान नहीं कर सकते। आपके महल से बाहर न निकलूँ तो और बात है,' वह कटुतापूर्वक हँसे।

सम्राट अब भी शरारत से मुस्करा रहे थे। 'कब जाना चाहोगे?'

'जितनी जल्दी हो सके।'

'मुझे लगता है कि यह इतनी जल्दी नहीं हो सकेगा...तुम्हारे मित्र थोमस के यहाँ से एक संदेशवाहक आया है।'

'कहाँ है थोमस?'

'किसी भी दिन यहाँ पहुँच सकता है। बनारस से आ रहा है।'

यीशु की आँखों में चमक आ गई। 'थोमस यहाँ आ रहा है?'

'बिल्कुल, मैंने उसे निमंत्रण दिया है।'

'क्या आप थोमस के सम्पर्क में हैं?'

'मैंने तुम्हें बताया है कि हाल ही में वह यहाँ आया था।'

'अब वह किसलिए आ रहा है?'

'तुम्हारे लिये,' सम्राट हँसे। 'या यूँ कहूँ कि काबुल नरेश मेरे भाई गाद ने उसे निमंत्रण भेजा है, उसका विवाह हो रहा है। थोमस तक्षशिला जा रहा है उसे मिलने के लिए और फिर तुम्हें आकर मिलेगा।'

'अरे, मज़ा आ गया! मैं महीनों बाद थोमस से फिर मिलने वाला हूँ,' उनसे अपनी ख़ुशी छिप नहीं रही थी।

'तो क्या फिर हम एक साथ भाई की शादी होते देखेंगे?'

'आपकी बड़ी कृपा है, लेकिन मेरे दिल की पुकार भी सुनिए। मैं जितनी जल्दी हो सके पहलगाम जाकर मरियम और अपने बेटे को खोजना चाहता हूँ!' यीशु ने इतनी तीव्र इच्छा जताई कि गोंदोफरेस की उसे आगे मनाने की हिम्मत नहीं हुई। 'मैं अपने प्रिय मित्र से मिलूँगा और फिर तुरंत निकल जाऊँगा।'

'मैं समझता हूँ, समझता हूँ, प्रिय युज़ आसफ़,' सम्राट मान गए।

'आप मुझे इस तरह क्यों बुला रहे हैं?'

'मेरी भाषा में इसका अर्थ है जोज़ेफ़ का जीसस। तुम्हें यह नाम इस्तेमाल करना चाहिए। ब्राह्मणों के रीति-रिवाज़ों को मद्देनज़र रखते हुए यह अधिक सुरक्षित नाम होगा। तुम्हारे नाम के कारण उनके लिए तुम्हें पहचानना आसान नहीं होगा...' गोंदोफरेस ने उसाँस भरते हुए कहा।

'आप चिंता न करें। मैं कई कठिन स्थितियों से निपटा हूँ। उसके बावजूद मैं उससे ज़्यादा देर ज़िन्दा रहा हूँ जितना मुझे होना चाहिए था। अगर कोई सूली चढ़ कर ज़िन्दा बच जाए तो वह उसका पुनर्जन्म होता है।'

'तुम्हारे देश से खबर आई है कि ईश्वर ने तुम्हारा पुनरुत्थान किया है और तुम्हें स्वर्ग ले गया है,' कह कर सम्राट मुस्कराए।

'अगर इससे ईश्वर के शब्द का प्रचार होता है तो कहते रहें।'

'प्रिय युज़, मैं देख सकता हूँ कि कश्मीर जाने के तुम्हारे फ़ैसले को कोई नहीं बदल सकता। मेरे पास तुम्हें देने के लिए कुछ है,' कह कर उन्होंने यीशु पर एक दृढ़ दृष्टि डाली

और देवदारु की मज़बूत लकड़ी से बनी एक अलमारी की दराज़ से गहनों की एक पेटी निकाली। इसमें सिर्फ़ एक ही गहना था। उसे निकाल कर सम्राट ने यीशु को थमा दिया। 'यह क्या है?' 'मेरी तरफ़ से तोहफ़ा है।'

यीशु तोहफ़े को काफ़ी देर देखते रहे।

'शुक्रिया, आप बहुत मेहरबान हैं।' उन्होंने जामुनी रंग के एक ख़ास गोल कुंडे को, जो एक सिरे से दूसरे सिरे तक एक इंच से भी कम होगा, उलट-पलट कर देखा, उससे एक सुखद गर्मी की अनुभूति होती थी। सामने एक स्पष्ट षटकोणीय सितारा दिखाई दे रहा था। आगे और पीछे की तरफ़ दो स्तम्भ थे, जिन्हें एक मेहराब ने जोड़ रखा था। बाएँ वाले स्तम्भ पर 'J' था और दायें वाले पर 'B' था।

'यह क्या हैं?'

'जब मैं तुम्हारा जन्म होने पर बेथलेहम आया था तो तुम्हारी माताजी ने मुझे यह दिया था, उन्होंने यह तोहफ़ा तुम्हारे पिताजी की तरफ़ से दिया था। मैं तुम्हारे लिए जो लोबान वहाँ लेकर गया था, उसके बदले में यह देकर उन्होंने अपनी कृतज्ञता प्रकट की थी।'

यीशु ने कुंडे का गौर से मुआयना किया। 'और...और JB जिसका अर्थ यहाँ जोआखिम और बोआस है, येरुशलम मंदिर के दो स्तम्भ।'

'और शायद जोशुआ और बुद्ध भी,' सम्राट ने उन पर एक अर्थपूर्ण दृष्टि डाली।

एक क्रूर स्वीकरण

एक लाल और सफ़ेद हेलीकॉप्टर, पोलारिस के रोटर तीर्थस्थल के इर्द-गिर्द धूल और कचरे को उड़ा रहा था और उसने नज़दीक के कुछ वृक्षों की टहनियाँ भी तोड़ दी थीं। कानफोड़ू शोर और कम्पन से मक़बरे की वे दीवारें गिर गईं, जो विस्फोटों से पहले ही बहुत क्षतिग्रस्त हो चुकी थीं। साहब के घर की पुरानी छत के कुछ खपरे भी गिर गए थे और औज़ारों की मरम्मत की एक पुरानी दुकान के धुआँ छोड़ते खंडहर में आग ने फिर ज़ोर पकड़ लिया था। श्रीनगर का उदय होता सूरज उड़ती धूल और कचरे से ढका हुआ था। हेलीकॉप्टर से कारगिल की 'कारगिल विशिष्ट आतंकवादी विरोधी पैराटुपर ब्रिगेड' के सिपाही कूद कर बाहर निकले। 1999 में उन्हें यह कीर्तिकर नाम मिला था, जब वे सोनमर्ग से 75 मील दूर कारगिल नगर के आस-पास वाली नियंत्रण रेखा पर पाकिस्तान के खिलाफ़ हुए युद्ध में प्रसिद्ध हुए थे, जहाँ इस ब्रिगेड का स्थायी स्टेशन था। वे उन्नत एके-47 कलाश्निकोव आक्रमण राइफ़लों और इंसास स्वचालित राइफ़लों से लैस थे, जिनका जौहर नेपाल युद्ध और कारगिल युद्ध में आज़माया जा चुका था। कइयों ने सिर पर समुद्री हमलावरों की तरह रूमाल बाँधे थे, बाकियों ने झालरदार बेसबाल टोपियाँ पहन रखी थीं, लेकिन अधिकांश ने परम्परागत भूरे रंग की गोल चपटी टोपियाँ पहनी थीं, जिन्हें देख कर अच्छे-अच्छों की हवा निकल जाती थी। यहाँ तक कि कारगिल पैराटुपरों की भूरी चपटी टोपियों को देख कर

अफ़गान मुजाहिदीनों के चेहरों से भी मुस्कराहट गायब हो जाती थी, हालाँकि वे सोवियत स्पेत्सनाज़ की विशेष इकाइयों से ज़ालिमाना जंगों में हंडे हुए थे। धूल के बादल उड़ कर मक़बरे में आ रहे थे। दोनों आतंकवादी और अपनी मौत का इन्तज़ार करते व्यक्ति अपनी आँखें मल रहे थे। मक़बरे में गोलियाँ तड़तड़ाईं, ताबूत के लकड़ी के ढक्कन ने आग पकड़ ली, जिससे भूमिगत कन्दरा में, थोड़ी देर के लिए ही सही, उजाला हो गया। मीषाल ने अचानक महसूस किया कि कई मज़बूत बाँहें उसे पकड़ कर मक़बरे से बाहर ले जा रही हैं।

'भागो, भागो!' एक भूरी चपटी टोपीवाले ने मारिका, साहब, अली, तोमाश और बशरत को इशारा किया कि वे जल्दी-से-जल्दी बाहर निकल जाएँ।

हिल चुका अली चिल्लाया, 'बच के, छत गिर रही है!' दीवार, छत, पत्थर, मिट्टी, ईंटें गिरने लगी थीं। विस्फोट से वे कमज़ोर हो चुकी थीं और अब वे सीधे क़ब्र पर जा गिरीं। दो अफ़गानों ने दीवार के टुकड़ों को गिरते नहीं देखा था और वे उनके नीचे दब गए। अली और बशरत अंतिम पल में साहब को पकड़ कर बचने में सफल हुए और अब वे उसे सड़क पर जाती दरार की ओर ले जा रहे थे। उनकी बाँहें, घुटने डर से काँप रहे थे; वे नहीं जानते थे कि उनमें इतनी ताक़त कहाँ से आ गई थी। उन्होंने देखा कि अफ़गानों का कमांडर, जो उन्हें गोली मारने वाला था, अब चट्टान के सामने औंधा पड़ा था—जहाँ अभी एक सेकिंड पहले वे खड़े थे—उसकी खोपड़ी में गोली मार दी गई थी।

'यह ईश्वर का प्रतिशोध है, ख़ुदा का बदला,' साहब खुश होकर बोला।

मीषाल को यह देख कर तसल्ली हुई कि मारिका और तोमाश बाहर सड़क पर पहुँच चुके थे। वह सड़क की गन्दी डामर पर पड़ा था और अपनी बाईं टाँग को हिलाने में असमर्थ था। उसने पलटी खाई और उसके सामने सड़क पर पड़े एक निर्जीव भारतीय पैराटूपर का विकृत हुआ चेहरा था। उसकी भूरी, चपटी टोपी उसके सिर से उतर गई थी। उसे यह चेहरा जाना-पहचाना लगा। अचानक उसे याद आया कि यह सोनमर्ग वाले उस फ़ौजी का चेहरा था, जिसने एक रात पहले मैत्रीपूर्ण भाव से उसे तिलक लगाया था। उसके माथे की लाल बिंदी का रंग पहले से ज़्यादा गहरा था। लेकिन जब उसने उसे नज़दीक से देखा तो वह तिलक नहीं बल्कि उसके माथे के बीचोबीच एक छेद था। यह देख कर वह शोक में डूब गया, लेकिन इस स्थान की निष्ठुरता के बारे में सोचने का यह समय नहीं था। एक तरफ़ से तोमाश ने और दूसरी तरफ़ से मारिका ने पकड़ा और उसे घसीट कर अपनी बची-खुची ताक़त लगा कर साहब के घर ले गए। अली और बशरत साहब की मदद कर रहे थे, उसकी पत्नी उन्हें सिसकारियाँ भरती और माथा पीटती मिली, जो अपना दुःख प्रकट करने का एक तरीका था। डॉक्टर बशरत ने ज़ोर से चिल्ला कर उसे कुछ कहा और वह एकदम चुप हो गई, दरवाज़ा ज़ोर से बंद करके उसने साँकल लगा दी। उन्होंने घायल हुए मीषाल और साहब को आराम से निचली मंज़िल वाले कमरे में चटाइयों पर लिटाया। डॉक्टर बशरत और अली ने कुछ प्राथमिक उपचार किया। एक घंटे से कम समय में स्थिति कुछ हद तक सुधर गई।

'सुनो, सुनो,' बोल कर मारिका खिड़की की तरफ़ गई। सब उसे गूंगों की तरह देखने लगे। 'नमाज़ शुरू होने वाली है।' सच में सड़कों पर एक असामान्य सन्नाटा था, जो अजान

की आवाज़ से भंग हो रहा था। दूसरे लोग खिड़की तक आए। मीषाल रेलिंग से बनाई एक कामचलाऊ बैसाखी लिये खड़ा था और अली ने घायल साहब को पकड़ रखा था। वे सड़क पर देख रहे थे। सामने वाला घर आग की चपेट में था और मृत सैनिक को वहाँ से हटा दिया गया था। कुछ लोग गप-शप करते हुए मस्जिद की तरफ़ जा रहे थे। मुस्करा रहे थे। शायद मस्जिद की तरफ़ जाने का दिखावा कर रहे थे और वास्तव में लड़कियों के अश्लील डांस वाली एक बॉलीवुड फ़िल्म देखने जा रहे थे। इस ख़राब वक़्त का असर किसी पर नहीं दिख रहा था। ख़ामोशी आग बुझाने वाली एक लॉरी ने तोड़ी, जो उनकी खिड़कियों के सामने आकर खड़ी हो गई। फायर ब्रिगेड वालों ने पड़ोस के घर की आग बुझानी शुरू कर दी, हालाँकि वहाँ इसकी ज़रूरत नहीं थी।

'रेडियो चलाओ,' साहब ने अली से कहा। रेडियो में कोई औपचारिक गाने बज रहे थे। अली दूसरे स्टेशन ढूँढ़ने लगा।

'ग़ैर-सरकारी रेडियो फिर से प्रसारण कर रहे हैं। बता रहे हैं कि सुबह से पूरे कश्मीर में युद्धविराम है।' रेडियो में बोलती आवाज़ जारी रही, 'पाकिस्तानी फ़ौजी वापस नियंत्रण रेखा के पीछे चले गए हैं और पाकिस्तान के राष्ट्रपति ने घोषणा की है कि उनकी सरकर युद्ध-विराम संधि के लिये तैयार है। तनाव के अनेकों वर्षों बाद इस युद्धग्रस्त क्षेत्र में शान्ति की एक आशा जागी है।'

अली, जो उनके लिए ख़बरों का तर्जुमा कर रहा था, सुनाता जा रहा था, 'बताया जा रहा है कि इज़राइल में भी आज लड़ाई रुक गई है।'

मर्द और मारिका चटाई पर बैठे चाय पी रहे थे, जो इस बीच साहब की पत्नी ने बनाई थी। साहब के दोनों बच्चे अपने अब्बा से लिपटे हुए थे। उसकी पत्नी चटाई के सिरे पर बैठी राहत मिल जाने पर रो रही थी।

'तू प्रतिमा ले आया?' मीषाल ने तोमाश को हैरत से देखा। अब उसका ध्यान गया था कि वह ध्यान लगाये क्राइस्ट की बहुमूल्य प्रतिमा हाथ में लिये हुए था।

'वे इसे तोड़-फोड़ देते।'

'जब रोज़ा बाल की आग पूरी बुझ जायेगी तो मैं वहाँ जाकर इसे वापस क़ब्र में रख आऊँगा,' अली ने कहा।

'उसमें वक़्त लगेगा,' साहब ने कहा। 'मक़बरा बरबाद हो चुका है,' कोशिश करके वह उठा और उसने तोमाश के हाथ से प्रतिमा लेकर गलियारे में एक ताक़ पर रख दी। 'आपको मैं यक़ीन दिलाता हूँ कि ज्यों ही मक़बरे की मरम्मत पूरी होगी हम प्रतिमा को वापस दे आयेंगे। यहाँ यह महफ़ूज़ है, लेकिन वहाँ से यह चोरी हो सकती है। यह इतनी बेशकीमती है कि इसे नष्ट नहीं होने देना चाहिए, खुदा-न-खास्ता...और मेरी नाकामयाबी के लिए मुझे माफ़ कर दीजिये,' उसने क्षमा माँगी।

'मैं एक ऐसी जगह जानता हूँ, जहाँ यह पूरी तरह से सुरक्षित होगे,' तोमाश ने कहा।

'हेमी का मठ।'

'कौन सा मठ?' मीषाल ने हैरान होकर पूछा। 'हेमी का, लद्दाख में। मैं वहाँ जा रहा हूँ। यह वह मठ है, जिसमें यीशु के जीवन-चरित को सँभाल कर रखा गया है। यह लेह में है, कोग्लाम्सार की तरफ़।'

'मुझे यह सब समझ नहीं आ रहा,' मीषाल ने हतप्रभ होकर सिर हिलाया, 'और तू क्या मेहरबानी करके मुझे बता सकता है कि मेरे चश्मे का यह क्या किस्सा था? और वैसे तू यहाँ कर क्या रहा है? यहाँ आया कैसे? और तेरी हमें कोई खबर क्यों नहीं थी?'

तोमाश ने चाय का एक बड़ा घूँट लिया और सोचने लगा कि कहाँ से शुरू करे। 'ठीक है फिर, सुन। यह एक क्रूर स्वीकरण होगा।'

मूसा की क़ब्र

थोमस से मधुर मिलन हो चुकने के बाद दोनों आदमियों में एक लम्बा वार्तालाप हुआ। उन्होंने कार्यक्रम बनाया कि काबुल में विवाह समारोह के पश्चत्, जो तक्षशिला से घुड़सवारी करके जाने पर एक सप्ताह का रास्ता था, थोमस यीशु को श्रीनगर मिलने आएगा। पतझड़ का मौसम था। वफ़ादार घुड़सवारों को साथ लेकर यीशु और उनकी माँ श्रीनगर को निकल पड़े। अगले दिन शाम को रास्ते में यीशु की माँ की तबीयत बिगड़ गई। चढ़ाई का रास्ता था और बढ़ती हुई ऊँचाई के साथ-साथ उसे साँस लेने में तकलीफ़ हो रही थी, ऊपर से हवा में तापमान कम होता जा रहा था। इसलिए यीशु और उनके साथियों को मजबूरन हिमालय की तलहटी में बसे मरी नगर में रुकना पड़ा। वहाँ पर फ़ौज ने भी डेरा डाला हुआ था। रात को जमा देने वाली सर्दी थी और बर्फ़ की तह पहाड़ से उतर कर घाटियों में गिर रही थी। मरी लगभग 8000 फुट की ऊँचाई पर स्थित एक पठार था, और तेज़ हवा की वजह से लोग घरों को भागे जा रहे थे। फ़ौजियों ने यीशु, उनकी माँ और साथियों को मेहमानों के लिए बनी एक बैरक में ठहराया। हालाँकि यीशु ने माँ का हर उपचार करवाया, फिर भी उनकी माँ की हालत सुधर नहीं रही थी। पाँच दिन बाद भी उसे बुखार चढ़ा हुआ था। एक स्थानीय फ़ौजी डॉक्टर ने उनके मूत्र में असामान्य रूप से ज़्यादा रक्त की मात्रा पाई। एहतियात के तौर पर उसने यीशु को यात्रा जारी न रखने की सलाह दी। 'इन्हें अस्पताल में इलाज करवाने की ज़रूरत है। सबसे निकट का अस्पताल तक्षशिला में है,' डॉक्टर ने यीशु को सलाह दी। 'लेकिन इनकी हालत ऐसी नहीं है कि इस मौसम में यह दो दिन ठेले पर यात्रा कर सकें। मैंने शाही दरबार में एक तेज़ संदेशवाहक को भेजा है, सम्राट को अत्यावश्यक संदेश के साथ कि वह राजवैद्य राजन को भेजें।'

'गोंदोफ़रेस के निजी वैद्य?' फ़ौजी डॉक्टर ने पूछा, 'कब पहुँचेंगे?'

'किसी भी समय पहुँच सकते हैं।'

उन्होंने अपना वाक्य पूरा किया ही था कि एक लम्बा, कुलीन लगने वाला आदमी कमरे में दाख़िल हुआ। यीशु चकित हुए कि थोमस भी उसके साथ था। 'जब मैंने सुना कि आपकी माँ गम्भीर रूप से बीमार हैं तो मैं विवाह समारोह के तुरंत बाद सम्राट गाड से विदा लेकर तक्षशिला लौट आया। मैंने गोंदोफ़रेस से अनुरोध किया कि मुझे विशेषज्ञों की तुरंत पहुँचने वाली टीम में शामिल कर लें,' थोमस ने मुस्करा कर कहा। 'राजन, सम्राट के वैद्य,' उसने अपने साथ आये आदमी का परिचय गैरिसन के कमांडर से करवाया। राजन ने उपस्थितजनों का अभिवादन किया और फिर सीधा मेरी के पास आया। उसकी आँखें मुँदी थीं और चेहरा बुखार से लाल था।

डॉक्टर ने उसकी दाईं कलाई हाथ में लेकर उसके दिल की धड़कन की जाँच की। उसके चेहरे पर चिंता उभरी। 'इनका दिल बहुत तेज़ी से धड़क रहा है। लगता है कि हाल ही में इन्होंने काफ़ी तकलीफ़ उठाई है। इन्हें हम क्युरु, अरुरा और बारू की एक दवा देंगे। इससे इनका तापमान जल्दी से नीचे आ जायेगा। मुझे बर्फ़ से ठंडे हुए पानी का एक कटोरा दीजिये।' फ़ौजी डॉक्टर ने एक नौकर को इशारा किया, जो एक कटोरा ले आया। राजन ने एक सूती कपड़े को कटोरे में गीला किया और उसे तह करके मेरी के सिर पर ऐसे लपेट दिया कि सिर्फ़ उसकी आँखें ही नज़र आ रही थीं। डॉक्टर ने पट्टी को बदला, लेकिन यीशु की माँ का माथा अब भी ज्वर से लाल था। 'इनका रक्त निकालना पड़ेगा।' अपने उपकरण इकट्ठे करके उसने एक अगरबत्ती जलाई। 'यह दिल की धड़कन ठीक करने के लिए है।' यीशु ने माँ का हाथ अपने हाथ में लेकर स्वयं स्पंदन की जाँच की। 'इनके दिल की धड़कन तो दौरा पड़ने के नज़दीक हो रही है।'

'क्या आप डॉक्टर हैं?' राजन ने पूछा।

'थोड़ा-थोड़ा।'

'और भी अच्छी बात है। कम-से-कम मुझे आपको यह नहीं समझाना पड़ेगा कि आपकी माँ की हालत बहुत ख़राब है।' वह फ़ौजी डॉक्टर से मुखातिब हुआ। 'मेरी जगह इसे आप पकड़िये,' उसने मेरी की बाईं बाँह सीधी करके बाँह के अगले हिस्से को डोर से कस कर बाँध दिया और फिर सोने की एक छुरी से उसकी एक नस काटी। रक्त को उसने चीनी मिट्टी के एक कटोरे में एकत्र कर लिया। जब कटोरा भर गया तो उसने मेरी की बाँह को एक सूती पट्टी से बाँध दिया। 'यह अगर होश में होतीं तो इनका मूत्र हमारी मदद करता।' उसने सतर्कतापूर्वक माँ की दाईं आँख खोली और उनकी दाईं पुतली की जाँच की, फिर बाईं खोली, कुछ देर ज़्यादा खोले रखी। 'हालत अच्छी नहीं लग रही। अब हम जोंकें लगायेंगे।'

राजन ने डॉक्टर को पास बुलाया, जो गहरे काले रंग की जोंकों से भरा एक जार लाया, उसने मेरी की गर्दन पर लिपटी शॉल हटाई और जोंकों को ग्रीवा की दोनों रक्तवाहिनियों पर लगा दिया। यीशु, थोमस, फ़ौजी डॉक्टर और शाही फ़ौज का कमांडर तनावग्रस्त हुए उसकी धमनियों से टपकती लहू की महीन बूँदों को देख रहे थे। राजन उसकी

नब्ज़ को जाँच रहा था। 'यह इतनी कमज़ोर हो चुकी है कि मैं इसे महसूस ही नहीं कर सकता।' उसने अपनी उँगलियाँ लहू में डालीं, 'बहुत गाढ़ा है यह।'

'तो इसके लिए उम्मीद बहुत कम है...' थोमस ने कोमल स्वर में कहा। यीशु कुछ नहीं बोले।

'अफ़सोस है, लेकिन उम्मीद कम है,' राजन ने उसाँस भरी।

'आपसे प्रार्थना है...क्या आप मुझे मेरी माँ के साथ अकेला छोड़ सकते हैं?' यीशु ने सौम्यतापूर्वक पूछा। सब आदमी एक-एक करके कमरे से बाहर हो गए। 'तुम यहीं रहो,' यीशु ने थोमस से कहा। थोमस उनके पास बैठ गया। दोनों आदमी स्त्री को बहुत देर चुपचाप देखते रहे; उसका चेहरा पीला होता जा रहा था और उसमें मृत्यु के रंग बदल-बदल कर आ रहे थे। संध्या ढलने को हो रही थी। यीशु ने पाया कि उनकी माँ की नब्ज़ नहीं चल रही थी, तो उन्होंने उसकी नाक पर चाँदी की हल्की पन्नी छुआई। उसकी चमकदार सतह पर श्वास का कोई चिन्ह नहीं उभरा। उन्होंने अपना कान माँ के सीने पर लगाया। दिल नहीं धड़क रहा था। 'यह अब पिता के पास पहुँच गई हैं,' वह बोले। वह बैठ गए और उनके आँसू गालों पर बहने लगे। थोमस ने उनका हाथ आराम से पकड़ा और यीशु ने भी अपना हाथ कस लिया। 'मुझे ख़ुशी है कि तुम यहाँ हो। तुम, जो मुझ पर सब से कम भरोसा करते थे।'

'यह एक श्रेष्ठ स्त्री थीं। तुम इन्हीं की देन हो,' थोमस ने विनीत भाव से कहा।

'हालाँकि तुम मुझसे दस साल छोटे हो, तुम मेरे भाई हो, मेरे जुड़वाँ। जब मैंने गेथ्सेमाने में अपील की थी कि तुम लोग बाहर दुनिया में जाओ और शिक्षा दो तो तुम सब से आगे थे और अब भी हो। तुम मेरे साथ इतनी दूर भारत तक आये हो। एक साथ रह कर यह काम करने में अब कोई तुक नहीं। माँ को हम इज़्ज़त से दफ़नाते हैं और फिर हम अलग हो जाते हैं। अगर हम दोनों परमपिता के शब्द का भिन्न-भिन्न स्थानों पर प्रचार-प्रसार करते हैं तो इसका प्रसार तेज़ी से होगा। मुझे ख़ुशी है कि तुम मेरे साथ कश्मीर आने को तैयार हो, लेकिन तुम्हारी जगह कहीं और है। तुम तक्षशिला चले जाओ। दुनिया के हर कोने से आये यूनिवर्सिटी के छात्रों में प्रचार की वहाँ अच्छी संभावनाएँ हैं।'

'मैं आपके साथ रहना चाहूँगा,' थोमस ने उन्हें मिन्नत करते हुए कहा।

'तुम्हारी ज़रूरत तक्षशिला में है और उसके बाद तुम दक्षिण जाओगे। मैं उत्तर में मूसा की क़ब्र और अपने खो गए पूर्वजों को खोजने की कोशिश करूँगा।'

'मैंने सोचा था कि हम एक साथ जाएँगे।'

यीशु ने अपने से छोटे दोस्त का प्यार से आलिंगन किया। 'मुझे तुम्हारी चिंता है। मेरी तरह तुम भी ज़िद्दी कैसे हो गए! मुझे आशा है कि तुम्हारा हश्र मेरे जैसा नहीं होगा।'

'मैं बहुत खुश हूँ कि मुझमें विश्वास की कमी होने के बावजूद आपने मुझ पर भरोसा किया है। जो शब्द आपने मुझसे गैलिली में कहे थे, वे मैं कभी नहीं भूलूँगा, दूसरों को यह

न बताने के लिए आपने मुझे मना किया था।' थोमस ने कस कर उन्हें गले लगाया। 'और तुम भरोसे पर खरे उतरे। अगर उन्हें इस बारे में पता चल जाता तो वहाँ आग लग जाती।'

'मेरे मालिक, थोमस ने यीशु की मृत माँ को देखते हुआ कहा, क्या यह ईश्वर के साम्राज्य में पहुँच चुकी हैं?'

'मुझे अपना मालिक मत कहो।' कह कर अपनी माँ के ठंडे चेहरे को थपथपाते हुए वह कुछ देर रुके। 'प्रिय थोमस, हमने यहाँ एक चिंगारी जगाई है, इसे सुलगाना है। अब हम माँ के पार्थिव शरीर से विदा ले रहे हैं। हमारे भाईचारे की यह ख़ामोश गवाह है, मेरे प्यारे भाई, इस श्रेष्ठ मनुष्य से यही एक उपहार लेकर अगर हम यहाँ से जाते हैं तो मुझे प्रसन्नता होगी।' जिस गहरी नीली ओढ़नी को राजन ने उसकी माँ को पहनाया था, उसे उतार कर यीशु ने बिस्तर पर रख दिया। यह रेशम से बनी थी, इसलिए उसके दो टुकड़े करने में यीशु को कोई कठिनाई नहीं हुई। 'एक हिस्सा तुम्हारा है, एक मेरा है। दक्षिण जाकर शब्द का प्रचार-प्रसार करो। छतों पर चढ़ जाओ और पुरोहितों व धर्मशास्त्रियों को उन पर मत चढ़ने दो।'

'मेरे मालिक, मैं आपके साथ रहना चाहूँगा। अगर हम एक साथ सफ़र करते हैं तो वह हमारे लिए आसान रहेगा।'

'थोमस,' यीशु ने उसे प्यार से कंधे से पकड़ते हुए कहा, 'दक्षिण को भी परमपिता का शब्द सुनाना है। मैं इस निष्कर्ष पर पहुँचा हूँ कि तुम दक्षिण जाओगे और मुझे खोजने का प्रयास मत करना। ऐसे दिन आयेंगे जब तुम यह करना चाहोगे, लेकिन मैं तुम्हें नहीं मिलूँगा।' झुक कर अभिवादन करके थोमस ने बहुमूल्य ओढ़नी का आधा हिस्सा अपने सीने से लगा लिया। फिर वे यहूदी रीति के अनुसार मेरी को दफ़नाने के लिए पानी और अन्य सामग्री लेने कमरे से बाहर चले गए। वहाँ फ़ौज की मोर्चाबंदी पिंडी नाम के नगर की ऊँचाई पर एक किले में थी। वहाँ उन्होंने मेरी को एक क़ब्र में दफ़नाया, जो उन्होंने पश्चिम-पूर्व की स्थिति में स्वयं खोदी थी। अंत्येष्टि के पश्चात् वे अलग हो गए। थोमस तक्षशिला लौट गया और यीशु ने पहाड़ों से होकर श्रीनगर की अपनी यात्रा जारी रखी।

मरी से वह उत्तर में उदाभन्दा गए, जहाँ से नदी दक्षिण की दिशा में एक गहरी घाटी में मुड़ जाती है, और फिर वह उरी पहुँचे, झेलम घाटी में, जो पहली कश्मीरी बस्ती है। फिर वह धारा के प्रतिकूल सवारी करते हुए बाँदीपुर पहुँचे, जहाँ से नदी एक चौड़ी घाटी में गिर जाती है। उन्होंने एक पथप्रदर्शक रखा, जिसके साथ वह नदी वाली घाटी को छोड़ कर उत्तर की ओर पिसगाह पर्वत श्रृंखला को गए। हालाँकि नदी की सतह जम रही थी, यीशु पर जुनून सवार था। मरियम और उनके पुत्र एली और अपने बिरादरों से मिलने की प्रेरणा उन्हें अग्रसर कर रही थी। उन्होंने अपने चेहरे पर गिर रहे बर्फ़ के कतरों और बारिश की बूँदों की परवाह नहीं की। नरेश द्वारा उन्हें दिया गया घोड़ा चढ़ाई करने से घबरा रहा था। युवा पथप्रदर्शक ग़ुलाम उन्हें बार-बार इसलिए उतावली न करने को कह रहा था कि वह कहीं घोड़े से गिर न जाएँ। वह ख़ुद एक गधे पर चढ़ा था, क्योंकि हाथियों और घोड़ों की सवारी करना राजा-महाराजाओं का विशेषाधिकार था। इनके अलावा उनके द्वारा प्राधिकृत किये गए व्यक्ति इनकी सवारी कर सकते थे। फिर भी यीशु उसकी बात नहीं सुन रहे थे

और *तोरा* के शब्द बार-बार उनके मस्तिष्क में घूम रहे थे: फिर मूसा मोआब के घने वन से नेबो पर्वत पर चढ़े—पिसगाह की चोटी पर...ईश्वर के सेवक मूसा की वहीं मोआब में मृत्यु हो गई थी और मालिक ने उन्हें बेत-पेओर के सामने दफ़नाया, लेकिन आज तक कोई नहीं जान सका कि उनकी क़ब्र कहाँ है...अपनी अधीरता के वश वह घोड़े को भगाए जा रहे थे, जो घरघरा रहा था और हाँफ़ रहा था।

'बाँदीपुर नगर का मूल नाम बेत-पेओर है,' ग़ुलाम उन्हें बता रहा था, 'हम जल्द ही अहम शरीफ़ पहुँच जायेंगे, जहाँ से मूसा नेबो पर्वत पर नंगे पाँव उतरे थे। हम पिसगाह शृंखला तक वही रास्ता लेंगे। वहाँ गरम पानी के चश्मे हैं, जिनके पास हम विश्राम करेंगे।'

'बाँदीपुर में आराम के लिए काफ़ी वक़्त होगा। मैं जल्दी-से-जल्दी क़ब्र तक पहुँचना चाहता हूँ,' यीशु ने कहा। ग़ुलाम समझदारी की वजह से जल्दी नहीं कर रहा था, पर यीशु उसे और उसके गधे को भागने को उकसा रहे थे। वे मोवा के मैदान तक गए, स्थानीय लोग जिसे मोआब कहते थे। रास्ता एक दलदली वादी से निकल रहा था। जब खड़ी चढ़ाई शुरू हो गई तो वे जानवरों से उतर कर उनके साथ पैदल चलने लगे। उन्हें रास्ते में युवा स्त्रियाँ ईंधन एकत्र करते मिलीं। एक घंटे पश्चिम तक चलने के बाद वे लकड़ी की कुछ झोपड़ियों के पास पहुँचे, जिनके पास कुछ बच्चे खड़े थे। उन्होंने शोर मचा कर उनका स्वागत किया। ग़ुलाम ने उन्हें चुप करवाया। 'ये ऋषि हैं, क़ब्र के संरक्षक।'

'क़ब्र कहाँ है?' यीशु ने अधीरता से पूछा।

'थोड़ी सी चढ़ाई है और हम नेबो पर्वत के शिखर पर होंगे। असली वाला, वो नहीं जो आपके येरुशलम में है। मैं सुझाव दूँगा कि अंतिम चढ़ाई करने से पहले हम थोड़ा-सा विश्राम ले लें।'

'यीशु बहुत थक चुके थे, भीतर से अपनी उम्मीदों से संघर्ष भी कर रहे थे। उन्होंने अंतत: स्थानीय लोगों का आमंत्रण स्वीकार किया और उनके घर में गए। उनकी तो जैसे साँस ही रुक गई जब उन्होंने खिड़की के पास एक छोटी-सी वेदी पर एक यहूदी सप्त-शाखित मेनोरा[37] देखा। 'क्या आप लोग यहूदी हो?' उन्होंने अविश्वास भरे स्वर में पूछा।

'हाँ, मैं वली ऋषि हूँ, मूसा की क़ब्र का सरपरस्त और ये मेरे पूर्वज हैं, जो लगभग पाँच सदियों से इस क़ब्र की रक्षा करते रहे हैं,' उन्होंने सामने के दरवाज़े की बगल में एक आधे सड़े लकड़ी के बल्लम की ओर संकेत किया, जिस पर लम्बी पंक्तियों में अनजान नाम तराशे हुए थे। 'पूरा गाँव हमारा परिवार है।'

'मैं भी यहूदी हूँ,' उन्होंने वली को संक्षेप में उत्तर दिया और वहाँ अपने आने का उद्देश्य बताया। 'आप यहाँ कैसे पहुँचे?'

'इज़राइल के उत्तरी साम्राज्य के विध्वंस और वहाँ के लोगों को बेबीलोन घसीट कर

37. यहूदियों का शमादान

ले जाने के बाद मेरे पूर्वज यहाँ आये थे। नरेश साइरस के राज के दौरान, जिसने बबेलों पर विजय पाई थी, बंदी यहूदियों को जाने की अनुमति दे दी गई थी। कुछ लौट गए, परन्तु बहुत से पूर्व जाते रहे। बानी इज़राइल, इज़राइल के पुत्रों के कबीले से जो हैं, वे इस इलाक़े में बसे हुए हैं। यहाँ बसे गड़रिया कबीलों का यह बिगड़ा हुआ नाम है। हम अपने पूर्वजों की भाषा तो भूल चुके हैं, लेकिन उनके धर्म को हमने अपनाया हुआ है।'

पर यीशु उसे नहीं सुन रहे थे, वह आतुरता से काँप रहे थे। 'कृपया मुझे मूसा की क़ब्र पर ले जाओ।' 'इस बिगड़े हुए मूड में आप हमारे पिता की क़ब्र पर नहीं जा सकते। पहले आत्मा को शान्त कीजिये,' बूढ़े संरक्षक ने उन्हें शान्त किया। 'पहले कुछ चाय पी लीजिये।' यीशु चाय की चुस्कियाँ ले रहे थे, पर उनके हाथ इतनी बुरी तरह काँप रहे थे कि वह चाय को छलका रहे थे। वली उन्हें देख कर मुस्करा रहा था।

'चलिए,' यीशु ने अनुरोध किया।

'अब हम वहीं हैं। मेरे घर से यह बस 50 कदम पर है।'

वे दो बड़े विशाल वृक्षों की तरफ़ गए, जहाँ यीशु को घनी घास से भरा एक गोल टिब्बा नज़र आया, 'वह यहाँ दफ़्न हैं।'

वे काफ़ी समय क़ब्र के सामने खड़े रहे। ग़ुलाम और वली उन्हें अकेला छोड़ कर गरम हुई झोपड़ी में लौट आये। आतिशदान से सुखद गर्मी आ रही थी और एक थकाने वाले दिन के बाद आदमियों और वली के परिवार को गहरी नींद आ गई। जब सुबह के समय वे उठे तो उन्होंने घर में यीशु को नहीं पाया। वे दौड़े हुए क़ब्र को गए। वह चेहरा हाथों में छुपाये एक चट्टान पर बैठे थे। टीले की चोटी पर पत्थरों के ढेर थे। लगता था कि उन्हें ठंड बिल्कुल नहीं लग रही थी।

'ईसा, अब अन्दर आ जाओ। बाहर ठंड में मर जाओगे,' वली ने उन्हें जगाया। यीशु धीरे-धीरे खड़े हुए, सुन्न हुए उन्होंने झोपड़ी में प्रवेश किया। 'बड़े दुःख की बात है कि मूसा जैसा कोई पैगम्बर अब तक इज़राइल में प्रकट नहीं हुआ,' वली ने कहा।

यीशु उसे बहुत देर घूरते रहे, 'तुम ऐसा क्यों कह रहे हो?'

'मेरे बिरादर न जाने कब से उसका इन्तज़ार कर रहे हैं। वे घर लौटना चाहते हैं।'

झूठा इल्ज़ाम

तोमाश बहुत देर चुप बैठा रहा। किस्सा सुनाने के लिए वह साहस बटोर रहा था। मारिका और मीषाल उसके सामने बैठे थे, डॉ. बशरत और अली साथ वाले कमरे में थे और सोनमर्ग लौटने के लिए अपना सामान बाँध रहे थे। उसे समझ नहीं आ रही थी कि कहाँ से शुरू करे, पर एक लम्बी साँस छोड़ कर वह अंततः शुरू हुआ। 'मैं...हम्मऽऽऽ... कैसे कहूँ इस...मैंने उन्हें कुछ लोगों के बारे में जानकारी दी थी...तू उनमें से एक था...'

मीषाल ने आश्चर्यचकित होकर उसे देखा। तोमाश ने शान्ति से, लेकिन विश्वासोत्पादक ढंग से बोलना शुरू किया, 'मैंने उन्हें ख़ास कुछ नहीं बताया था। पर फिर मेरे मन में पाप का बोध है...'

'जानकारी किसे दी थी?'

'वैटिकन गुप्तचर सेवा को...'

'यह भी होती है?'

'तू हैरान होगा,' तोमाश कटुतापूर्वक हँसा।

'तो बदले में तुझे क्या मिला?'

'कुछ नहीं।'

'फिर क्यूँ किया ऐसा काम?'

'उन्होंने मुझे ब्लैकमेल किया था...एक लड़की की वजह से। उन्होंने बिशप से मेरी शिकायत करने की धमकी दी थी। उस लड़की के प्यार ने मुझे पागल कर दिया था।'

'तेरी प्रेमिका थी?'

'हाँ...हम अलग हो गए थे...मुझे उसने बताया था कि वह अपने माता-पिता के पास ब्राज़ील जाना चाहती थी, लेकिन मेरे ख़याल से उसे कुछ शक़-सा हो गया था...शायद मेरे निरन्तर चल रहे आंतरिक संघर्ष से वह तंग आ गई थी, हाँ...तब मैं काफ़ी परेशान था और कई बार उबल पड़ता था। ख़ुद को नहीं पहचानता था...चर्च प्रेम के खिलाफ़...मेरा यक़ीन कर... यह आसान नहीं था...मैं तीन साल इसके साथ संघर्ष करता रहा, पर फिर मैंने निर्णय लिया कि मैं चर्च को तिलांजलि दे दूँगा। फिर मुझे कोई ब्लैकमेल नहीं कर सकेगा...' मीषाल ने अंतराल लिया, 'मेरा यक़ीन कर, मैंने किसी को चोट नहीं पहुँचाई। जो भी सूचना नैंने उन्हें दी थी, वे सीधे कहीं और से भी ले सकते थे। तेरे चश्मे वाले क़िस्से का मुझे बहुत अफ़सोस है...'

बहुत देर मीषाल कुछ नहीं बोला; बस अपने सामने ताकता रहा। तोमाश के स्वीकरण से वह दंग रह गया था, लेकिन वह समझ सकता था। अंततः उसने सद्भाव से उसके कंधे पर बाँह लपेटी, 'तूने हमें नुक़सान नहीं पहुँचाया, बल्कि ख़ुद को पहुँचाया है।' वह रुका, फिर जैसे माफ़ करते हुए दोस्ताना अंदाज़ में बोला, 'मुझे ख़ुशी है कि तू आया है। चर्च को तिलांजलि देने से पहले तुझे दो बार सोचना चाहिए।'

'चर्च गिर रहा है...'

'इंसान गिरते हैं,' मीषाल ने ऐसे स्वर में कहा, जैसे उसे स्वयं को इस पर विश्वास न हो, 'हमें उन लोगों से लड़ना है, जिन्होंने यीशु को दरकिनार करके सत्ता और धन की राह पकड़ ली। परन्तु चर्च में सब लोग ऐसे नहीं हैं।'

'मैं नहीं कह रहा कि सब ऐसे हैं, पर कोई बोलने की हिम्मत नहीं करता।' तोमाश के गालों पर आँसुओं की धार बह रही थी, 'हम लोगों को राह नहीं दिखाते, सिर्फ़ उन पर नियंत्रण रखते हैं। इसीलिए हम उन्हें हमेशा बताते हैं कि वे पाप कर रहे हैं, क्योंकि वैसे हम उन पर नियंत्रण नहीं पा सकेंगे। समझ रहे हो न? हम उन्हें बड़ी चालाकी से अपमानित करते हैं और वे इसके लिए हमारे प्रति आभार प्रकट करते हैं।'

'तोमाश, ऐसा नहीं है। कुछ महान पुजारी भी हुए हैं, सचमुच के, यीशु जैसे, जो लोगों के मन में आशा की ज्योति जलाते हैं...विफल मनुष्य होते हैं!' मीषाल ने उसे समझाया।

'यह मनुष्यों की विफलता का प्रश्न नहीं है। अगर तू चर्च में होता तो समझता कि यह व्यवस्था का प्रश्न है। यीशु और उनका उपदेश तो बस एक बहाना बना दिया गया है।'

'लेकिन चर्च में तेरे जैसे शरीफ़ और बहादुर लोग भी तो हैं।'

'हाँ, हैं, लेकिन उन्हीं की खाट सबसे ज़्यादा खड़ी की जाती है। जब भी कोई बदमाश बदमाशी करता है तो सब पाखंडी शरीफ़ों पर उँगली उठाने और चिल्लाने लगते हैं।'

'हर संस्था में मनुष्य ही तो होते हैं। और मनुष्य ग़लती भी तो करते हैं।'

'मुझे लगता है कि वैटिकन ग़लत पैगम्बर बना हुआ है, जैसे कि मैथ्यू ने इसकी पहचान की थी, ये भेड़ की खाल में भेड़िये हैं। मैं इनकी तरह होता था। तब मैं टिबेरिया में था, जब तूने मुझे कहा था कि उपदेश देकर लोगों में प्रेम नहीं बोया जा सकता। प्रेम सिर्फ़ जिया जाता है। संसार बीमार है, क्योंकि इसकी कोशिकाएँ—मनुष्य बीमार हैं। मुझे अपने अलावा किसी और से सवाल पूछने का हक़ नहीं है। अगर इस संसार की हर कोशिका प्रेम से भरी हो तो पूरा संसार प्रेम से भरपूर होगा। और मैं प्रेम करना चाहता हूँ...' तोमाश अपने आँसुओं को बहने से रोक नहीं सका, 'यह मेरे जीवन की सबसे बड़ी निराशा है।' वह चुप हो गया, जैसे किसी ज़रूरी चीज़ के बारे में सोच रहा हो। मैं अपना दोष मानता हूँ कि मैं उनकी गुप्तचर संस्था में किसी दबाव या ब्लैकमेल किये जाने के कारण नहीं था, बल्कि अपनी आस्था के कारण था। पर फिर मैं ख़ुद से सवाल पूछने लगा। चर्च को गुप्तचर संस्था की क्या ज़रूरत है? तू बता मुझे। क्यों ऐसी संस्था को बैंक की ज़रूरत है, जिसका आदर्श एक ऐसा आदमी है, जो ग़रीबों का समर्थक था? यीशु ने क्या जासूस और बैंकर रखे हुए थे?' मीषाल ने प्यार से उसका कंधा थपथपाया। 'मीशको, मीशको, मारिका, तुम सोच नहीं सकते कि मुझे अपने किये पर कितना पछतावा है! भगवान, और मुझे इस पर आस्था थी! मुझे माफ़ कर दो...' उसके नेत्रों में एकाएक दृढ़ता का भाव आया। 'लेकिन यह सब गुज़र चुका है! मैंने पवित्र पुस्तक का पूरा अनुसरण करने का निश्चय लिया है। निर्गमन की पुस्तक के 23वें अध्याय में लिखा है, तुम ग़लत सूचना नहीं दोगे, किसी मक्कार आदमी का साथ देकर झूठे गवाह नहीं बनोगे। किसी झूठे इल्ज़ाम लगाने वाले का साथ नहीं दोगे! तो मैंने झूठ की राह त्यागने का और एक बिल्कुल नई राह पकड़ने का निर्णय लिया है। मैं जानता हूँ कि यह आसान नहीं होगा; मेरा मानहरण

होगा, मुझसे घृणा की जायेगी और मुझे उत्पीड़ित किया जाएगा। ये अफ़गान मेरे बारे में तब से जानते थे जब मैंने येरुशलम के कुलपति को चर्च छोड़ने के बारे में लिखा। मैं उनके लिए गद्दार था और गद्दारों पर वे रहम नहीं करते। मेरी राह प्याज़ के छिलके उतारने जैसी होगी। चर्च पर सदियों पुरानी झूठी तहें चढ़ी हुई हैं। मैं नहीं जानता कि उनमें से मैं कितनी उतार पाऊँगा, लेकिन मैं सत्य की खोज की राह पर चलूँगा। पर उससे पहले मुझे झूठ की राह छोड़नी पड़ेगी, सदा के लिए। मैं कश्मीर आया हूँ, और मैंने यहीं रहने का फ़ैसला लिया है। मैं किसी बौद्ध मठ में जाकर ध्यान लगा कर अपना शुद्धिकरण करूँगा। इस बासे, सादे जल को बाहर फेंक कर नए और शुद्ध जल के लिए स्थान बनाऊँगा। किसी तरह मैं अपनी गलतियों को सही करना चाहूँगा। मुझे सुनने के लिए धन्यवाद, मुझे इससे बहुत मदद मिली है।'

'लेकिन इसके लिए तुझे किसी मठ में जाने की ज़रूरत नहीं।' 'मैं किसी आम मठ में नहीं जा रहा। स्वर्ग का साम्राज्य एक ऐसा स्थान है, जो जाने योग्य है। और जो स्थान जाने योग्य होते हैं, उनका कोई छोटा रास्ता नहीं होता।'

'तो कहाँ जा रहा है तू ?'

'हेमिस। वहाँ कश्मीर में यीशु के रहने के दस्तावेज़ हैं। पर पहले मैं दलाई लामा से मिलूँगा। उम्मीद तो मुझे है कम-से-कम।'

'किससे मिलने ?'

'गर्मियों में वह चोग्लाम्सर में रहते हैं, शायद मेरी किस्मत अच्छी हो। यह देख!' तोमाश ने कंप्यूटर से छाप कर एक रंगीन तस्वीर निकाली।

'यह क्या है ?'

'ज़रा ध्यान से देख!' मारिका और मीषाल ने तस्वीर को गौर से देखा और उन्हें अपनी आँखों पर यक़ीन नहीं आ रहा था।

प्रेम पथ

बाँदीपुर में यीशु ने ग़ुलाम से भाव-भीनी विदाई ली। वहाँ से श्रीनगर घोड़े पर लगभग दो दिन का रास्ता था। सड़क झेलम की घाटी से नीचे उतर रही थी; बर्फ़ीला तूफ़ान शुरू हो रहा था और उसके साथ-साथ यीशु बहाव की विपरीत दिशा में जा रहे थे। अगले दिन नौगाँव के आगे मौसम में अचानक बदलाव आया। पहाड़ों पर सूरज निकल आया और उसकी गरम किरणें चट्टानों, पेड़ों और जानवरों पर पड़ रही थीं। लग रहा था जैसे कि प्रकृति शीत ऋतु आरम्भ होने से पहले एक अंतिम बार धूप में नहाना चाहती थी। वह अपने घोड़े के साथ-साथ धीरे-धीरे चल रहे थे, जल्दी नहीं कर रहे थे; भारत में उन्होंने सीखा था कि समय का मोल सबसे ज़्यादा होता है।

पाँच दिन बाद जब वह श्रीनगर पहुँचे तो उन्हें डल झील पर कुछ मछुआरों के पास रहने की जगह मिल गई। वो पहली चीज़, जिसकी तरफ़ उनका ध्यान गया, वह था उनकी नावों का असाधारण आकार : लम्बी और तंग, जिससे उन्हें तेज़ी से चलाया जा सकता था। चप्पुओं के आकार से भी वह बहुत हैरान हुए थे। वे हू-ब-हू वैसे थे : दिल के आकार के, जैसे नाविक टिबेरिया झील पर इस्तेमाल करते थे। उन्होंने देखा कि स्थानीय लोग भारतीयों से बहुत अलग थे। उनकी प्रतिक्रियाएँ अलग थीं, चाल-ढाल अलग थी, उनका जीवन का ढंग अलग था, उनकी एक अलग नैतिकता, स्वभाव, भाषा, पोशाक और रिवाज़ थे। कश्मीरी औरतों के नृत्य का नाम था रोफ़। ऐसा ही नृत्य औरतें इज़राइल में करती थीं। जब दो कश्मीरी युवा झूमते नृत्य में एक-दूसरे को अपने सिर के ऊपर उठाते थे तो उन्हें दो फ़रिश्तों द्वारा एक-दूसरे के पंखों के आपस में मिलने की याद आ रही थी, जैसी छवि उनके परम्परागत बिम्बविधान में पोत-निर्माण की नियमावली में होती थी। सबसे अधिक मंत्रमुग्ध करने वाला था मंदिर का शिखर, जिसने उन्हें अपनी रहस्यमय समानता से आकर्षित किया था। सुलेमान का सिंहासन! इसी की वजह से वह नगर में ठहर गए; वर्ना वह आगे पहलगाम निकल जाते। यह डल झील और झेलम नदी के मध्य एक पहाड़ी पर, प्रायद्वीप पर भव्यता से खड़ा था। पहाड़ी निर्माण की रूपरेखा को उजागर कर रही थी, जो चिरकाल से इस स्थान पर हावी था : किसी को निर्माण के वर्ष की जानकारी नहीं थी। यीशु आश्चर्यचकित थे देख कर कि इसकी इमारत कितनी ज़्यादा फ़िलस्तीन के मक़बरों से मिल रही थी। जब वह मुख्य तीर्थस्थल से मंदिर की आठ सीढ़ियाँ चढ़ रहे थे तो उन्हें राजाओं की पहली पुस्तक के शब्द याद आये : हीराम के पोतों के साथ राजा के पास तर्शिश पोतों का भी एक बेड़ा था, जिसमें सोना, चाँदी, हाथीदाँत, वानर और मोर भरे थे। जब पहले चबूतरे पर चढ़ कर उन्होंने अनूठे गोल निर्माण को देखा तो पाया कि उसका प्रवेश द्वार पूर्व में था। नीची छत के नीचे से उनको झुक कर निकलना पड़ा। श्रद्धा से ओत-प्रोत हुए उन्होंने प्रवेश किया। एक आदमी सीधा देखता हुए वहाँ बैठा था।

उसने यीशु के आगमन का संज्ञान नहीं लिया, बस एक इशारे से दाईं ओर बैठने का संकेत किया। बिना रुके वह अपने ध्यान में मग्न रहा। यीशु ने भी ध्यान लगा लिया। जब उस आदमी का ध्यान पूरा हो गया तो उसने यीशु को आशीर्वाद दिया। उसने अपना परिचय संरक्षक के तौर पर दिया। उसने एक लम्बा चोंगा पहन रखा था, जिसे उसने गाँठों वाली एक पेटी और फुन्दनों से बाँध रखा था, वैसे ही जैसे येरुशलम के मंदिर में पुजारी पहनते थे।

'स्वागत है, ईसा, इज़राइल के कबीलों के पुत्र,' उसने अजनबी का स्वागत करते हुए कहा, 'मैं जानता हूँ कि क़ानून के हुक्म से तुम अपने बिरादरों की खोज करने आये हो।' यीशु ने उत्तर नहीं दिया। 'तुम सही जगह आये हो। वे यहाँ बंदी बनने के बाद आये थे और कश्मीर के पवित्र क्षेत्र में फ़ैल गए थे। इन पहाड़ों, घाटियों और वादियों में तुम जहाँ भी जाओगे, तुम्हें हिब्रु नाम वाले लोग मिलेंगे। इस मंदिर के निर्माण का आरम्भ महान नरेश सुलेमान ने किया था, जो एक बार फिनीसिया के राजा हीराम अबिफ़फ़ के साथ यहाँ अपनी एक खोजयात्रा के दौरान आये थे। जब उनकी हल्की चप्पू से चलने वाली नाव ऊपरी झेलम पहुँची तो वे इसकी उपनदी के रास्ते यहाँ तक आये। नरेश के आने से पहले इस पहाड़ी का नाम था जैश्तेवारा, और इसे सूर्य देवता को अर्पित किया गया था। नरेश कश्मीर में वसंत से

शरद ऋतु तक रहे। इसका मुख्य द्वार भी पूर्व में है। यह पहलगाम के रास्ते पर है। जब तुम वहाँ जाओगे तो पाओगे कि इस मंदिर जैसा कोई और भारत में नहीं है।

'इस बनावट को देख कर मुझे अपने पैगम्बरों के मक़बरों की याद आती है,' यीशु ने टिप्पणी की।

साधु के पास बैठे यीशु भीतरी सजावट को गौर से देख रहे थे, जिसमें ताड़ के पत्तों और अंगूरों के चिन्ह थे। कुछ देर बाद उन्होंने देखा कि वह वहाँ लगे दो स्तंभों में से एक से टिक कर खड़े थे; संरक्षक दूसरे पर टिका था। उन्हें वे स्तम्भ जाने-पहचाने लग रहे थे। साधु उनमें यीशु की दिलचस्पी को देख रहा था। 'ये जोआखिम एवं बोआस हैं, संदीमन ने सुलेमान द्वारा साथ लाये गए नक्शे के अनुरूप इन्हें बनाया था। इन्हें येरुशलम के मंदिर के स्तंभों की हू-ब-हू प्रतिकृति समझा जाता है। एक को उर्ध्वाधर रूप से और दूसरे को घुमावदार बनाया गया है। इनमें से एक अंक '1' का प्रतीक है, दूसरा अंक '9' का, जो सबसे बड़ा अंक है। एक सक्रिय दैवी ऊर्जा का प्रतीक है, दूसरा निष्क्रिय है। एक पुरुष का प्रतीक है दूसरा स्त्री का, जिसका लक्षण योनि है, नीचे की ओर इंगित करता एक समबाहु त्रिकोण। अगर तुम इन दोनों त्रिकोणों को एक कर दो तो दो त्रिकोण हो जायेंगे, एक षटकोण सितारा, जो त्रुटिहीन मनुष्य का प्रतीक है।

'ऐसे किसी मनुष्य से मैं मिलना चाहूँगा,' यीशु ने कहा।

'श्रीनगर से 6 मील दूर गंधक के कुछ चश्मे हैं, जहाँ तुम्हें शीलवाहन मिलेंगे, विक्रमादित्य के पोते, वो नरेश, जिन्होंने चीनियों, पार्थीनियों, शकों और अफ़गानों को हराया था। उन्होंने हिन्दुओं और ग़ैर-हिन्दुओं के मध्य एक सरहद बनाई थी, जिसे उन्होंने सिन्धु नदी के उस पार तक फैलाया था। यह वो राजा है, जो सर्वोत्कृष्टता चाहता है। जाओ, जितनी जल्दी हो सके उनसे मिल लो, उनका समय कम रह गया है,' ऋषि ने उन्हें सलाह दी, 'पहलगाम की सड़क यहाँ से आरम्भ होती है।'

नरेश शीलवाहन गंधक के चश्मे में स्नान करने के पश्चात् शरद-उद्यान में अपने बुढ़ाते शरीर को गरम करने के लिए गए। एक छेद से उन्होंने आम के दो पेड़ों के मध्य पीली त्वचा वाले एक आदमी को, जिसने एक अनोखा सफ़ेद चोंगा पहन रखा था, उनसे भेंट करने के लिए लोगों के बीच खड़े देखा।

'यह आदमी कौन है?' उन्होंने खानसामा से पूछा।

'यह एक सुप्रसिद्ध उपदेशक हैं, जो जनता को विनयशीलता और सादगी सिखाते हैं। कुछ वर्ष पहले यह फ़िलस्तीन से आये हैं, फिर यह वापस चले गए थे और अब फिर यहाँ आये हैं। कहते हैं कि यह अपनी पत्नी और पुत्र की खोज में हैं। वे झुक कर आपका अभिवादन करना चाहेंगे,' खानसामा ने उन्हें बताया।

नरेश ने आदमी को बुलवाया, 'आप क्या ईश-पुत्र हैं—यीशु—जिसके बारे में कहा जाता है कि वह एक इकलौती स्त्री का बेटा है?'

'मेरी माँ का नाम मेरी है,' यीशु ने मुस्करा कर कहा।

'यदि आपको मेरी सहायता चाहिए तो मैं ख़ुशी से दूँगा। लेकिन मुझे कहना होगा कि आप थोड़े समय के लिए मेरे यहाँ रह कर जाइए। इस बीच मेरे सैनिक उनकी खोज करेंगे। आप देख रहे हैं कि मैं बूढ़ा हूँ और मुझे लगता है कि मेरे दिन गिने-चुने हैं। मेरे विदा हो जाने से पहले मैं आपकी ज्ञान की बातें सुनना चाहता हूँ।' यीशु चुप रहे। 'कृपया मेरा अतिथि-सत्कार स्वीकार करें,' कह कर नरेश ने कश्मीरी पकवानों से भरी एक मेज़ की ओर संकेत किया। यीशु विनयपूर्वक खड़े रहे। 'स्थान ग्रहण कीजिये!' नरेश ने अंगूरों का एक डोंगा उनके सामने किया, 'मैंने सुना है कि आप लोगों को विनयशीलता सिखाते हैं। मुझे यह पसंद है। आप कहाँ से हैं?'

'एक ऐसे देश से, जहाँ नास्तिक बर्बर लोग आस्था रखने वालों का उत्पीड़न करते हैं। नास्तिकों ने मेरा बलिदान दे दिया, लेकिन मैं मौत से बच गया।'

'मौत से तुम कैसे बच सकते हो?'

'आस्था के बल पर।'

'आस्था के बल पर? कठिन है। संदेह करना अधिक सुगम है।'

'आस्थाहीनों के लिए जीवन एक सीधी रेखा है। वे क में जन्म लेते हैं और ख में मर जाते हैं। आस्थावालों के लिए जीवन एक दायरा है। वे पूरे दायरे का चक्कर काटकर क पर लौट आते हैं। लेकिन रास्ते में आपने जो अनुभव कमाया है, उसने आपको धनी बनाया है, यह होगा तो, लेकिन यह एक दर्जा ऊपर होगा। तो मृत्यु हमें उस मुकाम पर ले आती है, जहाँ हम जन्म लेने से पहले थे, सिर्फ़ हमारा अनुभव अधिक है।'

'मुझे नहीं लगता कि जो आप कह रहे हैं वह सच है। गप सी लगती है।'

'आपको विश्वास करना चाहिए।'

'क्या आप जानते हैं कि क्यों मैंने चीनियों, शकों, अफ़गानों को हरा कर सिन्धु पार भेज दिया था? क्योंकि मुझे उन पर विश्वास नहीं था। संदेह करने से विश्वास करना अधिक सरल होता है। विश्वास को केवल तुम्हारा निर्णय चाहिए, जो तुम्हारी इच्छा पर निर्भर करता है, परन्तु संदेह को औचित्य चाहिए, तुम्हें अपने विरोधी के शब्दों का, तर्कों का विश्लेषण करना होगा, हर तर्क के पीछे एक जाल को देखना होगा। संदेह करने के लिए अनुभव, शिक्षा और बुद्धि चाहिए...' नरेश एक प्याले से गरम चाय पी रहे थे। उन्होंने यीशु को भी पेश की, 'कहते हैं कि लोग हज़ारों में आपका अनुसरण करते हैं और आपके शब्द सुनते हैं।'

'हाँ, और वे मुझ पर विश्वास करते हैं।'

'फिर आप किस्मतवाले हो। अगर लोग मूर्ख न होते तो आप पर संदेह करते। आप उन्हें परी-कथाएँ सुनाते जाएँ और वे आपका विश्वास करते जायेंगे। अगर आप दुनिया के सर्वोत्तम विश्वविद्यालयों से प्राप्त किये गए ज्ञान का इस्तेमाल करते हुए पहाड़ की किसी

भूली-बिसरी घाटी में किसी का इलाज करते हैं तो लोग समझते हैं कि चमत्कार हो गया। लेकिन आपके चमत्कारों का आधार उनकी मूर्खता होती है।' नरेश हँसने लगे, 'एक शब्द में, सोच के बिना विश्वास करने वाला बेवकूफ़ होता है।' यीशु चुपचाप अपनी चाय पीते रहे। 'क्या मैं ग़लत बोल रहा हूँ?' नरेश ने उन्हें उकसाया।

'महाराज, राजा हमेशा सही होता है, क्योंकि उसके पास सत्ता होती है।'

'मैं उन राजाओं में से नहीं हूँ, जो ज्ञानी होने का नाटक करते हैं, क्योंकि उनके पास सत्ता है। मेरी ताक़त बुद्धि में है। आपको मेरी तलवार से नहीं डरना, बल्कि बुद्धि से डरना है।'

'तो इस्तेमाल कीजिये उसका,' यीशु नम्रतापूर्वक बोले।

'क्या आप कह रहे हैं कि विक्रमादित्य महान का पुत्र मंदबुद्धि है?'

'आप कह रहे हैं कि बिना सोचे विश्वास करना मूर्खों का काम है तो बिना सोचे संदेह करना भी तो यही हुआ।'

नरेश काफ़ी देर टिप्पणी पर विचार करते रहे, 'आप यहाँ किसलिए आये हैं?'

'अपनी पत्नी तथा पुत्र को खोजने।'

'और जब वे मिल जाएँगे तो?'

'मैं अपनी आत्मा के ध्यान तथा एकाग्रता का प्रयोग लोगों को ईश्वर के निकट लाने के लिए करूँगा, जो हम सब में वास करता है, हमारी राह रोशन करता है, ताकि हम उस सबसे स्वयं को छुड़वा लें, जो क्षणभंगुर है।'

'क्षणभंगुर क्या है?'

'हर वह चीज़, जो बुरी है और हममें भय का संचार करती है।'

'भय?' नरेश ने उन्हें ताज्जुब से देखा, 'मैं ऐसी किसी चीज़ को नहीं जानता। मैं कभी किसी युद्ध से नहीं भागा।'

'एक नायक और एक कायर में अंतर यह है कि नायक युद्ध में कुछ देर ज़्यादा टिकता है। लेकिन डर उसे भी बराबर लगता है।' नरेश ने इस टिप्पणी को नज़रअंदाज़ किया, 'ऐसी कौन सी बुराइयाँ हैं, जो भय का संचार करती हैं?'

'लोभ, घृणा, ईर्ष्या, अधीरता, पेटूपन, झूठ, चोरी, हत्या, आलस, पाखंड, निंदा, पूर्वाग्रह, मोह, दुःख, गर्व, रोग...बोलता जाऊँ?'

नरेश मुस्कराए, 'ज़रूरत नहीं है। जो तुम बता रहे हो, वह यहाँ के लोगों के लिए कोई ताज़ा समाचार नहीं है। लेकिन इन बुराइयों को लोगों के अंतर से भगाओगे कैसे?'

'मैं पड़ोसी से प्रेम का उपदेश देता हूँ। ऐसे जड़सूत्र देकर : कोई तुम्हारे बाएँ गाल पर तमाचा मारे तो दायाँ भी उसके सामने कर दो—तुम्हें अपने बिरादर की आँख में धूल का

कण तो नज़र आता है, पर अपनी आँख में लट्ठा भी नज़र नहीं आता—किसी की आलोचना मत करो, क्योंकि तुम्हारी भी आलोचना की जा सकती है—जो ईश्वर का है वह ईश्वर को और जो राजा का है वह राजा को—माँगो, और मिलेगा—ढूँढ़ो, और मिलेगा, खटखटाओ और दरवाज़ा खुलेगा—अपने शत्रुओं से प्रेम करो।'

नरेश हँसने लगे, 'बहुत खूब! अगर मैं अपने शत्रुओं से प्रेम करने लगा तो कुशान साम्राज्य का अस्तित्व नहीं रहेगा।'

'आत्मा और प्रेम का एक साम्राज्य होगा। ऐसा कि जो अधिक शक्तिशाली और टिकाऊ होगा। एक चीनी राजा के शक्तिशाली शत्रु थे, जिनसे वह घृणा करता था। पूरा जीवन वे उससे लड़ते रहे, जब तक कि राजा थक नहीं गया।'

'लेकिन युद्ध करना तो राजाओं-महाराजाओं का कर्तव्य है।'

यीशु बिना रुके बोलते गए, 'एक दिन उसने अपने परामर्शदाताओं से कहा, ''मैं अपने शत्रुओं से सदा के लिए छुटकारा पाऊँगा।'' कुछ दिनों बाद जब वे शाही बाग़ में उससे मिलने गए तो उन्होंने देखा फूलों-पौधों में घूमता हुआ महाराजा अपने शत्रुओं से मित्रतापूर्वक बहस में लगा था। ''आपने कहा था कि आप अपने शत्रुओं से छुटकारा पा लेंगे,'' मुख्य परामर्शदाता ने उससे कहा। महाराजा ने उत्तर दिया, ''तो नहीं पाया क्या मैंने? हम मित्र बन चुके हैं''।' राजा शीलवाहन ने कुछ नहीं कहा।

'जब मैं लोगों से साम्राज्य की बात करता हूँ तो वे समझते नहीं। लेकिन यह उन पर निर्भर करता है। मैं बोने वाला हूँ। कुछ बीज काँटों की झाड़ियों में जा गिरते हैं, कुछ चट्टानों पर और धूप में सूख जाते हैं, कुछ को पानी बहा ले जाता है, कुछ को पंछी खा जाते हैं। कुछ ही बीज ऐसे होंगे, जो उपजाऊ धरती पर पड़ेंगे और जब आप उनमें पानी और खाद डालोगे तो वे सौ गुनी फ़सल पैदा करेंगे...'

'आप वही कह रहे हैं, जो बुद्ध ने कहा था। क्या आपमें और उनमें कोई समानता है?' उन्होंने ईसा को तोला। 'गौतम ने कहा था कि उनके पाँच सौ साल बाद एक गोरा पैगम्बर आएगा। क्या वह आप हो?'

'आप कह रहे हैं यह।'

महाराज बहुत देर तक तक यीशु को गौर से देखते रहे। 'मुझे बताओ, ईसा, आप अभी क्यों आये हो?'

'क्योंकि धरती मीन के युग में प्रवेश कर रही है, जो भौतिकता और लोभ का युग है। यह दो हज़ार साल से भी ज़्यादा चलेगा। इसके बाद आध्यात्मिकता और प्रेम का युग आएगा, कुम्भ का युग।'

'इस तरह आप भविष्यवाणी कैसे कर सकते हो?'

'क्योंकि मैं प्रेम जानता हूँ।' महाराज ने उन पर एक प्रश्नसूचक दृष्टि डाली।

'फ़िलस्तीन में लोग सोचते थे कि मैं चमत्कार करता हूँ। लेकिन मैं प्रेम को प्रवेश करने देने के लिए रोगियों के द्वार खोलता था, जो सार्विक स्तर पर सत्य है।'

नरेश मुस्कराए, 'बहुत समय पहले मैं प्रेम में पड़ा था। मेरे जीवन में यह सुन्दरतम अनुभव था। जिस प्रेम को मैं पा रहा था, अनुभव कर रहा था, वह अवर्णनीय है।'

'आप प्रेम दे नहीं रहे थे; प्रेम आपके और आपकी प्रेमिका के इर्द-गिर्द था। प्रेम हमेशा यहाँ होता है, सब जगह होता है, होता है और होगा, लेकिन हम इसे सिर्फ़ तभी महसूस करते हैं, जब हम अपने दिल खोल देते हैं। आपने उसका दिल खोला और उसने आपका खोला। यह किसी नदी में बाँध के दरवाज़े जैसा है और हर वाहिका से जल के बह निकलने जैसा। प्रेम के अभाव में लोग बीमार हो जाते हैं। फिर, हम लोगों से, प्रकृति से, पशुओं से प्यार नहीं करते। हम प्यार नहीं, नफ़रत देते हैं और वही हमारे पास लौट कर आती है।'

'मैं अपने शत्रु से कैसे प्यार कर सकता हूँ, जिसने मुझे और मेरी जनता को बुराई ही दी है? नरेश ने पूछा।

'आसान है। क्षमा कर दो उसे। मुझे यक़ीन है कि आप मानेंगे कि नफ़रत आपको निरन्तर खाती रहती है। नरेश गोंदोफ़रेस, जिनके साथ आपका युद्ध हुआ था, आपसे नफ़रत के कारण खाए गए। आप तब तक स्वस्थ नहीं होंगे, जब तक आप उनको क्षमा नहीं कर देंगे।'

'नहीं, नहीं, आप ग़लत कह रहे हैं। मैं उनको क्षमा नहीं कर सकता, जिन्होंने मेरे सब से नज़दीकियों को मार दिया है। हो सकता है कि मैं भूल जाऊँ, पर उसे मैं क्षमा कभी नहीं करूँगा,' नरेश ने दृढ़तापूर्वक कहा।

'एक ही सूरज आपको और उनको भी गर्मी देता है। हम सब सूर्य की एक-एक किरण हैं। सूर्य देवता कभी परवाह नहीं करते कि हम अच्छे हैं या बुरे हैं : वह करते हैं, जिसके लिए उनके सर्जक ने उन्हें बनाया था। यह हमें ऊष्मा और प्रकाश देते हैं, जिसके बिना पृथ्वी पर जीवन नहीं होगा। हर मनुष्य से प्रेम करना एक कर्तव्य है। इसी तरह राजाओं का कर्तव्य है जनता को प्रेम की राह पर ले जाना, नफ़रत की नहीं। बंद मुट्ठी से आप अपने साम्राज्य का भविष्य बेहतर नहीं बना सकते, खुले हाथ से बना सकते हैं। नहीं तो हम साम्राज्य प्राप्त नहीं कर सकेंगे।'

'लेकिन मेरा साम्राज्य तो है,' शीलवाहन ने एतराज़ किया।

'मैं आपके साम्राज्य की बात नहीं कर रहा, मैं आत्माओं के साम्राज्य की बात कर रहा हूँ।'

'कहाँ है ऐसा साम्राज्य?'

'यह वहाँ है, जहाँ लोग देते हैं, लेते नहीं। जहाँ लोग ऐक्य में रहते हैं, क्योंकि देना लोगों में एकता लाता है, जबकि देना उन्हें बाँटता है। ऐसी जगह है यह, जहाँ लोग स्वयं से अधिक अपने पड़ोसी से प्रेम करते हैं। यह खुदा का बुनियादी क़ानून है, जो हम सब में अंकित है।'

नरेश शीलवाहन ने बहुत देर कोई उत्तर नहीं दिया, 'आपने मेरे प्रश्न का उत्तर नहीं दिया। ऐसा साम्राज्य कहाँ है?'

'आपके हृदय में।'

नरेश सोचने लगे, फिर धीरे से बोले, जैसे स्वयं से कह रहे हों, 'मैं बिल्कुल नहीं समझा, लेकिन मेरे हृदय में कहीं मुझे महसूस हो रहा है कि जो आप कह रहे हैं, वह सही है। विनती करता हूँ, ईसा, मेरे दरबार में रहो और दुनिया को मेरे निकट लाओ,' नरेश ने उनसे कहा।

यीशु ने नरेश की आँखों की बुझती किरण में उसके जल्दी से निकट आते समय को देखा और इसलिए उन्होंने उनका निमंत्रण स्वीकार कर लिया। यीशु की और अन्य शाही चिकित्सकों की कोशिशों के बावजूद शीलवाहन अधिक नहीं जिया। अपने सिंहासन पर बैठने के तीन वर्ष के भीतर उसकी मृत्यु हो गई।

उसकी अंत्येष्टि के पश्चात् यीशु मरियम और एली को खोजने निकल पड़े।

कोड 1

मारिका और मीषाल ने फ़ोटो का मुआयना किया, जिसमें 12 भागों में बँटा एक दायरा था, जिसके बीचोबीच एक क्रूस था। पहले भाग में एक पालना था, जिसमें एक शिशु था, जिसके ऊपर एक आदमी और एक औरत झुके हुए थे और उनके ऊपर एक चमकता सितारा था; अगले भाग में एक लड़का एक बड़े आदमी से बहस कर रहा था, उससे अगले में एक बड़ा हो चुका आदमी एक भीड़ को उपदेश दे रहा था, एक और भाग में एक सूली पर चढ़ा आदमी था और अंतिम वाले में वह ऊपर स्वर्ग को उठ रहा था। 'यह तो यीशु के जीवन जैसा लगता है।'

'सही है, यह यीशु का जीवन-चक्र है। चोग्लमसार में दलाई लामा के ध्यान लगाने के कमरे में यह चित्र है।'

'दलाई लामा यीशु के साथ ध्यान लगा रहे हैं?' मारिका ने आश्चर्यचकित होकर पूछा।

तोमाश ने हाँ में सिर हिलाया। 'इसी तरह लगता है। मैंने पता लगाया है कि वह ग्रीष्म में लद्दाख में अपने निवास में साल में दो या तीन बार जाते हैं। मैं उन्हें वहाँ नहीं मिलता। उन्हें मिलने मैं हिमाचल प्रदेश में धर्मशाला जाऊँगा,' वह मुस्कराया, 'मैंने फ़ैसला लिया है कि मैं पहाड़ों पर जा रहा हूँ, जहाँ मैं दुनिया का सबसे सुखी मनुष्य हूँगा।'

'तोमाश, चर्च को भी तेरे जैसे लोगों की ज़रूरत है,' मारिका ने भी उसे समझाने की कोशिश की।

'शायद मैं लौट आऊँ...किसी दिन, पर अभी नहीं। वैटिकन गुप्तचर सेवा वाले जानते हैं कि मैं तुम्हारे साथ हूँ।'

'उन्हें पता नहीं होगा। पाँचों अफ़गान मर चुके हैं,' मीषाल ने विरोध किया।

'पर कम-से-कम यह तो वे जानते हैं कि मैंने तुझे सूचना पहुँचा दी है, क्योंकि तूने प्रसारण रोक दिया है। देख रहा है?'

'और तुझे यह सूचना कहाँ से मिली कि वे वो करेंगे जो उन्होंने किया?' मीषाल ने पूछा।

'गुप्तचर सेवा में ऐसे लोग भी हैं, जो तंग आ चुके हैं।'

'लद्दाख के पहाड़ों पर कैसे जायेगा?'

'लेह की उड़ान लेने के लिए मेरे पास पैसे नहीं हैं, तो मैं लिफ़्ट लेता हुआ चला जाऊँगा। उम्मीद करता हूँ कि लिफ़्ट मिलेगी। अब मुझे निकल ही जाना चाहिए। स्थिति सामान्य हो गई लगती है। रिक्शा लेकर मैं मुख्य सड़क तक जाऊँगा...तो...फिर, दोस्त...' तोमाश का स्वर काँप रहा था, 'मैं नहीं जानता कि अलग-थलग पड़े दुनिया के उस हिस्से में मैं क्या उम्मीद कर सकता हूँ, इसलिए मैं यह...यहाँ...लेकर आया हूँ...कहीं कुछ... ले ले। आधा तेरे घर पर पड़ा है। मेरे विचार से दोनों हिस्सों के एक साथ हो जाने पर अच्छा लगेगा।'

'यही पत्थर है जिसने अभी इसकी ज़िन्दगी बचाई थी? जिसका दूसरा हिस्सा मैंने कूड़ेदान में फेंक दिया था?' मारिका ने आश्चर्य से मीषाल को देखा। उसने सहमति में सिर हिलाया। वह तोमाश की ओर मुड़ी। 'तुम इतनी दूर से इसे साथ लेकर आये हो?' तोमाश ने सिर हिला कर हाँ कहा और पत्थर मीषाल के हाथ में थमा दिया।

'रुक,' मीषाल ने अपना पीठझोला खोला और मारिका एवं तोमाश देख कर हैरान रह गए कि उसमें से उसने पत्थर का दूसरा हिस्सा निकाला। 'मैं जानता था, मुझे अपेक्षा थी...मुझे विश्वास था...और मुझे अब भी विश्वास है कि हम फिर मिलेंगे।' उसने पत्थर तोमाश को लौटा दिया, 'तुझे याद करूँगा।'

तोमाश उससे गले मिला। 'आतानासिउस ने हमें एक बार क्या बताया था? जब तुम एक के दो बनाते हो, जब तुम बाहरी को अंदरूनी बना देते हो, जब जो ऊपर होता है, वैसा ही नीचे भी होता है, जब तुम स्त्री और पुरुष को एक बनाते हो, तब तुम साम्राज्य में प्रवेश कर जाओगे। मेरे विचार से वह मनुष्य, जिसे साम्राज्य में प्रवेश करने की सबसे ज़्यादा ज़रूरत है, जिसे यह महसूस करना है कि हम उसके साथ हैं, वह यहाँ है।' तोमाश ने दोनों पत्थर अपने हाथ में लिए और मारिका को थमा दिए; उसने दोनों को यह जाने बिना थाम लिया कि उसने एक को दूसरे से जोड़ दिया था।

'नहीं नहीं, मैं इन्हें नहीं ले सकती। ये तुम्हारे लिए बहुत कीमती हैं। तुम दोनों आधा-आधा ले लो, कम-से-कम वे तुम्हें मिलवा तो देंगे।' वह दोनों को आधा-आधा देना चाहती थी, पर उसकी सारी कोशिशों के बावजूद दोनों पत्थर अलग नहीं हुए, एक-दूसरे से जुड़े रहे।

‘ये तो सूर्यकांत की तरह हैं। अजीब है, तुम देख नहीं सकते कि कहाँ से जुड़े हैं,’ तोमाश हैरान हो रहा था। उसने फिर एक बार उन्हें अलग करने की कोशिश की, लेकिन कोई फ़ायदा नहीं हुआ। ‘सच में, ये तो अलग नहीं होंगे,’ उसके कहते ही मारिका का फ़ोन बजा। बहुत समय से नहीं बजा था।

‘आदेल्का बोल रही हूँ,’ पत्थर एक तरफ़ रख कर उसने फटाफट जवाब दिया। उसकी आँखें चमक रही थीं। ‘एक सेकिंड, मैं ज़रा लाउडस्पीकर चला दूँ, तेरे पापा को भी यह सुनना चाहिए।’

‘तो, हैलो, मम्मा, पापा, हंस और मैं तुम्हें बताना चाहते हैं कि आप नाना-नानी बनने वाले हैं। मेरा तीसरा महीना। यह लड़की होगी। और इसलिए हम घर लौट रहे हैं। हमेशा के लिए। सितम्बर में आयेंगे।’

‘तो प्रिय मेरी, जैंटलमैन, हम तैयार हैं,’ बशरत ने कमरे में प्रवेश किया। ‘मेरे ख़याल से हमें वक़्त नहीं बरबाद करना चाहिए और शहर से जितनी जल्दी हो सके निकल जाना चाहिए। अभी भी उत्पात चल रहा है और व्रत शुरू करने का समय हो गया है,’ उन्होंने मारिका से कहा। उनकी नज़र UNUM पत्थर पर पड़ी। ‘क्या मैं इसे देख सकता हूँ?’ मारिका ने स्वीकृति दी। डॉक्टर ने पत्थर अपने हाथों में लिया, गौर से उसका मुआयना किया, उससे खेले, उसे सहलाया, ‘UNUM...है...अलग, पर फिर भी जुड़े। जुड़े, पर फिर भी अलग...’ मारिका, मीषाल और तोमाश ध्यान से उन्हें सुन रहे थे। ‘महानतम लोग वो नहीं होते, जो सबसे ऊँची जगह पर होते हैं, बल्कि वो होते हैं, जो जानते हैं कि स्वयं को कैसे बाँटा जाये। हर व्यक्ति की अपनी एक बारम्बारता होती है, जैसे हमारे आस-पास हर चीज़ की होती है। हम बारम्बारता से भरे एक फैलाव में घूम रहे होते हैं, जिसे हम महसूस कर सकते हैं। मसलन हीरे, इस जैसे पत्थर और अन्य सख्त चीज़ों में बारम्बारता सबसे अधिक होती है, और सबसे कम होती है लोगों में या हवा में। हमें यही हमारी सारी दुनिया लगती है, लेकिन यह सिर्फ़ वह दुनिया है, जिसे हम अपनी बारम्बारता से महसूस कर सकते हैं; हमारे साथ और भी दुनिया हैं, हमारी बारम्बारता के ऊपर और नीचे, जिन्हें हम महसूस नहीं करते, और हम सोचते हैं कि उनका अस्तित्व नहीं है। ये फ़रिश्तों, रूहानी चीज़ों की बारम्बारता है। कश्मीर में फ़रिश्ते एक आम चीज़ हैं : हम जानते हैं कि वे हमारे साथ रह रहे हैं। हमारी बारम्बारता की दुनिया में, नियम यह है कि उच्च बारम्बारता वाला प्राणी अपने से कमज़ोर मनुष्य पर तब असर डाल सकता है, जब उसकी बारम्बारता को उससे नीचे वाले की बारम्बारता से भाग किया जा सकता हो...’ बशरत जैसे स्वयं से वार्तालाप कर रहे थे। ‘लेकिन अब हमें चल देना चाहिए।’

‘रुको, डॉक्टर,’ मीषाल उनके नज़दीक गया, ‘आप यह नहीं कह रहे कि उच्च स्तर का व्यक्ति सामाजिक स्तर पर ऊँचे व्यक्तियों पर असर डाल सकता है और उनसे भी ज़्यादा लोगों के दिल जीत सकता है।’

‘इस पर बड़ी लम्बी बहस हो सकती है। मेरे ख़याल से अब हमारे पास इसके लिए वक़्त नहीं है।’

'तो कश्मीरी फ़रिश्ते सबसे उच्चकोटि के होते हैं?' मारिका ने पूछा।

'ये वे हैं जो सबसे ज़्यादा बाँट कर खाने का माद्‌दा रखते हैं। कोटि का इससे कोई वास्ता नहीं है। यह नंबरों की तरह है। किसी व्यक्ति में तब ज़्यादा शक्ति होती है, जब उसकी बारम्बारता उसके नीचे वालों से विभक्त हो सकती है; जैसे नंबर 60 ले लो, अंतहीन नंबरों की संख्या में यह एक छोटा नंबर है, लेकिन इसे 12 नंबरों से विभक्त किया जा सकता है: 1,2,3,4,5,6,10,12,15,20, 30, और 60 से भी। अब नंबर 359 ले लो, उदाहरण के लिए और मैं अगर जल्दी-जल्दी हिसाब लगा सकता हूँ तो मेरे ख़याल से यह नंबर केवल स्वयं से ही विभक्त होता है। अर्थात् इसका परिमाण 60 से अधिक है, लेकिन इसका वास्तविक मूल्य न्यूनतम है, क्योंकि यह सिर्फ़ स्वयं से कटता है। देख लो।'

'बड़ा ही स्वार्थी नंबर है,' मीषाल हँसने लगा।

'बिल्कुल। इस नंबर वाला व्यक्ति भौतिक सत्ता के पैमाने पर बहुत ऊँचा हो सकता है, लेकिन लोगों पर उसका कोई रूहानी असर नहीं होता,' बशरत दरवाज़े की ओर बढ़ने लगे।

'रुकिए,' तोमाश बोला, 'लेकिन उनकी शक्ति का प्रभाव तो है।'

'हाँ, पर सिर्फ़ तब तक है, जब तक ताक़त उनके हाथों में है। किसी व्यक्ति की असली ताक़त अनन्तता में होती है, सीमितता में नहीं। असलियत में धरती पर राज करने वाले, पोप, बादशाह, राजाधिराज एकाकी होते हैं। इतनी-सी बात है! हममें से बहुत कम लोग आज ऑगस्टस को जानते होंगे, लेकिन हर शिक्षित व्यक्ति जानता है कि वर्जिल, ओविड या होरस कौन थे। आज कितने लोग जानते हैं लोरेंत्सो मेदिची कौन था? लेकिन बोत्तिचेल्ली, लेओनार्दो दा विन्ची, दोनातेल्लो, माइकल अन्जेलो और उस युग में रहने और काम करने वालों को हर कोई जानता है। बहुत कम लोग महान नरेश कार्ल अगस्त को जानते होंगे, लेकिन गोएटे और शिल्लर[38], जो उसके दरबारी थे, मानवजाति की स्मृति में बसे हुए हैं। मानवजाति के इतिहास में उनके नाम पत्थर पर अंकित हो चुके हैं, उस ताक़त के कारण नहीं, जिसे वह किसी के साथ बाँटना नहीं चाहते थे, बल्कि अपनी कला के कारण, जिसे उन्होंने सब से बाँटा है,' उन्होंने मीषाल से मुखातिब होकर कहा, 'तो किसी इंसान की ताक़त इससे नहीं आँकी जाती कि उसने कितना लिया है, बल्कि इससे आँकी जाती है कि उसने कितना दिया है। इसीलिए 1 नंबर को अव्वल समझा जाता है, वह ऊँची से ऊँची रूहानियत का प्रतीक है, या कहें तो ईश्वर है, जिसे कोई भी या कुछ भी नहीं काट सकता, परन्तु फिर भी हर प्राणी में बँटता है। 1 ईश्वर का अंक है, अनन्तता तक पूरा जाता है। किसी भी अंक का इसके बिना अस्तित्व नहीं है। वह आदि है। वह सिद्धि का, अनन्तता का अंक है, यह किसी समय को नहीं मानता। इसमें स्थिरता, अभाज्यता की अभिव्यक्ति है और साथ ही सम्पूर्ण भाज्यता की भी, दोषहीन ढंग से बाँटने की। यह हमारे जीवन का पहला

38. ये सब नाम कवियों और कलाकारों के हैं, मुख्यत: इटली और जर्मनी से।

कोड है, पहली संहिता है। कोड 1: इसमें सम्पूर्ण रूप से स्वयं को समर्पित करने का नियम है, जो एकीकरण का प्रतीक भी है। जितना तुम स्वयं को दोगे, उतना ही तुम एकीकरण करोगे। उतना ही तुम मूर्त रूप होगे। समझ रहे हो न? चमत्कार देने में है...' बशरत एक सेकिंड के लिए रुके। 'लेकिन हमें अब चल ही देना चाहिए।'

'अगर मैं कहूँ कि लेह का रास्ता सोनमर्ग से होकर जाता है तो ग़लत तो नहीं कह रहा,' मीषाल ने बशरत से पूछा, 'क्या हम अपने दोस्त तोमाश को अपने साथ लेकर चल सकते हैं? वह कुछ रास्ते पर हमारे साथ रहेगा।'

'बिल्कुल लेकर चल सकते हैं।'

अगले दिन सोनमर्ग पहुँचने पर तोमाश ने सबसे विदा ली। मीषाल उसके साथ गाँव के अंत तक गया, जहाँ से सड़क ऊपर जा रही थी। एक-दूसरे के साथ वे चुपचाप चलते रहे। 'और जहाँ तक बप्तिस्मे का प्रश्न है...उम्मीद करता हूँ कि आऊँगा...' तोमाश अपने पीठझोले में UNUM लेकर जा रहा था, जो उसने मारिका द्वारा मिन्नत करने के बाद ले लिया था। अचानक वह रुका, उसे संकोचपूर्वक अपने हाथ में लिया, 'तूने मुझे उस फ़ौजी के बारे में बताया था, जिसने सोनमर्ग में तुझे आशीर्वाद दिया था। मेरे विचार से अगर किसी को इस समय एकता चाहिए तो वे हैं मुसलमान और हिन्दू। मेहरबानी करके इस पत्थर को किले के तीर्थ में रख देना। आशा है...शायद इससे इन महान मनुष्यों को मदद मिले।'

मीषाल ने बिना किसी न-नुकर के पत्थर ले लिया, 'मुझे बता कि क्या तू इसलिए जा रहा है कि तुझमें आस्था नहीं रही?' तोमाश ने दोस्त को मुस्करा कर देखा। नीचे झुक कर उसने संत जॉन का एक सुनहरा फूल तोड़ा, 'मैं अपनी आस्था को सुदृढ़ करने के लिए जा रहा हूँ।'

मीषाल ने पत्थर को कस कर पकड़ लिया, 'मैं इसे सीधा वहाँ लेकर जाऊँगा।'

दोनों ने कस कर आलिंगन किया, 'हम तेरा इन्तज़ार करेंगे।'

जिस चोटी से होकर सड़क जा रही थी, वह सुबह के कोहरे में छुपी थी। पीछे मुड़ कर तोमाश ने अपना हाथ अंतिम बार हिलाया और निश्चयपूर्वक उस स्वर्ग की ओर निकल पड़ा, जो बाँहें पसारे उसकी प्रतीक्षा कर रहा था।

आधारशिला

नरेश शीलवाहन के देहांत के पश्चात् यीशु घोड़े पर बैठ कर झेलम के बहाव की विपरीत दिशा में मार्तण्ड को निकल गए, जहाँ से उनकी पहलगाम जाने की यात्रा जारी रही। अपनी प्रिय पत्नी और बेटे को देखने की उनकी चाहत उन्हें पर्वत के मध्य के खतरनाक रास्तों और किश्तवार पर्वत श्रृंखला की धूप से तपती पगडंडियों के ऊपर से होकर जाने की प्रेरणा देती रही। पहलगाम में उनके बारे में किसी ने कुछ नहीं सुन रखा था। वह अमरनाथ के आस-पास के इलाक़े से गुज़रे, अनेकों पुरवों से होते हुए, पन्तचरनी के पूर्व में शेषनाग,

मर्सर और कैजर हिमनदी के नीचे परित्यक्त मकानयुक्त खेतों से होते हुए, लेकिन किसी ने मरियम नाम की स्त्री और उसके पुत्र एली के बारे में कुछ नहीं सुन रखा था। उस प्रान्त के अनेकों इलाक़ों में यीशु गए, जो इज़राइल के रेगिस्तान से एकदम भिन्न थे। जिन-जिन देशों को उन्होंने देखा था, फ़िलस्तीन से कप्पदोचिया, बेबीलोन, ईरान, बैक्टरिया, पार्थिया तथा और भी कई देश—जहाँ भी वह गए—यह सबसे खूबसूरत था, उन्होंने मरियम और एली के बारे में पूछा, लेकिन किसी ने उनके बारे में नहीं सुन रखा था। उन्होंने दिन नहीं गिने, उन्होंने हफ़्ते नहीं गिने। उन्होंने महीने नहीं गिने और उन्होंने साल गिनने छोड़ दिए। उन्होंने सोनमर्ग में बकरियाँ चराते हुए, नदी के तट पर चरवाहों के तम्बुओं में सोते हुए दिन-रात बिताए। वह उन हिममंडित सफ़ेद हिमनदियों को देख-देख कर अघा नहीं रहे थे, जिनमें से कलकल करती धाराएँ बह रही थीं और जो अंतहीन देवदारु के वृक्षों के बीच में से होती हुई नीचे सनोबर, सिनार, जैपत्र, बलूत, भोजवृक्ष और प्रसरल के घने जंगलों में जाकर पूर्ण स्वच्छ, पारदर्शी, प्रचंड नदियाँ बन कर बह रही थीं। चरवाहे अपने बकरियों के झुंडों को वहाँ घात लगाने वाले काले और ब्राउन रीछों, भेड़ियों, तेंदुओं, गीदड़ों और कभी-कभी वहाँ प्रकट हो जाने वाले बाघों से बचाने के लिए विशाल वृक्षों के नीचे लेटे थे। जब चरवाहे लड़ कर उन्हें भगा देते थे तो वे अपने पंजों और दाँतों का इस्तेमाल निरीह जंगली बंदरों पर करते थे, जिन्हें स्थानीय लोग किआंग कहते थे। वे जलभैंस और छोटे हाथियों से भी नहीं डरते थे और उनसे भिड़ जाते थे। जो बच-खुच जाता था, वह गिद्ध और बाज़ खा जाते, जिनका हवासीलों, बुज्जों, सारसों और पनकौवों के साथ कश्मीरी आकाश पर साम्राज्य था। रसीली चरागाहें गुलबहार, बसंती गुलाबों, कुटकी, बुरुंश से भरपूर थीं, जो अपने फूल प्रसन्नतापूर्वक मधुमक्खियों के लिए फैला देते थे। फ़िलस्तीन के सर्वोत्तम शहद का हिमालय की वादियों में मिलने वाले सोने के रंग के मीठे अमृत से कोई मुक़ाबला नहीं था। पंजाल पर्वत शृंखला के दक्षिणपूर्व में मिलने वाले तरह-तरह के अखरोट, खुबानी और सेब के वृक्ष अपने ताज़े फलों के साथ झूम रहे थे, जिन्हें किसान श्रीनगर, किश्तवार और सुदूर स्थित उदाभन्दा में बेचते थे। फलों का एक हिस्सा सुखा कर व्यापारियों द्वारा काफ़िलों के साथ मुश्किल रास्तों से दुरूह प्रदेशों, जैसे कारगिल, ज़ान्कसार और लद्दाख ले जाया जाता था।

यीशु को बताया गया कि इसी पहचान वाली एक औरत एक बार वहाँ से लद्दाख जाने वाले रास्ते पर गई थी, अत: वे ज़ान्कसार और लेह प्रान्तों के दुरूह रास्तों पर निकल पड़े। वहाँ उन्हें युवा शेनो मिले, जिससे नरेश गोंदोफ़रेस ने उनका परिचय करवाया था। शेनो ने उन्हें उन सूचनाओं की जानकारी दी, जो उसे लाहौर, श्रीनगर के दरबारों तथा अन्य नगरों से मिली थीं। उन्हें शेनो से वह सूचना सुन कर बड़ी खुशी हुई, जो दक्षिण से तक्षशिला पहुँचे कुछ हिन्दू साधुओं ने उन्हें दी थी। थोमस ने केरला के मालाबार-तट पर तथा दक्षिण-पूर्व में मायलापुर में कई ईसाई तीर्थस्थलों की स्थापना की थी और वहाँ शिद्दत से परमपिता के शब्द का प्रसार किया था, जहाँ से वह एक वाणिज्यिक पोत से चीन चला गया था; वह फिर साढ़े चार महीने बाद मालाबार लौटा था। उसने वहाँ हज़ारों लोगों को यीशु के आदर्शों का अनुयायी बनाया था, कविलों से उत्तर में कालीकट तक। उनमें यहूदी और 75 ब्राह्मण परिवार भी थे। फिर उसने मलान्कारा, पलायूर, कोवा कयाला, कोक्कामंगलम, कोल्लम,

नीरनम और नीलाकेली में ईसाइयत का प्रचार किया और मठ स्थापित किये। जब रोम में नीरो सिंहासन पर बैठा तो थोमस मायलापुर लौट आया और वहाँ से दो साल बाद तमिलों के देश सिलोन गया। इस पूरे समय में वह बप्तिस्मे करता रहा, शैतान भगाता रहा, अंधों के नेत्रों की ज्योति, गूंगों की आवाज़ लौटाता रहा, लूले-लंगड़ों को चलने योग्य बनाता रहा, 10 साल दक्षिण में बिताने के बाद वह उत्तर में कश्मीर की तलहटी में सिन्धु नदी के किनारे पहुँचा, जहाँ यीशु शब्द का ज्ञान दे रहे थे।

गोरा पैगम्बर युवकों और युवतियों में बहुत लोकप्रिय था, विशेषकर गरीब तबकों में। वे लोग, जहाँ भी वो जाते थे, उन्हें बड़े ध्यान से सुनते थे। अमल, गोमर, रफू और कई अन्य कबीले यीशु के स्थायी सखा बन गए। प्रान्त का दौरा करते हुए वह *तोरा* के ये शब्द याद करते थे : 'मालिक ने पूर्व में ईडन का बाग़ बनाया था...ईडन से एक नदी निकल कर बाग़ की सिंचाई कर रही थी और फिर उसकी चार और उपनदियाँ बन गईं...अर्थात् कुल मिला कर पाँच नदियाँ बन गईं—और उनका जल जहाँ तक पहुँचा, उस हिस्से को पंजाबी में अब पंजाब कहते हैं। एकदम अविश्वसनीय लगता है, लेकिन इस स्थान की *तोरा* में वर्णित फ़िलस्तीन से अधिक समानता है।' शेनोफ़ोन और उसके दोस्तों के साथ ज़ान्कसार पहाड़ी के ऊपर उस जगह बैठे यीशु ने विचार प्रकट किया, जहाँ ज़ान्कसार नदी फ़िरोज़ी हरे रंग की सिन्धु से मिलती है। 'मैं कश्मीर में बहुत समय से रह रहा हूँ और हमने यहाँ लगभग हर साल छोटी-बड़ी कई बाढ़ें आती देखी हैं। पूरा कश्मीर मुझे एक बड़ी कड़ाही जैसा लगता है। अगर उस जगह एक काल्पनिक प्लग लगा दिया जाये, जहाँ सिन्धु इससे निकलती है तो पूरी घाटी एक बाँध जैसी लगेगी।'

'बूढ़ी औरतें किस्सा सुनाती हैं कि प्राचीन समय में पहाड़ों ने सिन्धु घाटी को अवरुद्ध करके इसका बहाव रोक दिया, जिससे नदी ने कश्मीर की पूरी घाटी को जलमग्न कर दिया था। इसकी सतह के पूरे जीवन का विनाश कर दिया था,' अमल ने कहा, 'आप जानते हैं कि कश्मीर का अर्थ क्या है? यह का और शिमेरा का समास है, संस्कृत में का का अर्थ जल होता है, और शिमेरा का अर्थ होता है सुखाया गया।'

'हाँ, लगभग 10,000 वर्ष पहले कश्मीर में बाढ़ आई थी। कहते हैं कि ''नोआह'' की क़ब्र यहाँ है : वह व्यक्ति जिसने पोत का निर्माण आपकी परम्परा के अनुसार किया था।'

'क़ब्र कहाँ है?'

'कहा जाता है कि यह पंजाब के दक्षिण में है। लेकिन इसे ढूँढ़ पाने में आज तक कोई सफल नहीं हुआ।'

यीशु ने शेनोफ़ोन को दृढ़तापूर्वक देखा, 'जब तक मैं इसे ढूँढ़ नहीं लेता तब तक मेरी आत्मा को शान्ति नहीं मिलेगी। कितना अच्छा होता अगर मेरे बेटे सहित मरियम और थोमस मेरे साथ यहाँ होते।'

बढ़ती आयु के साथ यीशु का स्वास्थ्य बिगड़ता गया। नरेश गोंदोफ़रेस की मृत्यु के समाचार से उनकी मानसिक स्थिति और भी बिगड़ी। उनके निष्ठावान मित्रों, अमल और शेनोफ़ोन ने उनका ध्यान बँटाने और धीरज बँधाने का पूरा प्रयास किया। कश्मीर के सम्राट गोपदत्त ने अपने पूर्ववर्ती शीलवाहन की अंतिम इच्छा पूरी की कि यीशु को उनकी वृद्धावस्था में राजवंश के सदस्यों जैसा मान-सम्मान दिया जाए। लेकिन यीशु ने श्रीनगर के आरामदायक शाही महल में रहने से मना कर दिया; उन्होंने शाही महल की दीवार के साथ लगी पत्थर की एक बौद्ध शैली की कुटिया में रहना अधिक पसंद किया। अपने अंतिम वर्षों में वह बहुत कम बाहर जाते थे; कभी-कभी वह सम्राट अशोक द्वारा निर्मित एक बौद्ध तीर्थस्थल जाते थे। उनके बाल सफ़ेद हो गए थे, लेकिन उनकी आँखों की लड़कों जैसी चमक तब भी कायम थी। दिन-पर-दिन वह अंतर्मुखी बनते जा रहे थे; येरुशलम में वे कई दिनों तक एक शब्द भी नहीं बोलते थे, ध्यान लगाते थे और प्रार्थना करते थे। यह स्पष्ट था कि भीतर से वह परमपिता के पास लौटने की तैयारी कर रहे थे।

'क्या आपको मरियम की चिंता है? मैं आपको कुछ सालों से जानता हूँ, आप और भी अल्पभाषी बन गए हैं,' शेनोफ़ोन ने कहा।

'दुनिया में हर चीज़ वैसी होनी चाहिए, जैसा उसे होना चाहिए। हमें हर व्यक्ति और वस्तु से विरक्त होने के लिए बनाया गया है, उनसे भी, जिनसे हम प्यार करते हैं। लेकिन संन्यासी भी भावनाओं के वश में आ जाते हैं। मैं तीन चीज़ें जानना चाहूँगा...' उन्होंने उसाँस भरी। शेनोफ़ोन उन्हें ताक रहा था, 'मेरे असली पिता...'

'क्या फ़र्क पड़ता है? पिता वह नहीं होता, जो जन्म देता है, बल्कि वो होता है जो पालन-पोषण करता है। और जिन्होंने आपका पालन-पोषण किया है, वही आपके पिता हैं। वही मेरे पिता हैं और अमल के भी। हम सबके पिता। कुछ बच्चे योग्य निकलते हैं, कुछ बुरे। मैं सोचता हूँ कि जब आप घर लौटोगे तो वह आपसे संतुष्ट होंगे,' शेनोफ़ोन ने उन्हें सांत्वना दी। 'दूसरी चीज़?'

'मरियम और मेरा बेटा कहाँ हैं?'

शेनोफ़ोन और अमल ने कोई उत्तर नहीं दिया। जितने वर्ष वे यीशु के साथ रहे थे, वे पहलगाम में हर व्यक्ति से मरियम के बारे में पूछते रहे थे। किसी ने बताया कि वह लद्दाख के एक मठ में गई है, किसी ने कहा कि वह पहाड़ों में अपनी पितृभूमि पहलगाम के पास अपने संन्यासी पुत्र के साथ रह रही थी। 'मुझे यक़ीन है कि मैं किसी-न-किसी दिन अपने प्यार से ज़रूर मिलूँगा,' गहरी सोच में डूबे यीशु ने कहा।

'और तीसरी चीज़?' शेनोफ़ोन ने पूछा।

'मेरा मित्र थोमस क्या कर रहा है। मैंने सुना है कि वह सिन्ध के आस-पास कहीं है। एक बार और उसे देख कर मुझे बहुत ख़ुशी मिलेगी!' जितने भी वह क्षीण होते गए, उतना ही ज़्यादा वह अपने निष्ठावान मित्र को याद करने लगे।

जब यीशु को लगा कि उनके अंतिम दिन नज़दीक आ रहे थे, तब वे उन्हें उठा कर झेलम नदी के तट पर उनकी उस प्रिय गुहा में ले गए, जहाँ वह श्रीनगर में अपने पड़ाव के दौरान ध्यान लगाया करते थे।

पुण्यात्मा नरेश गोपदत्त ने तुरंत सिन्ध घाटी को एक सन्देशवाहक भेजा, जहाँ, सुना गया था कि थोमस रह रहा था। जब वे दोनों दो सप्ताह बाद आये तो यीशु निर्जीव से एक चटाई पर पड़े हुए थे। नरेश, उसके चिकित्सक और बौद्ध आरोग्यदाता हर क्षण यीशु के पास रहे थे, उनकी नींद में भी वे उनका साथ नहीं छोड़ते थे। जब थोमस ने कमरे में प्रवेश किया—उनकी भेंट लगभग 20 साल से नहीं हुई थी—वे गुहा की छत पर चित्रित बुद्ध के जीवन चरित्र पर टकटकी लगाये थे। थोमस ने चटाई के पास आकर यीशु का हाथ मज़बूती से अपने हाथों में लिया, फिर झुक कर उनकी आँखों में देखा। यीशु ने उसके दृष्टि डालने पर कोई प्रतिक्रिया नहीं दिखाई। 'ईसा, युज़, एमानुएल, मेरे भाई, मेरे गुरु, मैं आया हूँ, आपका जुड़वाँ, डिडिममुस, थोमस।'

'यह थके हैं, इनकी ताक़त इनको छोड़ रही है,' नरेश ने सौम्यता से कहा।

थोमस ने उनके हाथ थपथपाए। अचानक उसे कुछ याद आया, उसने अपनी गर्दन पर लपेटी गहरी नीली ओढ़नी खोली। उसे यीशु के नेत्रों के सामने किया, जिनमें एक क्षण के लिए चमक आई।

'मेरी माँ की ओढ़नी, थोमस, यह तुम हो,' उन्होंने उठने के लिए पूरी ताक़त लगाई, पर उठ नहीं सके। थोमस उनके ऊपर झुका और दोनों बूढ़े आदमी कस कर गले मिले। 'मेरे भाई...' यीशु ने अपना सफ़ेद चोंगा उतार दिया, जिसके नीचे वह गहरी नीली रेशमी ओढ़नी थी, जिसके टुकड़े उन्होंने अपनी माँ की अंत्येष्टि पर किये थे। 'और मैंने तुमसे कभी सौदागर अबानेस की सेवा करवाई थी; क्या तुम मुझे माफ़ करोगे?' यीशु ने उसे अनुरोधपूर्ण दृष्टि से देखा। 'प्रिय मित्र, कृपा करके मुझे क्षमा कर दो। क्षमा कर दो इसलिए कि जब तुम्हें क्रूस से उतारा गया था और तुमने मुझे समझाने की कोशिश की थी कि मेरी जगह भारत में है तो मैंने तुम पर भरोसा नहीं किया था। यह मेरे जीवन का सबसे उत्तम निर्णय था। इसके लिए मैं तुम्हारा बहुत आभारी हूँ। मैं इस देश का मुरीद बन गया हूँ, यहाँ की महान जनता का, हिन्दुस्तानियों का, बौद्धों का, केरला नाडू का, मंगलौर, कर्नाटक, तक्षशिला और कश्मीर का। कोचीन से लेकर मायलापुर तक हमारे यहूदी बिरादर तुम्हारे शब्द को सुनते हैं। वह तुम्हारे अनुयायी बन गए हैं और ख़ुद को ईसाई कहते हैं।' यीशु ने प्यार से उसके सफ़ेद बालों को सहलाया।

'मैं कभी नहीं भूलूँगा कि मैं कैसे बेथानी में लाज़ारुस को गया, और कैसे वहाँ रूढ़िवादी यहूदी मुझे पत्थरों से मारना चाहते थे। हर कोई मुझे हतोत्साहित कर रहा था, लेकिन आपने उन्हें चुनौती दी थी, आओ मेरे साथ और हम इसके साथ मरेंगे,' यीशु ने भावुक होकर कहा।

'अंतिम भोज में, जब आपने हमें कहा था कि आप पिता के पास जायेंगे और हमारे लिए वहाँ प्रबंध करेंगे, उस समय मैं नहीं समझा था कि आप क्या कह रहे हैं और मैंने पूछा था, ''मेरे मालिक, मैं नहीं जानता कि आप कहाँ जा रहे हैं, मुझे रास्ता कैसे समझ आएगा?'' मैंने सोचा था कि आप गुस्सा करेंगे, लेकिन आपने नहीं किया। जब उन्होंने आपको ज़िन्दा क्रूस से उतारा था तो मैंने कहा था, ''मैं तब तक नहीं मानूँगा, जब तक आपके हाथों पर कीलों के निशान नहीं देख लूँगा और आपके ज़ख्मों पर उँगली नहीं लगाऊँगा।'' तब भी आपको गुस्सा आ सकता था, लेकिन आपने नहीं किया,' थोमस सुबकियाँ भरने लगा, यह देख कर कि उनकी थकी आँखें मुँद रही थीं और उनके हाथ की पकड़ कमज़ोर हो रही थी। उनका सिर सिरहाने पर गिर गया, उनकी दृष्टि गुहा की ढलवाँ छत पर टिकी हुई थी और वह नाममात्र श्वास ले रहे थे। 'उसके बाद मैंने जब-जब आप पर अविश्वास किया, मैंने सोचा कि आप मुझे छोड़ दोगे, लेकिन आपने नहीं छोड़ा...जब-जब मैंने अहंकार किया और अपना आपा खोया, मैंने सोचा कि आप मुझे छोड़ दोगे, लेकिन आपने हमेशा क्षमा कर दिया।'

'इज़राइल के खो चुके पुत्रों के पास जाओ,' यीशु ने साँस ली। उनकी आँखें धुँधला रही थीं और साँस धीमी हो गई थी। गुहा में शान्ति थी, सिर्फ़ एक कोने में छत से पानी टपक रहा था। थोमस यीशु की चटाई के पास खड़ा प्रार्थना कर रहा था, जब गुहा के प्रवेशद्वार पर एक परछाईं उभरी। लगभग तीस साल के पीले वर्ण का एक आदमी दाख़िल हुआ। चल कर चटाई के पास गया और घुटनों पर बैठ गया। उनका हाथ अपने हाथों में लेकर उन्हें अपने मुँह के पास ले आया और उन्हें चूमा। यीशु अब आँखें खोल नहीं पा रहे थे, उन्होंने सिर्फ़ उसका सिर थपथपाया और बुदबुदा कर बोले, 'मैं जानता था कि तुम आओगे, मेरे बच्चे।' उनका हाथ एली के सिर से फिसल गया।

'यह वह पत्थर था, जिसे राजगीरों ने फेंक दिया था, पर जो आधारशिला बन गया। मुझे आशा है लोग किसी दिन इसे समझेंगे,' थोमस फुसफुसा कर बोला

डॉक्टर ने आकर उनकी धड़कन जाँची। कुछ देर बाद उसने अपना हाथ हटा लिया, 'यह निर्वाण प्राप्त कर चुके हैं।'

सम्राट वेस्पसियन ने जिस वर्ष येरुशलम का विध्वंस किया था. उस दिन यीशु ईसा को श्रीनगर में दफ़्न किया गया, नज़दीक के एक स्थान खानयार में, झेलम और डल झील के मध्य एक गुफ़ा में, जिसमें उनकी मृत्यु हो गई थी। यहूदी रीति के अनुसार उन्हें पश्चिम-पूर्व की दिशा में लिटाया गया था। उन्हें दफ़नाने से पहले थोमस ने मृतक के पैरों के निशान लिए, जो प्रक्रिया, रीति के अनुसार, कश्मीर में संतों के साथ की जाती है। उसने हिमालय के सबसे बलवान सनोबर वृक्ष की पीली ब्राउन लकड़ी से फिर उनकी एक मूर्ति बनाई, जिसे उसने गुफ़ा के एक आले पर रख दिया।

थोमस अपने प्रियतम ईसाई समुदाय के पास मायलापुर चर्च लौट गया, जहाँ उसने ज़्यादा-से-ज़्यादा उन लोगों को यीशु के शब्द के निकट लाने का प्रयास किया, जो उस

शब्द के सत्य को जानने को उत्सुक थे, उस शब्द का, जो यीशु अपनी बढ़ती उम्र और घटती ताक़त के बावजूद प्रचार-प्रसार कर रहे थे। वह प्रसन्न था कि एली इस शानदार सफ़र में उसके साथ था। एली की माँ एक भूकम्प में तक्षशिला में चल बसी थी। उसका पालन-पोषण शरीफ़ लोगों ने किया था और जब वह बड़ा हुआ तो हिमालय की तलहटी में यात्राएँ करने लगा। बल्कि थोमस ने मायलापुर में महारानी तार्तिया और उनकी एक दासी मिग्दोनिया का बप्तिस्मा भी किया। मंदिर के ब्राह्मण पुजारी इसे बरदाश्त नहीं कर सके और उन्होंने नरेश को उसे मरवा डालने को उकसाया। यीशु की अंत्येष्टि के दो वर्ष पश्चात्—3 जुलाई 72 की सुबह थोमस काली मंदिर के पास पत्थर की पटरी पर जा रहा था, जब मंदिर के दो पुजारी उसकी राह रोक कर खड़े हो गए, 'कहाँ जा रहे हो, थोमस?' 'तट को जा रहा हूँ।' 'इतनी जल्दी क्यों?'

'कुछ मित्रों से मिलने जा रहा हूँ। हम ईश्वर की आराधना करना चाहते हैं, हम सब के पिता की।' 'हमारे पिता ईश्वर शिव हैं, और यह मंदिर उनकी पत्नी को समर्पित है। अगर तुम हमारे साथ हमारी देवी की आराधना करो तो हम तुम्हें जाने देंगे।'

हालाँकि दिन अभी चढ़ा ही था, फिर भी पत्थर की पटरी बहुत गर्मी छोड़ रही थी। और पश्चिम से आती गरम हवा से थोमस के माथे पर पसीने की बूँदें चमक रही थीं। हवा में उसके सफ़ेद बाल उड़ रहे थे। उसके सबसे नज़दीक खड़े पुजारी ने उसके माथे पर पसीना देखा, 'घबरा मत, बुड्ढे, हम तुझे कुछ करेंगे नहीं। हम सिर्फ़ चाहते हैं कि तुम हमारी देवी का सम्मान करो। एक साथ पूजा करने के बाद हम तुम्हें शाही पकवान खिलाएँगे।'

'मुझे तुम्हारे खाने में कोई दिलचस्पी नहीं है और एक मुट्ठी चावल के लिए मैं अपनी आत्मा की हत्या नहीं करूँगा।'

'ये मुट्ठी भर चावल नहीं होंगे, बल्कि स्वादिष्ट से स्वादिष्ट पकवान होंगे।'

'वही, जो तुमने गरीबों के मुँह से छीने हैं?'

'हम मंदिर को, और गरीबों को भी बलि चढ़ाते हैं, पर मुख्यतः देवी को,' पुजारी ने चिढ़ कर कहा।

'पहले तुम उनकी रोटी छीनते हो और फिर उन्हें टुक्कर देते हो,' उसे गुस्सा आ गया, 'सबसे ज़्यादा तुम ख़ुद को देते हो।'

'जुबान संभाल कर बात करो, अजनबी!' पहले पुजारी ने स्वर ऊँचा किया।

थोमस अपने रास्ते पर जाना जारी रखना चाहता था, लेकिन पुजारियों ने उसे धमकाने वाले अंदाज़ में घेर लिया।

'तुम हमारे साथ आराधना करने आ रहे हो कि नहीं?' थोमस ने इसे अनसुना कर दिया और दृढ़संकल्प हुए वहाँ से चल पड़ा। आदमी उस पर टूट पड़े, मार-मार कर उसे

ज़मीन पर गिरा दिया, उसे डंडे और लातें मारीं। उसने उठने की कोशिश की, पर उसे महसूस हुआ कि उसके एक तरफ़ से लहू बह रहा है। क्रोधित हुए एक पुजारी ने उसके सीने में एक तीर घुसा दिया था। बूढ़ा आदमी लड़खड़ा रहा था, भारी साँसें ले रहा था और उसके ज़ख्म से लहू बहता जा रहा था, जो उसी जगह लगा था, जहाँ यीशु को छुरी का ज़ख्म लगा था। डरे हुए पुजारी मंदिर के भीतर भाग गए। सड़क पर उस दिन का पहला आदमी निकला और उसने घायल आदमी की मदद करने की कोशिश की, लेकिन उसकी आत्मा उसे हमेशा के लिए त्याग कर चली गई थी। एली और थोमस के शिष्यों ने उसे तट के निकट दफ़नाया, जहाँ वे नियमित रूप से मिला करते थे। तब से एली का उत्पीड़न आरम्भ हो गया, अतः कुछ समय पश्चात् वह उत्तर दिशा में अपने प्रिय कश्मीर के सुरक्षित बौद्ध भिक्षुओं के क्षेत्र लौट गया।

चमत्कार का रहस्य

यह 28 मई 2010 की पूर्णमासी की रात थी। सुबह के 6 बजे से पहले, जब चन्द्रमा अस्त होने को था, मारिका ने डॉ. बशरत की देख-रेख में अपना 42 दिन का व्रत शुरू किया, जिसमें प्रोफ़ेसर वैद्य भी कई चक्कर लगा जाते थे। 'उपवास के दौरान आपका शरीर कैंसर-कोशिकाओं को तोड़ देगा। अपनी देह और रूह की रोगहरण शक्ति पर यक़ीन रखिये। उपवास के दौरान आपकी देह हर उस चीज़ को ख़त्म कर देगी, जो बीमार है और इसका हिस्सा नहीं है। लेकिन आपकी आस्था इसमें निर्णायक है,' यह वाक्य वे उसके सामने दोहराते रहे। वह चुकंदर, गाजरों, आलुओं, अजमोदे का रस पीती रही। डॉ. बशरत और अली उसके साथ घंटों बैठे उत्साह बढ़ाने वाली बहसें करते रहे और फिर वह अपने प्यारे पति और अपने नए कश्मीरी मित्रों से घिरी थी, जो उसके बेहतर स्वास्थ्य की कामना कर रहे थे। उपवास के सारे घंटे प्रेम और प्रार्थना से भरे थे। वह कमल की मुद्रा में क्राइस्ट की मूर्ति के समक्ष ध्यान लगाती थी। इससे उसमें इतनी ऊर्जा समाती जाती थी, जबकि पहले होता था कि वह कई बार अपनी टाँगों पर खड़ी नहीं हो पाती थी और रोने लगती थी। घंटों वह घाव के निशान वाले खूबसूरत मुस्कराते आदमी को देखती रहती थी, जो तीर से भी ज़्यादा उनके ज़ख्म की व्याख्या करता था। वह उनसे उसे इतनी शक्ति देने की प्रार्थना करती थी कि वह अपनी सहायता स्वयं कर सके। उसे लग रहा था कि न सिर्फ़ उसका शरीर विषमुक्त हो रहा था, बल्कि दशकों से उसके अपने कोनों में चुप आत्मा का विष भी बाहर आ रहा था; जीवन में पहली बार वह सच्ची आज़ादी महसूस कर रही थी। कभी-कभी उसे लगता था कि उसे किसी खूबसूरत गुलाब, धूप और लैवेंडर की सुगंध आ रही है, उसकी आत्मा एक हल्कापन महसूस कर रही थी। जो बुरी आदतें बचपन में उसका एक हिस्सा बन चुकी थीं, उसने स्वयं को उनसे मुक्त कर लिया। वह जान रही थी कि वह हमेशा दुखी इसलिए रही थी कि वह पूरा जीवन दूसरों से चीज़ों की अपेक्षा करती रही थी। अब वह जानती थी कि सुख देने में है। उसे एहसास हो रहा था कि पृथ्वी के स्वर्ग कश्मीर में वह अपने अस्तित्व के एक उच्चतर सोपान पर पहुँच चुकी थी। बीच-बीच में वह मस्तिष्क में नाव वाली औरत की छवि देखती

थी। वह लालटेन के साथ कुछ ही आगे तक देख पाती थी, पर सूरज की धूप उसे सम्पूर्ण मनोहर क्षेत्र को देखने में सहायता करती थी।

उपवास, मालिश, ध्यान, मंत्र के दोहराने और विशेष दवा का इस्तेमाल 10 दिन कर लेने के बाद वह नदी किनारे दर्जनों मीटर चल लेती थी। समय के साथ-साथ दूरी बढ़ती है, हालाँकि वह खा नहीं रही थी। 42 दिन के बाद जब उसका व्रत समाप्त हुआ तो उसके जोड़ों का और पैरों का दर्द निश्चित रूप से जा चुका था। व्रत समाप्त होने के दो सप्ताह बाद सोने से पहले तिल के तेल का एनीमा ज़रूर लेती थी। डॉक्टर ने उसे जहाँ तक हो सके अपने भीतर रखने की सलाह दी थी। अधिकतर वह पूरी रात अपनी अँतड़ियों में तेल को रखने में सफल होती थी। एनीमा वह पूरा महीना लेती रही। डेढ़ महीने बाद डॉ. बशरत ने दवा में सोना भी मिला दिया और साथ ही ताँबा और मोतियों का सत्व।

लगभग तीन महीने वहाँ रह चुकने के बाद वहाँ से जाने का वक़्त नज़दीक आ रहा था। प्रोफ़ेसर वैद्य ने ध्यानपूर्वक मारिका की हृदय गति, पुतलियों, जिह्वा, मूत्र और रक्त की जाँच की, 'आपकी सफ़ेद रक्त कोशिकाओं की संख्या सामान्य होने वाली है। जो कुछ भी मैंने बताया है अगर आप करती रहीं तो तीन महीने में आप पूरी तरह बीमारी से छुटकारा पा जायेंगी। आशा है कि पुराने घर लौटने का मतलब पुरानी आदतें लौटाना नहीं होगा,' वह मुस्कराये।

क्रालों ने बशरत, अली और प्रोफ़ेसर से अंतिम विदा नहीं ली और मान गए कि एक साल में वे पुनः कश्मीर आयेंगे। बशरत ने एक छोटी-सी डिबिया मारिका के हाथ में रखी। उसने उसे खोला। 'अरे, यह तो कम्पास है,' बिना समझे वह बोली।

'हाँ, यह कम्पास है। यह कहता है, ''जैसे ऊपर, वैसे ही नीचे, जैसे पूर्व में, वैसे ही पश्चिम में।'' इसे अपने जीवन में अपना मार्गदर्शन करने दो और कम्पास की तरह स्वयं को ''प्रेम'' शब्द की याद दिलाने दो।'

शनिवार, 7 अगस्त 2010 को उनका विमान दुबई के लिए उड़ा; दुबई से दूसरी उड़ान वियेना की थी। उस सुबह, पूरे भारत में कश्मीरी प्रान्त लद्दाख में भारी बाढ़ की खबर की सुर्खियाँ अखबार में क्षोभ से पढ़ी गईं। 6 अगस्त को सैलाब ने 71 गाँव और कस्बे तबाह कर दिए थे, या वहाँ भयंकर नुक़सान पहुँचाया था। जहाँ लद्दाख में औसत वर्षण केवल 5-8 प्रति इंच रिकॉर्ड है, वहाँ एक जुम्मे की रात में 10 इंच वर्षा हो गई, जिसका अर्थ हुआ कि पूरे साल की बारिश इस इलाक़े में आधे घंटे में बरस गई थी। मूसलाधार जानलेवा बरसात तब आई, जब लोग सो रहे थे। सबसे ज़्यादा नुक़सान 11,500 मीटर की ऊँचाई पर स्थित प्रान्त की राजधानी लेह में हुआ। सिन्धु नदी का जलस्तर कई जगहों पर सामान्य से 13 फुट से ऊपर हो गया। लेह और उसके आस-पास के गाँवों में, बस अड्डा, अस्पताल, ट्रांसफार्मर संयंत्र, संचार व्यवस्था और दर्जनों आवासीय इमारतें बरबाद हो गईं। बहुत-सी बसें बस अड्डे से दो मील दूर पाई गईं; उन्हें पानी और कीचड़ अपने साथ खींच कर ले गए थे। बाढ़ के प्रभाव में आये क्षेत्र को राहत सामग्री पहुँचानी बहुत जटिल थी, क्योंकि राजधानी श्रीनगर

से सोनमर्ग और ज़ोजी मार्ग से होकर जाने वाली सड़क कई जगहों पर कट गई थी। सेना के हेलीकॉप्टर ज़रूरी खाद्य सामग्री ला रहे थे। 9,000 लोगों के घर तहस-नहस हो गए थे। मीडिया में कुछ पत्रकारों ने इसकी तुलना विध्वंसात्मक *बाइबल* वाले सैलाब से की। आधिकारिक सूचनाओं के अनुसार कम-से-कम 260 लोग बाढ़ की बलि चढ़ गए थे, जिनमें 6 विदेशी भी थे, जबकि अनाधिकारिक सूत्र से मरने वालों की संख्या तीन गुनी बता रहे थे। विदेशियों में से एक हेमी के मठ के निकट डूब कर मरा था। चश्मदीद गवाहों का कहना था कि 40 के लगभग उम्र वाला आदमी उफनती हुई नदी में कूद गया था, जब बाढ़ ने हेमी और कारू के मध्य सम्पर्क बनाने वाले पुल को बहा दिया था, उस समय बच्चों की एक टोली पुल को पार कर रही थी। इस आदमी का विकृत शरीर चोग्लम्सर में जाकर निकला, जिसे बाढ़ ने पूरी तरह से ख़त्म कर दिया था। मीषाल स्लोवाक दूतावास से किसी स्लोवाकी नागरिक के साथ हुई संभावित दुर्घटना के बारे में कोई सूचना पाने में सफल नहीं हुआ। इलाक़े में मची खलबली में कइयों के पहचान पत्र भी नष्ट हो गए थे, अतः कोई भी मारे गए व्यक्तियों की सही संख्या और उनके नाम पता नहीं ज्ञात कर सका।

मारिका और मीषाल 8 अगस्त की दोपहर को वियेना में उतरे और एक घंटे बाद वे ब्राटिस्लावा में अपने घर में थे। कुछ दिनों बाद मारिका कर्करोग विज्ञान के विशेष अस्पताल में अपने प्रोफ़ेसर से मिलने गई। प्रोफ़ेसर ने अल्ट्रासाउंड टेस्ट किये, लेकिन कहीं कोई गाँठ या गुत्थी नहीं पाई। वह विश्वास करने में हिचक रहा था, अतः उसने हड्डियों की सिंटीग्राफी की और जिगर का अल्ट्रासाउंड किया, पर उसे कहीं कोई रूप-परिवर्तन नज़र नहीं आया। किसी भी क़ीमत पर वह जैसे साबित करना चाहता हो कि मारिका का कैंसर गया नहीं था, उसने उसे स्तनों के एक्सरे के लिए जाने को कहा। मारिका ने यह कह कर मना कर दिया कि इस तरह का एक्सरे जान ले लेगा। फिर प्रोफ़ेसर ने उसे मनाने की कोशिश की कि वह कम-से-कम मांस-तंतु का एक नमूना ले आये, ताकि वह बायोप्सी कर सके। उसने दृढ़तापूर्वक इससे भी इन्कार कर दिया, यह कह कर कि उसे कैंसर नहीं है। प्रोफ़ेसर ने अपने सहयोगियों को जाँच के परिणाम दिखाए, जो अविश्वास में सिर हिलाने लगे। पूरी तरह से निश्चिन्त हो जाने के लिए प्रोफ़ेसर ने उसे तीन महीने बाद जाँच के लिए दुबारा आने को कहा।

आडेल्का और हंस सितम्बर के अंत में लौटे। 15 अक्तूबर को उनकी एक लड़की जन्मी। उन्होंने उसका नाम आडेल्का की नानी के नाम पर रखा। मारिका दुनिया की सबसे सुखी प्राणी थी। टेस्टों ने पुष्टि कर दी कि कैंसर अंततः नहीं रहा था। आश्चर्यचकित प्रोफ़ेसर ने उसे अपने दफ़्तर में बुलवाया।

'मिसेज़ क्रालोवा, यह तो चमत्कार है। क्या आप मुझे इसका खुलासा दे सकती हैं?'

'यह एक रहस्य है।'

'कौन सा रहस्य?'

'चमत्कार का रहस्य।'

'इसे जानने की मेरी बहुत...बहुत इच्छा है...प्लीज़...किस चीज़ का रहस्य है?'

'आस्था का।'

'कौन सी आस्था?'

'प्रेम।'

डॉक्टर स्पष्टीकरण का इन्तज़ार करते हुए उसे देखने लगा।

'माफ़ कीजिये, मुझे कहीं जाना है।'

'प्लीज़, मिसेज़ क्रालोवा, अभी मत जाइए। मैं चमत्कार को समझना चाहता हूँ।' मारिका ने उसे अपनी सबसे प्यारी मुस्कान दी, उसके ठंडे हाथ अपने हाथों में पकड़े और काफ़ी देर उन्हें पकड़े रखा। ख़ामोशी से उसकी आँखों में झाँका, 'देखिये, मेरी पत्नी की कैंसर से मौत हो गई है, मेरे अपने हाथों में, इस बीमारी के सबसे बड़े विशेषज्ञ के हाथों में, मैं अपनी पत्नी की मदद नहीं कर सका! आप सोच सकती हैं?' उसने मारिका के गरम हाथों को पकड़े रखा, उन्हें छोड़ नहीं रहा था। 'मुझे लगता है कि अब मुझे समझ आ रही है। शुक्रिया।'

वह बाहर चली गई। आडेल्का और हंस अस्पताल के बाहर खड़े उसका इन्तज़ार कर रहे थे। उनके साथ मीषाल भी बच्चागाड़ी हाथ में लिए खड़ा था, जिसमें मारिका की नातिन उसकी हमनाम मारिका बैठी थी। नवम्बर का पहला आधा हिस्सा असामान्य रूप से गरम था, तो वे अपनी मनपसंद दैन्यूब नदी के तट पर घूमने गए। कुछ देर पहले बारिश हुई थी और शहर पर धूप खिली हुई थी।

❑❑❑

आखिर में

मेरे माता-पिता ने मुझसे पूछे बिना मेरा बप्तिस्मा किया था और मुझे कहा था, 'तुम एक ईसाई होगे।' लेकिन यह कहते हुए उन्होंने यह गारंटी नहीं दी कि मैं एक अच्छा इंसान भी हूँगा। जिस दिन मैं जान गया कि मुझमें बुद्धि का वास है, उस दिन मैंने निर्णय लिया कि मैं एक अच्छा इंसान भी बनने की कोशिश करूँगा, क्योंकि मेरे लिए एक अच्छा ईसाई होने का अर्थ है अच्छा इंसान होना। मैंने सबसे कठिन राह पकड़ी—सत्य की खोज करने की। मैं जान चुका था कि इसे पाने के लिए मुझे उस आदमी के पास लौटना होगा, जिसे झूठे पैगम्बर हमसे छीन कर ले गए थे और जिनके प्रेम के महिमामय सन्देश को उन्होंने उलट-पलट कर रख दिया था।

सुख के दो सम्भव रास्ते हैं : बुद्धि से होकर जाने वाले या दिल से होकर जाने वाले। हममें से अधिकांश मनुष्य बुद्धि का, शब्दों का रास्ता चुनते हैं। इसीलिए मैं समझता हूँ कि अधिकांश ईसाई खोज नहीं करते, बल्कि प्रदत्त सत्य को स्वीकार कर लेते हैं, जिसकी रूढ़ियों का इल्म यीशु तक को नहीं था। कोई भी रूढ़ि प्रमाण न होने के प्रमाण से बढ़ कर कुछ नहीं है। जो कोई भी किसी सत्य का मालिक होने का दावा करता है वह सम्भवतः किसी झूठ का मालिक होता है। रूढ़ियों पर अड़े रहना बुद्धि को नकारना है, ईश्वर का अपमान करना है। अगर हमें बुद्धि का इस्तेमाल नहीं करना तो ईश्वर ने हमें यह दी क्यों? अपने उपन्यास *कोड 9* में मैंने लिखा था, 'हम स्वतन्त्र तभी होते हैं, जब हम सत्य को पहचान लेते हैं और इसे हम तभी पहचान सकते हैं, जब हम सोचते हैं।' जो कोई भी रूढ़ियों पर अड़ जाता है और सोचता नहीं, और इससे भी बुरी बात, दूसरों को सोचने से रोकता है, वह ईश्वर के विरुद्ध है और इस कारण आस्था नहीं रखता। और बिन सोच वाली आस्था आस्था नहीं, बल्कि हिंसा के समक्ष आत्म-समर्पण है।

'इंजीलें कई सारभूत सिद्धांतों में एक-दूसरे से भिन्न हैं। यदि दो सिद्धांत एक-दूसरे से भिन्न हैं तो इसका अर्थ हुआ कि उनमें से एक तो अवश्य ग़लत है। यह उन लोगों के लिए बुरी खबर है, जो दावा करते हैं कि इंजीलें ईश्वर की वाणी हैं, या कम-से-कम ईश्वर से प्रेरित तो हैं ही। ईश्वर ग़लत नहीं हो सकता। इंजीलों में निहित अन्य सत्यों के अतिरिक्त वे यह भी ठीक से स्पष्ट करते हैं कि यीशु ईश्वर के शब्द के प्रचार-प्रसार के लिए पूरी तरह से तैयार थे। लेकिन अपनी रोगहरण की चमत्कारी योग्यता उन्होंने कहाँ से प्राप्त की

थी? 20 और 30 वर्ष की आयु के बीच में वह कहाँ थे? के अतिरिक्त इंजीलों में बहुत सारे संकेत हैं कि उनकी मृत्यु क्रूस पर नहीं हुई थी, बल्कि उन्हें नीचे उतार लिया गया था, उनकी चिकित्सा की गई थी और उन्हें रोमन साम्राज्य से निकल जाने को बाध्य किया गया था। इन्हीं कारणों से उनके वास्तविक जीवन में रुचि विधि संगत है।

मैं यह मान कर नहीं चल रहा कि विश्व की सबसे रहस्यमय कहानी पर लिखा गया मेरा वृत्तान्त सही है, परन्तु जो यह दावा करते हैं कि यीशु पर उनकी कहानी सच है तो प्रमाण उनके पास भी कोई नहीं है। उनकी तरह मैं अपनी कहानी किसी पर ज़बरदस्ती नहीं थोप रहा। लोग सत्य को खोजने का प्रयास करेंगे, यह जानते हुए कि उन्हें वह मिलेगा नहीं, क्योंकि रास्ता ही मंज़िल होता है। इसके बावजूद—या शायद इस कारण—मैं सत्य की खोज के अपने रास्ते पर निकला हूँ। मैं इसे इसलिए नहीं खोज रहा कि मैं अपनी आस्था को कमज़ोर बनाना चाहता हूँ, बल्कि इसलिए कि मैं इसे मज़बूत बनाना चाहता हूँ। अपनी खोज के लिए मैंने विदेशी साहित्य का सहारा लिया है, निजी तौर पर येरुशलम, बेथलेहम, टिबेरिया, नाज़ारेथ, कश्मीर, श्रीनगर, लेह, हेमिस, सोनमर्ग, मायलापुर, कोचीन, केरला, मालाबार तट, और इज़राइल, और विशेष कर भारत गया हूँ, जहाँ से मिले बहुत से प्रत्यक्ष और अप्रत्यक्ष प्रमाणों के अनुसार यीशु और देवदूत थोमस रहे थे। वहाँ यहूदी और ईसाई आज तक सौहार्दपूर्वक मिल-जुल कर रह रहे हैं, शान्ति में अपनी आस्था प्रकट करते हुए।

मेरी आकांक्षा एक कहानी लिखने की थी, इतिहास की पाठ्यपुस्तक लिखने की नहीं; चिंतन हेतु प्रेरित करने की, विश्वास दिलाने की नहीं; सत्य की खोज करने की, उसका मालिक बनने की नहीं। यदि कोई चमत्कार होता है और मुझे सत्य ईश्वर से एक उपहार की तरह मिल जाता है तो मैं उपहार को स्वीकार नहीं करूँगा और सत्य को खोजता रहूँगा। यदि इस पुस्तक से किसी एक भी व्यक्ति को अपनी खोज में मदद मिली हो, तो मेरा लेखन व्यर्थ नहीं हुआ।

संदर्भ ग्रंथ सूची/Bibliography

1. Anthonysamy, S. J: A Saga of Faith, National Shrine of St.Thomas Basilica, Chennai, Mylapore, India, 2009
2. Arias, J.: Ježiš veľký neznámy, Sofa, Bratislava, 2003
3. Baigent, M.: Ježišove listiny, Remedium, Bratislava, 2006
4. Banáš, J.: Kód 9, Ikar, Bratislava, 2010
5. Bernard-Marie: Piate evanjelium, Motýľ, Bratislava, 1998
6. Berry, S.: From Godess to Mortal, Vajra Publications, Kathmandu,2007
7. Biblia, Spolok svätého Vojtecha Trnava, Ikar Bratislava, 2006
8. Biblia, Tranoscius Liptovský Mikuláš, Slovenská biblická spoločnosť Banská Bystrica, 2000
9. Black, J.: Tajné dějiny světa, Argo, Praha, 2009
10. Bricker, Ch. a kol.: Ježiš a jeho časy, Reader' s Digest, Bratislava, 2011
11. Buddhismus a křesťanství, CAD Press, Bratislava, 1996
12. Davidson, J.: Ježišovo evanjelium, CAD Press, Bratislava, 2004
13. Dějiny Indie, Lidové noviny, Praha, 2003 Die Bergpredigt, Universelles Leben, Würzburg, 1993
14. Douglas, J. D.: Nový biblický slovník, Návrat domů, Praha, 1996
15. Douglas-Klotz, N.: Skryté evangelium, DharmaGaia, Praha, 2009
16. D'Souza, H.: In the Steps of St. Thomas, Disciples of St. Thomas, Mylapore, 2009
17. England, C. J.: The Hidden History of Christianity in Asia, ISPCK, New Delhi, 2002
18. Evangelium Esejských, Kniha první, Synergie, Praha, 1996
19. Faber-Kaiser, A.: Jesus lebte und starb in Kaschmir, Edition Esteve, Lausanne, 1986
20. Feinberg-Vamosh, M.: Land und Leute zur Zeit Jesu, Palphot, Israel Fruchtenbaum. G. A.: Život Mesiáša, MSEJK Bratislava, 2010
21. Hassnain, F.-Olsson, S.: Rozabal, the tomb of Jesus, Booksurge, 2008
22. Haywood, J.: Atlas svetových dejín, Slovart Bratislava, 2001 Historická revue, 12/2011
23. India, DK Travel Guides, London, New York, 2005
24. Jacobovici, S.-Pellegrino, Ch.: Hrobka Ježíšovy rodiny, Knižní klub, Praha, 2008
25. Jacobs, A.: When Jesus Lived in India, Watkin Publishing, London, 2010
26. Je Bible zfalšovaná? Earthsave CZ, Praha, 2007
27. Jeruzalém a Svatá země, Euromedia Group, 2008
28. Kastein, J.: Eine Geschichte der Juden, Löwit, Wien, 1935
29. Kersten, H.: Ježíš žil v Indii, Alternativa Praha, 1996
30. Knight, Ch.-Robert Lomas, R.: Chíramov kľúč, Remedium, Bratislava, 2003

31. Korán, Odeon, Praha, 1991
32. Kosina, J.: Světové dějiny, Starověk, Vilímek, Praha, 1929
33. Kuriakose, M. K.: History of Christianity in India, Serampore College, New Delhi, 2006
34. Lawrence, R. W.: The Valley of Kashmir, Ali Mohammad & Sons, Srinagar, Kashmir, 2006
35. Leeming, J.: Jóga a Bible, Votobia, Praha, 1998
36. Levi: Vodnářské Evanjelium o Ježíši Kristu, Erika, Praha, 1995
37. Liška, V.: Tajemství Ježíše z Nazaretu, XYZ, Praha, 2011
38. Malý Biblický atlas, Portál, Praha, 1992
39. Mattausch, J.: Ladakh und Zanskar, Reise Know How, Bielefeld, 2011
40. Messadié, G.: Človek, ktorý sa stal Bohom, Bradlo, Bratislava, 1991
41. Messadié, G.: Jésus de Srinagar, Robert Laffont, Paris, 1995
42. Messori, V.: Hypotézy o Ježíšovi, Portál, Praha, 1994
43. Meyer, W. M: Evangelium svatého Tomáše, Volvo& Globatorr, Praha, 2007
44. Moore, T.: A psal prstem do písku, Portál, Praha, 2010
45. Nandrásky, K.: Ježiš a súčasnosť, Qvvv, Bratislava, 2010
46. Notowich, N.: The Unknown Life of Jesus Christ, Dover Publications, New York, 2006
47. Nový Zákon, Česká biblická společnost, Praha, 1991
48. Nuzzi, G.: Vatikan AG, Ecowin, Salzburg, 2009
49. Olsson, S.: Jesus in Kashmir, The lost Tomb, New York, 2005
50. PM History, 2/2011, 4/2011,12/2012, Collection
51. PM Magazin 12/2011 Prem Singh Jina: Religious History of Ladakh, Sri Satguru Publications, New Delhi, 2001
52. Prophet, C. E.: The Lost Years of Jesus, Jaico, Mumbai, 2011
53. Roy, L. D: Velké probuzení, Eugenika, Bratislava, 2003
54. Samel, G.: Tibetan Medicine, Little, Brown & Comp., London, 2001
55. Satprem: On the way to Supermanhood, Mira Aditi, Mysore & The Mother's Institute of Research, New Delhi, 2002
56. Schubert, K.: Ježíš ve světle tradiční židovské literatury, Vyšehrad, Praha, 2003
57. Svoboda, E. R.: Ayurveda, Penguin Books, New Delhi, 1993
58. Šuráň, J.: Hvězda Betlémská, Svoboda, Praha, 2011
59. Tabor, D. James: Ježišova dynastia, Ikar, Bratislava, 2007
60. Zerbst, M.-Kafka, W.: Seemann's Le&ikon der Symbole, Se eemann Verlag, 2010
61. Životopis Svatého Issy z kláštera Hemis, Avatar, Praha, 1994

www.ingramcontent.com/pod-product-compliance
Lightning Source LLC
LaVergne TN
LVHW100631051026
849519LV00001B/177